Le Monde de Draven

Vixen = Partie 3

LOUPS,
MEURTRES &
SOCELLERIE

LOUP,
GARGOUILLE &
PROPHÉTIES

DÉMONS,
VAMPIRES &
APOCALYPSE

Le Monde de Draven

Vixen = Partie 3

LOUPS,
MEURTRES &
SOCELLERIE

LOUP,
GARGOUILLE &
PROPHÉTIES

DÉMONS,
VAMPIRES &
APOCALYPSE

Ce livre est une fiction. Toute référence à des événements historiques, des comportements de personnes ou des lieux réels serait utilisée de façon fictive. Les autres noms, personnages, lieux et événements sont issus de l'imagination de l'auteur, et toute ressemblance avec des personnes vivantes ou ayant existé serait totalement fortuite.

Correction : Dani Arthacky Corrections

ISBN : 978-2-493539-54-0

Dépôt légal : Mars 2025

Salut à toi, lecteur audacieux !

Bienvenue dans mon monde.

Savais-tu qu'il existe plusieurs façons de te plonger dans cet univers fascinant et complexe ?

Tu peux découvrir « Le Monde de Draven Vixen » sous forme de mini-séries. Voici comment procéder :

1. Initiation au Monde de Draven Vixen : Pour te familiariser avec les bases de cet univers.

2. Le Monde de Draven Vixen — Partie 2 : Cette partie, qui forme une duologie, doit être lue dans l'ordre pour une meilleure compréhension. Tu peux choisir la version intégrale avec une nouvelle en bonus.

3. Le Monde de Draven Vixen — Partie 3 : Plonge plus profondément dans les aventures et les secrets de ce monde.

4. Épilogue du Monde de Draven Vixen : Conclut l'histoire avec un changement de paradigme important dans l'univers.

Chaque mini-série peut également se découvrir de façon aléatoire, car chaque récit est indépendant. Toutefois, je t'invite à terminer la série par « Le Temple Perdu des Kitsunes ». Ce n'est pas une obligation de finir par celui-ci, mais c'est quand même vivement conseillé pour une expérience de lecture optimale.

Si ces différentes façons te sont proposées, c'est parce que chaque roman se déroule dans le même univers fantastique. Dans cet ensemble d'histoires, les systèmes gouvernementaux se ressemblent d'un pays à l'autre, et les codes magiques sont constants.

Par exemple, les loups-garous ont des couleurs d'yeux spécifiques selon leur statut : un alpha les a jaunes, ceux d'une luna sont orange, et un lycanthrope solitaire a les yeux gris. Ce genre de détail revient régulièrement, créant un univers cohérent.

Parfois, un personnage secondaire dans un tome devient protagoniste dans un autre, ou un objet important réapparaît. Par exemple, un livre mystérieux dans « L'Enfer, c'est surfait » devient central dans « Loups & Sortilèges ».

J'espère que tu prendras autant de plaisir à découvrir cette série que j'en ai eu à l'écrire. Bonne lecture !

Le Monde de Draven Vixen

Partie 3

LOUPS, MEURTRES & SORCELLERIE

Chapitre 1

— Aïe !

Mon casque audio dégringole sur ma nuque tellement le choc avec le bulldozer Chad Mc Coued me secoue. Les notes de musique de la chanson *You Belong With Me*, désormais lointaines, continuent de me parvenir pendant que je me masse l'épaule.

— Désolé ! me lance Chad, alors qu'il se trouve déjà à l'autre bout du couloir, entouré de sa bande de copains.

Oh la trouille ! Isolée dans ma bulle pour assourdir les babillages du spectre qui me suit partout dans le bahut, je ne m'attendais pas à en être éjectée avec autant de délicatesse. Plus collant qu'un chewing-gum sous ma semelle, si j'osais, je lui dirais d'aller se faire voir. Mais mon dernier psy, à New York, pensait que je risquais d'alimenter mes visions en me comportant ainsi. Alors, je m'empêche de lui parler, même si lui me déverse sans cesse un flot de paroles que je m'efforce d'ignorer au maximum.

— C'est toujours pareil avec les populaires, se lamente-t-il. Toi, tu fais ta petite vie tranquille, tandis qu'eux se croient tout permis.

J'évite même de le regarder. S'il y a bien une chose que j'espérais vraiment changer en déménageant dans le Wisconsin, c'était d'arrêter de m'inventer des amis imaginaires. Je serai majeure dans quelques mois, je dois me raisonner.

— Tu vas continuer à m'ignorer encore longtemps, Éléanor ? s'énerve-t-il.

Je fixe mes livres éparpillés sur le lino gris, quand la tornade Dream me saute sur le dos. Déséquilibrée, je manque de m'étaler de tout mon long. Effrayée par tant d'agitation, mon cœur bat si fort, qu'il menace d'exploser.

Derrière mon look punk, avec mes cheveux violets et mes piercings, en réalité, je suis une vraie froussarde. Non ! Le terme médical approprié est anxieuse, comme disait le docteur Ulrick. Je déteste que l'on me fasse peur. Seulement, je me garde bien de l'avouer.

— Coucou, Éléa ! clame-t-elle dans mon oreille. Je me demandais où tu étais ?

J'inspire un grand coup pour retrouver une contenance, et aussi pour me permettre de lui répondre sans avoir l'air trop essoufflée.

— Comme tu le vois, ici. En train de me faire bousculer par Chad Mc Coued, qui visiblement a bien plus important à faire que de m'aider à ramasser les dégâts qu'il a causés.

— Aaahhh... Le beau Chad, s'extasie Dream en se penchant pour me prêter main-forte.

J'ai entendu parler de Chad et de ses copains, dès mon premier jour à Lakewood. Ici, tout le monde connaît tout le monde. J'entame ma dernière année de lycée, et le moins que l'on puisse dire, c'est qu'intégrer une nouvelle école un mois et demi après la rentrée ne facilite pas l'anonymat. Avec ma timidité maladive, je me serais volontiers glissée dans un trou de souris plutôt que d'affronter cette situation angoissante. Et les professeurs... On dirait qu'ils prennent un plaisir sadique à vous présenter devant toute la classe.

— Ce n'est pas parce qu'il répond à certains critères de beauté qu'il peut se permettre de disparaître ainsi. La politesse exige autre chose qu'un simple « désolé », crié au loin.

— Il est attendu sur le terrain. Le match va bientôt commencer. Tu ne comptes pas rater ça, j'espère ? Regarde, il ne reste plus que nous, ici ! Tout le monde est dans les gradins.

— Tu sais, le basket, c'est pas trop mon truc.

— Oui, tu préfères les romans. Mais peu importe ! Le principal, c'est ce soir. Tu as demandé à Ruth ?

Avant, j'habitais à New York, avec ma mère. Un des avantages à évoluer dans une grande ville, c'est que l'on se noie dans la masse. Je n'étais pas proche de ma mère. Non que je ne le souhaitais pas, au contraire, seulement elle me considérait plutôt comme... un boulet.

Le point fort d'une telle attitude, c'est que je pouvais vivre librement, sans avoir de comptes à rendre à personne. La donne a changé depuis qu'elle est décédée et qu'un juge m'a placée sous la responsabilité d'une cousine éloignée de ma mère, Ruth. Elle est la seule famille encore en vie qu'il me reste. En conséquence, jusqu'à ce que je décroche une bourse et que je parte pour l'université, je vais devoir composer mon quotidien en fonction d'elle, et de ce qu'elle estimera décent. Sachant que depuis mon arrivée, elle me tarabuste pour que je retire mes piercings et que je me teigne les cheveux en châtain pour retrouver ma couleur naturelle.

— Elle exige que je sois rentrée pour minuit, et que mon costume ne reflète rien de satanique, mais à part ça, elle est d'accord.

— Minuit ? Mais c'est vachement tôt ! Tu commenceras à peine à t'amuser, qu'il faudra déjà que tu t'en ailles.

Je déteste Halloween. Du coup, je m'abstiens de lui dire que cette directive m'arrange. Si je pouvais, je resterais tranquille dans ma chambre, avec un bon bouquin.

— C'est mieux que rien, rétorqué-je en récupérant les livres qu'elle me tend.

Un peu amère, je constate que la couverture d'Alexandre Dumas, que j'ai emprunté à la bibliothèque, a souffert de la chute.

— C'est clair ! Et tu seras déguisée en quoi, alors ?

— En fait, je comptais juste accentuer mon maquillage.

Ses prunelles vertes plantées dans les miennes, Dream croise les bras sur son pull bariolé, tout en plissant les lèvres. Cette moue boudeuse met en exergue les paillettes contenues dans son gloss.

— On dirait ma sœur ! Et tu vois, sur ce coup-là, ce n'est pas un compliment.

Quand son visage s'illumine d'un coup.

— Mais heureusement, j'ai une idée ! s'exclame-t-elle en sautillant. Puisque tu n'assistes pas au match, je vais te confier une mission.

— Ah ? m'inquiété-je, en resserrant les livres sur ma poitrine, tel un bouclier.

— Cache ton enthousiasme ! Bon, peu importe. Il y a une boutique de vêtements sur Commercial Road qui loue des costumes. Chaque année, à l'approche d'Halloween, la propriétaire en commande exprès. Tu lui dis que tu viens de ma part, elle te fera un prix. Je suis une de ses meilleures clientes, se targue-t-elle en exécutant un tour sur elle-même, pour que je puisse admirer sa tenue aux couleurs de l'arc-en-ciel.

— Je n'ai pas trop envie de dépenser…

— Dois-je te rappeler que c'est aussi l'anniversaire de Beverly ? Qu'en plus d'être la chef des pom-pom girls, elle est l'influenceuse la plus suivie de tout Lakewood ? Même ma mère ne réunit pas autant de followers. Alors oui, je te l'accorde, elle est parfois un tantinet agaçante, mais c'est notre amie, et on doit lui faire honneur. Tu vois ce que je veux dire ?

La façon dont Dream m'a incluse dans son cercle d'amies proches, et ce dès mon arrivée, m'inquiète un peu. En plus, je dois reconnaître qu'avant elle, je n'avais jamais rencontré de personne aussi enthousiaste et avenante.

— Oui… OK… Je vais me rendre dans ce magasin pour essayer de dénicher un costume.

— Yes ! s'écrie-t-elle en frappant des mains. Je file au match. Je te fais confiance, hein ? Tu trouves un truc top. On passe te chercher à 19 h 45. Sois pas en retard !

Je la regarde s'éloigner en me demandant dans quelle galère je viens de m'embarquer. Ma paupière inférieure droite se met à tambouriner, signe de stress intense.

Ce n'est qu'une soirée, bon sang ! me sermonné-je en plaçant mon index sous mon œil, pour atténuer les saccades.

— Alors, Éléanor ? m'interpelle le spectre. Est-ce que tu sais en quoi tu vas te déguiser ?

— Oh, mais laisse-moi tranquille !

Au bout du couloir, deux élèves cessent leur conversation pour me dévisager. Mes joues chauffent un peu trop, pendant que mes mains se mettent à trembler. Je m'empresse de positionner mon casque audio sur mes oreilles, et de disparaître au pas de course, la tête rentrée dans les épaules. Je plonge les doigts dans la poche de ma veste, en tire un Dragibus rose, dont la douceur sucrée a le mérite de m'apporter un léger réconfort.

Le bus me dépose juste devant la maison de ma cousine. Une chance, parce qu'entre mes livres et le costume, marcher relève du défi. Quand je l'ai vu à la boutique de fringues, j'ai su qu'il était parfait pour moi, et qu'en plus, il ferait plaisir à Ruth. Je n'ai pas envie de la braquer. Elle a eu l'amabilité de m'accueillir, alors que nous ne nous étions jamais rencontrées auparavant. Rien ne l'y obligeait.

Le spectre d'un vieil homme vagabonde le long du trottoir d'en face. Je l'aperçois presque tous les jours. Heureusement, lui a la courtoisie de m'ignorer.

— Ruth, je suis rentrée, détaillé-je en posant mon fourbi sur le banc à côté de la porte, avant d'actionner l'interrupteur.

Un pauvre lustre muni d'une ampoule jaune s'allume. Le parfum des huiles essentielles de lavande et de thym s'engouffre aussitôt dans mes narines. Je n'aime pas cet endroit, trop sombre et exigu à la fois.

— Pense à bien fermer à clé, derrière toi.

— C'est déjà fait, soufflé-je.

Je suspends ma veste sur une des patères libres, entre un crucifix et un tableau qui représente un berger avec ses moutons. Tant bien que mal, je récupère mon fardeau, puis je longe le couloir jusqu'à l'escalier.

Le plancher craque sous mes pieds, ce qui accentue le côté lugubre de cette entrée parfaitement sinistre.

Cette maison est immense. Pourtant, Ruth a choisi de laisser tout le rez-de-chaussée inoccupé, et de s'installer uniquement à l'étage. D'après ce qu'elle m'a expliqué, elle se partageait la demeure avec sa sœur, jusqu'au décès de celle-ci.

Je la retrouve assise sur une chaise, ses cheveux gris tirés en un chignon strict, son châle marron sur les épaules, en train de tricoter. La radio diffuse une chanson d'ancien temps que je ne connais pas.

Tout ici reflète son célibat et sa dévotion pour la religion. Je n'avais jamais vu autant de napperons. Elle les a tous brodés. Elle a aussi confectionné la couverture en patchwork qui protège le canapé, en face de son vieux téléviseur muni d'un tube cathodique. Franchement, je pensais que tout le monde possédait un écran plat de nos jours. Partout où se pose mon regard, il y a des peintures à l'huile avec des anges ou des hommes d'Église placées entre deux crucifix. Sur le guéridon, à portée de main, sa précieuse bible et son chapelet, ainsi qu'une bouteille d'eau bénite en forme de vierge Marie.

— J'ai presque fini ton pull, se réjouit-elle, sans lever le nez de ses aiguilles.

Normal, elle ne doit pas vouloir perdre le compte des mailles. Je me demande comment elle fait pour y voir, avec ses verres à double foyer délimités par une épaisse monture d'écailles.

Je ne possède pas beaucoup de vêtements, et il paraît que les hivers ici sont particulièrement rudes. De ce fait, dès le lendemain de mon arrivée, Ruth m'a conduite dans son magasin favori pour choisir de la laine. J'avoue que celui qu'elle est sur le point de terminer me donne vraiment envie. J'ai jeté mon dévolu sur des pelotes violettes d'une douceur incroyable.

— Merci beaucoup, Ruth. J'ai hâte de l'essayer. En attendant, je vais faire mes devoirs avant de me préparer pour ce soir.

Enfin, elle braque ses yeux chocolat, cernés de rides, dans ma direction.

— Oh ! Je constate que tu as écumé les boutiques ?

— Exact. J'ai loué un costume et j'ai fait le plein de bonbons au *Sweet Candy Shop*.

Ce dernier, je l'ai repéré dès mon arrivée.

— Parfait. Et puis-je savoir en quoi tu comptes te déguiser ?

— Tu verras tout à l'heure. Mais je peux te certifier une chose, tu le trouveras tout à fait convenable.

— Hum, lâche-t-elle en ajustant ses lunettes. Je t'avertis que si ce n'est pas le cas, tu ne pourras pas quitter la maison. Je veux bien faire un effort pour tes cheveux et tes... comment appelles-tu ça, déjà ?

— Des piercings, Ruth.

— Ah oui ! Et où comptes-tu dîner ? Ici, ou avec tes nouvelles copines ?

— Il y aura certainement de quoi grignoter à la soirée, ne t'embête pas pour moi.

— D'accord. Allez, file travailler, maintenant.

Je tourne les talons, le sourire aux lèvres. Personne ne m'avait jamais tricoté de vêtements, ou ne s'était soucié de savoir où je mangeais avant. Donc, même si ce nouveau mode de vie s'avère un peu contraignant, je reconnais que c'est plaisant d'être au centre de l'attention d'une personne. En plus, je vois bien que Ruth n'est pas méchante. Au contraire, elle déploie beaucoup d'efforts pour m'accueillir sous son toit. Le moins que je puisse faire est de me plier à ses maigres exigences.

Chapitre 2

Face au miroir incrusté sur ma vieille armoire en chêne, j'avise ma tenue une dernière fois avant de la montrer à Ruth. Je ne me sens pas du tout à l'aise, mais je ne souhaite pas me faire remarquer davantage. Être la petite nouvelle suffit déjà à mon malheur. En plus, grâce à la longueur de la robe, je peux conserver mes boots noires sans que cela paraisse dépareillé. Heureusement, car en dessous, je porte mes fringues habituelles. Si l'occasion m'est donnée de pouvoir me débarrasser de cet accoutrement, je ne compte pas me gêner. J'ajuste quand même mon serre-tête, ainsi que mes ailes qui me semblent bien plus grandes qu'au magasin.

Je bloque.

Quelque chose cloche.

Mes piercings. Ils sont en désaccord avec l'ensemble. Tant pis. Autant faire plaisir à ma cousine jusqu'au bout. Pour quelques heures, je peux bien les retirer.

Enfin, j'entrebâille la porte.

— Ruth ? Tu es prête ?

— Ah ben moi, oui. C'est plutôt à toi qu'il faut poser la question, Éléanor.

Sûre de moi, comme je ne l'ai jamais été dans ma vie, je m'avance dans le salon.

— Oooohhhh… s'extasie-t-elle en se levant pour m'examiner de plus près. Tu as choisi un costume d'ange. Et tu as même retiré tes bijoux.

— J'ai pensé que ça te ferait plaisir.

Elle prend mon visage en coupe dans ses mains froides, avant de déposer un baiser sur mon front.

— Tu es adorable, ma petite chérie.

« Ma petite chérie ». D'aussi loin que je m'en souvienne, personne ne m'a jamais appelée ainsi. Mes lèvres s'étirent malgré moi.

Elle me libère, redresse mon auréole, et retourne s'asseoir sur le canapé.

— Je serai de retour pour minuit, certifié-je en me dirigeant vers l'escalier.

— Comme tu as fourni un effort, je t'autorise à rentrer à 1 h. Mais pas plus tard, d'accord ?

J'acquiesce en silence. J'ignore si je dois me réjouir ou me désoler. C'est bien pour faire plaisir à Dream que j'ai accepté cette soirée. Et puis, je préfère éviter de passer pour une asociale.

Arrivée en bas, je retire tant bien que mal mes ailes, qui s'enfilent comme un sac à dos, pour mettre ma veste. Je les coince sous mon bras, avant de sortir dans le froid mordant pour attendre Dream et sa sœur, Hope. Je plonge la main dans ma poche pour en extirper un Dragibus, que j'engouffre aussitôt. Rien qu'au goût, je sais qu'il était de couleur verte. À l'approche d'une grosse BMW noire, ma paupière se met à sautiller. La voiture s'immobilise pile devant moi, et un homme plutôt fin, grand à tête de fouine en descend, en même temps que Dream, dont je ne reconnais pas le déguisement.

— J'y crois pas ! Un ange ? Ruth a dû adorer ton costume, se marre-t-elle.

— Bonsoir, Éléa. Veux-tu de l'aide avec tes ailes ?

Le père de Dream ouvre le coffre pour que je puisse les y déposer.

— Merci, monsieur Artwork.

— Monsieur Artwork, c'est pour mes clients. Appelle-moi Angus.

— D'accord… Angus, répété-je en cherchant du réconfort dans les prunelles vertes de Dream.

Celle-ci sourit de toutes ses dents, avant de m'inviter à monter à l'arrière. Je m'installe à côté de Hope, qui a le nez vissé sur son portable. Son parfum à la menthe poivrée imprègne l'habitacle de la voiture. Dream et Hope sont jumelles monozygotes, mais à part leurs cheveux noirs et leurs iris émeraude, elles n'ont sans doute rien d'autre en commun.

— Mercredi Addams ? lui demandé-je.

Au moment où elle relève les yeux pour me répondre, Dream passe la tête entre les deux fauteuils de devant.

— C'est moi qui lui ai posé les rajouts pour les tresses. Parce que, figure-toi qu'au moment où je suis tombée sur la tenue d'écolière au magasin, j'ai su que c'était le costume parfait pour nous.

Hope lève les sourcils, avant de retourner à sa vidéo.

— Nous ? Ah oui ! C'est pour ça ta perruque blonde. Tu es… Comment est-ce qu'elle s'appelle déjà, sa camarade de chambre ?

— Enid Sinclair, voyons !

— Voilà. À la réflexion, c'est vrai que ça vous va plutôt bien.

Je m'étonne encore qu'une fille aussi solaire que Dream soit venue vers moi. Sur le papier, je serais plus assortie à Hope. Quoi qu'il en soit, je suis heureuse de leur accueil. D'autant que dès mon premier jour au lycée, elles ont toutes les deux attiré mon attention, sans que je sache pourquoi. Ce doit être ce que l'on appelle le feeling…

— Tu connais cette série, Éléa ? me demande Angus.

— Comme tout le monde en parlait, par curiosité, j'ai regardé les premiers épisodes, avoué-je. Mais je préfère lire.

— Ah bon ? Voilà qui s'avère très intéressant. Je suis moi-même un passionné de lecture. Et quel est ton genre de prédilection ?

— Papa ! s'exclame Dream. Éléa est là en qualité d'amie, et non pour subir un interrogatoire. Tu avais promis de nous déposer chez Beverly et de te faire discret.

— C'est vrai, tu as raison. Pardon, ma puce.

Je croise son regard amusé dans le rétroviseur central, tandis que du coin de l'œil, j'aperçois Hope qui secoue la tête.

Angus s'applique à emprunter les petites rues pour éviter de gêner les enfants occupés à amasser leurs précieux butins.

Avec son architecture ultra moderne, la maison de Beverly semble immense. Je retire ma veste, et récupère mes ailes, que Hope m'aide à remettre, pendant qu'Angus donne les dernières recommandations à ses filles. Il fait tellement froid que par précaution, je garde mon blouson bien serré contre ma poitrine. Puis, il nous souhaite une bonne soirée et disparaît.

— Angus ne vous impose pas de couvre-feu ? m'étonné-je en grimpant les marches qui mènent au jardin.

La musique, genre techno, nous parvient déjà.

— C'est depuis cet été que l'on procède ainsi, m'explique Dream. On l'appelle et il vient nous chercher, où qu'on soit.

Punaise ! J'espère qu'elles se rendent bien compte de la chance qu'elles ont, d'avoir des parents aussi cool et attentionnés en même temps.

Sous la véranda, la fête démarre doucement. Dream se retrouve vite embrigadée par un groupe de filles, tandis que Hope et moi restons en retrait, à côté d'une table.

— Je te sers un punch à la noix de coco ? me demande-t-elle.

Sa voix éraillée m'étonne à chaque fois. Il faut dire qu'elle parle si peu.

— Je veux bien, s'il te plaît.

Elle me tend un verre pile au moment où la reine de la soirée entre dans mon champ de vision. Sa silhouette, menue et parfaite, est moulée dans une combinaison sombre. Une longue queue en fourrure, assortie à ses oreilles pointues, en dépasse. La seule chose qu'elle arbore qui n'est pas noire, c'est son épaisse mèche grise qui retombe le long de son visage. C'est étrange... Cette fille m'intrigue presque autant que son côté hautain m'agace. En plus, elle s'arrange toujours pour être sur le devant de la scène, tout l'inverse de moi.

— Éléanor, je suis ravie que tu sois là, me chuchote-t-elle, tout en me claquant la bise.

Ses moustaches de chat me chatouillent au passage.

— Merci, balbutié-je, étonnée par tant de politesse et de gentillesse.

— Non, ce n'est pas vrai. Je m'en moque en réalité. Mais Dream m'a demandé de te dire ça, pour te mettre à l'aise.
— Charmant... murmuré-je.
Hope souffle, avant de la saisir par les épaules pour la tourner en direction des autres invités.
— Si c'est ce que tu as de plus sympa à dire, tu peux retourner voir tes copines. Pendant ce temps, Éléa et moi ferons notre soirée dans notre coin. On va s'éclater comme des malades toutes les deux.
— Non, attends ! s'exclame Beverly.
Elle piétine, comme si elle se sentait mal à l'aise.
— Je m'inquiète, enchaîne-t-elle. Parce que... il n'est pas encore arrivé.
— Qui ça ? rétorque Hope, intriguée.
— Ben... lâche-t-elle en tapant du pied. Tu sais bien...
Elle s'arrête et me lance une œillade, loin d'être discrète.
— Je ne vois pas pourquoi tu m'as invitée, si je te dérange à ce point-là.
— Mais noon ! se défend Beverly. Ce n'est pas ça. On t'expliquera le moment venu. Pour l'instant, j'ai promis de ne rien te dévoiler.
Hope blêmit.
— Il ? Le « il » qui doit débarquer aujourd'hui, c'est bien ça ?
— Oui. Je suis née à 17 h 45. Il devrait déjà être là, non ?
Comme je ne capte rien, et qu'en réalité, les histoires de Beverly ne m'intéressent que très peu, pour ne pas dire pas du tout, je me rabats sur le contenu de mon verre.
— Wouah ! soufflé-je. Il est chargé le punch !
Les deux me toisent comme si je venais de sortir une ignominie. D'accord, j'ai compris, je me tais.
— Ne t'inquiète pas, Bev. Je vais essayer d'appeler Marthe. À cette heure-ci, elle n'est pas encore couchée. Elle pourra nous dire si c'est normal ou non. Je reviens, me certifie Hope, un air contrit sur le visage.

Je hoche la tête en levant les mains en signe d'assentiment, puis elle s'éloigne. Ne reste plus que Beverly et moi. Nous nous observons en silence.

Alors que je m'apprête à lui demander ce qu'elle ne doit théoriquement pas me révéler, parce que je suis une vilaine petite curieuse, des cris et des acclamations me coupent dans mon élan. La bande des quatre, comme je les appelle, vient de faire son entrée. Chad Mc Coued, suivi de Cameron Baker, son second au basket, et leurs deux amis, Dylan Murphy et Gage Atikson. Même si les deux derniers ne jouent pas dans l'équipe, ils sont les coqueluches du lycée. Il faut dire que chacun a son propre style, il y en a pour tous les goûts. Chad, tout en muscles, avec ses boucles rousses et ses traits fins constellés d'éphélides. Cameron, le tombeur, parce qu'en une semaine je l'ai déjà surpris en train de bécoter deux filles différentes. Il me rappelle énormément Brad Pitt quand il était plus jeune. Dylan, avec ses longs cheveux châtains, ses tatouages et ses piercings, mais c'est surtout son côté androgyne qui lui confère tout son sex-appeal. Puis Gage, grand, brun, le regard noir, qui se la joue sombre et mystérieux.

Ils n'ont même pas pris la peine de se déguiser. Du coup, je me sens encore plus empotée dans le mien. D'autant que ces immenses ailes me gênent affreusement. J'ai peur de bouger et d'accrocher quelque chose. Tout ici respire le luxe.

En tout cas, il n'en faut pas davantage à Beverly pour m'expulser de sa mémoire. Elle me tourne le dos et file au pas de course pour les accueillir. Me voilà donc livrée à moi-même, avec pour seule compagnie un punch bien trop fort à mon goût. Je pose mon verre, et décide de me mettre un peu plus à mon aise, en attendant le retour de Hope. Je trouve un banc pour y installer mes ailes, mon serre-tête, et ma robe. En quelques secondes, j'ai l'impression qu'un poids s'est envolé de ma poitrine. Je renfile ma veste, parce que je ne suis toujours pas réchauffée, puis j'attrape un Dragibus dans ma poche. Grâce à cette petite sucrerie, je découvre un avant-goût du paradis.

Quand Hope revient, elle m'adresse un geste de la main, avant de s'étirer sur la pointe des pieds pour examiner la foule. Elle s'engouffre dans la masse, et en ressort en compagnie de sa sœur, suivie de Beverly. Les trois se concertent en me fixant. Je n'aime pas ça. J'ai la vague impression qu'il va se produire quelque chose d'important, voire de dramatique. Je préfère éviter de les regarder. Les mains moites, je me retourne en direction du buffet, en faisant mine de chercher quelque chose. Du coin de l'œil, j'aperçois une sortie. J'aurais dû rester chez ma cousine, je le sens dans mes tripes. Ma paupière se remet à sautiller, pendant que mes dents grincent. Je ne peux pas contrôler ce tic nerveux au niveau de mon œil, mais je peux détendre ma mâchoire. Je replonge la main dans ma poche en quête d'une dose de sucre, et m'enfuis de cette véranda devenue trop étouffante pour moi. J'essaie de calmer le rythme de mes pas, même si l'air frais du dehors m'appelle haut et fort.

À peine ai-je posé un pied sur la terrasse, que le spectre d'une femme dans une grande robe blanche vaporeuse me fonce dessus. Les yeux exorbités, incapable de bouger, je bloque sur ses lèvres difformes qui s'ouvrent en grand pour libérer un cri strident, qui me vrille les tympans. Je porte aussitôt les mains sur mes oreilles en fermant les paupières le plus fort possible. Foutues visions ! Malgré tous les anxiolytiques et antidépresseurs que j'ai avalés, rien ne les a jamais stoppées. J'ai vraiment un pète au casque !

— Éléa ! Ça va ?

— Éléa ? Qu'est-ce qui t'arrive ?

Il me faut quelques secondes pour reconnaître les voix des jumelles, et surtout pour remarquer les doigts de Dream qui emprisonnent mes poignets. Elle accompagne mes gestes pour m'obliger à baisser les bras.

— On n'en tirera rien du tout de cette fille, râle Beverly. Regardez ! Ça se voit qu'elle est secouée !

— Pff ! souffle Hope. On pourrait dire la même chose de chacune d'entre nous, je te signale.

— Hé ! Parle pour toi. Moi, je me sens tout à fait saine d'esprit.

— Cessez de vous disputer, tempère Dream. Depuis le début, je vous dis que c'est elle. Marthe n'a fait que confirmer mon intuition.

Je les observe tour à tour, éberluée.

— De quoi est-ce que vous parlez ? demandé-je d'une voix blanche. Et puis, qui est cette Marthe ? Je la connais ?

Les filles regardent autour de nous, comme pour s'assurer qu'aucune oreille indiscrète ne traîne dans les parages.

— On a besoin de ton aide pour un truc, me précise Dream.

— Enfin, c'est surtout Bev qui a besoin de ton aide, nuance Hope.

Dream fusille sa sœur des yeux, avant de reporter son attention sur moi.

— Tu veux bien nous accompagner ? Je te promets que l'on t'expliquera tout une fois sur place.

— Oui, allez, viens avec nous ! déclare Beverly, d'un ton un peu trop autoritaire à mon goût.

Je ne ressens aucune forme d'affection pour cette pseudo-princesse. Quant à Hope, sa personnalité est étouffée par celle de sa jumelle, aussi, c'est compliqué de se faire une idée. Mais pour Dream, qui m'a accueillie à bras ouverts, c'est différent. Je lui suis reconnaissante, et je crois qu'il est très difficile de ne pas l'apprécier.

— D'accord.

— Attends ! s'exclame Beverly. Avant, je veux savoir. C'était quoi cette crise ?

Je n'ai jamais dit à quiconque que j'avais des hallucinations, à part à mon dernier psy. Mais parce que je me sentais en confiance.

Désemparée, je cherche de l'aide dans les prunelles vertes de Dream, et comme souvent, c'est Hope qui vient à mon secours.

— Tu crois que c'est le plus important, là ? Je te rappelle que l'on doit s'activer avant minuit, si tu veux qu'il se pointe.

Beverly claque sa langue contre son palais, tout en secouant la tête, agacée. Elle adopte vraiment des attitudes d'enfant trop gâtée.

— Très bien, allons-y !

Chapitre 3

Dans quoi me suis-je laissé embarquer ?

Je ne pensais pas, en donnant mon accord pour aider Beverly, me retrouver en plein cœur d'une forêt au beau milieu de la nuit, avec pour seule arme de défense mon portable en mode torche. Les différentes variétés de pins rivalisent de hauteur. Leur parfum de sève si particulier s'approprie mon nez, tandis que de rares aiguilles craquent sous mes pieds. Leurs branches, bien fournies et résistantes au froid du Wisconsin, empêchent les rayons lunaires de nous éclairer le chemin. Pas une étoile en vue, non plus.

Tous les sens aux aguets, j'épie chaque son. Que ce soient les oiseaux nocturnes, les mouvements de mes camarades, ou les bruits au loin.

— Quels genres de prédateurs rôdent par ici ? demandé-je, comme si la réponse était susceptible de me rassurer.

— T'inquiète, tu ne risques rien à ce niveau, me rétorque Dream, juste devant moi.

— Ah bon... répliqué-je, perplexe. Et qu'est-ce qui doit me préoccuper, alors ?

— Pourquoi est-ce qu'on ne le lui dit pas maintenant ? ronchonne Beverly, en tête. Ce serait plus simple, quand même, non ?

— Nooonn ! opposent les jumelles, à l'unisson.

— Si mon opinion compte un peu, et croyez bien que ce n'est pas pour jouer les rabat-joie, mais pour une fois, je suis d'accord avec Beverly.

Un craquement sinistre derrière nous me fait sursauter. J'exécute un demi-tour et me retrouve face à Hope, qui manque de peu de me rentrer dedans.

— C'est bon, avance, me rassure-t-elle en me poussant légèrement dans la direction opposée. Ce n'est rien.

Comment peut-elle le savoir sans même se retourner ? Mais son ton est si convaincant que je me remets en route, sans ajouter quoi que ce soit.

— On arrive, m'informe Dream.

Face à moi, le tableau de l'horreur. L'un de mes pires cauchemars.

Comment ai-je pu manquer de jugeote à ce point-là ?

Où est passé mon bon sens ?

Pourquoi, alors que nous quittions la terrasse en direction des arbres, est-ce que je n'ai pas posé plus de questions ?

— Où est-ce qu'on est ? m'inquiété-je, sans doute un peu trop tardivement.

— Toujours chez moi, m'explique Beverly, sur le ton de la vantardise. Ce chalet se trouvait déjà là au moment où mon beau-père a acheté la propriété. Quand je l'ai découvert, il a accepté de me le laisser. Après tout, il se situe tellement loin de la maison, je ne vois pas ce qu'il aurait pu y faire.

Moi, je sais… Le raser, par exemple. Ça semble une très bonne idée.

Beverly pousse la porte, qui couine sur ses gonds. Les jumelles la suivent à l'intérieur, et je leur emboîte le pas, peu rassurée.

Sous mes doigts, à droite de l'entrée, je découvre un interrupteur que je m'empresse d'actionner avec frénésie. Les cliquetis raisonnent, mais rien ne se produit.

— Inutile de t'acharner, l'électricité est coupée, m'apprend Hope.

— Mesure de précaution, détaille Beverly.

— Mais on a plein de bougies, s'enthousiàsme Dream en attrapant une boîte d'allumettes sur un buffet.

À l'instar d'une maraca, elle la secoue avant de l'ouvrir et d'en craquer une. Imitée par Hope et Beverly, l'odeur de soufre ne tarde pas à remplacer celle des pins.

La modeste pièce à vivre s'avère plutôt fonctionnelle. Je suppose qu'il s'agissait d'une dépendance pour du petit personnel. Un comptoir en bois sépare la cuisine de ce qui fait office de salon, salle à manger. Je m'avance entre le canapé jaunâtre positionné face à la cheminée, et la table ronde, en direction d'une des deux autres portes. J'ignore pourquoi, mais je ressens le besoin d'ouvrir celle de droite. C'est comme si quelque chose m'appelait. Un genre de chant de sirène, je suppose.

— J'éviterais d'aller dans cette pièce si j'étais toi, me prévient Beverly.

Sa voix me semble faible et lointaine. Si éloignée, que sans doute pour la première fois de ma vie, je ne tiens pas compte de l'avertissement. Pourtant, je sens le poids de leurs regards dans mon dos, ainsi que leur angoisse. Mais je n'ai pas peur. Je sais que c'est la bonne chose à faire.

J'enroule mes doigts sur la poignée en métal froid, puis la baisse doucement. Dans la baignoire, le spectre d'un enfant en pleurs, mouillé de la tête aux pieds, m'observe. Ses grands yeux humides s'ornent de petites rides au moment où ses lèvres s'étirent en un beau sourire. Je réalise alors qu'il ne me regarde pas, mais qu'il fixe quelque chose dans mon dos. Derrière moi se tient la femme en robe blanche qui m'a hurlé dessus, un peu plus tôt. Elle me glisse sous le nez, laissant dans son sillage un nuage glacé, puis enlace le bambin qui lui tend les bras.

— Merci, articule-t-elle avant de s'évaporer littéralement, avec l'enfant.

— Personne ne se déplace jusqu'ici pour faire le ménage, déplore Beverly. Du coup, la salle de bain est franchement crade. Referme, et viens t'asseoir. On va t'expliquer pourquoi on t'a conduit ici.

J'avise mes camarades, installées autour de la table. Il reste une chaise vide, comme si elle m'attendait.

— Vous voulez dire… Vous n'avez rien vu ?

Je ne réalise la portée des mots que ma bouche a libérés, presque contre mon gré, qu'en examinant leurs visages étonnés.

— Qu'est-ce que tu as vu ? m'interroge Dream.

Gênée, je secoue la tête en m'avançant jusqu'à elles.

— Rien, affirmé-je en prenant place. Laisse tomber. Expliquez-moi plutôt ce que l'on est venues faire.

— Mon familier ne s'est pas pointé, m'annonce Beverly, comme si cette information à elle seule était à la portée de ma compréhension. Normalement, il est censé arriver le jour du 18e anniversaire d'une sorcière. Mais Marthe pense que comme nous ne sommes que trois, c'est pour ça qu'il ne se montre pas. On doit être au moins quatre pour former un coven et unir nos pouvoirs. Pour ça, nous devons nous trouver un nom, et ainsi, nous pourrons exécuter un rituel d'appel.

— Tu vois, Dream, s'amuse Hope. Après, tu m'accuseras de manquer de tact et de délicatesse. Mais en réalité, Beverly me bat à plates coutures.

— C'est vrai que c'est un peu abrupt, confirme Dream. Mais de cette façon, il n'y a plus rien à expliquer.

Les filles me dévisagent, attendant visiblement une réaction de ma part. Or, j'en suis incapable. Mon cerveau n'a imprimé aucun mot après « sorcière ».

— Ou alors, au contraire, ironise Hope. Il va désormais falloir tout décoder.

— Éléa ? Tu es avec nous ? m'interpelle Dream.

— Je vous l'ai dit qu'elle avait un grain, cette fille ! s'emporte Beverly en tapant du poing sur la table. On aurait dû s'allier à Marthe tant que c'était encore possible. Maintenant, je n'aurai jamais de familier. Faut que je sorte un moment ! Vous m'avez saoulée !

Elle se lève, puis quitte le chalet, en claquant la porte.

— Éléa, on a besoin de toi, reprend Dream posément. Si tu commençais par nous raconter ce que tu as vu, quand tu es allée dans la salle de bain ?

— Bonne idée, remarque Hope.

Je tente de déglutir, mais ma gorge est plus sèche que le Sahara. Ma paupière se met à sautiller, pendant que j'entrelace nerveusement mes doigts sous la table. Je sens une main se glisser dans ma poche pour en sortir le paquet de Dragibus.

— Tu permets ? m'interroge Hope, en le posant devant nous, grand ouvert. Après tout, c'est Halloween. Et on n'a même pas eu droit à un seul bonbon encore, ce soir.

Je plonge mes doigts à l'intérieur, en attrape un noir, mes préférés, et laisse le sucre fondre sur ma langue. Après quelques secondes, tandis que les jumelles ont l'air de s'être résignées, ma capacité à former des mots revient.

— Je vois des fantômes, murmuré-je, honteuse.

— Je le savais ! s'exclame Dream en bondissant de sa chaise, qui chute derrière elle dans un vacarme épouvantable. J'en étais sûre qu'elle était des nôtres ! Youpiiii !

Elle tourne et sautille en tapant des mains.

— Ça va, c'est bon. Calme-toi, tente de la tempérer Hope. Eh ben, on n'a pas fini d'en entendre parler de celle-là !

— Vous n'avez pas peur ? m'étonné-je. Vous ne pensez pas que je suis folle, comme Beverly ?

— Beverly est un cas à part, me corrige Hope. Fais comme moi. Les trois quarts du temps, je l'ignore.

— Bienvenue parmi nous, poursuit Dream en me prenant dans ses bras, avant de redresser sa chaise et de se rasseoir.

— Attends, modère sa jumelle, ce n'est pas encore fait. Nous devons trouver une certaine résonance entre nos pouvoirs pour appeler le familier de Bev.

— Mais... Ce n'est pas parce que je vois... des... fantômes, que je suis une sorcière.

— Ah bon, tu crois ? me lance Beverly, que je n'avais pas entendue revenir. Et d'après toi, alors, qu'est-ce que tu es ? Voir des fantômes, c'est ton pouvoir principal. Mais tu as bien dû te rendre compte que tu en possèdes beaucoup d'autres, moins puissants et pourtant vachement utiles. Comme celui-là par exemple.

Elle tend son index en direction d'une bougie éteinte, posée sur le buffet à environ deux mètres de nous, et aussitôt, une flamme apparaît. Surprise, je saute sur mes pieds pour me reculer.

— Oui. Ou ça ? ajoute Dream.

Elle cale un bonbon au creux de sa main, et d'un mouvement de l'autre en direction du plafond, la friandise décolle à une vingtaine de centimètres au-dessus.

Je les observe, ne sachant plus quoi dire ni même comment réagir. J'ai l'impression que tout ce que je connaissais, mon petit univers presque rassurant, vient de s'écrouler.

— Vous vous trompez, finis-je par déclarer. Je ne suis pas ce que vous croyez.

— D'accord, Éléanor, affirme Beverly. On va procéder à un test, et ensuite, tu nous diras si oui ou non, tu penses être ce que l'on avance. Ça te convient ?

Un défi. Au point où j'en suis, autant aller jusqu'au bout.

— Qu'est-ce que je dois faire ?

Quand Beverly reprend sa place autour de la table, et que je l'imite, je me demande si je n'aurais pas dû m'enfuir tant que je le pouvais encore.

— Pour le nom du coven, articule Dream, j'ai une idée. Elle est un peu simpliste, mais vu qu'il est déjà presque 22 h, nous n'avons plus beaucoup de temps pour réaliser le rituel. Houlà ! Qu'est-ce que je suis nerveuse ! Allez, je me jette à l'eau. J'ai pensé au « cercle de la forêt ».

Les filles s'observent quelques secondes, quand Hope brise le silence.

— Je valide. Bev ?

— Je m'en moque du nom que l'on se donne. Je ne traîne avec vous que par la force des choses. Tout ce que je veux, moi, c'est mon familier.

— Surtout, évite de te montrer un tant soit peu aimable, ronchonne Hope, ça pourrait t'épuiser. Quant à la gratitude, alors là… Pff… Je suis certaine que tu ne sais même pas ce que ça signifie !

— Non, mais je t'en prie ! s'énerve Beverly.

— Ça suffit ! s'interpose Dream, en se levant, les poings posés sur la table. Vous allez arrêter de vous disputer sans arrêt ? C'est pénible à la longue.

Les filles baissent le nez, sans s'excuser pour autant.

— Éléa, qu'en dis-tu, toi ? me demande Dream d'un ton plus doux, en reprenant sa place sur sa chaise.

Je hoche la tête, toujours sceptique, mais bien déterminée à leur prouver qu'elles ont tort.

— Le cercle de... la forêt ? Je dois donner mon avis par rapport à ce nom. Je ne sais pas... Comme vous voulez...

— Super ! se réjouit Dream. On va pouvoir passer au rituel. Hope, c'est à toi que Marthe a tout expliqué. Nous t'écoutons.

— Et cette Marthe dont vous n'arrêtez pas de parler... qui est-ce ?

Beverly claque sa langue contre son palais, en fouettant l'air d'une main rageuse.

— Une sorte de mentor, ça te va ? me rétorque-t-elle, agacée.

— Du calme, Bev, s'interpose Dream, qui ne me laisse pas le temps de répondre. C'est normal qu'Éléa pose des questions.

— Beverly, l'interpelle Hope, d'un ton légèrement arrogant. Aurais-tu l'extrême obligeance d'attraper la planche de Ouija, s'il te plaît ? Nous aurons aussi besoin du caquelon en cuivre, d'eau de lune, de thym, de laurier noble, de lavande, et de deux bougies blanches et deux noires.

— Pourquoi, tu as les fesses collées sur ta chaise ? Ou bien tu souffres d'amnésie peut-être ? Non, ne me dis pas ! Tu as oublié où sont rangées les herbes.

— Ah ! Tu le prends sur ce ton ? Tu vas voir !

Hope tend son bras droit et positionne sa paume au-dessus d'une bougie en fixant Beverly. Cette dernière se met aussitôt à gémir en examinant sa main. Une cloque rouge se forme, tandis que Hope n'a l'air de rien ressentir.

— Arrête ! s'écrie Dream, juste avant de souffler la flamme.

Le regard haineux, Beverly plante ses pupilles dans celles de Hope.

— Bouge ton gros cul, lui ordonne Bev, va me chercher des pansements dans la salle de bain, et au passage avale la bouteille d'eau de javel qui s'y trouve.

Tel un automate, Hope se lève, imitée par sa jumelle qui lui barre le passage. Les mains sur les épaules de Hope, les bras tendus, Dream tente tant bien que mal de l'empêcher d'avancer.

Chapitre 4

— Non, mais ça va pas ! hurle Dream. Retire ça immédiatement, Bev ! Sinon, je te jure que...

— OK ! C'est bon... Hope, oublie ce que je viens de dire. Attrape juste les pansements, la planche de Ouija et les ingrédients pour le rituel.

J'observe la scène, médusée. Dream et Beverly se foudroient du regard, pendant que Hope s'exécute comme si elle avait perdu tout son libre arbitre.

— Vous... balbutié-je.

Je déglutis, pour prendre mon élan.

— Vous pourriez peut-être m'expliquer ce qu'il vient de se produire ? demandé-je d'une voix un peu plus affirmée.

Dream, que je n'avais encore jamais vue si en colère, tourne lentement la tête vers moi. Ses traits se détendent au moment où ses pupilles rencontrent les miennes. Je dois sembler effrayée. Non ! En fait, je suis carrément terrorisée.

— Je suis désolée, s'alarme-t-elle. Hope et Bev possèdent deux caractères forts, ce qui produit souvent des étincelles. Mais, jamais à ce point-là ! s'exclame-t-elle en reportant de nouveau son attention sur Beverly.

— Ça va ! Ça va ! Je me suis laissé un peu emporter, je le reconnais. Mais tu admettras que ta sœur a dépassé les bornes, se défend Bev en exhibant sa paume rougie.

— T'inquiète pas, je mettrai les choses à plat avec elle aussi. En attendant, regarde dans quel état se retrouve notre pauvre Éléa.

La pitié que je détecte dans sa voix produit l'effet d'un court-circuit directement dans mon cerveau. Je respire une grande goulée d'air, puis me redresse.

— Ne me compare pas à un petit truc fragile que tu dois protéger, rappelé-je, autant pour elle que pour moi. Maintenant, j'exige des explications.

— On te l'a dit, souffle Beverly, blasée. Nous sommes des sorcières. Toi, tu vois des fantômes. Hope est une poupée vaudou. Quant à Dream, elle peut se diviser et créer l'illusion qu'elle se trouve à plusieurs endroits à la fois. Et moi, j'ai le don le plus cool qui soit ! Je peux contrôler les esprits.

— Je te l'ai répété à de nombreuses reprises, je déteste le terme de poupée vaudou, corrige Hope en posant la planche de Ouija et tous les ingrédients, sur la table.

— D'accord. Et comment veux-tu que l'on qualifie ton pouvoir, alors ?

— Ça suffit ! s'emporte Dream. Vous n'allez pas déjà recommencer ? On a un rituel à accomplir, et je vous rappelle que l'heure tourne.

Les deux filles se dévisagent, tandis que Hope s'assoit à ma droite, face à son ennemie du moment.

— Bien, poursuit Dream. Que devons-nous faire exactement ?

— En fait, débute sa sœur, d'après Marthe, ce n'est pas très compliqué. Comme pour certains surnaturels, l'âme d'un familier se réincarne. Il cherche une enveloppe charnelle disponible à investir. C'est-à-dire qu'il faut que l'animal soit mourant pour que le familier prenne sa place. Il est donc possible que celle du tien n'ait pas encore trouvé son hôte. Ou alors, il est peut-être bloqué dans les limbes. Dans un cas comme dans l'autre, il ne peut pas te rejoindre. En premier, nous devons boire une gorgée d'eau de lune. Après, nous déposerons quelques pincées de chacune des herbes au pied d'une bougie, que l'on allumera. Puis, nous placerons nos doigts sur la goutte, et nous appellerons ton futur familier pour l'aider à retrouver son chemin. Je suppose que tu lui as déjà choisi un nom ?

— Évidemment. Pour qui me prends-tu ? Je l'ai baptisé Hadès.

Hope souffle, en secouant la tête.

— Tu es sûre ? s'étonne Dream.

— Oui. Pourquoi ?

— Non. Pour rien.

— Bon ! On y va, ou quoi ? s'impatiente Bev.

Je regarde tout ce qu'il se passe autour de moi comme une simple spectatrice. Je crois que mon cerveau n'est plus en mesure d'ingurgiter la moindre information supplémentaire. J'aurais dû rebondir lorsque Hope a évoqué « certains surnaturels », mais je n'en ai plus la force.

Le punch était sacrément corsé. Se peut-il qu'une substance hallucinogène soit à l'origine de tout ce délire ? Car dans l'immédiat, mon implication dans tout ce processus m'échappe. Du coup, mes réactions potentielles sont altérées, voire inexistantes. L'atterrissage risque d'être rude.

Nous suivons les indications de Hope à la lettre. L'eau de lune, les herbes, puis les allumettes pour enflammer nos bougies respectives. Enfin, lorsque la pulpe de mes doigts entre en contact avec le bois, une tension électrique remonte le long de mes bras. Je me retrouve raide comme un piquet, figée, incapable de bouger. Je ne peux même pas cligner des paupières.

— Hadès, j'ai hâte de te rencontrer. Viens jusqu'à moi, je t'en prie. J'ai besoin de toi. M'entends-tu ?

La goutte reste immobile, alors que sous ma peau, tout s'agite. J'ai l'impression que chaque organe, chaque cellule, chaque atome vibre à une vitesse vertigineuse. Ma température explose. Je bous de l'intérieur.

— Hadès, suis le son de ma voix. S'il te plaît, adresse-moi un signe.

Une perle de sueur glisse le long de ma joue. Je voudrais retirer mes mains, mais j'en suis incapable. Je tente de déglutir, seulement ma gorge est désespérément sèche. Ma respiration se bloque. Ma vue se trouble, et c'est alors que je me sens comme éjectée de mon propre corps. Je me découvre de l'extérieur. La tête penchée en arrière, mes yeux s'illuminent d'une teinte orangée. J'ouvre la bouche, et la voix qui en sort n'a rien de commun avec la mienne. Sa tonalité est grave et rocailleuse.

— J'arrive.

Comme aspirée, je réintègre mon enveloppe charnelle. Seulement, je suis tellement secouée, que je vois le salon basculer. Je m'effondre sur le plancher. Ma rencontre avec le bois est brutale. Mes paupières papillotent quelques secondes, me permettant de distinguer le visage de Hope penché au-dessus du mien. Elle a l'air de me parler, voire de crier, mais je ne l'entends pas.

Trop faible pour lutter, je me laisse aller vers ce gouffre noir et gigantesque, qui m'attire et m'appelle, synonyme de repos et de calme.

Le grondement d'un moteur résonne dans mes oreilles. Un parfum boisé, que je ne connais pas, affole mes sens. Je me revois dans le chalet, quand je me suis écroulée de ma chaise, et...

Plus rien !

Le vide intersidéral.

J'ouvre les paupières en sursautant.

— Salut, m'apostrophe une voix grave et plutôt enjouée. Tu émerges juste à temps. On sera bientôt chez Ruth.

Incrédule, je dévisage mon chauffeur, sans vergogne aucune. Le cauchemar continue. Je suis dans la Jeep de Chad Mc Coued, et c'est lui qui est au volant. J'ai dû louper un épisode, là. Il m'adresse un sourire, qui remonte jusqu'à ses yeux bleus, dans lesquels je crois apercevoir une sorte d'étincelle.

— Ce sont les jumelles qui m'ont demandé de te ramener. Le temps que leur père arrive, tu aurais dépassé ton couvre-feu.

Scotchée et dans le flou le plus total, je continue de le fixer, sans mot dire.

— Tu te demandes sans doute comment tu as atterri du chalet jusque dans ma caisse.

Je me contente de hocher la tête.

— Lorsqu'on vous a vues partir en direction de la forêt, mes potes et moi, on a décidé de vous suivre. Pour être franc, on pensait que vous alliez rejoindre d'autres fêtards, pour une soirée plus... Enfin, peu importe. Après, Bev est sortie et on en a profité pour lui demander ce que vous foutiez au milieu des bois à cette heure. C'est à ce moment qu'on a préféré rester. Juste au cas où vous auriez besoin de nous. On a rudement bien intuité, on dirait ! Surtout quand cet énorme nuage noir s'est abattu sur la bicoque. On vous a dégagées de là à toute vitesse.

J'essaie de me remémorer tout ce qu'il me raconte, seulement, j'ai l'impression que mon cerveau a procédé à un tri drastique de mes souvenirs.

— Comment vont les autres ?

— Oh ! Mais c'est qu'elle parle. T'inquiète pas, plus de peur que de mal. Elles sont en sécurité, chez Bev. J'ai demandé aux gars de continuer à veiller sur elles en mon absence.

La façon dont il m'énonce cette dernière phrase est étrange. Comme si endosser le rôle de protecteur était quelque chose de logique, voire d'habituel pour lui.

— Et toi, comment tu te sens ?

Je m'accorde quelques secondes pour scanner mon corps, ainsi que mes émotions.

— Vaseuse, avoué-je. J'ai bu du punch à la noix de coco, et...

Je m'interromps, car je réalise que ce que j'allais dire ne tient pas la route. Je dois me rendre à l'évidence. Le punch n'était pas trafiqué. Sans quoi, Chad ignorerait tout de mon « délire » avec cette histoire de chalet. Du coup, il va sûrement penser que j'ai abusé de l'alcool. Merveilleux !

— Hum... Du punch à la noix de coco... C'est bon ça. Et sinon, tu as un prénom, je suppose ? Parce que les filles étaient si nerveuses, qu'aucune d'elles ne s'est donné la peine de me le communiquer. Moi, c'est Chad, au fait.

Il se présente comme s'il ne savait pas que tout le monde connaît son identité. Une telle humilité de sa part me surprend. Mais je n'ai pas le temps de répondre que la voiture s'immobilise juste devant le perron de ma cousine.

— Bon, tu es arrivée à destination. Tu veux que je vienne t'ouvrir, ou tu vas gérer ?

J'actionne la poignée, et descends la marche en m'accrochant au bord du siège. Si en plus je m'étale de tout mon long sur le trottoir, voilà qui va clore la soirée en beauté.

— Merci, de m'avoir raccompagnée.

— De rien. Tu ne me dis toujours pas ton prénom ?

Quel intérêt ? Il pourra ainsi se vanter dès demain d'avoir ramené chez elle la pauvre nouvelle qui était beurrée après avoir bu quelques verres de punch... Qu'est-ce que je suis allée lui raconter ?

Je claque la portière, et comme cette soirée de calvaire n'en finit décidément pas, il m'adresse un geste de la main pour m'inviter à traverser devant la voiture.

— Repose-toi bien, miss coco ! me recommande-t-il, à travers sa vitre ouverte.

Le pompon du pompon.

Un surnom ridicule !

Il ne me manquait vraiment plus que ça.

Je m'apprête donc finalement à lui donner mon prénom, quand la Jeep noire s'élance.

Trop tard...

Chapitre 5

Après une nuit torturée et tortueuse, à tourner dans un sens puis dans l'autre, je décide de me lever. Enfin, me lever... C'est un bien grand mot. Assise au bord du lit, je fixe l'écran de mon téléphone. Le chiffre 4, qui clignote au niveau de l'enveloppe, me nargue. Je regarde de plus près, et découvre que tous les textos proviennent de Dream. J'ai besoin de plus de temps avant de les lire.

Aujourd'hui, il n'y a pas cours. Une chance, car il est déjà presque 11 h. J'ai entendu Ruth partir très tôt. Comme elle n'est pas encore rentrée, je vais vite en profiter pour me glisser sous la douche, avant d'essayer de nous cuisiner quelque chose. Mes talents culinaires sont limités, mais grâce à mon ami Google, tout devient possible. Il suffit de noter une liste d'ingrédients pour qu'il me trouve la ou les recettes adéquates. J'ose espérer que cette activité me changera un peu les idées. Si bien sûr, elle pouvait me détendre au passage, je ne serais pas fâchée.

C'est sans doute trop demander à une simple recette.

J'ai eu du mal à trouver mes repères dans cette vieille cuisine, mais j'ai fini par y arriver. J'enfourne ma tarte à la tomate et au chèvre pile au moment où la porte d'entrée s'ouvre. Je dévale l'escalier en courant pour rejoindre ma cousine, afin de lui prêter main-forte si nécessaire.

— J'allais t'appeler, justement, me confirme-t-elle en désignant son cabas plein à craquer. Tu ne t'es pas inquiétée, j'espère ? J'ai rencontré mon amie Margaux au marché, qui m'a invitée à boire un thé. Je n'ai pas vu l'heure passer.

— Aucun problème.

Je m'empare de la poignée du chariot, pour le monter jusqu'à l'étage. Inutile de l'attendre. J'aurai bien avancé le rangement des courses lorsqu'elle atteindra le palier.

— Hum… Quelle est cette délicieuse odeur ? s'enquiert-elle en entrant dans la pièce.

— J'ai préparé une tarte à la tomate et au chèvre, expliqué-je en cherchant une place dans le réfrigérateur pour l'énorme botte de poireaux. J'espère que ce sera bon, je n'ai pas l'habitude de cuisiner.

Je me sens mal à l'aise. Mes pensées tournent en boucle. Ruth se montre si gentille avec moi. Je culpabilise à mort. J'ai l'impression de lui cacher des choses importantes. Si c'était une histoire de garçon, ou… un truc entre copines, ça irait. Mais là, c'est bien plus grave. J'ai vraiment du mal à digérer ces trucs soi-disant magiques. Comment pourrais-je savoir sur quel pied danser ? J'ai couru les cabinets psychiatriques presque toute ma vie. Tous les médecins que j'ai rencontrés m'ont conseillé d'ingurgiter des cachets contre l'anxiété et la dépression pour éviter de me faire interner, à cause de ces histoires de fantômes. Et voilà que l'on m'annonce que je serais une sorcière. C'est dingue ! Je dois en parler. J'ai besoin d'un avis extérieur. Et mis à part Ruth, je n'ai personne d'autre sous la main. Je dois trouver une solution pour évacuer tout ce stress qui me ronge, me comprime les côtes, et me noue l'estomac.

— Oh ! Tu as remis tes bijoux ? se désole-t-elle.

Pour toute réponse, je hausse une épaule.

— Tu es si jolie. Tu n'as vraiment pas besoin de ces artifices, tu sais ? Mais bon. Je suppose que c'est la mode, et que je vais devoir me faire une raison.

Elle s'installe sur sa chaise en osier, autour de la table en formica orange, puis tend son doigt noueux en direction de la carafe et du verre, à côté de l'évier.

— Tu veux bien, ma petite chérie, s'il te plaît ?

Ce surnom, si gentil soit-il, accroît mes remords. Je m'exécute, en cherchant comment aborder le sujet.

— Ruth, débuté-je, après l'avoir servie, j'aimerais te parler de la soirée d'hier.

Je m'installe en face d'elle, tout en positionnant mon index sous ma paupière droite pour l'empêcher de sautiller.

— Rassure-moi, tu n'as pas commis de bêtises, au moins ? Les garçons n'ont qu'une seule chose en tête, tu sais ! Et ils sont prêts à dire n'importe quoi pour l'obtenir.

Je suis tellement à cent lieues de ce qu'elle me raconte, que je marque une pause pour raccrocher les wagons.

— Non ! finis-je par m'exclamer, en sentant mes joues chauffer. Ça n'a rien à voir.

Je n'ai jamais eu de petit copain, et la seule fois où je me suis un peu intéressée à un garçon, mon ex-meilleure amie, Mandy, s'est empressée de lui sauter au cou. J'ai déménagé peu après cet épisode. En plus, si je devais discuter de ce genre de chose avec quelqu'un, ce ne serait sûrement pas avec ma vieille cousine bigote.

Bien qu'à la réflexion, ce que je m'apprête à lui raconter n'est sans doute pas mieux.

Tant pis, il faut que ça sorte.

— Avec les jumelles, on est allées jusqu'au chalet...

Ding ! Dong !

La sonnerie de la porte d'entrée me fait tressaillir. J'étais tellement plongée dans mes souvenirs, je les revivais si intensément pour pouvoir les narrer avec précision, que je ne m'attendais pas à être interrompue. Sous le choc, je regarde autour de moi, en quête de la bonne réaction.

— Tu vas ouvrir, s'il te plaît ? Tu me raconteras ta soirée, après.

Évidemment, c'est ça que je dois faire.

— Bien sûr, confirmé-je en me levant.

Je redescends les marches, en maudissant la personne qui ose nous déranger dans un moment pareil. Comment vais-je faire maintenant, pour retrouver le courage d'aborder un sujet aussi sensible ?

Derrière la porte, je découvre Dream, qui, comme à son habitude, sourit de toutes ses dents.

— Comme tu ne répondais pas à mes messages, j'ai décidé de venir. Tu ne m'en veux pas, j'espère ?

— Qui est-ce ? crie Ruth, avant même que je puisse réagir.

— C'est Dream, rétorqué-je sans réfléchir.

— Eh bien, propose-lui d'entrer. On ne laisse pas ses amis dehors, voyons ! Surtout par ce froid.

Je lui adresse une moue boudeuse, façon Beverly, avant de m'écarter.

— Des fois que tu te poses la question, j'ai rapporté ton costume au magasin, ce matin, m'informe-t-elle en plaçant sa veste sur la patère, à côté de la mienne.

— Ah, oui ! Merci, soufflé-je, gênée. Je l'avais complètement oublié.

D'un geste de la main, je lui indique l'escalier, et lui emboîte le pas.

— Installe-toi, l'invite Ruth. Justement, Éléanor allait me raconter votre soirée.

— En fait, j'aurais aimé lui parler en privé, si cela ne vous dérange pas.

— Ah, les jeunes !

Comme nous ignorons comment réagir, Dream et moi restons immobiles.

— Eh bien, qu'est-ce que vous attendez ? Allez-y !

D'un hochement de tête, j'encourage Dream à me suivre jusque dans ma chambre, où je prends soin de fermer la porte.

— Waouh ! Dis donc, la déco est super moche.

— Chutttt ! Elle pourrait t'entendre. En plus, ce n'est pas très sympa. J'aurais pu me retrouver dans un foyer, et je doute que ce soit mieux qu'ici.

— Ouais, c'est clair ! Bon, de toute façon, je ne suis pas venue pour ça. Pourquoi tu n'as pas répondu à mes messages ?

Elle se laisse tomber sur le lit, dont les ressorts la font rebondir en couinant légèrement.

— Pourquoi je... Tu plaisantes, ou quoi ? Tu t'imagines vraiment que j'ai digéré tout ce qu'il s'est produit hier soir ?

Je tire la chaise devant le bureau pour m'asseoir, avant de me raviser. Je préfère rester debout. Si jamais il se passe un truc bizarre, je pourrai m'enfuir plus vite.

— Oh, allez, se lamente Dream en se relevant. D'accord, j'admets que l'on s'est montrées sans doute un peu abruptes. Mais reconnais que c'est génial quand même d'être une sorcière. En plus, maintenant, grâce à toi, on forme le noyau dur d'un coven. Si d'autres sorc...

— Tu veux bien arrêter avec ça ! m'exclamé-je en posant les mains sur mes oreilles, puis en lui tournant le dos. Je t'assure que tu te trompes, et que je ne suis pas ce que tu dis.

Elle revient se poster face à moi, saisit mes poignets pour me forcer à baisser les bras.

— Pourtant, on a réussi, chuchote-t-elle, les yeux pétillants de malice. Quand Beverly est rentrée chez elle, Hadès l'attendait sur le perron.

Bouche bée, je reste muette face à sa révélation.

— Tu ne me crois toujours pas, hein ? D'accord ! On va essayer autre chose. C'est un petit tour que je pratique avec Hope, normalement. C'est juste pour s'amuser et s'entraîner à nous coordonner, mais je suppose que ça devrait fonctionner avec toi aussi. Et si ça échoue, alors, on pourra en déduire qu'hier soir n'était qu'un coup de bol, et qu'effectivement, tu n'es pas une sorcière.

Elle se tourne vers mon bureau, où elle récupère mes paquets de Post-it de toutes les couleurs.

— Viens, assieds-toi en face de moi.

Elle grimpe de nouveau sur mon lit, où elle s'installe en tailleur. Hésitante, je jette un œil en direction de la porte.

— Allez ! me presse-t-elle. À moins que tu aies changé d'avis, et que tu admettes que tu es une sorcière ?

— Jamais de la vie ! Et puis tu veux bien arrêter avec ce mot. J'ai l'impression de n'entendre plus que ça. Oh, et puis après tout, si ça peut classer cette histoire, allons-y !

Finalement, la présence de Dream sera une bonne chose. Après ce test, qui va échouer lamentablement, je pourrai revenir à ma petite vie presque tranquille, et me concentrer sur mes études pour m'inscrire à l'université. Je rêve de devenir enseignante, si possible spécialisée en littérature française.

— Parfait !

Elle détache une feuille verte, une rouge, une jaune, et une bleue, qu'elle dispose en carré entre nous.

— Qu'est-ce qu'on doit faire ?

— C'est simple. Pour unir nos pouvoirs, on va se tenir les mains. Puis, on va faire léviter tour à tour ces 4 Post-it. Pour ne pas nous embrouiller dans les couleurs, je te propose de suivre l'ordre alphabétique. Donc la bleue en premier, la jaune, la rouge et la verte.

— On n'y arrivera jamais, pouffé-je en levant les yeux au ciel.

— C'est ce qu'on va voir. Prête ?

— Prête, m'amusé-je.

Au moment où sa peau rencontre la mienne, une sorte d'énergie, comme un courant électrique de faible intensité, remonte dans mes bras.

— Tu l'as senti ? me demande-t-elle, fébrile.

J'ouvre la bouche, mais je n'ai pas le temps de répondre.

— Oui ! Je suis sûre que tu l'as ressenti aussi ! se réjouit-elle. Allez, souviens-toi. Le bleu d'abord.

Toujours sceptique, mais bien décidée à lui montrer qu'elle se trompe, je me concentre de toutes mes forces sur la feuille. Je l'imagine virevolter dans les airs, quand...

Ce n'est pas possible.

Ce doivent être la fatigue et le stress qui me jouent des tours.

Si j'osais, je dirais que je l'ai vue trembloter.

C'est alors que le Post-it bleu se soulève. Mon cœur accélère la cadence, tandis que le duvet sur mes avant-bras se hérisse. Prise d'une frénésie inexplicable, je dirige mes pupilles vers le carré jaune, qui, à son tour, s'élève dans les airs. Au moment où le rouge suit le mouvement, ma peau crépite au point de me chatouiller. Enfin, le vert entre dans la danse, et mes lèvres s'étirent en un sourire incontrôlable tellement je me sens bien.

— On les fait tourner en rond ? m'intime Dream.

Une aura scintillante se dessine autour d'elle, et je me demande si moi aussi. Il y a quelque chose d'hypnotisant dans le spectacle qu'elle m'offre. Comme j'ai peur de parler et de rompre le charme, je me contente de hocher la tête. Les feuilles forment un cercle au-dessus de nous. Lentement, puis de plus en plus vite. Si vite, que les couleurs finissent par se mélanger.

C'est alors que la porte s'ouvre dans mon dos.

— Dream ? Éléanor a cuisiné une tarte à la tomate et au chèvre. Tu restes manger avec n... Aaaaahhhh !

Chapitre 6

Prise de panique, je sursaute et lâche les mains de Dream. Quant aux feuilles, au lieu de tomber calmement sur ma couverture, elles se dispersent telles des étoiles de ninja aux quatre coins de la pièce.

— Le diable, balbutie ma cousine. J'ai laissé entrer le diable dans ma maison.

Je bondis sur mes pieds, avec l'intention de m'avancer vers Ruth pour la rassurer, mais la peur constitue un stimulant hors pair. Elle recule avec la vivacité d'un kangourou sous stéroïdes.

— Ne m'approche pas ! m'ordonne-t-elle en tournant les talons. Je ne pensais pas que toi aussi… Je croyais en avoir fini après la mort de ma sœur… Seigneur, Marie, Joseph…

J'observe sa silhouette disparaître en direction du salon, abasourdie par ce que je viens d'entendre. Je jette un œil rapide à Dream, qui hausse les épaules, avant de m'élancer derrière ma cousine.

— Ruth, attends ! Tu veux dire que tu le savais ?

Elle s'immobilise.

— Va-t'en, fille impie ! déclare-t-elle sans se retourner. Tu n'es plus la bienvenue ici. Prends tes affaires, et sors de ma maison.

Je sens mon cœur se déchirer dans ma poitrine. Ma respiration se bloque. Ma gorge se noue. J'ai l'impression de mourir de l'intérieur. Mes mains tremblent si fort que les secousses remontent le long de mes bras. Mes yeux me brûlent, avant de s'embuer. Ma paupière droite tressaille, pendant que des larmes chaudes glissent sur mes joues. Je suis clouée sur place.

— Tu as entendu ? hurle Ruth en se tournant vers moi. Dehors, espèce de monstre. Et prends la diablesse qui t'accompagne avec toi, créatures infâmes !

Je n'avais jamais vu une telle haine dans le regard de quelqu'un. Je peine à la reconnaître, tant la rage déforme ses traits. Et pourtant, j'en ai vécu des moments de rejets, lorsque ma mère, plus imbibée qu'une prune à l'eau-de-vie, me cognait et me reprochait le départ de mon père. Mais je crois que je ne m'attendais pas à une réaction aussi violente de la part de celle qui m'appelait « sa petite chérie », et qui prenait le temps de me tricoter un pull.

— Viens, me chuchote Dream, en posant une main sur mon épaule. On va trouver une solution.

Les mots glissent sur moi, comme la pluie sur un ciré.

— Partez ! gronde Ruth.

— Allez, bouge, insiste Dream, en me tirant par le bras, cette fois. C'est pas la peine de rester là. Je vais t'aider à ranger tes affaires.

Elle m'entraîne dans son sillage, et je la laisse me guider jusqu'à ma chambre. Assise au bord du lit, je la regarde chercher un sac dans mon armoire, pour y fourrer le peu de vêtements que je possède. De temps en temps, elle me pose une question, pour s'assurer que telle ou telle chose m'appartient. Incapable de parler, je me contente de vagues hochements de tête. J'aperçois le Post-it rouge, témoin de ma condition, et qui me vaut d'être dans cette situation. En mode pilotage automatique, je me lève pour aller le récupérer, lorsque Dream m'intercepte.

— Tiens, m'ordonne-t-elle en glissant la lanière de mon sac de sport sur mon épaule.

Surprise par son poids, je perds l'équilibre une microseconde, ce qui a le mérite de reconnecter mes neurones. Je la dévisage, en quête de réconfort dans ses prunelles vertes. Elle me sourit tristement, puis saisit mon sac à dos avec mes livres et mes cahiers de cours.

— Tu vérifies que je n'ai rien oublié, me suggère-t-elle avec quelques trémolos dans la voix.

Même elle et sa joie de vivre sont entachées par la réaction, somme toute excessive, de ma cousine. En plus, elle va à l'encontre de ses engagements auprès du juge. Est-ce que ça vaudrait le coup de me rendre au poste de police ? Non, je préfère éviter de malmener davantage une femme de son âge. J'exécute un rapide tour d'horizon, avant de lui confirmer, d'un nouveau hochement de tête, que tout est OK.

Dream sort de ma chambre en premier. Je n'y ai passé que quelques nuits, pourtant, la tristesse de quitter cet endroit me tord les boyaux. Jamais je n'aurais imaginé en arrivant à Lakewood que les choses pourraient se dérouler aussi mal. Je referme la porte derrière moi, et découvre ma cousine assise sur le canapé, sa bible ouverte sur les genoux, son chapelet entre les doigts.

Je n'ose pas l'interrompre. Alors, je descends lentement jusqu'au rez-de-chaussée, où je retrouve mon amie qui me tend ma veste.

— Je vais appeler mes parents, on va pas te laisser à la rue, t'inquiète.

Nous sortons, accueillies par le vent et le ciel voilé. Je fourre les mains dans mes poches pour protéger mes doigts du froid hivernal qui arrive à grands pas. D'un jour à l'autre, j'ai l'impression qu'il est de plus en plus piquant. Une pensée s'envole à destination du pull que me tricotait Ruth. Par chance, je trouve un reste de Dragibus. D'un geste de la main, j'en propose un à Dream qui parle déjà au téléphone. Elle se sert tout en continuant ses explications, que j'écoute d'une oreille lointaine. Les yeux braqués sur le fantôme du vieillard de l'autre côté de la rue, j'ai envie de lui hurler que tout ça est sa faute. Même si bien sûr, lui n'y est pour rien, en réalité.

— Mon père vient nous chercher, m'informe-t-elle en mettant la friandise dans sa bouche.

J'ai honte, et je me sens bête, incapable de me débrouiller toute seule. J'en ai surmonté des galères avec ma mère, et ressenti des émotions désagréables ou tordues, mais jamais de cet ordre. J'en arrive même à regretter d'avoir appelé les secours cette nuit-là. Je savais qu'il était déjà trop tard. Malgré cela, je crois que j'ai voulu faire les choses bien. Et surtout, j'étais loin de me douter qu'à quelques mois de la majorité, je serais encore obligée de vivre sous la tutelle de quelqu'un.

Non, c'est faux ! Je me mens à moi-même, là. Il est temps que j'affronte la vérité en face. Ce n'est pas Ruth, le problème, ni ma mère, ni les fantômes, c'est moi. Juste moi. Si je n'étais pas aussi bizarre, avec mes visions, mes séances de psy, mes médocs à répétitions, et maintenant... quoi ? De la sorcellerie.

— Tu m'écoutes ? m'apostrophe Dream.

Je la dévisage, toujours incapable d'articuler un mot.

— D'accord, je vois, décrypte-t-elle. C'est pas grave.

Elle me sourit, mais c'est le genre de rictus à la fois réconfortant et peiné. Je contracte le poing autour du paquet de bonbons qui émet un bruissement pour me rappeler sa présence. J'en pioche un, et le mets dans ma bouche.

La grosse BMW noire arrive rapidement. Du moins, je crois. J'ai un peu perdu la notion du temps, d'autant que Dream ne cesse de parler. Ce qui est tout aussi bien, cela évite à mon cerveau de trop cogiter.

Angus en descend, puis se dirige vers moi à grandes enjambées. Au moment où je me penche pour récupérer mon sac de sport sur le trottoir, il m'enlace. Il m'écrase si fort contre son thorax, que j'ai l'impression d'étouffer.

— Je suis désolé, Éléa, s'alarme-t-il en s'éloignant pour me regarder dans les yeux. Tu es la bienvenue chez nous. On va te trouver une place.

Malgré ses mains toujours positionnées autour de mes bras, je reste coite. Il me serre de nouveau contre lui, pendant que je cherche une réponse.

— Et puis avec nous, tu pourras être toi-même, souffle-t-il dans mes cheveux.

Cette fois, je me recule pour scruter ses iris marron. Dois-je comprendre qu'il sait tout de ma condition, et par extension de celle de ses filles, et que je n'ai rien inventé ? Que je ne suis pas folle, et que tout ce que j'ai vécu n'était pas le fruit d'une imagination débordante ?

— Allez, viens, m'invite-t-il en m'entraînant vers la voiture pour rejoindre Dream, qui est déjà installée à l'arrière. Je vais charger tes affaires. Et quand tu auras pris un peu tes marques, on te racontera la fabuleuse histoire des Artwork. Ça ne comblera sans doute pas les trous de la tienne et de ta famille, mais tu devrais la trouver à la fois intéressante et instructive.

Il ponctue sa phrase d'un clin d'œil, avant de claquer la portière. Dream m'observe. Son sourire franc, cette fois, monte jusqu'à son regard qui pétille.

— Ça va être génial de vivre sous le même toit ! Tu dormiras avec moi. Hope est extra, mais à cause de son laboratoire, sa chambre sent souvent l'œuf pourri. Ou le putois, ça dépend.

Elle rit, et moi, j'ai l'impression une fois de plus de figurer sur la liste des abonnés absents. Je vois défiler ma vie, comme à travers un film, sans en prendre les commandes.

La maison des Artwork ressemble à un petit manoir tout en bois, avec un beau patio agrémenté d'une balancelle et d'un fauteuil à bascule. Je m'engage dans l'allée bordée de verdure, lorsque la porte d'entrée s'ouvre. Une énorme masse poilue de couleur crème déboule en courant, pour se jeter sur Dream en couinant. Le labrador tourne en sautillant dans tous les sens, comme si ça faisait des lustres qu'il ne l'avait pas vue.

— Salut, mon beau ! le salue Dream, en lui accordant quelques grattouilles derrière les oreilles, ce qui a le mérite de l'apaiser un peu. Éléa, je te présente Prozac. Tu n'as pas peur des chiens, j'espère ?

— Non, confirmé-je d'une petite voix.

Je me penche pour le caresser à mon tour, pendant qu'Angus passe à côté de nous avec un de mes sacs. Je serre la lanière de celui qui me lacère l'épaule, en me disant que les choses pourraient être pires. Dans mon malheur, j'ai la chance d'avoir rencontré les jumelles.

— Je suis désolé, s'alarme Angus en ressortant de la maison. J'ai reçu un texto, je dois me rendre au bureau immédiatement. Mais ta mère a fini son live. Elle va s'occuper de vous.

Dream acquiesce, pendant que je m'interroge sur cette histoire de live. Je m'autorise quelques secondes pour me rappeler que leur mère est coach de vie, et qu'elle aime partager ses conseils sur les réseaux sociaux. *A priori*, elle posséderait une communauté presque aussi importante et engagée que celle de Beverly. Leurs cibles sont très différentes, mais je sais sans hésiter à quel compte je m'abonnerai. Là où l'une distille des affirmations positives et des astuces pour mieux appréhender les situations du quotidien, la seconde relate les derniers potins ainsi que des recommandations sur la mode. Or, à mon sens, un téléphone s'utilise pour communiquer soit par le biais d'un appel, ou par texto à la rigueur, mais certainement pas pour scroller pendant des heures. Oh, bien sûr, j'ai essayé, comme tous les jeunes de mon âge. Seulement, je n'y ai pas trouvé un plaisir aussi intense et immersif que lorsque je me plonge dans un livre.

— Éléanor, s'exclame alors une grande brune, vêtue d'un legging noir et d'un body assorti.

Elle se penche pour déposer une bise sur ma joue, et je découvre de qui les jumelles ont hérité leurs magnifiques yeux verts.

— Je suis désolée si je sens un peu la sueur, je viens de dispenser un cours de step. En tout cas, je suis ravie de te rencontrer. Les filles m'ont tellement parlé de toi.

— Merci, madame.

— Je m'appelle Lira. Pendant que je prends une douche, Dream va te faire visiter et te montrer où t'installer. Tu es ici chez toi. Alors, relax, ma belle.

Je hoche la tête, surprise par son accueil si chaleureux. La mère et la fille échangent un regard complice, avant que Lira disparaisse par l'escalier.

— Pose ton sac, on le montera après. Je suppose que tu as faim. On n'a même pas eu le temps de goûter ta super tarte à la tomate et au chèvre. Je suis sûre qu'elle était délicieuse, en plus.

La mention de la tarte, et par ricochet de ma cousine, me tord l'estomac.

— Rien ne passera, marmonné-je.

Je crois que je l'ai dit trop bas, car Dream s'éloigne presque en sautillant, suivie de près par Prozac. Ne sachant pas quoi faire de mes dix doigts, je leur emboîte le pas. Nous traversons un immense salon, séparé de la salle à manger par une arche. Les pierres plutôt claires contrastent avec les poutres apparentes qui mettent en valeur le mobilier chic et moderne. Les couleurs camel et taupe, rehaussées par les plantes vertes, rendent l'ensemble très accueillant.

En comparaison de ces deux pièces, la cuisine est toute petite, mais très fonctionnelle, avec des ustensiles accrochés partout, agrémentée d'une table rectangulaire en son centre.

— Alors ? Que veux-tu manger ? persiste-t-elle en tirant une chaise pour m'inviter à m'asseoir.

— Je suis désolée, mais je crois que je ne pourrai rien avaler.

— Ah non ! s'exclame Hope dans mon dos. Pas de ça chez nous ! Comme tu fais officiellement partie de la famille, désormais, tu n'as plus le choix.

En temps normal, une telle arrivée m'aurait fait sursauter. Seulement, j'ai l'impression que mon corps et mon cerveau ne suivent plus très bien. Alors, pour toute réponse, je me laisse juste tomber sur mon postérieur.

— Je peux préparer une salade, s'enthousiasme Dream.

— Ce sera très bien pour accompagner mes croque-monsieur, complète Hope. En plus, je suis certaine que Propro ne dira pas non à une tranche de jambon.

À l'évocation de ce petit surnom, le chien remue la queue, qui bat la mesure contre la porte du four.

— Lui ne dira pas non, rétorque Dream, mais moi, si. Tu sais bien qu'il doit perdre du poids. Et si je l'emmène courir tous les matins, ce n'est pas pour qu'ensuite tu le gaves de cochonneries.

Les coudes appuyés sur la table, j'observe les deux sœurs qui se querellent, sous l'œil de Prozac qui s'est allongé sur les tomettes rouges. Il me donne l'impression d'avoir l'habitude de ce genre d'altercations.

— Éléa, qu'en penses-tu, toi ? me demande Hope, tout à coup.

— Je veux bien goûter un croque-monsieur, lâché-je en espérant ne pas répondre trop à côté de la plaque.

— Ah ! Et toc ! fanfaronne Hope. Toi, tu vas être ma nouvelle meilleure amie.

— Bien ! Je n'insiste pas, parce que tu traverses des moments douloureux, capitule Dream.

Après un repas animé et convivial, où contre toute attente j'ai dévoré tout mon croque, nous voilà parties à l'assaut des étages. Au premier, je découvre les trois chambres à coucher, ainsi que les deux salles de bain. Malgré la porte ouverte sur la suite parentale, je reste sur le seuil en jetant un œil de loin. Cependant, celles des jumelles, j'apprécie de les détailler. La chambre de Dream, très lumineuse, tant grâce aux deux fenêtres qu'aux guirlandes décoratives, ressemble à celle d'une adolescente normale. Enfin, je crois. Avec des coussins partout et des posters sur les murs, sans oublier la touche vitale pour Dream, des couleurs à foison. Celle de Hope par contre est plutôt petite et bien plus sombre, mais c'est parce qu'une grande partie a été aménagée en laboratoire. Je savais déjà qu'elle se passionnait pour la chimie ainsi que pour la biologie, et ses super notes dans ces matières en témoignent. Or, là, elle fabrique des potions aux vertus soi-disant magiques.

— Tu vois, grâce au venin de tarentule, je suis en train de développer un anti-amour, ou repousse-désir. Pour l'instant, j'ignore quel nom lui donner. Mais, j'ai plus urgent à régler. Elle est presque terminée, et je cherche encore des cobayes pour la tester.

— Qui voudrait obtenir un tel effet ? m'aventuré-je. D'ordinaire, les gens espèrent plutôt le contraire, non ?

Elle sourit. C'est la première fois que je la sens vraiment épanouie et détendue. Elle baigne dans son élément, ici.

— Détrompe-toi. D'ailleurs, j'ai déjà de la demande.

— De la demande ? m'étonné-je.

— Regarde.

Elle se tourne vers son bureau, où elle actionne la souris pour que l'ordinateur s'allume.

— Tu vois, je possède un site Internet, « les potions magiques de Hope ». Les gens peuvent acheter et me contacter pour des commandes plus spécifiques. Celle-ci, c'est pour un homme marié qui est très attiré par sa secrétaire. Comme il refuse de tromper sa femme, il espère que je pourrai remédier à son problème, avant d'être obligé de trouver un motif quelconque pour la renvoyer.

Sur fond noir, avec des symboles ésotériques blancs, je découvre des photos de fioles plus ou moins colorées aux attributs… parfois étonnants. Comme cette potion pour développer la pilosité, ou bien celle pour stopper la pousse des ongles de pieds.

— Et… tu as… appris toute seule ?

J'ose à peine l'interroger, tant cela me semble étrange.

— Non. Tu te souviens, hier soir, quand j'ai parlé de Marthe ?

En repensant aux derniers évènements dans le chalet, mon cœur s'emballe. Pourtant, j'ai bien l'impression que je vais devoir m'habituer. J'inspire un grand coup, pour m'obliger à recouvrer mon calme, puis je hoche la tête pour approuver.

— C'est la plus vieille sorcière de Lakewook. Elle n'a pas de descendants. Alors, comme nous, notre grand-mère est décédée peu de temps après notre naissance, notre père a convenu avec elle de nous enseigner tout ce qu'elle savait.

— Votre père ?

— Oui, reprend Dream, pendant que Hope triture sa mixture. Les pouvoirs peuvent sauter une génération, deux parfois. Notre grand-mère était comme nous, et notre père, lui, a été formé pour devenir ce que l'on appelle un guide.

— Un guide ? répété-je, en me donnant la regrettable impression d'être soudain croisée avec un perroquet.

Mais je suis tellement surprise par tout ce monde occulte inconnu du commun des mortels, que je ne parviens pas à me contrôler.

— Viens voir, m'ordonne-t-elle. Ce sera plus simple. Hope ?

— Allez-y. Je vous rejoins, après. Il se passe un truc bizarre avec ma potion.

Hope marmonne, pendant que je suis Dream dans le couloir, jusqu'à une trappe dans le plafond dont s'échappe une grosse corde. Elle tire dessus, ce qui libère une échelle.

En haut, dans le grenier, qui occupe toute la superficie de la maison, je découvre une immense bibliothèque. Je reconnais aussitôt le parfum caractéristique de la cire d'abeille mélangé à celui du bois et du papier. À cause du toit en pente, certains espaces, contenant des malles ou des cartons, demeurent difficiles d'accès. Pour la majeure partie, nous pouvons circuler librement entre les rayonnages, qui encerclent une jolie petite table éclairée par une lampe de banquier. Au sol, sur la moquette, des coussins et des poufs m'invitent à saisir un livre pour m'y affaler, et ne plus jamais sortir de cet antre de rêves.

Je laisse mes doigts caresser le cuir des ouvrages, dont les titres m'intriguent : *Le druidisme à travers les âges*, *Le grand mémorandum du druide*, *Potions et Sortilèges*, *Comment devenir un bon guide ?*

— C'est ici que Hope passe son temps, quand elle ne traficote pas dans son labo, m'explique Dream. Avec mon père, bien sûr. Les deux sont des rats de bibliothèque. Comme toi !

Je m'immobilise pour déchiffrer de fines écritures dorées sur un dos en bois. Enfin, lorsque j'y parviens, je retire ma main aussi vite que si je touchais une flamme incandescente.

— Qu'est-ce que... ? balbutié-je en tendant mon index vers l'ouvrage qui me glace les sangs.

Dream s'approche, plisse les yeux pour décrypter le titre, avant de s'esclaffer. Lorsqu'elle reporte son attention sur moi, et qu'elle comprend que cela ne m'amuse pas du tout, elle cesse de rire, puis se racle la gorge.

— Désolée... Mais, tu vois, il n'y a pas que des sorcières. Et c'est pour ça que ce genre de traité de vampirologie existe.

— Vampiro... comme dans... vampire ?

— Oui, il y a aussi beaucoup d'autres créatures surnaturelles, s'extasie-t-elle. Des loups-garous, des métamorphes, des fées et des banshees, et que sais-je encore ?

Je sens mon croque-monsieur qui joue du yo-yo avec la ferme intention de prendre la poudre d'escampette.

Chapitre 7

Après une discussion fort utile et inspirante avec Lira, le calme, porté disparu depuis la veille au soir, revient. Enfin, je ne me suis jamais sentie véritablement sereine, mais à cet instant, je m'en rapproche. Si exercer la profession de coach de vie s'avère intense, Lira n'en montre rien. Son sourire rassurant accompagne chacun de ses mots, choisis avec le plus grand soin. Elle est même arrivée à m'initier à la méditation. Une activité que j'ai toujours refusé de pratiquer, parce que je craignais de perdre mon temps. Seulement, au stade d'anxiété et de stress où j'en étais, je crois que j'aurais expérimenté n'importe quoi, y compris marcher sur la tête, pourvu que cela me soulage un peu.

C'est donc plus apaisée que je rejoins Dream dans sa chambre.

— Tu te sens mieux ? s'enquiert-elle aussitôt.

— Oui, affirmé-je sans l'ombre d'une hésitation. Ta mère m'a permis de rationaliser et surtout, de comprendre pourquoi après toutes ces années, j'avais toujours l'impression d'être en décalage avec le monde qui m'entourait.

— Ma mère est géniale. Elle sait écouter, et remettre les gens sur la bonne voie.

— C'est vrai, confirmé-je en découvrant un matelas posé sur la moquette.

— Hope n'a pas encore terminé avec sa potion, et j'avais besoin de m'occuper en t'attendant. Alors, j'ai préparé ton lit. Je t'ai aussi libéré de la place dans mon armoire, pour que tu puisses ranger tes fringues. Je me suis dit que tu te sentirais plus à ton aise.

Ma gorge se noue. Mes yeux s'emplissent de larmes, que je contiens à peine.

— Merci, soufflé-je en la serrant dans mes bras.

Dream me rend mon étreinte, et nous restons ainsi quelques secondes. Quand je me recule, je m'aperçois qu'elle sourit. Mais pas le genre pleinement heureux ou satisfait, plutôt le style, ravie que tu le prennes comme ça, parce que je te réserve une autre surprise.

— Maintenant que tu as un peu digéré toutes ces nouvelles informations, et que tu acceptes davantage ta situation, je te préviens que Beverly arrive pour nous rendre visite. Elle a eu une voiture pour son anniversaire, et meurt d'envie de nous la montrer.

J'ignore si la bonne réaction est de me réjouir de sa venue, mais à mon grand étonnement, je me sens d'humeur badine. Après tout, étant donné que je suis une... sorcière... autant que j'apprenne à contrôler mes pouvoirs.

Yes ! J'ai enfin trouvé la force et le courage de le dire.

En plus, ça pourrait s'avérer amusant. J'ai vraiment aimé faire voltiger les Post-it avec Dream, ce matin. Et puis, qui sait ? Le fait de voir des fantômes n'est sans doute pas le fruit du hasard ? Je suis peut-être investie d'une mission, comme lorsque j'ai permis à cette femme de rejoindre l'enfant, dans le chalet de Bev.

C'est alors que je repense à cette histoire de familier.

— D'accord ! Est-ce qu'elle sera accompagnée d'Hadès ?

— Bien sûr. Une fois que le duo est formé, celui-ci devient inséparable jusqu'à la mort de la sorcière. Sauf si...

Elle s'arrête, et son hésitation attise encore plus ma curiosité.

— Sauf si quoi ?

Elle ferme la porte, et s'appuie contre le battant.

— Je ne suis pas censée le savoir, chuchote-t-elle. Si mon père découvre que j'ai lu ce livre, il nous interdira l'accès à la bibliothèque pour l'éternité.

L'exagération de Dream me force à sourire. Elle revient jusqu'à moi, saisit mon poignet, et m'oblige à m'installer à côté d'elle, sur le bord du lit.

— Dans le grenier, il y a une malle noire, avec tout un tas de bouquins que mon père refuse de nous laisser consulter. Seulement, un jour où l'on s'ennuyait avec Hope, on a décidé d'y jeter un œil.

Elle frisonne rien qu'à l'évocation de ce souvenir. Du coup, je me promets de ne jamais la fouiller, et encore moins d'ouvrir un de ces livres. Toutefois, poussée par une curiosité malsaine, j'éprouve quand même le besoin de savoir ce qu'elles y ont découvert.

— Alors ? l'encouragé-je.

— C'était horrible. Certains ouvrages ne sont même pas en papier. Figure-toi qu'il y en a qui sont en vélin, mais ce n'est pas le pire. Il y en a un qui est écrit sur de la peau humaine.

Je sens mes yeux s'arrondir, tandis que je plonge dans ses prunelles vertes pour y chercher une forme de démenti. Au contraire, elle hoche la tête pour confirmer ses dires, ce qui libère un frisson le long de ma colonne vertébrale.

— Et si tu voyais certains dessins… Beurk…

Nous demeurons silencieuses un moment. Elle, sans doute pour essayer de chasser de son esprit les images de ce moment, pendant que moi, je me force à assimiler ces nouvelles données.

— Et donc ? la relancé-je. Comment procède-t-on pour séparer une sorcière de son familier, du coup ?

— Ah oui ! C'est Hope qui l'a trouvé. Je t'avertis, c'est pas génial… Elle est tombée sur un rituel dans lequel la sorcière doit sacrifier elle-même son familier.

Sur le moment, sans doute parce que je n'ai pas encore rencontré le mien et que j'ignore son utilité, cette information me laisse perplexe.

— Tu ne réalises pas, constate Dream. Une des premières choses que Marthe nous a expliquées, c'est l'importance du familier dans notre quotidien. Il devient une extension de toi et de tes pouvoirs. Tu comprendras peut-être mieux lorsque tu verras Bev avec Hadès. En tout cas, comme après ça, on ne cessait d'interroger Marthe à ce sujet, elle a cédé et nous en a parlé. Mais sans trop entrer dans les détails quand même. En fait, elle nous a surtout mises en garde, parce que si une sorcière agit ainsi, elle perd une part de son humanité, et se retrouve damnée pour l'éternité.

— Damnée ? Comme si elle allait finir brûlée dans les flammes de l'enfer ?

— En quelque sorte.

— Parce que l'enfer existe ?

— Tu tiens vraiment à discuter de ça ?

Mes angoisses remontent en flèche. Ma paupière sautille légèrement, ce qui me confirme qu'il vaut mieux changer de sujet.

— Non. Si on allait plutôt voir où en est ta sœur avec sa potion ? Peut-être que si on lui donne un coup de main, elle aura fini avant l'arrivée de Beverly. On pourra alors se réunir toutes les quatre pour...

Je n'en reviens pas de ce que je m'apprête à dire.

— Pour s'entraîner, soufflé-je.

— Pour quoi d'autre crois-tu que Beverly vienne jusqu'à la maison ?

— Ce n'était pas pour se vanter et crâner avec sa voiture ? lancé-je, faussement surprise.

Nous rions.

— Si ! Aussi, bien sûr, finit-elle par admettre.

À peine le calme retrouvé, des coups de klaxon résonnent dans la rue.

— Elle nous a entendues, m'amusé-je à nouveau.

Nous nous dirigeons chacune vers une fenêtre, pour confirmer l'identité de la conductrice.

— Dis donc, ses parents se sont pas foutus d'elle, constate Dream. Un cabriolet fuchsia, c'est tout ce qui lui manquait.

Moi, tout ce que je vois, c'est le petit félin qui l'accompagne. Heureusement qu'il n'est pas noir.

— Alors, tu viens ? s'impatiente Dream sur le seuil de la porte.

— Est-ce que le familier est forcément un chat ? demandé-je, un peu déçue.

Je n'ai rien contre eux, mais je reconnais que je m'attendais à des animaux plus... originaux.

— Non, me rétorque-t-elle en descendant l'escalier. Celui de Marthe est un perroquet.

Tout de suite, mon cerveau s'emballe. J'imagine un grand ara bleu et jaune, comme dans le dessin animé *Rio*.

Nous sortons dans la rue, sans prendre le temps d'enfiler nos vestes, et je le regrette immédiatement.

— Salut, les meufs ! Alors ? Comment trouvez-vous ma nouvelle voiture ?

Les bras croisés sur la poitrine, je fixe le persan installé sur le capot, où il lisse son épaisse fourrure argentée avec sa langue. Malin ! Ainsi, il bénéficie de la chaleur du moteur.

— Super sympa, admet Dream.

— Et les sièges sont en cuir blanc, tu as vu ? À croire que ma mère avait pressenti que mon familier sèmerait des poils dans tous les coins.

— J'ai choisi cette enveloppe charnelle parce qu'elle se fond facilement dans le décor. Si j'avais su que j'aurais des réflexes de chat, comme celui de me laver le troufignon avec une langue aussi râpeuse, je t'assure que j'aurais cherché autre chose, sans me soucier de passer inaperçu.

Mes yeux sortent de leurs orbites, pendant que ma mâchoire s'écrase sur le bitume. D'un coup, j'en oublie le vent glacial, et tous mes déboires de ces derniers jours, pour me focaliser uniquement sur Hadès.

— Il parle ? bredouillé-je.

— Je croyais que vous l'aviez briefée ! s'étonne Bev.

— Mais il n'y a que les créatures surnaturelles qui peuvent m'entendre, se vante le chat en adoptant une posture plus digne. Et puis, nous ne sommes pas tous doués de parole. J'en ai même connu qui préféraient garder le silence. Va savoir sur quel genre de familier tu vas tomber. C'est la loterie.

— Et si on discutait de tout ça à l'intérieur ? propose Dream. J'ai les orteils qui se transforment en glaçons.

Mon regard se pose sur ses pantoufles licornes multicolores et je me demande si elles existent, quand un tronçon de phrase prononcée par Hadès embrase mes neurones.

« *Seules les créatures surnaturelles peuvent m'entendre.* »

Cela signifie qu'en tant que sorcière, je ne suis plus humaine. Enfin… que je ne l'ai jamais été, surtout ! C'est dingue !

Je réalise alors que j'ai franchi un palier. Au lieu de paniquer et de réfuter ma nature, je me sens excitée et même… spéciale.

— Oui, rentrons ! affirmé-je. Moi aussi, je me caille. Mais, Dream !

Tout en filant vers la maison, elle me lance une œillade par-dessus son épaule.

— Je réalise un truc, tout à coup. Si je ne vous avais pas connues, je n'aurais sans doute jamais su que j'étais une sorcière. Du coup, comment ça se passe dans ce cas-là ? Que devient le familier ?

La chaleur de l'entrée m'enveloppe aussitôt. Malgré tout, quelques secondes me sont encore nécessaires pour arrêter de frissonner.

— Son âme reste dans les limbes, tout simplement.

Avant de regagner le grenier, nous effectuons un crochet par le laboratoire pour convier Hope à se joindre à nous. Elle n'a toujours pas trouvé ce qui cloche avec sa potion, mais la tentation de voir ce que nous pouvons accomplir désormais toutes les quatre est trop forte.

Installées en cercle sur les coussins, j'attends avec impatience que les filles se décident sur le sortilège qu'elles veulent essayer en priorité. N'y tenant plus, je sors de ma poche un petit paquet de Dragibus – oui, parce que sans eux, la vie ne vaut pas la peine d'être vécue – et j'en pose un bleu devant moi. Alors que je tente de me concentrer pour le faire léviter à l'instar des Post-it, celui-ci ne bouge pas d'un millimètre.

— Tu n'y arriveras pas toute seule, m'informe Hadès qui s'est faufilé entre Dream et moi, pendant que les filles hurlent sans s'écouter.

— Pourquoi ? Elles le font bien, elles ? Je les ai même vues allumer des bougies à distance.

— Ne te compare pas à elles. Elles connaissent leur condition depuis leur plus jeune âge. Elles ont été stimulées par leurs proches et se sont exercées. Toi, pour progresser rapidement, tu auras besoin de l'alliance du coven.

Ma mère savait sûrement qu'il y avait des sorcières dans notre famille. Ruth aussi d'ailleurs, vu la façon dont elle a évoqué sa propre sœur, après nous avoir surprises avec Dream. Pourquoi ne pas m'en avoir parlé ? Cela m'aurait évité bien des tracas.

Un sentiment nouveau s'empare de moi. Je crois que c'est de la rage. Mes poings se serrent, au point de me blesser les paumes avec mes ongles.

— Éléa ? m'interpelle Hadès.

Je reporte mon attention sur le chat, tout en relâchant la pression dans mes mains.

— J'imagine ce que tu ressens, mais oublie. Ces émotions négatives te desservent. Bev m'a dit que ton don majeur consiste à voir les fantômes. C'est bien ça ?

— Hum, confirmé-je, incapable pour l'instant d'articuler un mot.

— Pour partager vos pouvoirs et pour que tu puisses développer tes aptitudes naturelles, il est impératif que vous soyez synchronisées en permanence. Et d'après ce que je constate, à cause de la distorsion qui règne au sein de votre coven, ce ne sera pas évident.

J'analyse la scène qui se joue autour de moi. En effet, le moins que l'on puisse dire, c'est que l'on est bien loin d'une franche camaraderie.

— Tu veux dire que, si on s'alignait toutes sur la même longueur d'onde, à leur tour, les filles pourraient voir les fantômes ?

— Oui. Et toi, tu pourrais contrôler les esprits comme le fait Bev, ou créer une illusion d'optique pour simuler ta présence à deux ou trois endroits différents, comme Dream.

Je remercie Hadès pour ces précieux renseignements. Dommage que Bev lui ait choisi un nom si peu avenant, qui finalement ne lui correspond pas, puisqu'il s'avère être un compagnon plutôt posé et pédagogue. Je me demande si tous les familiers possèdent ces facultés, et je ne peux m'empêcher de trépigner en imaginant le mien. Je crois que je commence à comprendre l'impatience des filles à ce sujet.

Cependant, dans l'immédiat, un travail de plus grande envergure nous attend. Vu que Dream a du mal à canaliser le tempérament ronchon de sa sœur qui ne cesse de s'embrouiller avec miss *pestouille*, alias Beverly, nous allons devoir nous allier pour calmer aussi les ardeurs capricieuses de cette dernière.

J'ignore où toute cette histoire me conduira. Est-ce que mes projets d'avenir sont remis en question ? Vais-je arriver à décrocher une bourse pour aller à la fac ? J'ai si souvent rêvé de devenir prof de littérature française et de voir la tour Eiffel... Peu importe. Pour la première fois de ma vie, j'ai l'impression de me trouver à ma place, au milieu des éclats de voix de celles, qui j'en suis convaincue, seront dans quelque temps des amies sincères. Voire peut-être carrément des sœurs, avec lesquelles je m'apprête à partager des moments extraordinaires, et surtout, je crois que je la sens en moi.

Elle chatouille ma peau, au point de picoter.

Son chant circule dans mes veines jusqu'à mon cœur qui palpite à un rythme insoutenable.

Je n'ai qu'une envie, la laisser sortir et s'exprimer pour en découvrir son plein potentiel...

La magie.

Chapitre 8

Après de longues délibérations, et grâce à l'intervention d'Hadès, nous plaçons huit bougies entre nous. Le but consiste à les allumer les unes après les autres par la simple force de notre esprit.

Les mains jointes, je sens l'énergie de Dream s'infiltrer sous ma peau. Elle est douce et colorée, comme elle. Tandis que celle de Beverly est rougeoyante et piquante.

Lorsque la première flamme apparaît, je doute d'y être pour quelque chose. Les filles ont l'habitude de ce genre d'exercice. J'expose mes craintes, justifiées, et pour la dernière, Hope émet une idée intéressante.

— Je propose que l'on ferme toutes les yeux, sauf Éléa. Ainsi, elle pourra s'appuyer sur notre magie, et voir si elle y arrive ou non.

J'approuve d'un hochement de tête, incapable que je suis de formuler une vraie réponse enthousiaste. Je suis plus stressée qu'exaltée. Si j'échoue, est-ce que cela voudra dire que les filles se sont trompées sur mon compte ?

Je préfère ne pas y penser. Je fixe mon regard sur la mèche, et imagine l'étincelle qui l'embrasera. Je combine nos énergies, même celle de Hope qui m'arrive atténuée, mais bien présente. Je la reconnais, non pas grâce à sa couleur sombre, mais par sa densité. Elle semble épaisse et lourde. Je me demande comment les filles ressentent la mienne. Manque de chance, cette pensée retarde le processus.

Je me concentre de nouveau, et après quelques longues secondes, une flamme jaillit enfin !

— Super ! me félicite Dream.

— Bravo, renchérit Hope.

— Ouais, c'est pas mal, confirme Bev, d'un ton légèrement blasé. Mais ce n'est pas dingue non plus. Il faudrait qu'on s'exerce avec quelque chose que l'on n'a jamais fait.

Elle se lève, puis se dirige vers la table.

— Je sais !

Elle débranche la lampe de banquier, et vient la poser entre nous.

— On va essayer de l'allumer, explique-t-elle avec aplomb.

— Mais non ! l'interrompt Hadès. Vous ne pouvez en aucun cas contrôler la fée électricité. Par contre, pour synchroniser vos pouvoirs, vous pouvez tenter de la faire léviter.

Beverly fusille son familier du regard, et je me retiens de pouffer de rire, pendant que les jumelles s'emballent à cette idée. Je décide d'agir comme si je n'avais rien remarqué, et tends mes mains pour me lier de nouveau au cercle. Les tourbillons d'énergies m'envahissent. Ils crépitent en se mélangeant à la mienne. Mes muscles se contractent. Ma respiration s'accélère, tout comme mon cœur. Mon corps tout entier fournit un effort digne d'un sportif de haut niveau. Même mes yeux me brûlent à force de les garder grands ouverts. Enfin, après je ne sais combien de temps, la lampe s'élève de quelques millimètres, avant de retomber aussitôt.

Nous nous dévisageons en soufflant, exténuées.

— C'est bien, nous encourage Hadès. Pour une première fois, vous pouvez être fières de vous, les filles.

— On l'a à peine levée, bougonne Beverly.

— Et c'est un début très prometteur, tu peux me croire, renchérit le chat.

Elle ne semble pas convaincue, mais je vois bien dans les yeux des jumelles que tout comme moi, elles sont plutôt satisfaites de cette performance.

C'est épuisées et repues que nous rejoignons nos chambres, après un repas fort agréable en compagnie de Lira et Angus, Beverly ayant décliné l'invitation de rester manger avec nous.

J'ignorais à quel point s'adonner à la magie vidait les batteries, en plus d'ouvrir l'appétit. J'ai à peine posé la tête sur l'oreiller, que Morphée m'emporte. L'avantage, c'est qu'ainsi, je n'ai ni le temps ni l'énergie de ruminer des choses négatives.

« Quand tout à coup, j'entends un cor de chasse, suivi d'un carillon. Au début, je ne comprends pas ce que je vois, même si j'identifie parfaitement l'odeur d'eucalyptus. Elle est si forte, qu'elle me pique le nez. Enfin, les images deviennent plus nettes. Une pauvre femme est allongée sur du plancher, en position fœtale. Des gens l'entourent. Ils lui administrent des coups de pied. Elle tente de se protéger à l'aide de ses bras, mais c'est peine perdue. Elle émet des cris glaçants. Son sang noircit le bois brut, qui s'empresse de l'absorber. Ses os craquent. Elle gémit. Je ressens sa panique jusque dans mes propres entrailles. »

— Arrêtez !

Ma voix résonne en écho dans mon crâne. Le front moite et le cœur battant à tout rompre, j'attrape mon portable sous mon oreiller, et allume l'écran. Je souffle en découvrant que je me trouve dans la chambre de Dream, sur mon matelas, au pied de son lit.

— Quelle heure il est ? bougonne-t-elle. C'est déjà l'heure de se lever ?

Je jette un œil sur mon téléphone avant de lui répondre.

— Tu as le temps. Rendors-toi. Il n'est même pas 23 h.

— Ça va ? marmonne-t-elle, encore à moitié ensommeillée.

— Oui, soufflé-je en inspirant profondément. Ce n'est rien. J'ai fait un cauchemar. Je vais descendre boire un verre d'eau, ça ira mieux après.

Assise à l'arrière de la BMW d'Angus, aux côtés de Hope qui relit son exposé de chimie avant de le présenter devant la classe, je me concentre sur le paysage.

Cet horrible cauchemar m'a hantée jusqu'au petit matin.

Heureusement, découvrir l'ambiance d'un petit déjeuner familial m'a remis du baume au cœur. J'aime beaucoup discuter avec Lira. Son métier est tout un art de vivre, qui rejaillit sur ses proches. Même sur Hope, à sa manière. Je quitte la maison avec un nouveau mantra en tête : « Hier est derrière. Demain est mystère, et aujourd'hui est un cadeau. C'est pour ça qu'on l'appelle présent. »

J'aime bien cette citation. Et puis, à bien y réfléchir, j'ai beaucoup de chances d'avoir vécu toutes ces épreuves. Elles ont fait de moi la personne que je suis, mais en plus, elles ont mis sur ma route des gens formidables.

Angus se gare dans une rue adjacente au lycée. D'après ce que je comprends, il s'agit d'une habitude instaurée dès leur première rentrée dans cet établissement. Les jumelles refusaient d'être considérées comme des filles à papa, et d'être vues en sa compagnie. Ce que l'on peut être bête parfois !

Les parents de mes amies se sont assurés que j'étais suffisamment vêtue pour affronter le temps glacial annoncé par la météo. Entre Hope qui m'a prêté un collant noir bien épais, et Dream, qui m'a carrément offert son pull violet qui me rappelait celui que Ruth était en train de me tricoter, je suis parée.

— Passez une bonne journée, les filles. Et faites de votre mieux.

Les jumelles s'éloignent déjà, laissant derrière elles une traînée de borborygmes, qui me met plutôt mal à l'aise. Au moment où je me penche dans l'habitacle pour saluer poliment Angus, celui-ci m'interpelle.

— Éléa ! Souviens-toi que si tu as besoin de quoi que ce soit, si tu rencontres une difficulté, ou n'importe quoi d'autre, tu as nos numéros à Lira et à moi. N'hésite surtout pas à les utiliser.

Des larmes de gratitude s'emparent de mes yeux. Je les retiens de justesse, pendant que je me force à avaler la balle de golf qui s'est logée dans ma gorge.

— C'est promis, Angus. Merci beaucoup.

Nous échangeons un sourire, et je claque la portière avant de le regarder s'éloigner. Quand je me retourne, je m'aperçois que les filles sont parties sans moi. Hope est tendue à cause de son exposé, et Dream devait rejoindre Beverly pour un truc en rapport avec la prochaine chorégraphie des pom-pom girls. D'après ce que j'ai compris, cette année, Dream n'a pas postulé pour intégrer l'équipe, au grand dam de ses anciennes coéquipières. Elle a choisi de se consacrer à ses études, et surtout à Prozac. Comme elle veut devenir vétérinaire, et que la pauvre bête a du poids à perdre, elle l'oblige à l'accompagner tous les matins, pour courir à travers tout le quartier.

Je me retrouve donc seule, et je me sens bizarre. J'ai l'impression qu'il y avait longtemps que cela ne m'était pas arrivé. Je récupère mon casque audio dans mon sac à dos, puis plonge la main dans ma poche pour attraper un Dragibus, ainsi que mon téléphone. Le nez rivé sur l'écran, je cherche la musique qui rythmera mes pas jusqu'au lycée, quand une Jeep noire ralentit à ma hauteur.

— Salut, miss coco ! Tu veux que je te dépose ? Tu as de la chance, Gage et Dylan sont partis plus tôt, ce matin. Tu peux choisir ta place. Viens t'asseoir à côté de moi.

Je m'immobilise, interloquée par l'aplomb que je détecte dans la voix de Chad. En tee-shirt, le coude appuyé sur la portière, il me sourit.

— C'est Éléanor, pas miss coco. Et non, merci.

— Je sais que c'est Éléanor. Mais avoue que miss coco, c'est quand même plus original.

— Je croyais que tu ignorais mon prénom. Qui te l'a dit ?

— Monte. Et si tu le demandes gentiment, je te raconterai tous mes secrets.

Je hausse les épaules. Avec son air charmeur, il est clair qu'il n'a pas l'habitude qu'on lui résiste. D'autant plus que, même s'ils se cachent pour essayer de rester discrets, j'ai bien capté le petit manège entre Bev et le sosie de Brad Pitt, Cameron. Du coup, je me doute que l'information vient de là.

— Et je peux savoir pourquoi tu tiens tant que ça à me voir monter dans ta voiture ? Tu n'es pas un tueur en série, au moins ?

— Aïe ! Enfer et damnation ! surjoue-t-il en portant une main sur son cœur. Tu m'as démasqué, Sherlock. J'appâte les jolies filles dans ma Jeep en leur faisant miroiter un paquet de bonbons. Une fois prises au piège, je les conduis au fond des bois, où je les découpe avec du fil dentaire.

Il ponctue sa tirade avec un clin d'œil, pendant que j'essaie de me retenir de rire. Comme je ne veux pas lui donner l'ascendant, je baisse la tête pour masquer mon sourire.

Jusqu'à ce que je réalise une chose. Il m'a traitée de « jolie fille », ou j'ai rêvé ? Il devrait sans doute revoir ses critères de beauté.

— Je vais arriver en retard à mon premier cours, si je reste là.

Je me remets en marche, tandis que Chad continue d'avancer à ma hauteur.

— Raison de plus ! Tu y serais déjà. Allez, grimpe, miss coco, te fais pas prier.

— Si je monte, tu arrêteras de m'appeler par ce surnom ridicule ?

— Hum... Faut essayer pour voir.

J'ignore pourquoi il a jeté son dévolu sur moi ce matin, mais je sens qu'il ne va pas me lâcher.

— D'accord, capitulé-je.

Plus vite on arrivera au lycée, plus vite il partira de son côté, et moi du mien. C'est mathématique.

Fier comme Artaban, il se penche pour m'ouvrir la portière. Le parfum boisé et légèrement pimenté qui imprègne l'habitacle titille mes sens. Je m'installe, en me demandant si cette fragrance émane de lui, d'un de ses amis, ou si c'est juste un désodorisant.

— Tu vois, je ne mords pas.

— *A priori*, non... Par contre, je n'ai pas rêvé, tu as bien parlé de bonbons ?

Quitte à être là, autant jouer la partie jusqu'au bout.

— *A priori* ? répète-t-il, amusé. Tu me cherches, miss coco ?

Je ne réalise la portée de ma bêtise que bien trop tard. Mes joues s'enflamment, et je cache mon trouble en me penchant sur le tableau de bord.

— Non, je cherche les bonbons.

— Dans la boîte à gants, rétorque-t-il, en donnant un coup de menton en direction de celle-ci.

Je l'ouvre, et une cascade de petits paquets de Dragibus me tombent sur les genoux. Par réflexe, j'essaie de les rattraper, mais je n'en réceptionne qu'une poignée. Médusée, je tourne lentement la tête vers mon chauffeur, qui affiche un sourire goguenard.

— C'est mon péché mignon, précise-t-il. Tu ne le diras à personne, miss coco ?

Je ne suis pas dupe. Il est clair qu'il savait pour mon addiction. Seulement, je reste perplexe. Je conçois aisément que Beverly lui ait dévoilé mon prénom, mais je la vois mal évoquer ce détail. En plus, en dehors de la soirée d'Halloween, et de la fin de journée dimanche, nous n'avons pas passé beaucoup de temps ensemble. Alors comment Chad a-t-il pu le savoir ?

— Si tu arrêtes de m'appeler miss coco, je pourrai tenir ma langue au sujet des bonbons.

— Je ne vois pas ce qu'il y a de mal avec ce surnom. Tu peux utiliser le mien, si tu en as envie. Ce sont mes coéquipiers du basket qui me l'ont attribué, mais il est beaucoup moins mignon que le tien. Tu le connais, je suppose ?

Évidemment ! Tout le monde sait que sur le terrain, le pseudo de Chad est « Bulldozer ».

— Tu te rends compte que je n'ai jamais prononcé même ne serait-ce que ton prénom, et toi, tu voudrais carrément que je t'appelle comme un engin de chantier.

Il se gare face au lycée, puis coupe le moteur, avant de se tourner dans ma direction. Il pose sa main sur le dossier de la banquette, puis se penche vers moi.

— Rien ne t'empêche de m'en trouver un autre, me murmure-t-il à l'oreille. Je suis ouvert à toutes suggestions.

Son souffle chaud caresse la peau délicate de mon cou, ce qui déclenche une série de frissons le long de ma colonne vertébrale. Ma gorge se noue. Mon cœur s'élance dans une course effrénée. Mon ventre se contracte avec délice.

Aucun garçon ne s'est jamais tenu aussi près de moi. Cette proximité me gêne. J'ai besoin de m'éloigner de lui au plus vite et de prendre l'air.

À tâtons, dans mon dos, je cherche la poignée. Quand enfin je la trouve, j'enroule mes doigts autour du métal et tire dessus, tout en essayant de déglutir pour me donner une contenance. Manque de veine, je n'avais pas capté que j'étais appuyée contre la portière. Je perds l'équilibre, et Chad me rattrape de justesse par le bras.

— Hé ! Reste avec moi, voyons. Je ne voulais pas t'effrayer.

J'accroche ses prunelles azurées, sur lesquelles ses longs cils roux papillotent. Je le sens sincère, mais pas que. Je crois qu'il est troublé, aussi.

Honteuse et humiliée à la fois, je me dégage de sa prise, puis je récupère mon sac à dos enseveli sous les paquets de Dragibus, avant de descendre de la Jeep. Sur le parking, je me retrouve face aux regards des autres élèves. Tous me dévisagent, sans doute surpris de me voir là, en compagnie du basketteur vedette du lycée.

Encore plus gênée, même si je ne pensais pas que c'était possible, je rentre la tête dans les épaules pour remonter l'allée jusqu'au bâtiment principal.

Les cours s'enchaînent, et j'ai juste eu le temps de croiser Hope quelques secondes dans un couloir, pour savoir si son exposé de chimie s'était bien passé.

Heureusement, la matinée touche à sa fin. Je vais bientôt retrouver les jumelles pour déjeuner. On a prévu de se dénicher un coin tranquille pour continuer à s'entraîner. Peut-être que Beverly lâchera un peu sa bande de copines pour se joindre à nous. Enfin, copines... À mon sens, elles gravitent dans son orbite juste pour bénéficier de sa popularité, mais Bev n'a pas l'air de s'en rendre compte.

— Psst ! La nouvelle !

La nouvelle ? Décidément, il aura fallu que je vienne habiter un trou paumé pour que l'on m'attribue tous les surnoms du monde. Je préférais vraiment l'époque où je me fondais dans la masse.

Je confirme que le prof est toujours en train d'écrire au tableau, puis je me tourne vers le brun à ma gauche, en fronçant les sourcils.

— Si je t'amène faire une balade dans ma caisse, tu seras aussi gentille avec moi qu'avec le Bulldozer ?

Quoi ?

Ses copains autour pouffent plus ou moins discrètement de rire, pendant que je pique un fard. Je me ratatine sur ma chaise, en me demandant ce qui peut bien leur laisser penser un truc pareil.

Et là, tout s'éclaire. Il est évident qu'avec sa popularité, Chad ne pouvait pas être vu avec moi, sans justifier ma présence. Le plus simple pour lui était de faire croire que nous avions été intimes. Les mentalités pourraient évoluer un peu quand même ! Je ne comprendrai jamais que ce genre de situation puisse mettre les garçons en valeur, et réduire les filles à l'état de garce. Pourquoi les rôles ne seraient-ils pas inversés ? C'est là qu'une vilaine idée traverse mon esprit pour anéantir la joyeuse réputation de ce rouquin de pacotille. Ma langue me démange, au point de picoter. J'ai super envie de rétorquer, mais en plus d'être crade et vulgos, j'irais dans le sens de Chad.

Je sens ma honte se muer en colère. Elle s'empare de mon cerveau qui se met à bouillir. Ma paupière droite tressaille. Mes doigts crépitent si fort que je jette des œillades apeurées autour de moi. C'est si violent qu'ils produisent même des étincelles.

C'est alors que je comprends. Ce que je prenais pour de l'agressivité n'est autre que ma magie. Elle veut s'exprimer, jaillir à l'extérieur de mon corps. Je ne peux pas la laisser me contrôler. C'est soit je parle, soit il va se passer une catastrophe.

Tant pis.

Je n'y tiens pas.

Je me penche en direction du brun, et pile au moment où je lui balance la meilleure réplique de toute ma vie, la sonnerie retentit, absorbant chacun de mes mots.

Aussitôt, dans un brouhaha digne d'un troupeau de moutons, l'ensemble des élèves se lève pour quitter la classe, le brun y compris. Il n'a même pas remarqué que j'avais tenté de lui parler. Je bloque mes mains entre mes cuisses pour les empêcher de trembler.

— Pensez à lire les chapitres 10 et 11 pour le prochain cours ! clame le prof, avant de constater ma présence. Éléanor ? Tout va bien ?

Je ne lui laisse pas le temps de m'approcher. D'un geste vif, je récupère mon sac à dos posé au sol, dans lequel je glisse mes affaires, avant de me lever d'un bond.

Arrivée dans le couloir, je me fais l'effet d'une démente. Je trottine et sautille pour regarder par-dessus les élèves qui s'agglutinent en direction du réfectoire, pour localiser une tête rousse. J'essaie de me faufiler, sans grand succès, vu mon petit gabarit. J'en viens donc à bousculer ceux qui osent se mettre en travers de mon chemin, quand j'aperçois Beverly et ses groupies.

— Bev ! lancé-je en sautant, avec le bras levé.

Elle regarde dans ma direction, mais fait mine de ne pas comprendre pourquoi je l'interpelle. Elle refuse que les gens sachent que l'on se fréquente. Elle s'est montrée parfaitement claire à ce sujet. Ce qui n'a aucun sens, puisque les coqueluches du lycée sont déjà au courant. Mais peu importe ! Là n'est pas la question. Et ses petites recommandations de diva, à cet instant, je m'en contrefiche.

— Beverly ! tenté-je, à nouveau.

Entraînée par la masse d'élèves, elle s'enfonce avant moi dans le réfectoire, pendant que je me retrouve obligée de patienter pour atteindre l'entrée.

Les populaires sont facilement identifiables, en plus d'avoir leurs coins attitrés. Ils sont bruyants, et se tiennent plutôt à l'écart du reste de la populace. Comme si une sorte de barrage nous séparait.

Aujourd'hui, cette frontière invisible entre eux et moi vient de voler en éclats. D'un pas déterminé, je m'approche de Chad, entouré de ses amis et de toute son équipe. Assis sur la table, les pieds sur le banc, ils ont tous les yeux rivés vers la vedette.

Je vais la faire atterrir, moi, la star du lycée.

Il me reste quelques mètres à conquérir, quand une sonnerie de portable retentit dans mon dos. Puis, deux, puis trois... Jusqu'à ce que tous les téléphones dans la salle s'affolent.

Y compris le mien.

Chapitre 9

Des hoquets de surprise, agrémentés de vocabulaire fleuri ou d'onomatopées, envahissent le réfectoire. Pour ma part, j'ai juste reçu un texto de Dream, qui me demande de les rejoindre sur le parking. Ma colère, toujours omniprésente, commence malgré tout à s'essouffler. Je présume que quelque chose de grave s'est produit. Seulement, comme je fuis les réseaux sociaux, et que je ne suis abonnée à aucun média local, l'information ne me parvient pas.

Je lève les yeux vers ma cible initiale, qui s'éloigne avec son petit groupe d'amis, en direction d'une des sorties.

L'avantage des potins, c'est que ça circule aussi vite que ça s'oublie. J'inspire un grand coup, puis je plonge la main dans ma poche pour y attraper une dose de sucre, avant de choisir l'issue opposée à la leur. Le chemin jusqu'au parking est plus long, mais tant pis. J'ai besoin de descendre encore un peu de mes nerfs, et marcher devrait y contribuer.

Je pousse la porte battante pour rejoindre un petit couloir, quand je me retrouve nez à nez avec le spectre du lycée. Je l'avais oublié, celui-là. Pourtant, établir un véritable contact avec lui me permettra de l'aider. À condition que ce soit bien ma vocation.

— Enfin, je te trouve ! s'exclame-t-il. Il y a quelque chose que tu dois savoir de toute urgence.

Pour la première fois, j'ose le regarder vraiment. Il devait avoir environ mon âge lorsqu'il est mort. Brun, les cheveux gominés avec la raie sur le côté, il porte un costume noir, et un nœud papillon. J'ai l'impression qu'il était habillé ainsi pour une soirée, un bal peut-être.

— Ce n'est pas le moment, là. Mais je te promets…

— Tu me parles ? m'interrompt-il.

Je m'arrête pour lui faire face. Après tout, je lui dois bien ça.

— Oui. Je suis désolée si je t'ai ignoré, seulement…

— Je sais ! Tu as découvert que tu es une sorcière. J'ai entendu les jumelles qui en discutaient la semaine dernière.

— Et tu n'es pas en colère après moi ?

— Tu es la première personne avec qui je peux échanger depuis des lustres. Je serais bien bête de me disputer avec toi. Au fait, moi, c'est Victor.

— Enchantée, Victor. Mais si tu veux bien, on papotera un autre jour. Je suis pressée, précisé-je en repartant vers le parking.

— Je pense pourtant que ça devrait t'intéresser. C'est au sujet de Chad et d'une rumeur à ton propos.

Mon sang ne fait qu'un tour. J'exécute une volte-face, et je l'accule contre un mur.

— Je t'écoute.

— Déjà, tu dois savoir que je vous ai aperçus de loin ce matin, quand tu es descendue de sa voiture. Si je peux te donner un conseil, tu dois à tout prix assumer tes actes, ma belle. Surtout lorsqu'il s'agit de garçons avec une réputation comme celle de Chad.

— Mais il ne s'est rien passé, tonné-je.

Surprise par mes propres éclats de voix, j'avise le couloir, qui heureusement est désert.

— Oh ! Alors là, ça change tout. Parce que, bon ! En te voyant, ce matin, les langues de vipère se sont déchaînées. Rien de très inhabituel. Mais le pompon s'est déroulé dans le vestiaire des garçons, juste après leur entraînement de basket.

Je tique en entendant cette information, et analyse davantage mon nouvel ami.

— Que faisais-tu dans le vestiaire des garçons ?

Autant que ce soit possible, il rougit légèrement. Je n'insiste pas.

— D'accord, continue.

— C'est Cameron qui a lancé le sujet, en demandant à Chad si tu t'étais montrée gentille avec lui, pour le remercier de t'avoir conduite jusqu'au lycée.

— Et alors ?

— C'est là tout le problème, ma belle. Chad est resté muet comme une carpe. Il s'est contenté de lever les épaules, et de filer sous la douche.

— En clair, il n'a pas confirmé, mais il n'a pas nié non plus. Laissant ainsi libre cours à la rumeur.

— Exactement.

Je hoche la tête deux ou trois fois, cherchant une réponse pertinente. Comme rien ne me vient, je juge préférable de continuer ma vie, là où je l'avais laissée.

— Bon, ben ça c'est super ! Si tu permets, maintenant, je vais rejoindre les jumelles. Je déciderai plus tard comment utiliser cette information à bon escient.

J'abandonne Victor derrière moi, vu qu'a priori il ne peut pas sortir du bâtiment, et je fonce à l'extérieur.

Sur le parking, je repère Dream, devant le cabriolet fuchsia de Beverly.

— Dépêche ! me crie Dream.

— Ouais, grouille ! confirme Bev, en s'installant derrière le volant. On n'a pas que ça à faire.

Dream monte à l'arrière, et je me retrouve devant avec Beverly, et Hadès sur les genoux. Quand je me retourne, je découvre Hope, l'œil humide, avec un mouchoir dans les mains. Sa sœur a enroulé un bras autour de ses épaules.

— Qu'est-ce qui se passe ? demandé-je.

— Tu te souviens qu'on t'a parlé de Marthe ? me répond Bev.

Un sanglot en provenance de Hope me tord les boyaux.

— Oui, soufflé-je, en craignant d'entendre la suite.

— Les notifications que tout le monde a reçues, enchaîne la conductrice, c'est pour informer qu'elle est morte.

Hope craque, emportant Dream dans son chagrin. J'avais bien compris que Marthe était une figure importante dans leur entourage. Elle remplissait à la fois le rôle de grand-mère et de mentor. Cependant, je ne m'explique pas pourquoi toute la ville s'affole au sujet du décès d'une vieille dame.

— Est-ce habituel que tout le monde soit informé par texto lorsqu'un habitant de Lakewood disparaît ?

Beverly me lance un regard furtif, comme si elle s'interrogeait sur ma santé mentale.

— Bien sûr que non ! réplique-t-elle, blasée. Mais si comme le commun des mortels tu avais au moins Insta, tu ne poserais pas ce genre de question.

Étant donné que le sujet s'avère sensible, et que je ne tiens pas à perturber davantage les jumelles, je choisis de me taire jusqu'à ce que l'on arrive à destination.

Sans grande surprise, devant la maison, qui je suppose, appartenait à Marthe, se trouve déjà toute une pléiade de gyrophares au milieu d'un labyrinthe de rubans jaunes, pour maintenir les journalistes à bonne distance. Je distingue une ambulance, deux voitures de police, mais le plus inattendu, c'est la présence d'une camionnette blanche avec la mention « police scientifique ». Depuis quand appelle-t-on des spécialistes en criminologie pour enquêter sur la mort d'une personne âgée ?

À moins que son décès n'ait rien de naturel ?

Je me tourne vers Beverly pour lui demander s'il s'agit du protocole en vigueur dans le coin, lorsque j'aperçois, de l'autre côté de la rue, la Jeep noire de Chad. Appuyé contre la carrosserie, les bras croisés sur le torse, il a l'air d'attendre, pendant que Gage et Dylan discutent. Cameron saute du capot d'un mouvement souple, pour aller chuchoter quelque chose à l'oreille de Chad. Celui-ci nous observe, puis approuve d'un hochement de tête. Il donne une tape amicale sur l'épaule de Dylan, et les voilà qui se dirigent tous les quatre vers nous.

— Oh, non… ronchonne Beverly. On n'avait vraiment pas besoin d'eux.

Elle descend de la voiture, et comme l'ambiance dans l'habitacle est trop pesante, je décide de la suivre.

— Je suis désolé pour Marthe, déclare Chad en arrivant à notre hauteur. Je sais que les jumelles la côtoyaient régulièrement. Tu crois que…

— Je t'arrête tout de suite, le coupe Bev, ce n'est pas le moment de jouer l'alpha au grand cœur, qui s'intéresse à sa communauté. En plus, ton père va sûrement nous convoquer, alors que l'on est au courant de rien.

Alpha au grand cœur ? Et est-ce que son père est le shérif de la ville ?

— Tu as vu ce que le Lakewood Post a écrit, Lyly ? l'interroge Cameron.

De près, sa ressemblance avec Brad Pitt est encore plus flagrante.

— Bien sûr ! Qu'est-ce que tu crois ? Mais Hope et Dream ont besoin de faire leur deuil, tranquilles. Vous pouvez comprendre ça, non ?

— Mademoiselle Wang ! l'interpelle un homme roux, d'une cinquantaine d'années, vêtu d'un uniforme de shérif. J'aimerais vous parler. Et amenez vos amies avec vous.

— Super ! On sera pas venues pour rien, au moins, ironise Bev.

— Allez, Lyly, l'encourage Cameron. Ron ne fait que son travail.

Beverly hausse les épaules, avant de se tourner vers moi et de pencher la tête en direction de la maison. Je n'ai aucune envie de rentrer là-dedans. En dehors d'un soutien émotionnel pour les filles, je ne serai d'aucune utilité. Cependant, je leur dois bien ça. Je reviens donc vers la voiture, pour demander aux jumelles de nous accompagner.

Vu l'état de choc dans lequel se trouve Hope, j'en déduis aisément qu'elle était la plus proche de Marthe. Dream et moi l'aidons à passer sous les rubans jaunes, où une jeune femme blonde nous observe d'un œil circonspect, avant de nous escorter jusqu'à la maison.

— Venez avec moi à l'intérieur, nous ordonne le shérif.

J'aperçois la fourrure argentée d'Hadès dans le jardin de devant, tandis que nous contournons la bâtisse en longeant une petite allée ombragée, pour rallier une porte à l'arrière. Celle-ci donne sur une modeste cuisine, plutôt vieillotte et chichement équipée. La forte odeur d'eucalyptus qui imprègne les lieux fait rejaillir le souvenir encore trop frais et trop présent du cauchemar de cette nuit. Par acquit de conscience, je baisse les yeux en direction de mes pieds. Ma gorge se noue en découvrant que je marche sur du plancher en bois brut.

Je me sens défaillir. Mes jambes flageolent. À tel point que je pose une main sur le plan de travail, en espérant que cela me donne un air décontracté.

— Simple coïncidence, me murmuré-je, pour m'insuffler une dose de courage.

Aussitôt, le shérif braque ses yeux bleus sur moi, les sourcils froncés. Même sans indice de la part de Cameron pour comprendre que Chad est son fils, je l'aurais deviné toute seule, tant la ressemblance est frappante.

— On ne se connaît pas, nous ?

— C'est normal, s'interpose Bev, elle est nouvelle en ville. L'interroger ne vous mènera à rien. Elle n'avait jamais rencontré Marthe.

On croirait que la mort de cette pauvre femme ne l'atteint pas. Sans doute que Bev n'était pas aussi proche de Marthe que l'étaient les jumelles.

— D'accord, mais ce n'est pas à vous que je m'adresse. Pourrais-je avoir votre nom, au moins ?

— Éléanor Carter.

Le crayon du shérif frotte contre la feuille de son carnet, lorsqu'il reporte l'information.

— Quand avez-vous vu Marthe pour la dernière fois ?

— La semaine dernière, répond Dream.

— Comment était-elle ?

Les jumelles se dévisagent.

— Oui, reprend le shérif. L'avez-vous trouvée agitée ou inquiète ?

— Pas plus que d'habitude, rétorque Dream. Marthe était une pile électrique. Mais pourquoi ces questions ?

— Est-ce qu'elle vous aurait parlé d'une altercation avec quelqu'un, ou d'un problème même mineur, avec une tierce personne ? Tout ce que vous direz pourrait s'avérer utile.

— Je ne comprends pas, s'interpose Bev. Qu'est-ce qui lui est arrivée ?

— La police scientifique cherche encore des indices. Nous allons mener une enquête de voisinage pour savoir si quelqu'un a remarqué quelque chose aux alentours de 23 h, hier soir.

23 h ?

C'est justement, à quelque chose près, l'heure où je me suis réveillée, après cet affreux cauchemar.

La tête me tourne. Je renforce mon appui sur le plan de travail, en ajoutant ma hanche.

— Vous vous sentez bien, mademoiselle Carter ? Vous êtes toute pâle.

— Ça va aller… soufflé-je, en tentant péniblement de me redresser.

Le shérif hausse une épaule, avant de reporter son attention vers Bev.

— Puis-je savoir ce que vous faisiez, hier soir ?

— Nous sommes suspectes, shérif ?

— Non ! Bien sûr que non. Mais si vous ne répondez pas, là, c'est sûr, vous allez attiser ma curiosité.

Un silence plombe la cuisine. J'aperçois l'index de Beverly s'agiter autour de l'ongle de son pouce, pour gratter une petite peau.

— J'étais chez moi.

Elle nous regarde, et pour la première fois depuis que je la connais, j'ai l'impression qu'elle est gênée. D'un geste, elle invite le shérif à se pencher vers elle. Celui-ci lève les yeux au ciel, avant de s'exécuter de bonne grâce.

Alors qu'elle s'apprête à lui murmurer quelque chose au creux de l'oreille, Hope interrompt la confidence.

— Oh ! pas la peine de chuchoter. Tout le monde est au courant pour Cameron et toi. Lyly par-ci, Lyly par-là. On n'est ni sourds ni aveugles !

Les joues de miss pestouille deviennent aussi rouges que ses lèvres peinturlurées. Mais voir Hope retrouver du poil de la bête me soulage.

Beverly : souffre-douleur et remonte-moral de Hope.

Ça me va !

Même si cela ne joue pas en la faveur du coven, à cet instant, je m'en contente.

— Oh, toi ! Tu vas le regretter...

— D'accord, on se calme, les filles, tempère le shérif. Que faites-vous, mademoiselle Artwork ?

Cette petite estocade a vraiment redonné un coup de fouet à mon amie Hope, qui se lance à l'assaut des placards.

— Vous le savez très bien. Elle n'aurait pas voulu qu'il soit utilisé à mauvais escient.

Le shérif pose une main compatissante sur son épaule, la forçant ainsi à s'arrêter et à lui faire face. Il se dégage de lui une aura à la fois autoritaire et protectrice, que j'avais également remarquée chez Chad.

— Rassurez-vous, je l'ai déjà mis en sécurité. Je ne pouvais pas laisser des yeux innocents tomber dessus.

— Il nous revient. Marthe aurait voulu que nous l'ayons. Vous ne pouvez pas le garder !

— Calmez-vous. Bien sûr qu'il vous revient. Et je vous le rendrai. Vous n'aurez qu'à passer chez moi, pour le récupérer.

— Chez vous ? s'étonne Dream.

— Eh bien, oui. Ce sera l'occasion de renouer. Surtout maintenant que vous êtes quatre.

J'observe mes amies à tour de rôle qui échangent des regards aussi perplexes que le mien. Je ne comprends rien, et même si ça m'agace légèrement, je ne suis pas en état de réfléchir.

— Et vous, donc, mademoiselle Carter ? renchérit le shérif, visiblement imperturbable. Puis-je savoir pourquoi vous évoquiez une coïncidence tout à l'heure ?

Le poids des huit yeux fixés sur moi est trop lourd à supporter. Mes jambes fébriles cèdent, et le shérif me rattrape *in extremis*. Il tire une chaise, puis m'aide à m'y installer. Dans mon dos, quelqu'un ouvre un robinet. Quand le bruit de l'eau cesse, un verre entre dans mon champ de vision.

— Tiens, m'ordonne Dream.

Je pose mes doigts autour, et le sens glisser au creux de ma main. Il s'écrase sur le plancher, où il éclate en mille morceaux. Le bois absorbe le liquide aussi goulûment que dans mon cauchemar. Prise de nausée, je bondis de ma chaise pour m'élancer à l'extérieur, lorsque je heurte un torse dans un costume sombre.

— Éléa ? Ça ne va pas ?

Je lève le nez vers Angus qui se tient dans l'encadrement de la porte. Une main sur la bouche, je secoue la tête. D'un mouvement coordonné, nous pivotons pour que je puisse sortir. J'ai tout juste le temps de l'entendre dire :

— Shérif, qui vous a donné l'autorisation d'interroger des mineurs sans la présence ou l'accord d'un adulte ?

Chapitre 10

Après une conversation plutôt animée avec le shérif, Angus nous a ramenées à la maison. Avec Lira, ils estiment que nous avons affronté trop d'évènements perturbants pour retourner en cours et nous montrer efficaces. En toute honnêteté, ils ont raison.

Hope s'est enfermée dans sa chambre. Avec Dream, nous avons décidé d'aller marcher, en compagnie de Prozac. Le soleil ne contre pas les effets du vent glacial, mais je crois que tout comme moi, Dream avait l'impression d'étouffer sous le regard compatissant de sa mère.

Nous avançons en silence. J'ai bien conscience que derrière son mutisme, Dream ne désire qu'une chose. Seulement, j'ignore comment aborder le sujet. Pourtant, si je ne crève pas l'abcès, je vais devenir folle.

— Je sais que tu attends des explications, lâché-je comme préambule, en espérant qu'elle m'aide pour la suite.

— Pourquoi le shérif t'a parlé de coïncidence ? explose-t-elle. Est-ce que ta mère aussi... a subi des violences ?

Elle s'est radoucie sur la fin de sa phrase, sentant qu'elle pourrait peut-être dépasser des limites.

— Non. Ma mère était une alcoolique qui a fait une mauvaise chute. Si le shérif m'a demandé ça, c'est parce que lorsque nous sommes entrées dans la maison...

Les mots restent bloqués dans ma gorge. J'ai l'impression que si je dis les choses à voix haute, elles vont devenir concrètes. Comme si pour l'instant, je pouvais encore éviter de leur accorder du crédit.

— Non, tranché-je. Je ne peux pas commencer par ça.

Nous arrivons dans un petit parc, où Prozac s'élance joyeusement, pendant que Dream et moi prenons place sur un banc.

— Tu te souviens, quand je t'ai réveillée cette nuit, à cause de mon cauchemar.

— Vaguement, oui.

— Je crois que… Mais c'est complètement dingue ! C'est pour ça que j'ai parlé de coïncidence. Enfin, parlé… D'ailleurs, comment a-t-il pu m'entendre ?

— Je ne comprends rien, s'énerve Dream. Tu as bien capté que le monde n'est pas tel que tu l'imaginais. Il y a encore quelques jours, tu pensais que tu étais cinglée parce que tu voyais des fantômes. Tu aurais même parié sans hésiter que la magie n'existait pas. C'est pas vrai ?

Je hoche la tête.

— Alors, parle-moi, s'il te plaît. C'était quoi ton cauchemar ?

Je déglutis, baisse les yeux vers mes pieds, puis je me lance.

— Je crois que j'ai assisté au meurtre de Marthe.

J'attends une réponse. Mais les seuls sons qui me parviennent sont les jappements de Prozac qui a trouvé un autre chien avec lequel s'amuser, et le vent dans les feuilles au-dessus de nous. Je relève le nez en direction de mon amie. La bouche ouverte, elle me dévisage. Lorsque j'accroche ses prunelles vertes, elle se redresse d'un coup, et se racle la gorge.

— Tu te rends bien compte que tu ne peux pas me balancer ça, et imaginer que je ne vais pas creuser le sujet ?

— Non, je sais, déploré-je en piochant un Dragibus dans ma poche.

Je tends le paquet vers Dream, qui refuse d'un geste de la main.

— Alors, explique-moi, exige-t-elle, péremptoire.

J'évoque donc l'odeur d'eucalyptus et le plancher. Il n'y a que pour la scène en elle-même, où je décide de rester vague. Elle n'a pas besoin de connaître tous les détails. Nous possédons assez d'éléments pour confirmer ma théorie. D'une manière ou d'une autre, je me trouvais sur place lorsque cette pauvre Marthe a été battue à mort.

Aussi estomaquée que moi, Dream s'appuie sur le dossier en bois. Nous demeurons immobiles, jusqu'à ce que le froid s'empare de nos doigts et de nos orteils. Même Prozac s'est allongé sur le banc voisin pour s'isoler du sol, lorsque nous décidons de rentrer.

— Il faut le dire à mon père, déclare soudainement Dream.

— Non !

La panique m'envahit, et je commence déjà à regretter ma franchise.

— Mais pourquoi ? Je te rappelle qu'il est guide. C'est dans ses fonctions.

— Imagine qu'il n'ait jamais entendu parler d'un tel phénomène. Ou bien que ce soit la première fois. Ou pire, que finalement je ne sois pas une sorcière, mais autre chose. Tu m'as dit qu'il existait des créatures maléfiques. Je refuse d'en être une... Je ne le supporterais pas...

Sous l'effet de la peur, ma voix se brise.

— Mais non, voyons ! Je suis sûre de moi, tu fais partie des nôtres. C'est obligé. Mais si tu ne veux pas qu'on lui en parle, je n'irai pas contre ta volonté. À condition que cela ne se reproduise pas.

— Merci, Dream.

— En attendant, on va quand même procéder à quelques recherches dans la bibliothèque, d'accord ?

Je confirme, à demi soulagée.

— Et Hope ? demandé-je.

— Elle me connaît par cœur. Et je suis incapable de lui cacher un truc pareil. En plus, je te rappelle qu'elle était présente lorsque le shérif t'a interrogée. Même si elle est trop perturbée pour t'en parler aujourd'hui, tu peux être sûre qu'elle finira par te poser des questions. Et puis, franchement, nous ne serons pas trop de trois pour passer au crible tous ces vieux bouquins poussiéreux.

Elle a raison. De plus, même si je sens la terreur s'emparer de mes entrailles, au point de les comprimer et de me donner envie de me plier en deux, j'ai besoin de réponses. Et je ne pense pas qu'elles me jugeront.

Par contre, je m'interroge sur un autre point.

— Et Hadès ? Tu crois que si on lui demande de garder le secret, il pourrait nous aider sans pour autant tout dévoiler à Bev ?

— Oublie. Elle m'a déjà envoyé deux textos pour savoir elle aussi pourquoi le shérif t'a parlé de coïncidence. En plus, un familier ne peut en aucun cas cacher quelque chose à sa sorcière. D'ailleurs, elle va passer tout à l'heure. Officiellement, pour nous porter les cours que nous avons manqués. Officieusement…

La fin de sa phrase, bien inutile, s'envole dans le souffle du vent.

Voilà près de deux heures que nous sommes enfermées toutes les quatre dans le grenier. Une fois le choc de ma révélation passé, nous nous sommes plongées dans les écrits pour essayer de trouver quelque chose. Même Hadès ne savait rien. En réalité, ce n'est pas parce qu'un familier se réincarne qu'il possède des connaissances quasi illimitées. Il est juste guidé par son instinct, et par les informations qu'il mémorise dans sa vie présente. Il peut avoir des réminiscences, mais celles-ci restent rares et très ponctuelles.

— Bon ! s'exclame tout à coup Beverly, en fermant le livre qu'elle a dans les mains, et qui émet un claquement. Ça me saoule. Je n'étais pas venue ici pour étudier, mais pour pratiquer la magie. Là, je m'ennuie. Alors, je m'en vais.

— Attends, la freine Hadès, alors qu'elle se dirige vers la trappe. Ça tombe bien que tu en parles, parce que justement, j'ai quelque chose à te montrer.

Nous observons le chat, avec une attention toute particulière.

— À me montrer ? s'étonne Bev.

— Oui. J'ai vu et entendu des choses, ce matin, quand je me suis promené autour de la maison de Marthe. Afin de n'omettre aucun détail, il serait préférable que tu atteignes un état de transe assez élevé pour que tu entres dans ma tête. Ainsi, tu pourras visualiser mes souvenirs. Seulement, pour y parvenir, comme tu es novice, je compte sur l'appui du cercle.

— Je ne savais même pas que nous pouvions faire ça, s'émerveille Dream. Hope, est-ce que Marthe t'en avait parlé ?

— Non, souffle-t-elle avec tristesse.

Alors, déjà que Hope n'est pas d'une nature bavarde, sauf quand il s'agit de s'asticoter avec Bev, là, on atteint des sommets.

— Je l'ai découvert dans l'un de ces vieux grimoires, sur l'étagère du bas, dans la contre-allée, détaille Hadès.

— Parce que tu sais lire ? demandé-je, ébahie.

— D'une certaine façon… Si je m'endors à côté ou sur un document, un livre, n'importe quoi qui renferme des écrits, j'en absorbe le contenu.

— Pratique, rétorque Bev. Dommage que l'on ne puisse pas faire pareil avec nos cours.

— C'est clair, approuve Dream. Mais pourquoi avoir attendu jusqu'à maintenant pour nous parler de ce que tu as vu ? Tu aurais pu nous le dire dès notre retour ici ?

— Vous étiez tellement secouées, je préférais vous laisser le temps de vous apaiser. Vous venez de vivre des émotions intenses. Et finalement, c'est une bonne chose, puisque j'ai découvert ce rituel qui permettra à Beverly de visualiser la scène directement dans ma tête.

— C'est très prévenant, souligné-je. Merci, Hadès.

— Et comment doit-on procéder ? l'interroge Hope, soudain très intéressée.

— Déjà, dans le chaudron qui sera placé au centre du cercle, il faudra mettre du romarin, de la cannelle, de la lavande et recouvrir le tout d'eau de lune. Puis, allumer trois bougies violettes pour l'intuition, et agiter la clochette pour dissiper toutes les mauvaises énergies éventuelles. Ensuite, et là, c'est moi qui improvise, comme le descriptif concernait une sorcière expérimentée, je propose que vous joigniez vos mains, pendant que Bev me fixera dans les yeux.

— Et après ? l'encourage Dream.

— Après, je suppose que Beverly pourra visualiser mes souvenirs.

— OK ! Qu'est-ce qu'on attend ? s'impatiente Hope. J'attrape les bougies. Dream, tu t'occupes du chaudron et des herbes. Allez, Bev, bouge ton cul et viens t'asseoir. Tu voulais faire de la magie, alors on y est !

— T'as de la chance que j'ai grave envie d'essayer, sinon, je te jure que tu me parlerais sur un autre ton, la poupée vaudou.

Les deux se fusillent du regard, et je m'interpose pour me placer entre elles. Une fois toutes installées, les ingrédients prêts, et Hadès figé comme une statue de marbre, je saisis les mains de Hope et de Beverly.

— Oh ! s'écrie Hope. Je l'avais sentie de loin, parce que la dernière fois, il y avait Bev et ma sœur entre nous, mais elle est vachement lumineuse ta magie.

— Ah ! Tu as vu ! confirme Dream. Je te l'avais dit.

— C'est sûr que du doré qui rencontre du noir, ça fait des étincelles, nargue Beverly. Si j'étais toi, je m'inquiéterais, la poupée vaudou.

— Qu'est-ce que tu racontes, encore ?

— C'est bien connu. La lumière repousse toujours l'obscurité.

— Je dirais plutôt, lancé-je en maintenant fermement la main de Hope qui tente de se dégager, que sans obscurité, pas de lumière. Et *vice versa*, bien sûr.

J'adresse un sourire complice à Hope, qui retrouve son calme.

— Arrête de titiller ma sœur, toi. Tu penses vraiment que c'est le jour ? Concentrons-nous sur ton familier, ce sera plus productif.

Familier, qui, d'ailleurs, n'a pas bougé d'un poil. À croire que ces enfantillages l'épuisent. Tout comme moi, en réalité. J'ignore comment nous allons arriver à nous synchroniser. Je me demande même si nous y parviendrons. En l'état actuel des choses, j'ai l'impression que c'est impossible.

— Dream a raison, Bev. Allez, on se concentre.

Le silence retombe dans le grenier. Je repense à la séance de méditation prodiguée par Lira, et comme je ne sais pas trop comment agir, je ferme les paupières et porte mon attention sur ma respiration. Je fusionne avec les flux énergétiques de mes amies, qui circulent de mes mains vers mon corps. Tout à coup, je sens un soubresaut en provenance de Beverly. Surprise, j'écarquille les yeux en voyant que les siens sont entièrement blancs. Ses muscles sont tendus à l'extrême. Sa magie flamboie de plus en plus dans mes veines, allant jusqu'à créer une aura écarlate tout autour d'elle.

Après plusieurs minutes, le halo carmin se dissipe. Ses pupilles chocolat reprennent leur place habituelle. Et lorsque son corps se détend, elle chute légèrement sur le côté, rattrapée de justesse par Dream.

— Ça va ? s'inquiète cette dernière.

Livide, Beverly porte une main à sa tête. Hadès, visiblement très secoué aussi, se love au creux des jambes de sa sorcière.

— Tu veux que j'aille te chercher un peu d'eau ? demandé-je en me levant.

— Non, souffle-t-elle, en caressant le chat. Mais c'est gentil de le proposer. Accordez-moi quelques secondes.

Un peu désarçonnées, nous nous regardons tour à tour, sans mot dire.

— Tu peux te rasseoir, me dit Bev, en inspirant une grande goulée d'air. Mais je ne ferai pas ça tous les jours.

— Tu m'étonnes... confirme Dream. Ça donne pas tellement envie.

— Alors ? Tu la craches ta Valda ? s'impatiente Hope.

— Doucement, la tempéré-je. Tu vois bien qu'elle n'est pas en état pour l'instant. En plus, d'où tu connais une expression aussi ancienne, toi ?

— C'est Marthe qui me l'a apprise.

Je détecte une note de tristesse dans sa voix, qui me fait aussitôt regretter ma question. Un silence pesant nous enferme dans un mutisme passager.

— Je crois que ce matin, Hadès a vu ta vieille cousine Ruth parmi les badauds.

— Ah bon ? m'étonné-je. Je ne connais pas bien la ville encore, mais j'ai eu l'impression que la maison de Marthe était à l'opposé de chez elle, non ?

— Pas à l'opposé, me corrige Dream. Mais ça fait une trotte, surtout pour quelqu'un qui se déplace avec une canne.

— Et pourquoi est-ce que tu dis que tu crois ? creuse Hope.

— Parce que je ne l'ai aperçue que de loin, et de dos.

— Comment sais-tu que c'était elle, alors ? ajouté-je.

— Parce que des vieilles femmes aux cheveux gris coiffées d'un chignon, avec un châle marron sur les épaules, ça court pas les rues. Et puis, je vous rapporte juste ce que je pense avoir vu, moi. Ce n'est pas une partie de plaisir ce machin. La prochaine fois, tu n'auras qu'à t'y coller, si ça te va pas.

— Oh, du calme… tente de l'apaiser Dream. On cherche toutes à comprendre. Pas la peine de t'énerver.

Beverly baisse la tête en direction d'Hadès, qui s'est endormi.

— Désolée… Ça crève, ce truc. J'ai l'impression que l'on m'a passée en machine et étendue toute mouillée.

Nous nous dévisageons, en essayant de réprimer notre envie de pouffer.

— Euh… tente Hope. Tu l'as entendue cette expression, ou c'est de toi ?

À peine a-t-elle fini sa phrase, que l'on explose. Même Beverly, après quelques secondes d'hésitation, se joint à ce moment d'allégresse. J'en ai les larmes aux yeux. C'est si puissant et salvateur, que j'en ai mal aux joues. Des contractions me rappellent où se trouvent mes abdominaux. Nous étions tellement sur les nerfs, que l'on déverse toute notre anxiété et notre colère dans nos éclats de rire.

Seul Hadès n'a pas apprécié, ce qui ne l'a pas empêché de se chercher une nouvelle position, tout en restant auprès de Bev.

Je reprends mon souffle, en observant mes amies, et je sens bien que ce qu'il vient de se passer, ces émotions communes et partagées ont soudé un premier petit lien entre nous quatre.

— Je continue ?

— Nous sommes suspendues à tes lèvres, l'invite Hope.

Surprise par cette amabilité soudaine, j'échange un regard furtif avec Dream, avant de reporter mon attention sur Beverly.

— Donc ensuite, Hadès est entré dans la maison. Il s'est rendu jusque dans le salon où ...

Sa voix se brise. Elle me renvoie à mon cauchemar, et je n'ose imaginer ce qu'elle a dû voir.

— Bref ! Il y avait ces deux flics de la scientifique qui discutaient, un homme et une femme. Elle a dit qu'il devait sûrement y avoir une femme parmi les agresseurs. Lui s'est penché, pour examiner de plus près les empreintes de pas dans le sang... Enfin... sur le plancher... Et il a répondu : parce que tu crois que c'est une trace de talons, ça ? Et elle a confirmé en précisant que c'était un talon épais et carré. Bon, vu la tronche du type, il n'avait pas l'air du même avis, mais il ne l'a pas contredite pour autant.

J'analyse ce que Bev vient de nous relater, en essayant à mon tour de me souvenir de mon cauchemar. Mais sans succès. Ma mémoire a surtout conservé les images de cette pauvre Marthe, ainsi que les sons horribles. En parlant de sons...

— C'est tout ? m'empressé-je de demander, avant d'oublier à nouveau.

— Ben, c'est déjà pas mal, non ? Si ça te va pas, comme je l'ai dit...

— Non, non ! C'est très bien. C'est juste que j'ai repensé à un détail, au sujet de mon cauchemar... J'ignore si ça a un lien, ou si c'est mon imagination, ou autre chose... Mais au début, j'ai entendu un cor de chasse suivi d'un carillon.

Chapitre 11

Voilà presque deux semaines que le meurtre de Marthe s'est produit. Malgré nos visites régulières au poste de police, le shérif Mc Coued n'a rien voulu nous dire. Nous pensons surtout qu'il n'a même pas le début d'une piste. Par contre, il nous a invitées à passer chez lui cet après-midi, pour récupérer le fameux héritage de Marthe, en l'occurrence son livre des ombres.

Entre-temps, j'ai beaucoup appris. Je sais désormais qu'une sorcière, lorsqu'elle atteint sa majorité, se doit, en plus de s'associer à un familier, de tenir un grimoire. Dedans, elle y consigne toutes ses pratiques magiques, religieuses éventuellement, ses rituels, sa philosophie... En clair, tout ce qu'elle jugera utile de transmettre aux générations suivantes. Il était donc logique de mettre ce fameux livre des ombres en lieu sûr, loin de mains innocentes et néophytes.

Nous avons pas mal progressé avec les filles. L'entente s'avère encore très souvent compliquée entre Beverly et Hope, mais petit à petit, elles se parlent avec moins de véhémence, et plus de souplesse et d'empathie. En plus, Thanksgiving approche à grands pas, et comme Lira a appris que les parents de Beverly partaient en croisière, elle lui a proposé de le passer avec nous. Je soupçonne Angus d'être derrière toute cette manigance. Dès qu'il peut dégager un peu de temps, il vient superviser nos entraînements. Ainsi, il a pu constater à quel point sa fille et Bev se tirent dans les pattes. J'aime beaucoup les exercices qu'il nous donne, qu'ils soient à réaliser, seule ou en groupe.

L'idée de me rendre chez Chad m'angoisse, même si j'ignore s'il sera présent. Surtout après cette histoire de rumeur. Victor, mon spectre favori aux oreilles pointues, comme je m'amuse à le surnommer, m'a assuré que le Bulldozer s'était chargé lui-même d'y mettre un terme. Il semblerait qu'il n'avait pas notion de son erreur. D'autant plus que, toujours d'après Victor, Chad, malgré son succès auprès de la gent féminine, n'est pas un Don Juan. En réalité, il aurait été vu avec très peu de filles. Cependant, je reste sur la réserve. Je n'ai pas vraiment eu l'occasion de le recroiser depuis. Enfin, disons surtout que je mets tout en œuvre pour l'esquiver, quitte à manger après tout le monde à la cafétéria, ou à me glisser dans les toilettes dès que je l'aperçois. Et comme la saison de basket bat son plein, cela m'aide beaucoup aussi.

Nous voilà donc en route pour la maison du shérif. Les jumelles ont pris l'habitude de monter à l'arrière, afin d'éviter qu'Hadès sème ses longs poils argentés sur leurs tenues. Alors, moi, bonne pâte, et parce que j'aime bien ce chat, je me mets devant, où il s'installe sur mes genoux. Et puis, je m'en fiche, étant donné que j'ai caché une brosse sous le fauteuil passager.

Je m'étonne de la route empruntée par Bev, surtout lorsque nous sortons de Lakewood.

— Les Mc Coued n'habitent pas Lakewood ?

— Ça fait partie du village, m'explique Beverly, mais leurs maisons sont plus reculées, dans les bois.

— Leurs maisons ?

— Oh, oh... lance Hope, juste derrière moi. Je crois que le moment arrive, les filles.

Je commence à flipper. Je sens que l'on va encore m'annoncer quelque chose de gratiné, et je n'aime pas du tout cette sensation de perte de contrôle. Depuis que je sais que je suis une sorcière, je pensais être plus aguerrie, et voilà que je découvre qu'en réalité, dès qu'un rouage grippe, mon palpitant s'excite. Mes mains deviennent moites. Ma paupière tressaute de nouveau comme une folle.

— Quel moment ? osé-je à peine demander.

— Tu te souviens, articule Dream en venant se placer entre les fauteuils, de la première fois où nous sommes montées dans la bibliothèque. Je t'ai expliqué, lorsque tu es tombée sur le traité de vampirologie, qu'il n'y avait pas que des sorcières.

Je pivote légèrement pour la regarder le plus possible dans les yeux.

— Ouais… Pourquoi est-ce que j'ai l'impression que ce que tu t'apprêtes à m'annoncer ne va pas me plaire ?

— Oh là là, toujours trois tonnes de chichis pour pas grand-chose, s'agace Beverly. Nous allons chez des loups-garous. Voilà, comme ça, c'est dit.

— Beverly, la reine du tact ! s'exclame Hope.

— Tu sais ce qu'elle te dit, la reine du tact ? Que si t'es pas contente, elle peut s'arrêter ici et te laisser au bord de la route ! Après tout, ce n'est pas mon héritage. Je vois pas pourquoi je serais obligée de m'infliger ça.

— Et c'est reparti, se lamente Dream.

Je n'écoute pas la suite de leurs échanges houleux. Mon attention s'évade de la voiture, au profit d'un cor de chasse, suivi d'un carillon.

Je me sens pâlir.

— Éléa, ça va ? me demande Dream, qui grâce à cette simple question me ramène dans le cabriolet.

— Vous avez entendu ?

Les yeux de Dream s'arrondissent. Même Bev tourne la tête en ralentissant, pour me dévisager.

— Tu veux que je m'arrête pour prendre l'air ? Ne vomis pas dans ma voiture, surtout !

Je n'ose pas leur dire ce que je crois avoir discerné. Après tout, je l'ai peut-être simplement imaginé.

— Non, non. Tout va bien. Roule.

— OK. Tu es sûre, hein ? Parce que t'as le teint d'un cadavre, là.

— C'est bon, je te dis.

J'inspire profondément, et je commence tout juste à me sentir mieux, lorsque l'information capitale sur le lieu de notre destination me revient en tête. Une association d'idées chasse définitivement ce vestige de mon cauchemar.

— Est-ce que les loups-garous sont dotés d'une bonne audition ?

— Excellente, tu veux dire, s'enthousiasme Bev. Ils peuvent percevoir des sons jusqu'à un kilomètre de distance.

— Cela explique pourquoi le shérif m'a entendue marmonner, lorsque j'ai parlé de coïncidence en entrant dans la maison de Marthe.

— Depuis quand en sais-tu autant sur les lycans ? s'étonne Dream.

— Depuis qu'elle sort avec Cameron, et qu'ils essaient de le cacher à tout le monde, la nargue Hope.

— Je vais vraiment m'arrêter, je te préviens !

— Ça suffit de vous chercher des poux dans la tête en permanence, toutes les deux, intervient Dream. En plus, on sait très bien que ce sont des menaces en l'air. Et oui, d'ailleurs, pourquoi est-ce que vous ne vous affichez pas ensemble ?

— Surtout maintenant que tu as lâché tes copines, précisé-je, ou plutôt tes groupies, pour traîner avec nous. Plus rien ne t'empêche d'assumer aussi cette relation.

Pour la première fois depuis que je connais Beverly, elle reste muette. Ses yeux s'humidifient, et ses mains se serrent autour de ce pauvre volant qui n'a rien demandé.

— Vous ne voulez pas la laisser tranquille ! intervient Hadès. Ça ne vous regarde pas ce qu'il se passe entre Cam et elle. Alors, foutez-lui la paix.

Aussitôt sa phrase terminée, il saute par-dessus nos bras, pour s'installer sur les genoux de Beverly, où il se pelotonne au maximum pour ne pas la gêner.

À force de les côtoyer, elle et son familier, nous avons compris que ce dernier peut détecter les émotions de celle à qui il se lie. Tout comme il peut lui apporter du réconfort, en se positionnant contre sa sorcière.

Si durant le reste du trajet, le silence règne dans l'habitacle, je ne peux pas en dire autant du brouhaha qui secoue mes méninges. J'ai eu beau simuler une certaine assurance devant mes amies, au fond, la nouvelle m'ébranle. Même si je me doutais, quelque part au fond de moi, que leur magnétisme et leur façon de se comporter cachaient quelque chose, j'étais loin d'imaginer que des loups-garous fréquentaient le lycée. Quelles autres créatures surnaturelles peuvent bien arpenter ces couloirs tous les jours ?

À l'instant où la voiture commence à cahoter, je réalise que nous sommes sur un petit chemin de terre. Je comprends alors la nécessité pour Chad de conduire une Jeep. Ce n'est pas juste une question de frime. À tel point que nous nous retrouvons immobilisées à cause d'une roue piégée dans la boue.

— Et voilà ! s'énerve Beverly, qui s'acharne sur l'accélérateur, en faisant hurler le moteur. J'en étais sûre, en plus. Je lui avais dit que le plus sage était que je téléphone quand on arriverait à l'entrée du chemin. Mais non, monsieur Cameron sait toujours tout mieux que tout le monde.

J'entends Hope pouffer derrière moi, mais heureusement, elle a la décence de se taire. Pour une fois...

— Arrête, lui ordonné-je. Tu vas casser quelque chose, à forcer ainsi.

— Éléa a raison, confirme Dream. Appelle-le, et montre-lui que justement, il a commis une erreur.

— Bonne idée ! s'enthousiasme-t-elle en coupant ledit moteur.

Elle dégaine son portable, pendant que je me tourne vers Dream en haussant les sourcils, épatée par son argumentaire. Elle souffle sur ses ongles multicolores, avant de les frotter sur le col de sa veste en fausse fourrure rose, ou en fourrure de poils de crevettes, comme on s'amuse à la nommer.

Quelques minutes plus tard, une moto-cross, conduite par Cameron, suivie de la Jeep de Chad, arrive à notre rencontre. Aussitôt, Bev me jette Hadès sur les genoux, et descend de la voiture comme une furie, pour hurler sur Cameron.

Les jumelles l'imitent, pendant que je prends garde aux endroits où je pose mes pieds. Car oui, du coup, je suis obligée de garder le chat dans les bras, ce qui complique un petit peu les choses.

Je m'étonne du calme olympien de Cameron, qui conserve un grand sourire.

— Pourquoi tu souris comme un imbécile ? Je ne vois pas ce qu'il y a de drôle.

— Eh bien moi, je le vois très bien au contraire. À ton avis, pourquoi est-ce que je suis venu avec la bécane ?

Bev nous lance un regard désespéré.

— Comment veux-tu que je le sache ?

— Parce qu'il n'y a que trois places dans la Jeep, réplique Chad en sortant à son tour de la voiture.

Aussitôt, les jumelles percutent le problème, et, elles ne sont pas sœurs pour rien, s'exclament à l'unisson :

— Preum's pour la Jeep.

Je les regarde s'éloigner en direction du véhicule, lorsque Chad pose ses yeux azur sur ma petite personne.

— Et toi, miss coco ?

Je ne suis jamais montée sur une moto. Rien que d'y penser, je tremble comme une feuille. Aussi, je n'ai pas l'intention que cet état de fait change aujourd'hui.

— Je porte ton chat, déclaré-je à Beverly. Je suis obligée de m'installer dans la Jeep.

— Donne-le-moi, si tu veux, propose-t-elle un peu trop gentiment.

Je serre Hadès encore plus fort contre ma poitrine, et lui passe sous le nez, presque au pas de course. Enfin, si le chemin me le permettait, je pense que je courrais carrément.

— Sympa, les filles, merci ! Je m'en souviendrai.

— Ouais, ouais ! À charge de revanche, la raille Hope.

Je peine à avancer avec le chat dans les bras. Du coup, lorsque j'arrive à hauteur de la voiture, il ne reste que la place de devant.

Génial !

— Tu veux un coup de main, miss coco ?

Ça se voit qu'il a l'habitude de marcher sur un sol accidenté, et puis ses grosses godasses à semelles crantées doivent bien l'y aider. Si je pouvais, par simple fierté, je l'enverrais balader. Je lui colle le chat dans les bras, qui feule aussitôt. Le poil tout ébouriffé, il se dégage en griffant Chad, qui lâche une injure.

— Pff ! Il sent le chien mouillé ! rouspète le familier, en tombant dans la boue. Et voilà ! Ah, je suis beau, maintenant.

— Le chien mouillé ? Non, mais s'te plaît ! s'insurge Chad.

— Tout ça pour ça ! s'écrie Bev. Ça valait le coup de te le confier.

— C'était à toi que je proposais de l'aide, pas au greffier ! se plaint Chad en avisant son avant-bras couvert de trois entailles sanguinolentes.

— Quelle idée aussi de te promener en tee-shirt, alors que le mercure atteint tout juste les cinq degrés !

Ce n'est pas ma meilleure répartie. Mais à cet instant, alors qu'ils sont à trois à me tomber dessus en même temps, je n'ai pas trouvé mieux. En plus, je réalise que Cameron est également en manches courtes. Serait-ce un truc de loup-garou ?

— Bon, tu veux de l'aide finalement, ou pas, miss coco ?

— Non, merci ! Je suis assez grande pour monter toute seule.

— Oui, surtout maintenant que je marche dans la gadoue, précise Hadès.

Je m'installe, et le familier, dans son immense mansuétude, prend place à mes pieds. Dans l'habitacle, je retrouve ce parfum boisé et épicé, qui chatouille mes sens, sans que je comprenne pourquoi.

La moto s'élance, et Chad démarre.

— Quelqu'un pourrait allumer le chauffage ? demande Dream. Parce qu'on n'est pas des loups-garous, nous.

Le visage de Chad se décompose. Il blêmit quelques secondes, puis se reprend avant de se pencher en même temps que moi vers le bouton. Nos doigts se frôlent. Au contact de sa peau chaude, une étrange douceur m'envahit. Lorsque je réalise la situation, je recule la main, gênée. Il allume la ventilation, qui envoie rapidement un souffle tiède.

— Alors, ça y est ! Miss coco fait officiellement partie des nôtres ?

— Tu ne veux pas arrêter avec ce surnom ridicule ? Et oui, j'ai été affranchie.

— On peut savoir d'où il sort ce petit nom, ou c'est top secret ? s'amuse Dream.

— C'est parce que lorsqu'il m'a reconduite à la maison le soir d'Halloween, j'ai eu le malheur de lui dire que j'avais bu du punch à la noix de coco. Rien de transcendant, mais cela a suffi pour que monsieur le lycan me baptise ainsi.

— Tu sais que ce surnom, tu ne pourras pas l'utiliser devant tout le monde ? s'assure Chad.

— Prends-moi pour une gourde, aussi ! répliqué-je en haussant les épaules.

— Jamais de la vie, chuchote-t-il, en me lançant une œillade discrète.

— C'est bien, constate Hope. C'est chaleureux, c'est agréable.

Je me retourne pour fusiller Hope du regard. Pas troublée pour deux sous, elle m'adresse un joli sourire moqueur. Si j'osais, je ferais bien ma Beverly, mais je préfère éviter de rentrer dans ce petit jeu. C'est déjà assez compliqué de gérer ces deux-là, sans que je m'y mette aussi.

Nous franchissons alors une haute palissade en bois, percée d'un grand portail constitué d'immenses rondins. Je découvre un hameau composé d'une dizaine de chalets, qui se ressemblent plus ou moins, avec une jolie place arborée en son centre.

Chad gare la Jeep sous un hangar à proximité de la moto de Cameron, qui nous a bien devancés, ainsi que d'autres véhicules tous dotés de roues motrices. Au fond, derrière un tracteur et diverses machines agricoles, à côté d'un mur de bottes de paille, se trouve également un établi, qui regorge d'outils dont j'ignore l'utilité.

Cette vision me ramène à notre petit délire, quand je lui ai demandé s'il était un tueur en série, le matin où il m'a conduite au lycée. Je suis tentée de lancer une boutade, mais je m'abstiens. Les jumelles m'ont conseillé de laisser couler cette histoire de rumeur, seulement, je crois que tant que je n'obtiendrai pas d'excuses, je conserverai une certaine distance.

En plus, en sortant de la voiture, une préoccupation s'impose dans mon esprit. Une inquiétude qui supplante vraiment toutes les autres. Ma paupière tressaute. Mes jambes fébriles menacent de céder sous mon poids. Afin de contrôler un tant soit peu les tremblements dans mes mains, je plonge les doigts dans ma poche pour en extirper un Dragibus. Dès que Hope pose pied à terre, je me jette sur elle comme une lionne affamée sur une proie.

— Est-ce que...

Je déglutis, en quête des mots adéquats, pendant qu'elle hausse les sourcils.

— Est-ce que tous les habitants, ici, sont comme Chad et Cameron ? chuchoté-je.

Mais j'avais déjà oublié leur super audition.

— Eh oui, miss coco, s'amuse Chad, en venant à ma rencontre. Je constate que tu n'as été qu'à moitié affranchie. Vous êtes quatre sorcières au milieu d'une meute de terrifiants loups-garous.

Pour accentuer sa réplique, il lève les bras pour feindre de m'attraper.

— Arrête ! s'interpose Dream. Tu vois bien que tu lui fais peur. Tu ne risques rien, Éléa. Les lycans sont des alliés. Même si cela faisait longtemps que les sorcières de Lakewood n'avaient plus vraiment de raisons de les fréquenter. N'est-ce pas ?

— Désolé, déclare Chad, troublé. Je ne voulais pas t'effrayer. Tu es en sécurité, ici. Allez, venez. Mon père vous attend.

Nous le suivons jusqu'à l'une des maisons, où sur la terrasse se trouve un superbe banc en bois, très travaillé. L'ébéniste a joué sur le contraste des matériaux, en y insérant des ceps de vigne, en plus d'y graver de magnifiques roses. Chad ouvre la porte, laisse passer les jumelles, puis Hadès, et au moment où je m'apprête à franchir le seuil, il saisit mon avant-bras.

— Tu veux bien rester avec moi ? J'aimerais te parler.

— Mais...

— Les filles te raconteront. C'est important.

Ma gorge se noue. Je n'ai pas très envie de me retrouver encore seule avec lui. Je plonge mes yeux dans les siens, et je comprends trop tard mon erreur. Je hoche la tête en signe d'assentiment, puis lui emboîte le pas jusqu'aux balles de pailles, sous le hangar. Quelques-unes, décalées des autres, forment des assises. Chad s'y installe, et d'un geste de la main, m'invite à prendre place à côté de lui.

— Je préfère éviter une nouvelle rumeur, lancé-je d'un ton sec.

— Je comprends... C'est justement de ça que je voudrais te parler.

— Je t'écoute.

Plantée sur mes pieds, je croise les bras sur ma poitrine. Ainsi, je me sens prête à l'affronter. Enfin... Sauf s'il se change en loup-garou. Est-ce qu'il peut se transformer à volonté d'ailleurs, ou pas ? Et à quoi peut-il bien ressembler ? Est-ce qu'il doit se déshabiller avant ?

Non ! Je m'égare, là.

— Je suis désolé. Vraiment. En fait, j'étais dans les vestiaires quand Cameron m'a interrogé sur ce qu'il s'était peut-être passé entre nous, et je n'ai pas jugé nécessaire de le raconter.

— Mais, il ne s'est rien passé !

Il se redresse dans un tout petit mouvement de recul, à peine perceptible. Comme si ce que je venais de dire l'ébranlait.

— Euh, oui. Physiquement, tu veux dire.

Je secoue la tête, éberluée par sa façon de nier les faits.

— Évidemment, physiquement. De quoi d'autre sommes-nous en train de parler, sinon ?

— Eh bien...

Il se lève, puis s'approche de moi, en me fixant dans les yeux. Son tee-shirt, un peu trop moulant, laisse deviner ses muscles saillants. Ses mouvements sont fluides, souples. À l'opposé de ma façon de me déplacer, qui est beaucoup plus introvertie et rigide.

— Je pensais qu'une sorte de connexion s'établissait entre nous, murmure-t-il en se penchant vers mon oreille. Ou est-ce que j'ai rêvé, miss coco ?

Je ferme les paupières, pour savourer son souffle chaud qui effleure la peau fine de mon cou. Je retrouve ce parfum, à la fois boisé et épicé, qui affole chacune de mes cellules.

Mais pourquoi est-ce que je laisse ce garçon pénétrer autant mon espace vital ? Garçon, qui n'en est pas vraiment un, d'ailleurs.

Cette pensée électrocute mon cerveau. Et comme si je venais de prendre une véritable décharge, je sursaute pour m'éloigner de quelques pas.

C'est ça ! Ce doit être un truc de loup-garou. Un côté à la fois animal et sauvage. La tête baissée, pour masquer ma gêne, mes yeux se posent sur son avant-bras.

— Les griffures ! m'étonné-je en saisissant son poignet. Elles ont presque disparu.

— Oui, c'est grâce à ma nature. Nous pouvons cicatriser bien plus vite que la normale. J'ai l'impression qu'il te reste encore beaucoup de choses à apprendre, miss coco.

J'entends le sourire dans ses paroles, ce qui m'oblige à relever le nez. Une mèche de cheveux ondulés barre son front. Derrière ses longs cils roux, je m'enlise dans ses prunelles bleutées.

— Chad ! Chad !

Cette interruption, aussi fortuite que bienvenue, me permet de réaliser que je tiens toujours son poignet. Je le lâche à la vitesse de l'éclair, et prends aussitôt un peu de recul. Gage arrive vers nous en courant.

— C'est Dylan, annonce-t-il tout en essayant de recouvrer son souffle, les mains en appui sur ses genoux. Il était avec sa mère, au marché local, quand il y a eu des coups de feu.

— Quoi ? Mais pourquoi ? Qu'est-ce qu'il s'est passé ? Et comment vont-ils d'abord ?

Gage n'a pas le temps de lui répondre. Le shérif, suivi de Cameron et de mes amies, déboulent dans le hangar.

— On vous cherchait ! déclare son père. Gage t'a mis au courant ?

— Oui, mais...

— C'est pas le moment de discuter ! le coupe-t-il. Tout ce que je sais, c'est qu'ils sont gravement blessés. Rendez-vous à l'hôpital, et tenez-moi informé de leur état de santé. Moi, je dois aller sur le lieu de la fusillade.

Chapitre 12

Fusillade.

Le mot résonne dans ma tête, presque autant que le cor de chasse et le carillon.

Nous voilà, les jumelles serrées à l'arrière avec Beverly et Hadès, et moi, toujours devant, dans la Jeep de Chad, en route pour l'hôpital. Cameron et Gage, de leur côté, s'y rendent à moto.

— Quand est-ce que je récupérerai ma voiture ? s'inquiète Bev, au moment où Chad la contourne.

— Dès qu'on l'aura dégagée, je te promets que quelqu'un te la ramènera.

— Ça ne me dit pas quand.

— Bev ! s'écrie Dream, outrée. Tu peux comprendre qu'ils ont plus urgent à régler pour l'instant, tout de même, non ?

— Chad, l'interpelle Hope, j'ai une potion de guérison à la maison très efficace. C'est sur le trajet de l'IHS.

— Pourquoi ? Tu penses qu'ils n'en auront pas déjà ? s'étonne Beverly.

— L'IHS ? interviens-je. Je croyais que l'Institut Hospitalier Spécialisé se concentrait uniquement sur la recherche. Je ne savais pas qu'ils soignaient des patients, aussi.

Maintenant que nous avons rejoint la route, et malgré la vitesse, Chad me lance un rapide regard en coin.

— Le « S » n'est pas pour spécialisé, miss coco. Enfin, si, pour les humains, c'est ce qu'il signifie. En réalité, il désigne les surnaturels.

— Donc, en clair, ce que tu essaies de me dire, c'est que certains corps de métiers, comme le médical, connaissent notre existence. C'est ça ?

— Oui. Ainsi que certains hommes politiques, et la PCS, Police des Créatures Surnaturelles. Et non, Police Cellule Spéciale.

Je l'observe avec attention. Je cherche à détecter s'il se fiche de moi, ou s'il est sérieux. En désespoir de cause, je me tourne vers les filles, qui hochent la tête pour confirmer.

— Ouais... constate Hope. J'avoue qu'on avait oublié de parler de tout ça.

Si j'osais, je leur ferais part de ma frustration pour avoir négligé de m'informer de toutes ces structures, mais aussi de la nature de Chad et de ses amis. J'ai tellement de questions, maintenant, que je ne sais même plus par où commencer. Or, le moment est très mal choisi pour étoffer mes connaissances en matière de surnaturels.

De plus, je songe toujours au cor de chasse et au carillon. J'ignore à quelle heure exacte ils ont retenti par rapport à l'attaque de Dylan et de sa mère. Est-ce que c'est une coïncidence ? Encore ! Ou bien, est-ce que cela a véritablement un lien ? Et pourquoi suis-je la seule à l'entendre ? Peut-être qu'à force de me croire folle pendant des années en voyant des fantômes, je le suis devenue.

Après avoir tourné trois fois sur le petit parking de l'IHS pour trouver une place, nous rejoignons enfin l'accueil, où Cameron et Gage nous attendent.

— Vous en avez mis un temps ! s'exclame le blond. La secrétaire refuse de nous donner des infos. Lyly, tu crois que tu pourrais nous aider ?

— Avec joie !

Derrière une grande vitre se tient une femme brune, toute en rondeur, avec un look des années 50.

— Bonjour, madame ! la salue Bev, après avoir posé Hadès au sol. Mes amis et moi sommes très inquiets. Vous avez accueilli un loup-garou d'environ 16 ou 17 ans, ainsi que sa mère, tous deux victimes d'une fusillade. Je suis sûre que vous allez être un amour, et que vous allez nous donner de leurs nouvelles.

— J'ignore à quel jeu vous vous prêtez, mademoiselle, mais vous voyez cette vitre ? Elle est là pour bloquer toute tentative de sortilège. Et croyez bien que si je le pouvais, je vous dirais tout ce que vous voulez savoir. Seulement, comme vous n'êtes pas de la famille, je n'en ai pas le droit.

Chad s'avance, puis décale gentiment une Beverly très contrariée, sur le côté.

— Je suis le prochain alpha. Je m'appelle Chad Mc Coued, je suis le fils du shérif. Dylan et Aurélia Murphy sont des membres de ma meute. Vous le savez sûrement, une meute, pour nous, c'est exactement la même chose qu'une famille. Vous pouvez donc nous parler sans enfreindre votre règlement.

La femme hésite.

— Je suis désolée, Mme Murphy a succombé à ses blessures, avant d'arriver ici. Quant à Dylan, il est au bloc opératoire. Je n'en sais pas davantage. Vous trouverez une salle d'attente, au bout du couloir, à droite, si vous voulez. Je dirai au chirurgien de venir vous voir, quand il sortira.

Un coup résonne dans mon dos. Je me retourne en sursautant et découvre Gage, le poing en sang. Derrière son apparence calme, sombre et mystérieuse se cache un grand nerveux.

— Reprenez-vous, jeune homme, lui ordonne la secrétaire, sinon je vais devoir appeler la sécurité. Je comprends que vous soyez inquiet, mais ce n'est pas une raison pour taper dans les murs.

— C'est vrai, confirme Chad en passant un bras sur ses épaules. Viens. Allons nous asseoir.

— J'peux pas... grogne-t-il.

Son visage et ses mains se couvrent d'un fin duvet noir, pendant que sa mâchoire s'allonge légèrement pour accueillir des crocs. Des griffes ont remplacé ses ongles.

— Calme-toi, l'intime Chad. Ne le laisse pas te contrôler.

— J'appelle la sécurité ! s'écrie la secrétaire.

— Non ! la contre Chad. Il va se ressaisir.

— Allez, mec ! l'encourage Cameron. Tranquille. Tout va bien se passer.

Je lance un regard, sans doute paniqué, aux jumelles, qui me le renvoient. En désespoir de cause, je me tourne vers Bev, qui hausse juste les épaules en exhibant ses paumes.

— Voilà, c'est mieux, souffle Chad. Respire à fond.

Quand je reporte mon attention sur Gage, je sens bien que l'on a frôlé la catastrophe. En plus, j'ai l'impression que nous ne devrions pas nous trouver là. Et puis, je dois parler aux filles. En privé.

— Dream ? l'interpelé-je. Est-ce que ton père pourrait venir nous chercher ?

— Impossible. Il est en réunion toute la journée.

— Qu'est-ce qu'il y a, miss coco ? La vue de quelques poils te fait fuir ? Je croyais que nous étions alliés, donc en passe de devenir amis. Et normalement, dans un cas comme dans l'autre, on se soutient en cas de coup dur, non ?

J'aperçois l'espace d'une seconde, de nouveau cette étincelle dans les yeux azur de Chad.

— Ce n'est pas ça, répliqué-je, mal à l'aise. C'est juste que j'ai l'impression que nous ne devrions pas être là.

— Toi aussi, Lyly, tu as cette impression ? demande Cameron en s'avançant vers Bev.

— Non ! Mais moi, je vous connais depuis des années, tout comme les jumelles. Allez, viens, Éléa. Je t'assure que tu ne risques rien. Et ils ont besoin de nous.

Beverly saisit mon poignet, et m'entraîne dans son sillage jusqu'à la salle d'attente.

— Beverly compatissante, la raille Hope juste derrière nous, ça fout les miquettes.

Mais Bev doit être plus secouée qu'elle le laisse paraître, car elle se contente de lui lancer un regard noir.

Nous prenons place sur les chaises en plastique, les garçons d'un côté, nous de l'autre, avec Hadès qui finit de se nettoyer.

Le silence nous entrave tel un carcan, façonné par la gêne. Et lorsque Bev attrape un magazine de mode sur la table basse, les bruits des pages semblent indécents.

J'aimerais tant pouvoir discuter avec Dream. Tant pis ! J'ai besoin d'en avoir le cœur net, et surtout, de connaître son opinion. Je me penche vers elle, pour lui murmurer à l'oreille.

— Tu te souviens, tout à l'heure dans la voiture, quand j'ai demandé…

— Tu peux parler normalement, tu sais, miss coco. On t'entend très bien, même si tu chuchotes.

Flûte ! J'avais encore oublié leur maudite audition hypertrophiée. Je me sens blêmir. J'ignore s'il est judicieux de les mettre dans la confidence. À ce stade, je ne suis sûre de rien.

— Non, ce n'est pas grave.

— Mais, si, vas-y ! m'encourage Dream. À moins que tu préfères…

D'un geste de la main, avec son pouce, elle m'indique la sortie. J'allais déjà me comporter comme une impolie, même si le contexte me le permettait plus ou moins, je ne me vois pas confirmer cette attitude. Tant pis ! Après tout, étant donné leurs natures, enfin… notre nature à tous, je suppose qu'ils ont dû assister à d'autres trucs bien plus étranges avant aujourd'hui.

— Il s'agit de ce que j'ai entendu dans la voiture de Bev, annoncé-je d'une traite, pour éviter de me dégonfler en cours de route. Peu de temps avant de s'embourber.

Tous ont les yeux braqués sur moi, et d'instinct, je cherche du soutien dans les pupilles azurées, en face de moi. Chad cligne des paupières tout en hochant très légèrement la tête.

— Vous savez, quand je vous ai demandé si vous aussi vous aviez entendu ?

— Oui, et alors ? me presse Beverly. Qu'est-ce que tu aimes faire des ronds de jambe !

— Lyly… la sermonne Cam. La patience. Tu te souviens de ce que l'on a dit, là-dessus ?

Ses joues se colorent d'une jolie teinte rosée, et dans ma tête, je remercie Cameron pour son intervention.

— Allez, miss coco. On t'écoute.

Je me tourne alors vers Dream, pour lui faire face.

— Le cor de chasse suivi du carillon, lâché-je. Je les ai à nouveau entendus, mais dans la voiture, alors que j'étais réveillée.

— Merde, souffle Dream, en me dévisageant avec les yeux aussi ronds que la bouche.

— Tu es sûre ? m'interroge Hope.

— Plus j'y pense, et plus ça me semble vrai.

— Et tu crois que ça a un lien avec... Bev s'interrompt pour désigner les garçons d'un petit coup de tête dans leur direction. Avec...

— Notre présence ici, tu veux dire, complété-je. Je n'ai pas vu d'images, contrairement à la dernière fois. Mais c'est quand même troublant, non ?

J'ignore comment ils parviennent, tous les trois, à rester impassibles, face à une conversation dont ils ne saisissent pas tous les détails, mais mon admiration se stabilise à son niveau maximal.

— Vous nous expliquez ? intervient Chad.

Ah ! On dirait que j'ai parlé trop vite.

— Vas-y, Éléa, m'encourage Dream. Je sens que ça te pèse. Au pire, ça te libérera d'un poids.

— Ouais, confirme Hope. Et puis, peut-être qu'ils sauront quelque chose.

— Ou alors, tout comme moi, ils la prendront pour une folle.

— Bev ! s'insurge Dream.

— Toujours aussi charmante dans ton genre, accentue Hope.

— Lyly... intervient Cameron, blasé.

— Tu as une drôle de façon de soutenir tes amies, s'étonne Chad.

Le seul qui reste silencieux et immobile, à la façon d'une statue de cire, les bras croisés sur la poitrine, c'est Gage. La bombe à retardement déclenche chez moi une série d'alarmes, qui m'invitent à ménager mes effets.

— Mais oui, c'est ça ! Faites-moi passer pour la méchante, j'ai l'habitude de toute façon. Et toi, Gage, t'as pas une petite pique bien sentie à me jeter à la figure ?

— Moi, tout ce qui m'intéresse, c'est la suite de son histoire, rétorque-t-il en me désignant d'un coup de menton.

Je déglutis, et je me lance. Le problème, c'est qu'à force de répéter les mêmes choses, les faits s'impriment à chaque fois un peu plus dans mon cerveau. C'est comme lorsque l'on veut graver quelque chose dans du bois, avec un outil inadapté comme un couteau, par exemple. La lame passe et repasse à de multiples reprises sur le même sillon, pour le rendre plus profond et plus marqué.

— Qu'on se comprenne bien, intervient Gage, une fois mon laïus achevé. En clair, ce que tu essaies de nous dire, c'est que tu peux anticiper, grâce à cette sorte d'alerte, quand un meurtre va être commis ?

Je n'ai pas le temps de répondre, que le shérif Mc Coued entre dans la salle.

— Qu'est-ce que vous racontez ? s'étonne-t-il.

— Rien, rien ! s'écrie aussitôt Chad, en bondissant de sa chaise. C'est un jeu de rôle. On cherchait juste à s'occuper. Tu as découvert quelque chose ?

Le shérif nous dévisage tour à tour, avant de hausser les épaules.

— Dylan est sorti du bloc. Il est hors de danger.

Une vague de soulagement emporte toute l'anxiété et la nervosité accumulées au fil de ces longues minutes d'attente. Gage, sans doute le plus touché par la nouvelle, s'éloigne de quelques pas, pour souffler dans son coin en nous tournant le dos. En passant devant Chad, celui-ci lui donne deux tapes amicales sur l'épaule.

— Est-ce qu'on peut lui rendre visite ? demande Cameron. Il ne lui restait plus que sa mère. Il va avoir besoin de nous pour encaisser le choc. Même si ça nous heurte tous, bien sûr

— Il a été mis sous sédatif. Le chirurgien m'a dit de revenir demain pour l'interroger.

— Et sur la place du marché ? le relance Chad. Tu as trouvé quelque chose ? Ou quelqu'un a vu un truc, peut-être ?

— Tout ce que je sais, c'est que celui ou ceux qui ont fait ça visaient uniquement des surnats. Il y avait beaucoup de monde, principalement des humains, et il n'y a qu'eux qui ont été blessés. L'adjoint Riley a retrouvé des douilles sur le toit d'un bâtiment à proximité. De son côté, le légiste a déjà retiré les balles du corps d'Aurélia. Elles sont toutes en argent. Il les a envoyées au labo d'Antigo. Nous ne sommes pas équipés, ici. Les résultats prendront plusieurs jours, mais je n'en attends pas grand-chose. Entendons-nous bien ! Si je vous raconte tout ça, ce n'est pas pour que vous partiez à la chasse. Si je vous mets dans la confidence, c'est uniquement dans votre intérêt. D'abord Marthe, maintenant Aurélia et Dylan. Je ne peux pas affirmer que ces deux évènements sont liés, mais dans le doute, je veux que vous me promettiez d'être prudents. Toutes et tous !

Chapitre 13

Après un bref conciliabule sur le parking de l'IHS, sous l'œil timide d'un fantôme – timide, parce que je sentais qu'il voulait me parler, mais il n'a pas osé –, nous avons décidé d'aller tous ensemble dans la bibliothèque d'Angus, pour effectuer des recherches. Comme je m'en doutais, les garçons ignorent autant que nous, si les sons que je perçois sont liés aux tristes incidents de ces dernières semaines. Évidemment, dans son infinie bonté, Beverly a une nouvelle fois avancé que je fabulais, mais vu que la curiosité de chacun est piquée au vif, personne n'a tenu compte de son avis.

Nous voilà donc affairés, le nez dans de vieux bouquins plus ou moins poussiéreux, éparpillés aux quatre coins du grenier. Même Lira, à qui Dream refuse de cacher quoi que ce soit, s'est jointe à nous.

— J'ai envoyé un texto à votre père, nous indique-t-elle, tandis que Hope récupère un sac qu'elle lui tend à travers la trappe. Il va essayer de se libérer pour nous aider. En attendant, je nous ai ramené de quoi boire, et aussi de quoi grignoter.

— Tu sais bien que papa ne veut pas qu'il y ait de nourriture dans sa précieuse bibliothèque, intervient Dream.

— J'en prends toute la responsabilité, ma puce. Rassure-toi. Et puis, à situation exceptionnelle, conditions de travail exceptionnelles.

J'intercepte un sourire complice entre la mère et la fille, qui me touche tant que mes yeux s'embuent. C'est ridicule, seulement, entre tout ça, mes émotions sont à fleur de peau. D'autant plus que la bonne humeur de Lira, surprenante vu les circonstances, mais qui visiblement ne peut pas être entachée, se répand dans tout le grenier.

Concentrée sur un texte qui mentionne comment générer des visions pour décrypter l'avenir, je sursaute lorsque Chad se faufile derrière moi.

— Tiens, miss coco, chuchote-t-il, au creux de mon oreille.

Ses boucles rousses chatouillent ma joue. Chad avance sa main entre mon visage et le livre, et je découvre un petit paquet de Dragibus au bout de ses doigts. Son corps, dont je sens la chaleur, est si proche du mien, que je n'ose pas me retourner. Même si l'envie de lui faire face, elle, est bien présente. À tel point que le bas de mon ventre se noue de façon exquise. Mon rythme cardiaque, au départ élevé à cause de son arrivée soudaine, ne s'apaise pas. C'est tout le contraire. Alors, d'un geste vif, je me contente d'attraper les bonbons, en espérant qu'il me libère un peu d'espace.

— Merci, sifflé-je d'un ton sec.

— Avec plaisir.

Je devine le sourire dans sa voix.

— Tu as trouvé quelque chose d'intéressant ? poursuit-il, en donnant l'impression de lire par-dessus mon épaule.

— Non, m'agacé-je en me dégageant, tant bien que mal. Et comment tu as su pour... ?

Je secoue le paquet de Dragibus.

— J'ai reconnu leur parfum sur toi, le soir d'Halloween.

— Leur parfum ?

— Notre odorat est très développé, même si notre ouïe l'est encore plus. D'ailleurs...

Il comble l'espace que j'avais créé entre nous, pour se coller de nouveau à moi. Je recule et me retrouve plaquée contre les livres. Lentement, il se penche afin de me murmurer :

— J'adore la façon dont ton cœur s'emballe, lorsque je m'approche de toi, comme ça.

Je n'ai pas le temps de ramasser ma mâchoire qui a dû s'écraser sur la moquette avec une élégance inouïe, que la voix grave de Cameron s'élève quelques allées plus loin.

— Je croyais que l'on était là pour faire des recherches. Mais si le but de notre visite a changé, j'aimerais bien en être informé.

Honteuse, je pousse Chad pour me libérer, alors qu'il se marre doucement.

— C'est bon ! continue ta lecture, Cam.

Angus nous rejoint environ une heure plus tard. Malgré son aide, après trois heures de silence interrompu seulement par des bruits de pages tournées, des livres claqués pour les fermer sans ménagement, et des souffles agacés ou déçus : rien. Aucun de nous n'a trouvé même quelque chose d'un peu approchant.

Nous nous donnons rendez-vous le lendemain, après les cours, pour continuer.

Les garçons nous rejoignent tous les jours, après avoir rendu visite à Dylan à l'hôpital. Ainsi de suite, pendant plus d'une semaine.

Puis, un soir où je tournais sur mon matelas, attendant que Morphée vienne me chercher, je décide de monter.

— Où vas-tu ? me surprend Dream, que je croyais endormie.

— Dans le grenier.

— Je t'accompagne.

Elle s'assoit au bord du lit, glisse ses pieds dans ses pantoufles licornes, bâille, s'étire, puis se lève.

— Tu as l'air crevé. Je suis désolée si je t'ai réveillée.

— Je dormais pas. Tu faisais un tel boucan sur ton matelas, que je pouvais pas.

— Raison de plus. Recouche-toi. Ça ne donnera sûrement rien, une fois de plus.

— Non. J'ai dit que je t'accompagnais, je viens.

Afin d'éviter de relire deux fois le même livre, nous avons décidé de placer un repère sur ceux qui étaient déjà passés au crible. J'attrape donc le premier qui me tombe sous la main, et vais rejoindre Dream, assise autour de la table. Je m'installe à côté d'elle pour profiter de la lumière de la lampe de banquier.

Je force sur mes yeux, qui se mettent à piquer avec barbarie. Alors que je m'apprête à dire à Dream que nous devrions peut-être aller nous coucher, je la découvre endormie sur son bouquin. Je ferme délicatement le mien, quand le son d'un cor de chasse me fait sursauter. Je secoue le bras de Dream au moment où le carillon entame sa funeste mélodie.

— Quoiiiii ? bougonne-t-elle.

— Tu entends ?

Elle se redresse aussitôt, et tout devient noir.

« Je me retrouve au volant d'une voiture qui roule très vite. Je poursuis un autre véhicule, un genre de fourgon beige, je crois. La route mal éclairée sillonne à travers les arbres. Des coups de feu au-dessus de ma tête résonnent dans la nuit.

Je me tourne et tout ce que je vois, c'est le corps d'un homme, vêtu d'un jean et d'une chemise à gros carreaux. Grâce au toit ouvrant, le haut de son buste se trouve à l'extérieur du véhicule.

— Vas-y ! hurle le tireur. Avance encore un peu, je vais l'avoir.

— Je suis à fond ! rétorque le conducteur.

Je panique. Je ne comprends pas comment je me retrouve là.

— Éléanor, gronde une voix rocailleuse, qui me donne l'impression de surgir de nulle part. Tu m'entends ?

Je regarde partout autour de moi, mais je ne distingue personne d'autre, en dehors du chauffeur dont je ne perçois que les mains sur le volant, et le tireur.

— Oui, tu m'entends. Je vais venir te chercher. Bientôt, nous serons réunis.

— Ouais ! s'exclame joyeusement l'homme sur le toit.

L'espèce de fourgon fait une embardée, avant de s'écraser contre un tronc d'arbre. »

— Éléa ! Éléa ! Putain, Éléa, reviens !

Le front et le dos moite, je me retrouve face à Dream. Ses yeux exorbités et ses traits s'apaisent presque aussitôt. Elle se laisse tomber sur sa chaise, en même temps que des bruits de pas affolés grimpent l'échelle pour nous rejoindre.

Chapitre 14

— Dream ? Éléa ? Tout va bien ?

La tête de Hope, échevelée, apparaît par la trappe dans le plancher.

— Qu'est-ce que vous foutez ? s'énerve-t-elle en se rapprochant. Pour une fois que je dormais bien.

Je suis trop sonnée pour répondre. Quant à Dream, j'ai l'impression qu'elle a été bien secouée aussi, car pour une fois, elle reste stoïque. Les yeux braqués sur moi, elle se contente d'un vague geste de la main dans ma direction.

— Je suis désolée, bafouillé-je.

— Désolée ? Mais je m'en fous que tu sois désolée. Je veux savoir ce qu'il s'est passé. J'ai été réveillée en entendant Dream qui t'appelait. Enfin… qui te criait dessus, serait plus exact.

— Les parents ? s'inquiète Dream.

Hope secoue la tête, en prenant place sur une des chaises.

— Une fois que maman a mis ses bouchons d'oreilles, ce n'est plus la peine de compter sur elle. Et papa est en bas, dans son bureau. Je l'ai croisé dans la cuisine juste avant de me coucher. Il a du boulot en retard. Bon ! Vous m'expliquez ?

— Éléa ? m'interroge Dream d'une petite voix.

J'essaie de rassembler les quelques neurones qui veulent bien coopérer, pour replacer les éléments dans l'ordre.

— J'étais en train de lire, quand le cor de chasse a retenti.

Les jumelles échangent un regard, avant de reporter leur attention sur moi.

— J'ai réveillé Dream au moment où le carillon prenait le relais.

— OK, m'encourage Hope. Et après ?

Je réfléchis, pour essayer de trouver quelque chose de cohérent dans mes souvenirs, sans succès.

— Je ne sais pas comment, mais je me suis retrouvée au volant d'une voiture. Non, ce n'est pas tout à fait ça. Je crois que j'étais pour ainsi dire dans la tête du conducteur, parce que je voyais ses mains sur le volant.

— D'accord. Continue, m'intime Dream.

— Je... Il poursuivait un genre de camionnette ou de fourgon de couleur claire, il me semble. Et il y avait un autre homme. Il se tenait debout dans l'habitacle. Mais j'ignore à quoi il ressemble, parce qu'il tirait sur le fourgon à travers le toit ouvrant.

— Il tirait sur le fourgon ? s'étonne Dream.

— J'entendais nettement des coups de feu.

— Et tu as reconnu la route, ou quelque chose, qui pourrait nous aider à le localiser ? demande Hope.

Je secoue la tête.

— Ce n'est pas tout.

Les jumelles gardent les yeux fixés sur moi. Je ne sais pas si l'attention qu'elles me portent me rassure, ou m'inquiète encore plus.

— Il y a eu une voix très grave. Non, gutturale plutôt. Oui, c'est ça.

— C'était un des deux hommes qui parlait ? m'interrompt Hope.

— Non. J'ai regardé partout dans le véhicule, j'ignore à qui appartenait cette voix.

— Et qu'est-ce qu'elle a dit ? s'inquiète Dream.

— Elle m'a d'abord demandé si je l'entendais. Elle connaissait mon prénom !

Un frisson dévale ma colonne vertébrale.

— Ton corps était là tout le temps, tente de me rassurer Dream en prenant mes mains dans les siennes. Tu étais en sécurité, ici, avec moi.

J'approuve, un peu apaisée.

— Elle a dit...

Je déglutis...

— Elle a dit qu'il allait venir me chercher, et que nous serions bientôt réunis.

Un silence chargé de questions et d'inquiétude nous assiège.

— C'est tout ? finit par demander Hope. Enfin, je veux dire, ta vision s'arrête là ?

— Après, le fourgon est sorti de la route. Il a terminé sa course dans un arbre. C'est à ce moment que Dream m'a ramenée. Je crois...

— Wouah... souffle Dream, en me lâchant les mains pour s'appuyer contre le dossier de sa chaise. Ça craint.

— Tu parles que ça craint ! confirme Hope. Non contentes de savoir qu'une personne est en danger quelque part au bord d'une route, on ignore tout de cette voix pourrie. Vous croyez que c'est elle qui est derrière tout ça ?

Nous nous dévisageons, sans mot dire. Pour ma part, je me sens bien incapable de trouver un cheminement de pensées cohérent face à toute cette histoire.

— On devrait peut-être informer le shérif ? chuchoté-je. Si quelqu'un se retrouve en difficulté, c'est vers lui que l'on devrait se tourner, normalement.

— La situation est assez bizarre comme ça, rétorque Hope. Enfin... Je ne veux pas dire que tu es bizarre...

— Laisse tomber, l'arrêté-je. Je vais quand même appeler le poste du shérif pour l'informer de ce que j'ai vu. Par acquit de conscience. Vous, vous devriez aller vous coucher. Je vous rejoindrai plus tard. Je vais rester ici. Il faut que je trouve des explications.

— Parce que tu crois que je vais me rendormir après ça, ironise Hope.

— C'est clair que moi, c'est pareil ! confirme Dream, dont les yeux glissent lentement vers un angle du grenier. On a déjà épluché la majorité des bouquins. Il ne reste qu'un seul endroit où l'on n'a rien fouillé encore.

Hope se tourne, puis reporte son attention sur sa jumelle. Son visage se fend d'un sourire malicieux.

— Tu penses à ce que je pense ?

— Ça ne réjouit que toi, ma sœur, mais j'ai l'impression que nous n'avons plus le choix.

Si avant, je ressentais des boules d'angoisse en travers de la gorge, là, c'est carrément un ballon de basket qui m'écrase les bronches.

— La malle noire, cafouillé-je. Je croyais que votre père…

— Il en fera une jaunisse s'il l'apprend, me confirme Dream.

— Pas si on trouve quelque chose, la contre Hope, en bondissant de sa chaise pour s'en rapprocher. Je pense qu'au contraire, il sera super fier de nous.

Postée à côté de la malle, elle regarde sa jumelle avec qui elle valide leur décision par un hochement de tête. Dream se lève à son tour, me prend le bras pour m'attirer dans son sillage, et je devine un amas de livres, qui au demeurant, ne présentent rien de spécial. Hope en saisit un, qu'elle me tend. Sur la couverture en bois assez sombre, deux serpents entrelacés ont été finement sculptés et rehaussés de dorures. Pas de titre ni d'auteur. Juste un fermoir en métal, avec un crochet, pour le maintenir clos. Elle en sort un second, qu'elle confie à Dream, et en récupère un pour elle. D'un pas lent, presque cérémonieux, nous rejoignons la table.

Dès la première page, une sorcière du nom d'Agatha Wilkins se présente à l'aide d'un arbre généalogique. Très vite, je comprends qu'il s'agit d'un de ces fameux livres des ombres. Il renferme des sortilèges, plutôt abjectes pour la plupart, parce qu'ils impliquent de tuer ou de faire souffrir de pauvres animaux innocents. Le cœur au bord des lèvres, je le referme, en prenant soin d'y insérer un marque-page… Au cas où…

— Qu'est-ce que vous lisez, vous ? demandé-je dans l'espoir de voir disparaître ma nausée.

— Rien de folichon… se lamente Dream. C'est l'histoire d'un monastère, dont les adeptes kidnappent des bébés pour…

— C'est bon ! la coupé-je. Ça va aller. Hope… J'ose à peine te poser la question.

— En fait, c'est assez intéressant. Il parle des courants telluriques, et de leurs effets amplificateurs sur nos pouvoirs.

— Ah bon ? s'enthousiasme Dream en se levant, pour lire par-dessus l'épaule de sa sœur.

— Je vais changer de livre, annoncé-je en me dirigeant vers la malle. J'ai mis un marque-page, mais je ne crois pas que l'on y trouvera quelque chose de pertinent.

— Ouais, moi aussi, je vais changer, réplique Dream.

— Hum, hum... nous répond Hope, absorbée.

Après plusieurs heures de lecture qui m'ont conduite d'horreurs en atrocités, je commence à vraiment avoir peur. Mes yeux refusent de décrypter un mot de plus, tant mes pensées vagabondent vers des idées toutes plus noires les unes que les autres. Si nous ne découvrons rien, comment pourrons-nous savoir ce qu'il m'arrive ? Et comment allons-nous sauver ces pauvres gens ? Est-ce que j'en suis à l'origine ? Et cette voix ? À qui appartient-elle ? Et que me veut-il ?

— Je crois que j'ai trouvé ! s'exclame Hope, tout à coup.

— Quoi ? m'étonné-je. Tu es sûre ?

— Regarde par toi-même.

Elle me tend son livre, celui sur lequel elle travaille depuis le début, tellement il est volumineux. Les écritures sont fines et minuscules, d'une couleur indéterminée. Quant aux feuilles, elles ont une texture étrange, presque granuleuse.

— Sur la page de droite, me précise-t-elle, en indiquant une ligne avec son index.

— « Le Damhaath était à l'origine un simple démon qui manipulait les crédules. Il insufflait peur et colère chez les plus naïfs, afin de générer un mouvement de panique. Il puisait sa force dans la haine et la violence, devenant ainsi de plus en plus puissant. Cette créature s'est transformée en quelque chose d'informe pour en définitive adopter la morphologie la plus effrayante aux yeux de celui qui la regarde. Le Damhaath a répandu la terreur de l'Amérique du Sud jusqu'à l'Alaska. Son influence a commencé aux alentours du XVIIe siècle, et a pris fin au début du XIXe. Il a profité de l'esclavage et de la culture africaine, qui pratique le vaudou et les ensorcellements capables de redonner la vie aux morts, pour semer le trouble dans l'esprit des gens. Les victimes du Damhaath affirmaient qu'il annonçait son arrivée avec un cor de chasse, suivi d'une mélodie funeste interprétée par des glockenspiels. »

Je m'arrête une seconde pour relire cette phrase dans ma tête, avant d'échanger un regard avec les jumelles.

— Continue, m'incite Dream.

Les mains tremblantes, à la fois de joie de tenir enfin une piste, et de peur à l'idée de ce que je vais découvrir, je m'exécute.

— « Ensuite, une voix caverneuse leur intimait de tuer certaines personnes. Sans quoi, ces individus s'en prendraient à eux, ainsi qu'à leurs familles. Le Damhaath s'amusait à mélanger les cultures locales et catholiques à celle du vaudou pour semer le trouble dans les esprits. Les personnalités désignées étaient toutes soupçonnées de s'adonner à la magie. Il fallut attendre qu'une certaine Marie Laveau, née en 1801 à La Nouvelle-Orléans, en Louisiane, une créole francophone et prêtresse vaudou renommée, devienne une cible du Damhaath, pour qu'enfin cesse sa domination. »

— Et après ? s'excite Dream. Qu'est-ce qu'elle a fait pour en venir à bout ?

Je secoue la tête.

— Ce n'est pas écrit. Le paragraphe suivant aborde un autre thème.

Hope et moi prenons appui contre le dossier de nos chaises, pendant que Dream reste immobile.

— Eh bien, faites pas ces têtes d'enterrement. Je vous signale qu'on en a appris quand même un peu plus qu'il y a une demi-heure. Désormais, on sait contre quoi on se bat.

— Oui, confirme Hope. Mais on ignore comment le vaincre.

— Il nous suffit de chercher des informations sur cette Marie Laveau. Maintenant qu'on a un nom, même deux en réalité, on devrait avancer plus vite.

— Ah, tu crois ? s'énerve Hope. Tu as vu le nombre de bouquins qu'il y a ici et qu'il va falloir relire ?

— Pas la peine de vous disputer, tempéré-je. On est crevées, on n'arrivera plus à rien cette nuit. En plus, on a super bien progressé. On devrait essayer de dormir une heure ou deux avant d'aller en cours.

— Éléa a raison, constate Hope.

Nous laissons nos livres sur la table, et descendons à l'étage des chambres.

— Psst ! lance Dream, en nous intimant de nous rapprocher avec son index. Vous croyez que cette Marie Laveau voyait des images, comme Éléa ?

Je hausse les épaules, et Hope se contente de hocher la tête, avant de nous tourner le dos en bâillant.

Chapitre 15

J'associe la sonnerie du réveil à la fin de mon calvaire. Je vais enfin arrêter de tourner dans tous les sens sur mon matelas. Le sommeil m'a fui comme la peste. Dream, par contre, c'est une autre histoire. Et pour une fois qu'elle n'est pas allée courir, elle ronchonne carrément. Quand je me lève pour l'éteindre, je découvre qu'elle a mis son oreiller sur la tête.

— Allez, debout, paresseuse, tenté-je pour la taquiner, en prenant place au bord de son lit.

— J'suis pas paresseuse. J'suis juste crevée, bougonne-t-elle en soulevant un coin de l'oreiller pour que je puisse l'entendre, avant de le rabattre sur son visage.

— J'ai réfléchi, et je crois que l'on devrait en parler à tes parents, du Damhaath, et tout ça.

Comme actionnée par un ressort, Dream se redresse, s'assoit en tailleur, puis cale son oreiller sur ses cuisses.

— T'es sérieuse ? Tu sais la punition que mon père va nous coller pour avoir fouillé dans la malle noire ?

— C'est plus grave qu'une punition, là. Des vies sont en jeu. Et corrige-moi si je me trompe, mais ton père est guide. S'il y a une personne capable de nous aider, et dont c'est le rôle, c'est lui, non ?

Elle souffle, jette son oreiller sur le côté, et me dévisage, l'air ahuri.

— Tu veux bien te pousser, que je sorte de mon lit ?

— Pardon ! Alors ? On leur en parle ou pas ?

— Éléa ou la voix de la raison à 6 h et demie du matin. Youpi ! Je te laisse convaincre ma sœur. Moi, je vais sous la douche.

Effectivement, j'aurais dû écouter les jumelles. Nous sommes en route pour le lycée, et l'ambiance dans la BMW n'a jamais été aussi tendue. Lira et Angus étaient déjà bien furax lorsqu'on leur a annoncé que nous avions passé la nuit au grenier, mais quand on a précisé où nous avions trouvé les informations au sujet du Damhaath, Angus a explosé de rage. Son visage a pris une teinte cramoisie, tandis que Lira devenait livide. Après quelques éclats de voix et un vocabulaire bien choisi pour nous remettre à notre place, en évoquant les règles de la maison, ils n'ont plus prononcé un mot. Pas de sanction à l'horizon. Pour l'instant.

Ils doivent penser que je suis assez punie comme ça d'entendre et de voir les actions commises par cette créature.

Avec Hope, à l'arrière comme à l'accoutumée, nous échangeons quelques regards furtifs.

Lorsque Angus se gare, il verrouille les portières et coupe le contact.

— Avant que vous descendiez, sachez que je suis à la fois très déçu par votre comportement, mais aussi très fier que vous ayez trouvé ces informations.

Une vague de soulagement se déverse dans l'habitacle.

— Mais attention ! Ce n'est pas une raison pour recommencer à enfreindre les règles, est-ce que c'est compris ?

Trois petits « oui » timides lui répondent.

— Bien. S'il se passe quoi que ce soit, si vous apprenez quoi que ce soit en rapport avec cette créature, je veux que vous m'appeliez immédiatement. Pas de texto ! Un appel, c'est compris ? Surtout toi, Éléa.

— Mais je croyais que vous aviez un dossier prioritaire à traiter ? m'inquiété-je.

— Parce que tu penses qu'à mes yeux tu es moins importante qu'un détenu qui demande sa liberté conditionnelle pour la troisième fois ?

Sa voix a retrouvé son timbre doux et empathique. Mon cœur se ratatine, et ma gorge se noue. Je n'ai pas l'habitude que l'on me témoigne autant d'attention.

— Merci, soufflé-je, gênée.

— Allez, filez, maintenant. Ou vous serez en retard.

Nous sortons pile au moment où la Jeep de Chad arrive. Il s'arrête à notre hauteur, empêchant ainsi Angus de repartir. Il descend, accompagné de Gage.

— Vous êtes au courant ? lance-t-il sans préambule.

Je m'étonne en voyant qu'il regarde par-dessus mon épaule. Je me tourne et découvre Angus, debout, sa portière encore ouverte.

— Au courant de quoi ? demande Dream.

— Vous n'avez pas entendu les infos ? L'adjoint Riley a été attaqué hier soir. Il finissait son service, quand il a été pris en chasse. On lui a tiré dessus.

Je porte les mains sur mes lèvres pour m'empêcher de hurler.

— Comment va-t-il ? s'inquiète Angus.

— Il s'en est sorti. Il a juste un poignet cassé, et quelques égratignures. Heureusement qu'il a pu s'enfuir par les bois.

— Tant mieux. Est-ce que c'est toujours ton père qui mène l'enquête ? l'interroge Angus.

— Pour l'instant. Mais le FBI, ainsi que la PCS, arrive.

— Oui… C'était inévitable. Laisse-moi partir, lui ordonne-t-il. Mais rendez-moi un service, ne lâchez pas les filles des yeux. Elles vont tout vous expliquer, mais je veux que tu me promettes de les protéger.

— Vous pouvez compter sur nous.

Chad remonte dans sa Jeep pour libérer le passage de la BMW, pendant que j'interroge Dream.

— Tu peux me rappeler ce que c'est déjà, la PCS ?

— C'est la Police des Créatures Surnaturelles.

Je regarde la grosse voiture d'Angus s'éloigner, tandis que Chad descend nous rejoindre.

— Ouais, confirme-t-il, un peu blasé. Et mon père déteste les avoir dans les pattes. Il dit qu'ils sont encore plus pénibles que le FBI.

— Ces agents, ils sont humains, non ? m'inquiété-je.

— La plupart, mais ils sont au courant pour nous, me répond Chad, d'un ton rassurant. Ce sont les Mulder et Scully des temps modernes.

Les garçons ont tenu leur engagement. Ils ne nous ont pas lâchées d'une semelle de toute la journée. À tel point que les jumelles et moi avons été obligées de réviser dans les gradins, pendant l'entraînement de basket. Beverly, quant à elle, se trouvait avec le reste des pom-pom girls, à l'autre bout de la salle. C'est tout juste s'ils ne nous ont pas forcées à les suivre dans les vestiaires.

Nous voilà donc tous en route pour le manoir Artwork, afin de poursuivre les recherches sur Marie Laveau. Seulement, c'était sans compter sur la présence d'Angus, qui nous arrête dans notre élan.

Assise dans le grand canapé camel, juste à côté de Chad, je caresse Prozac, qui s'est placé aux pieds de Hope. Lira, installée sur l'accoudoir du fauteuil d'Angus, nous sourit. Durant ces dernières semaines, j'ai appris à décrypter ses expressions faciales. Elle est tellement sincère et naturelle, qu'elle en devient facile à décoder. Là, elle tente de se montrer rassurante. Mais c'est peine perdue. La situation est grave, et la façon dont nous nous retrouvons tous réunis dans ce salon n'a rien de normal.

— Bon ! J'avais demandé à ton père de venir nous rejoindre, déclare Angus en regardant Chad, mais le FBI ne le lâche pas d'une semelle. Je suppose que les filles vous ont expliqué pour le Damhaath.

— C'est pour ça qu'on est tous là, lui répond Hope. On espérait trouver quelque chose sur Marie Laveau.

— Ça ne servira à rien, réplique-t-il, péremptoire. Je vais me rendre à La Nouvelle-Orléans dès ce soir. Lira m'accompagnera à l'aéroport, tout à l'heure. J'ai pris contact avec un autre guide, Gordon. Il pourra certainement nous aider. En attendant, je vous ai laissé une série de livres bien en évidence sur la table. Dedans, vous y trouverez des sortilèges plus ou moins basiques ainsi que des incantations, à pratiquer seule ou en groupe. Chad ?

— Oui.

— Les loups-garous ont toujours été des alliés des sorcières. Même si ces dernières années, un fossé s'est creusé entre nos deux communautés, j'ose espérer que nous pouvons compter sur votre soutien. D'autant qu'il n'y a jamais eu de véritable motif à cet éloignement. Juste des vies qui prennent des chemins différents. Mais aujourd'hui, nous devons faire front commun.

Chad croise les bras sur sa poitrine. Son air détendu disparaît, pour laisser la place à une mine plus renfrognée.

— Je n'ai rien contre le fait de surveiller et de protéger vos filles, ainsi que les dernières sorcières du coven de Lakewood. Bien au contraire.

Il prononce ces trois mots en me regardant droit dans les yeux, et j'ai l'impression de me liquéfier de l'intérieur.

— Mais s'il vous plaît, monsieur Artwork, ne me faites pas l'affront de dire qu'il n'y a jamais eu de véritable motif à l'origine de cette division entre nous.

J'ignore totalement à quoi Chad fait allusion, et vu la tête de mes amies, je serais prête à mettre ma main à couper, qu'elles n'en savent pas davantage.

— Désolé. Tu as raison. Mais ce sont de vieilles histoires. Je ne pensais même pas...

— Quoi ? Que nos parents et nos ancêtres considèrent le passé de la meute comme dérisoire ? Je vais vous poser une question, monsieur Artwork, et je vous conseille de bien mesurer vos paroles.

— Jeune homme, gronde Angus, pendant que ses joues prennent une teinte rosée, je te rappelle que tu es sous mon toit.

Lira place sa main sur l'épaule de son mari. Ce contact a l'air de le calmer, puisqu'il se met à souffler, comme pour retrouver une contenance. Chad, de son côté, n'a pas bougé d'un pouce. J'admire son sang-froid. Depuis que je sais que nous côtoyons des lycanthropes, je me suis beaucoup documentée à leur sujet. D'ordinaire, ils sont plutôt à fleur de peau, et manquent cruellement de patience. Je ne discerne pas ces caractéristiques chez eux.

— Je t'écoute, finit par articuler Angus.

— Si aujourd'hui, une situation similaire se reproduisait, donneriez-vous votre aval ?

Angus blêmit. Même Lira se tend comme une arbalète. L'instant est tellement solennel, que Beverly conserve le silence pour une fois.

— Eh bien… L'eau a coulé sous les ponts depuis. Je présume que…

— Pas de supposition. Vous êtes ce qui représente l'autorité au sein du « cercle de la forêt ». Je vous demande juste un oui ou un non.

Angus échange un regard interrogateur avec sa femme, puis reporte son attention sur Chad.

— Oui. Je donnerais mon aval.

Chad approuve d'un hochement de tête.

— Bien. Je parle donc au nom de la meute de Lakewook, vous pouvez considérer le passé comme mort et enterré. Nous reprenons notre rôle de gardien de façon officielle auprès du « cercle de la forêt ».

Je ne comprends rien. J'étais loin d'imaginer qu'en apprenant ma condition de sorcière, je signais aussi pour une alliance avec une meute de loups-garous qui deviendraient nos gardes du corps. J'aurais plutôt pensé qu'au contraire, j'étais désormais tout à fait capable de me défendre seule. Enfin, une fois que j'aurais maîtrisé tous les sortilèges et incantations magiques.

— Merci, souffle Angus. Beverly, si tu veux rester ici, tu es la bienvenue. Nous pouvons appeler ta mère, si tu le souhaites. Chad, Gage et Cameron, Lira vous installera au rez-de-chaussée.

— Peut-être avons-nous notre mot à dire, non ? s'interpose Hope.

— C'est vrai ! confirme Dream. Pourquoi prendre autant de précautions ? Le Damhaath ne nous a pas attaquées, ni rien.

— Ce n'est pas tout à fait exact, déclare Angus en me regardant. Si Gordon me demande de venir, c'est pour échanger plus aisément sur le sujet, mais aussi, et surtout pour rencontrer une descendante de Marie Laveau. Elle refuse d'utiliser la technologie moderne, et il pense que ce sera mieux si je suis présent pour écouter ce qu'elle aura à dire. Malgré tout, il m'a donné une information capitale, qui te concerne directement, Éléa.

Je me sens défaillir. Si je n'étais pas déjà assise, je m'écroulerais. Suspendue à ses lèvres, j'attends que le couperet tombe.

— Il semblerait que si tu entends le Damhaath, c'est parce qu'il te considère comme sa moitié. Il se croit incomplet. Il pense que s'il trouve celle qui lui est destinée, il deviendra encore plus fort.

— Mais... je... pourquoi moi ?

— Je l'ignore... C'est pour cette raison que je vais à La Nouvelle-Orléans. J'espère revenir avec les réponses manquantes.

J'ai la nausée tellement mon cœur s'énerve. Ma paupière tressaute. Comment échappe-t-on à une créature informe ?

— Chut, m'intime Chad. Calme-toi.

Il saisit mon avant-bras, et caresse le creux de mon poignet avec son pouce. Si je n'étais pas aussi chamboulée, je me dégagerais, mais je crois que son contact m'apaise un peu.

— Ne cède pas à la panique, Éléa. Nous allons te protéger. Lira a déjà mis en place certaines précautions pour fortifier le manoir. Seulement, nous sommes humains, et nos capacités en la matière sont limitées. C'est la raison pour laquelle je vous ai laissé beaucoup d'exercices qui vous aideront. Vous devrez énormément vous entraîner pendant les jours qui suivent. Surtout toi, Éléa. Tu as un retard considérable. Ce n'est pas ta faute, c'est juste que tu n'avais jamais sollicité ta magie avant de nous rencontrer. Tu comprends ?

Chapitre 16

Après une fin de journée bien étrange, me voilà de nouveau dans le grenier. Les jumelles étaient épuisées après la nuit dernière. Quant à Beverly, qui pensait sans doute que je dormais, elle s'est faufilée hors de la chambre, sûrement pour rejoindre Cameron dans le salon.

On dirait que ces deux-là ont décidé de ne plus se cacher, et c'est tant mieux. Ça me fait plaisir de ressentir un peu de joie et d'amour autour de moi. Et pas uniquement de l'inquiétude, ou de la compassion, dès que l'on me regarde.

De mon côté, comme Morphée ne veut vraiment plus de moi, je travaille mes incantations. Parmi les exercices que nous a laissés Angus, il y en a un qui consiste à renforcer le Tétagrammaton de la maison. J'ai dû procéder à quelques recherches pour comprendre qu'il s'agissait de l'amulette ronde, d'environ 20 centimètres de diamètre, suspendue au milieu du grenier. Après avoir pratiqué un peu de haute voltige en grimpant sur la table pour le décrocher, je peux désormais l'examiner de plus près. Je laisse mes doigts courir sur la terre cuite gravée de multiples symboles. Je discerne un pentagramme, la lune et le soleil, une épée, un calice, je crois, ainsi que des chiffres et des lettres. Malheureusement, je ne reconnais pas la majorité d'entre eux. Je sais que *Le Thesaurus des pictogrammes* m'aiderait à les identifier, mais je doute que ce soit nécessaire pour pratiquer le sortilège. Et puis, Angus s'est montré très clair, il veut que je m'exerce à la magie pure. Je note malgré tout, dans un coin de mon esprit, de récupérer ce livre pour plus tard.

Je reprends donc le document avec la liste des ingrédients que je dois mélanger dans le chaudron, avant de les faire brûler.

— Un trèfle à quatre feuilles, chuchoté-je, de la coquille d'œuf, du romarin et de la sauge.

Puis, je dois imprégner le talisman de la fumée tout en récitant l'incantation, jusqu'à ce que l'alliance fonctionne.

— Jusqu'à ce que l'alliance fonctionne ? me questionné-je. Bon, je verrai bien.

Je positionne le Tétagrammaton au-dessus des émanations, et commence à psalmodier.

— Ange Damabiah de lumière et de paix, puissance illuminatrice et glorieuse, j'invoque ta présence pour me prodiguer tes influences bénéfiques. Considère les fumées de ce parfum comme un gage de ma reconnaissance et de ma gratitude. Par les énergies solaires, terrestres et astrales, protège cette maison et tous ses habitants.

Je patiente un moment, et comme rien ne se produit, je décide de répéter plusieurs fois l'incantation sans discontinuer. Puis tout à coup, une myriade de petits feux follets dans les tons roses s'élèvent du chaudron. Un peu désorientée, je manque de m'arrêter, lorsque je réalise que je dois continuer. La magie qui se manifeste sous mes yeux s'agite aussi dans mes veines. Telle une droguée, j'en veux plus. Du coup, je récite de plus en plus vite. Les étincelles enveloppent le talisman en virevoltant tout autour. Enfin, elles s'apaisent, tandis que de mon côté je me sens vidée. Quand elles disparaissent, j'ai la tête qui tourne. Mes jambes flageolent et menacent de céder sous mon poids. D'une main, je m'accroche à la table, en prenant garde de ne pas abîmer le Tétagrammaton, lorsqu'un bras surgit derrière moi. Il saisit le talisman pour le poser, pendant qu'un autre s'enroule autour de ma taille. Je me retrouve en appui contre un torse nu et chaud.

— Doucement, miss coco. C'était très impressionnant, dis donc.

Chad m'aide à m'asseoir sur une chaise, puis sur la seconde table qui a été installée au début de nos intenses recherches sur le Damhaath, il attrape un verre. Il marche pieds nus, et ne porte qu'un jean légèrement élimé. Je ne peux m'empêcher de regarder ses muscles saillants rouler sous sa peau laiteuse.

— Tu préfères de l'eau ou un soda ?

— De l'eau, bafouillé-je, gênée par mon attitude.

— D'accord, mais manger un peu de sucre ne te fera pas de mal. Tu as grignoté au dîner. Je doute qu'Angus donnerait son accord pour que tu pratiques la magie le ventre vide.

Il me confie le verre, accompagné d'un petit paquet de Dragibus.

— Tu sais parler aux femmes, toi.

Qu'est-ce qu'il me prend ? me sermonné-je aussitôt.

Chad me regarde, sans doute aussi surpris que moi.

— J'aimerais surtout apprendre à parler à une seule femme, rétorque-t-il en ponctuant sa phrase d'un clin d'œil.

Décontenancée, je choisis de boire et de me concentrer sur mes bonbons, plutôt que de continuer à glisser sur cette pente savonneuse.

— Tu permets ? s'enquiert-il en indiquant la chaise à côté de la mienne.

— Bien sûr. Tu étais là depuis longtemps ?

— Je suis arrivé quand tu commençais l'incantation.

— Comment as-tu su... ? Ah ! Oui ! L'audition.

— Exact.

Au moment où il se penche en avant pour attraper le Tétagrammaton, je distingue un pendentif en bois, qui se balance au bout d'une lanière en cuir autour de son cou. Il semble très travaillé, mais avec la lampe de banquier comme unique source de lumière pour le discerner, je n'en suis pas certaine.

— Qu'est-ce que c'est ? demandons-nous en même temps.

Mes yeux plantés dans ses iris bleus, nous marquons quelques secondes de silence, avant de pouffer de rire.

— C'est un Tétagrammaton. Je n'ai pas eu le temps d'approfondir mes recherches. La seule information dont je sois sûre, c'est qu'il s'agit d'une protection très puissante.

— Et grâce à ton sortilège, tu l'as rendue encore plus puissante ?

— C'est ça.

— Que voulais-tu savoir ? m'interroge-t-il, en le remettant sur la table.

— Ton pendentif. Il a l'air d'être très fin pour du bois. C'est bien du bois, n'est-ce pas ?

— Oui, souffle-t-il en le retirant pour que je puisse l'admirer de plus près.

Je pose mes bonbons et m'en empare pour le placer sous la lumière. On dirait un genre de petit bonhomme. La partie supérieure est arrondie et trouée en son centre. En dessous, je devine le tronc, très court, avec de longs bras sur les côtés. Bien qu'ils aient une drôle de posture, puisqu'ils sont complètement recourbés. Le tout est engoncé sur des jambes, avec les pieds en canard. Sous la pulpe de mes doigts, je détecte de nombreuses striures, ou gravures, je ne sais pas trop.

— C'est moi qui l'ai sculpté.

— C'est vrai ? m'étonné-je.

— Bien sûr que c'est vrai. Je voudrais devenir ébéniste. Ce n'est pas très prestigieux, mais...

— Au contraire ! le coupé-je. Ce sont des compétences qui se perdent, au même titre que maréchal-ferrant, forgeron ou chaudronnier. Et c'est tellement dommage.

Son visage s'illumine. Mes pensées voyagent jusqu'au superbe banc que j'ai vu devant sa maison.

— Est-ce que c'est toi aussi qui as fabriqué le banc devant chez toi ?

— Exact, mais je suis surpris que tu l'aies remarqué. D'habitude, les gens n'y prêtent pas attention.

Je hausse une épaule, avant de me pencher de nouveau sur le pendentif.

— Qu'est-ce qu'il représente ?

— J'ai essayé de reproduire le nœud d'Isis. Mais tu dois être indulgente. C'était une de mes premières tentatives. J'avais treize ans.

— Le nœud d'Isis. Je comprends que cela a un lien avec l'Égypte, seulement en dehors de cette information, je n'y connais rien.

— Une branche de notre meute, des ancêtres lointains, était originaire d'Égypte. Je l'avais fabriqué pour ma mère, pour son anniversaire.

Je n'ose pas lui poser la question. Je me doute que si ce pendentif, sculpté sans doute avec beaucoup d'amour, se trouve en sa possession aujourd'hui, c'est qu'il est arrivé quelque chose de dramatique.

— Et pourquoi as-tu choisi ce symbole ?

— Isis était une grande magicienne et une déesse suprême. Elle représentait à la fois une mère, une épouse et la nature. La légende raconte que grâce à ce nœud, et à son pouvoir magique, elle a redonné vie au dieu Osiris, qui avait été assassiné. Depuis, en Égypte, cet objet est considéré comme une amulette de protection.

Un silence gênant s'immisce entre nous. Je sens que la question que je ne voulais pas formuler s'impose d'elle-même. Ce qui m'agace, parce que cela implique qu'il pourra à son tour me demander où se trouvent mes parents.

— Tu n'es pas plus curieuse que ça ? s'étonne-t-il. Tu n'as pas envie de savoir pourquoi elle est entre tes doigts, au lieu d'être autour de son cou ?

Mon cœur tape un sprint, pendant que le sang déserte mon visage.

— Si, avoué-je, penaude, en osant à peine le regarder. Mais je ne veux pas me montrer indiscrète.

— Elle est partie.

Je relève aussitôt le nez, pour lui offrir toute mon attention.

— Oui... Elle nous a abandonnés, mon père, ma sœur et moi. Grâce à son statut de shérif, mon père a découvert quelques mois plus tard qu'elle s'était installée en Arizona, pour y refaire sa vie, dans une autre meute. Ma petite sœur ne le sait pas, mais d'après les informations qu'il a glanées, elle était enceinte.

— Je suis désolée, soufflé-je en lui tendant le pendentif.

Il le récupère, puis l'observe un moment.

— Garde-le, ajoute-t-il en maintenant le cordon ouvert. Tu en as plus besoin que moi.

Je penche la tête en avant, et je sens ses doigts chauds effleurer le bas de mon cou au moment où il l'ajuste.

Je n'ai pas l'habitude de recevoir des cadeaux. Encore moins lorsqu'ils sont aussi personnels.

— Merci, susurré-je, émue.

— Peut-être que tu pourras y jeter un autre sortilège pour le renforcer.

Mince ! Je suis d'autant plus embarrassée maintenant ! Chad vient de me faire penser à un exercice que je ne pouvais pas réaliser, parce que je ne possédais pas le matériel requis. Enfin, je ne l'avais pas jusqu'à ce qu'il m'offre son pendentif. D'où mon escalade sur la table pour attraper le Tétagrammaton.

— En fait, Angus souhaite que chacun d'entre nous participe à un rituel pour purifier et ensorceler un objet qui deviendra une protection. Du coup... Tu es sûr de vouloir me le laisser ?

— Carrément ! répond-il sans hésiter. Il est bien plus joli sur toi. Et ne t'inquiète pas, je trouverai autre chose.

Je souris, rassurée et contente de pouvoir le garder. J'aime bien Chad. Sous ses airs confiant et fanfaron, en réalité, je découvre un garçon attentionné, et doux. Un véritable contraste avec son attitude sur le terrain de basket et son charmant surnom de Bulldozer.

— On devrait peut-être aller se coucher ? propose-t-il. Tu dois être épuisée après cette belle prouesse. Tu veux que je le remette à sa place, avant ?

Je n'ai pas le temps de répondre que le voilà déjà en train de crapahuter sur la table pour raccrocher le Tétagrammaton. Ses vingt ou trente centimètres de plus que moi lui facilitent considérablement la tâche. Là où j'aurais bataillé plusieurs minutes pour trouver le crochet, lui en deux secondes, c'est réglé.

— Allez, miss coco ! m'ordonne-t-il en sautant sur la moquette. Au lit !

Il me tend une main, pour m'aider à me lever. Alors que je m'apprête à la saisir, je réalise un dernier détail.

— Attends. D'abord, j'aimerais savoir… De quoi parliez-vous tout à l'heure, dans le salon, avec Angus ? Que s'est-il passé entre la meute et les sorcières de Lakewook ?

Chapitre 17

De la guitare… Je suis réveillée par… du Nirvana, je crois.

Le jour tente une percée à travers les lourds volets de bois. Je me redresse, et découvre que Dream est déjà levée. Mon estomac gronde si fort que je prends tout juste le temps de me laver les dents, et de troquer mon pyjama contre un jean et un sweat. Arrivée dans le couloir, une odeur de pancakes flotte dans l'air. L'eau à la bouche, je descends l'escalier à la vitesse de la lumière, pour me retrouver à l'arrêt complet dans le salon. Enfin, complet, pas tout à fait. Prozac se jette dans mes jambes, manquant de peu de me déséquilibrer, pour réclamer sa dose de caresses matinales. Gage, assis sur l'un des fauteuils, gratte les cordes d'une guitare, en murmurant les paroles.

— Salut ! lance-t-il à mon intention, tout en continuant de jouer.

— Salut.

Foudroyante réplique, ronchonné-je.

Gage est un véritable mystère. Et il s'applique à ce que cela transpire par tous les pores de sa peau. On dirait qu'il érige une barrière entre lui et le monde qui l'entoure, dans l'espoir de quoi ? Se protéger ?

— J'aime bien cette chanson, déclaré-je.

Il hausse les épaules.

— Je parie que tu ne sais même pas ce que c'est.

— Faux ! Il s'agit de *Something in the Way*, de Nirvana.

Il s'arrête de jouer, me dévisage avec un air insondable, puis se lève.

— Bravo, mademoiselle je sais tout, bougonne-t-il en passant à ma hauteur pour quitter la pièce.

— Quel mufle ! soufflé-je en le regardant s'éloigner dans le couloir, en direction de la porte d'entrée.

— Je t'ai entendue !

Je porte aussitôt les mains sur ma bouche, qui forme un « O » parfait.

— Ce n'est rien, me console Lira depuis la cuisine avoisinante. Il est fâché parce que tout le monde est parti, et qu'il a dû rester ici pour veiller sur nous. Viens ! J'ai préparé le petit déjeuner. J'ai dû gruger pour t'en garder une part.

— Où sont-ils allés ? demandé-je en prenant place autour de la table en bois. Il n'y a pas cours, aujourd'hui.

— Les lycans devaient récupérer quelques affaires chez eux. Quand les filles ont su qu'ils allaient aussi passer à l'hôpital, pour ramener Dylan, elles ont proposé de les accompagner. Dylan finira sa convalescence à la maison.

C'est à croire que la générosité de Lira et de son mari n'a aucune limite. Le pauvre Dylan se retrouve dans la même galère que moi. Plus de parents, donc il atterrit ici. Et franchement, je doute qu'il y ait meilleur endroit pour se requinquer.

J'entame mon second pancake, arrosé d'une belle rasade de sirop d'érable, quand le téléphone de Lira, qui a les doigts dans la vaisselle, se déclenche. Elle s'empresse de s'essuyer les mains dans un torchon, tout en trottinant vers le salon pour récupérer son portable sur la table basse.

— Allô ? Gordon ?

Je voudrais ne pas écouter, mais l'ouïe est le seul sens que nous ne pouvons pas mettre en pause.

— Non. Nous avions convenu qu'il ne me contacte que ce soir.

Je sens une pointe d'inquiétude dans sa voix.

— D'accord. Je vais essayer de le joindre. Je vous tiens informé. Merci de m'avoir prévenue.

Elle raccroche et avant même que je puisse demander quoi que ce soit, Gage déboule.

— Il me semble avoir entendu… Est-ce qu'il y a un problème ?

Je m'approche à mon tour, et je constate que Lira tremble tellement, qu'elle ne parvient pas à dompter son téléphone.

— Vous permettez ?

Je m'empare de l'appareil, et cherche le numéro d'Angus dans le répertoire. Pas la peine de connaître l'autre moitié de la conversation pour comprendre qu'il se passe quelque chose de grave, et qu'Angus a…

Non ! Pas de spéculations.

J'ignore de quoi il retourne exactement, alors je ne veux tirer aucune conclusion hâtive.

— Est-ce que tu as vu ou entendu quelque chose, cette nuit ? m'interroge Lira, d'une voix atone.

— Je vous l'aurais déjà dit, articulé-je en lui rendant son téléphone, dont les sonneries retentissent.

— Qu'est-ce qu'il se passe ? chuchote Gage, tandis que Lira s'éloigne légèrement.

— Je ne sais pas. Gordon, le contact d'Angus à La Nouvelle-Orléans vient d'appeler. J'ai cru comprendre qu'il n'avait pas de nouvelles de lui.

— Je dois informer Chad !

— Et tu peux me dire ce que ça va changer ?

Lira raccroche. Elle est livide.

— Réessayez, lui intimé-je en la guidant vers le canapé.

Gage quitte le salon, son portable collé à l'oreille. Je secoue la tête, pendant que Lira, de son côté, tente une seconde fois, puis une troisième de joindre Angus. Le résultat reste le même.

Je sens la panique m'envahir. Ma paupière tressaute. Ma gorge s'assèche et ma respiration devient lourde.

— Il faut que je rappelle Gordon.

Malgré ses dires, Lira se tient immobile, incapable d'esquisser le moindre geste. Je dois me ressaisir. Je leur dois tellement à tous les deux, que je ne peux pas la laisser dans cette détresse.

— Voulez-vous que je m'en charge ?

— S'il te plaît, chuchote-t-elle.

J'inspire un grand coup, et je récupère son portable entre ses mains. Les doigts tremblants, je cherche dans l'historique d'appels le numéro de Gordon, que je ne connais ni des lèvres ni des dents. Tant pis ! Nous devrons nous adapter. Lira semble ailleurs, les yeux dans le vague.

— *Alors ? Est-ce que vous êtes arrivée à le joindre ?*

— Bonjour, monsieur. Ce n'est pas Lira au téléphone. Mon nom est Éléanor Carter.

— *C'est vous qui détenez Angus ?*

— Quoi ? Non ! Je suis une amie de leurs filles. Lira est à côté de moi. Seulement, elle est trop abasourdie pour pouvoir vous parler. Nous avons essayé plusieurs fois de joindre Angus, mais... attendez ! Qui détenez... Est-ce que vous savez quelque chose ?

— *Non, je n'en sais rien*, rétorque-t-il. *J'ai cru en entendant votre voix que vous alliez me demander une rançon.*

Ouais... Encore un qui regarde un peu trop la télévision.

— Quand deviez-vous le rencontrer ?

— *Ce matin. Mais quand j'ai vu qu'il n'était pas au rendez-vous, je suis allé à son hôtel. Ils m'ont dit qu'il n'était jamais arrivé.*

— Lira, quand vous avez amené Angus à l'aéroport hier soir, où l'avez-vous déposé ? Devant, ou bien, l'avez-vous accompagné à l'intérieur et avez-vous attendu avec lui, jusqu'à ce qu'il monte dans l'avion ?

Gage réapparaît dans l'encadrement de la porte du salon, et autant que ce soit possible, il semble encore plus contrarié que d'ordinaire.

— *Allo ?*

— Un instant, Gordon. Allez, Lira, répondez-moi. C'est très important.

— Je lui ai dit que j'avais un mauvais pressentiment, chevrote-t-elle, sans même me regarder.

— Lira, s'il vous plaît... Est-ce que vous l'avez vu monter dans l'avion ?

Elle secoue la tête.

— Il a insisté pour que je reparte aussitôt. Il était déjà tard. Il craignait que je m'endorme au volant. En plus, il sait combien je déteste conduire de nuit. Alors, je l'ai déposé, et je suis rentrée.

De gros sanglots, qu'elle tente d'étouffer, s'extraient malgré tout de sa gorge. Les mains sur le visage, elle essaie tant bien que mal de camoufler ses larmes.

— Gordon ? On ignore si Angus est bien monté dans l'avion.

Pas de réponse.

— Vous m'entendez ?

— *Oui. Seulement, je suis au courant des difficultés que vous rencontrez. Je ne peux pas vous laisser dans cette situation. En tant que guide, je me dois de vous venir en aide. Vous êtes en grand danger. Nous le sommes tous. Je prends le prochain avion. J'arrive.*

Je n'ai pas le temps de répondre, qu'il a déjà raccroché. En désespoir de cause, je plonge dans le regard sombre de Gage, espérant y trouver une bouée de sauvetage.

— Chad va appeler son père, m'annonce-t-il comme si cela allait tout arranger.

— Je vais préparer du thé en attendant.

Cette réaction est ridicule, mais j'ai besoin de bouger. Et puis, dans tous les bouquins que j'ai lus, les personnages prennent une boisson chaude dans les situations de crise. Je suppose qu'en plus d'avoir une action réconfortante, cela aide à réfléchir.

Moins d'une demi-heure plus tard, tandis que nos trois tasses de thé refroidissent lentement devant nous, Gage bondit de son fauteuil.

— Ils sont là ! s'exclame-t-il en se dirigeant vers la porte.

Les jumelles entrent les premières, et leur mère, sans doute apaisée de les voir, se lève pour les prendre dans les bras. Arrivent ensuite Beverly, Hadès, et les lycanthropes, accompagnés de Dylan. Déjà qu'il est plutôt frêle, il paraît encore plus affaibli dans son fauteuil roulant. Avec ses cheveux bruns attachés en catogan, alors que d'ordinaire il les garde lâches, son teint blafard, ses fines pommettes et sa mâchoire saillante, on dirait un cadavre ambulant. En le découvrant ainsi, Lira semble reprendre du poil de la bête. Elle a notion que tout ce petit monde compte sur elle, car elle est la seule adulte sous ce toit, désormais.

— Mon père est en route pour l'aéroport, l'informe Chad. Il m'appelle dès qu'il sait quelque chose.

— D'accord, répond-elle d'une voix peu assurée, en se dégageant de l'emprise de ses filles. On ne va pas se laisser abattre. J'ai eu un moment d'égarement, mais c'est terminé maintenant. Gordon prend le prochain avion pour venir nous aider avec le Damhaath, et les forces de l'ordre vont retrouver votre père. En attendant, on ne change pas le plan initial.

Ses yeux tombent enfin sur Dylan.

— Oh, pardon, jeune homme… Je suis désolée…

Celui-ci lève une main pour la couper dans son élan.

— Je vous remercie de m'accueillir chez vous, mais si vous voulez bien, j'aimerais faire un brin de toilette, s'il vous plaît ?

— Bien sûr.

Elle échange un hochement de tête avec les garçons, qui s'empressent de lui venir en aide pour le monter à l'étage. En quelques secondes, on se retrouve entre filles.

— Quant à vous, mesdemoiselles, vous avez du travail au grenier, je crois. Je vous fais confiance pour vous appliquer.

— Mais, maman… rechigne Dream.

— Non ! Pas de mais. Pas maintenant. La situation est grave, nous en sommes tous conscients. Nous devons nous montrer pragmatiques, et garder la tête froide. En attendant d'avoir des nouvelles du shérif, je vais encore essayer de le joindre sur son portable. Je vous tiens informées s'il y a du nouveau.

Son discours est sans appel. De plus, je soupçonne qu'elle veuille rester seule, peut-être pour pleurer et éviter de nous alarmer davantage. Ce serait logique.

Je m'avance donc vers l'escalier, en compagnie de Bev et d'Hadès. Lorsque nous constatons que les jumelles ne bougent pas, d'un commun accord silencieux, nous revenons sur nos pas. J'attrape le bras de Hope, imitée par Bev qui en fait autant avec celui de Dream, et nous les entraînons vers le grenier. En passant au niveau de l'étage, nous entendons les garçons discuter dans la salle de bain. Ils parlent d'un jeu vidéo, je crois. De toute façon, Dylan devra bien trouver des occupations, durant sa convalescence. Je ne sais pas à quel point il était proche de sa mère. Et même si son corps retrouvera rapidement toutes ses aptitudes, il aura besoin de temps pour faire son deuil.

Mais je préfère éviter d'y songer. Depuis que j'ai franchi le seuil de cette maison, j'essaie de me concentrer sur l'instant présent. Je ne détiens aucun pouvoir sur le passé. Il est tel qu'il est, et le ressasser indéfiniment n'y changera rien. Cela ne fait que m'éloigner de ce que je peux contrôler. Pareil pour le futur. M'inquiéter et imaginer des scénarios catastrophes, voire improbables, m'empêche d'agir.

Par contre, je peux tout à fait motiver les jumelles pour travailler nos exercices, comme le veulent Angus et Lira. En plus, si ce Gordon nous demande de quoi nous sommes capables, je pense qu'il vaut mieux que l'on soit au point. D'après ce que j'ai compris, les guides rendent des comptes à des instances supérieures. À défaut de bénéficier d'une véritable école – bien qu'intégrer une institution du genre de Poudlard ne m'aurait pas déplu, sauf pour l'uniforme –, il faut bien qu'une structure nous apprenne à canaliser nos pouvoirs.

Comme les jumelles sont visiblement incapables de décider quoi que ce soit, avec Beverly, nous choisissons un premier exercice collectif, afin de les motiver un peu.

Chapitre 18

Si la journée a été longue, la soirée s'annonce bien pire. Le shérif, suite à ses investigations, a prouvé qu'Angus n'a même pas validé son billet d'avion. En fait, il a retrouvé la trace d'une transaction en carte bleue, d'une course auprès d'un Uber, pour revenir à Lakewood. Après de nombreuses péripéties pour mettre la main sur le chauffeur, celui-ci a confirmé avoir déposé Angus devant la maison du maire de la ville. Le problème, c'est que ce dernier affirme n'avoir jamais reçu la visite d'Angus hier soir.

Donc…

Première possibilité, le kidnapping.

Et qui dit kidnapping, dit rançon. Même si Lira lui a expliqué qu'ils n'avaient pas d'argent, et encore moins d'ennemi, le shérif n'écarte aucune piste. Dans l'éventualité où sa théorie se confirmerait, il a ordonné à Lira d'attendre chez elle, encadrée d'une équipe technique pour tracer un éventuel appel.

D'un autre côté, et par mesure de précautions, lui et ses hommes ont réuni toutes les âmes charitables de Lakewood pour sillonner les bois alentour.

Gordon, qui entre-temps est arrivé de La Nouvelle-Orléans, a passé l'après-midi à nous faire exercer la magie. Et même si nous sommes épuisées, nous ne pouvions pas poireauter à la maison sans rien faire. Personne n'aurait dormi de toute façon.

— Souvenez-vous que vous ne devriez pas être là, bougonne le shérif à l'intention de notre groupe. Si j'étais certain que vous obéiriez en restant sagement à l'abri, je vous aurais enfermés chez les Artwork. Alors, contentez-vous de suivre les recommandations, aucune initiative. C'est clair ?

Sur un petit parking, du côté est de la ville, éclairé par un malheureux lampadaire, le shérif se détourne de nous pour donner ses instructions à l'ensemble des volontaires.

J'observe les jumelles, qui depuis ce matin que la nouvelle nous a fracassées, n'ont pas versé une larme. Au contraire, même si Dream a perdu sa joie de vivre, elles ont réalisé les exercices avec brio et en un temps record d'après Gordon. Leurs visages fermés, anxieux, laissent transparaître toute leur inquiétude. Elles ne disent rien. J'ai l'impression qu'obéir, s'occuper, pour éviter de penser, ça les apaise un peu.

— Pour les équipes pédestres !

Je tends l'oreille.

— Comme la nuit est en train de tomber, vous allez former des binômes. On ne tient pas à perdre plus de personnes. Donc, vous surveillez votre partenaire, et vous restez à portée de voix les uns des autres. Est-ce que c'est clair ?

Chad interpelle son père.

— Nous ne sommes que trois, détaille-t-il en nous regardant.

— Ah oui, énonce-t-il en saisissant l'allusion au fait qu'il n'y a que trois lycans, pour quatre sorcières. L'adjoint Riley ira avec vous. Problème résolu.

Chad prend ma main, tout en m'interrogeant avec ses beaux yeux azur. Je hoche la tête pour confirmer. Une mèche ondulée lui barre le front, et je m'empêche de la remettre à sa place. Je sens sa chaleur, ainsi que le foulard rouge autour de son poignet, caresser le mien. Je le lui ai donné un peu plus tôt dans la journée, pour compenser le pendentif. Mais surtout, afin de remplir la charte d'exercices confiée par Angus, puisque je devais y jeter un sortilège de protection. L'entraînement de la nuit dernière, avec le Tétagrammaton, a porté ses fruits. J'ai été la première à finir tous mes enchantements.

Sans surprise, Cameron et Beverly se mettent ensemble. Depuis que le lien entre la meute et les sorcières est officiel, et surtout approuvé par l'autorité compétente, ils ne se lâchent plus d'une semelle. Hope part avec Gage, tandis que l'adjoint Riley, très mignon d'ailleurs, avec sa petite moustache et ses grands yeux gris, s'approche de Dream.

— Le froid sera notre principale difficulté, annonce le shérif, qui avance aux côtés de Gordon. La météo prévoit une chute des températures, jusqu'à moins cinq degrés. Alors, si vous ne vous sentez pas bien, ou s'il y a quoi que ce soit, dites-le tout de suite.

— Ça va aller ? me chuchote Chad, qui ne m'a pas lâché la main.

— Je crois, hésité-je.

Je balaie le chemin avec le fuseau de ma torche. Des morceaux de bois, des pommes de pin, des épines craquent sous nos pieds.

— Je t'ai vu discuter avec ton père, tout à l'heure. Tu penses que nous allons le retrouver ?

— Je n'en sais rien. Je l'espère. Le FBI et la PCS se sont joints aux recherches. Ils sillonnent les côtés sud et ouest.

— Qui s'occupe de la zone au nord de la ville ?

— Personne. Nous ne sommes pas assez nombreux. Puis la maison du maire se trouve au sud. Le plus logique est de fouiller ces secteurs-là en priorité.

— Ici ! hurle un homme à plusieurs mètres sur notre droite.

Je m'apprête à dévier pour aller voir, lorsque Chad resserre sa prise sur mes doigts.

— Non ! Nous ne devons pas bouger, et attendre. Tu te souviens ? Suppose que cette découverte n'ait aucun rapport, ou que ce soit juste une fausse alerte. Avec toute cette obscurité, c'est facile pour vous autres de vous tromper. Nous, lycanthropes, notre vision s'adapte.

C'est vrai que jusqu'à ce qu'il le dise, je n'avais pas remarqué qu'il se déplaçait sans torche.

— En clair, si je résume. Vous êtes dotés d'une audition hors pair, d'une vision nocturne et d'un odorat surdéveloppé. Ah ! Et sans oublier votre chaleur corporelle qui vous permet de vous balader torse nu, même en plein cœur de l'hiver.

— Pour l'odorat, on ne le travaille pas suffisamment. Du coup, au fil des générations, ce sens a tendance à s'atrophier. Mais pour le reste, c'est exact.

— Fausse alerte ! crie le shérif. On continue.

Après plusieurs minutes, dans le froid et l'humidité, une sonnerie de portable retentit.

— Dream ! appelle Hope, sur ma gauche. C'est maman !

Tout le monde s'immobilise, attendant la suite avec fébrilité.

— Ne bouge pas, lui ordonne l'adjoint Riley.

— Qu'est-ce qu'elle veut ? demande Dream.

— Qu'est-ce qu'elle dit ? renchérit le shérif.

Seul le silence répond. Les secondes s'étirent, et une sorte de nausée s'empare de mon corps. Mon estomac se contracte. La bile brûle mon œsophage en remontant.

— Hope ? s'inquiète Dream.

Ma respiration s'accélère.

— Ça ne va pas ? s'angoisse Chad, qui se penche en quête de mon regard.

— Non. Je sens que quelque chose va arriver. Quelque chose de grave.

— Hope ! s'énerve Dream. Parle-moi, bon sang !

…

— Courez ! hurle soudain Hope, complètement paniquée. Les surnats, courez ! Éloignez-vous des humains ! Vite !

À peine Hope achève sa phrase, que le son d'un cor de chasse résonne dans la nuit. Chad, qui ne cherche pas à comprendre, m'entraîne derrière lui pour revenir vers le parking. Le carillon s'élève à son tour.

— Éléanor, chantonne la voix rocailleuse. Où es-tu, Éléanor ?

— Attends ! m'écrié-je, en freinant des quatre fers pour l'arrêter dans sa course.

— Quoi ?

J'ignore si c'est la présence de Chad qui me donne du courage, ou si je m'inquiète réellement pour Angus, qui a été si gentil avec moi. Ou bien si c'est ma magie qui me stimule, ou peut-être tout ça à la fois, mais je crois qu'il est temps pour moi d'agir. Puisque le Damhaath est lié à moi, je n'ai pas le choix. Je dois tenter quelque chose.

— C'est moi que tu veux ? lancé-je, en serrant les doigts de Chad. Est-ce que tu détiens Angus ?

— Qu'est-ce que tu fais ? chuchote Chad, passablement agacé, et surtout inquiet.

— Peut-être... me nargue le démon.

— Où es-tu ?

— Partout, et nulle part.

— Léaaaa ! s'énerve Chad, toujours en murmurant.

Penché vers moi, il tient son visage à quelques centimètres du mien. Je fixe ses yeux bleus, et réalise que c'est la première fois qu'il m'appelle autrement que miss coco. Et ce diminutif, personne ne l'avait encore jamais employé. Pourtant, c'est mon préféré... Mon cœur bondit en l'entendant.

— Fais-moi confiance, lui susurré-je, en déposant un baiser furtif sur sa joue. Qu'est-ce que tu me veux ?

— Demain, au coucher du soleil, rejoins-moi là où tu m'as libéré.

Je marque un temps d'arrêt.

— Là où je t'ai libéré... répété-je, éberluée.

— Au coucher du soleil, dans les bois. Retrouve-moi au petit chalet.

Mon cœur cesse de battre. Ma respiration se bloque, et mes jambes se coupent. Les arbres passent de la position verticale à la position horizontale, quand des bras solides me réceptionnent. Mes paupières papillotent, me permettant de distinguer le visage de Chad par intermittence. Des sons inarticulés me parviennent.

Je ne peux pas.

Je ne peux plus.

Je lâche prise.

Chapitre 19

J'ai chaud. Je transpire par tous les pores tellement j'ai chaud.

J'ouvre les yeux, et à cause de la masse appuyée contre mon dos, je n'ose pas bouger. Je découvre une chambre que je ne connais pas. De ma place, je distingue une tapisserie rose à motif floral avec des rideaux assortis, ornés de pompons. Sous la fenêtre, il y a une commode en bois très travaillé. Je tire délicatement la couverture en patchwork, puis le drap couleur lavande, quand le poids à côté de moi s'agite sans ménagement. Je me tourne et j'ai tout juste le temps d'identifier Prozac, qui me laboure l'épaule. Puis, il dégaine sa grande langue pour me nettoyer le visage.

— Doucement ! le houspillé-je gentiment, en essayant de le maintenir à distance pour me dégager de son emprise.

Seulement, le lit est plus petit que je ne le pensais. Je tombe sur le parquet en entraînant la lampe de chevet avec moi.

Tandis que je tente de me relever, la porte s'ouvre sur Dream qui se jette sur moi. Alors que je supposais qu'elle allait m'aider, elle s'agenouille devant moi et pose ses mains sur mes épaules.

— Tu l'as entendu, n'est-ce pas ? me demande-t-elle en me secouant comme un vieux prunier. Le Damhaath, tu l'as entendu ou pas ?

— Oui, tu dois nous le dire ! insiste Hope, qui vient d'entrer dans mon champ de vision.

— Du calme, les filles ! tempère Chad, qui empoigne Dream au niveau du bras, pour l'éloigner de moi. Vous vous souvenez de ce que l'on a mis au point avec Gordon ? De la compassion et du tact.

— Et après, on dira que c'est moi la plus sanguine des quatre, déclare Beverly depuis l'encadrement de la porte.

— Oh toi ! s'énerve Hope. C'est vraiment pas le moment de me gonfler.

Chad m'aide à me relever, et alors que je m'apprête à le remercier, Cameron surgit dans la pièce pour s'interposer entre les deux filles.

— La journée s'annonce compliquée, je crois... lâche Gage depuis le couloir.

— Tu m'expliques ? demandé-je à Chad. Où sommes-nous ?

— C'est la chambre de ma petite sœur. On a jugé préférable de réunir un maximum de surnats dans l'enceinte du village fortifié.

Je fronce les sourcils, comme si cette grimace pouvait m'aider à rassembler les morceaux manquants.

— Où est-elle ? m'inquiété-je.

— Qui ça ? Ma petite sœur ?

Je hoche la tête.

— Chez une voisine, avec le familier de Bev. Je ne voulais pas qu'elle assiste à nos conversations, et Prozac supportait mal la cohabitation avec le chat. Viens. On va tout te raconter, miss coco.

— Oui, mais toi aussi tu devras nous dire ce que tu as entendu, persiste Dream, dont je ne reconnais pas le timbre de voix.

Elle a l'air d'être en colère après moi, et ça me blesse. Nous longeons un grand couloir agrémenté de portes, jusqu'à ce que je suppose être la pièce principale qui fait office à la fois de salon et de salle à manger. La décoration a un côté kitch et chaleureux en même temps, un mélange années 70 et moderne. C'est très étrange. C'est comme si les objets cassés ou inutilisés étaient remplacés au fil du temps, sans chercher à les coordonner. Seule la table basse attire vraiment mon attention. Avec son plateau en verre et ses pieds en ceps de vignes, je reconnais tout de suite le travail de Chad. En fait, j'aurais dû comprendre où je me trouvais en voyant la commode dans la chambre. Elle aussi porte sa touche.

À travers la vitre au centre de la porte d'entrée, j'aperçois les flocons de neige qui parsèment lentement la terrasse.

Nous prenons place autour de la table en bois rectangulaire, encore jonchée de vaisselle et de miettes du petit déjeuner. Seuls Cameron et Gage décident de rester debout. Le premier se poste derrière Beverly, tandis que le second s'appuie contre le dormant de la fenêtre, les bras croisés. Il regarde dehors, ce qui me donne l'impression qu'il monte la garde. Chad me sert une tasse de thé, avant de s'asseoir à côté de moi.

— Alors ? débute-t-il. Si tu nous disais de quoi tu te rappelles, avant de perdre connaissance.

Avant de perdre connaissance... Voilà qui explique pourquoi je me retrouve ici, sans aucun souvenir de comment j'y suis arrivée. Les yeux plongés dans le liquide ambré, je crée un vortex avec ma cuillère pour m'aider à y voir clair. Super l'image ! Un tourbillon pour essayer d'y voir clair...

Bref !

Concentre-toi, Léa, me motivé-je.

Léa...

— Je me souviens que tu m'as appelée Léa ! lâché-je un peu trop satisfaite, avant de réaliser que ce n'était certainement pas ce que l'on me demandait.

— Mouiiii... C'est un début. Quoi d'autre ? Allez, miss coco. On a besoin de toi, là.

— Besoin de moi ? Si vous m'expliquiez plutôt ? Peut-être que ça m'aiderait, non ?

Je lance un regard désespéré vers Dream, installée en face de moi. Au lieu de me parler, elle plonge son visage dans ses mains. Sa sœur passe son bras autour de ses épaules, et lui chuchote quelque chose que je ne perçois pas.

— OK ! Je m'y colle, se dévoue Bev, un peu plus loin sur ma gauche. Mais ne venez pas me dire que je manque de tact ou quoi que ce soit dans le genre, après.

Un silence, sans doute affirmatif, vu que personne d'autre ne se propose, lui répond.

— Pendant que nous étions dans la forêt à la recherche d'Angus, Hope a reçu un message de sa mère. Tu te souviens de ça, ou pas du tout ?

Je réfléchis quelques secondes pour rassembler les bribes de ma mémoire.

— C'est flou. Mais si tu continues, peut-être que le reste me reviendra.

— D'accord. En fait, elle lui a envoyé le lien d'une conversation WhatsApp à laquelle nous n'aurions jamais dû avoir accès. C'est l'équipe technique du FBI qui l'a découverte, pendant qu'ils attendaient un éventuel appel pour une rançon. Un groupe, composé uniquement d'humains, projetait de conduire les surnaturels présents pour la battue, dans une zone précise, au milieu de la forêt. Sans doute pour nous tendre un piège.

Je regarde autour de moi, les visages fermés de mes amis.

— Où se trouvent le shérif et son adjoint ? demandé-je d'une voix blanche. Et tu m'as parlé de ta petite sœur, est-ce qu'elle va bien ?

— Tu t'inquiètes pour des gens que tu connais à peine ! s'écrie Hope. Mais ceux qui t'ont ouvert leur porte pour t'accueillir sous leur toit, t'en as rien à foutre, c'est ça ?

Sous le choc d'une telle déferlante d'hostilité, je me recule sur ma chaise.

— Non... soufflé-je. Je suis perdue, là... j'comprends rien. Pourquoi est-ce que vous m'agressez toutes les deux ? Dites-moi ce que j'ai fait, au moins.

— Tu as libéré le Damhaath, articule Bev. C'est à cause de toi si Angus, Lira, Dylan, le shérif, et d'autres surnats ont disparu hier soir. Et c'est aussi à cause de toi si Marthe est morte.

Tout m'explose au visage avec la violence d'un tsunami. Les souvenirs de la veille, la culpabilité et surtout, l'incompréhension.

— Comment ? bafouillé-je.

— Je suis navré, Léa. Je leur ai raconté ce que tu avais dit, avant de perdre connaissance. Je devais le faire.

Je me sens blêmir.

— Je comprends, lui assuré-je. Je suis désolée pour vos parents, et pour vos proches. Mais je vais tout arranger.

Beverly éclate de rire.

— Toi ? Ce n'est pas parce que tu as réussi trois enchantements hier que tu vas remettre le diable dans sa boîte. Il ne faut rien exagérer non plus ! Tu auras besoin de nous trois pour y arriver.

Je serre les dents pour éviter de rétorquer. Si je force encore, je vais faire péter l'émail. Alors, je compense un peu en crispant les poings sous la table. À tel point que mes ongles se plantent dans mes paumes. Ma magie hurle dans mes veines. Si je m'écoutais, et surtout, si je m'en savais capable, je l'enverrais valser contre le mur.

— En apprenant ton implication dans tout ce merdier, enchaîne Hope, Gordon a fini par décrypter ce que la descendante de Marie Laveau lui avait confié.

— Ce n'est pas tout à fait exact, l'interrompt Bev. Il suppose, il n'a rien affirmé.

— Oui, bon... reprend Hope, un brin agacée. Gordon présume que la prêtresse vaudou a procédé à un exorcisme sur une petite fille possédée par un démon particulièrement tenace. Au cours du rituel, Marie Laveau a dégagé une telle charge d'énergie et de magie, que le Damhaath a été attiré puissance mille. Comme il est dépourvu de véritable enveloppe charnelle, il s'est imaginé que s'il fusionnait avec elle, non seulement il gagnerait en puissance, mais en plus, qu'il retrouverait enfin un corps. Mais lorsqu'elle l'a rejeté, il n'a plus pensé qu'à une seule chose. Se venger de Marie Laveau, de toutes les sorcières, mais également de toutes les créatures surnaturelles qui pouvaient fouler cette Terre. C'est pour ça qu'il chuchote à l'oreille des humains, pour les effrayer, et surtout pour qu'ils se tapent le sale boulot à sa place.

Je baisse les yeux, incapable de regarder qui que ce soit parce que je me sens honteuse. Le Damhaath a jeté son dévolu sur moi, et je suis l'unique responsable de cette situation. C'est donc à moi de régler le problème. Je ne peux pas le laisser faire plus de victimes, d'autant que je sais où il se trouvera ce soir.

— Je persiste, affirmé-je. Je vais tout arranger, d'une manière ou d'une autre. Est-ce que Gordon a aussi dit, ou avancé une théorie, sur comment arrêter le Damhaath ?

— Mais qu'est-ce qu'elle est drôle notre Éléanor, aujourd'hui ! se moque Beverly. Un vrai petit clown ! Elle veut stopper une entité immatérielle à elle toute seule, alors qu'il y a encore quelques semaines, elle ne savait même pas qu'elle était une sorcière. Et tu nous précises comment tu espères mettre la main sur le Damhaath, s'il te plaît ?

Alors là, je me sens ragaillardie. Je détiens une information qu'ils ignorent. Néanmoins, si je la partage, je les expose au danger. Il vaut mieux que je la garde pour moi.

— Réponds simplement à ma question. Est-ce que Gordon a expliqué comment Marie Laveau a stoppé le Damhaath ?

— Non, intervient Dream. Il n'en a pas parlé. Mais si tu sais quelque chose, quelque chose qui peut nous servir à retrouver nos parents, et tous les autres, tu dois nous le dire.

Son ton devient suppliant. J'hésite.

— Où est-il ? Gordon, précisé-je. Pourquoi est-ce qu'il ne se trouve pas ici, avec nous ? Je suppose que s'il vous a donné toutes ces précisions, c'est qu'il est sorti des bois.

— Il aide l'adjoint Riley, m'informe Chad. Il ne reste plus que lui comme représentant de la loi. Tous les agents du FBI et de la PCS ont disparu. C'est grâce à Dream s'il a pu s'échapper.

— J'ai juste créé un sortilège d'illusion autour de nous pour faire croire que nous étions à plusieurs endroits à la fois, minimise-t-elle en haussant les épaules.

Une boule de la taille d'une orange se loge dans ma gorge. Prozac se rappelle à mon bon souvenir en se glissant entre mes jambes pour réclamer quelque chose, caresses ou nourriture, peu importe. Le contact de sa douce fourrure avec mes doigts génère un flot d'émotions impossible à contenir. J'ai envie de hurler. Je ne comprends pas pourquoi tout ça me tombe dessus. Des larmes, sournoises, s'échappent. Elles dévalent mes joues sans que je puisse les en empêcher.

La main de Chad surgit dans mon champ de vision, et se pose sur mon avant-bras. Avec son pouce, il caresse l'intérieur de mon poignet.

— Il veut que je le rejoigne ce soir, là où je l'ai libéré, sifflé-je.

— Là où tu l'as libéré ? répète Bev. Parce que tu sais où tu l'as libéré ? De mieux en mieux !

Ça y est ! Je viens de comprendre !

— Si j'étais toi, j'éviterais de fanfaronner, lui lancé-je en relevant le nez, furieuse. Parce que, admettons… que mon pouvoir à communiquer avec l'au-delà ait contribué à faire revenir le Damhaath ici, ce n'est pas seulement à cause de moi. Vous aussi, vous avez votre part de responsabilité. Le soir d'Halloween, c'est vous qui avez insisté pour que l'on se rende dans ce chalet. Je ne sais pas comment vous êtes arrivées à me convaincre d'aller dans les bois ce soir-là…

Je m'interromps, en réalisant autre chose.

— C'est toi, accusé-je Beverly, en la désignant du doigt. C'est toi qui as usé de ton pouvoir pour me forcer à crapahuter dans la forêt. Jamais sinon je vous aurais suivies de mon plein gré. J'avais bien trop peur.

— Eh bien, oui ! Mon familier ne venait pas ! Il fallait bien que je trouve un moyen. Et Dream était persuadée que tu étais la quatrième. Que sans toi, on ne pourrait pas fermer le cercle !

Dream s'effondre une nouvelle fois. Son chagrin me heurte de plein fouet. Rejeter la faute sur mes amies ne permettra pas de stopper le Damhaath. Je me comporte vraiment comme une ingrate doublée d'une froussarde en cherchant de l'aide, par un biais aussi sournois.

Je dois assumer et endosser ma part de responsabilité. J'ai toute la journée pour trouver un plan qui ne les implique pas. Les jumelles ont assez souffert.

— Peu importe, dis-je pour essayer d'apaiser la situation. Il veut que je le retrouve ce soir, au chalet. Et je vais y aller.

— Au chalet... répète Hope... C'est là que tu es censée l'avoir libéré ?

— Oui, soufflé-je. Mais rassure-toi. Je ne vous demande pas de m'accompagner. J'ignore encore...

— Arrête ! s'écrie Hope.

Elle s'éloigne de sa sœur, se lève et se place face au mur derrière elle.

— Je dois vous avouer un truc.

Elle se retourne, et ses yeux, déjà rougis par l'inquiétude et le chagrin, libèrent un nouveau flot de larmes.

— Quand on a exécuté le rituel pour que Bev entre dans la tête d'Hadès, je me suis rappelé un détail.

— Un détail ? Quel détail ? s'énerve Bev, qui se lève à son tour.

Cameron place ses mains sur ses épaules, l'incitant ainsi à se rasseoir.

— Au moment où l'on a agité la clochette, vous vous souvenez, pour dissiper toutes les mauvaises énergies éventuelles... Je me suis rappelé que... j'avais oublié de le faire. Pourtant, Marthe me l'avait dit, mais... On venait de se disputer, et ça m'était complètement sorti de la tête.

Hope se laisse tomber sur sa chaise. Dream dévisage sa sœur un instant, ne sachant visiblement pas comment réagir. Moi non plus d'ailleurs.

Le silence s'immisce entre nous, pour nous emmurer chacune dans notre culpabilité. Personne n'ose se regarder. Je crois que je donnerais n'importe quoi pour me tenir ailleurs. Sur une plage, au soleil, avec les palmiers et un punch à la noix de coco !

— En clair, chevrote Dream, nous sommes toutes les quatre responsables.

Chapitre 20

En quittant les bois, la veille au soir, mes amis, accompagnés de Gordon et de l'adjoint du shérif, ont voulu retourner au manoir Artwork. À leur arrivée, ils ont découvert la porte cassée, et grande ouverte. Le salon portait des traces évidentes de luttes. Quand Prozac a entendu les voix des jumelles, il est sorti de sa cachette. Il tremblait comme une feuille, le pauvre. C'est à ce moment-là que Chad a décidé, en accord avec l'adjoint Riley, de ramener tout le monde au village fortifié des lycanthropes. Mais avant de partir, pendant que les filles récupéraient quelques affaires, Gordon a eu l'idée de rassembler un maximum de livres du grenier.

Nous nous retrouvons donc de nouveau en train d'effectuer des recherches en espérant entrevoir au moins le début d'une solution à toute cette pagaille que nous avons semée. Répartis entre le salon et la cuisine, nous voilà tous le nez penché sur des feuilles poussiéreuses noircies il y a des dizaines, voire des centaines d'années pour certaines.

Les jumelles se sont installées sur la table, comme si se tenir à mes côtés, sur l'immense canapé, les indisposait. Hope a repris cet énorme vieux bouquin aux pages granuleuses et aux écritures minuscules, où nous avons déjà trouvé quelques informations sur le Damhaath. Elle s'échine à le décrypter jusqu'au bout, tant il y a de passages atrophiés par le temps. Elle se dit même prête à le relire, si le besoin s'en fait sentir. Hope est persuadée que ce grimoire n'a pas révélé tous ses secrets. Je crois surtout que persister à se casser les yeux sur ces lignes microscopiques l'aide à penser à autre chose qu'à la situation catastrophique dans laquelle nous nous sommes fourrées. Et par extension, celle dans laquelle nous avons immergé toute la communauté des surnaturels.

De mon côté, assise sur le canapé entre Chad et Beverly, j'étudie les spectres. J'ai besoin de confirmer si c'est mon don qui est à l'origine de cette connexion avec le Damhaath, ou pas. Peut-être que si je parviens à comprendre comment ils se retrouvent bloqués dans le voile, je pourrai le déloger pour...

Bon !

J'ignore encore pour quoi, certes ! Ni même si je peux l'envoyer quelque part, comme l'enfer par exemple, et qu'il y reste.

Mais...

Suis-je bête ! Je connais la personne parfaite qui pourrait me renseigner. Seulement, je sais d'avance que quitter l'enceinte des lycans va être plus que gratiné.

— Chad, chuchoté-je pour attirer son attention.

Il ne me répond pas. Il se contente de tourner la tête vers moi.

— Je pourrais te parler ? En privé, m'empressé-je d'ajouter.

— Bien sûr.

Nous posons nos livres sur la table basse, et je lui emboîte le pas en direction du couloir.

— Houuuuuuuu ! s'exclame Cameron. Enfin, c'est pas trop tôt !

— On commençait à désespérer, enchaîne Bev.

Je me sens rougir. Même une pivoine doit sembler fade à côté de moi, tellement j'ai honte.

— Ce n'est pas du tout ce que vous croyez, tenté-je lamentablement.

— Vous vous êtes bien trouvés tous les deux ! rétorque Chad. Arrêtez vos conneries. Léa a juste besoin de me parler.

— Ouais, ouais, c'est ça... persiste Cameron. Ça commence toujours comme ça. D'abord, on discute, ensuite...

Chad lui présente son majeur, puis me prend la main avant de m'entraîner derrière lui.

— Pensez ce que vous voulez ! Du moment que vous fermez vos clapets, j'en ai rien à cirer ! C'est clair ?

— Cinq sur cinq, renchérit Cameron. Mais amusez-vous bien, quand même !

Alors que je supposais que nous irions dans la chambre de sa petite sœur, il ouvre une porte, et à en juger par les posters de basketteurs sur les murs, je me retrouve dans la sienne.

— Quitte à faire jaser, autant jouer la partie jusqu'au bout, affirme-t-il, comme pour répondre à mon interrogation silencieuse. Et rassure-toi, il n'y aura plus jamais de rumeurs. Je te le promets.

Je reste muette face à tant de désinvolture. Comment peut-il ne pas s'inquiéter davantage pour son père ? Et pour toutes les personnes qui ont disparu. Est-il possible que les adolescents aient les hormones tellement en ébullition, qu'ils en oublient l'essentiel ?

Je ne veux pas me disputer avec Chad, encore moins pour un sujet aussi frivole. Je ne peux pas me le permettre, je vais avoir besoin de lui. Alors, je lui tourne le dos, le temps de recouvrer un semblant de calme. Les bras croisés sur la poitrine, j'observe les coupes sur les étagères, au-dessus de son bureau. Je découvre qu'il a participé à de nombreux tournois, et dans plusieurs disciplines. Judo, football américain, baseball, tir à l'arc, krav-maga, et j'en passe.

— Y a-t-il un sport que tu n'as pas pratiqué ?

Il marque un blanc.

— Oui. Plusieurs même. Et j'avoue que j'espère pouvoir expérimenter l'un d'entre eux avec toi.

Je ne comprends pas bien sa réponse. Mais ce qui m'interpelle le plus c'est sa voix, qui est devenue lointaine. Quand je me retourne, il est installé sur le bord de son lit deux places, et me fait signe de venir me placer à côté de lui.

— Tu voulais me parler ? Je t'écoute.

— Je ne me sens pas à l'aise, avoué-je. Je pensais que nous irions dans un endroit moins...

Chad se lève, saisit mes bras, et me guide jusqu'à son lit où il me fait asseoir.

— Je te promets que le loup ne mordra pas la gentille sorcière. Sauf si elle le lui demande, bien sûr.

Il ponctue sa phrase d'un clin d'œil, et je bondis sur mes pieds. Seulement, il a des réflexes aiguisés. À peine ai-je le temps de me relever, qu'il revient se poster devant moi.

— Je plaisantais. Enfin... Ce n'est sans doute pas le bon moment... en fait, ça ne l'est carrément pas... Mais voilà... Je ne vais pas te mentir, et tu dois bien t'en douter de toute façon, mais tu me plais, Léa. Seulement, je vois bien que malgré toutes mes tentatives, certes très maladroites, tu n'es que moyennement réceptive. On ignore comment toute cette histoire va se terminer, mais je tenais à ce que tu sois au courant. Et je te promets de ne plus rien entreprendre à ton égard. Désormais, tu sais ce que je ressens pour toi, et si tu as envie que les choses évoluent entre nous, ce sera à toi de faire le premier pas. Maintenant, assieds-toi, et dis-moi ce qui te tracasse.

Il se réinstalle sur l'épaisse fourrure noire qui recouvre son lit, et attend que je le rejoigne. Or, je dois encaisser tout ce qu'il vient de me débiter. Je ne le pensais même pas capable de libérer un tel geyser de mots en si peu de temps. Seulement, les rouages de mon cerveau, grippés par la fatigue, l'inquiétude et la culpabilité ont du mal à s'emboîter.

— Léa ?

Je m'ébroue, façon caniche apeuré, et décide de faire abstraction de sa déclaration on ne peut plus... prématurée, je crois... En plus, me confier les rênes de notre potentielle relation future revient à tracer une croix dessus, donc je sors mon joker et passe mon tour également.

Si c'est aussi simple que ça, pourquoi est-ce que mon cœur se ratatine comme une vieille pomme toute pourrie ? Pourquoi ai-je l'impression d'avoir reçu un coup de poignard dans le ventre, qui m'empêche de respirer normalement ?

— Hé, ho ? Tu vas bien ?

— Oui, affirmé-je sans doute un peu trop vivement, pour que cela semble crédible.

Tant pis. Je m'installe finalement à côté de lui, inspire profondément, et me concentre sur le motif initial de notre venue dans cette chambre.

— J'ai bien réfléchi, débuté-je. Si le Damhaath possède une connexion singulière avec moi, je pense que c'est à cause de mon don. J'en déduis que, comme une fréquence radio, mon pouvoir me permet d'entrer en contact avec les âmes égarées dans le voile. Si tel est le cas, ce serait logique d'envisager que lui aussi s'y trouve bloqué.

— Admettons. Où veux-tu en venir avec cette théorie ?

— Eh bien, voilà... Si je pouvais interroger un fantôme, il pourrait valider ou réfuter mes suppositions. En fonction du résultat, on pourrait peut-être le missionner pour qu'il cherche le Damhaath. Et, toujours dans l'éventualité où j'ai raison, on pourrait également le considérer comme un spectre lambda, et agir avec lui comme avec une autre entité que l'on désirerait envoyer soit en enfer, soit au paradis.

Au fil des mots, je me sens de plus en plus excitée, et ragaillardie. Je veux en avoir le cœur net, et dans l'immédiat, c'est la meilleure piste que nous ayons.

— D'accord. Donc, si je comprends bien, ton idée implique d'invoquer un esprit au hasard ? Déjà, là, je t'avoue que je suis pas bien chaud. Comment est-ce qu'on va savoir que ce n'est pas un petit malin dans le genre du Damhaath ? En plus, il va falloir gagner sa confiance, et...

— Non ! le coupé-je. Pas besoin de faire tout ça. Il me suffit d'aller au lycée, et d'interro...

— Jamais de la vie ! s'écrie Chad en sautant sur ses pieds. Il est hors de question que toi, ou n'importe qui d'autre sorte d'ici, pendant que vous êtes sous ma responsabilité.

— Mais... tenté-je de protester en me levant à mon tour.

— Le débat est clos, Éléanor. Je ne reviendrai pas sur ma décision.

Il ouvre la porte et me plante là comme un vieux clou rouillé.

— Eh ben... C'était pas brillant, le tacle Cameron.

Je suis indignée. Mon statut de prisonnière d'une meute de loups-garous ne me convient pas du tout. Mais il est inconcevable que je le laisse avoir le dernier mot. Drapée dans ma colère, je sors de la chambre, le pas conquérant.

— Vous saviez qu'en venant ici nous serions réduites au rang de simples détenues ? relaté-je aux filles.

— Je n'ai jamais dit que...

— Ah non ? Comment qualifies-tu ton attitude, Chad ? Parce que moi, elle me fait clairement penser à celle d'un geôlier.

— Eh, psst ! l'interpelle Cam. J'ai des menottes chez moi, si tu veux rendre le jeu plus palpitant.

— Ta gueule, le rabroue Chad.

Il ne s'arrête jamais celui-là, ce n'est pas possible. Un contraste saisissant avec Gage qui est une véritable statue de marbre, complètement indéchiffrable.

— Tu vas te taire, oui ! intervient également Bev. Qu'est-ce que vous racontez tous les deux ? On peut sortir d'ici quand on veut, n'est-ce pas Chad ?

Les bras croisés sur la poitrine, je tape du pied en attendant avec impatience la réponse du futur chef de meute.

— Eh bien... Ça dépend...

Les filles s'observent, et je me délecte déjà de la suite.

— Et de quoi, je te prie ? surenchérit Bev.

— Vous êtes sous ma responsabilité. J'ai promis à Angus, ainsi qu'à mon père...

— Tu ne réponds pas à la question, là ! intervient Hope.

— Très bien. Éléanor, explique-leur, et on en reparle après.

Éléanor... C'est la seconde fois qu'il utilise mon prénom en entier, et ça me fait bien plus mal que je l'aurais imaginé. Mais je n'ai pas le temps de m'appesantir. Je refoule mes sentiments rudoyés, et me lance dans mon raisonnement, en espérant que les filles iront dans mon sens.

— Alors ? Qu'en pensez-vous ? demandé-je une fois ma théorie exposée.

— Je suis pour, me soutient Dream en se levant. Et si tu es d'accord, je voudrais t'accompagner.

Je plonge dans ses yeux verts, et nous nous dévisageons quelques secondes. Pas de mots. Juste une connexion qui retrouve son chemin et qui soulage. Je m'avance vers elle, tandis qu'elle en fait autant, et nous tombons dans les bras l'une de l'autre.

— Je suis désolée, souffle-t-elle. Je n'aurais pas dû t'accuser.

— C'est bon, la rassuré-je. Ne t'inquiète pas.

— Tu veux bien de moi, alors, pour aller jusqu'au lycée ?

— Évidemment.

— Eh ben tant mieux ! ironise Chad. Parce que je ne suis toujours pas d'accord.

— Mais tu n'as pas à décider pour nous, s'interpose Bev. Nous ne faisons pas partie de ta meute. Si tel était le cas, par respect, nous resterions muettes, comme ces deux-là, qui pourtant doivent bien avoir une opinion. Tiens ! D'ailleurs, je propose de voter. Chacun a le droit de donner son avis. Moi, je suis pour qu'Éléa et Dream se rendent au lycée. Le temps nous est compté, et c'est la seule piste concrète que nous ayons. Hope ?

— Bien sûr que je soutiens ma sœur, et mon amie.

À elle aussi, lorsque je croise son regard, j'y lis toutes les excuses du monde. Nous échangeons un hochement de tête et un sourire de réconciliation. Hope n'apprécie pas les contacts physiques, de ce fait, je respecte cette barrière. Malgré tout, cela n'empêche pas mon cœur de se gonfler d'espoir et d'amour pour mes sœurs sorcières.

— Ça fait quatre votes pour sur sept, détaille Bev. Je continue, ou l'un d'entre vous se dévoue d'ores et déjà à les escorter jusqu'au lycée ?

Chad souffle, pris au piège de la démocratie.

— OK, je vous y emmène. Mais une fois sur place, c'est moi le boss. Si je vous dis, on se barre, on se barre. Si je vous dis de courir, vous courez. Si je vous dis de sauter...

— On part à reculons ? complété-je. C'est bon, je crois qu'on a compris.

Dream acquiesce. Chad donne quelques instructions à Gage, qu'il nomme chef de meute par intérim en son absence. Puis, une fois bien équipés pour affronter la neige, ou en tout cas pour supporter les températures glaciales, car je n'ai pas eu le temps d'acheter de chaussures à crampons, nous allons jusqu'au hangar. Notre chauffeur nous adresse des œillades courroucées pendant que nous prenons place dans sa Jeep.

Chapitre 21

Si l'on exclut les couinements des essuie-glaces, ainsi que les claquements de langue et les souffles excédés de notre chauffeur, le trajet s'effectue dans le plus grand silence. Chacun d'entre nous observe la route avec attention, en quête d'un éventuel véhicule suspect.

La neige se transforme petit à petit en pluie assez dense. À ce rythme, le tapis blanc aura disparu d'ici ce soir. Lorsque nous franchissons le portail du lycée, et que je découvre le parking vide, mon estomac se serre. Il devrait être bondé normalement. Je me tourne vers Dream, dont le regard est aussi triste que le mien. Je n'avais pas réalisé que la situation avait pris une telle ampleur.

Le Damhaath, en envoyant les humains à la chasse aux surnaturels, a presque dévasté tout un village en quelques semaines. Les uns traquent les autres qui se cachent pour éviter de finir comme la pauvre Marthe, ou comme la mère de Dylan. Si nous ne l'arrêtons pas, il va étendre son pouvoir aux communes alentour. Combien de temps lui faudra-t-il pour empoisonner la vie de tous les êtres vivants du Wisconsin ? Deux mois ? Trois ?

Un frisson dévale ma colonne vertébrale.

— Vous vous souvenez de ce que l'on a convenu ? ronchonne Chad en manœuvrant pour se garer en marche arrière. Quoi qu'il arrive, vous m'obéissez. Même si je vous dis de vous enfuir et de me laisser derrière vous. C'est compris ?

Il tire le frein à main, au moment où je sens mes yeux s'arrondir comme des soucoupes.

— On forme une équipe, articule Dream, on n'abandonne personne.

— Je suis d'accord, confirmé-je, aussitôt.

— Dans ce cas, on rentre.

Il s'apprête à remettre le contact, et j'enroule mes doigts autour des siens pour stopper son geste. Le contraste de température est agréable.

— C'est dommage d'être venus jusqu'ici pour repartir sans les informations, soufflé-je d'une petite voix fluette.

Je ne veux pas discuter de l'éventualité de se séparer. Je préfère envisager que tout va se dérouler sans encombre.

Chad observe nos doigts, et une bouffée de chaleur m'envahit quand je percute que je ne l'ai pas lâché. Je m'éloigne lentement, non sans profiter de ce contact pour caresser le dessus de sa main.

— OK, accepte-t-il. Il est 13 h 55. À 14 h 15, que l'on ait trouvé Victor ou pas, que l'on ait des réponses ou pas, on revient à la Jeep et on se casse.

— Ça marche, approuvé-je.

— Ça me va aussi, confirme Dream.

Je descends de la voiture, et je manque de glisser sur la neige poisseuse. Je me rattrape de justesse à la portière, avant de la refermer derrière moi. Je jette un œil en direction de mes camarades pour m'assurer qu'ils n'ont rien remarqué. Puis, avec la plus grande prudence, je m'avance dans l'allée qui nous conduit au bâtiment principal. Le vent glacial siffle au contact des branches nues des arbres qui bordent le parking. Chad pousse une des deux portes vitrées, qui reste fermée. Dream essaie la seconde, mais le problème est le même.

— Si on y balance un bon coup de pied, la vitre devrait céder, je suppose ? demandé-je.

— Et prendre le risque d'être blessé au passage ? rétorque Chad. Non. Attendez-moi ici. Ne bougez pas, sauf si un danger approche.

Il part en courant jusqu'à sa voiture, ouvre la malle et plonge le nez à l'intérieur. Quand il se relève, il tient une couverture et un gros marteau. Je ne peux m'empêcher de penser au délai qu'il nous a imposé.

— On perd un temps précieux, là, m'alarmé-je.

Pour toute réponse, Dream m'adresse une moue qui reflète toute son impuissance.

— J'ai trouvé que ça, nous informe Chad en revenant. J'espère que ça fera l'affaire. Éloignez-vous.

Il se place le plus possible contre le mur, enroule la couverture autour de son bras, détourne son visage à l'opposé de la vitre, et donne un grand coup dans l'angle du bas à droite. Le verre explose sous l'impact, parsemant des milliers d'éclats à la fois à l'intérieur et à l'extérieur.

— Mesdames, pavoise-t-il en exagérant une courbette pour nous inviter à entrer.

— Pas d'alarme ? m'étonné-je, habituée au lycée de New York, qui était même doté de détecteurs de métaux.

— Ce n'est pas Fort Knox, ici, miss coco.

Mon cœur exécute un triple salto en entendant ce surnom. Et comme s'il était directement relié à mes lèvres, je ne peux les empêcher de s'étirer en un sourire. Chad m'adresse un clin d'œil, et me tend une main secourable pour m'aider à entrer. Il fait pareil avec Dream, pour la main secourable, pas le clin d'œil, et j'avance la première dans le couloir mal éclairé.

— Victor ? appelé-je sans vraiment crier.

L'intensité de ma voix se situe entre le chuchotement et son volume normal.

— Victor, tu m'entends ? J'ai besoin de te parler.

— Chut, m'interrompt Chad, qui ferme la marche.

Je m'immobilise et me retourne lentement, sans bouger mes pieds, juste le buste. Chad a les yeux rivés au sol, sans doute pour mieux se concentrer sur les sons environnants. Je regarde Dream, qui glisse sa main dans la mienne. Nous échangeons un hochement de tête pour nous rassurer.

— C'est bon, annonce Chad. Ce devait être un bruit porté par le vent. Continue.

Sans lâcher mon amie, j'avance à pas feutrés.

— Victor ! continué-je.

— Oui.

Sa voix haute et claire, en provenance de mon dos, me fait sursauter. Bien sûr, j'entraîne Dream dans ma frayeur, puisqu'elle ne peut ni le voir ni l'entendre. Du coup, elle bondit à son tour, mais par réaction en chaîne.

— Ah, tu es là ! constaté-je, soulagée.

— Tu m'appelles, je viens.

— Et je t'en remercie. Tu as sans doute remarqué qu'il se passe des évènements étranges ces derniers temps ?

— Ah ça, c'est le moins que l'on puisse dire. Si tu savais le nombre de fantômes qui s'excitent en ce moment dans le voile, c'est hallucinant !

— Ah bon ?

— Qu'est-ce qu'il dit ? s'impatiente Dream.

— Je te raconterai après.

J'observe Chad dont l'attitude m'inquiète. Il tourne autour de nous, comme s'il cherchait quelque chose.

— Et... enchaîné-je. Est-ce que tu as une idée de ce qui les rend nerveux ?

— Je suis un solitaire, Éléanor. Je suis bien trop en colère après mes congénères pour m'abaisser à leur adresser la parole. Surtout après ce qu'ils m'ont fait.

— Comment ? Qu'est-ce qu'il t'est arrivé ?

— Oh... C'était le bal de fin d'année. C'est pour ça que je porte ce costume. Je m'étais préparé pour Jordan. Il était beau comme un dieu, un véritable apollon de l'amour. Et c'était aussi notre premier rendez-vous. Seulement, à l'époque, en 1954, les mentalités étaient beaucoup plus étriquées que maintenant, surtout en ce qui concerne l'homosexualité.

Il marque une pause, et je sens bien qu'il est pris par l'émotion de revivre ces instants. Malheureusement, je n'ai pas le temps de le laisser s'appesantir. Chad est de plus en plus nerveux, et mon stress monte en flèche face à une telle attitude de sa part. Et surtout, je refuse que l'on quitte les lieux sans un maximum d'informations.

— Ensuite ? l'encouragé-je.

— Jordan s'est moqué de moi ! s'écrie-t-il, au point de me faire sursauter une seconde fois. Nous devions nous retrouver à l'arrière du gymnase, pour entrer par la porte dérobée, dans le but de ne pas trop exciter les mauvaises langues. Je l'attendais, quand ils me sont tombés dessus, lui et ses amis. C'est là-bas que je suis mort. Dans cette petite cour obscure. Ils m'ont abandonné, alors que j'agonisais.

Ma gorge se noue. Je revois cette pauvre Marthe, allongée sur le plancher en chien de fusil, qui tentait désespérément de se protéger des coups de ses agresseurs. Imaginer Victor subir le même sort, compter en plus parmi ses assassins une personne qu'il aimait et en qui il avait confiance, me donne la nausée.

— Je suis désolée, m'étranglé-je. Est-ce que c'est pour ça que tu es bloqué dans le voile ?

— Bloqué dans le voile ? répète-t-il, surpris. Comme si je n'avais pas eu le choix entre rester ici, ou descendre en enfer ? C'est ça que tu veux dire ?

— L'enfer ou le paradis, précisé-je.

— Ah non, non, ma belle ! Tu fais erreur, là. Je te rappelle que l'homosexualité est considérée comme un péché. Nos chers hommes d'Église ont le droit de violer des enfants, à condition de se confesser ensuite, mais aimer une personne consentante du même sexe, c'est inconcevable. Ce qui rendait mes options très limitées. Mais si tu te demandes si j'ai eu un choix à faire au moment propice, la réponse est oui.

Je suis choquée par ses propos, mais je préfère ne pas alimenter ce débat pour l'instant. Il y a plus urgent à penser.

Je réfléchis quelques secondes à la lumière de cette nouvelle information.

— Et si tu le voulais, tu pourrais changer d'avis ?

— Je crains que ma place soit définitive. À moins que... non ! Tu pourrais croire que c'est pour cette raison que je me suis mis à te parler.

— Parce que tu avais le choix de te montrer à moi ?

— Ce que tu peux être naïve, ma petite Éléanor, par moment ! C'est mignon. Mais même si tu as un don et que c'est vraiment flagrant, il est impératif que la personne dans le voile veuille communiquer pour que tu la perçoives.

Dans des circonstances différentes, sa façon de m'infantiliser m'aurait agacée. Heureusement, je suis la seule à l'entendre, et en plus, je suis pressée.

— Je crois qu'il se passe un truc dehors, s'inquiète Chad. Je vais aller voir. Vous, vous restez là.

— Dis au Bulldozer de ne pas sortir ! m'ordonne aussitôt Victor.

— Attends ! Pourquoi ?

— Les autres, dans le voile, ils s'excitent encore. Une menace rôde, et elle les rend très nerveux.

— Le Damhaath ? demandé-je.

— Oui ? Comment es-tu au courant de ça ?

— Qu'est-ce que tu sais à son sujet ?

— Pas grand-chose. Je l'ai entendu dire qu'il était détenu dans une cage en enfer, et que ceux qui avaient pu choisir de rester ici, comme moi, avaient beaucoup de chance. Il semblerait que lui n'ait pas eu ce luxe.

— Et est-ce que par hasard tu pourrais m'indiquer la marche à suivre pour le renvoyer là-bas ?

— Attends ? Tu crois que c'est à cause de lui tout ce remue-ménage, ces derniers jours ?

— Il faut qu'on se barre les filles. Y a un truc pas net.

Chad saisit mon poignet pour m'entraîner vers la sortie. Victor nous accompagne.

— Victor, je n'ai vraiment pas le temps de t'expliquer. Dis-moi juste si tu sais comment nous pourrions le neutraliser.

Nous arrivons à l'entrée du bâtiment, et un groupe de quatre humains tourne autour de la Jeep.

— Merde ! peste Chad. Je vais faire diversion. Pendant ce temps, vous rejoignez la voiture et vous ne m'attendez pas. Vous vous barrez. Je me débrouillerai pour revenir au village.

Il sort les clés de sa poche et me les glisse de force dans la main. Nous nous dévisageons avec Dream, aussi ennuyée l'une que l'autre.

— Il y a juste une toute petite faille dans ton plan, réplique Dream.

— Aucune de nous deux ne sait conduire.

— C'est une blague ?

— Là ! Ils sont là ! hurle une voix grave sur le parking.

Aussitôt, les quatre hommes armés de fusils pour deux d'entre eux, d'une batte de baseball pour un, et d'une pelle pour le dernier, s'approchent l'air menaçant.

— Laissez-moi faire, nous ordonne Dream en se mettant entre nous.

Elle saisit mon avant-bras, et je sens sa magie s'incruster sous ma peau. Comme si cela était le plus naturel du monde, je déverse à mon tour la mienne au creux de sa paume. Sa silhouette vibre et les secousses m'envahissent. Prise de nausée, la bile me remonte dans la gorge. Je ferme les yeux pour me contrôler, et quand je les ouvre, je découvre que notre trio a été multiplié par cinq.

— Wouah ! s'extasie-t-elle, et sa voix se répercute en écho à cause des clones qui parlent en même temps. C'est la première fois que j'arrive à en créer autant.

— Super ! Alors maintenant, on court ! lance Chad.

— Attendez !

Mais Dream m'emporte derrière elle. Je manque de glisser à de nombreuses reprises sur la neige fondue qui est en train de devenir une vraie patinoire.

— Victor ! crié-je, alors que celui-ci est bloqué à l'entrée du bâtiment.

Dream, qui peut contrôler les trajectoires de nos répliques, sème une véritable zizanie tout autour de nous. Moi-même j'en ai le tournis. Les détonations retentissent de partout. Je tremble de trouille. La peur, qui me tord les boyaux, me permet malgré tout de rester un peu concentrée sur mes pieds afin d'éviter la chute.

— Les miroirs ! hurle Victor. Utilise des miroirs !

Il continue sur sa lancée, mais je ne l'entends plus. En désespoir de cause, je fuis jusqu'à la Jeep. Je saute à l'intérieur, et me penche en avant le plus possible pendant que le moteur rugit d'un coup. Chad enfonce l'accélérateur, et je comprends pourquoi il s'était appliqué à se garer si près, et surtout en marche arrière. Ainsi, nous sommes fin prêts à partir. Des coups de feu résonnent encore, lorsque je me risque à jeter un œil derrière nous. Nos sosies s'effacent petit à petit, mais ça ne les empêche pas de courir dans tous les sens pour tenter de masquer la vue à nos agresseurs.

Lorsque nous nous trouvons hors de portée, Dream, qui jusque-là canalisait toute son énergie dans son sortilège d'illusion, s'écroule sur la banquette.

— Dream ! m'écrié-je, en la découvrant si pâle.

Je tends ma main entre les sièges pour attraper la sienne.

— Parle-moi.

— Ça va aller. Accorde-moi juste un moment pour me remettre.

Ses paupières papillotent, et ses doigts relâchent leur prise autour des miens. Heureusement, sa poitrine monte et descend à un rythme régulier.

Je me tourne alors vers notre chauffeur pour lui demander comment il se sent, et je découvre avec stupeur une énorme tâche rouge sur son tee-shirt gris. L'odeur ferreuse du sang imprègne tout l'habitacle. Son teint est livide.

— Arrête-toi ! lui ordonné-je.

— Je dois vous ramener, grogne-t-il.

— Pas dans cet état ! Laisse-moi t'examiner au moins, l'imploré-je. Si on se retrouve dans un fossé, on ne sera pas plus avancé.

Chad me lance un petit regard en coin, et dans un élan de raison, il immobilise la Jeep sur le bas-côté.

— Mais tu fais vite, OK ?

Chapitre 22

Je descends de la voiture pour aller jusqu'au coffre, là où Chad range une boîte à outils. J'y trouve un cutter, du gros scotch, et un rouleau de papier toilette. En prenant toujours garde de ne pas glisser, je reviens dans la Jeep.

Chad reste penché en arrière, contre l'appuie-tête. Il ouvre à peine les yeux. Je coupe son tee-shirt pour mettre au jour sa blessure au niveau de l'épaule, juste sous la clavicule. J'arrache un long morceau de papier toilette, et je forme une énorme boule que j'appuie contre la plaie.

— Tu peux tenir ça, lui demandé-je, en prenant sa main opposée pour la guider vers la compresse de fortune. Est-ce que tu peux te pencher en avant ?

Il se décale lentement.

— Génial ! soufflé-je, soulagée. La balle est ressortie.

Avec leur capacité de guérison plus rapide que la normale, c'est une sacrée bonne nouvelle. Je m'applique à positionner une autre quantité de papier toilette et entreprends de tout assembler avec le gros scotch.

— Je doute de recevoir le prix de l'infirmière de l'année, annoncé-je une fois mon œuvre achevée, mais ça devrait tenir jusqu'à ce qu'on arrive.

Un frisson secoue le corps de Chad.

— Tu as froid ? m'étonné-je.

— Ce n'est rien. C'est à cause du contrecoup. Et aussi parce que mon organisme puise dans ses réserves pour cicatriser.

Je retire ma parka et la lui glisse sur le dos.

— Non, tu en as plus besoin que moi.

— Ne discute pas. Si je pouvais, je ne te laisserais même pas conduire.

Il m'offre un sourire.

— Tu as un côté louve, très protectrice.

Je sens mes joues s'échauffer. Gênée, je détourne le regard de ses beaux yeux bleus, le temps de trouver une répartie. Seulement, rien ne vient.

— Mais t'inquiète pas, poursuit-il, tu vas devoir collaborer.

— Pardon ?

— Avec tout cet attirail, je ne peux plus bouger le bras. Il faudrait que tu tournes la clé pour démarrer, et quand je te le dirai, tu actionneras la marche avant.

Je me souviens qu'à New York, quelques taxis conduisaient des voitures avec des boîtes de vitesse manuelles. Par chance, celle de la Jeep est automatique.

Je me retourne vers Dream, pour m'assurer qu'elle dort encore, et je me penche pour mettre le contact.

Après un trajet riche en émotions, accompagné de quelques sueurs froides, Chad se gare le plus près possible de la maison. Je descends avec prudence, et contourne la voiture pour l'aider à se déplacer.

— Tu es un drôle de phénomène, miss coco. T'as déjà du mal à marcher tellement tu glisses, et tu voudrais que je m'appuie sur toi.

Fort heureusement, nous n'aurons pas l'occasion de tester mon idée. Gage et Cameron arrivent en courant, suivis de Hope et de Bev.

— Que s'est-il passé ? s'inquiète Cam en aidant Chad.

— Où est Dream ? s'alarme Hope.

— Elle dort sur la banquette arrière, la rassuré-je aussitôt.

— Gage, l'interpelle Chad, ramène Dream à l'intérieur.

Celui-ci acquiesce, et au moment où Hope passe à ma hauteur pour voir sa sœur, j'en profite pour agripper son bras.

— Il faut vraiment te trouver d'autres chaussures, bougonne-t-elle, en me tenant fermement. Tu me racontes ? Elle a utilisé sa magie ?

— C'est grâce à Dream si on s'en est tirés. À la sortie du lycée, un groupe d'hommes armés nous attendait. Elle a créé un sortilège d'illusion, qui a semé suffisamment le trouble pour nous permettre de fuir.

— Elle est trop forte, ma frangine.

— Carrément, approuvé-je.

Gage allonge Dream sur le canapé du salon, pendant que moi, je rejoins Chad dans sa chambre, ou Cam l'a installé.

— J'ai besoin de ciseaux et d'une trousse à pharmacie, articulé-je, en prenant place à côté du blessé.

— Je vais voir ce que je peux trouver, rétorque Cameron en quittant la pièce.

— Comment te sens-tu ?

— Crado... Et ce n'est pas pour faire ma chochotte, mais je mentirais si je disais que je ne souffre pas.

Je ne réponds pas et me contente de sortir de la chambre. J'ouvre la première porte à gauche dans le couloir. Derrière, je découvre ce qui doit être la chambre du shérif. Je me dirige vers la dernière, juste en face, et bingo ! La salle de bain dans les tons bleu pâle me tend les bras. Je récupère un gant, une serviette, ainsi qu'une bassine, dans laquelle je fais couler de l'eau tiède accompagnée d'une bonne dose de savon. J'en profite pour chercher des médicaments ou un peu de matériel médical, mais c'est à croire que les loups-garous ne sont jamais malades ni blessés.

— Pour la douleur, annoncé-je en revenant dans la chambre de Chad, dans l'immédiat, je ne peux rien faire. Pour le reste en revanche, j'ai trouvé ce qu'il faut.

Je pose la bassine sur sa chaise de bureau, la serviette sur le dossier, puis la fais rouler jusqu'au bord du lit. Debout, je le regarde, intimidée. Je voudrais l'aider, mais je n'ose pas.

— Merci, souffle Chad.

Il tend sa main valide, se penche légèrement pour attraper le gant, et une grimace s'empare de ses traits.

— Laisse-moi faire, balbutié-je, en reprenant ma place à ses côtés.

Dans un silence des plus gênants, je plonge mes doigts dans l'eau savonneuse, essore le gant, et entreprends de nettoyer le sang sur son torse. La couleur de l'eau dans la bassine adopte vite une teinte rosée, puis rougeâtre.

— Le foulard... réalisé-je en essuyant les traces d'hémoglobine le long de son bras.

— J'ai dû le perdre au moment où l'on s'est mis à courir. Je suis désolé. Je sais que tu me l'avais confié, alors que tu ne possèdes pas beaucoup d'affaires.

— Non, ce n'est pas grave, en soi. Mais tu te retrouves sans protection.

Je me débarrasse du gant, puis je sèche mes mains avant de retirer le pendentif.

— Je te l'ai offert, s'insurge Chad. Tu ne peux pas me le rendre.

— Oh, mais rassure-toi ! Je compte bien le récupérer. En attendant, tu en as plus besoin que moi.

Je le glisse autour de sa tête, et lorsque mes doigts atteignent son cou, je les laisse sur ses épaules. À moitié penchée au-dessus de lui, mon regard se dirige vers ses lèvres. Je sens sa main valide se poser sur ma taille, et c'est le déclencheur. Après tout, il a bien dit que c'était à moi de faire le premier pas. Je m'approche lentement, encore hésitante. Il sourit, puis soulève la tête pour conquérir les derniers centimètres qui nous séparent. Son baiser est tendre, chaud et un peu prude, à l'image de notre relation. Mais il suffit à réveiller toutes les hordes de papillons furieux dans mon ventre.

— Je n'ai trouvé que... Ah ben, enfin ! C'est pas trop tôt !

L'irruption de Cameron dans la chambre me surprend tellement, que je bondis sur mes pieds. La chaise de bureau roulante, emportée par mon élan, fonce sur Cameron, qui grâce à ses réflexes de loup-garou, la stoppe avant la catastrophe.

— C'est bon, pas la peine de rougir, me taquine-t-il, en me tendant un sac en papier. J'ai amené des ciseaux, un tube d'aspirine, des bandages et un baume cicatrisant. Je sais pas trop ce qu'il vaut, parce qu'il traînait au fond de l'armoire à pharmacie du vieil André.

— Qui est André ? demandé-je.

La réponse ne m'intéresse pas vraiment. Le but consiste surtout à détourner son attention du spectacle auquel il vient d'assister.

— Le doyen du village. D'ailleurs, quand tu seras rétabli, capitaine, je pense que ça serait bien que tu ailles le trouver pour lui expliquer que nous ne sommes plus en froid avec les sorcières. Avec moi, il n'a rien voulu entendre.

Je me remémore alors ma conversation avec Chad, dans le grenier.

— Est-ce qu'André est le père de John ? Le John qui a dû quitter la meute, ainsi que Lakewood, en compagnie de Sarah ? Uniquement parce que son guide refusait qu'ils soient ensemble, c'est ça ?

— Ah, mais tu es au courant de tout, en fait ! s'étonne Cam. Du coup, tu comprends aussi pourquoi on se cachait avec Bev. Mais, c'est cool ! Vous n'aurez pas ce problème tous les deux.

Flûte ! Moi qui voulais le distraire pour qu'il oublie ce qu'il venait de voir, c'est raté !

— Merci, Cam, le congédie poliment Chad.

— Ouais... OK. Si vous avez besoin de quoi que ce soit d'autre... Comme des capotes, par exemple...

— C'est bon, Cameron ! tonne Chad.

Il ferme la porte en m'adressant un sourire assorti de deux haussements de sourcils on ne peut plus explicites.

— Désolé, s'excuse Chad. Il est malin et loyal, mais il ne sait pas s'arrêter.

— Ce n'est pas grave, atténué-je, en fouillant dans le sac pour en sortir les ciseaux. Avant toute chose, je devrais changer l'eau dans la bassine.

À mon retour, je découpe délicatement les bandes de scotch pour retirer le pansement de fortune. Chad a tendance à grimacer.

— Tsss… Une bonne infirmière distrairait son patient, pour le détourner de la douleur.

— Je suis navrée, seulement, tu es au courant que je ne suis pas infirmière. Mais admettons. Que proposes-tu ?

— Je suis resté sur ma faim, chuchote-t-il sur le ton de la confidence.

Je sens mon cœur s'emballer, et le sang me monter aux joues. Il m'offre un sourire charmeur, tapote sa bouche avec son index, et hoche légèrement la tête en accompagnant son geste d'un clin d'œil. Je me mords la lèvre inférieure tout en me penchant vers lui. Cette fois, son baiser est plus profond, plus passionné. Son parfum boisé et épicé s'insinue dans chacune de mes cellules. Il affole mes sens, et génère une série d'images toutes plus indécentes les unes que les autres. Je laisse mes mains caresser ses abdominaux d'acier, prête à libérer l'envie furieuse d'explorer son corps.

— Du calme, miss coco, me tempère Chad, en saisissant mes poignets. Si tu continues comme ça, je ne suis pas certain de pouvoir me contrôler encore très longtemps.

Je pouffe, à la fois flattée et aussi un peu gênée.

— C'est toi qui m'as demandé de détourner ton attention de la douleur, lui rappelé-je, taquine.

— C'est vrai… Seulement l'effet que tu produis sur mon loup et sur moi est beaucoup trop intense.

Il baisse les yeux vers son pantalon, et je découvre un renflement qui n'a rien d'habituel. Si j'osais, je lui confierais volontiers dans quel état je me trouve également, mais je préfère respirer un grand coup, et m'atteler à finir de décoller délicatement tout le scotch qui adhère encore à sa peau. Le moins que je puisse dire, c'est que j'ai été généreuse. Enfin, je retire le pansement, et entreprends de tout nettoyer, quand je réalise que…

— Mais… ta plaie… On dirait qu'elle a déjà cicatrisé.

— Oups…

— Comment ça, oups ? Tu veux dire que tu as joué la comédie pour que…

Il ne me laisse pas finir. Chad fond sur moi à la vitesse de la lumière, me bascule en arrière et s'empare de nouveau de mes lèvres avec fougue et tendresse à la fois.

— Désolé, avoue-t-il en me libérant suffisamment pour pouvoir parler. J'en avais trop envie. Mais, si ça peut jouer en ma faveur et atténuer ma potentielle sentence, sache que ce n'est cicatrisé qu'en surface. Les muscles et le reste mettront plus de temps pour se reconstituer entièrement. L'organisme pare au plus pressé en stoppant l'hémorragie. D'ailleurs... Je me sens un peu con de dire ça, mais à force de me tenir en appui au-dessus de toi, mon épaule s'est engourdie. Si tu pouvais me donner un petit coup de main.

Cette fois, j'explose de rire, avant de m'exécuter.

Assise au bord du lit, je le regarde attraper un tee-shirt propre dans son armoire. Je n'en reviens pas qu'un garçon comme lui s'intéresse vraiment à moi.

— Je suppose que les autres, tout comme moi d'ailleurs, attendent avec impatience de savoir ce que t'a dit Victor.

Victor... Le Damhaath... Angus, Lira et le shérif...

Durant un moment, je n'étais plus qu'une adolescente ordinaire, qui découvrait le plaisir d'embrasser un jeune homme incroyablement sexy. Mais c'est terminé. Ces pensées renvoient mes hormones surexcitées dans une dimension parallèle. Elles cèdent de nouveau la place à la culpabilité et aux questions effroyablement inquiétantes.

— Tu as raison, affirmé-je en me levant. Allons les voir.

En arrivant dans le salon, je constate avec joie que Dream s'est réveillée. Une tasse de thé fumante entre les mains, elle a encore besoin de reprendre quelques couleurs. Ils sont tous installés sur les fauteuils, ou sur le tapis, en train de lire les bouquins d'Angus. En les voyant si sérieux, je m'en veux de mes moments d'égarement avec Chad dans la chambre.

— Tu te sens mieux, capitaine ? l'interroge Cameron.

— La blessure s'est refermée. Maintenant, ça serait bien que Léa nous dise si nous avons fait tout ça pour rien, ou si au contraire, on en revient avec des informations utiles.

Chad se rend dans la cuisine pour récupérer une chaise, sur laquelle il s'assoit. Il saisit ma main, me ramène à lui, et finit de me guider pour que je m'installe sur sa cuisse.

— Nous t'écoutons, m'encourage-t-il, en encerclant ma taille avec ses bras puissants.

Chapitre 23

— Des miroirs ? répète Bev, une fois mes explications terminées.

J'entortille mes doigts autour de ceux de Chad, pour me donner du courage. J'ai la fâcheuse impression que même si l'on revient avec quelques infos sur le voile, et sur ce qu'il s'y passe, je nous ai mis en danger pour pas grand-chose. Bien sûr, il y a aussi cet indice, qui paraît quand même important... mais à cet instant, cela ne me semble pas suffisant.

— Je n'ai pas entendu la suite, à cause des coups de feu.

Aussitôt ma phrase achevée, la porte d'entrée s'ouvre sur l'adjoint Riley, accompagné de Gordon.

— Quels coups de feu ? gronde le premier.

— Et c'est reparti pour un tour de manège, ironise Cameron.

— Non ! s'interpose Chad, qui me soulève pour nous relever tous les deux en même temps.

Je ne me savais pas aussi légère, soit dit en passant.

— Avant, j'aimerais que vous me disiez si vous avez retrouvé mon père ? Ou qui que ce soit d'autre.

— Malheureusement pas, avoue l'adjoint Riley en regardant Dream, droit dans les yeux. Je suis désolé. Mais on a peut-être une piste, poursuit-il en se tournant de nouveau vers Chad. D'après la conversation WhatsApp, il semblerait que le maire soit l'organisateur de cette chasse aux surnaturels. Nous avons décidé de forcer la porte de sa maison, dans l'espoir d'y trouver des indices.

— Et alors ? l'encourage Dream.

— Nous avons découvert une salle avec de nombreux trophées, comme des têtes ou des animaux entiers empaillés. On a donc supposé qu'il possédait un pied à terre dans la forêt. On a fini par remarquer ce qui était juste sous notre nez. Des photos aux murs et sur ses meubles, où il pose devant une cabane de pêcheurs, pour immortaliser ses prises.

— Est-ce que tu sais où elle se trouve ? poursuit Dream.

Je m'étonne de l'entendre tutoyer l'adjoint Riley. Et à voir les airs surpris de mes camarades, je ne suis pas la seule. D'ailleurs, même l'intéressé rougit légèrement.

— On s'est rendu à la mairie, et on a forcé le bureau du cadastre. Les cartes sont dans la voiture. Mais on va avoir besoin de renforts pour sillonner les environs. C'est pour ça que nous sommes repassés par ici. Et vous, de votre côté ?

Je répète très rapidement ma conversation avec Victor, et alors que je termine à peine, Gordon semble en effervescence.

— Je veux voir tous les livres que nous avons rapportés.

Nous nous levons pour les réunir et les déposer tous sur la table basse, au centre du salon. Il les écume les uns après les autres, en ponctuant chaque titre d'un « non » agacé, avant d'écarter le bouquin concerné sur le côté.

— J'étais persuadé que nous avions apporté le grimoire de Bridget Bishop, ronchonne-t-il. Est-ce que je me serais trompé ?

— Ce nom ne me dit rien, hésite Hope, qui dévisage sa sœur.

— Non, moi non plus, confirme Dream, en se tournant vers Beverly.

— Ce n'est pas la peine de me regarder. Tu penses bien que si je savais de quoi il parle, je l'aurais déjà dit.

— Éléanor ? me demande Gordon en désespoir de cause.

— Je suis désolée, mais ça ne me dit rien non plus.

Désappointé, il se laisse choir sur le canapé, là où était assise Hope. Il sursaute aussitôt, et sort de sous ses fesses l'énorme grimoire à la couverture noire toute simple que Hope ne lâche quasiment plus.

— Ah, ben le voilà ! s'exclame-t-il, rassuré. Je ne l'avais pas rêvé. La dernière descendante des Bishop, Andréa, refusait que l'héritage d'une sorcière brûlée à Salem en 1692 se perde dans la nature. Ses ancêtres avaient émigré ici, à Lakewood, pour profiter de la protection des lycanthropes. Elle a choisi de confier le grimoire à l'institution. À l'époque, le seul représentant était Angus. Il l'a récupéré peu de temps avant votre naissance, les filles.

— L'institution ? répété-je.

— C'est ainsi que l'on nomme l'ensemble des guides, m'explique Dream, parce que Gordon a déjà le nez penché sur les écrits.

— Exact, confirme-t-il. Et même si j'ai eu la chance de pouvoir le feuilleter une fois, je suis loin d'en connaître le contenu par cœur. Pourtant... il me semble bien...

Gordon tourne les pages granuleuses avec une certaine frénésie. Son index parcourt les textes rapidement.

— Qui lisait ce grimoire ?

— C'est moi, annonce Hope en s'avançant. Mais comment savez-vous qu'il a appartenu à Bridget Bishop ?

— C'est mentionné sur la dernière page, bougonne-t-il. Est-ce que par hasard, tu te souviendrais d'un passage sur les courants telluriques ?

— Oui, bien sûr. En plus, il est facile à retrouver, parce qu'ensuite, plusieurs pages sont vierges.

— Tu fais erreur, jeune fille, elles sont loin d'être vierges. Montre-moi.

Hope s'empare du livre, le pose sur la table basse et fait défiler les pages.

— Pendant qu'elle cherche, annonce-t-il à l'adjoint du shérif, pourriez-vous amener les cartes de la voiture, s'il vous plaît ?

— Bien sûr.

Le temps qu'il s'exécute, Hope retrouve le texte. Gordon soulève le grimoire en direction de la fenêtre.

— Nous allons avoir besoin d'un chaudron, ordonne-t-il. D'une clochette, d'une petite branche de peuplier ou de sorbier, d'une bougie blanche, d'eau de lune, de fleurs de jasmin, de muscade, de clous de girofle, et de feuilles de laurier. Ah, et des cendres bien sûr. De chêne de préférence, mais ce n'est pas une obligation.

Il se retourne, et comme personne n'a bougé d'un poil, son visage se décompose.

— Quoi ? Ne me dites pas que l'on a pensé à prendre des livres, mais aucun ingrédient pour pratiquer la magie.

— J'ai une mallette dans ma voiture, annonce Beverly, mais il n'y aura pas tout.

— Tu as pu venir jusqu'ici avec ton cabriolet ? m'étonné-je.

— Cameron a changé les pneus, exprès. Donc oui, il est garé sous le hangar.

— Très bien, allez la chercher, et voyez si vous pouvez réunir les ingrédients manquants en allant taper aux portes. Et tant que vous y êtes, demandez-leur de vous confier tous leurs miroirs. J'ai peut-être une idée… Mais avant…

Il tend son bras pour barrer le passage à Bev, qui s'apprête à récupérer sa veste sur la patère à côté de l'entrée.

— Par pitié, dites-moi que vous avez de l'eau de lune, dans votre mallette.

— Évidemment ! Pour qui me prenez-vous ? Je ne suis pas une débutante.

Accompagnée de son chevalier servant, Beverly sort de la maison.

Une heure plus tard, environ, nous nous réunissons autour de la table de la cuisine. Dream et moi d'un côté, Bev et Hope de l'autre. Gordon nous a indiqué comment procéder. Comme Dream est encore faible, et que d'après notre guide par intérim, il vaut mieux que je conserve mes forces pour ce soir, Beverly prend en charge le plus gros du sortilège. Pour ce faire, elle a récupéré Hadès chez la voisine, pendant que Prozac se détend les pattes dehors avec Gage. Il n'était pas très enthousiaste à l'idée de jouer le *dog-sitter*. En même temps, je crois que le jour où nous le verrons enthousiaste à l'idée de quoi que ce soit, nous assisterons à un bouleversement climatique de grande envergure.

Entre le livre grand ouvert et les cartes dépliées, nous plaçons plusieurs petits tas de cendres. Beverly agite la clochette, avant d'allumer la bougie d'anniversaire blanche, qui, par chance, représente un chiffre important pour notre coven, le 4. Puis, avec la branche en peuplier qui s'apparente à une baguette, elle mélange les herbes à l'eau de lune en tournant trois fois dans le sens horaire. Il ne nous reste plus que l'incantation à réciter ensemble, tout en se tenant les mains. Hadès, assis sur la table, se joint aussi à notre oraison.

— Nous demandons aux Dieux anciens, à la Lune et à Neptune de nous livrer les mystères du grimoire de Bridget Bishop. Montrez-nous où se trouve le point d'accès pour stopper le Damhaath. Qu'il nous soit clairement dévoilé, pour notre bien, et pour celui de tous les surnaturels. Nous vous rendons grâce d'être exaucées.

La magie de mes sœurs s'infiltre en moi au fil des mots que nous répétons plusieurs fois. Je sens la mienne crépiter sur ma peau, mais je conserve les yeux fixés sur notre but. Ne pas se déconcentrer, Gordon s'est montré très pointilleux à ce sujet. Enfin, après plusieurs minutes, les cendres forment de petits chemins, qui sillonnent les pages blanches, jusqu'à dessiner un véritable plan superposable aux cartes du cadastre.

— Nous remercions les Dieux anciens, la Lune et Neptune de nous avoir apporté leur aide.

Épuisées, nous relâchons notre vigilance, sans nous départir pour autant de nos sourires satisfaits. Pour la première fois, et sans s'y reprendre à deux ou trois tentatives, nous sommes parvenues à synchroniser nos pouvoirs. Maintenant, seul Gordon, qui est déjà penché sur le résultat, peut nous dire si nous avons vraiment excellé ou non.

— Vous devriez manger quelque chose de sucré, les filles, nous conseille-t-il. Ça vous aidera à récupérer plus vite.

Chad s'éloigne aussitôt en direction de ma veste, pour en sortir le reste du paquet de Dragibus. Ensuite, il fouille les placards de la cuisine, et pose deux tablettes de chocolat au lait, ainsi que des guimauves.

Tandis que seuls les bruits de mastication et de papiers froissés résonnent dans la pièce, la porte d'entrée s'ouvre sur le visage de Gage, rougi par le vent glacial.

— J'peux rentrer, c'est bon ? Parce que je crois que le chien...

Il n'a pas le temps de terminer sa phrase, que Prozac le bouscule pour se réfugier au chaud. Hadès, en sécurité sur la table, ne bouge pas, pendant que le labrador se jette dans les pieds de Hope pour quémander une sucrerie. Elle regarde sa sœur, pour vérifier si la voie est libre ou non. Mais Dream lui fait les gros yeux.

— Désolée, mon beau. Je vais encore me faire engueuler si je te donne quelque chose.

— Bon, je crois que j'ai un plan pour ce soir, annonce Gordon en se relevant.

— Tant mieux, souffle Cameron, parce qu'on va devoir se grouiller. Le soleil va plus tarder à se coucher.

— Déjà ! s'exclame Gordon. OK ! Adjoint Riley, comment est-ce que l'on peut se rendre ici ?

Avec son index, il indique un point sur la carte, proche d'une vaste étendue d'eau.

— En cette saison, et avec la neige qui est tombée aujourd'hui, ce ne sera pas évident. Même avec des véhicules équipés de roues motrices. À part à pied, je ne vois pas.

— En combien de temps pouvons-nous y être ?

— Entre le trajet en voiture et la partie pédestre, je dirais, au moins deux heures, si ce n'est pas trois.

— D'accord. Les filles, vous allez devoir tenir compte de ce paramètre. Ça signifie que nous arriverons sur place entre 19 et 20 heures. Est-ce que vous avez demandé aux habitants de vous fournir tous les miroirs qu'ils pouvaient ?

— Ils sont tous là, répond Chad en indiquant un ensemble de poches et de cartons, contre lesquels, certains, trop grands, sont juste en appui.

— Parfait. Les miroirs sont des portails qui conduisent vers différentes dimensions. Que ce soit le voile, ou autre. Les lycans, vous allez accompagner les filles. Grâce aux protections que vous portez, vous pourrez les briser sans risquer une malédiction ni quoi que ce soit. Votre mission à tous les trois, ce sera d'en disposer un maximum autour du chalet. Que ce soit au niveau du sol, dans les arbres, partout où vous pourrez, et à toutes les hauteurs possibles. Est-ce que c'est clair ?

— Très clair, acquiesce Chad.

— Alors, vous pouvez commencer à les charger. Il n'y a pas de temps à perdre !

Chad adresse un signe autoritaire à Cameron et Gage, et tous trois s'exécutent sans attendre.

— Il n'y a que le grand, là ! leur crie Gordon. Ne le cassez surtout pas. Il faut le laisser en l'état, et le mettre à l'intérieur du chalet, avec les filles.

— D'accord, confirme Chad, en le prenant aussitôt dans les bras. Je m'en occupe personnellement.

— Le chalet a été construit sur un croisement de courants telluriques, poursuit Gordon en nous l'indiquant sur la carte tracée avec la cendre. Grâce à leur densité électrique, vos pouvoirs sont amplifiés. Le Damhaath a certainement profité de leurs présences pour s'échapper. Mais c'est aussi cette force qui va se retourner contre lui. Le but des miroirs à l'extérieur est de permettre au Damhaath de sortir de la dimension où il se cache, et cela par l'issue de son choix. Par contre, il y a deux facteurs dont j'ignore les conséquences. La première, c'est que si lui peut s'extraire du voile, d'autres entités pourraient peut-être se joindre à la fête. Il faudra espérer que si c'est le cas, ces esprits se montreront moins agressifs. La seconde, c'est qu'une fois dans notre dimension, je ne sais pas si le Damhaath reprendra une forme charnelle ou pas. Mais malheureusement, vu le degré d'urgence, je n'ai pas de meilleure idée. D'un autre côté, vous allez placer le grand miroir au centre du cercle, à l'intérieur du chalet.

Pensez avant à bien ouvrir le portail, ou le piège si vous préférez. J'ai besoin d'une feuille et d'un stylo, exige-t-il en claquant des doigts.

— Dans mon sac à main, sur la patère, au salon, m'informe Beverly.

Comme je suis la plus proche, je vais le chercher au pas de course et reviens m'asseoir, attendant la suite des instructions.

— Avec une lame en argent, vous devrez vous entailler l'index, pour écrire avec votre sang. Un don de soi est impératif pour réussir ce sortilège. Chacune d'entre vous devra reproduire cette rune.

Gordon s'empare du stylo et de la feuille, où il trace un Z à l'envers, avec deux barres obliques au lieu d'une seule.

— Ensuite, vous devrez réciter cette incantation.

Il continue d'écrire, pendant que nous nous observons dans le plus grand silence. Je sens la pression monter. Le stress qui me serre la gorge, au point d'empêcher le moindre mot de s'y faufiler. Mon ventre se noue, et des frissons de hantise se précipitent le long de mon dos, déclenchant une série de sueurs froides. Ma paupière s'excite, presque autant que mon cœur.

— Pas d'herbes ? Ni de bougies ou autres supports pour renforcer le sortilège ? s'étonne Hope.

— Non, rétorque Gordon, péremptoire. Dans la culture vaudou, ils pratiquent surtout les sacrifices. D'où l'importance du don de soi par le sang. Je me base sur leurs rituels, parce que je me suis souvenu qu'ils utilisaient les miroirs pour capturer les mauvais esprits ou les créatures maléfiques. Ensuite, ils les brisaient pour les emprisonner. Comme c'est Marie Laveau, qui a la première fois arrêté le Damhaath, je suppose... Enfin, j'espère que ce procédé fonctionnera pour vous. Mais je vous avertis, les filles, je suis dans l'improvisation totale, tout comme vous. Si ça dérape, vous devrez vous adapter rapidement. Je ne suis pas du tout certain que cette méthode va marcher. Seulement, si vous ne le stoppez pas ce soir... je doute que nous ayons une seconde chance. L'avenir de tous les surnaturels est entre vos mains.

Il pose le stylo, plie la feuille en quatre, et me la tend.

— Vous devriez profiter du trajet en voiture pour l'apprendre par cœur. Et quoi qu'il arrive, surtout, ne vous séparez pas.

Rappelez-vous que vos pouvoirs sont amplifiés par les courants telluriques, c'est un fait, mais la clé, c'est surtout votre sororité et votre cohésion.

Chapitre 24

Nous quittons le village tous en même temps, mais avec deux missions distinctes.

Après avoir photographié l'incantation avec nos smartphones, Cameron s'installe au volant du cabriolet de Bev, en compagnie d'Hadès, bien sûr, de Dream et de Gage. De mon côté, je grimpe dans la Jeep avec Chad et Hope. Nous nous sommes répartis ainsi pour mieux nous épauler dans l'apprentissage du sortilège.

Le ciel, qui est resté voilé toute la journée, est encombré d'énormes nuages noirs. Les minutes défilent à une vitesse folle. Nous disposons de peu de temps pour atteindre le chalet.

Dans le rétroviseur, j'aperçois les phares du cortège de voitures qui nous suit, avec l'adjoint du shérif et Gordon en tête. Arrivés au bout du chemin, là où nos routes se séparent, les conducteurs déclenchent leurs feux de détresse, en guise de salutations et d'encouragements.

La peur et le stress bloquent de nouveau ma respiration. Mon cœur peine à pomper le sang. La main chaude de Chad recouvre la mienne, ce qui m'apaise suffisamment pour permettre à mes neurones de trier les informations essentielles. Chaque chose en son temps, tempérerait Lira.

Lira...

Mes pensées filent encore dans une autre direction, entraînant avec elles son lot d'inquiétude.

— Tu t'en sors, toi, avec cette incantation ? rouspète Hope, à l'arrière. Elle est trop longue. Je me mélange les paroles à chaque tentative.

Je me penche sur la feuille que j'ai conservée, et relis les lignes écrites par Gordon. C'est vrai qu'elle est fastidieuse, d'autant plus qu'il faut répéter plusieurs fois les mêmes phrases, entrecoupées par d'autres psaumes. Il aurait pu essayer de faire plus simple.

— On va la réciter ensemble, peut-être qu'à force, ça rentrera, proposé-je.

Lorsque nous arrivons devant la maison de Beverly, je connais le texte par cœur. De son côté, Hope a encore quelques hésitations. Mais je pense qu'entraînée par le reste du coven, ou en tout cas je l'espère, les mots lui viendront sans souci.

En descendant de la Jeep, quelques gouttes de pluie, fines et froides, emportées par le vent qui se lève, échouent sur mon visage. À choisir, je préfère cette météo à la neige. D'autant que dans la précipitation, je porte toujours mes bottines aux semelles lisses comme une peau de bébé. Nous prenons chacun un carton, un sac ou le grand miroir pour Chad, et longeons le chemin qui sillonne à travers les bois.

Lorsqu'un éclair s'incruste entre les épais nuages sombres, je sursaute. Les petits amas de neige, qui restaient de ce matin, fondent sous les gouttes. À ce rythme, dans quelques heures, ce sentier ne sera plus qu'une coulée de boue. Et quand le coup de tonnerre retentit, en même temps qu'une branche craque et chute un peu plus loin sur notre droite, je bondis une seconde fois.

— Je vais à l'intérieur avec les filles pour poser le miroir, et je viens vous aider ! crie Chad à Gage et Cameron.

Beverly embrasse son loup, en prenant son visage en coupe entre ses mains. Je distingue à peine le mouvement de leurs lèvres au moment où ils échangent quelques mots, puis elle fonce vers le chalet.

Mes cheveux, ainsi que mes vêtements, gouttent sur le plancher. Pareil pour mes sœurs. Même Hadès a l'air d'un gros rat avec sa fourrure gorgée d'eau. Mais pas le temps de se mettre à l'aise. Hope et Dream poussent le canapé sur le côté, pendant que Beverly et moi sortons la table et les chaises pour libérer un maximum de place au centre de la pièce à vivre. Chad dépose le miroir au sol, puis m'observe un instant. Il me prend la main, et me guide derrière lui, jusqu'à la porte.

— Quoi qu'il arrive, dit-il en écartant des mèches de cheveux collées sur mon visage, je veux que tu saches que je suis content de t'avoir rencontrée.

— Moi aussi, soufflé-je.

Il se penche, en direction de mes lèvres, et je me hisse sur la pointe des pieds pour l'embrasser, quand le cor de chasse retentit.

— Oh ! aspiré-je, en me reculant, les mains sur la bouche. Vite ! On a plus le temps !

Paniquée, je pousse Chad à l'extérieur, avant de rejoindre mes sœurs autour du miroir. Assise en tailleur, Beverly entaille son index, lorsque le carillon entame sa terrible complainte. Elle passe le petit couteau en argent récupéré au village à Hope, qui l'imite. Arrive le tour de Dream, puis le mien. Ensemble, nous traçons chacune une rune dans un angle du miroir.

Je me souviens tout à coup que Gordon voulait que nous gagnions du temps pour leur permettre de trouver et d'éventuellement, libérer les autres victimes du Damhaath. Or, nous n'avons pas eu la possibilité d'approfondir ce point. Tant pis ! Je suppose que le plus important est de le neutraliser, quoi qu'il en coûte.

Hadès se place à côté de sa sorcière pour la soutenir dans ce moment crucial, puis nous joignons nos mains. Après un hochement de tête qui marque le début du rituel, nous entamons l'incantation.

— Esprits, spectres, goules ou fantômes, ayez peur maintenant de la puissance des anciens Dieux, de la Lune et du Soleil. Fuyez cet endroit où… Aaaahhh !

La porte d'entrée, emportée par une bourrasque, s'envole à travers la pièce. Mes cheveux claquent en fouettant mon visage. Le tonnerre gronde de plus en plus fort.

— On reprend ! crie Hope.

— Esprits, spectres, goules ou fantômes, ayez peur maintenant de la puissance des anciens Dieux, de la Lune et du Soleil. Fuyez cet endroit où vous étiez tombés et mis en liberté, et soyez en paix dans votre repos éternel. Quant à toi, notre ennemi, entends-nous ! Damhaath, ta place est ailleurs. Le cercle de la forêt nous protège. Le cercle de la forêt t'enferme dans ce miroir et te bannit à tout jamais. Entends-nous, Damhaath. Le cercle de la forêt nous protège. Tu n'as aucun pouvoir sur nous. Le cercle de la forêt t'enferme dans ce miroir et te bannit à tout jamais.

Mes sœurs me dévisagent. Je sais ce qu'elles attendent. Moi aussi, je voudrais pouvoir leur dire que c'est bon, que tout est terminé, mais je sens bien que l'on est loin du compte. Je n'ai pas ressenti leur magie, ni même la mienne, entrer en action. Je crois que nous sommes trop apeurées, anxieuses, et frigorifiées.

— Nous devons nous concentrer davantage, les encouragé-je. On ne doit pas seulement réciter, on doit…

Un cri, en provenance de l'extérieur, accompagné de hurlements de loups, m'interrompt.

— Cameron ! s'exclame Bev, qui bondit sur ses pieds, avant de s'élancer vers la porte.

— Bev, non ! s'écrie Dream.

— Attends ! tente de la stopper Hope.

Trop tard. Elle est déjà dehors, au milieu de l'orage, des loups-garous, et probablement d'autres choses beaucoup plus dangereuses.

— Désolé, s'excuse Hadès, en courant à son tour vers la sortie. Je ne peux pas l'abandonner.

Nous hésitons un instant, alors qu'il n'y a pas à hésiter.

— On continue ! ordonné-je, en tendant le bras pour attraper les doigts de Hope.

— À toutes les trois, on n'y parviendra pas, s'alarme Dream qui cherche à dégager sa main de la mienne pour se lever. On doit la ramener à l'intérieur.

— Non ! Il faut qu'on essaie. On n'a pas le choix. Imagine qu'il nous arrive quelque chose, n'importe quoi. Notre place est ici.

— Éléa a raison, Dream, confirme Hope. Pour papa et maman.

Les larmes aux yeux, Dream relâche la pression dans son bras.

— On se concentre, articulé-je. Sur notre magie, sur celle des deux autres. On les sent vibrer et se mélanger.

Au fil des mots, l'alchimie opère. Ma peau scintille. Celle de Hope s'assombrit, tandis que Dream revêt un large éventail de couleurs.

— Esprits, débutons-nous à l'unisson, spectres, goules ou fantômes, ayez peur maintenant de la puissance des anciens Dieux, de la Lune et du Soleil. Fuyez cet endroit où vous étiez tombés et mis en liberté, et soyez en paix dans votre repos éternel. Quant à toi, notre ennemi, entends-nous ! Damhaath, ta place est ailleurs. Le cercle de la forêt nous protège. Le cercle de la forêt t'enferme dans ce miroir et te bannit à tout jamais. Entends-nous, Damhaath. Le cercle de la forêt nous protège. Tu n'as aucun pouvoir sur nous. Le cercle de la forêt t'enferme dans ce miroir et te bannit à tout jamais.

Nous répétons notre litanie deux fois de plus, quand une vision s'impose à mon esprit. D'abord une estrade, surmontée d'une poutre, à laquelle se balancent des corps sans vie au bout de cordes à nœuds coulissants. Je reconnais cette silhouette musclée et ces cheveux roux. Chad... Non ! Ce n'est pas possible ! Puis des brasiers ardents dominés par d'immenses croix en bois en train d'emporter dans le trépas les pauvres créatures qui y ont été attachées. Ce ne sont pas de simples créatures. Ce sont mes sœurs. Leurs cris me tordent les boyaux.

— Éléanor, tonne le Damhaath. Tu m'appartiens. Toi et moi sommes une seule et même entité. Tu m'as trahi en venant avec tes amis. Mais je suis prêt à t'accorder une dernière chance. Accepte de m'accueillir, et je te promets de leur laisser la vie sauve. Sinon, sache que je réserve déjà à chacun d'eux, une mort lente et douloureuse, à laquelle tu assisteras.

Mes yeux brûlent de fureur et de peur. Je sens des larmes chaudes glisser sur mes joues glaciales. Des ténèbres m'encerclent et m'engloutissent. Claire comme le jour, j'entrevois la solution, en même temps que ces deux grands yeux orangés qui percent l'épais brouillard. Je dois lui céder mon corps. Il n'y a que de cette façon qu'il deviendra vulnérable. Tant qu'il restera informe, nous ne pourrons rien contre lui. Mes sœurs ne pourront rien contre lui.

— D'accord, lâché-je entre mes dents.

Le cor de chasse résonne de nouveau, suivi du carillon, et à cet instant, je sais que c'est pour moi. Mon cœur se serre à l'idée de ne pas avoir embrassé Chad une dernière fois. Je ne connaîtrai jamais la douceur de ses caresses sur mon corps ni la fusion de nos enveloppes charnelles. Je ne passerai jamais mon diplôme, et ne verrai jamais la tour Eiffel. Je ne me marierai jamais, et n'aurai pas d'enfant. Mais au moins, le monde sera sauf.

Une perle de sueur glisse le long de ma joue. Je voudrais libérer mes mains de celles de mes amies, pour ne pas leur faire subir le choc que je m'apprête à encaisser, mais j'en suis incapable. Je tente de déglutir, seulement ma gorge est sèche. Ma respiration se bloque. Ma vue se trouble. C'est alors que, comme la première fois, je suis éjectée de mon propre corps. La tête penchée en arrière, mes yeux s'illuminent d'une couleur orange vif.

Chapitre 25

Mes sœurs sont d'une vivacité redoutable. Hope surtout, puisqu'elle s'éloigne aussitôt, imitée par Dream.

— Où est… ?

Hope n'a pas l'occasion d'achever sa phrase. Cameron entre, nu et trempé jusqu'aux os, suivi de Gage et de Chad, également en tenue d'Adam. Cam porte Beverly dans ses bras, qui a l'air d'être inconsciente. Sa mèche grise est imbibée de sang. Il la dépose sur le canapé, vers lequel Dream se précipite, tandis qu'à l'opposé dans le salon, je vois mon corps se lever. Enfin non, c'est le Damhaath qui se lève. Puis, il se dirige vers la sortie.

— Empêchez-le de partir ! hurle Hope.

— Quoi ? s'étonne Chad.

Une chance, Gage étant plus pragmatique, il ne réfléchit pas, et se jette sur moi… sur le Damhaath.

Bien que si j'arrive à réintégrer ma pauvre carcasse, après un choc pareil, je risque d'avoir de sacrés hématomes. Gage plaque le Damhaath au sol, qui tente de se démener. Comme mon sport favori se limite à tourner les pages des livres, il a certainement choisi d'investir l'enveloppe charnelle la plus mollassonne de tout Lakewood. Pas de bol !

— Le Damhaath s'est emparé du corps d'Éléa, explique Hope, en essayant de saisir les mains du Damhaath.

Chad, qui ne se le fait pas dire deux fois, intervient à son tour. Hope en profite pour se rendre dans la cuisine où elle fouille les tiroirs.

De l'autre côté, Dream file dans la chambre. Elle revient, en tenant un vieux drap franchement dégoûtant, mais vu les circonstances, impossible de faire la difficile. Cameron s'en empare et l'appuie sur la tête de Bev. Bien qu'apparemment, le saignement se soit déjà estompé, étant donné que le canapé est toujours aussi jaunâtre.

— Mettez-le sur une chaise, ordonne Hope aux garçons, en brandissant une grosse bobine de ficelle à rôti. Je n'ai pas trouvé mieux, mais bien saucissonné, je pense que ça suffira. Une chance pour nous qu'Éléa ne pratique pas la muscu.

Mouais... Je ne sais pas trop comment je dois interpréter l'allusion... Mais si les filles parviennent à dégager ce monstre pour que je puisse réinvestir les lieux, je leur en serai éternellement reconnaissante. Alors, je tâcherai de faire comme si je n'avais rien entendu.

Gage et Chad maintiennent mes bras dans mon dos, pendant que Hope noue les liens.

— Attends, intervient Chad qui récupère la bobine, pour s'en charger lui-même.

Il déroule toute la ficelle, en la faisant passer à la fois au niveau de mes poignets et de mes chevilles.

Gage, qui semble réaliser leur nudité, repart à l'extérieur. Il revient toujours torse nu, mais vêtu d'un jean. Il en porte deux autres pliés sur son avant-bras gauche, tandis que dans ses mains, il tient une espèce de serpillière grise. C'est lorsqu'il la dépose sur le canapé, au niveau des pieds de Bev, que je comprends qu'il s'agit d'Hadès. Lui aussi, tout comme sa sorcière, est inconscient.

Chad finit de tisser une véritable toile d'araignée autour de la chaise et du Damhaath, avant d'enfiler le pantalon que Gage lui tend. Puis il se tourne vers Hope. La colère que je lis sur son visage ne présage rien de bon.

— Tu m'expliques ? Pourquoi Beverly est sortie ? Qu'est-ce qui s'est passé ici, putain ?

Le Damhaath, qui jusque-là était resté muet, libère un rire du genre de ceux que l'on entend dans les films d'horreur. Enfin, du moins, je présume. Je n'en regarde pas. Mais en tout cas, il me glace le sang...

Façon de parler, bien sûr… Punaise ! Si je suis bloquée ainsi pour l'éternité, dans ce trou paumé en plus, je vais détester ma condition. Et puis, je ne me savais pas aussi caustique. Maintenant que je suis libérée d'un certain carcan, j'ai l'impression de pouvoir dire tout ce qui me chante. C'est très étrange.

— Je l'ignore, rétorque Hope. On a entendu un cri, et Bev a pensé que Cam était en danger. Du coup, on a quand même récité l'incantation à toutes les trois, mais…

D'un geste de la main, elle désigne le Damhaath. Chad se détourne en grognant.

— Quelle merde ! explose-t-il en se tenant la tête entre les mains. Et qu'est-ce qu'on est censés faire, maintenant ? Où est Léa ? Est-ce qu'au moins elle est encore… ?

Ses yeux s'emplissent de larmes de rage. Ses bras, son torse et son visage se couvrent d'un fin duvet roux. Chad s'éloigne de Hope, certainement pour contenir son loup qui menace de prendre le contrôle.

— Je n'en sais rien, chevrote Hope. Et qu'est-ce qui s'est passé dehors ?

— Des humains, intervient Gage. Sans doute envoyés par cette saloperie !

— Mais ? Vous ne les avez pas tués, quand même ? s'inquiète Hope, en se dirigeant vers l'extérieur.

Or, la pluie dense, combinée à la nuit, rend toute visibilité quasiment nulle.

— Non ! s'exclame Cameron derrière elle. Mais ils l'auraient mérité. Tout à coup, ils ont tourné les talons et se sont enfuis.

Sans doute au moment où le Damhaath a pris possession de mon corps. Peut-être que maintenant, il n'est plus capable de chuchoter aux oreilles des humains.

— Est-ce que ça pourrait coïncider avec le moment où le Damhaath est entré dans le corps d'Éléa ? interroge Hope.

— Peut-être ! Qu'est-ce que j'en sais ! s'énerve Cam, qui maintient toujours le drap contre la tête de Beverly.

— Si c'est le cas, rebondit Dream, tu crois que ça l'empêcherait désormais d'inciter les humains à attaquer les surnats ?

Bravo les filles ! Je vois que nous en arrivons aux mêmes déductions.

— Ça serait plutôt logique, confirme Hope.

— Mais ça ne nous dit pas comment dégager ce monstre du corps de Léa ! s'agace Chad.

— Non... se désole Hope.

La tristesse de mes amis me peine. Je les sens démunis, et cette sensation, par contre, génère une peur morbide chez moi. Mais si par mon sacrifice, j'ai empêché le Damhaath de nuire, alors, si c'était à refaire, j'agirais exactement de la même façon.

— Éléanor est perdue, s'amuse le démon. Il vous reste une chance de vous en tirer, mais uniquement parce que je le lui ai promis.

— Qu'est-ce que tu as fait, bordel ? s'énerve Chad.

— L'amoureux transi... se moque le Damhaath. Rassure-toi. Je n'ai rien fait qui aille à l'encontre de sa volonté.

Chad garde les sourcils froncés. Les poings aussi contractés que sa mâchoire, il est évident qu'il se retient de le frapper.

— Qu'est-ce que tu veux dire ? enchaîne Hope.

— Vous verrez. Vous n'attendrez pas longtemps. J'en suis certain. N'est-ce pas, Éléanor ?

— Elle nous entend ? renchérit Chad.

Le Damhaath ne répond pas. Il se contente de rire. Il est tellement sûr de lui, que si je le pouvais, je vomirais tripes et boyaux.

— Parle ! crie Chad, qui tremble de fureur. Est-ce que Léa nous entend ?

— Je crains que l'on n'en tire aucune info pertinente, se désole Hope, en posant une main sur le bras de Chad. Ces créatures sont vicieuses, et le mensonge est une seconde nature chez eux.

Un silence s'incruste un moment dans le chalet. Un calme teinté de colère et d'incompréhension.

— Est-ce que ce sont les humains qui ont blessé Bev ? demande Dream à Cameron.

— Oui et non, rétorque-t-il. Elle a sauté sur le dos de l'un d'eux, parce qu'il me semble qu'il me menaçait avec un fusil. Quand elle est retombée, sa tête a heurté quelque chose. J'ai compris que c'était grave, au moment où j'ai capté que le chat ne bougeait plus non plus.

— Hum... émet Bev, en levant une main en direction de la plaie.

Hadès aussi commence à se mouvoir.

— Comment tu te sens ? s'inquiète aussitôt Cameron, qui lâche le drap pour l'aider à se redresser.

On sait tous que si elle découvre cette immondice sur sa chevelure, même déjà souillée, elle va taper une crise maison.

— On a gagné ? demande-t-elle, en se tenant la tête.

— On peut pas dire ça, non ! ronchonne Chad, en s'approchant de Beverly. Et la faute à qui ?

Le Damhaath rit une nouvelle fois.

Cameron s'interpose tout en grognant en direction de son potentiel futur alpha. Les jumelles s'immiscent tout de suite entre eux, aidées par Gage qui oblige calmement Chad à reculer.

— Ça ne servira à rien de s'écharper, constate Hope. Cette saloperie se nourrit de la colère et du chaos. Plus nous allons nous engueuler, plus il montera en puissance. Et puis, ça ne fera pas revenir Éléa...

Les mots meurent dans sa gorge, et la crainte de rester bloquée ici grandit en moi. Si au début je prenais la situation à la dérision, en me concentrant sur la satisfaction d'avoir stoppé le Damhaath, j'avoue que maintenant... en voyant mes amis si tristes, et en les sentant si démunis...

— Revenir Éléa ? s'étonne Bev. Pourquoi vous dites ça ? Elle est là, non ?

Elle tend sa main libre en direction du Damhaath.

— Qui lui explique l'énorme boulette qu'elle a commise en sortant du chalet, au lieu de rester ici à réciter cette foutue incantation ? s'énerve Chad.

Bev lance un regard de chien battu en direction de Dream, qui se dévoue pour lui annoncer le nouveau problème qui se présente à elles.

— Et Gordon ? rebondit Bev, une fois que Dream a terminé. Il saura peut-être quoi faire. Combien de temps est-ce que j'ai perdu connaissance ? Vous avez des nouvelles ?

Chad ne décolère pas.

— Pff ! lâche-t-il. Si c'est pour qu'il donne d'autres directives et que tu abandonnes tes sœurs à la première occasion, franchement, je vois pas l'intérêt de lui demander une quelconque solution. À condition qu'il soit toujours en vie. Pour l'instant, on n'a aucune nouvelle. Et comme mon portable est resté sous la flotte, je doute qu'il soit en état de recevoir le moindre appel. Et les vôtres ?

— Ah ben moi, pareil... souffle Gage.

— Le mien aussi est naze, répond Cameron.

Les filles sortent les leurs, qui par chance fonctionnent encore.

— Je vais essayer de joindre Gordon, annonce Hope, sans doute dans l'espoir d'apaiser un peu les esprits.

— Et moi, l'adjoint Riley, enchaîne Dream.

— Hoooouu, la taquine Bev. On dirait que toi et l'adjoint Riley...

Dream, malgré ses joues qui adoptent une jolie teinte rosée, se contente de hausser les épaules.

— Ton mal de crâne, Bev ? Il se porte bien ? demande Hope en désignant sa propre tête avec son index.

— Aïe ! s'écrie-t-elle. Arrête !

— Alors, fous la paix à ma sœur. Je ne dis rien, parce que je ne veux pas envenimer la situation. Mais ne crois pas que je donne tort à Chad de s'en prendre à toi. Si tu avais écouté, nous n'en serions sûrement pas là.

L'intéressé pose une main reconnaissante sur l'épaule de Hope, qui cherche le numéro de Gordon dans son répertoire. Beverly, quant à elle, pour une fois, se contente de baisser les yeux.

— Pas de réponse, annonce Dream. Je laisse un message.

Quelques secondes plus tard, Hope déclare le même résultat avec le portable de Gordon.

— Vous perdez votre temps, constate le Damhaath. Vous ne pouvez rien contre moi. Les humains vont revenir. Peut-être pas tout de suite, peut-être pas dans une heure, mais ils vont revenir. Et si je suis encore ligoté sur cette chaise, incapable de les guider, ils s'en prendront à vous. Éléanor fait déjà partie de moi.

Quel menteur ! Si seulement je pouvais me manifester auprès de l'un d'eux au moins.

— Que veux-tu dire par Éléanor fait déjà partie de moi ? s'écrie Chad en se penchant vers le démon.

— Ce que je veux dire... C'est que vous aurez beau essayer tous vos petits tours de passe-passe de sorcière sur moi, désormais, plus rien ne fonctionnera.

Chad arme le poing. Son bras levé, couvert d'un fin duvet roux, il s'arrête à quelques millimètres de ma joue. Ses crocs déforment les traits de son visage.

Le Damhaath explose de rire, obligeant Chad à se raviser. Alors qu'il s'éloigne du monstre, j'aperçois Gage qui fait signe à Dream de lui confier son foulard.

— On t'a assez entendu, immonde saloperie. Ferme-la, maintenant !

Le démon se débat, mais les liens tiennent bon. Désormais, il ne peut plus émettre que quelques borborygmes.

Ce moment marque le début d'une longue et terrible attente. Dans un silence implacable, entrecoupé de claquements de langues, de souffles, ou de craquements d'articulations pour les garçons, chacun ronge son frein du mieux qu'il peut. Pour s'occuper, et apporter un peu de confort, Gage et Cameron ont replacé la porte d'entrée du chalet comme ils pouvaient, pendant que Chad tentait d'allumer un feu dans la cheminée. Ils ont bien failli s'étouffer, mais après qu'une masse de détritus, ou un nid, ils ne savaient pas trop, sont tombés, et ont éteint leur premier essai, le second s'est avéré plus efficace.

Enfin, après plusieurs heures d'agonie, le portable de Hope sonne.

— C'est Gordon ! annonce-t-elle, avant de prendre la communication. Allô ? Où êtes-vous ? Est-ce que vous les avez trouvés ?

J'ai beau me rapprocher le plus possible, Hope marche de long en large à travers la pièce, ce qui fait que je n'entends rien. C'est très frustrant.

— Génial ! Oui, je leur dis. Nous ? Euh... Je pense qu'il vaut mieux que vous veniez au chalet, pour voir la situation par vous-même.

Un blanc insupportable, mais heureusement très bref, s'ensuit.

— D'accord. On vous attend.

Un sourire, comme je n'en ai jamais observé, illumine le visage de Hope au moment où elle raccroche.

— Nos parents sont sains et saufs, lance-t-elle à Dream. Ton père aussi, Chad. Ils ont également retrouvé Dylan. Il est de nouveau très affaibli, mais il va s'en remettre.

Un sentiment d'euphorie chasse aussitôt toute l'angoisse et la nervosité accumulées ces dernières heures. Mes amis se prennent dans les bras, ils sourient. Les jumelles versent même quelques larmes discrètes. C'est alors que j'aperçois Dream s'éloigner pour taper un texto. Je suis curieuse, et étant donné que je peux me permettre de me placer sur son épaule sans risquer d'être vue, autant en profiter. Je comprends vite qu'elle écrit à l'adjoint du shérif, ou Dwight comme elle l'appelle. Je suis heureuse pour elle, jusqu'à ce que mon regard se pose sur Chad. Une colère sourde gronde et remonte à la surface, tandis que je réalise que je ne pourrai plus vivre tout ça. Le Damhaath m'a volé ma vie.

— *Fait chier !* m'exclamé-je.

Le rire du Damhaath interrompt la quiétude déjà éphémère de mes amis.

— *Tu réalises que tu es perdue, n'est-ce pas, Éléanor ?*

Il m'entend ? Punaise ! Il m'entend !

Chapitre 26

Malgré son bâillon, le Damhaath pouffe de rire.

— Pourquoi tu te marres, toi ? gronde Chad, qui lui retire son entrave d'un geste vif.

— C'est vous qui m'amusez, cafards insignifiants, lui répond le Damhaath qui a conservé sa voix caverneuse. Vous vous réjouissez, simplement parce que quelques créatures surnaturelles sont passées à travers les mailles de mon filet. Mais attendez que je m'approprie définitivement cette enveloppe. Attendez que votre chère et tendre petite Éléanor comprenne que je suis sa seule issue.

Je sais qu'il ne débite pas tout ce laïus pour eux, mais pour moi. Il veut me faire parvenir un message.

— Qu'est-ce que tu racontes, bordel ? s'énerve Chad. Si je pouvais... Si tu n'étais pas dans ce corps, je te jure que tu parlerais. Et plus vite que ça. Où est Léa, putain ?

Mais cette fois, le Damhaath se mure dans le silence en souriant.

La pluie a enfin cessé, lorsque des coups frappés sur la porte résonnent dans le chalet.

— C'est moi, lance le shérif en poussant le battant, qui tombe dans un fracas épouvantable.

Chad se jette immédiatement sur lui, pour l'enlacer. Entrent ensuite Angus et Lira, qui pleurent de joie en retrouvant leurs filles chéries. Leurs deux petits miracles qu'ils ont eu tant de mal à avoir, d'où leurs prénoms si étranges. Gordon arrive à son tour, accompagné de l'adjoint Riley. Dream s'écarte légèrement de l'épaule de sa mère pour échanger un regard plein de sous-entendus avec Dwight. Elle articule un merci silencieux, et il hoche la tête en souriant. Ils sont si mignons… J'espère, malgré la différence d'âge, que leur relation évoluera. Ils ont l'air de partager une véritable connexion, et des sentiments à la fois profonds et sincères.

— Où est Dylan ? demande Gage à Gordon.

— Un membre de votre meute, un certain Mark, l'a ramené chez lui.

— Bien, souffle Gage, visiblement soulagé.

— Par contre, enchaîne Gordon, vous pouvez nous expliquer pourquoi Éléanor est ficelée comme un rôti sur cette chaise ?

— C'est ma faute, déclare Bev, en se levant du canapé.

Comme Hadès se trouvait sur ses genoux, elle le garde dans les bras. Je suppose que sa présence lui donne du courage, pendant qu'elle se justifie.

— Et aucune de vous n'a…

Angus s'arrête en plein milieu de sa phrase. Il souffle avant de se reprendre.

— Désolé. Je suis fatigué et un peu agacé par ce que je viens d'entendre. Mais j'y pense, je vous avais laissé des exercices pour fabriquer des amulettes de protection. Comment ça se fait qu'il ait pu… ?

— Merde ! s'exclame Chad qui arrache le pendentif en bois de son cou. Cette foutue amulette, elle est là ! Léa me l'a redonnée. Je lui avais dit de la garder.

Son torse se couvre de nouveau de poils roux, mais bien plus longs que la première fois. Ses bras et son visage aussi. Sa mâchoire s'étire.

— Calme-toi, mon garçon, lui intime le shérif, en le prenant par les épaules. Ce n'est pas ta faute. On va trouver une solution. N'est-ce pas ?

Il observe tour à tour les deux guides, espérant un peu trop tard qu'il n'a pas avancé une promesse impossible à tenir. Chad respire fort, mais la présence de son père semble l'apaiser. Angus souffle à nouveau, puis se tourne vers ses filles.

— Vous veniez bien ici pratiquer la magie ?

Les jumelles hochent la tête.

— Est-ce que vous avez assez de sel pour en tracer un cercle autour de la chaise, et en disposer au bas des fenêtres et des portes ?

— Oui, chuchote Dream.

— Alors, dépêchez-vous. Une chance que cette créature se croit suffisamment puissante pour ne pas avoir déjà pris la fuite. Grâce à ces barrières de sel, il sera prisonnier du chalet.

— *Et moi aussi,* complété-je.

— *Ce n'est pas tout à fait exact,* me contre le Damhaath. À *nous deux, nous pouvons venir à bout de tout. Joins-toi à moi.*

— *Jamais !* hurlé-je.

— *C'est ce que nous verrons. J'ai tout mon temps.*

— Et ensuite ? demande Chad, avec une certaine fébrilité.

Angus se tourne vers Gordon, qui, visiblement, n'en sait pas davantage.

— Quoi que l'on décide de toute façon, annonce Gordon, il est préférable d'en discuter dans une autre pièce.

Une fois toutes les issues scellées, Hope active la caméra de son téléphone, étant donné que c'est le sien qui a le plus de batterie, et le confie à Gage. Ce dernier garde la main dans l'interstice de la porte communicante entre le salon et la chambre, où ils s'enferment tous pour...

Pour décider de mon sort, je suppose...

J'essaie de m'approcher le plus près possible, mais je ne peux pas quitter la pièce. J'ai l'impression que mon corps et mon esprit sont reliés par un fil invisible, de quelques mètres à peine. Tout ce que je perçois, ce sont des chuchotements incompréhensibles.

À leur retour dans le salon, leurs visages sont fermés et leurs traits tirés.

— Chacun sait ce qu'il doit faire, déclare Angus. Alors, au travail.

Chad positionne le grand miroir aux pieds du Damhaath, pendant que Bev reprend le couteau en argent, qu'elle tend à Lira. À son tour, elle entaille son index, puis trace la rune en forme de Z à l'envers, avant de le passer à Dwight qui reproduit exactement les mêmes gestes. Chaque personne présente appose son sang sur la glace.

Je les observe, en me disant que s'ils comptent réciter une incantation, alors qu'ils sont dépourvus de pouvoir magique, je n'en vois pas l'utilité.

— Souvenez-vous, articule Angus. Nous sommes tous dotés d'énergie magique. Le simple fait de vivre relève de la magie. Les sorcières ont seulement la chance d'en avoir une plus grande quantité que la majorité des gens. Et grâce aux courants telluriques, celle-ci sera amplifiée. Alors, on y va. Vous êtes prêts ?

Tous répondent par l'affirmative, que ce soit avec des mots, des sons, ou juste des gestes.

— Bien ! Prenez-vous les mains et nous allons réciter ensemble. Esprits, spectres, goules ou fantômes, ayez peur maintenant de la puissance des anciens Dieux, de la Lune et du Soleil. Fuyez cet endroit où vous étiez tombés et mis en liberté, et soyez en paix dans votre repos éternel. Quant à toi, Damhaath, ta place est ailleurs. Le cercle de la forêt et ses proches nous protègent. Le cercle de la forêt et ses proches t'enferment dans ce miroir et te bannissent à tout jamais. Entends-nous, Damhaath. Obéis-nous, Damhaath. Libère notre sœur Éléanor, on te bannit. Le cercle de la forêt et ses proches nous protègent. Tu n'as aucun pouvoir sur nous. Le cercle de la forêt et ses proches t'enferment dans ce miroir et te bannissent à tout jamais.

Ils psalmodient l'exorcisme tellement de fois, que je suis incapable de les compter. Quand tout à coup ...

— Chad ! l'interpelle Angus.

D'un geste vif, il avance son pied droit en direction de la barrière de sel qui entoure le Damhaath, créant ainsi une ouverture.

— Léa, crie-t-il par-dessus l'incantation que le reste du groupe continue de répéter. Si tu m'entends, je t'en prie, réinvestis ton corps. Chasse le Damhaath et reprends ta place à mes côtés. Nous avons besoin de toi. Nous avons besoin de ton aide pour le bannir. Et surtout, j'ai besoin de toi. Je t'en prie, bats-toi. Tu es plus forte que lui.

Je comprends ce que je dois faire, et en même temps, je suis pétrifiée.

— *Alors, Éléanor ?* m'incite le Damhaath. *Qu'attends-tu pour me rejoindre ? Je suis prêt à t'accueillir et à fusionner avec toi.*

Chad reprend l'incantation avec les autres, quand Dream m'interpelle à son tour.

— Éléa, tu es comme une sœur pour moi. Ces quelques semaines ensemble m'ont permis d'apprendre à te connaître et à t'aimer. Reviens-nous, s'il te plaît.

Cette fois, c'en est trop. Je me dois d'essayer. Je ne peux pas les laisser se battre pour moi. C'est le moment de me prouver que je suis plus courageuse que je ne le pense. Et puis, après tout, qu'est-ce que j'ai à perdre de plus ?

Je me jette sur mon corps, et me retrouve face aux deux grands yeux orangés. Vides, froids, ils n'expriment aucun sentiment. Pourtant, ils me fixent. Ils m'hypnotisent. Je ressens une sorte de langueur, un bien-être complètement inédit. Comme si je me libérais des chaînes de la bienséance et de la morale, pour céder la place à une part plus sombre, plus mystérieuse, qui jusque-là était restée tapie dans l'ombre. J'ai l'impression qu'elle sommeillait quelque part au fond de moi, attendant son heure pour s'émanciper. Un maelström d'émotions m'emporte dans une incertitude totale, bercée de quiétude et d'allégresse.

— *Viens, Éléanor, prends ma main. Le début d'une nouvelle ère commence.*

Un genre de patte aux longs doigts, recouverte d'une épaisse peau noire, surgit dans mon champ de vision. Je tends mon bras pour m'en emparer. J'ai envie que toute cette horreur prenne fin, et l'avenir qui se dessine devant moi semble si simple. J'effleure sa paume, qui est d'une douceur incroyable.

Au moment où je m'apprête à saisir cette main, qui m'attire et me répugne, je perçois quelques mots au loin. Incompréhensibles d'abord, mais en me concentrant, je finis par en reconnaître quelques-uns.

Cercle.

Le volume sonore augmente petit à petit.

Bannit.

Damhaath...

C'est l'électrochoc dont j'avais besoin. Le Damhaath ! Je me souviens d'un passage de la bible, qui fait référence au malin, et à ses suppôts. Prêts à revêtir une apparence séduisante ou à faire miroiter n'importe quoi pour atteindre leurs objectifs.

Miroiter...

C'est alors que j'identifie certaines voix. Une en particulier.

Chad.

— Léa, si tu m'entends, réinvestis ton corps. Chasse le Damhaath. Reprends ta place à mes côtés. J'ai besoin de toi. Bats-toi. Tu m'entends ! Bats-toi ! Tu es plus forte que lui.

Je m'apprête à retirer ma main, mais les doigts du Damhaath se resserrent autour. Je me débats du mieux que je peux, alors que mon désarroi l'amuse. Il rit. Je vais perdre. Puis, j'ai une idée... Je cesse de me démener pour distinguer davantage l'incantation.

— Des anciens Dieux, de la Lune et du Soleil. Fuyez cet endroit où vous étiez tombés et mis en liberté, et soyez en paix dans votre repos éternel.

Maintenant que j'ai repéré où ils en étaient, je me joins à eux. Ma voix, dont le son me semble étouffé au début, prend de l'ampleur au fil des mots. Je sens mon esprit réinvestir son espace.

— Quant à toi, Damhaath, ta place est ailleurs. Le cercle de la forêt et ses proches nous protègent. Le cercle de la forêt et ses proches t'enferment dans ce miroir et te bannissent à tout jamais. Entends-nous, Damhaath. Obéis-nous, Damhaath. Libère notre sœur Éléanor, on te bannit. Le cercle de la forêt et ses proches nous protègent. Tu n'as aucun pouvoir sur nous. Le cercle de la forêt et ses proches t'enferment dans ce miroir et te bannissent à tout jamais.

Quand je termine l'incantation, c'est ma voix qui résonne dans mes oreilles. Je continue à réciter, accompagnée par le reste du cercle, et tous ses membres, aussi disparates soient-ils.

Mes yeux rencontrent ceux de Chad, juste en face de moi, pendant que nous poursuivons notre litanie. Je le sens, le démon cherche une place dans ma part d'ombre où se camoufler. Ses plans sont limpides. Il espère ainsi passer inaperçu. Je dois faire appel à ma magie. Malgré le cercle autour de moi, je ne parviens pas à la ressentir. J'ai l'impression d'être toute seule. C'est comme si le Damhaath la bloquait, pour s'en nourrir.

Des larmes brouillent ma vue. Je suis si près du but, j'en suis certaine. Malgré tout, mes forces m'abandonnent. Et puis, j'ai peur. J'ai si peur...

— Aide-moi, soufflé-je, à bout de force.

Chad lâche les mains de Lira et de son père, puis contourne le miroir pour se jeter sur moi. Il prend mon visage en coupe, et m'embrasse à pleine bouche. Ce baiser, profond, passionné, chargé d'émotions pures et sincères, réveille ma magie.

Elle vibre.

Elle chante.

Elle crépite partout, à l'intérieur et à l'extérieur de moi.

Sa lumière dorée se niche dans chaque parcelle, chaque cellule de mon corps. Incapable de se cacher, le Damhaath met fin à notre union avec une violence inouïe, pour emprunter la seule issue possible. La tête penchée en arrière, un énorme nuage épais et sombre surgit de ma bouche avant d'être aspiré par le miroir.

— Léa ! Léa, parle-moi, me supplie Chad.

Tous me regardent, attendant que je leur confirme ce qu'ils espèrent le plus à cet instant précis. Je le voudrais, vraiment, mais je n'ai pas l'impression de pouvoir. Enfin, ce n'est pas tout à fait exact...

— J'ai mal aux poignets, chuchoté-je.

Des éclats de rire explosent, pendant que Chad s'empresse de desserrer mes liens. Beverly lui tend le couteau à lame d'argent, et en quelques secondes, me voilà libérée. Il m'aide à me lever, en prenant soin d'éviter le miroir, et m'enlace. Il m'étreint si fort, que je crois qu'il va m'étouffer.

— Doucement, tenté-je d'articuler contre son torse.

— Pardon, s'excuse-t-il, en conservant son grand sourire.

— Comment te sens-tu ? m'interroge Dream.

— Vidée, avoué-je. Mais je vous remercie, tous.

Des mains me frôlent, me tapotent l'épaule, me caressent le dos. Tout le monde semble heureux et soulagé, mais certainement pas autant que moi.

— Je suis content que tu sois de nouveau parmi nous, se réjouit Angus, en me prenant à son tour dans les bras. Mais, il nous reste une dernière chose à accomplir. Il faut briser le miroir, pour l'empêcher de revenir une bonne fois pour toutes.

Je regarde la glace, et j'y distingue parfaitement les grands yeux orangés du Damhaath.

— Tu penses pouvoir t'en charger ? me demande Lira.

— Parce que si tu as besoin d'aide, intervient Cameron, on est tous partants, je crois.

— C'est Éléa qui a le plus souffert du Damhaath ! le gronde Bev, en lui donnant une tape sur le bras. C'est à elle de décider. Bien que, si tu veux qu'on participe...

Cameron la dévisage en secouant la tête, et tout le monde se met à rire.

— Je crois que nous devrions le faire tous ensemble, proposé-je.

Je saisis la main de Chad, ainsi que celle d'Angus, et nous nous plaçons tous en rond autour du miroir.

— Un, deux, trois !

D’un mouvement vif et parfaitement coordonné, chacun donne un grand coup de pied dans la glace, qui se brise en un millier de fragments.

Epilogue

Nous sommes le 22 juin. Ce soir, en plus de célébrer le solstice de Litha, nous fêterons l'anniversaire des jumelles. Elles attendent ce jour avec impatience. Et je les comprends. Je suis au moins aussi curieuse qu'elles de découvrir leurs familiers.

Le mien sera dans cinq jours. Je n'en reviens pas de pouvoir le fêter. Même si les évènements avec le Damhaath sont loin derrière nous pour certains, ce n'est toujours pas le cas pour moi. Ni pour Dylan, qui se rend tous les jours sur la tombe de sa mère. Ou pour la famille Artwork qui pleure encore Marthe.

Le shérif a dû remplir sa mission, en procédant à de multiples arrestations d'humains, bien qu'influencés par une entité surnaturelle. Il s'avère que l'empreinte de chaussures de femme retrouvée près du corps de Marthe appartenait à ma vieille cousine, Ruth. Le Damhaath l'aurait manipulée avec bien plus de virulence que les autres humains, puisque c'est elle qui avait pris le commandement, avec le concours du maire de la ville. Chasseur accompli, le laboratoire de la police scientifique d'Antigo a prouvé que c'est l'un de ses fusils qui a été utilisé contre Dylan et sa mère.

Les deux ont été jugés, et leurs avocats ont plaidé la folie passagère. Ils dorment désormais dans un institut spécialisé, mais sans possibilité de relaxe.

L'adjoint Riley a reçu une médaille et une promotion pour avoir sauvé de nombreuses âmes innocentes. Avec Gordon, lorsqu'ils sont arrivés à la cabane de pêche, tous les humains s'étaient enfuis. On suppose que la connexion entre le Damhaath et eux s'est rompue au moment où il a investi mon corps, et que pour la rétablir, j'aurais dû fusionner avec le démon. Toujours est-il qu'à proximité, ils ont découvert toute une zone défraîchie. Dessus, les humains avaient construit une potence avec plusieurs cordes. À côté, il y avait aussi plusieurs énormes tas de bois rehaussés de croix, prêts à être enflammés. Les surnaturels, qui étaient tombés entre leurs griffes, étaient détenus dans des cages destinées aux gibiers, ou simplement attachés avec des chaînes autour de la cabane.

De notre côté, après avoir brisé le miroir, Gordon a récupéré la moitié des morceaux pour les ensevelir sous une terre consacrée en Louisiane. Nous avons fait de même ici dans le Wisconsin. Ainsi, les chances qu'il puisse de nouveau investir notre monde sont nulles.

— Léa, tu es prête ?

Chad passe nous chercher, et je me bats encore avec le papier cadeau noir pour emballer le présent de Hope, que j'ai commandé sur Internet.

— Oui, tu peux entrer.

Angus et Lira ont tout fait pour que je me sente chez moi au manoir. À tel point que Dream a accepté que des travaux soient effectués pour diviser son immense chambre en deux. C'était la première fois de ma vie que je choisissais de la tapisserie, des rideaux ou même des draps. En définitive, j'ai opté pour un mélange de violet et de noir, dans le style baroque.

— T'es vraiment pas douée, se moque-t-il, en me voyant avec mes morceaux de rubans adhésifs collés partout sur le bureau.

— J'ai cru que ce serait plus facile, tenté-je, pour me défendre.

— Donne !

Pour se constituer un petit pécule au moment des fêtes de fin d'année, il a travaillé dans un grand magasin où il devait confectionner des paquets toute la journée. J'ai compris à Noël pourquoi il y tenait tant, lorsqu'il m'a offert un superbe bracelet en acier à mailles entrelacées. Comme les loups-garous ne supportent pas l'argent, et que je n'aime pas porter de bijoux en or, l'acier est l'alternative parfaite. Chad n'a pas eu besoin d'insister beaucoup pour que je lui jette un sort de protection. Depuis, il m'accompagne partout, et ne quitte jamais mon poignet.

Je regarde ses doigts opérer avec dextérité. Quand il termine, il me tend le cadeau en souriant.

— Et voilà, s'exclame-t-il.

Je dépose un baiser sur ses lèvres pour le remercier, et le glisse dans un sac, où il rejoint celui de Dream. Celui-là, j'ai pu demander à la vendeuse de l'emballer.

Dans le couloir, nous retrouvons les jumelles qui nous attendaient.

— C'est bon ? On peut y aller, maintenant ? me harcèle Dream.

— Oui, on y va, répliqué-je.

Avec le temps, je me suis habituée à la fougue de Dream, qui contrebalance avec le flegme de sa sœur.

La pendule dans la Jeep indique presque 18 h, au moment où nous franchissons le portail de la réserve des lycans. Sous bonne garde et surtout, sous l'œil avisé des adultes, nous allons aussi fêter la réunification entre les sorcières et les loups-garous. En plus, Cameron s'est enfin décidé à demander Beverly en fiançailles. Je suis heureuse de constater que les mentalités évoluent, même si je peux comprendre la crainte du guide de Sarah, quand il lui avait interdit de fréquenter John. Je me suis documentée, et il est vrai que les sorcières sont de moins en moins nombreuses. Pour notre bien, il serait préférable de s'unir à des sorciers. Il n'est plus à démontrer qu'une grossesse a peu de chance d'arriver à son terme lorsqu'il s'agit d'un mariage entre nos deux espèces. Mais l'amour ne se commande pas.

Les jumelles sont complètement euphoriques. Elles guettent des signes de la venue de leurs familiers dans tous les coins. C'est mignon. Je me demande comment je vais réagir. Plus que cinq jours à attendre, et j'aurai ma réponse !

Sur la place centrale, en plus des guirlandes de fleurs et des lampions qui pendent entre les arbres, se dresse un bûcher rond, prêt à être enflammé. Tout autour, il y a aussi de grandes tables chargées de boissons et de victuailles.

— Tiens, miss coco ! J'ai pensé que ça te ferait plaisir, en souvenir de notre première vraie rencontre.

Chad me tend un verre en plastique avec un liquide crémeux blanc. Nous trinquons, et il m'offre son bras. Il me conduit jusqu'à Beverly et Cameron, pour que je les félicite. Je n'en ai pas encore eu l'occasion. Au lycée, même s'ils s'affichent ensemble désormais, ce n'est pas l'endroit idéal pour parler de ça.

— Éléa, regarde ! m'interpelle Dream.

Je me retourne, et je la découvre avec un magnifique petit écureuil roux perché sur son épaule.

— Whoua ! Qu'est-ce qu'il est mignon ! m'extasié-je. Comment l'as-tu appelé ?

Dream a tenu à garder le secret jusqu'à son apparition. Je pense surtout que comme elle ignorait le physique qu'il adopterait, elle préférait aviser le moment venu. Je la comprends. J'ai beau avoir établi une liste, je suis toujours très hésitante.

— Je vous présente Noisette.

Chaque personne à proximité s'approche pour rencontrer le nouvel arrivant, pendant que je me demande où se trouve Hope. Je me mets sur la pointe des pieds pour essayer de voir au-delà des gens qui s'amassent autour de nous, quand je sens la main chaude de Chad se glisser dans la mienne.

— J'aurais pu te prendre sur mes épaules, se vante-t-il, mais j'ai pensé que tu n'apprécierais pas. En plus, c'était quand même plus pratique, pour t'extraire de ce nid de curieux. Qu'est-ce que tu cherches ?

Je n'ai pas besoin de lui répondre, j'ai juste à tendre l'index. Hope aussi a rencontré son familier. Elle le porte dans ses mains, en souriant de toutes ses dents. C'est uniquement lorsqu'elle est suffisamment proche que je comprends de quel animal il s'agit. Malheureusement, je ne peux m'empêcher de penser que cela va encore créer des frictions entre Beverly et elle.

— Un rat ! s'exclame-t-elle toute joyeuse. Il va pouvoir se faufiler partout !

— Oui, confirme Chad. Ou se faire pourchasser par Hadès.

Je lui administre un coup de coude assorti d'un claquement de langue réprobateur.

— Qui est ce Hadès ? demande le rongeur.

— Oh ! Tu vas l'adorer, rétorque Chad. Hadès est un chat.

— Arrête ! le houspillé-je. Ne l'écoute pas. Hadès est aussi un familier. Je suis certaine qu'il saura bien se tenir. Et comment l'as-tu appelé ?

— Eh bien, comme il est noir, j'hésite entre Cachou ou Blacky.

— Pas Cachou, s'il te plaît ! lui demande le rat. Déjà que je risque de servir de casse-croûte, si en plus tu me files un nom de bonbon...

— T'as raison, approuve Hope. Et ma sœur ?

— Là-bas, lui indiqué-je avec mon index.

La soirée passe à une vitesse folle. Entre les danses autour du feu, Cameron qui ne cesse de faire le clown, et Chad qui ne rate pas une occasion de m'embrasser, ma vie est devenue un véritable conte de fées.

Je n'ai plus qu'à attendre le résultat des examens de fin d'année, et mon anniversaire pour rencontrer mon familier, et tout sera plus que parfait.

Enfin, c'est ma journée ! Celle que j'attends avec une impatience folle depuis que je suis arrivée à Lakewood et que j'ai admis ma condition de sorcière. Nous sommes le 27 juin. Ce soir, en plus de célébrer mes excellents résultats aux examens de fin d'année, je fête mes 18 ans. Cela signifie que depuis mon réveil, aux premières lueurs de l'aube, je scrute les environs en quête de mon familier. J'ai bien compris, vu que je suis la plus jeune du coven du cercle de la forêt, qu'en principe, ce dernier ne se montre qu'en fin de journée, mais je ne peux pas m'en empêcher.

Mon programme débute par une balade au parc avec Dream, Noisette et Prozac. Le nez en l'air, je flâne en écoutant le babil des oiseaux.

— Tu as déjà une idée de ce que tu vas porter ce soir ? me demande Dream.

— Euh… Non… Je n'y ai pas vraiment réfléchi. Et toi ?

— Je pense mettre ma robe rose irisée, celle avec les reflets orangés. Avec cette chaleur, je ne sais pas comment tu peux encore supporter ton jean.

— Les garçons y arrivent bien, eux ! répliqué-je en désignant deux gamins, qui s'échangent un frisbee à proximité du lac.

Prozac se jette à l'eau, faisant fuir un attroupement de canards, tandis que nous prenons place sur un banc à proximité. Noisette en profite pour s'élancer dans les arbres.

— Tu es toujours décidée à te rendre jusqu'à Merrill pour parler à ta vieille cousine ?

Cela fait des mois que je remets cette visite. Et même si un trajet de quatre heures aller-retour en autocar avec une foule d'étrangers devrait me rebuter, je sens que c'est quelque chose que je dois accomplir seule. J'en ai besoin. Et je me vois mal entamer cette nouvelle année, cette nouvelle vie, sans avoir au moins essayé d'obtenir des réponses aux questions qui me contrarient.

— Chad m'a encore envoyé un texto ce matin, dans lequel il me disait une fois de plus qu'il était prêt à changer ses plans de la journée pour m'y accompagner. Mais, non. Je reste sur ma décision.

Dream hoche la tête. Je sais qu'elle comprend le fond, mais pas la forme de ce projet. J'avoue que même moi, je ne saisis pas très bien non plus. Peut-être que j'ai besoin de me prouver que je peux affronter mes démons une dernière fois. Ou bien, que je compte sur les deux heures de trajet retour pour encaisser ce que j'aurai appris.

Il y a des choses comme ça dans la vie, que l'on ne veut pas partager. Non par égoïsme, mais par nécessité.

Un canard s'approche de nous. J'observe sa démarche claudicante, en espérant très sincèrement que ce ne soit pas mon familier. Je me vois mal faire suivre un canard partout où j'irai. Malgré tout, je ne peux m'empêcher de lui poser la question.

— Est-ce que c'est toi ?

Dream pouffe de rire à côté de moi.

— Ça serait trop drôle ! s'exclame-t-elle.

— Moque-toi ! Ton écureuil, tu peux l'amener n'importe où. Avec ma veine, il pourrait choisir le corps d'une vache que je serais même pas surprise.

— Mais noooon ! Aie confiance. Et tout comme pour nous, il se noiera dans le paysage. J'en suis certaine !

— J'espère... J'ai hâte, et je suis anxieuse en même temps.

— Tu m'étonnes. C'est pour ça que tu devrais reporter ton projet d'aller voir Ruth. La journée s'annonce suffisamment riche en émotions.

Noisette revient, et récupère sa place préférée, sur l'épaule de Dream. Elle attrape sa longue queue rousse et touffue entre ses doigts graciles, pour en frotter le bout contre sa joue. Ce geste est devenu un véritable tic.

— Je commence à avoir faim, annoncé-je. En plus, en partant, j'ai vu ta mère qui s'agitait dans la cuisine.

— Ouais, elle te prépare des pancakes, parce qu'elle sait que tu adores ça.

Dream appelle Prozac, qui rechigne à venir. Elle secoue le petit paquet de friandises, et telle une sonnette d'alarme, le chien arrive vers nous en courant. Lorsque nous rentrons, j'ai la bonne surprise de découvrir qu'Angus, qui a pourtant un dossier important à traiter, nous a attendus. Ainsi, nous profitons d'un petit déjeuner familial, avant que je prenne mon ordinateur portable, et mon sac à dos que j'ai préparé la veille, pour me rendre à l'arrêt de bus.

Je n'ai dit à personne ce qui m'a surtout décidée à franchir le pas. C'est un énième coup de téléphone du directeur de l'hôpital psychiatrique, m'informant que la santé de Ruth se dégradait rapidement. J'ignore pourquoi je leur cache autant de choses. Je crois qu'à l'inverse de moi, j'aimerais qu'ils puissent oublier toute cette histoire. Il m'arrive encore de me réveiller en sursaut au milieu de la nuit, en ayant le sentiment que mon corps ne m'appartient pas. Ou bien parce que j'imagine avoir entendu un cor de chasse ou un carillon.

J'ose espérer qu'après cette visite, je pourrai moi aussi en finir avec l'épisode du Damhaath. Mais avant, j'ai fait une promesse à un vieil ami.

Le bus me dépose devant le lycée, où Victor m'attend dans une posture très mélodramatique. Les bras croisés sur la poitrine, il tape du pied. Je suis la seule à percevoir les coups de sa semelle contre le bitume, mais je ne peux m'empêcher d'observer les alentours.

— J'ai cru que tu avais changé d'avis, et que tu n'allais pas venir.

— Je t'ai promis d'essayer. Je ne te garantis rien, parce que c'est moi qui ai écrit la formule. Si elle fonctionne, ce sera la première que je pourrai reporter dans mon propre livre des ombres.

— Alors, autant pour toi que pour moi, elle a intérêt à marcher. Où veux-tu t'installer ?

— Il fait beau, et le bahut est désert. Profitons-en pour se mettre sur une des tables, à côté du réfectoire.

— D'accord.

Nous trouvons une place à l'ombre, sous un grand saule. Je pose mon sac à dos sur le banc, à côté de moi, pour en sortir une bougie blanche, un fagot de sauge, ma précieuse clochette, du miel et de la cannelle. Ces deux ingrédients favorisent l'amour et l'apaisement. Grâce aux branches feuillues et épaisses de l'arbre, nous sommes à l'abri de la brise.

— Tu es prêt ? demandé-je à Victor.

— Je crois, oui, souffle-t-il.

Nous échangeons un hochement de tête, et j'allume la bougie. Grâce à sa flamme, je brûle la sauge et je prends soin d'en disperser sa fumée purificatrice sur l'ensemble de mon espace de travail. J'agite la clochette, puis je dépose une noix de miel saupoudré de cannelle au creux de ma paume droite. La main qui donne, ou en l'occurrence, celle qui offre. Avec mon index gauche, je dessine d'abord un pentacle, puis je trace trois cercles dans le sens horaire, avant de me badigeonner complètement les mains. Tout en exerçant ce massage, je commence à réciter ma formule.

— L'amour est la force la plus puissante sur notre Terre. Celle qui guide les cœurs des hommes, à travers le temps et l'espace. Qu'il guide et emporte Victor, cet homme bienveillant, jusqu'aux cieux.

Comme je ne sens pas encore ma magie crépiter sur ma peau, je ferme les yeux.

— L'amour est la force la plus puissante sur notre Terre. Celle qui guide les cœurs des hommes, à travers le temps et l'espace. Qu'il guide et emporte Victor, cet homme bienveillant, jusqu'aux cieux.

Le miel chauffe au creux de mes mains. Ma magie s'éveille et je sais qu'elle dessine une aura scintillante autour de moi. Je sens son influence.

— L'amour est la force la plus puissante sur notre Terre. Celle qui guide les cœurs des hommes, à travers le temps et l'espace. Qu'il guide et emporte Victor, cet homme…

— Éléa, regarde ! C'est ma mère. Tu as réussi…

J'ouvre les yeux, et découvre un maelström lumineux, à quelques pas de nous. Des larmes de joie s'immiscent sous mes paupières. Devant nous se tient une femme brune, dans une longue robe bleue. Je ne distingue pas son visage à cause de la clarté.

— Merci beaucoup, Éléanor. Sois heureuse.

Je ne lui réponds pas. J'ignore ce que je dois dire. Je me contente de regarder Victor s'éloigner, enlacer cette femme aux traits mystérieux, et sans se retourner, ils s'engouffrent dans le passage, qui se referme derrière eux.

Plusieurs minutes me sont nécessaires pour évacuer le trop-plein d'émotions, avant de me décider à tout ranger.

Lorsque je quitte l'enceinte du lycée, à mon tour, je ne me retourne pas. Mon cœur est plus léger à l'idée de savoir que mon ami est désormais en paix.

Quand je remonte dans le bus, direction Merrill, je me dis que, si cette visite s'avérait être une perte de temps, j'aurais au moins accompli quelque chose de bien aujourd'hui.

Et c'est à ce sentiment que je me raccroche lorsque je quitte l'hôpital psychiatrique, pour éviter de laisser la boule de déception et de détresse m'envahir. Ruth n'était plus en état de me parler. Je ne suis même pas sûre qu'elle se soit rendu compte de ma présence. Tout ce que je récupère, c'est une carte de visite que m'a confiée le directeur, avec un pauvre « je suis désolée » écrit au dos. J'aurais aimé qu'elle me dise s'il était possible que ma mère savait pour mon don. Qu'elle m'explique ce qu'elle a voulu insinuer, au moment où elle m'a mise à la porte, au sujet de sa propre sœur. Et aussi, qu'elle me précise comment une femme si pieuse a pu se laisser entraîner par un esprit maléfique.

Malheureusement, j'ai trop attendu, je crois. J'aurais dû venir au début de son séjour, ici. J'aurais sans doute pu récolter quelques éclaircissements. Or, je repars avec toutes mes questions. Tant pis. Je vais devoir apprendre à composer ma vie en ignorant certains éléments de mon passé. Après tout, je ne suis pas la première, et je ne serai pas la dernière.

C'est là que je me félicite d'être venue seule. Je vais pouvoir digérer ma déception tranquille le temps du trajet qui me ramène à Lakewood.

En arrivant au manoir Artwork, Prozac m'accueille avec sa délicatesse habituelle. C'est-à-dire, en se jetant dans mes jambes, qu'il doit confondre avec un jeu de quilles. En dehors du chien, il n'y a personne. Lira a très certainement accompagné Dream et Hope pour mon cadeau. Hier soir encore, elles me posaient toute une série de questions pour tenter de deviner ce qui me ferait plaisir. Elles n'ont pas compris que la vie m'a déjà apporté le plus beau présent en les mettant sur mon chemin. Je n'ai rien besoin de plus. Quant à Angus, il est sûrement à son travail, à peaufiner son dossier urgent.

Je monte, et lorsque je range l'ordinateur sur le bureau, j'hésite à ouvrir mon livre des ombres pour y noter la formule qui m'a permis d'aider Victor. Je vais en profiter maintenant, avant de prendre mes fonctions. J'ai trouvé une place de vendeuse au magasin de bonbons, pour l'été. Ce qui est bien, c'est que je pourrai m'y rendre avec Dream, étant donné qu'elle va passer les deux prochains mois dans le bar restaurant d'à côté, où elle a déniché un poste de serveuse. En plus, maintenant qu'elle est majeure, l'adjoint Riley l'a enfin invitée à sortir. Depuis, ils ne se lâchent plus d'une semelle.

De son côté, Hope réalise des économies grâce à son site Internet, avec ses super potions aux effets parfois surprenants. Il prend un essor considérable. Blacky la seconde beaucoup, absorbant son stress et sa fatigue. À tel point que je l'ai tiré des griffes d'Hadès juste à temps, une fois. Le pauvre s'était endormi sur le canapé, dans le salon, ce qui n'avait pas échappé au radar d'Hadès. Parce qu'il a beau être un familier, comme il nous l'a déjà dit, il a des réflexes de chat. Et ces fameux réflexes, très affûtés à l'occasion, peuvent laisser de charmantes marques sur nos mains ou nos bras...

Beverly de son côté prépare ses fiançailles, au grand dam de sa mère qui lui répète au moins une fois par jour qu'elle est trop jeune pour songer à se marier. Mais Cameron et elle ont l'air bien décidés.

L'été de Chad s'annonce bien chargé aussi. Il a trouvé un stage rémunéré chez un ébéniste de la région. Comme celui-ci habite à trois heures de route, il lui a gentiment proposé de l'héberger la semaine. Chad rentrera donc tous les week-ends. Cela ne sera pas facile d'être séparés, mais c'est pour la bonne cause.

Nous avons tous postulé pour entrer à l'université Lawrence, à Appleton, qui se situe à 1 h 30 de Lakewood. Bien sûr, nous ne ferons pas le trajet tous les jours. Nous avons demandé des logements étudiants. Et au cas où, nous examinons les petites annonces pour louer un grand appartement où habiter tous ensemble. Bien que vivre sous le même toit avec Beverly et Hope promet de sacrées parties de rodéo.

J'ai quand même hâte d'expérimenter ce nouveau pan de ma vie qui s'offre à moi.

Une fois ma tâche accomplie – avec une attention particulière à la mise en page et à la calligraphie –, je range mon livre des ombres, pour fouiller dans ma penderie. Je cherche la tenue parfaite pour ce soir. Après tout, c'est un grand jour. Et même si ma visite à Merrill n'a rien donné, j'ai aidé un ami cher à mon cœur, et la fête sera géniale. J'en suis sûre.

J'étends ma longue robe noire sur le lit, superpose une ceinture en mailles argentées, et j'ajouterai la broche papillon en émail violet qu'Angus et Lira m'ont offerte pour Noël. D'ordinaire, elle décore mon sac à dos, mais là, j'ai envie de la porter. Je choisis une paire de sandales assorties, que je place au pied du lit, et file sous la douche.

Avec cette chaleur, je me délecte de l'eau fraîche qui glisse sur ma peau.

J'ignore ce qu'ils ont prévu, mais il paraît que je vais adorer. Il n'y a qu'un seul mot d'ordre. Tout le monde doit se mettre sur son trente et un.

Lors d'un repas, un soir, j'ai évoqué mon désir de découvrir le théâtre. Je me demande si ce n'est pas là que l'on projette de m'amener.

En sortant de la salle de bain, enroulée dans ma grande serviette éponge violine, des éclats de voix montent du rez-de-chaussée. Je reconnais Dream et Lira. Les marches de l'escalier craquent, et Hope apparaît.

— Ah, tu es rentrée ! Comment ça s'est passé à Merrill ?

Je suis heureuse que ce soit Hope qui me pose la question la première. Comme elle est plus réservée et moins exubérante que Dream, c'est plus facile de gérer une déception en sa compagnie.

— J'ai perdu mon temps, soufflé-je.

— Je suis désolée. Mais au moins, désormais, tu vas pouvoir tourner la page.

Voilà ! Là où Dream aurait débité tout un discours, Hope rebondit aussitôt.

— Exactement.

— Bon ! Tu devrais aller t'habiller. Je peaufine deux ou trois bricoles dans le labo, pendant que mon père arrive. Il a appelé. Il sera à la maison dans une dizaine de minutes. Mais ensuite, on va tous se préparer pour la soirée.

— OK, confirmé-je.

Elle s'apprête à rentrer dans sa chambre et moi dans la mienne, lorsque je l'interpelle.

— Hope !

— Hum ?

— Merci.

— De rien, banane !

Nous pouffons, et lorsque je pousse la porte derrière moi, je réalise que ce bref échange m'a redonné un véritable coup de fouet. Je m'avance vers ma robe, pour entreprendre de finir de me sécher, quand j'aperçois un petit serpent vert, tout fin, dressé sur le tissu noir.

— Salut, siffle-t-il, laissant entrevoir le bout de sa langue fourchue.

Heureusement, malgré toutes les peurs que je pouvais avoir avant de découvrir ma nature de sorcière, celle des serpents n'a jamais figuré sur la liste. Au contraire, j'aurais même dû deviner qu'il prendrait cette forme, étant donné le nombre de fois où je me suis rendue jusqu'au zoo de New York, pour y observer uniquement les reptiles. Mes lèvres s'étirent, formant un beau sourire, pendant que je m'assois au bord du lit.

— Alors, te voilà. Enfin. Je t'ai attendu, tu sais ?

— Je m'en doute. Quel nom m'as-tu choisi ?

— Bonne question ! Comme j'adore la légende des chevaliers de la Table ronde, et que je ne désespère pas d'aller en France, tu t'appelleras Arthur.

— Ça ne fait pas très serpent. Déjà que pour te simplifier la vie, j'ai opté pour ce gabarit ridicule. Tu pourrais au moins faire un effort pour me donner un prénom plus...

— Plus quoi ?

— Ben, je sais pas, moi ! Plus... effrayant.

— D'accord... Que penses-tu de Salazar ?

— Ah ! Ça, c'est la classe !

Il glisse jusqu'à ma main posée à plat sur le lit, et s'enroule deux fois autour de mon poignet. J'imaginais que le contact serait plutôt froid, mais pas du tout. Son petit corps laisse dans son sillage une douce chaleur. Sa tête relevée, je plonge dans ses pupilles noires, en me sentant enfin complète. Si mon cerveau ne l'attend que depuis quelques mois, mon être tout entier, lui, patientait depuis toujours. Ma magie se mélange à la sienne, et une force nouvelle m'envahit.

— Et maintenant, si tu me racontais ton histoire, me réclame-t-il, tel un enfant qui exige son conte de fées avant de dormir.

— Nous n'avons pas trop le temps, malheureusement. Mais je te promets de répondre à toutes tes questions.

— Commence, et tu finiras plus tard.

— D'accord. Mais je vais juste te narrer les derniers mois, à partir du 31 octobre. Ce que j'ai vécu avant n'a que peu d'importance, vu que j'ignorais ma condition de sorcière. En plus, la majorité des souvenirs qui peuplent cette période sont plutôt tristes et inintéressants. J'étais au lycée, et c'était la fin des cours. Je me trouvais dans un couloir, avec mon casque audio sur les oreilles, quand Chad Mc Coued m'a bousculée...

Le Monde de Draven Vixen

Partie 3

LOUP, GARGOUILLE & PROPHÉTIES

Mélissa

La sorcière nomade

— Ah, non ! m'alarmé-je. Socrate ! Tu as encore fait tomber le GPS. C'est le second que tu casses. Je t'ai déjà dit de ne pas voler quand je conduis.

Je jette un œil rapide en direction des débris de l'appareil, tout en gardant les mains sur le volant de mon énorme camping-car. Une belle occasion que j'ai pu m'offrir grâce à l'héritage de ma mère. Elle n'aurait pas apprécié que je dilapide ainsi une grande partie de ses économies. Elle m'a toujours trouvé trop bohème et tête en l'air pour approuver mes aspirations. Je l'entends encore me dire :

« Des études de philo ? Et qu'est-ce que tu comptes devenir avec un diplôme de philosophie en poche, Mélissa ? Enfin, à condition que tu le décroches, ce fameux diplôme. Si tu ne changes pas d'avis pendant ton cursus, pour partir... je ne sais pas, dans une filière pour apprendre... la peinture sur soie, par exemple... Ce qui sera tout aussi utile. »

Avec le recul, je comprends qu'elle s'inquiétait juste beaucoup pour moi.

Or, un travail stable, une jolie petite maison avec un jardin, une barrière blanche tout autour, une balançoire, un gentil mari et des enfants ne m'ont jamais fait rêver. L'aventure ! C'est ça qui me stimule et qui me pousse à me lever chaque matin. Sillonner les routes pour visiter et découvrir du pays, tout en profitant de mon don de voyance pour renflouer mon compte en banque. Voilà comment j'ai décidé de vivre pour l'instant.

— Où es-tu ? ronchonné-je.

Je scrute le rétroviseur en quête de mon familier facétieux. Bien sûr, ma tignasse brune indomptable occupe une grande partie du miroir. Je dois donc me dévisser le cou pour analyser le fond du camping-car. Au milieu des bouquets d'herbes sèches suspendues à l'arrière, de la myriade de coussins et de rideaux colorés valsant avec les rayons du soleil éblouissants, je fais chou blanc.

Après plusieurs secondes, car je dois aussi garder mon attention sur la route, je distingue enfin ses gros yeux verts globuleux.

— C'est inutile de te cacher, tu sais ? Je te vois, là-bas. Tu es sur l'étagère. Entre mes livres de magie et les potions.

Même si « potions » est un bien grand mot... Ça tient presque du miracle quand elles ne virent pas en soupe... Ce qui ne m'empêche pas de persister.

Je lève le pied de l'accélérateur pour l'observer. Il saute sur mon lit, puis avance lentement. Sa démarche chaloupée m'amuse, ce qui fait retomber ma colère comme un soufflé. Mes lèvres s'étirent en un large sourire.

J'ignore pourquoi je suis sans doute la seule sorcière au monde dont le familier a décidé de se réincarner dans le corps d'une gargouille en forme de griffon. Heureusement, il a quand même eu le bon sens d'en choisir une de petite taille, environ vingt-cinq centimètres de haut. Ses épais sourcils lui confèrent un air à la fois gentil et gaffeur, ce qui reflète très bien sa personnalité.

— Allez, viens ici, gros bêta. On va se repérer à l'ancienne. Après tout, les panneaux, c'est bien aussi.

— Euh... Tu ne veux toujours pas utiliser cette appli... Tu sais ? Celle que tu as installée sur ton téléphone, me demande-t-il d'une voix encore plus fluette que d'habitude, en prenant place sur le fauteuil à côté de moi.

Il tente de se rattraper. C'est un sensible, mon Socrate.

— Non. Je n'y comprends rien.

Chaque année, pour le solstice d'été, la ville de Saint-Louis, dans le Missouri, accueille le plus grand rassemblement de sorcières de tout le pays. Bien sûr, pour les humains, c'est juste un festival de magie qui attire les geeks et quelques farfelus. Alors que pour les surnaturels, comme moi, c'est l'occasion de se rencontrer, et surtout, d'échanger des connaissances, ou des services. J'ai si souvent rêvé d'y aller. Au point de me gaver de toutes les vidéos qui évoquaient l'événement, et que je pouvais dénicher sur le Net. C'est une opportunité de renflouer mes comptes. Mais surtout, j'espère y trouver quelqu'un capable de raviver mes souvenirs enfouis.

Ma mémoire est un véritable gruyère.

Malheureusement, il y a des incidents que je n'oublie pas : la mort de mon père dans un accident de voiture à mes dix ans, puis celle de ma grand-mère Yeta l'année suivante. Ces deux pertes, ajoutées à mon défaut de mémoire, ont rendu ma mère étouffante.

C'est sans doute pour cette raison que j'aspire autant à vagabonder et à découvrir le monde.

Après deux bonnes heures de route, en compagnie des ronflements de Socrate et de mon album favori des Creedance Clearwater, je distingue enfin le parking destiné aux visiteurs. Vu que le festival n'ouvrira ses portes que demain, il est encore désert, à l'exception de la longue file de véhicules qui patientent pour s'installer. Derrière les grilles, des tentes colorées et d'autres camping-cars s'entassent déjà dans la zone réservée aux exposants. À côté, un immense bâtiment, à la structure en métal, très moderne, accueillera directement plusieurs stands. On y trouvera des vendeurs de bijoux style amulettes, ou des pendules fabriqués avec des pierres spécifiques, des romanciers, des libraires, qui proposeront des recueils de potions par exemple, des vêtements, sans oublier de quoi se sustenter en attendant les concours. Car un tel festival ne manque pas d'attirer aussi les cosplayers.

Mon enthousiasme monte en flèche, pendant que l'impatience grignote tout mon être. Des fourmillements s'emparent de mes jambes à l'idée de rencontrer de nouvelles personnes. Une boule d'énergie et d'excitation se forme dans mon thorax. Un sourire se dessine sur mes lèvres.

— Socrate ! lancé-je pour le réveiller. On est arrivés.

— Hum… Ah, ouaiiiiis… Tu vois que finalement, t'avais pas besoin du GPS !

Je suis tellement contente que je n'ai pas envie de relever sa remarque. Il cherche juste à minimiser sa bêtise.

— Passe-moi le bon de réservation que j'ai imprimé, qui se trouve dans la boîte à gants, lui ordonné-je en m'incrustant dans la file d'attente pour les exposants.

Enfin, j'atteins le grand portail, gardé par deux vigiles. Je baisse ma vitre et tends mon ticket à l'un d'eux.

— Oh, c'est une excellente place, s'étonne-t-il. Juste à côté du bâtiment, personne ne pourra vous manquer.

Ça, je le savais déjà. Et au prix où je l'ai payée, cette place, c'était tout l'intérêt. De toute façon, je ne pouvais pas m'installer dans l'entrepôt avec un stand, et laisser Socrate seul toute la journée dans le camping-car. Je compte bien me rembourser, repartir avec un gros paquet d'oseille, et surtout, avec mes souvenirs !

Pourvu que je trouve quelqu'un capable de raviver ma mémoire !

Andrew

La vie n'est pas un long fleuve tranquille

— Qu'est-ce que c'est ? m'exclamé-je en sursautant.

Enlisé dans mon vieux canapé défoncé, je me redresse avec difficulté. Le pivert dans mon crâne s'excite, pendant que le soleil tente une percée entre mes paupières mi-closes. À tâtons, je cherche ce maudit portable qui hurle et qui vibre sur la table basse. Je décroche sans regarder le nom de l'interlocuteur. De toute façon, la communication aurait coupé avant que j'aie pu décrypter la moindre lettre sur l'écran.

— Mouais... bougonné-je, en essayant de me lever.

Mais mon cul doit peser une tonne, parce que je retombe aussi sec. Je m'appuie sur l'accoudoir, et bien qu'en équilibre précaire, je me dirige vers l'espace qui sert de cuisine. C'est l'avantage d'habiter un mobil-home, pas besoin d'arpenter des miles pour aller d'une pièce à l'autre.

— Ah ! Enfin, tu décroches ! Ça doit faire une demi-heure que j'essaie de te joindre. Qu'est-ce que tu fous, Andy ?

Si mon ouïe de loup-garou n'a pas capté la sonnerie pendant tout ce temps, c'est que j'ai sacrément dû charger la mule, hier soir. Seulement, pour l'instant, tout ce que je me rappelle, c'est mon arrivée au bar. La suite, jusqu'à mon réveil, se résume à un grand trou noir.

— Quelle heure il est ?

— Il est presque 10 h, mec. T'es encore à la bourre. Tu sais que si tu continues, je vais devoir te virer.

Mon patron, Wyatt, me sert régulièrement le même discours. Pas de bol pour lui ! Avec le temps, ses menaces en l'air n'exercent plus aucun contrôle sur moi. Je suis son meilleur mécano, et personne d'autre n'accepte de garder la dépanneuse le week-end. En cas de pépin, c'est toujours bibi qu'on appelle. Je déteste rester inactif. L'oisiveté me pousse sans cesse au bar. Au moins, quand je bosse, je ne cogite pas.

— Je serai au garage dans 20 minutes, annoncé-je, en mettant une tasse de café dans le micro-ondes.

— Non, non ! Même à travers le téléphone, tu schlingues. Je te laisse jusqu'à onze heures, mais prends une douche avant.

Je jette un œil sur ma chemise à gros carreaux gris clair et bleu, ouverte sur mon tee-shirt blanc. Bon… Ça, c'est la théorie, parce que là, tout est beaucoup plus sombre. Pour ne pas dire noir de crasse. Je lève un bras pour évaluer mon odeur, quand une remontée de whisky m'explique que ce n'était pas une idée très lumineuse.

— OK, confirmé-je, en raccrochant.

Je regarde mon canapé, perplexe. Pourquoi est-ce que je n'ai pas dormi dans mon pieu ? En général, même bien déchiré, je prends au moins la peine d'aller jusqu'à la piaule. La sonnerie du micro-ondes retentit, me rappelant que deux aspirines avec mon café seront les bienvenues. J'attrape le tube de médocs dans le placard au-dessus de l'évier, lorsque la porte en accordéon de la chambre grince. Je sursaute et me retrouve face à une grande blonde, vêtue d'un string en dentelle rose. Elle a dû être jolie en son temps. D'ailleurs, l'alcool aidant, j'ai dû la trouver jolie. Mais à la lumière du jour, et presque sobre, tout ce que je vois, c'est la petite bouée qui se forme autour de son ventre. Sans oublier ses seins tombants, et ses dents pourries de junkie.

— T'es déjà levé ? me demande Blondie.

Alors elle, elle a dû charger encore plus que moi pour me poser cette question. Pauvre nana. Je suis mal placé pour la juger. Va savoir quelles sont ses raisons pour en être à ce stade de déchéance aujourd'hui ?

— Ouais, je dois aller bosser, lui expliqué-je, en me dirigeant vers la salle de bain. Tu trouveras du café chaud dans le micro-ondes. Fais comme chez toi. Je prends une douche et je me casse. T'auras qu'à laisser la clé sous le paillasson.

Il faut vraiment que j'arrête de picoler. À force de ramener n'importe qui chez moi, je vais tomber sur un os.

Le néon jaune au-dessus du miroir du lavabo me fait un teint encore plus pourri que d'ordinaire. Mes cernes sombres sont assortis à mes yeux. Mes cheveux, normalement blond foncé, sont tellement gras qu'ils tiennent tout seuls. L'avantage : pas besoin de gel...

Ça craint !

Je sors de la salle de bain, pile au moment où la nouvelle version de Barbie – celle interdite aux enfants, car va savoir ce qu'elle transporte dans son mini sac noir –, vêtue d'une jupe en jean ultra-courte, et d'un petit débardeur rouge, se dandine sur des chaussures à talons compensés en semelles de liège. La grande classe !

— Tu reviens au bar, ce soir, mon chaton ?

Elle avance une main en direction de ma joue, où émerge un début de barbe, que je n'ai pas pris le temps de raser. Je m'éloigne de justesse.

— Non. Je suis d'astreinte cette nuit. Si je dois conduire, il faut que je sois clean.

— Ah, dommage...

Je glisse un bras autour de sa taille, pour la diriger vers la sortie. J'ai choisi le mobil-home le plus à l'écart sur le terrain de camping. Malgré tout, les touristes commencent à arriver, et le plus à l'écart ne signifie pas complètement isolé.

J'ouvre la porte pour passer devant... On ne sait jamais... Le risque des talons associés à la nuit arrosée pourrait lui porter préjudice en descendant les deux marches. Je découvre un couple installé sur sa terrasse, à quelques mètres de la mienne. L'homme nous dévisage. La cinquantaine bien tassée, sa mâchoire s'écrase au sol, sa tartine beurrée suspendue au-dessus de son bol. Celle que je suppose être sa femme, avec des bigoudis sur la tête, lui assène un coup de tapette à mouches dans l'épaule.

Putain ! *Elle* aurait détesté me voir ainsi. Et puis j'en ai marre de me taper la honte. Il faut vraiment que je me ressaisisse pour changer un peu mon image.

— Quand est-ce que je te revois, mon chou ?

Plus collante qu'un poulpe. Elle enroule ses tentacules pleins de ventouses, et n'abandonne sa proie sous aucun prétexte.

— Je n'en sais rien, bougonné-je, en empoignant son coude pour la ramener vers mon pick-up.

Surprise, elle en lâche son sac à main, dont le contenu s'étale sur la terrasse.

— Doucement ! s'exclame-t-elle. T'étais beaucoup plus sympa, hier soir.

Elle s'accroupit pour ramasser son fatras, pendant que je jette un œil désespéré vers le couple de l'autre côté. La femme secoue la tête, indignée. L'homme a compris la leçon, il garde le nez dans son bol. Comme ça traîne en longueur, je me penche pour aider Blondie, et je découvre un objet m'appartenant. Une alliance en or, gravée de symboles runiques inspirés du *Seigneur des Anneaux*. Mon sang ne fait qu'un tour. J'entends mon loup hurler et se déchaîner à l'intérieur de moi. D'habitude, anesthésié par l'alcool, il reste dans ses retranchements. Mais là, il est obligé de se manifester.

Je n'ai jamais levé la main sur une femme. Je ne commencerai pas aujourd'hui. Cet accès de colère sert de déclencheur. Un verrou éclate, quelque part au fond de mon crâne. À partir de maintenant, c'est décidé, j'arrête la picole. Je veux rester sobre.

Je récupère le bijou, et dans le silence le plus absolu, je le lui plante sous le nez, pour voir sa réaction. Ses joues se parent d'une teinte rosée. Elle se mord la lèvre inférieure dans une moue qu'elle doit espérer séduisante. Raté ! Entre ses dents gâtées, ses rides et son maquillage qui fout le camp, rien ne me donne envie de lui pardonner. Surtout qu'elle aurait pu prendre n'importe quoi d'autre qui a un peu de valeur pécuniaire, je m'en fichais. Mais pas cette alliance.

— Je te ramène en ville, et je ne veux plus jamais te revoir, grogné-je entre mes dents.

Heureusement que Wyatt m'a dit de passer sous la douche et que j'ai lambiné, sans quoi je me serais barré direct. J'aurais pu dire adieu à ce bijou qui symbolise tellement de choses…

Abigaëlle

L'étrange Noël d'Harold

— Ça n'a pas tellement changé, je trouve, constate Charlotte. Cela fait combien de temps que nous ne sommes pas revenus à Atlanta ?

Comme son attention est fixée sur les buildings qui défilent à travers la fenêtre, je ne vois que sa chevelure châtaine aux reflets dorés. Pour autant, cela ne m'empêche pas d'imaginer son joli visage, que je connais par cœur. Certains diront qu'il est trop long, mais moi, je le trouve parfait. Avec sa peau caramel, et ses grands yeux noisette. Sans oublier ses lèvres pleines et épaisses que j'adore caresser du bout de ma langue.

— Oh, ça doit bien avoisiner les sept ou huit ans, maintenant, rétorque Harold, assis juste en face de nous dans la limousine. C'est ça, Abbie, non ?

— Il me semble, oui, confirmé-je.

Je m'étonne souvent de sa présence parmi nous. Harold est l'unique représentant de la gent masculine sur cette Terre auquel je me suis attachée. Je lui ai même accordé ma confiance sans restriction aucune. Un peu comme à mon frère... Une prouesse.

Je me souviens très bien du jour où nos routes se sont croisées.

Nous étions le 24 décembre 1971. J'habitais San Francisco. De gros flocons envahissaient les rues. Les artères blanchies croulaient sous les décorations de Noël, et l'excitation des fêtes agitait la population. Je vivais seule à ce moment-là.

Ma Margot adorée, ayant toujours refusé que je me serve de mon don sur elle, m'avait quittée quelques mois plus tôt. Mon cœur s'emplit de tristesse, en la revoyant sur son lit de mort, dans cette chambre d'hôpital froide et impersonnelle. Je ne cessais d'imaginer la maladie pulluler dans ses veines bleues qui se dessinaient sous sa peau fine et transparente.

Je sortais d'une petite supérette de quartier, avec un sac de courses bien rempli. J'ai toujours mis un point d'honneur à préparer moi-même mes repas de réveillon. Mon chauffeur de l'époque, André, je crois... peu importe... se pressa de m'en délester, avant d'ouvrir la portière. Mais j'avais besoin de marcher. J'ai donc congédié cet... André... et j'ai commencé à déambuler. J'ignore ce que je cherchais. Rien de particulier, sans doute. J'avais juste ressenti le désir de Birdy – mon familier, une buse à queue rousse – de voler et aussi de chasser un peu.

Je longeais une grande avenue de boutiques de luxe lorsque j'entendis des éclats de voix en provenance d'une ruelle. Deux jeunes, d'environ 15 ou 16 ans, moins peut-être, molestaient le pauvre Harold. Ils l'avaient fait tomber de son fauteuil roulant. Pendant que l'un d'eux lui administrait des coups de pied, l'autre fouillait ses affaires. Celles-ci se résumaient à un minuscule chariot de bois qu'il traînait derrière lui à l'aide d'une ficelle, et d'un sac en toile vert kaki, estampillé aux couleurs de l'armée américaine.

Ces petits merdeux eurent de la chance de ne pas être des sorciers.

Je n'eus qu'à crier pour les chasser.

Pauvres humains pathétiques...

Avec le recul, je regrette de les avoir laissés partir. Ce genre de mauvaise graine ne peut en aucun cas fleurir pour devenir un beau rosier. Mais, une fois de plus, je suivis mon intuition. Je ne voulais pas effrayer celui dont j'ignorais toujours le prénom, à savoir mon très cher Harold.

— Ça va aller, monsieur ? lui demandai-je en rapprochant son fauteuil.

Lorsque je saisis son coude, pour l'aider à se réinstaller, je me rendis compte que cela faisait des années que je n'avais pas touché un homme – bien que le terme « homme » soit un peu trop flatteur, bête immonde correspondant davantage à ces brutes. Si j'avais pu m'entourer de personnel uniquement féminin, je l'aurais fait. Force est de constater qu'à cette époque, en tout cas, les femmes n'avaient pas investi certains corps de métiers.

— Merci beaucoup, madame.

Cette formule de politesse me blessa. Je crois qu'à ce moment-là, je l'avais déjà pris en affection, mon Harold. Cachées entre ses sourcils noirs broussailleux et sa barbe hirsute, je devinai deux prunelles sombres, emplies de lassitude et d'amertume.

— Je me nomme Abigaëlle, soufflai-je d'une voix douce. Laissez-moi vous soigner.

Je ne lui accordai pas le temps de répondre. Je plaçai mes mains sur ses tempes, me penchai vers sa bouche, dont l'haleine aurait dû me dissuader, et lui insufflai un peu de magie. Juste assez pour guérir ses plaies apparentes, celles au niveau de son arcade et redresser son nez cassé. Le processus lui avait même effacé quelques petites rides au coin des yeux.

— Comment...

— Chuuut... lui intimai-je en positionnant mon index devant mes lèvres. C'est un secret.

J'avisai une seconde fois son sac de l'armée, et je compris.

— Vous revenez du Vietnam, n'est-ce pas ?

— Blessé de guerre, confirma-t-il, en se penchant pour récupérer son bien. Je voudrais vous remercier.

Il défit le lacet, et plongea ses mains à l'intérieur. Je saisis ses poignets, d'un geste ferme.

— Je n'ai besoin de rien, mon brave. Sauf peut-être d'un peu de compagnie. Accepteriez-vous de venir jusque chez moi passer le réveillon de Noël ? Je vous promets de vous laisser repartir avec un beau dédommagement en poche.

Plus de cinquante années se sont écoulées depuis, et Harold est toujours présent. La seule différence, c'est qu'aujourd'hui, son fauteuil roulant reste le plus souvent dans un coin. Mais là, il va devoir l'utiliser. D'où notre retour à Atlanta. Je compte sur la forte densité de population pour trouver ce dont nous avons tous les trois cruellement besoin. Mes cheveux, d'ordinaire noir de jais, commencent à s'éclaircir. Des ridules apparaissent au bord de mes yeux, tout comme les pattes d'oie qui ornent désormais le regard de ma Charlotte.

Atlanta est un vivier de magie. Espérons que j'y dénicherai rapidement de quoi nous sustenter.

Mélissa

Vol au-dessus d'un nid de visions

À cause de la chaleur, la porte centrale du camping-car et les fenêtres restent grandes ouvertes. Socrate ne cesse de se plaindre qu'il étouffe à l'intérieur, mais vu le nombre de visiteurs humains, je ne peux pas prendre le risque qu'il soit remarqué. Sur le côté du véhicule, j'ai installé une table ronde pliante en plastique blanc, recouverte d'un tissu rouge, avec des cristaux, et des cartes de tarot. Autour, j'ai placé trois chaises en bois. Un grand parasol mauve me protège du soleil. Dessous, pour une ambiance à la fois bohème et ésotérique, j'ai suspendu divers artifices, des attrape-rêves et des plumes. Un panneau, que j'ai peint avec mes petites mains, indique : « Mélissa, visions du passé et prophéties ».

Les clients défilent sans s'arrêter. Je me demande si j'ai réellement sélectionné la meilleure place. Beaucoup choisissent de faire le tour avant de dépenser leur argent, et quand finalement ils se décident, ils sont soit vers le centre de la zone commerciale, soit carrément vers la sortie.

Mais on dirait que le vent tourne.

— Est-ce que vous êtes vraiment voyante ?

L'homme, plutôt petit, le front moite et les joues rouges, se frotte les mains sur son bermuda en toile sombre.

— Oui, monsieur. Prenez place.

D'un geste, je l'invite à s'installer face à moi.

Si de prime abord, j'ai pensé qu'il avait juste chaud, en y regardant de plus près, je réalise qu'il est nerveux. Il lance des œillades dans toutes les directions.

— Monsieur ? Vous vous sentez bien ?

D'un mouvement vif, il reporte son attention sur moi.

— Après tout, je n'ai plus rien à perdre.

Il s'assoit et me dévisage, stoïque. Interloquée, j'attends qu'il me pose une question, comme le font généralement mes clients, mais pas lui. Il se contente de m'observer.

— Je vous écoute, monsieur. Dites-moi ce qui vous amène.

Mes visions du futur fonctionnent rarement sur commande. Ce qui est logique, puisque l'avenir est toujours instable. Tel un entrelacs de fils, chacun est libre de ses choix. Ce qui peut influencer, voire modifier une ou plusieurs destinées.

Quant à celles du passé, elles sont imprévisibles et surviennent sans crier gare, mais les faits sont plus fiables, bien sûr.

— Si vous étiez une vraie voyante, vous ne poseriez pas la question. Mais en même temps, vous êtes la première que je consulte... Puisque vous pouvez voir le passé, je veux savoir ce qui est arrivé à ma petite fille.

— Je vous aiderai comme je le pourrai, monsieur. Seulement, il va falloir que vous soyez un peu plus précis.

Il saisit un cristal de roche, et le fait tourner entre ses doigts. Le nez baissé dans leur direction, il continue.

— Elle n'avait que neuf ans... C'est trop jeune pour mourir...

Ma respiration se bloque. Je me doutais qu'il venait pour un sujet délicat, mais pas à ce point.

— Ses cheveux... Ils étaient tout blancs... et sa peau...

Il relève les yeux vers moi, l'air colérique.

— Je suis ridicule, s'énerve-t-il tout à coup. Consulter une voyante. Je deviens complètement timbré !

Il se lève, et pour l'empêcher de partir, je saisis son poignet. Aussitôt, je suis submergée par une multitude de visions.

Un cimetière, avec une grille en forme de toile d'araignée, entourée de murs de pierres. Un mausolée. Une série de dates...

Un toboggan. Un terrain de jeux pour enfants.

Une grande maison, avec une cour en graviers blancs.

Un homme... Non ! Un loup-garou. Blond, je crois... Avec une chemise de bûcheron.

Une fillette d'une dizaine d'années qui se débat et qui crie. Il me semble que je la connais, mais la vision suivante m'envahit déjà.

Un tissu vert avec...

Je ne sais pas. Ça va trop vite !

Un regard. Des iris vairons. Un bleu et un marron.

Un petit garçon. Avec ses yeux vitreux, impossible de me tromper. Le pauvre a perdu la vie. Quelle horreur ! Sa peau est fripée. Ses cheveux sont blancs.

Un fusil.

— Mais lâchez-moi, espèce de folle !

Terrassée, je retombe sur ma chaise. L'homme s'enfuit à toutes jambes, me laissant là, pantelante, avec désormais mes propres interrogations.

Je tremble. Prise de vertiges, je me force à déglutir et à inspirer. À tâtons, je cherche au niveau de mes pieds, la bouteille d'eau que j'avais préparée. Je retire le bouchon, verse un peu du précieux liquide au creux de ma paume, avant de m'en badigeonner le visage.

— Ça va ? me lance Socrate depuis l'intérieur du camping-car.

Je me contente de lever la main pour tenter à la fois de l'apaiser et de le faire taire, tout en essayant de repasser le film dans ma tête. Impossible. Les images ont défilé trop vite. Il ne me reste que des flashs.

— Mel ! persiste mon familier. Je m'inquiète, là, des fois que t'aies pas remarqué. Dis-moi quelque chose.

Socrate. Je vais avoir besoin de lui pour démêler les nœuds. Si je lui expose mon projet maintenant, dans le meilleur des cas, il va paniquer. Dans le pire, il va carrément criser et s'énerver. Pourtant, grâce à un sortilège de mon cru, je peux lui transférer les visions stockées dans mon subconscient. Je ne peux pas attendre la fin du week-end, sans quoi, les images seront perdues. Elles risquent de se mélanger à toutes les visions que j'aurais eues entre-temps.

Ce sera la seconde fois que j'y aurai recours. Il ne va pas sauter au plafond. À la suite de cette première et unique tentative, nous avons découvert que sa constitution hors norme lui permettait d'encaisser des choses qu'aucun autre familier n'aurait sans doute pu gérer sans y laisser la vie. Il avait beaucoup souffert. Et par ricochet, sa détresse s'était répercutée dans tout mon être. Socrate est une extension de moi, et de ma magie. Ce ne sera pas une partie de plaisir ni pour lui ni pour moi. Seulement, je dois visionner de nouveau ces images, qui sont bien plus importantes qu'une simple tricherie à un examen de philo. Je sens au fond de moi que c'est la bonne chose à faire. Comme une obligation.

Une sorte d'empressement s'empare de moi. Je dois quitter les lieux. Immédiatement. Tant pis pour l'argent ! Il me reste assez d'économies pour tenir quelques mois. Quant à mes souvenirs, je m'en suis passée jusqu'à présent, cela peut attendre encore un peu. J'ai vraiment besoin de savoir. Je veux revoir ces images, et ce sortilège demande trop de concentration assortie d'un calme olympien pour être réalisé ici.

Je me relève enfin, et commence à plier les chaises, lorsqu'une grande femme, en robe à fleurs, m'interpelle.

— Hé, ma jolie ! J'aimerais savoir...

— Désolée, madame. Je dois m'en aller. Je vous invite à aller interroger une consœur un peu plus loin.

— Rhooo... bougonne-t-elle en repartant. Quelle impolitesse !

— Mais oui, c'est ça, marmonné-je en réponse. Je ne t'aurais pas parlé sur ce ton, si vraiment j'avais voulu me montrer discourtoise.

— Qu'est-ce qui se passe ? me demande Socrate en me voyant rentrer les chaises pour les caler dans leur compartiment, sous le lit.

— Je t'expliquerai après. Reste bien à l'intérieur surtout.

— On s'en va déjà ?

— Oui ! m'exclamé-je en ressortant pour récupérer la nappe et la table.

— Je doute qu'on te laisse conduire, m'expose-t-il, comme si je n'y avais pas songé avant. C'est certainement trop risqué avec tout ce monde partout.

— Il le faudra bien, pourtant, rétorqué-je en enfermant le tout dans un placard.

Je finis à peine de ranger le parasol qu'un vigile passe devant le camping-car. Sans nul doute surpris par mon remue-ménage, il vient m'interroger.

— Je dois partir en urgence, lui expliqué-je. Serait-il possible de me frayer un chemin jusqu'à la sortie ?

— Chaque année, c'est pareil, rouspète-t-il. Y en a toujours un ou une qui veut foutre le camp avant la fin. Heureusement, avec l'expérience, on a trouvé comment vous placer de façon à pouvoir rejoindre un des portails. Le plus proche se situe quelques mètres derrière. Je vais appeler deux collègues pour m'aider à dégager un passage.

Il beugle dans son talkie-walkie, pendant que je le remercie. Il m'adresse un vague geste de la main, et je ferme toutes les issues, avant de m'installer au volant.

Cela ne fait que deux mois que j'ai décidé d'embarquer sur les routes. Je n'ai pas encore eu l'occasion de véritablement manœuvrer le camping-car. Après deux frayeurs et un cri tonitruant de la part de l'exposant à côté qui a cru que j'allais emboutir son véhicule, j'aperçois enfin le portail. Je remercie chaleureusement l'homme qui le maintient ouvert, et m'engouffre dans la circulation.

Socrate bondit aussitôt sur le tableau de bord. Vu d'en bas, les gens doivent le prendre pour une décoration, avec sa petite taille.

— Alors, tu m'expliques ou pas ? Je commence à m'impatienter, moi !

— Quand j'ai touché cet homme… ce client… j'ai eu toute une série de visions. Elles n'avaient rien d'habituel. D'ordinaire, j'en ai une seule. Et j'ai le temps d'analyser les images, surtout lorsqu'elles viennent du passé. Là, c'est confus. Je crois que j'ai vu...

Je réfléchis, pour essayer de décortiquer l'ensemble, mais je dois aussi me concentrer sur la route. Et sans GPS pour m'orienter, trouver un coin de campagne un peu désert ne sera pas évident.

— Je t'écoute, me presse Socrate.

— Je ne sais pas ce que j'ai vu, justement. C'est ça, le problème.

J'enclenche le clignotant pour me garer grossièrement sur le bas-côté. Sous une nuée de klaxons, et en désespoir de cause, j'attrape mon portable en espérant enfin saisir comment fonctionne cette maudite application. Je tourne l'écran dans tous les sens, mais la nervosité et l'incompréhension n'ont jamais fait bon ménage.

Socrate, qui sent bien mon impatience, s'éloigne à pas chassés en direction du fauteuil passager.

— Tu vas sortir par la fenêtre et voler pour repérer un coin tranquille. Ensuite, tu reviens, et tu me guides. Je ne peux pas rester là, alors garde aussi un œil sur le camping-car.

— Mais, si un humain me voit ?

— Eh bien, sois discret, lui ordonné-je en appuyant sur le bouton pour ouvrir la fenêtre de son côté.

Il souffle, mais obtempère.

Il nous aura fallu presque une heure pour sortir de la ville de Saint-Louis. Par contre, comme me perdre, c'est ma spécialité, trouver un grand champ désert a été beaucoup plus rapide.

Par acquit de conscience, j'observe quand même les alentours. La petite route goudronnée, des prés à perte de vue, et quelques bâtisses au loin. Parfait !

Socrate est épuisé. Il n'a pas l'habitude de voler. En général, il marche, sautille ou volette, même si sa place favorite reste mon épaule. Je le laisse se détendre, pendant que j'installe une couverture sur l'herbe.

Je ne suis pas douée en potions ni en magie en règle générale. Ma mère disait que c'était parce que, pour une sorcière, je possédais peu d'essence magique. Ce serait également pour cette raison que j'ai un familier aussi étrange. Cependant, ce sortilège, je l'ai déjà utilisé une fois. Donc, je ne vois pas pourquoi je ne pourrais pas renouveler l'expérience.

Assise en tailleur, je positionne mon chaudron en cuivre, dans lequel je mets du romarin, de la cannelle, des yeux de triton, des graines de carotte, et de la lavande. Puis, je recouvre le tout d'eau de lune. Ensuite, à côté, je cale mon bougeoir avec sa chandelle violette pour l'intuition, que j'allumerai à la dernière minute.

Il ne me reste plus qu'à appeler mon familier. Mon cœur se serre. Je me sens tiraillée. Je voudrais le laisser se reposer, et en même temps, je dois savoir ce que ces visions recèlent.

— Socrate, tu viens ?

— Non ! Va te faire voir !

Je me lève pour aller le rejoindre dans le camping-car. Il s'est installé dans ce que l'on appelle sa chambre. Il s'agit en réalité d'un compartiment en hauteur, au-dessus de mon lit. Nous l'avons aménagé à son goût. Il a choisi la couverture, un plaid Marvel, ainsi que le parfum à la guimauve qu'il pulvérise à chaque fois qu'il s'y met. Là, il a eu la main lourde.

— Je sais ce que tu ressens. Moi non plus je n'ai pas envie de réaliser ce sortilège. Seulement, je ne trouve pas les mots pour t'expliquer ce que j'ai vu. Surtout que tout a tendance à s'évaporer… Je sens que je dois le faire. C'est impératif. Mes émotions, et plus particulièrement mes intuitions, font partie de moi, au même titre que mes visions. Ou que toi… Je ne pourrais pas vivre sans toi… Je te promets de ne prendre aucun risque, et de tout arrêter si ça devient trop dangereux. D'accord ? Tu veux bien m'aider ?

Il s'enveloppe de ses ailes et me tourne le dos.

— Et si je t'offre une glace au caramel après ?

— Avec du chocolat fondant, et des bonbons multicolores ?

— Ouiiii. Avec une cascade de chocolat et une myriade de bonbons.

Un peu plus enclin, il sort de son refuge.

J'angoisse. Je sais ce qui nous attend, et j'avoue que moi-même, je vais apprécier une glace, mais à la vanille…

Je reprends ma place, en tailleur, et Socrate s'installe juste en face de moi, à côté de la bougie, que j'allume. J'agite ma clochette, pour dissiper toutes les mauvaises énergies éventuelles, et me concentre sur ses gros yeux verts globuleux.

J'ignore combien de temps s'écoule, avant que mon cerveau daigne exhumer l'information. Tout à coup, je me sens de nouveau assaillie.

Le toboggan. Le terrain de jeux pour enfants. Je le reconnais, nous y allions avec maman.

Une fillette qui crie. Je l'ai déjà vue, mais elle est trop loin pour que je l'identifie parfaitement !

La grande maison, avec sa cour en graviers blancs.

Le loup-garou avec une chemise à gros carreaux.

Le tissu vert émeraude… Un mouchoir, peut-être… Il y a des initiales, on dirait…

Le portail en forme de toile d'araignée.

Des iris vairons. Un bleu et un marron. Ils me glacent le sang.

Et ce petit garçon avec sa peau fripée et ses cheveux blancs.

Lui, je ne m'en souviens que trop bien…

La pression retombe d'un coup. Je m'affale sur le côté, et entre mes paupières qui papillotent, je distingue Socrate qui tente de rester droit. Il est fort, mon drôle de familier, même si je ressens sa douleur jusque dans mes propres entrailles. Cela ne l'arrête pas. Il souffle la bougie, avant de venir se pelotonner contre mon ventre. Je drape un bras autour de lui, puis je ferme les yeux.

Andrew

Hasard ou coïncidence

Je largue Blondie à la sortie du camping, à un arrêt de bus, et file au garage. La circulation dans Atlanta a beau être plus fluide à cette heure-ci, ça reste la galère.

À mon arrivée, il est déjà plus de onze heures. Wyatt en profite pour me passer un second savon, avant de m'envoyer travailler sur une petite Honda Civic bleue, accidentée. Il y a un feu à changer à l'arrière, ainsi que le pare-chocs. La propriétaire doit la récupérer ce soir. Je m'applique à la tâche, et quand vient l'heure de la pause, je choisis de rester là. Aller au bar-restaurant d'à côté me semble trop risqué, en raison de ma décision toute fraîche d'arrêter de boire.

La journée passe lentement, mais au moins je m'occupe, ce qui m'évite de cogiter.

— Andy ! m'interpelle mon patron, alors que j'ai le nez plongé dans le moteur d'une Volkswagen. Ramène tes fesses par ici.

J'attrape un chiffon sur le chariot, puis me dirige vers lui tout en m'essuyant les pinces.

— Ferme la porte et assieds-toi, m'ordonne-t-il.

Son bureau empeste la sueur et le cigare. Normal, il a tout le temps un de ces énormes barreaux de chaise au bec. Je l'aime bien, ce type. Il m'a tendu la main quand j'en avais le plus besoin ! Si j'osais, je lui dirais d'aller faire un peu de sport. Je m'inquiète pour sa santé. J'ai l'impression d'entendre les boutons de sa chemise hawaïenne crier à l'aide, tellement ils sont étirés sur sa grosse bedaine.

Mais c'est mon boss… Alors, j'obtempère. Même si obéir à un humain a tendance à agacer mon loup. Or, c'est le prix à payer pour avoir choisi de vivre seul. Je dois me comporter comme eux, et éviter de faire trop de vagues. Bien que sur ce point, la définition de « trop de vagues » mérite d'être étayée.

— Je sais ce que tu vas me dire, tenté-je malgré tout, en cherchant ses iris bleus sous ses paupières bouffies par l'excès de malbouffe.

— Ah oui, eh bien, je t'écoute.

— Que je n'ai pas assuré, une fois de plus, et que si je ne me ressaisis pas…

— Non, Andy. On a dépassé ce stade. Je t'ai donné ta chance, parce que j'ai bien vu que tu souffrais. Mais cela fait maintenant plus de quatre ans, et tu continues à t'enfoncer. J'ai moi aussi eu ma période où je cherchais l'évasion dans le fond d'une bouteille. Pourtant, je t'assure que c'est loin d'être la solution.

Je me mords la langue. Je lui dois énormément. Sans lui, je n'habiterais même pas ce mobil-home. Je vivrais sûrement dans la rue, comme un clodo.

— Je sais que tu as raison, Wyatt. D'ailleurs, j'ai décidé, pas plus tard que ce matin, de me reprendre en main.

— Ouais… sauf que ce genre de discours, tu me l'as déjà servi, Andy. Alors, je suis allé te chercher ça tout à l'heure.

Au bout de ses doigts boudinés pend un prospectus en papier glacé. Sur la photo en première page, je reconnais l'église du quartier. Au dos, le gros titre indique *Association des alcooliques anonymes*. En dessous se trouve une liste de dates et d'horaires.

— Ces réunions m'ont beaucoup aidé, m'explique-t-il. Tu devrais t'y rendre. Juste pour voir. Tu as la dépanneuse tout le week-end, et je sais que tu es sérieux pour assurer tes astreintes. Mais si tu le souhaites, je peux t'accompagner à la première ce soir. Comme ça, si jamais le téléphone sonne, c'est moi qui irai.

Je suis tellement surpris par son discours, que j'en perds mon vocabulaire. Alors, je me contente du minimum.

— Merci, Wyatt. Je vais y réfléchir.

— Ouais… Ça, je sais très bien ce que ça veut dire. Bon, écoute, tu as mon numéro si jamais tu changes d'avis. Seulement, souviens-toi. Encore un retard comme ce matin, et c'est sérieux cette fois, je serai obligé de te licencier.

Je pince les lèvres en sentant qu'effectivement, ce sera mon dernier avertissement.

— Est-ce que tu as fini la Volkswagen ?

— Pas tout à fait. Je dois en avoir pour une demi-heure peut-être.

— OK. Je te laisse fermer la boutique, alors.

Il me tend le double des clés du garage, et je repars faire ce que je sais faire de mieux. Les moteurs… Monter, démonter… La mécanique, j'ai toujours adoré ça. Il suffit de changer une pièce, ou de nettoyer un truc pour que tout redémarre.

Si seulement nous pouvions fonctionner de la même façon. Tiens, tu as quelques neurones défectueux… Un cheminement de pensées à la con… Ben, attends ! Un tour de vis, trois coups de marteau, une poignée de neurones neufs, et c'est reparti pour un tour de manège !

Je claque le capot de la Volkswagen, quand une voix féminine s'élève dans mon dos.

— Excusez-moi ? Je suis désolée. Dites-moi si c'est trop tard. Je repasserai lundi.

— Ben… Ouais, normalement, nous sommes fermés. Mais bon, comme je suis là… je vous écoute.

Cette femme, à la peau café au lait, aux yeux noisette, et au visage un peu trop long, m'interpelle. Sa robe blanche flotte dans le courant d'air généré par les deux portes grandes ouvertes. J'aurais tendance à penser que c'est une sorcière, et pourtant, je jurerais aussi qu'elle est humaine.

Étrange…

— Je souhaite récupérer la Honda Civic bleue, garée sur le parking.

— Vous êtes la propriétaire ?

— Oui, tenez, me dit-elle en me tendant la carte grise.

— Winborne Charlotte. OK. Venez avec moi dans le bureau, madame Winborne. Il y a un peu de paperasse, mais vous pourrez repartir avec. Vous payez comment ?

— En liquide. Toujours.

— Vous êtes sûre ? C'est une sacrée somme !

— C'est dans mes habitudes.

Je ne renchéris pas. Après tout, c'est sa vie. Et je ne sais pas pourquoi, mais je n'ai qu'une envie, c'est que cette nana se barre. Elle sent tellement les embrouilles, qu'elle en perturbe mon loup.

Abigaëlle

Sauvetage mortel

Harold ne se sent vraiment pas bien. Il a passé la journée enfermé dans sa chambre. Cette régression le déprime. Pour le distraire, j'avais commandé deux escortes, qu'il a congédiées, dès qu'elles ont franchi la porte.

J'imagine combien ce doit être pénible pour lui de se retrouver de nouveau bloqué dans ce maudit fauteuil, même si c'est provisoire. Seulement, nous devions quitter Austin au plus vite, et par précaution, faire un peu profil bas. Voilà maintenant un mois et demi que nous n'avons rien consommé. La faim le rend grognon.

Charlotte supporte mieux cet état. Même si je déteste avoir un trop grand aperçu de sa décrépitude, elle conserve une certaine joie de vivre.

Parfois, je me dis qu'ils ont trop confiance en moi. Cela dit, il n'est pas raisonnable de leur expliquer que la nourriture de qualité et en quantité devient rare. Je préfère les laisser dans l'ignorance. La logistique, c'est mon domaine réservé.

Appuyée contre la rambarde en métal du balcon de notre appartement, j'attends que Charlotte finisse de se préparer. Birdy, qui avait grand besoin de se détendre les ailes, est partie en repérage. Les yeux fermés, je serre les mains sur le garde-corps. Je cherche en moi mon double, ma conscience, pour la libérer. Quand mon corps astral s'affranchit du carcan de ma chair, il s'élève dans les cieux pour retrouver mon autre moitié. Ma très chère buse à queue rousse, mon familier, ma Birdy. Je ne tarde pas à la localiser. Elle m'accueille dans son esprit, me gratifie d'une place de choix, et ensemble, nous volons par-dessus les toits et les rues d'Atlanta. Je sais que c'est impossible, mais j'ai l'impression de sentir le vent dans ses plumes, ainsi que le mouvement fluide de ses ailes. Par contre, je peux tout voir à travers ses yeux. C'est d'ailleurs tout l'intérêt de cette manœuvre.

Nous cherchons quelque chose de particulier. Grâce à ses sens aiguisés, cela ne devrait pas prendre trop de temps. Sauf si une main chaude se pose sur la mienne. Le contraste de température me rappelle forcément à l'ordre, étant donné que pendant cette période où je me dédouble, la mienne chute.

— Abbie, me susurre Charlotte au creux de l'oreille. Il se fait tard, et je voudrais vraiment récupérer ma voiture ce soir.

Mon esprit regagne sa place, qui, comme à chaque fois, me semble trop étroite. Comme si au fil des siècles, le fait d'emmagasiner de nouvelles informations, de nouveaux souvenirs, l'étoffait au point de rendre mon enveloppe charnelle étriquée, inconfortable. Je ne peux réprimer un petit grognement, qui n'échappe pas à ma compagne.

— Je suis désolée, s'excuse-t-elle.

Malgré nos presque trente-six ans de vie commune, elle se comporte encore comme une victime, par moments. Même si pour une fois, elle n'a pas fui mon regard... Depuis que nous l'avons libérée de son bourreau, elle devient petit à petit une femme forte, affirmée et indépendante.

Nous habitions la Louisiane à cette époque. Harold avait déniché un riche héritier, jeune et stupide. Il était le dernier de sa lignée. La cible parfaite pour renflouer notre compte en banque, qui en avait pris un coup après notre virée à Las Vegas. Son exploitation de canne à sucre et de coton se situait sur des terres isolées. Pour les atteindre, nous devions emprunter de petits bateaux et sillonner le bayou. Pour la plus grande joie de Birdy, qui passa la nuit dans les alentours, à se repaître de tout ce que la nature lui offrait.

Nous avons amarré sur les coups de 20 h. À peine nos pieds posés sur l'allée de dalles blanches, qu'une jeune fille, d'environ 20 ans, se précipita en prenant garde de ne pas tomber. Sur son plateau argenté trônaient deux flûtes de champagne. J'en saisis une, tout en conservant mes pupilles plantées dans les siennes. La lune ronde éclairait sa beauté presque mystique, au point de me couper le souffle. Elle réveillait des émotions que je pensais éteintes à jamais. C'était étrange après la perte de ma Margot adorée.

Mes yeux glissèrent le long de sa fine silhouette, moulée dans une longue robe noire de servante, avec un tablier blanc. La brise fraîche lui donnait la chair de poule, et mon envie de la protéger explosa.

— Maître Frédérik vous attend dans la salle à manger. Si vous voulez bien me suivre.

Gainée dans une servitude à tordre les boyaux, cette beauté créole nous guida jusqu'à la grande demeure. De style colonial, avec ses murs clairs, elle contrastait avec l'obscurité de la nuit.

— Tu as vu ce jardin ? me chuchota Harold.

Je ne pus lui répondre, tant mon attention restait fixée sur la seule attraction digne de ce nom.

Une fois dans l'immense hall d'entrée, avec son sol en marbre et ses imposantes colonnes, elle tendit la main vers une double porte ouverte, sur notre droite. La chaleur qui régnait à l'intérieur m'étouffa.

— Aaaahhh ! s'exclama notre hôte. Vous voilà, enfin. Venez, mes amis.

Vêtu d'un costume clair, taillé sur mesure, Frédérik Vincent, 3e du nom, nous accueillit les bras grands ouverts. Harold répondit à son accolade en lui administrant trois tapes viriles dans le dos. Lorsqu'il se tourna vers moi, il voulut s'emparer de mes doigts, sans doute pour exécuter un baise-main, mais je l'évitai. Je retirai mes gants, tout en me dirigeant vers un des tableaux suspendus au-dessus de la cheminée. Je reconnus aussitôt la patte inimitable du grand Claude Monet.

Étant moi-même d'origine française, je sus dès le premier coup d'œil que la place idéale pour cette petite merveille serait dans mon appartement de New York. Quand on vit aussi longtemps que moi, posséder plusieurs demeures, sous différentes identités, s'avère primordial.

— Frédérik, commença Harold, je te présente mon amie, la duchesse Veronica d'Amarante.

Après les salutations d'usage, nous eûmes droit à une visite du rez-de-chaussée en bonne et due forme. Le jeune Frédérik déclamait avec fierté l'origine, et surtout le coût de certaines des œuvres d'art amassées par son père. Je n'eus pas besoin de me rendre à l'étage pour savoir, et ce, dès notre arrivée, que les heures de Frédérik Vincent, 3e du nom, étaient comptées. Mais les choses s'accélérèrent au cours du repas, quand celle qui est devenue ma Charlotte nous apporta le plat de résistance, et qu'en repartant, ce goujat lui claqua les fesses comme si elle n'était qu'une vulgaire catin.

Je ne supporte pas que l'on manque de respect aux femmes. D'un geste vif, je m'emparai d'un des couteaux sur la table, et lui tranchai la gorge.

Charlotte hurla de terreur, pendant qu'Harold rouspétait. Non après son costume neuf, désormais saccagé. Cela n'était qu'un détail. Mais parce que je n'avais pas suivi le plan. Nous avions pour objectif de ruiner ce petit arriviste et de lui racheter sa propriété. Dans un second temps, nous aurions donné son corps aux crocodiles. Mais à partir de ce moment-là, nous eûmes jusqu'à l'aube pour vider la résidence d'un maximum de ses œuvres d'art et autres biens de valeur, avant d'y mettre le feu. La priorité étant d'effacer nos traces.

Ma compagne m'apprit, quelques mois plus tard, que Frédérik Vincent, 3e du nom, avait hérité de la demeure, ainsi que de Charlotte, environ un an plus tôt. La pauvre enfant avait été adoptée à l'âge de 7 ans. Lorsqu'elle m'avoua ce que lui imposait le père toutes les nuits, en venant la retrouver dans sa chambre, j'en eus la nausée. Son discours raviva de vieux souvenirs que j'espérais oubliés.

J'avais alors regretté ma promptitude. J'aurais aimé prolonger davantage le supplice du jeune Vincent, 3e du nom. Surtout qu'il ne s'était pas gêné pour prendre le relais de son père...

Mais mon brave Harold, qui a toujours eu le nez fin pour identifier des cibles faciles, est contre la torture. Et ce, quelles que soient les *circonstances. Et pour notre survie à tous les trois, son flair s'avère bien plus précieux qu'une simple vengeance.*

Je saisis le menton de Charlotte, pour caresser avec mon pouce, l'ourlet de sa lèvre inférieure.

— Cesse de t'excuser, ma chérie. Tu as tout à fait le droit de vouloir récupérer ta voiture pour sortir t'amuser. Cela ne t'arrive pas souvent. Et tu as été tellement privée de tout pendant si longtemps, je comprends que tu aies besoin d'explorer le monde. Dois-je te rappeler que je suis passée par là, moi aussi ?

Est-ce que ce sont tous nos points communs qui agissent comme des étoiles en orbite entre Charlotte et moi ? Nous attirant l'une vers l'autre, dans une danse céleste, créant une alchimie inexplicable ? Ou est-ce juste un amour sans bornes ?

Je l'ignore, et je ne souhaite pas rationaliser notre relation. Je préfère me contenter des moments que la vie nous offre. Je dépose un tendre baiser sur ses lèvres de rubis, qui suffit à lui redonner le sourire.

— J'ai choisi cette robe, mais je me demande si elle n'est pas trop voyante.

Le blanc met en valeur sa peau caramel.

— Tu es magnifique. Tu devrais prendre les escarpins que tu aimes tant, en bas, dans l'armoire de droite. Ils seraient parfaitement assortis.

— Les Louboutin ? Tu es sûre ?

Ses yeux pétillent d'une telle excitation que dans ces moments-là, je lui céderais tout et n'importe quoi.

— Oui, vas-y. Et dépêche-toi, sinon le garage sera fermé.

Elle s'éloigne en ondulant avec grâce entre les deux canapés en velours crème, jusqu'à la porte de notre chambre.

J'observe le ciel quelques secondes, avant de rentrer à mon tour.

Je pousse les battants de la fenêtre, en prenant garde de laisser assez d'espace pour que Birdy puisse venir se reposer. Je ne doute pas de la trouver ici, bien avant mon retour.

Sur la console en demi-cercle, juste à côté du téléviseur dont les proportions rappellent celles d'une toile de cinéma, je récupère mon portable. Dans le répertoire, je cherche le numéro de notre nouvelle chauffeuse, Sarah, afin de m'assurer qu'elle nous attendra devant la porte principale, lorsque nous descendrons.

Charlotte revient presque en sautillant. Le temps n'a pas d'emprise sur sa joie de vivre retrouvée. Cela me réjouit.

Nous empruntons l'ascenseur privé, qui nous conduit dans le hall. En passant, nous saluons le gardien de l'immeuble, qui d'ici quelques jours aura, dans le meilleur des cas, perdu son emploi. Sinon, il lui sera arrivé un tragique accident.

C'est triste, mais notre survie prime sur tout le reste. Les témoins représentent un trop grand risque pour les laisser évoluer à notre contact en toute quiétude.

Mélissa

Révélations troublantes

Mon front est moite. Mon débardeur jaune colle contre mon dos. J'essaie de déglutir, seulement, j'ai si soif, que cela m'est impossible. Je sens les ailes de Socrate, légèrement enfoncées dans mon abdomen. J'ignore l'heure qu'il est, mais le soleil est haut dans le ciel. J'ai l'impression qu'il darde ses rayons uniquement sur moi, tellement j'ai chaud. J'aurais dû anticiper en installant au moins le parasol. Je savais qu'une fois le rituel accompli, nous serions deux loques, juste bonnes à dormir.

Je me relève en gémissant, tant mon corps est ankylosé. Je découvre alors que le soleil s'est montré plus que généreux en teintant la peau de mon bras droit d'un magnifique rouge vif. Je touche ma joue, qui, elle non plus, n'a pas été épargnée. Super ! Il a fallu que je dorme sur le côté gauche. Si au moins j'avais inversé, on aurait pu croire que j'avais cramé en conduisant.

Heureusement, avant de partir, j'avais commandé tout un stock de décoctions sur le site *Les potions magiques de Hope*. Les avoir à portée de main me permet de les étudier, et de m'en inspirer pour essayer de m'améliorer. Comme mes mixtures déclenchent parfois des effets secondaires assez inattendus, pour ne pas dire désagréables, je préfère jouer la carte de la prudence. Mon panier d'achats était tellement garni, que j'ai eu droit à deux échantillons gratuits. Une veine, puisque j'ai choisi le spécial coups de soleil.

Je prends Socrate dans mes bras, et le porte à l'intérieur. La température dans le camping-car est pire qu'à l'extérieur. Je dépose mon familier dans sa chambre, et ouvre toutes les fenêtres en grand, avant de récupérer le matériel qui reste dehors.

Vu l'état de fatigue de Socrate, je dois patienter pour que l'on se connecte, et que nous puissions visualiser les images au ralenti.

En attendant, je commence par me badigeonner de potion. Grâce à sa texture et à son odeur, je détecte aussitôt le miel comme ingrédient majeur. Pour le reste, je dirais de la fraise, peut-être ? Il doit sûrement y avoir un véritable cocktail, car l'effet apaisant se ressent presque tout de suite. Et c'est vraiment le principal !

Je me rince les mains, puis je prends mon portable, pour lancer la fameuse application GPS, avec le désir un peu fou de comprendre son fonctionnement.

Une heure plus tard, et avec l'aide de quelques vidéos explicatives sur YouTube, je règle notre destination sur la grande ville de Memphis. Après Saint-Louis, je comptais me rendre en Louisiane. Il paraît que c'est très beau. En plus, je devrais facilement trouver des clients là-bas. Même pour les humains, le surnaturel, ou paranormal comme ils disent, fait quasiment partie de leur culture.

Memphis se situe environ à mi-parcours. Cela me permettra d'apprivoiser l'application.

J'espère dénicher un fast-food ou quelque chose dans le genre, pour tenir ma promesse envers Socrate. En plus, j'avoue que, moi aussi, j'apprécierais volontiers une glace. Je referme toutes les fenêtres, allume la climatisation à fond et nous voilà partis.

Je roule une vingtaine de minutes, lorsque mon petit Socrate émerge.

— Où est ma glace au caramel ? m'interroge-t-il aussitôt. Tu m'as promis une glace au caramel !

Bien que concentrée sur la route, j'éclate de rire.

— Tu ne perds pas le nord, toi !

— Jamais ! réplique-t-il en venant s'asseoir sur le fauteuil passager. Alors ? J'attends.

— J'étais partie pour nous chercher ça, justement. Mais comme tu es réveillé, et que l'on est encore dans une zone peu fréquentée, on pourrait peut-être en profiter, avant.

— Et ta promesse ?

— Je vais la tenir. Seulement, j'aimerais vraiment revoir mes visions d'abord.

Je lui adresse une moue triste, et grâce à son cœur aussi grand que l'Australie, il craque.

Je me gare sur le bas-côté, j'enclenche les feux de détresse, et laisse le moteur tourner. Pas question de se retrouver à nouveau dans un four, alors que la climatisation commence tout juste à se faire sentir.

Je fais face à Socrate, puis je verrouille mon regard au sien. Les bras relâchés le long du corps, je roule des épaules pour me détendre. Sa mémoire se déverse lentement dans ma conscience. Je ne comprends pas la majorité des images qui défilent, bien que l'une d'entre elles en particulier attire mon attention.

La petite fille avec ses nattes brunes, qui hurle en se débattant. Quelqu'un l'entraîne en direction de la forêt.

Je la reconnais.

L'angle de vue diffère des autres visions. Elle s'accompagne d'une tension inhabituelle dans mes muscles. Mon cœur s'emballe. Un cri enfle dans ma poitrine.

Parce que ce n'est pas une simple vision.

C'est un souvenir.

Un souvenir extirpé de ma mémoire défaillante.

Je me trouvais là. Je l'ai vue se faire kidnapper. Je me tenais en haut du toboggan qui permet de descendre du toit du château en bois, au parc où maman nous emmenait régulièrement avant… le drame. C'est ma sœur aînée, Anaïs. Sur le coup, j'étais tellement choquée, que j'ai eu l'impression d'être attaquée. À tel point que j'en suis tombée sur les fesses.

Le souffle court, et complètement sidérée, je m'appuie contre le dossier de mon fauteuil, sans même prendre la peine de me remettre face à la route.

Comment ai-je pu oublier un souvenir pareil ?

À l'instar d'une pelote de laine que l'on déroule, la suite des événements commence à me revenir.

Je glisse du toboggan pour alerter maman. La panique s'empare du visage de ma mère. Elle tient bien ma main, pendant que je la guide en direction du dernier endroit où j'ai aperçu Anaïs. Ses cris, ainsi que ses pleurs, résonnent encore dans l'air. Ensuite, tout s'entremêle avec des trous noirs. Bien qu'Anaïs soit la seule à avoir disparu, les gens s'agitent, à la recherche de leur propre enfant. Enfin, ils se décident à venir nous aider. Je revois des gyrophares partout, et papa qui arrive. Il serre maman dans ses bras, avant de se jeter sur moi. Il m'enlace si fort que j'ai l'impression qu'il va me casser en deux. Puis maman qui m'amène chez grand-mère Yeta, pendant que je répète en boucle *je veux ma sœur*. Le désarroi sur le visage de grand-mère Yeta. Elle m'installe au salon avec elle, où elle me dit…

Non…

Elle n'a pas pu faire ça…

Je me redresse lentement, comme si ce geste allait m'aider à remettre toutes les pièces du puzzle de ma mémoire à leur place. J'observe de nouveau les yeux de Socrate, qui patiente sans bouger.

— Mel ? Tu vas bien ?

Mais je ne peux pas parler. Je suis encore plus choquée qu'il y a quelques minutes en arrière.

— Tu me fais flipper, là. Mel ! Mélissa ! Dis quelque chose, bon sang ! Tu es toute blanche !

Il saute en se guidant de ses ailes pour atterrir sur mes genoux. J'enroule mes bras autour de son corps pierreux mais chaud, pour le serrer contre moi.

— Qu'as-tu vu ?

— C'est à cause de Yeta si j'ai des trous dans la tête.

— Quoi ? Tu délires ! Qu'est-ce que tu racontes ?

Je relâche ma prise autour de mon familier, puis j'accroche son regard, tel un ancrage dans ma réalité. Dans mon présent.

— Ma sœur Anaïs n'est pas morte d'une chute en s'amusant au parc. Ce qui justifiait le fait que l'on n'y aille plus. En vérité, elle a été kidnappée. C'est ça, la vision de la petite fille qui crie, détaillé-je pour qu'il suive bien mes propos. Et le soir, alors que Yeta avait ma garde, sans doute pendant que mes parents la cherchaient en compagnie de la police, elle m'a fait boire une potion d'amnésie.

Socrate, plutôt bavard d'ordinaire, se contente d'écarquiller les yeux.

— C'est impossible, finit-il par lâcher. Pourquoi un membre de ta propre famille aurait trahi ta confiance ?

— Je n'arrivais pas à me calmer. J'étais effrayée, et je n'arrêtais pas de pleurer. Je répétais en boucle que je voulais Anaïs. On s'est assises sur le canapé, et elle m'a demandé d'avaler le contenu d'un verre en me disant : « *Je te promets qu'après, ce sera comme si rien ne s'était passé.* »

Nous restons abasourdis plusieurs minutes. C'est le camping-car qui nous rappelle à l'ordre, en se mettant à biper. J'ai laissé le moteur tourner trop longtemps. Il est en train de surchauffer. Je m'empresse de le stopper, avant de reporter mon attention sur Socrate.

— En vidant la maison de ta mère, tu avais trouvé un carton, avec le prénom de ta sœur écrit en gros. Tu as refusé de l'ouvrir, tu t'en souviens ?

Je le soulève pour lui faire une grosse bise sur ce qui s'apparente à sa joue.

— Socrate, tu es un génie parfois !

— Je sais.

Je pouffe.

— Dès que j'aurai déniché un endroit qui sert des glaces, tu auras le droit d'en prendre deux, si tu veux !

Je le repose, et regarde en direction du lit. En dessous, il y a un grand espace dans lequel j'ai stocké des affaires en prévision de l'hiver, et surtout, ce fameux carton.

J'ai ouvert toutes les fenêtres, invitant ainsi une petite brise presque fraîche à traverser le camping-car. Malgré tout, après une bonne demi-heure à sortir tout ce que j'avais pris soin de ranger de façon méthodique, je suis en nage. Mais par bonheur, je tiens enfin le précieux carton.

Assise sur la banquette, je l'ai posé juste à côté de moi. Je plante avec précaution la lame du couteau pour déchirer le ruban adhésif. La première chose que j'attrape, c'est une couverture pour bébé de couleur crème, identique à la mienne. La seule différence, c'est le prénom *Anaïs* brodé dessus, en lettres dorées. J'ignore pourquoi, mais je la porte jusqu'à mon nez. Comme si elle pouvait encore dégager l'odeur de ma sœur... Mais elle empeste juste le renfermé... Déçue, je la replie, avant de la placer sur la table, devant moi, les yeux humides.

Socrate, perché sur le bord de la banquette, m'observe sans rien dire. Même si je sens bien que tout comme moi, il éprouve une certaine fébrilité.

Je trouve aussi un hochet avec le grelot en métal, que je secoue doucement, ainsi qu'une poupée en tissu éponge bleu, avec le visage en plastique. Je revois très bien Anaïs qui la traînait partout avec elle, dans la maison. Elle l'avait baptisée Caroline. Si je m'écoutais, je la serrerais contre mon cœur... Je la mets de côté, en sachant qu'elle ne retournera pas dans le carton. Sa nouvelle place sera sur mon lit.

Je continue mon exploration, et sors deux albums. Je reconnais quelques photos, pour les avoir vues chez grand-mère Yeta, ou sur les murs et les meubles chez ma mère. D'autres me sont complètement inconnues. Certaines, parce que je n'étais pas née, d'autres, parce que j'étais trop petite pour m'en souvenir. Je prends le temps de les feuilleter un peu, curieuse et nostalgique à la fois.

Tout au fond, il reste plusieurs chemises cartonnées de différentes couleurs. Je remarque vite plusieurs points communs entre elles. En plus de porter chacune un nom et un prénom, ceux-ci sont tous écrits de la même main. Celle de mon père. Il n'y a que la rouge où un seul prénom est mentionné. Celui de ma sœur. *Anaïs.* Je l'ouvre et l'horreur me submerge, accompagnée d'une vague de nausée. C'est si violent que mon premier réflexe consiste à la refermer aussitôt.

— Qu'est-ce que c'est ? s'inquiète Socrate.

Une larme chatouille ma joue droite en glissant.

— Un rapport de police, je crois... bafouillé-je.

Il se penche au-dessus du carton.

— Et les autres pochettes ?

Je m'empare de la bleu foncé, sur laquelle il est inscrit *Matthew Thompson*. Je tire sur les élastiques, et la première chose que je vois, c'est la photo maintenue par un trombone, dans l'angle en haut à gauche. Un petit garçon d'environ 5 ou 6 ans, avec des taches de son sur ses joues rebondies. Il sourit de toutes ses dents. Enfin, sauf une juste sous son nez, qui est manquante. Des épis roux dépassent de sa casquette verte, avec un dinosaure dessiné sur le devant.

Que fait-il là, ce dossier ? Je me souviens que mon père partait souvent en voyage, après la disparition d'Anaïs. Ma mère disait que c'était pour le travail. Se peut-il qu'en réalité, il ait mené une enquête pour savoir ce qui était arrivé à ma sœur ?

En dessous du cliché, je remarque tout de suite le logo de la PCS – Police des Créatures Surnaturelles. Sous son nom et son prénom, sa nature : *sorcier*.

Je tique toujours face à cette appellation, étant donné que les hommes qui détiennent des pouvoirs préfèrent le mot *magicien*. Question de machisme, sans doute.

Je le sais, parce que la magie est... enfin... était puissante dans ma famille. Maintenant que j'en suis la dernière représentante, celle-ci s'éteindra très certainement avec moi.

En tout cas, mon père insistait lourdement sur ce terme : *magicien*.

Je le revois brandir sa canne, sur laquelle une énorme pierre verte lui servait de pommeau. Il souriait en expliquant :

« Et ça, alors ? Beaucoup pensent que c'est un accessoire de mode, mais pas du tout ! Pour un magicien, sa canne, c'est l'équivalent du familier pour une sorcière. »

Me plonger dans ce carton remue de vieux souvenirs, ainsi que mes tripes et mes émotions.

Je ferme les yeux, pour me donner une contenance. Quand je les rouvre, ils se posent sur la date de naissance de Matthew : *21 octobre 1985*. À côté, il est noté, *disparu le 4 mars 1991, à Denver, Colorado.*

En dessous : *retrouvé décédé le 5 mars 1991, à Denver, Colorado.*

J'ai un haut-le-cœur. La vision du garçon momifié aux cheveux blancs s'impose dans mon esprit. Je sais que ce n'est pas Matthew. Dans ma vision, l'enfant était plus chétif. Cela signifie qu'entre Anaïs, Matthew et ce petit garçon, cela fait déjà trois victimes... La nausée remporte le duel. La main sur les lèvres, je bondis de la banquette et file à travers la porte restée ouverte. Vomir l'estomac vide est sans doute pire que lorsqu'il est plein ; la gorge en feu, les larmes aux yeux, sans parler du goût infect dans la bouche. Les spasmes perdurent un long moment.

— Tiens ! prononce tant bien que mal Socrate, qui volette à hauteur de mon visage, en tenant un torchon dans son bec.

Je m'essuie, et m'assois quelques instants sur la marche, devant le camping-car.

— Tu n'es pas obligée de regarder tout ça, tu sais ? On pourrait très bien reprendre la route, et partir vers la Louisiane, comme nous l'avions prévu.

Socrate tente uniquement de me protéger en disant cela, pourtant, je me sens blessée. Voire carrément diminuée. Comme si j'étais trop fragile pour encaisser. Et même si c'était le cas, je suis allée trop loin dans mes recherches et mes souvenirs. Je veux savoir ce qui est arrivé à Anaïs. Pourquoi est-ce que l'on m'a caché la vérité, au point d'effacer ma mémoire ?

Je ne doute pas une seule seconde que l'idée de base consistait à me protéger. Encore... Mon côté enjoué m'a toujours porté préjudice, laissant penser à mon entourage que j'étais naïve, trop douce et surtout fragile, pour supporter les vicissitudes de ce monde.

Les surnaturels et la magie ont beau exister, je n'ai jamais croisé de bisounours. Et il y a bien longtemps que je ne crois plus au père Noël, non plus.

— Pas question que j'abandonne ! protesté-je en me relevant.

— Tant pis ! J'aurai essayé.

Je reprends ma place, et poursuis ma lecture. Les éléments suivants dans le dossier de Matthew ne recèlent rien de très intéressant. Sa couleur de cheveux, sa taille, l'identité de ses parents, leur adresse. Je tourne la page, et tombe sur un morceau de carte détaillée de Denver. Dessus, au marqueur rouge, deux croix ont été tracées. La première indique l'endroit où il a été vu pour la dernière fois. Il s'agit d'un parking, à côté d'un stade. La seconde, là où son corps a été retrouvé, quelques rues plus loin.

Le feuillet derrière relate le témoignage de la personne qui l'a repéré, un certain Norman Kowalski, éboueur. Il venait de relever le couvercle du conteneur et s'apprêtait à le positionner à l'arrière de la benne, lorsqu'il a aperçu la main de Matthew.

Je pensais que je ne pouvais pas tomber sur pire, mais je me trompais. À la fin du dossier, je trouve le rapport d'autopsie. Cause du décès : *inconnue*. Avec, il y a des photos, mais la première me suffit. Ses cheveux d'un beau roux flamboyant sont devenus blancs. Sa peau ridée, momifiée, toute claire, donne l'impression qu'il est mort de peur.

Pauvre petit ange...

Je referme la chemise d'un geste si vif que le carton fouette l'air en claquant.

J'ose espérer qu'il n'est pas arrivé la même chose à ma sœur, mais au fond de moi, je sais que si ce dossier se trouve là, ce n'est pas par hasard.

Je rouvre donc la rouge, et vais directement à la fin. J'ai besoin d'en avoir le cœur net tout de suite. Comme dans la chemise bleue, il y a un paquet de clichés. Même s'ils sont pris sous différents angles, j'ai l'impression qu'ils sont tous identiques. Sur le banc métallique du médecin légiste, le corps dénudé d'Anaïs, complètement fripé. Ses longs cheveux blancs encadrent son visage, telle une auréole.

Une larme tombe sur la photo. Mon petit Socrate se fraie une place entre le rebord de la table et mon ventre. Il se roule en boule sur mes cuisses, pendant que je tente de garder les yeux fixés sur les clichés. Ma vue se brouille. Je finis par tout lâcher. Je récupère mon familier, et pars m'allonger, en le serrant contre moi.

Je pleure toutes les larmes de mon corps. Toutes celles qui veulent bien venir, et qui me libèrent, un peu plus à chaque goutte, de la tristesse d'avoir grandi sans ma sœur. En contrepartie, elles développent mon incompréhension et ma soif de réponses.

Qui peut bien s'en prendre à des enfants ?

Et pourquoi ?

Dans un sursaut, la vision du petit garçon tout chétif explose de nouveau dans ma tête. L'image se brouille. Maintenant, c'est le loup-garou avec sa chemise à gros carreaux qui refait surface. Puis… ah ! En voilà une nouvelle. Il s'agit de la statue du phénix d'Atlanta.

Je la reconnais grâce à un cours de philosophie dont la thématique était *Ce qui ne nous tue pas nous rend plus forts*. Le phénix étant l'emblème de la ville d'Atlanta, elle illustrait parfaitement ces propos.

Socrate s'extirpe de mes bras, au moment où j'ouvre les yeux.

— Qu'as-tu vu ?

— Notre prochaine destination.

— Je suppose que ce n'est pas la Louisiane ?

— Désolée… rétorqué-je, d'une voix absente.

— Ouais, tu parles !

Je marque un temps d'arrêt. Atlanta est une grande ville. Y trouver une personne en particulier, même un loup-garou, sans nom ni adresse, c'est plus compliqué qu'il n'y paraît.

Je me lève pour récupérer mes livres de magie, avant de reprendre ma place pour les éplucher.

— Qu'est-ce que tu cherches ? me demande Socrate, pendant que je tourne les pages avec une certaine frénésie.

— Quelque chose qui pourrait nous aider à localiser le lycan.

Mes yeux bondissent de mot en mot en découvrant un sortilège de chance qui serait à notre portée à Socrate et moi. Parce que sans lui, aussi simple soit-il, je ne parviendrai pas à le lancer. En plus, il ne nécessite que trois éléments, et j'ai tout ce qu'il faut.

— Je vais avoir besoin de toi ! lancé-je en fouillant sur les étagères où je stocke mes ingrédients pour potions.

— Encore ! Ah non, hein ! J'ai même pas aperçu l'ombre d'une seule glace au caramel, que tu oses me solliciter une seconde fois ?

— Allez, Socrate, tenté-je de l'amadouer d'une voix douce, en posant une petite boîte en bois sculpté sur la table.

— Non !

— Allez... sois sympa.

Je récupère la bouteille d'eau de lune sous l'évier, en remplis un verre, que je place à côté de la boîte.

— Pff... J'aurai ma glace, après ?

— Je te promets que la prochaine fois que l'on s'arrêtera, ce sera pour ça.

— Bon, OK... Qu'est-ce que je dois faire ?

Je me rassois en tenant mon bougeoir où j'ai échangé la chandelle violette contre une rouge. Je le place devant moi, et glisse le couvercle de la boîte en bois, sur le côté. Délicatement, je saisis un des trois trèfles à quatre feuilles qui reposent sur le fond en velours noir, que je mets sous le verre d'eau.

— Tu viens sur mes genoux ? Ta magie additionnée à la mienne devrait suffire. Du moins, je l'espère.

Socrate s'exécute. J'allume la chandelle, et encercle le verre avec mes mains.

— Par le feu de cette chandelle, par le pouvoir de ce trèfle, que mon chemin soit éclairé vers le loup-garou recherché. Merci aux Dieux anciens et à mère Nature pour votre aide.

Comme indiqué, je répète l'incantation trois fois.

En principe, une sorcière sent la magie s'agiter en elle. Celle-ci peut générer des étincelles, et aller jusqu'à l'envelopper entièrement.

Seulement, comme je ne possède que très peu d'essence, cela ne m'est jamais arrivé.

— Ça a marché ? m'interroge Socrate.

Je range le tout, et récupère le trèfle que je place dans la pochette du pare-soleil, côté conducteur.

— Je l'ignore… L'avenir nous le dira.

Andrew

L'enfer est pavé de bonnes intentions

Comme chaque week-end, je laisse mon pick-up au garage, et pars directement avec la dépanneuse.

La soirée s'annonce longue si le téléphone ne sonne pas. Je m'arrête à la pizzeria à côté de l'église, pour en commander une, mais en voyant les voitures stationnées devant, je me souviens de la réunion. La pendule incrustée dans le tableau de bord indique 19 h 50. Elle commence dans dix minutes. En clair, je dispose de ce petit laps de temps pour me décider.

Je pose le pied sur le trottoir, quand un mec sort de ladite pizzeria. En équilibre sur une main, il tient une boîte en carton carrée, avec deux canettes de bière sur le dessus. Une calzone accompagnée d'un soda, même le meilleur qui soit, n'égalera jamais quelques gorgées de houblon.

J'actionne le bouton de la fermeture centralisée, respire un grand coup, et traverse la route pour rejoindre le parvis. Arrivé presque devant la double porte grande ouverte, je me ravise. C'est débile ! Je peux très bien m'en sortir sans ces réunions. Je tourne les talons, et me retrouve nez à nez avec Wyatt.

— Tu as fait le plus dur. Tu vas pas te dégonfler maintenant ?

— Comment savais-tu que... ?

— Je n'en savais rien. Je l'espérais, c'est tout.

Je baisse la tête, un peu penaud.

— Allez, viens ! m'encourage-t-il en me tapant sur l'épaule. Le café est plutôt bon, en général. Et avec un peu de chance, il y aura des beignets.

— Alors ce n'est pas un mythe, cette histoire de beignets aux réunions des alcooliques anonymes ?

Il se marre, en tendant la main vers un autre gars.

— On ne dit pas *les alcooliques anonymes* entre nous, mais les AA. Et non, ce n'est pas un mythe. Andy, je te présente Rick. C'est mon parrain.

— Bienvenue, me lance Rick. Si tu choisis de revenir, toi aussi, il te faudra un parrain.

Il ne me regarde pas en déclarant cela. En fait, il dévisage plutôt Wyatt.

— Je n'ai jamais voulu de cette responsabilité, confirme-t-il en se tournant vers moi. Mais si tu es fermement décidé à changer, pour toi, j'accepterai d'endosser ce rôle.

Rick sourit, puis entre dans l'église. Je lui emboîte le pas, et Wyatt ferme la marche. La température chute de plusieurs degrés, tandis que je me sens pris au piège. Même si j'ai conscience que c'est pour mon bien. Rick trempe ses doigts dans le bénitier, avant de se signer, imité à ma grande surprise par Wyatt. Nous contournons les bancs, et longeons le mur droit jusqu'à une petite porte, derrière l'autel. Devant nous s'offre un couloir où la température est déjà plus agréable. En provenance d'une pièce sur la gauche, des voix me parviennent.

Là, c'est un véritable cliché qui m'y attend.

Sur le lino imitation marbre, des chaises en bois disposées en cercle. Dans un angle, une table avec une cafetière accompagnée d'assiettes garnies de beignets et de biscuits divers. Sur les murs, différentes affiches m'informent que cette salle n'est pas uniquement destinée aux AA. Drogués, cancéreux, dépressifs... Et j'en passe.

— Tu veux un café, Andy ? me demande Rick.

J'acquiesce.

Un homme frappe dans ses mains, pour attirer l'attention de tous.

— Bien. Si vous vous installiez, nous allons commencer.

Avec une certaine appréhension, je prends mon gobelet en adressant un hochement de tête à Rick pour le remercier, et m'assois entre Wyatt et une femme qui doit friser la cinquantaine.

— Parfait, enchaîne-t-il. Comme je vois un nouveau visage parmi nous, je vais me présenter. Je m'appelle Sebastian. Je suis alcoolique et drogué. J'ai tout arrêté le même jour, et le mois dernier, j'ai fêté ma douzième année de sobriété.

Je fixe cet homme qui me fait face, admiratif de son aplomb. Je sais que j'ai un problème, de là à le clamer haut et fort, il y a une marge. Même si c'était pour mieux mettre l'accent sur sa réussite, et donc sur le fait qu'il est possible de s'en sortir.

Derrière ses lunettes rondes, il pose ses yeux marron sur chaque personne présente. Entre sa barbe bien entretenue, mais particulièrement fournie, et ses cheveux châtains bouclés, il me fait penser à un biker à la retraite. Et en avisant ses bottes en cuir à bout carré, je me dis que je ne dois pas être loin de la vérité.

Les présentations se succèdent pour arriver jusqu'à moi. En clair, c'est la soirée des épreuves maudites.

— OK... Bon, ben, moi, c'est Andy, et... j'ai un souci avec l'alcool.

Je vois que ma formulation dérange, mais Wyatt enchaîne, m'évitant ainsi un malaise supplémentaire. J'apprends par la même occasion que mon patron est sobre depuis seulement cinq ans. Ce qui signifie que lorsqu'il m'a embauché, il venait tout juste d'arrêter de boire. Il a pris un sacré risque en me laissant graviter dans sa vie, à un tel moment de remise en question. Je commence le processus, et je réalise, en entendant les différents témoignages, que le chemin sera long et laborieux.

— Andy, m'interpelle Sebastian. Veux-tu partager quelque chose avec le groupe ?

— La prochaine fois, sans doute.

— En fait, lors d'une première réunion, c'est bien de parler d'un souvenir, ou d'une épreuve, ou de quelque chose qui nous a marqués. Ça montre que tu es engagé sur la voie de la guérison.

Merde ! Je n'avais pas prévu ça.

Je lorgne tour à tour les visages scrutateurs dirigés vers moi, en me disant que même s'ils ont chacun leur enfer personnel, je ne crève pas d'envie d'évoquer le mien.

— On ne te demande pas la ou les raisons qui t'ont poussé vers l'alcool, enchaîne-t-il, face à mon hésitation. En général, les nouveaux parlent assez facilement du déclic qui les motive à venir nous rejoindre. Quel est le tien ?

Je cherche mes mots. Par où commencer ?

— En fait… Hier soir à la même heure, je me trouvais au bar country, le Swing. Je me souviens de mon arrivée là-bas, d'avoir pris quelques bières accompagnées de whisky, et des parties de billard. Mais quand mon téléphone a sonné ce matin… c'était Wyatt, précisé-je en le désignant avec mon pouce, qui me soufflait dans les bronches une fois de plus parce que j'étais à la bourre au boulot. Même maintenant, je ne sais pas comment je suis rentré. J'ai conduit, puisque mon pick-up était garé devant chez moi. Mais le pompon, c'est la nana que j'ai ramenée, et qui a essayé de me tirer un bijou. Je vous épargnerai les détails. Il est clair que si j'avais été sobre, elle n'aurait pas fini dans ma piaule. Même si je précise que j'ai dormi sur le canapé, et que j'avais encore mon fute sur moi quand je me suis levé.

Voilà ! Emballé, c'est pesé !

— D'accord… réplique Sebastian, peu convaincu. Mais bien souvent, et c'est l'expérience qui parle, le déclic réside surtout dans les détails, justement.

Je me referme comme une huître. Je vais certainement avoir besoin de ces réunions. J'ai l'impression d'être tombé dans une embuscade de premier ordre. Maintenant que je suis venu une fois, Wyatt va me surveiller et me pousser au cul pour que je revienne. Malgré tout, j'estime que pour ce soir, c'est suffisant. Alors, je croise les bras sur mon torse, et m'appuie contre le dossier de ma chaise.

— Très bien, ce n'est pas grave. C'est un bon début, me félicite Sebastian. Tiens.

Il se lève, franchit la distance qui nous sépare, et me donne un porte-clés avec un jeton en plastique noir. Dessus, en relief blanc, est inscrit le chiffre un.

— Il représente ton premier jour de sobriété. Je te souhaite d'obtenir celui-ci.

Il sort le sien de la poche de son jean, pour me le montrer. Il est bleu clair, avec le nombre 12. Je le remercie pile au moment où le portable se met à vibrer dans le creux de ma main.

— Désolé, m'excusé-je. Le boulot.

— Donne-le-moi, je vais y aller, tente de me stopper Wyatt.

— Non, c'est bon ! Je gère.

Je ne vais pas rater cette opportunité de m'échapper si je le peux.

Je me dirige vers le couloir pour répondre. Sur l'écran s'affiche le numéro d'une compagnie d'assurance, avec laquelle nous avons l'habitude de collaborer.

Quel bol ! Je commençais à trouver cet exercice un peu trop pesant.

Abigaëlle

Pacte de sang

Alors que je suis assise toute seule à l'arrière de la limousine, Sarah attend que je lui indique une destination. La vitre teintée entre nous m'offre toute l'intimité dont j'ai besoin pour me concentrer, et expulser mon corps astral vers mon familier.

Ma très chère Birdy.

Dire que son arrivée à mes côtés a été une surprise est un euphémisme. Bien sûr, je savais déjà que j'étais une sorcière, même si, dans ma famille, c'était considéré comme une malédiction. Raison pour laquelle j'ignorais l'étendue de mes pouvoirs. Je supposais qu'ils se limitaient à allumer une bougie à distance.

Je suis née le 19 décembre 1776, à Brest, en France, dans une famille de notables. Éduquée pour être mariée et donner la vie à une ribambelle de mouflets, voilà à quoi se résumait mon destin. Je me sentais piégée et surtout révoltée. Parce que, bien sûr, en ce temps-là, il était impensable d'exploiter mes pouvoirs. Surtout pas après l'Inquisition, et la masse de bûchers allumés par des humains stupides, pour cramer plus de leurs semblables que de vraies sorcières.

Mon père, un homme cupide et sans cœur, avec le sexe dressé à la moindre occasion, cherchait constamment plus que ce que sa femme et ses servantes pouvaient lui offrir. La nuit, il venait se glisser dans mon lit… Ou si j'avais le malheur d'entrer dans une pièce et que nous nous retrouvions seuls, il me faisait asseoir sur ses genoux, non sans avoir relevé ma robe et mes jupons, avant.

Je le haïssais. Dès que mes yeux se posaient sur lui, la hargne bouillonnait dans mes veines. Quant à mère, je la détestais. Comment pouvait-elle ne rien voir ?

Je craignais également la réaction de mon futur époux, lorsqu'il découvrirait que je n'étais plus vierge. La peur m'avalait chaque jour un peu plus, à mesure que la date des noces approchait.

Heureusement, la veille de mon mariage, avec la complicité de mon frère aîné, Albert, j'ai pu m'échapper. J'avais tout juste 15 ans. À la nuit tombée, j'ai filé par la fenêtre de ma chambre pour monter à l'arrière de sa carriole. Je n'ai pu emporter que le strict minimum. Dans sa grande générosité, Albert m'a confié une bourse avec toutes ses économies. Mélangées aux miennes, je possédais de quoi tenir quelques mois. Il m'a conduite jusqu'au port. C'est sur le trajet que j'ai réalisé que je ne le reverrais plus jamais. La tristesse et la nostalgie me submergèrent. J'ai même hésité à lui dire de me ramener. Mais c'était de la folie.

Il a payé ma place en cale, en tant que voyageuse clandestine à bord du Victoria 2, un navire marchand. En découvrant ce nom, j'ai pensé que c'était véritablement mon jour de chance. La victoire vers une seconde vie.

Et en un sens, il l'a été. Mais dans un autre, mon calvaire et mon malheur n'ont fait que continuer.

Le cœur lourd et la peur au ventre face à l'inconnu qui se présentait sous la forme d'une vaste étendue d'eau, j'ai embrassé mon frère pour la dernière fois. Puis, j'ai embarqué pour les États-Unis. Soit environ 3 mois de périple, sans aucune certitude d'arriver à bon port.

Après avoir servi de dégorgeoir à plusieurs marins en rut, j'ai enfin posé le pied à Boston. Et même si la honte et le dégoût me consumaient, je n'ai pas perdu mon temps. Durant la traversée, j'ai commencé à exercer ma magie, tout en réfléchissant à mon avenir sous un angle nouveau. Devenir maîtresse de ma destinée m'avait rendue plus forte.

Je franchis le premier barrage, celui de la langue, à l'aide d'un idiome universel : le sexe. J'ai dégoté une chambre dans une gargote minable, où je faisais le service et le tapin... Ma détermination et mon ambition me poussaient à économiser pour me sortir de là, quitte à dépouiller les bourgeois.

Grâce à mon don, que je maîtrisais de mieux en mieux, la projection astrale, j'insufflais de nouvelles pensées dans le cerveau de mes victimes. Elles repartaient sans se rendre compte qu'il leur manquait de l'argent.

Cela m'a pris beaucoup de temps pour parvenir à ce résultat. Sinon, j'aurais aussi utilisé mon pouvoir pour leur faire croire que nous avions copulé. Le contact de leurs corps répugnants et vicieux sur ma peau jeune et tendre me rendait malade. Mais j'étais prête à tout pour avancer dans ma quête de liberté. Et tandis que je vomissais corps et âme après chaque étape désagréable, ma révolte et ma détermination grandissaient.

Puis arriva le jour de mon anniversaire, celui de mes 18 ans, et avec lui, ma première bouée de sauvetage, ma très chère Birdy.

En quelques semaines, elle m'indiqua le chemin à suivre pour rencontrer une autre sorcière.

Myrtle habitait à la sortie de la ville, en direction du sud. Birdy avait trouvé sa maison en chassant. Cette petite cabane, perdue au milieu des champs et des bois, me faisait rêver. Même si je l'ignorais sur le moment, Myrtle était un vrai stéréotype. Elle appartenait à cette génération qui pouvait stocker une partie de sa magie dans un objet, en l'occurrence un balai, en plus de posséder un familier.

Se départir ainsi de leur essence magique les protégeait des humains, au point de déjouer leurs subterfuges pour démasquer les sorcières.

Et pour renforcer ses pouvoirs, Myrtle avait lié son âme à celle de Romarin, son chat noir. N'ayant pas de descendance, Myrtle me prit vite sous son aile. Elle m'enseigna tout ce qu'elle savait.

La première chose que nous réalisâmes fut le pacte de sang, pour à mon tour, lier mon âme à celle de Birdy.

Le rituel se déroula un soir de pleine lune, au beau milieu de la forêt. Sur un autel de pierre situé au centre d'un cercle de sel, Myrtle plaça un petit bol en argent avec du basilic et de la bruyère. Autour, elle positionna des cristaux de roche, pour amplifier les effets du sort. Avec un athamé, j'entaillai le bout de mon index et laissai couler quelques gouttes de mon sang dans le récipient, pendant que Myrtle récitait l'incantation. Birdy plongea son bec dans le mélange. Au moment où mon sang se mêla au sien, une lumière éblouissante émana du bol, embrasant toute la forêt. Une puissante énergie magique se forma tout autour de nous. Une symbiose incroyable nous enveloppa, comme si nos âmes fusionnaient en une seule. Notre lien, désormais indéfectible, me permit de discerner ses pensées et ses émotions à un autre niveau. Plus subtil.

Grâce à ce pacte, mes pouvoirs se renforcèrent. Mes sortilèges devinrent plus efficaces. Mes potions plus puissantes. Je pouvais maintenant voir à travers les yeux de Birdy. Voler avec elle dans les cieux et ressentir tout ce qu'elle éprouvait.

Ça y est ! Elle a trouvé une proie. Enfin !

J'appuie sur le bouton pour baisser la vitre de séparation.

— Sarah, conduisez-moi à la bibliothèque de Freedom Park, en passant par Highland Avenue.

Mélissa

La sorcière et la bête

— Et comment on va le trouver, ton loup-garou ? m'interroge Socrate, entre deux bouchées de glace au caramel.

C'est la troisième qu'il ingurgite depuis que nous avons quitté Saint-Louis.

— Si tu arrêtais de me poser cette question, m'agacé-je. Tu me l'as demandé il n'y a même pas une heure. Je n'ai eu aucune révélation entre-temps. Et ce n'est toujours pas MON loup-garou.

— Mouais...

Un panneau *Atlanta* nous informe que nous arrivons à destination. Le soleil décline, cédant la place aux lumières artificielles. Je quitte la trois voies, pour m'engouffrer dans des rues moins fréquentées. Enfin... mal fréquentées semble plus adéquat. Devant des maisons plus ou moins en bon état, aux jardins en grande partie défraîchis, des groupes d'hommes me regardent passer. Comme je respecte la limitation de vitesse, je devine très bien les revolvers accrochés à leurs ceintures. J'ai aussi le temps de voir dans leurs yeux toute la haine qu'ils me portent. J'ignore si c'est à cause de ma peau claire en comparaison de la leur, ou bien de mon véhicule.

— Si on allait vers le centre-ville, plutôt, me suggère Socrate. Je me sens pas très à l'aise, ici.

— Moi non plus, confirmé-je.

Pour une fois, je m'autorise à accélérer. J'arrive à un feu rouge où je m'arrête, quand j'entends un bruit étrange en provenance de l'arrière du camping-car. Dans un mouvement synchronisé, Socrate et moi nous retournons.

— Pas question que je sorte pour aller voir ce qu'il en est, anticipe mon familier en secouant la tête de gauche à droite avec frénésie.

— Je ne te l'aurais pas demandé.

— Ah ben, tant mieux, alors !

Le vert se montre enfin, et je m'engage dans la rue de droite, où la circulation est plus dense. Ce trafic plus mouvementé me rassure. Seulement, cette sérénité est de courte durée. Un bruit de métal résonne contre le bitume, tandis qu'un voyant rouge s'allume sur le tableau de bord.

— Oh, non ! m'exclamé-je, dépitée.

Je dirige tant bien que mal le camping-car vers le bas-côté, puis je coupe le moteur.

— Tu vas pas descendre ? m'apostrophe Socrate, pendant que je défais ma ceinture de sécurité.

— Il le faut bien. Je ne peux pas appeler l'assurance pour qu'ils nous envoient un dépanneur, sans avoir réalisé un état des lieux avant.

— Je t'accompagne.

— Non ! Tu ne peux pas, voyons. Il y a trop de monde. Et puis, je pense que je ne risque rien dans cette zone.

J'observe la rue, plutôt bien éclairée, ainsi que les voitures qui circulent. Elles sont en bon état, récentes, ce qui finit de me mettre en confiance.

Je me dirige vers la porte, l'ouvre, et jette un cil des deux côtés du trottoir.

— Sois prudente, me lance Socrate.

Avant de descendre, je hausse les épaules en levant les yeux au ciel. Le diagnostic est vite établi.

— Un pneu a éclaté, annoncé-je en revenant à l'intérieur.

Je prends mon portable, pour chercher dans le répertoire le numéro du service de l'assistance dépannage.

Le froid commence à altérer l'habitacle.

Dans un coffre qui sert aussi de banc, je récupère un sweat à l'effigie des Red Socks. Il n'est pas du tout assorti à mon look plutôt bohème, mais c'est un souvenir de l'université, en plus d'être mon équipe de base-ball favorite. Je l'ai acheté il y a longtemps. Comme je pensais grandir davantage, il est bien ample, mais je l'adore trop pour m'en séparer. En plus, le rouge est ma couleur préférée, après le jaune et l'orange, bien sûr.

Je reste à ma place derrière le volant, pendant environ une heure et demie, au cas où un policier, ou un autre conducteur viendrait me parler.

Quand enfin la dépanneuse arrive, elle se gare devant nous, le long du trottoir, m'offrant une vue directe sur le chauffeur.

Lorsqu'il pose le pied par terre, je sens mes yeux s'arrondir, et mon cœur bondir comme une sauterelle. Surexcitée, je donne des coups de main dans le vide, en direction de Socrate.

— C'est lui, marmonné-je.

— J'y crois pas... souffle-t-il. Le sortilège a marché.

— On dirait bien...

Le loup-garou s'immobilise devant le camping-car, en me lançant un regard appuyé. Sa technique pour me secouer ne porte pas tellement ses fruits.

— Qu'est-ce que t'attends ? Vas-y ! me houspille Socrate.

Il a raison. Je reconnecte mes neurones, puis adresse au lycan un geste de l'index, en direction de la porte centrale, côté trottoir.

— Bonsoir, madame Grant. Je vous laisse contrôler le bon de dépannage. Il faudra aussi le signer...

Je n'entends pas la suite de ses consignes, trop abasourdie par sa présence.

Il est grand, bien plus que je ne le pensais. Avec mon mètre cinquante-sept, je dépasse tout juste son épaule. Il porte une chemise à gros carreaux bleu et noir, comme dans ma vision. Sa voix est très grave, légèrement éraillée. Mais ce qui me choque le plus, ce sont ses yeux bruns injectés de sang, et ses énormes cernes. Sans parler de son aspect négligé. Il émane de lui une terrible souffrance, qui me heurte de plein fouet. C'est si tapageur, qu'un vague à l'âme me submerge. Je m'oblige à refouler ma compassion. Si je me concentre trop sur cette sensation, je pourrai sombrer avec lui, tellement c'est intense.

— Madame Grant ? Vous m'avez entendu ?

— Oui, pardon... Je suis un peu fatiguée. J'ai conduit toute la journée depuis Saint-Louis.

— Je comprends. Ça fait une sacrée trotte ! Bon, je vous confie les documents.

Il me tend un stylo et une planchette en bois, avec une grosse pince en métal, qui maintient une liasse de papiers.

— Vous venez pour le marché artistique ? me demande-t-il en sortant son téléphonc pour prendre des clichés du camping-car.

— Non... hésité-je, en parcourant vite fait les lignes noircies, avant d'apposer ma signature.

— Voilà. Les photos sont dans la boîte. Je vais chercher le cric hydraulique et changer la roue par celle de secours. Malgré tout, vous devrez vous rendre dans un garage le plus rapidement possible. C'est une solution provisoire. Je vous conseille de vous procurer une bombe anti-crevaison spéciale pour les véhicules utilitaires ou les 4X4. Ce n'est pas miraculeux non plus, mais ça peut aider.

Je le regarde s'éloigner en direction de la dépanneuse, dubitative.

— Psst ! m'interpelle Socrate. Qu'est-ce que t'attends pour lui parler ?

Je fronce les sourcils, avant de jeter un œil en direction du loup-garou. Ils possèdent une excellente audition. Par chance, la densité de circulation sur cette voie a l'air de jouer en ma faveur.

— Que veux-tu que je lui dise ? Que j'ai des visions et que je suis venue ici pour lui. Il va me prendre pour une folle.

— C'est un loup-garou. Il sait déjà que t'es une sorcière, et il est forcément habitué à la magie. Je pense que tu devrais...

— Il revient ! m'emporté-je, en faisant signe à mon familier de retourner dans le camping-car.

Je le regarde placer ses outils au niveau du pneu en me balançant d'une jambe sur l'autre.

— Il y a longtemps que vous habitez Atlanta ?

Je sais que c'est impossible, puisque j'ai refermé la porte, mais j'ai l'impression d'entendre Socrate souffler avant d'ajouter *désespérante...*

Seulement, il faut bien que je commence quelque part.

— Quelques années, ouais. Et vous, c'est la première fois que vous venez ?

— En effet. Est-ce que vous avez des endroits à me recommander ?

— Pour poser le camping-car ou pour visiter ?

— Oh... les deux.

— Pour l'engin, c'est facile. Il y a le camping Blue Bay qui est très bien. Dites-leur que vous venez de la part d'Andy, ils vous trouveront un coin tranquille.

— Merci, c'est gentil.

— À visiter, il y a plein de trucs, mais je pense que l'idéal est d'aller vous renseigner à l'office du tourisme. Parce que, ce n'est pas dit que nous ayons les mêmes centres d'intérêt.

— D'accord, je ferai ça.

Il continue de travailler, pendant que je cherche toujours comment aborder le véritable sujet de ma venue, quand il se relève en souriant.

— C'est fini pour moi. Vous pourrez rouler quelques miles, mais votre roue de secours n'est pas de première jeunesse. Je vous conseille vraiment de passer au garage dès lundi. En plus, il est pas loin du camping. Vous trouverez l'adresse sur la facture.

Il tend la main vers moi, et il me faut quelques secondes pour comprendre qu'il veut récupérer la planchette en bois avec tous les papiers.

— Pardon, m'excusé-je en la lui donnant.

— Le stylo ?

— Ah, oui. Ce sera plus pratique.

Au moment où mes doigts frôlent les siens, une vision m'assaille.

C'est Andy, mais il semble beaucoup plus jeune. À ses côtés, il y a une très jolie blonde. Il a un bras autour de ses épaules. Il la serre contre lui, comme pour tenter de la protéger. Il est vêtu d'un costume sombre. En face d'eux se tiennent deux hommes en uniforme de police. La femme s'effondre d'un coup. Andy peine à la retenir. Les traits de son visage sont figés, emplis d'horreur, et d'incompréhension.

— Madame Grant ?

Je le fixe. Comme je suis incapable d'articuler un son, je secoue la tête. Une série de mouvements flous, entre le oui et le non.

— Ça n'a pas l'air d'aller. Venez vous asseoir, m'ordonne-t-il en saisissant mes doigts tremblants. Je suis désolé, j'ai les mains sales.

Il tire sur la poignée de la porte, ouvre, et me guide vers le rebord, où je m'installe.

— T'as eu une autre vision ? demande Socrate, depuis le fond du camping-car.

Le dénommé Andy écarquille les yeux, en levant un sourcil. Cette mimique lui donne un air vraiment comique.

— C'est mon familier, expliqué-je.

— Oui, je me doutais bien. Mais c'est ce qu'il a dit qui m'étonne. Et pourquoi ne se montre-t-il pas ?

— C'est qu'il est un peu particulier. Ce n'est pas un animal. Il a l'apparence…

— D'une gargouille, complète Andy, en regardant par-dessus mon épaule.

Je me tourne, et découvre mon Socrate debout sur la table.

— T'es drôlement observateur, toi.

— Désolée, il est légèrement effronté, parfois.

— Pas grave. Et c'est quoi cette histoire de vision ?

Un poil plus aguerrie, je me relève pour lui faire face. Enfin, si tant est que l'on puisse faire face à quelqu'un qui mesure une bonne tête de plus que soi.

— C'est à cause de ça que je suis ici. Je vous ai vu, au milieu d'un tas d'autres visions. Et...

Andy me jette un regard noir. Il griffonne quelque chose sur les documents qu'il tient, avant de me tendre à nouveau la planchette.

— Signez là.

Je survole le texte sans vraiment le lire, mais je comprends tout de même qu'il s'agit de son ordre de fin de mission. J'obtempère, et la lui rends.

— Bien. Maintenant, vous allez m'écouter attentivement. Je ne sais pas ce que vous attendez de moi, et je ne veux pas le savoir. J'ai rejeté tout ce qui se rapporte de près ou de loin au monde surnaturel. Je vis du mieux que je peux comme un humain normal. Alors, reprenez la route, et oubliez-moi.

Il arrache la première feuille, et en constatant que je ne l'empoigne pas, il la plaque sur le sol du camping-car. Puis, en un quart de seconde, il tourne les talons.

— T'attends quoi ? Rattrape-le ! s'exclame Socrate.

Je lui lance un bref regard, avant de m'exécuter. Tant pis ! Il ne me laisse pas le choix. Autant être directe.

— Attendez ! Ma sœur aînée a été kidnappée quand j'avais 7 ans. Lorsque son corps a été retrouvé, elle avait les cheveux blancs et sa peau...

Les mots meurent dans ma gorge au moment où il se retourne d'un mouvement vif, en grognant.

Son visage s'est couvert d'un duvet blond foncé. Sa mâchoire, plus proéminente, accueille d'énormes crocs. Le marron de ses iris a cédé la place à un gris presque argenté. Seuls les loups solitaires peuvent avoir les yeux de cette couleur. Et lorsqu'ils perdent le contrôle, ils sont plus sauvages et agressifs que leurs congénères. Le fait de se couper du lien social d'une meute rend leur animal plus féroce et primitif.

Andy m'avait pourtant prévenue quant à sa condition, mais comme d'habitude, je n'ai rien écouté.

Mon cœur s'accélère. Ma respiration aussi. Des gouttes de sueur perlent le long de ma colonne vertébrale. S'il ne se maîtrise pas, être en ville ne l'arrêtera pas.

— D'accord, tempéré-je, en levant les mains en signe d'apaisement. J'ai compris. Je vous laisse tranquille.

Je recule à pas comptés, pendant qu'il tente d'ouvrir la portière de la dépanneuse, avec ses doigts griffus. Je fais volte-face, et cours me mettre à l'abri dans le camping-car.

Andrew

Un loup-garou à la dérive

Après m'être garé devant le camping-car, je récupère les documents sur le siège passager, et descends.

À ma grande surprise, ma cliente reste derrière son volant. Je fronce les sourcils, inquiet. J'espère que ce n'est pas un piège. Depuis peu, des mécaniciens d'astreinte sont dépêchés sur de fausses interventions pour se faire dérober leur dépanneuse. Un nouveau trafic en vogue, sans doute.

Finalement, elle se lève, et se dirige vers la porte centrale. Soulagé, je contourne l'engin pour la rejoindre.

Elle arbore un sweat des Red Socks qui me rappelle qu'il y a un match ce week-end, que j'aimerais bien mater. Par contre, j'aurais préféré qu'elle soit humaine. Avec un peu de bol, elle se contentera de quelques banalités.

— Bonsoir, madame Grant. Je vous laisse contrôler le bon de dépannage. Il faudra aussi le signer, pour valider mon heure d'arrivée, s'il vous plaît. Pendant ce temps, je vais prendre des photos du véhicule. C'est pour éviter les litiges. Et nous ferons la même chose à mon départ.

Elle se fige, et mon stress remonte en flèche. Heureusement, avec son petit gabarit, j'aurais tôt fait de la maîtriser. À moins qu'ils soient plusieurs là-dedans.

— Madame Grant ? Vous m'avez entendu ?

— Oui, pardon... Je suis un peu fatiguée. J'ai conduit toute la journée depuis Saint-Louis.

— Je comprends. Ça fait une sacrée trotte ! Bon, je vous confie les documents.

Je lui donne le tout, et prépare mon portable pour prendre tous les clichés dont j'ai besoin. Comme je crains qu'elle me parle de sujets déplaisants en rapport avec le monde surnaturel, je choisis de la devancer.

— Vous venez pour le marché artistique ?

— Non...

Hum... Pas bavarde, la sorcière. Mais jolie. Très jolie, même. Une silhouette bien proportionnée, qui doit en faire retourner plus d'un sur son passage. Sans parler de ses grands yeux bruns, et de ses lèvres charnues.

— Voilà. Les photos sont dans la boîte. Je vais chercher le cric hydraulique et changer la roue par celle de secours.

J'en profite pour lui glisser un conseil, même si je ne suis pas sûr qu'elle y prête attention, puis je m'éloigne. Je sens le poids de son regard dans mon dos. C'est très dérangeant.

Malgré tout, et après quelques échanges cordiaux sans grande importance, je termine ma mission avec un certain soulagement.

— C'est fini pour moi. Vous pourrez rouler quelques miles, mais votre roue de secours n'est pas de première jeunesse. Je vous conseille vraiment de passer au garage dès lundi. En plus, il est pas loin du camping. Vous trouverez l'adresse sur la facture.

D'un geste, je l'invite à me restituer les papiers pour remplir les dernières formalités. Je m'apprête à les lui réclamer ouvertement – parce que mignonne, mais longue à la détente –, quand elle percute.

— Pardon, s'excuse-t-elle.

— Le stylo ?

Décidément ! Dans la famille « je suis nunuche et jolie », je demande « la sorcière au camping-car ». Bonne pioche !

— Ah, oui. Ce sera plus pratique.

Je récupère le stylo, quand elle blêmit en fermant les yeux si fort, que tout son faciès se transforme. Elle semble souffrir.

Pourvu qu'elle tombe pas dans les pommes !

— Madame Grant ?

Livide, ses prunelles braquées sur moi, elle secoue la tête si fort que j'ai l'impression d'entendre le radis qui lui sert de cerveau, heurter les parois de sa boîte crânienne. Elle ferait mieux de se poser deux minutes.

— Ça n'a pas l'air d'aller. Venez vous asseoir. Je suis désolé, j'ai les mains sales.

Tant pis ! Je m'empare de ses doigts, et ouvre la porte de son véhicule pour qu'elle s'installe au bord.

— T'as eu une autre vision ? demande une voix suraiguë, depuis le fond du camping-car.

Putain ! J'ai vraiment le chic ! Dans quel merdier est-ce que je suis encore tombé ?

— C'est mon familier, m'explique-t-elle.

— Oui, je me doutais bien. Mais c'est ce qu'il a dit qui m'étonne. Et pourquoi ne se montre-t-il pas ?

— C'est qu'il est un peu particulier. Ce n'est pas un animal. Il a l'apparence...

L'intéressé saute sur la table, derrière sa sorcière.

Tu parles, qu'il est particulier !

— D'une gargouille.

— T'es drôlement observateur, toi !

— Désolée. Il est légèrement effronté, parfois.

Si seulement tous mes malheurs s'arrêtaient là...

— Pas grave. Et c'est quoi cette histoire de vision ?

Elle se lève. Je sens qu'elle essaie de retrouver une contenance. À sa mine déterminée, elle doit même vouloir inspirer une forme de respect. Mais avec son corps menu, son sweat difforme et ses longs cheveux bouclés qui lui donnent un air un peu fou, c'est loin d'être gagné.

— C'est à cause de ça que je suis ici. Je vous ai vu, au milieu d'un tas d'autres visions. Et...

Ça y est ! Ma patience a atteint ses limites. Je note l'heure de fin de mission, et ratifie le papelard avant de le lui tendre.

— Signez là.

Elle n'est peut-être pas si conne, parce qu'elle s'exécute sans broncher. Comme je sens mon loup qui s'énerve, je préfère mettre les points sur les i.

— Bien. Maintenant, vous allez m'écouter attentivement. Je ne sais pas ce que vous attendez de moi, et je ne veux pas le savoir. J'ai rejeté tout ce qui se rapporte de près ou de loin au monde surnaturel. Je vis du mieux que je peux comme un humain normal. Alors, reprenez la route, et oubliez-moi.

Je m'empare de son exemplaire pour le lui donner, mais comme elle ne réagit pas, je le dépose sur le sol du camping-car, avant de m'éloigner. Je me force à respirer de grandes goulées d'air pour tenter d'apaiser mon loup. L'alcool m'aide à l'anesthésier, en général. Mais là, je bosse, donc je suis sobre. Et en plus, j'ai pris une bonne résolution. Je dois m'y tenir tout en apprenant à composer sans ce palliatif.

Les claquements des pas rapides de la sorcière dans mon dos résonnent sur le bitume. Ce n'est pas possible, dites-moi que je rêve !

— Attendez ! Ma sœur aînée a été kidnappée quand j'avais 7 ans. Lorsque son corps a été retrouvé, elle avait les cheveux blancs et sa peau...

Qu'est-ce qu'elle me raconte, la sorcière ? Je le sens arriver, mais trop tard. C'est le court-circuit. Le plomb saute. Je navigue en solitaire depuis si longtemps que le loup m'évince avec une facilité déconcertante. Ma mâchoire s'agrandit. En s'étirant, mes dents explosent mes gencives. Je grogne, dans l'espoir vain qu'elle finira par capter le message. Qu'est-ce qui n'était pas clair quand je lui ai dit que je refusais tout contact avec le monde surnaturel, putain ?

— D'accord. J'ai compris. Je vous laisse tranquille.

C'est ça, casse-toi ! Laisse-moi dans la merde que tu as semée !

Après m'être échiné de longues secondes sur la portière pour l'ouvrir, j'observe mes doigts griffus posés sur le volant. Je dois reprendre le contrôle. Éviter de penser à ce qu'il vient de se produire et me montrer rationnel. Il n'y a que de cette façon que j'y parviendrai. Je jette un œil rapide autour de la dépanneuse pour m'assurer qu'aucun petit malin n'est en train de me filmer. Il ne manquerait plus que je reçoive une fois de plus la visite de Drake. Ce maudit vampire, président du Haut-Conseil de la Géorgie, m'a dans le viseur. Même si lui s'avère un peu différent de ses congénères, son rôle l'oblige à maintenir l'ordre et la loi dans la communauté surnaturelle. Néanmoins, les loups solitaires sont rares, et leur indépendance, tout comme leur nervosité, dérange.

Par chance, un des avantages d'habiter une grande ville, c'est que les trucs bizarres, on y est tous plus ou moins habitués. Ce qui me laisse présumer que si quelqu'un m'a vu, il n'y aura pas prêté attention.

Le calme revient. Doucement. Lentement. Cédant la place à une furieuse envie de boire un verre, qui s'empare de ma gorge et de mes entrailles. Le petit filet d'air qui parvient à se faufiler dans mon gosier ne résorbe en rien ce maudit désir de me défoncer la tronche.

Je bosse tout le week-end. D'ordinaire, je gère assez bien cette diète. Mais d'habitude, aucune sorcière ne vient foutre le souk dans ma cervelle pourrie.

Je m'apprête à mettre le contact, pour conduire jusqu'à oublier cette soif de merde. Bien sûr, pour y arriver, je devrai faire abstraction de la tache de fond dans mon crâne, qui adopte la forme de l'enseigne lumineuse rouge en forme de botte du Swing. Elle me nargue, la garce ! Seulement, mes doigts ne rencontrent que le vide. Bordel ! Où sont les clés ?

Je suis vraiment à côté de la plaque. J'ai agi comme d'habitude. J'ai laissé les portières ouvertes, mais j'ai gardé le trousseau dans la poche de mon jean. J'y plonge la main, et prends tout ce qui vient. Au moment où je sélectionne la clé adéquate, un truc tombe entre mes pieds. Je me penche pour le ramasser, et découvre le jeton noir, avec son chiffre 1.

Va chier ! Je crois que je n'ai pas choisi le bon jour pour arrêter de boire.

Je jette la rondelle en plastique sur le fauteuil passager, puis je démarre. La main sur le levier de vitesse, j'hésite, quand un souvenir remonte à la surface.

« Andrew Barnes est demandé de toute urgence à l'accueil. Andrew Barnes. »

Cette phrase… Cette maudite phrase qui marque le début de mon calvaire.

Va chier ! Je stoppe le moteur.

J'appelle d'abord la compagnie d'assurance pour leur signifier que je suis malade, et que si une relève est mise en place, quelqu'un les préviendra. Ensuite, j'envoie un texto à Wyatt, pour l'informer que je ne me sens pas bien, que je rentre chez moi, et qu'avant, je dépose la dépanneuse au garage, au cas où il trouverait à me remplacer. Même si au pied levé, c'est peu probable. Mais je m'en fiche. Tout ce que je veux, c'est récupérer mon pick-up.

Les bonnes résolutions devront attendre encore un peu.

Abigaëlle

À la recherche de Jody

La proie repérée par Birdy est un jeune adolescent. Treize ans, environ. À mon époque, ils étaient encore naïfs à cet âge. Mais aujourd'hui, entre Internet, les cours dispensés à l'école, où la police vient distiller de soi-disant précieux conseils... c'est beaucoup plus compliqué.

On leur martèle sans cesse des « reste bien près de papa et maman quand on est dans un lieu public » ou « il ne faut jamais suivre un inconnu, même s'il te propose quelque chose d'attirant comme un bonbon ou un jouet » ou alors, et celle-là, c'est la pire « si tu te sens mal à l'aise ou en danger, crie en appelant à l'aide ».

Ils couvent leurs bambins comme s'ils étaient en sucre, avec leurs lingettes anti-bactéries et leurs sols mous dans les aires de jeux.

Eurk... j'en ai la nausée.

Manque de chance pour eux, j'ai eu tout mon temps pour peaufiner mes approches.

Encore assise à l'arrière de la limousine, j'observe le gosse discuter avec ses copains, installés autour d'un banc, devant la bibliothèque. Ils sont cinq au total, trois garçons et deux filles.

Casquette grise vissée à l'envers sur ses cheveux bruns, il joue le fanfaron sur une planche de skate. Une petite blonde, coiffée d'une queue de cheval, le regarde avec un sourire.

L'habileté du gamin m'autorise à penser que son essence doit être intéressante. Pourvu qu'elle soit de qualité et en quantité suffisante pour nous trois, c'est tout ce que je demande. Seulement d'ici, impossible d'en avoir le cœur net. Je vais devoir l'approcher pour obtenir confirmation.

La nuit commence à tomber. Je suppose qu'ils doivent avoir un couvre-feu. Alors, je décide de patienter.

Birdy reste postée dans un arbre, à quelques mètres, au-dessus des enfants.

Après une bonne demi-heure, le groupe se sépare. Les filles et un des garçons partent ensemble, tandis que ma cible, avec sa casquette grise, tape dans la main du dernier, avant de s'éloigner à son tour. Il s'en va presque à l'opposé de là où je me trouve. Je dois agir vite.

Je connais mon rôle par cœur. C'est à moi d'entrer en scène.

— Sarah, ne m'attendez pas. Je prendrai un taxi pour rentrer.

Dès demain, elle recevra une lettre de licenciement. Le bonheur des uns fait le malheur des autres, c'est la dure loi de la vie. Mais encore une fois, elle ne peut pas être témoin de mon changement de physique sans se poser des questions.

Une forme d'excitation s'empare de mes mains frémissantes, lorsque je saisis la poignée de la portière pour descendre. Je m'éloigne à la hâte, en cherchant dans mon réticule l'objet qui justifiera ma présence en ces lieux.

La laisse pour chien pendant au bout des doigts, je trottine vers lui, en prenant un air paniqué. J'exagère les torsions de mes chevilles, pour donner l'illusion que mes escarpins handicapent ma démarche sur le gazon.

— Jody ! Jody ! Viens là, ma chérie. Jody !

Le gamin s'immobilise, me jette un œil rapide, avant de regarder dans les alentours.

— Jody !

Plus je m'approche, plus je perçois son essence. Bien qu'elle ne soit pas d'une qualité exceptionnelle, cela devrait suffire pour nous offrir à tous les trois quelques semaines de répit.

— Jody ! Excuse-moi, mon garçon. Tu n'aurais pas vu un petit chien blanc par hasard ?

— Non, madame.

— Accepterais-tu de m'aider à le chercher, s'il te plaît ?

Le gosse hésite, puis finit par hausser une épaule.

— D'accord. Vous savez vers où est partie Jody ?

— Oui, elle a foncé droit vers les arbres, là-bas. J'ai l'habitude de l'y amener. Mais ce soir, comme j'étais pressée, je voulais faire vite... Bien sûr... maintenant, c'est raté.

— Si elle a l'habitude, elle a pas dû aller bien loin, vous inquiétez pas. Je suis sûr qu'on va rapidement la retrouver.

— Tu es gentil.

Nous partons en direction de la forêt en criant le nom du chien imaginaire.

— Jody !

— Jodyyyy !

J'épie discrètement les alentours. Je préfère éviter que l'on me remarque en compagnie de ce jeune freluquet. La nuit, en plus de l'heure tardive, joue en ma faveur. Le parc est désert.

— On n'y voit plus rien maintenant qu'on est sous les arbres, commence à se plaindre le gamin.

— Mais si, regarde, j'ai des yeux spéciaux, le happé-je, en me baissant légèrement pour me mettre à sa hauteur.

Il plisse les paupières pour mieux m'examiner. Puis, sa bouche s'ouvre pour former un « O » parfait.

— C'est rigolo. Vous avez un œil bleu et un œil marron. Ce sont des lentilles ? Mon copain Jimmy, au dernier Halloween...

Je l'interromps. Les histoires de gosses ne m'ont jamais intéressée, ce n'est pas aujourd'hui que cela va commencer.

D'un mouvement sec, je pose mes mains sur ses tempes, et approche ma bouche tout près de la sienne. Seuls quelques millimètres nous séparent. Il n'a pas le temps de réaliser ce qu'il se passe. Ils ne l'ont jamais.

Son essence a un goût de réglisse. J'absorbe tout jusqu'à la dernière goutte. Au-dessus de nous, j'entends Birdy qui pousse un petit cri, qui, pour un néophyte, s'apparente à un miaulement plaintif. En réalité, tout comme moi, elle sent la jeunesse et la vitalité circuler dans ses veines. Elles revigorent son organisme, en même temps que le mien.

Quand je lâche ma proie, son corps usagé s'écroule comme une marionnette à laquelle on aurait coupé les fils. Sa casquette roule sur le côté, dévoilant ses cheveux devenus blancs.

À l'aide de mon index, j'essuie le coin de ma bouche. Avec douceur, je poursuis le mouvement le long de ma lèvre inférieure. Sous la pulpe de mon doigt, je ne détecte plus de ridules. Seulement une peau lisse et ferme. Un sourire se dessine sur mon visage. Sans un regard en arrière, je m'éloigne en rangeant la laisse dans mon sac. Accessoire bien trop précieux pour l'abandonner là. À la place, je récupère une petite glace, pour confirmer mon ressenti. Mes cheveux ont également retrouvé leur couleur noir foncé.

D'un claquement sec, je referme le miroir, et saisis mon portable pour appeler un taxi. Il est temps de rentrer à la maison.

Mélissa

Culpabilité, quand tu nous tiens...

En refermant la porte du camping-car derrière moi, je tremble comme un agneau qui vient de naître.

— Ça va, Mel ? Il t'a pas touchée, au moins, le loup ? Parce que sinon, je descends lui montrer de quel bois je me chauffe, moi.

Je m'esclaffe. Entre son petit gabarit et sa voix haut perchée, je doute que Socrate impressionne qui que ce soit, et encore moins un loup-garou. En plus, malgré ses dires, il n'est pas très courageux. Mais son intention pour me détendre est adorable. Elle a aussi le mérite de me redonner le sourire. Même si de son côté, mon cœur a besoin d'un peu plus de temps pour se remettre de ses émotions.

Les jambes flageolantes, je m'accroche au bord de la table pour reprendre mon souffle. Seulement, au lieu de m'apaiser, une agitation inexpliquée s'empare de mes doigts. Pour la première fois de ma vie, ils produisent de minuscules étincelles vertes. J'ai déjà constaté ce phénomène chez les sorcières qui recèlent une essence importante. L'ensemble de leur corps peut aller jusqu'à se recouvrir d'une aura, en général colorée, qui, dans certains cas, émet de petits bruits, des sortes de crépitements.

Mais moi, je ne possède pas assez de magie pour manifester ce genre de singularité. À mon âge, aucune sorcière n'a jamais vu ses pouvoirs se développer. Tout le monde sait qu'ils atteignent leur plein potentiel avec la venue du familier, le jour du 18e anniversaire d'une sorcière. Ensuite, ils évoluent pendant encore environ deux ans, avant de se stabiliser.

Dans mon cas, l'arrivée de Socrate m'a permis de créer quelques sortilèges, rien de fou ou de vraiment utile, et d'éviter que certaines de mes potions, déjà très basiques, ne se transforment en mélasse.

— Tes doigts, Mel…

— J'ai vu.

— Tu devrais t'asseoir. Tu es de nouveau toute blanche. Tu devrais faire gaffe. Tu vas finir transparente, à force.

Obéissante, je m'exécute sans mot dire. Socrate tente l'humour pour me détendre, mais là, il n'obtient qu'à moitié l'effet escompté. L'air inquiet, avec ses épais sourcils en position basse, il s'installe sur la table, face à moi, puis me dévisage.

— Plutôt nerveux, le Andy. Être venus jusqu'ici pour ça. Je suis pas sûr que ça valait le coup.

Je ne sais pas ce qui me dérange le plus. Les étincelles vert pomme au bout de mes doigts, ou l'attitude agressive d'Andy.

— Il a eu son lot de malheur, précisé-je d'une voix triste, en le revoyant serrer cette femme dans ses bras.

— Ce n'est pas une raison pour se montrer aussi belliqueux.

— Peut-être que lui estime que c'est suffisant pour ça. Nous avons des seuils de tolérance différents, face aux épreuves imposées par la vie.

— Tu es trop gentille, se désespère mon familier. Tu trouves toujours une excuse aux gens, en toute circonstance.

— Ce n'est pas vrai ! m'emporté-je. Seulement, reconnais que dans le cas présent, il ne s'est rien passé de dramatique.

— Mais ça aurait pu.

— Voilà, ça aurait pu. Ce n'est pas le cas. Fin de la discussion.

Je me lève pour récupérer mon téléphone que j'avais abandonné sur le tableau de bord.

— Qu'est-ce que tu fais, encore ?

— Je cherche l'adresse du camping qu'il m'a indiqué. Avec un peu de chance, je pourrai le retrouver par ce biais. Sinon, je possède aussi le nom du garage où il travaille. En plus, il nous faut bien un endroit où passer la nuit. On ne peut pas rester stationnés ici, on va finir par prendre une contravention.

— Oh... dommage... Adieu La Nouvelle-Orléans.

— Je te promets qu'une fois que je serai allée au bout de mes investigations, nous partirons en Louisiane. Tu es satisfait ?

— Ouais... Mais je sais pas pourquoi, j'ai l'impression que ce sera pas demain la veille.

— Cesse de ronchonner, et viens t'asseoir, avant de casser encore quelque chose. Je vais démarrer.

Le camping ne se situe qu'à quelques miles de notre position actuelle. Heureusement, parce que durant tout le trajet, Socrate trouve le moyen de bougonner. Comme je ne veux pas alimenter sa mauvaise humeur, j'ai assez de choses à penser, je choisis de l'ignorer.

— Tu pourrais dire quelque chose, au moins !

Je hausse les épaules, avant de lui tirer la langue. Ce n'est pas très adulte, mais Socrate ayant un côté enfantin, il maîtrise très bien ce langage.

— Ouais, continue. Fous-toi de moi. Puisque c'est comme ça, je vais dans ma chambre.

— Bonne nuit ! m'exclamé-je, pour finir de le taquiner.

L'avantage d'être accompagnée d'un familier aussi puéril, c'est qu'il adoucit toutes les situations. À croire qu'il ne prend rien au sérieux, et que tout ce qui compte, c'est de se faire plaisir. Bien sûr, si je suivais ses préceptes, nous ne nous trouverions pas ici, et la vie s'écoulerait sans doute de façon plus sereine et plus agréable. Mais si jusqu'à présent cela me convenait, aujourd'hui, j'aimerais comprendre pourquoi grand-mère Yeta a effacé ma mémoire. Je voudrais aussi savoir ce qui est vraiment arrivé à Anaïs. Et en quel honneur mes doigts ont-ils généré ces étincelles vertes, signe d'un excédent de magie ? Quant à Andy, je reconnais que je suis frustrée. Si j'ai eu ces visions, ce n'est pas pour rien. J'ai l'impression que j'aurais pu lui venir en aide. Peut-être...

Un immense panneau horizontal, presque à ras le sol, éclairé par des spots, attire mon attention. Sur fond blanc, en écriture bleue, il est indiqué *Camping Blue Bay*. Je me gare sur le grand parking, qui, à cette heure-ci, est désert, puis m'avance à pied vers la barrière. Sur le côté, il y a un interphone, avec un lecteur de badges. J'actionne le bouton rouge. Deux sonneries retentissent avant qu'une voix féminine me réponde.

— Oui ?

— Bonsoir ! Je suis désolée, je sais qu'il est tard, mais c'est Andy qui m'envoie. Il m'a dit que...

— C'est bon ! Venez jusqu'à l'accueil.

Je culpabilise un peu d'utiliser son prénom comme passe-droit, mais après tout, s'il m'a donné ce tuyau, c'est pour que j'en profite.

Je contourne la barrière, et remonte l'allée jusqu'à une maisonnette tout en bois. Sous le porche se tient une jeune femme, dans ma tranche d'âge, je pense. Ses cheveux châtains coupés court mettent en valeur ses pommettes et son grand sourire. Elle porte une robe blanche, imprimée d'ananas.

— Entrez vite. Il fait frais ce soir, m'invite-t-elle, en frictionnant ses bras nus.

À l'intérieur, rien d'extravagant, à part l'odeur de citronnelle qui flotte dans l'air. Entre différents posters de la ville, ou des alentours, se trouve un présentoir, avec des prospectus. Inutile de m'y attarder pour savoir qu'il s'agit de publicité pour les monuments ou les musées à visiter. En face de l'entrée, un petit comptoir, avec un écran d'ordinateur. Le clavier est caché en contrebas.

— Alors ? Vous disiez venir de la part d'Andy ?

— Oui. Il m'a dépannée tout à l'heure. Une crevaison sur mon camping-car.

— Je vois. Combien de jours resterez-vous parmi nous ?

— Euh... En toute honnêteté, je l'ignore.

— Ce n'est pas grave. Moi, c'est Amanda. Je suis la gérante. Si vous avez besoin de quoi que ce soit, n'hésitez pas. Au fil du temps, Andy est devenu un ami. S'il vous a adressée à nous, c'est qu'il a dû ressentir quelque chose chez vous qui l'a mis en confiance.

Le pauvre. Il a dû vite déchanter, étant donné sa réaction au moment où je lui ai parlé de la raison de ma venue à Atlanta.

— Et vous ? Vous êtes ?

— Pardon ! Mélissa Grant.

— Puis-je voir une pièce d'identité, s'il vous plaît ? C'est pour établir le contrat de location.

— Bien sûr.

— Est-ce que vous souhaitez un emplacement proche de celui d'Andy, ou ça vous est égal ?

Je sens mes yeux s'arrondir légèrement et ma tête recule de quelques millimètres en entendant sa question. Ou plutôt, en comprenant pourquoi il m'a conseillé cet endroit. Même si, sur le moment, il ne devait pas se douter que cela me permettrait plus aisément de le retrouver. Je me donne l'impression d'être une harceleuse. Tant pis !

— Je veux bien, oui, si c'est possible.

Après avoir signé tous les documents, pris connaissance du règlement intérieur du camping, et versé un acompte, Amanda me remet enfin un badge, ainsi que le numéro de mon emplacement. Elle prend également la peine de m'indiquer sur un plan comment y parvenir.

Avec toutes ces péripéties, je me couche vers une heure du matin. Je n'ai pas l'habitude de veiller aussi tard. Socrate dort à poings fermés. De mon côté, je tourne dans tous les sens. Bien que je me sente très fatiguée, les nerfs ont pris le relais depuis longtemps. Discrètement, je me penche au bord du lit, pour tirer le carton que j'avais replacé. Je plonge les mains à l'intérieur, à la recherche des chemises colorées.

Je suis consciente que ces photos et les textes qui les accompagnent ne m'aideront pas à dormir, mais j'ai besoin d'étudier ces dossiers. Si, comme je le pense, mon père a mené une enquête, je suppose qu'aller jusqu'au bout est mon héritage. Que je le veuille ou non.

Je m'installe en tailleur, pose la pile à côté de moi, et écarte la rouge. Je n'ai pas la force de regarder celle-ci plus en détail pour l'instant. Par-dessus, j'ajoute la bleu foncé, celle de Matthew. Dans l'immédiat, je préfère découvrir ce que recèlent les autres.

La verte porte le nom de Samantha Wilder. Je l'ouvre et me retrouve nez à nez avec sa photo. Un cliché en noir et blanc. Elle avait de longs cheveux bruns, et de très jolis yeux en amande. Date de naissance : *18 mars 1967. Disparue le 15 décembre 1971, à San Francisco, Californie.*

J'ai à nouveau un haut-le-cœur. La petite Samantha n'avait même pas cinq ans...

Retrouvée décédée le 17 décembre 1971, à San Francisco.

Je retiens mes larmes. Elles ne serviront à rien, juste à me brouiller la vue.

Comme pour le pauvre Matthew, je constate qu'elle n'était pas spécialement cachée. Elle a été retrouvée entre une haie et un grillage, le long d'une allée plutôt passante. Elle aussi était une sorcière en devenir. Je me force à tourner les dernières pages pour lire le compte rendu du légiste, et là encore, pas de surprise quant à l'état de son corps. *Cheveux blancs, peau fripée, comme momifiée.*

J'explose en sanglots. Comment peut-on faire du mal à des enfants ? Je ne comprends pas. Et ces dates sont si lointaines par rapport à l'année de la disparition d'Anaïs, en 2004. Se peut-il que le tueur coure toujours ? Si oui, quel âge a-t-il maintenant ? Sans parler de la distance entre Denver et San Francisco. Et si on ajoute Columbus dans l'Ohio, la ville où j'ai grandi, et où est décédée Anaïs, c'est encore plus déroutant.

Face à toutes ces questions et ces horreurs, mon cerveau semble déjà saturé. Je ne sais pas si je suis assez forte pour encaisser toutes ces émotions. Je ne pense pas.

Je dois me rendre à l'évidence, je n'arriverai pas à ouvrir tous ces dossiers.

Au-dessus de ma tête, dans sa chambre, j'entends Socrate bouger. Je tire rapidement la couverture sur les chemises pour éviter qu'il les voie.

— C'est inutile de les cacher, s'exaspère-t-il en sautant de son perchoir pour venir me rejoindre. Ça fait un moment que j'ai ressenti ta peine et ton désarroi. Allez. Fais-moi plaisir pour une fois. Dégage-moi tout ça, et dors.

Je souffle.

— Tu as raison.

Je repose le tout dans le carton, et prends Socrate dans mes bras. Son contact m'apaise. Ma respiration retrouve un rythme plus calme. Grâce à ses ronflements, bien que discrets, je plonge petit à petit, à mon tour, dans les limbes du sommeil.

Un terrible fracas nous fait sursauter. Comme activée par un ressort, je me retrouve en position assise, le cœur pulsant à vive allure. Les yeux grands ouverts, je tends l'oreille pour tenter d'identifier l'origine du bruit.

— Fait chier ! gronde une voix à l'extérieur.

Je regarde l'heure sur mon téléphone : 3 h 38 du matin… Super !

Je rampe sur le lit pour atteindre le rideau en face de moi. Je l'écarte juste assez pour observer, en espérant que l'on ne me voit pas pour autant. Même s'il me tourne le dos, je reconnais Andy. La portière de son pick-up noir est restée grande ouverte, ce qui active une sonnerie pour indiquer que les phares sont allumés. D'un pas incertain, il se dirige vers la jardinière qu'il a emboutie, et qui servait de démarcation autour de sa terrasse.

Dans le mobil-home à côté du sien, les rideaux s'agitent, mais il n'a pas l'air de le remarquer. Il rate la marche pour monter sur la plate-forme en bois, se rattrape de justesse, et file vers l'entrée de son mobil-home en zigzaguant.

— C'est ça le loup-garou que tu veux aider ? me demande Socrate. Un poivrot ?

— Chut. Il pourrait t'entendre.

— Tu parles ! Regarde ! Il arrive même pas à ouvrir sa porte. Toute façon, dans l'état où il est, il trouverait même pas ce que tu sais pour pisser.

— Socrate ! m'emporté-je. On ignore tout de lui. Et puis, on ne juge pas les gens. On a tous nos casseroles à traîner.

— Il n'empêche que...

— Ça suffit ! Tais-toi. En plus, imagine qu'il se soit mis dans cet état à cause de moi.

Les mots sont sortis de ma bouche sans vraiment y réfléchir. Mais maintenant que c'est dit, je réalise que cela pourrait être tout à fait juste. Je glisse sur le bord du lit, et enfile mes baskets. Quand on vit sur la route, les pantoufles deviennent vite inutiles.

— Qu'est-ce que tu manigances ? Tu vas pas aller le voir ? Il est bourré, donc sans doute plus dangereux qu'à jeun, encore !

— J'en doute. Et si tu as peur, tu n'as qu'à rester ici, ajouté-je en attrapant mon châle orange.

— Peur ? Non mais pour qui tu me prends ? Il est hors de question que je te laisse seule avec ce fou furieux.

Socrate assume beaucoup de traits de sa personnalité : son côté enfantin, sa gourmandise, sans oublier sa grande bouche, bien sûr. Mais sa couardise face à certains événements, ça, c'est très différent. Et c'est sûrement ma faute. Je l'ai toujours surprotégé.

— Alors, viens avec moi !

Andrew

Survivre aux ombres du passé

Les mains, un chouia crispées sur le volant, je le reconnais, je roule au pas à travers le camping. Malgré ma vue surdéveloppée de loup-garou, je garde les paupières plissées pour mieux appréhender le chemin.

J'arrive presque à destination, quand j'aperçois l'énorme camping-car garé juste à côté de mon mobil-home.

Non ! Elle n'a pas osé ?

Qu'est-ce qui m'a pris de lui conseiller pile l'endroit où je crèche.

Ce doit être une coïnci...

— Fait chier ! m'exclamé-je, par la fenêtre entrebâillée.

J'étais tellement obnubilé par l'engin, que je n'ai pas capté que je devais m'arrêter. La jardinière, elle, par contre, m'a bien stoppé. Je coupe le contact, et descends pour examiner les dégâts. Dans ma hâte, ou dans mon brouillard alcoolisé, au choix, je laisse la portière ouverte. L'alarme, pour indiquer que les phares sont toujours allumés, s'énerve. Heureusement que je me suis promis, une dizaine de fois au moins, de la débrancher.

J'examine les dégâts. Je suis bon pour changer le pare-chocs, et peut-être payer une nouvelle jardinière à Amanda. Rien de très grave a priori. Je suis trop crevé pour m'attarder. Je regarderai tout ça plus en détail demain.

Je lève le pied droit pour grimper sur la terrasse, mais j'ai l'impression qu'il pèse une tonne. Je perds l'équilibre et manque de me casser la gueule, ce qui ne serait que la seconde fois ce soir. Seconde ? Ouais, je crois...

Mes pas, aussi légers que ceux d'un pachyderme léthargique, martèlent le bois du plancher, pendant que je cherche les clés dans la poche de mon jean. Vide.

Quel con ! Je percute que j'ai laissé le trousseau dans le pick-up, sur le contact.

Je me retourne et me retrouve nez à nez avec la petite sorcière responsable de mon état pitoyable du soir. Elle agite le trousseau de clés au bout de ses doigts, qui émettent un cliquetis railleur. Elle m'éblouirait si nous étions en plein jour, avec son châle orange vif et sa nuisette jaune.

Je jette un œil rapide derrière elle, et découvre qu'elle a éteint les phares, et fermé la portière aussi. Putain ! Quand je suis bourré, mon ouïe est vraiment à la ramasse.

— Je suppose que c'est ce que vous cherchez ?

— Ouais... ronchonné-je, en attrapant les clés.

— Je suis désolée si...

— Si quoi ?

— Je ne sais pas. Je crois que ce que je vous ai avoué tout à l'heure, vous a... disons... un peu secoué ?

— Pff...

Pour réagir avec autant de nonchalance, ou en tout cas, pour faire semblant d'être aussi détaché, c'est que mon loup est bien assommé.

J'ouvre enfin la porte, et me dirige vers le canapé où je me laisse tomber. Entre mes paupières mi-closes, j'observe la sorcière, dont j'ai oublié le nom. Elle se tient dans l'encadrement, immobile.

— Entrez ou sortez, mais décidez-vous.

Je ne sais pas pourquoi je lui donne le choix. Non ! Ce n'est pas vrai ! Je m'en doute bien. J'ai eu toute la soirée pour cogiter.

Elle s'avance, et referme derrière elle. Perchée sur son épaule, je distingue la gargouille qui volette jusque sur la table basse. Le familier penche la tête à droite, puis à gauche, pour m'examiner.

— Si tu as vraiment envie de discuter avec lui, je crois que tu devrais commencer par lui servir un café. Sans quoi, tu vas rien en tirer.

— Socrate ! Tu es infernal.

— Non. Réaliste.

Je ris en silence. Son insolence me plaît.

— Ouais. La gargouille a pas tort, confirmé-je. Si vous voulez bien ? S'il vous plaît.

Je lève une main lasse en direction de la cafetière.

— La gargouille, elle s'appelle Socrate, rétorque le familier. Je t'appelle pas le loup, moi.

— Au temps pour moi, marmonné-je, les yeux fermés.

J'entends la sorcière qui s'agite dans ma cuisine. Je crois qu'elle me parle, mais le sommeil me happe.

— Eh ! T'endors pas ! s'exclame Socrate, en me sautant sur le bide.

Je me redresse, tandis qu'il s'envole jusqu'à l'accoudoir opposé.

— Putain ! Tu t'amuses à un jeu dangereux, là.

— Ouais. J'ai capté trop tard. Mais en tout cas, ça a marché. T'es bien réveillé maintenant.

— Je suis vraiment désolée, s'excuse encore la sorcière. J'aurais dû le laisser dans le camping-car.

— Parce que tu crois que j'y serais resté ? rétorque la gargouille.

Elle hausse une épaule, puis pose une tasse de café fumante devant moi.

— J'ai cherché le sucre, mais je ne l'ai pas trouvé.

— J'en ai pas... bougonné-je.

Je trempe les lèvres, et découvre qu'elle a eu la main lourde sur la poudre.

— Il est corsé.

— Je voudrais vraiment qu'on parle, se justifie-t-elle, toujours debout, face à moi.

— Et vous comptez le faire debout ?

Elle observe les alentours. Les options sont limitées. Soit elle s'assied à côté de moi, soit par terre.

— Mettez-vous là, lui proposé-je, en essayant de me lever pour lui céder ma place.

— Non. Ne bougez pas. Je vais m'installer à côté de vous.

À peine a-t-elle le cul posé sur le canapé, que Socrate reprend son poste, sur son épaule.

— Psst... l'interpelle-t-il. T'as pas peur d'être aussi proche de lui ? S'il perd le contrôle comme tout à l'heure...

— Rassurez-vous, ça n'arrivera pas. En tout cas, pas pour l'instant. Mais si vous souhaitez qu'on discute, ça serait bien que je connaisse votre prénom. Vu que vous êtes garée là, c'est que vous vous souvenez du mien. Seulement, je peux pas en dire autant du vôtre.

— Mélissa, ou Mel, comme vous voulez.

Je hoche la tête en reprenant une gorgée de café.

— OK, Mélissa. Vous m'avez parlé de votre sœur. Pourquoi ?

Elle inspire, sans doute pour se donner un peu de courage.

— Anaïs a été kidnappée quand j'avais sept ans. Mes parents m'ont toujours dit qu'elle était morte à la suite d'une chute, mais j'ai découvert la vérité récemment. En fait, elle a été retrouvée...

Je refuse d'entendre ces détails.

— Pourquoi voulez-vous me parler de ça, à moi ?

— J'ai des visions. Que ce soit de l'avenir ou du passé. C'est un don aléatoire, mais je vous ai vu nettement, à deux reprises. La première fois, vous ne faisiez rien de particulier. Mais la seconde, vous teniez une femme blonde dans vos bras. Très jolie, d'ailleurs. Deux policiers en uniforme vous parlaient, quand elle s'est effondrée.

L'évocation de ce pénible souvenir, raconté par une inconnue, me tord encore plus les tripes. Ma mâchoire se contracte avec une telle puissance, que l'émail de mes dents va péter d'une seconde à l'autre. Ma gorge se serre. Je me force à me détendre en avalant quelques gouttes de café.

— Je pense que nous avons quelque chose en commun, poursuit Mélissa. Est-ce que je me trompe ? Si c'est le cas, dites-le-moi, et je m'en irai. Mais avant de vous décider, vous devez prendre en considération que mon père a mené son enquête. Il avait amassé un tas de dossiers de la PCS. Des affaires similaires à celle de ma sœur.

Je savais que ma situation n'était pas isolée. J'en étais sûr. Mais ces enfoirés de flics m'ont toujours tenu à l'écart.

— Est-ce que je me trompe ? répète-t-elle, d'une voix douce.

— Vous pourriez me montrer ces dossiers ?

— Bien sûr. Est-ce que vous m'aiderez à découvrir ce qui est arrivé à ma sœur ?

— Combien il y en a ?

— Eh, Andy ! intervient Socrate. Je mesure peut-être que vingt-cinq centimètres, mais tu ne m'effraies pas. Mel t'a posé une question. On répond à la dame quand on est poli.

Elle attrape la gargouille, la place sur ses genoux, et la serre dans ses bras. Un peu comme agirait une enfant avec une peluche, pour se rassurer.

Pas besoin de la connaître depuis des siècles pour lire sa détresse et sa solitude dans ses grands yeux noisette. Seulement, si elle espère avoir trouvé un preux chevalier pour l'aider dans sa quête, elle se trompe. Le vieux loup paumé et alcoolique ne dispose d'aucun prérequis pour devenir un héros.

— Je l'ignore, avoué-je, en fuyant son regard. Je ne sais même pas si j'en serais capable.

— Allez, Mel. Laisse tomber, rentrons. C'est un froussard, c'est tout. Il se complaît dans son malheur, à pleurer sur lui-même. C'est plus facile que d'affronter la vérité et ses propres démons. Je comprends que tu sois tout seul !

Je me sens stupide. Et je sais que je le suis. Cela fait tellement d'années que je cherche à oublier. Et là, il faudrait que je plonge à corps perdu dans ce bourbier. Si rien de positif n'en sortait ? Si on ne trouvait rien ? Ou si au contraire, on découvrait toute la vérité, et que j'étais incapable de l'affronter ? Comment est-ce que j'encaisserais ? Comment pourrais-je continuer à vivre après ? Ou même à survivre...

Elle libère la gargouille qui volette vers la porte, puis se lève. Comme si c'était un réflexe, sans réfléchir, j'attrape son poignet.

— Combien il y en a, des dossiers ?

— Je ne sais pas. Je n'ai pas compté. À vue de nez, au moins une dizaine. Une douzaine, peut-être.

— Accordez-moi quelques heures, pour m'habituer à l'idée, et dessaouler comme il faut. D'accord ?

— D'accord.

Je la lâche, et elle rejoint son familier devant la porte. Je reporte mon attention sur mon café, attendant qu'elle sorte, mais elle reste immobile.

— Andy ?

Je relève le nez dans sa direction.

— Ne changez pas d'avis, s'il vous plaît.

— Je vais essayer.

La nuit a été courte. Même bercé par les vapeurs d'alcool, des images du passé sont venues me hanter. Par-dessus, j'entendais la voix de Mélissa, me suppliant presque de ne pas changer d'avis.

Wyatt m'a déjà balancé deux textos. Un premier plutôt courtois, compte tenu des circonstances. Le second, un peu plus musclé. Je m'empresse de lui assurer que je me sens mieux, par contre, qu'il ne compte pas sur moi pour l'astreinte de la journée. Le dimanche est souvent chargé, et je comprends que ça ne le réjouisse pas. Seulement en quatre ans, j'ai toujours répondu présent. Et au pire des cas, si je constate en reprenant le travail mardi qu'il est vraiment en colère, j'aviserai… Je doute de lui expliquer en détail ce qui m'aura poussé à agir ainsi, mais je pourrai lui distiller quelques informations bien choisies pour l'apaiser.

Je sors de la douche. Les cheveux encore gorgés de flotte, j'examine mon reflet dans le miroir. Un bon coup de peigne, un rasage en règle, quelques gouttes de larmes artificielles pour estomper les rougeurs autour de mes iris, des fringues propres, et je serai à peu près présentable.

Lorsque je quitte le mobil-home, je découvre, à jeun, mon petit désastre. En effet, rien de grave. Comme je l'avais supposé sur le moment, il faudra simplement changer le pare-chocs. La jardinière ne souffre d'aucun dégât finalement. J'ai juste à la redresser, même si je me demande si ça en vaut bien la peine, vu la quantité de mauvaises herbes qui y ont élu domicile.

Il est presque 10 heures lorsque je m'apprête à frapper à la porte du camping-car. C'est aussi à ce moment-là que je me dis que cela aurait été bien d'apporter quelque chose. Dans mes vagues souvenirs civilisés, il me semble que débarquer les mains vides n'est pas très poli. Je me tourne, pour aller jusqu'à la supérette du camping, dans l'espoir d'y trouver quelque chose à ramener, quand je découvre Mélissa sur le sentier. Cette sorcière est un vrai rayon de soleil. Et pas seulement à cause de sa robe jaune citron, mais parce que son sourire éclipse tout le reste autour.

— Bonjour, Andy ! s'exclame-t-elle. Je suis ravie de vous voir.

Elle porte un sac de provisions dans les bras, et un autre en tissu, en bandoulière, un peu comme ceux qu'utilisent les propriétaires de petits chiens. De l'ouverture du second émerge le bec de Socrate.

— Ah ! T'es venu, finalement. T'as plus de tripes que je le pensais.

Je m'avance pour réceptionner celui avec les courses, tandis qu'elle baisse la tête en soufflant.

— Socrate... se désespère-t-elle.

— Ben quoi ?

— Ce n'est pas grave, laissez, m'amusé-je. Surtout que je ne peux pas lui donner totalement tort.

— Ah ! Tu vois ! Il est d'accord avec moi.

Mélissa ouvre la porte de son engin, et la gargouille sort du sac, pour se réfugier à l'intérieur.

— Entrez, m'invite-t-elle. Je vous sers un café ?

— À condition qu'il soit moins corsé que celui de cette nuit.

Je lui emboîte le pas, et pose le sac de provisions sur la table. Je reconnais en priorité le parfum de l'encens ainsi que celui de la lavande, bien que d'autres arômes se mélangent. Rien de surprenant vu le nombre de petits bouquets de fleurs suspendus la tête en bas pour sécher.

— Asseyez-vous, sinon, on va vite se retrouver à l'étroit.

Je voudrais bien, mais je ne peux pas. Mes yeux ont capté la pile de chemises cartonnées sur son lit, et je suis à peu près certain que ce sont les fameux dossiers.

— Andy ? m'interpelle-t-elle.

Sa voix douce, la même que celle qu'elle a employée cette nuit, me fait l'effet d'un baume apaisant. Tant sur moi que sur mon loup, qui commence à se réveiller.

— Asseyez-vous. Je vous promets de vous les montrer.

Je la dévisage, comme si c'était la première fois que je la voyais. Puis j'obtempère.

Je ne sais pas si c'est mon hésitation ou autre chose qui pousse Mélissa à se diriger vers son lit. Elle s'empare des dossiers, qu'elle pose devant moi, tout en gardant les mains dessus.

— Je vous ai raconté mon histoire, mais j'ignore la vôtre, ainsi que le contenu de la majorité de ces dossiers. Les seuls que j'ai ouverts sont en bas de la pile.

Elle se tait, et se contente de retirer ses doigts, lentement, puis de revenir vers l'espace cuisine.

Conserver le silence tout en me ruant sur ces informations, sans même avoir pris la peine de dialoguer avec elle avant, serait injurieux. Bien plus que de débarquer les mains vides. Elle a parcouru de nombreux miles pour venir jusqu'à moi, sans trop savoir pourquoi. Elle m'a dressé une ébauche de son histoire, ce qui représente bien plus que tout ce que j'ai fait pour elle. La moindre des choses consiste à lui rendre la pareille.

Socrate m'observe, comme si lui aussi trouvait le moment solennel. Mélissa revient avec un petit plateau qu'elle pose entre nous, puis s'installe en face de moi.

— Toujours pas de sucre ? me demande-t-elle, en ajoutant un morceau dans sa tasse.

— Non, merci.

Je me force à inspirer l'angoisse… Non ! La trouille, ça, c'est honnête ! La trouille et aussi, la haine qui m'étouffe, et qui m'empêche de vivre depuis sept longues années.

— Ethan, lâché-je en fixant le liquide noir dans ma tasse. Il s'appelait Ethan.

— Qu'est-ce qu'il dit ? chuchote Socrate.

— Chut ! lui rétorque Mel.

— J'ai connu sa mère au lycée. Élisabeth… Éli a été mon premier amour. On s'est mariés très jeunes. Ethan est né l'année suivante. Je travaillais comme vigile dans un centre commercial. J'avais oublié mon déjeuner à l'appart. Elle est venue avec le petit me l'apporter. Et… parce qu'Ethan réclamait son papa… Il avait quatre ans… C'est ma faute, ce qui est arrivé…

Une main entre dans mon champ de vision. Hésitante. Mélissa la pose finalement sur la mienne. Ses doigts fins se faufilent dans ma paume, pour la serrer.

— Oublier son déjeuner n'est pas un crime, souffle-t-elle.

Je tente de contenir ma peine, mais putain, la douleur est encore cuisante. S'apaisera-t-elle un jour ? Mon cœur en bouillie se ratatine sur ses miettes. Ma cage thoracique se comprime, empêchant mes poumons de se remplir.

— Éli a croisé une ancienne collègue de travail avec qui elle s'est mise à discuter. Quand elle s'est retournée, Ethan avait disparu.

Je m'accorde une pause pour trouver les mots, et essuyer les larmes que je n'ai pas pu contrôler.

— J'entends encore régulièrement la voix un peu nasillarde de l'hôtesse, lorsqu'elle m'a appelé au micro pour rejoindre Éli : « Andrew Barnes est demandé de toute urgence à l'accueil. Andrew Barnes. »… Le soir même, avec Éli, on refusait de quitter les lieux, quand deux flics en costard sont venus nous voir… Ils nous ont annoncé… qu'Ethan avait été retrouvé… et que l'un de nous devait se rendre à la morgue pour une identification.

Ma voix se brise sur les derniers mots. Je n'ai jamais raconté ça à personne. Pourtant, en même temps que je déverse ma peine, un poids, léger mais un peu libérateur, s'envole de ma poitrine.

— Malgré ses cheveux blancs et sa peau toute chiffonnée, j'ai tout de suite reconnu mon petit garçon.

Je sais que je devrais m'arrêter là, seulement, maintenant que les vannes sont ouvertes, je tiens à aller jusqu'au bout.

— Quelques semaines plus tard, en rentrant du travail, j'ai découvert Éli, dans la salle de bain… Elle culpabilisait tellement… J'avais beau lui répéter qu'elle n'y était pour rien, qu'elle devrait sans doute aller voir ce psy que nous recommandaient les flics… Mais rien n'y faisait… ses poignets… l'eau dans la baignoire… elle était glacée… rouge… gorgée de son sang.

…

— Je suis désolée… s'émeut Mélissa.

— Ouais… confirme Socrate. Moi aussi, mec, je suis désolé pour toi.

Abigaëlle

L'ivresse du pouvoir

La télévision dans la chambre d'Harold hurle à pleins poumons. Une explosion retentit au moment où je place mon sac sur la gondole dans l'entrée.

Cet homme ne cessera jamais de m'étonner. Malgré son passé militaire et les horreurs qu'il a vécues au Vietnam, il conserve un goût prononcé pour les films d'action.

Charlotte n'est pas encore rentrée. Je lui envoie un message pour savoir où elle se trouve. J'ai très envie de la rejoindre.

En attendant sa réponse, je frappe à la porte d'Harold.

— Je ne veux rien ! hurle mon colocataire.

— Tu en es sûr ? Parce que si tu me voyais, tu me donnerais vingt ans de moins.

Le silence remplace brusquement le brouhaha du téléviseur, suivi du crissement des pneus de son fauteuil roulant sur le plancher. Le cliquetis de la clé dans la serrure devance le bruit du pêne. Enfin, le visage de mon ami apparaît.

— Vingt ans, tu exagères un peu, bougonne-t-il. Quinze à tout casser. Je t'ai vue plus jeune que ça. Est-ce que ce sera suffisant pour nous trois ?

— Oui, vieux râleur. Et on pourra même tenir quelques semaines.

Je me penche, et lui insuffle une dose de la magie du petit.

— Hum… anis ? me demande-t-il.

Ses rides s'effacent. Son front redevient presque lisse. Mais surtout, ses orteils, prisonniers de ses chaussettes marron, frétillent. Harold, à cause de son handicap, est le plus vorace de nous trois. Il est également celui qui supporte le moins bien nos régressions.

— Réglisse, le corrigé-je, en le regardant pousser sur ses bras pour se lever.

— Pas mal, admet-il en s'étirant, avant de décaler son fauteuil dans un coin. Mais je doute que l'on tienne aussi longtemps que tu le dis.

— Du calme, mon ami. Nous sommes à Atlanta depuis deux jours à peine. Cette ville cache encore de nombreux trésors. Allons profiter de la soirée, nous aviserons ensuite. J'ai envoyé un message à Charlotte pour savoir où elle se trouvait. Tu viens t'amuser avec nous ?

— Bien sûr !

Une demi-heure plus tard, nous partons rejoindre ma chère et tendre dans une des dernières boîtes de nuit à la mode. Je ne suis pas très fan de cette musique aux basses grondantes, mais après quelques rails de cocaïne arrosés de gin, tout devient plus… hypnotisant.

Charlotte est la moins gourmande de nous trois. Et pour cause… elle culpabilise… Malgré tout, la prochaine fois, je voudrais retrouver le visage qu'elle arborait lors de notre première rencontre, en Louisiane. Plus les années passent, plus les affres du temps me la volent. Et je refuse de la voir s'éteindre et de la perdre, comme j'ai perdu Margot.

Assise sur une banquette, j'admire son déhanché. Des hommes la reluquent, ce qui accentue mon désir de la posséder. De temps à autre, elle en laisse un ou deux la toucher, la serrer contre leur corps, tout en me fixant. Elle sait très bien l'effet que cela produit sur moi. J'ai envie de les égorger, et de leur montrer qu'elle m'appartient. Mais je me domine. En tout cas, en public.

De son côté, Harold a déjà passé un bon moment enfermé dans les toilettes, en compagnie d'une jolie rousse. Sa convoitise suivante, une petite brune, finira certainement la nuit dans notre appartement. Plus tard, il lui glissera un billet ou deux pour qu'elle reprenne un taxi, au petit matin.

Combien de temps avons-nous avant que la décrépitude s'empare à nouveau de nos corps ? Si je pouvais trouver une solution équivalente à celle du Montana. Grâce à cette proie, j'avais pu tenir presque dix ans. Quand j'y pense, une chance que je ne connaissais pas encore Margot. Déjà que j'ai dû conserver de nombreuses choses secrètes pour gagner et garder son amour. Elle m'aurait sûrement vue comme un monstre.

Dès demain, je volerai aux côtés de Birdy, dans l'espoir de repérer une cible de ce genre.

En attendant, je profite de la vie et de tous ses plaisirs. Je me lève pour retrouver ma Charlotte, et l'embrasse à pleine bouche.

Mélissa

De question en question

Encore abasourdie par les révélations d'Andy, je baisse les yeux en direction des chemises cartonnées. Sur la violette, au-dessus de la pile, figure le nom de Zachary Green. Une question m'angoisse tout d'un coup. Si jamais un de ces dossiers concernait Ethan ?

Je n'ai pas le temps de m'inquiéter davantage. Une vision s'empare de ma conscience.

Un parc. Des sculptures. De grands bâtiments. Des arbres. Et... un garçon... il est étendu dans l'herbe. Ses cheveux sont blancs... À côté de lui, une casquette grise, et une planche de skate.

— Mélissa ? Vous vous sentez bien ?

Je tiens encore la main d'Andy. À son tour, il serre la mienne. Au travers de cette étreinte, une foule d'émotions se déversent. Appréhension. Tristesse. Colère aussi. Je me dégage de sa prise avec délicatesse, en respirant profondément.

— Tu as à nouveau eu une vision ? s'alarme Socrate.

Je hoche la tête, ne sachant pas si je dois en brosser un tableau ou pas. Après les révélations d'Andy, je ne pense pas que ce soit le moment propice.

— Qu'avez-vous vu ? Vous pouvez en donner une description ?

— Bien sûr qu'elle peut ! Elle peut toujours ! Mais ce qui m'inquiète, c'est que t'en as de plus en plus. Si on ajoute ça à la réaction de tes doigts hier soir, il y a de quoi se faire du mouron !

— Vos doigts ?

— Non, ce n'est rien. Socrate a tendance à dramatiser et à exagérer.

— Eh ben, voyons ! s'énerve mon familier. Il a les épaules larges, Socrate !

Je lui jette un regard noir pour l'obliger à tenir sa langue.

— Si on doit collaborer, il serait sans doute judicieux d'éviter les cachotteries.

— Là-dessus, je suis d'accord avec Andy, ponctue Socrate.

Me sentant acculée, je souffle.

— Vous vous y connaissez bien en magie ? demandé-je à Andy, pour jauger à quel point je dois détailler la situation.

— Éli était une sorcière. Une puissante sorcière. Je côtoyais régulièrement les membres de son coven, ainsi que leur guide.

Comme si Andy venait d'actionner un interrupteur dans ma tête, une question s'illumine. Au départ, en l'entendant me parler d'Ethan, j'ai tout naturellement supposé qu'il était un lycanthrope. Mais à la lumière de cette nouvelle information...

— Excusez-moi par avance pour ce que je vais vous demander. Je vous promets de tout vous expliquer, mais je dois savoir. Ethan n'était pas un loup-garou ?

— Non. Il avait hérité du gène de la magie.

N'y tenant pas, je me jette sur la chemise violette, et tire sur les élastiques qui claquent en se détendant. Je ne m'attarde ni sur la photo ni sur le descriptif. Ce que je cherche est plus spécifique.

Là !

— Lui aussi était un sorcier, marmonné-je, en récupérant le dossier rose, juste après.

Jennifer Walsh : *sorcière*.

Puis la jaune, Jàmon Sùerrez : *sorcier*.

L'orange, David Cooper : *sorcier*.

— Tous ces enfants étaient des sorciers, déclaré-je.

— Vous êtes sûre ?

— Regardez par vous-même. Mais alors... pourquoi est-ce que le tueur ne s'en est pris qu'à ma sœur, et pas à moi ?

Andy tourne quelques feuillets, avant de relever le nez dans ma direction.

— Vous voulez bien me raconter comment ça s'est passé ? Ou ce que vous vous rappelez ?

Socrate abandonne sa place en bout de table, pour venir se poster à côté de moi, sur la banquette. Délicatement, il se fraie un chemin jusqu'à mes cuisses, pour s'installer contre mon ventre. D'une main absente, je caresse ses ailes chaudes et pierreuses.

Les yeux dans le vague, je fouille dans ma mémoire, tout en laissant les mots se déverser.

— Notre mère nous avait amenées au parc pour jouer. J'avais sept ans, Anaïs en avait dix. Je me revois en haut du château en bois. Il dominait une grande partie des alentours. Je m'apprêtais à emprunter le toboggan pour descendre quand j'ai aperçu Anaïs au loin. Quelqu'un la tenait par le bras ou par la main, je ne sais pas. Il l'entraînait vers la forêt. J'étais tellement surprise que...

Je m'arrête à l'évocation de ce passage.

— C'est étrange comme réaction, commenté-je pour moi-même.

— Quoi ? Continuez, Mélissa. Tout peut nous être utile.

— Je ne comprends pas... précisé-je, en relevant le nez vers Andy.

Dans ses pupilles sombres, je cherche un semblant de réponse.

— Au lieu de descendre tout de suite pour prévenir notre mère, je me souviens que je suis tombée à la renverse. Comme si quelque chose m'avait heurtée.

— D'accord. Et qu'avez-vous fait ensuite ?

— Je me suis relevée, et j'ai dévalé le toboggan pour donner l'alerte.

— Je suppose que votre sœur aussi était une sorcière ?

— Exact, affirmé-je.

Un silence pesant s'abat dans le camping-car.

— Finalement, tout ça ne nous aide en rien, intervient Socrate. Et en fait, ta vision, alors, c'était quoi ?

Concentrée sur des questions sans réponses, j'ai besoin de quelques secondes pour me la rappeler.

— Un jeune garçon, avec une casquette grise et une planche de skate. Il était dans un parc avec des sculptures.

— Des sculptures ? analyse Andy. Pouvez-vous en décrire quelques-unes ?

Je réfléchis, persuadée que je ne parviendrai pas à rembobiner le film. Je m'imagine déjà demander à Socrate de servir à nouveau de réceptacle, quand, au contraire, les images reviennent.

— Je vois quelque chose d'abstrait, de grand et de rouge. Et une autre qui ressemble à une danseuse, avec des cerceaux ou des rubans, je ne sais pas trop.

— Une danseuse... répète Andy.

Il sort son portable de la poche de son jean, et se met à pianoter sur l'écran, avant de le tourner dans ma direction.

— Est-ce que c'est celle-là ?

— Oui, exactement ! m'exclamé-je, surprise. Est-ce que vous savez où elle se trouve ?

— Je passe régulièrement devant pour aller au Swing... Mais ce n'est pas ça l'important, laissez tomber. Elle est à proximité d'une bibliothèque. Il y a peut-être un dossier qui parle d'un meurtre dans ce parc.

Il tend les mains vers les documents, hésitant.

— Je vais d'abord lire tous les noms sur les chemises. Ensuite, nous les ouvrirons, d'accord ?

Il acquiesce d'un mouvement brusque.

J'avale une grande goulée d'air, et après m'être assurée qu'aucune affaire ne porte le prénom Ethan, nous commençons à chercher d'autres points communs.

— Je voudrais pas jouer l'empêcheur de danser en rond, intervient Socrate, mais ça ne nous dit pas pourquoi tes visons sont plus nombreuses. Ni comment tu as fait pour voir la statue, sans mon aide ?

Andy nous observe, visiblement intrigué.

— Je l'ignore. Mais chaque chose en son temps...

Andrew

Les affres du temps

Plonger le nez dans ces affaires me donne envie de gerber. Tous ces gosses arrachés à leur famille. Ont-ils souffert ? Putain, j'espère que non ! Et pourquoi ? Dans quel but ? Qui peut se montrer assez lâche pour s'en prendre à des enfants ?

Si jamais cet enfoiré se retrouvait sous mes crocs, je veux bien perdre le peu de raison qu'il me reste en l'exécutant moi-même. Comme n'importe quel lycan solitaire, le goût du sang constitue la dernière limite qui nous maintient dans le monde civilisé. Une fois cette barrière franchie, on ne revient pas en arrière. Le loup prend le dessus, et l'humain s'efface définitivement.

— J'ai l'impression que le tueur agit à travers tous les États-Unis, annonce Mel. Regardez.

Elle tourne les trois chemises ouvertes devant elle, dans ma direction, avant de poursuivre.

— Je me souviens des dossiers en dessous, ceux de Matthew et de Samantha. Lui était de Denver, et la petite Sam de San Francisco. Jennifer habitait New York, et David Cooper, lui, se trouvait à Bâton-Rouge, en Louisiane.

— Regardez, continué-je, en lui tendant les documents que j'étudiais. Jàmon, Las Vegas. Théodore, Topeka.

— Anaïs... chuchote-t-elle, comme sur le ton de la confidence. Columbus.

— Et Ethan, ici, à Atlanta.

Nous nous dévisageons un instant, n'osant sans doute pas aller au bout de la réflexion.

— Il cherche des sorciers spécifiques, suppose alors Socrate. Et il hésite pas à sillonner tout le pays pour ça.

— En effet, confirmé-je. Mais ça implique certains moyens financiers ou en tout cas, une certaine facilité à se déplacer.

— Seulement, il y a un problème, contre Mel. Notre tueur doit être très âgé. L'enquête sur Jennifer remonte à 1921.

Avec son index, elle tapote la feuille au niveau de la date.

— Si l'on suppose qu'il a commencé à agir à l'âge de vingt ans, enchaîne-t-elle, cela signifierait qu'aujourd'hui il a au moins cent vingt ans. Est-ce que notre assassin pourrait être un vampire ?

Comme tout lycan qui se respecte, je déteste les suceurs de sang. Si l'une de ces sangsues a osé s'en prendre à mon petit garçon, je la réduirai en poussière. Mon loup s'excite à cette idée. Ma respiration devient un râle rauque. Je dois me ressaisir. L'endroit est exigu, et Mélissa pourrait vite payer les frais de ma mauvaise humeur. Par réflexe, je jette un œil en direction de ses placards, en me demandant s'il n'y aurait pas de l'alcool à l'intérieur. Il serait sans doute plus prudent que je continue à enivrer le loup, au moins encore quelque temps.

— Andy ? m'interpelle-t-elle de sa voix douce. Vous voulez faire une pause, peut-être ?

Ses joues ont perdu leur teinte rosée, et ses pupilles sont légèrement dilatées.

— Non !

En prononçant ce mot, je réalise que mes crocs sont sortis. Mes mains, griffues, sont recouvertes de duvet.

Merde !

Je la fais flipper.

Et il y a de quoi !

Je refuse de la blesser, ou de l'effrayer. Elle ne mérite pas ça. On vogue dans la même galère.

Je me force à recouvrer mon calme, en inspirant profondément. Mes griffes se rétractent. Le duvet disparaît, tout comme mes crocs.

— Je suis désolé, soufflé-je.

— Ce n'est rien, déclare-t-elle, compatissante. Je comprends.

— Tu comprends ? s'étonne Socrate. Comment ça, tu comprends ? Mais non, ma p'tite dame ! Moi, je ne comprends pas. Comment peux-tu te montrer aussi irrespectueux alors que nous, tout ce qu'on veut, c'est collaborer avec toi ?

À cet instant, je réalise qu'à l'instar d'un ventriloque avec sa marionnette, Socrate devient un peu le porte-parole de Mélissa. Il exprime haut et fort les pensées de la sorcière muselée par sa timidité ou sa courtoisie excessive. Il n'y a que lorsqu'elle estime qu'il dépasse les bornes, qu'elle l'arrête. Mais comme dans le cas présent, elle ne le stoppe pas, j'en déduis qu'elle ne lui donne pas tort.

— Socrate, sois gentil, tente-t-elle malgré tout de le sermonner.

— Non, il a raison.

— Oublions ça, insiste Mel. Est-ce que vous désirez un café, ou…

— Non, merci. Je préfère que l'on continue.

Et c'est sincère. Même si dominer mon loup en étant à jeun constitue une épreuve dans de telles circonstances, c'est toujours mieux que de végéter. J'attrape donc le dossier suivant, une chemise noire qui porte le nom de Rachel Combs. Sans surprise, une sorcière, originaire du Montana. Par contre, là, il y a une différence. Très importante qui plus est.

— Regardez, lancé-je, en désignant, à l'aide de mon index et de mon majeur, les deux informations à étudier.

— *Disparue le 10 juillet 1945*, lit Mélissa, *retrouvée le 12 janvier 1954*. Étrange… Dans les autres cas, le corps est toujours retrouvé dans les heures qui suivent l'enlèvement…

— Oui, je sais. Mais ce n'est pas le seul détail qui diffère. D'après le rapport de la PCS, elle avait tout juste trois ans au moment de son kidnapping. Et regardez la photo de sa dépouille. Elle a aussi les cheveux blancs et la peau toute chiffonnée, mais ce n'est plus une enfant, et encore moins un bébé que nous voyons là. C'est carrément une adolescente prépubère.

— Ils se sont sans doute trompés. À cette époque, les analyses médicales…

— Non, la coupé-je. Ils précisent que l'identification a été confirmée grâce à un sortilège.

— Mais alors, pourquoi l'avoir gardée avec lui pendant si longtemps ? Qu'est-ce que Rachel pouvait avoir de particulier ?

— Je l'ignore. Votre père n'a laissé aucune prise de notes qui accompagnerait ces dossiers ? Ce serait bien de connaître son cheminement de pensées.

— Malheureusement, je n'ai rien découvert d'autre dans le carton.

— En même temps, intervient Socrate, vu le nombre d'affaires, il me semble que c'est déjà bien suffisant, non ?

— C'est vrai, confirme Mel.

Nous finissons de lire les derniers dossiers, quand arrive celui d'Anaïs.

— Aucun ne fait mention d'un enfant retrouvé dans le parc où se trouve la sculpture de la danseuse, constate Mélissa, en gardant un œil sur la chemise rouge avec le prénom de sa sœur. Ma vision n'avait peut-être aucun rapport…

— Ça m'étonnerait, rétorque Socrate. Toutes tes idées tournent autour de ça en ce moment. Du coup, ça serait logique que ta vision ait un lien.

— Il faudrait peut-être se rendre sur place, propose-t-elle.

— D'accord. Mais avant, voulez-vous que je m'en charge ? demandé-je, en désignant le dossier rouge.

— Ensemble ? me suggère-t-elle, d'une voix fluette.

— Bien sûr.

Nous épluchons les quelques pages, mais nous ne remarquons rien de plus. Quand Mel rabat les élastiques de la chemise, tout en douceur, comme si elle craignait de réveiller sa sœur, ses yeux brillent. Je devine et partage trop bien sa peine. Sa douleur. Sa frustration et son incompréhension. Sans parler de la colère.

— J'ai besoin d'un café, avant d'aller au parc où se trouve la fameuse danseuse, lance-t-elle d'un ton trop jovial pour être sincère. Je vous en sers un aussi ?

J'hésite. Maintenant que nous avons tout regardé, je me dis que c'était sans doute idiot de venir là. De remuer toute cette merde. Qu'allons-nous faire de plus ? Ce n'est pas comme si nous étions enquêteurs ou avions des contacts dans…

Je sors mon téléphone, en me demandant pourquoi je n'ai pas effacé son numéro, après toutes ces années. Il s'est pointé juste à temps pour m'extirper de ce bar miteux, le soir de l'enterrement d'Éli. Sinon, je pense qu'il y aurait eu un accident et je ne serais plus de ce monde. Révéler notre existence aux humains, qui plus est en faisant usage de la force, est passible de mort. Malgré tout, je me souviens que je l'avais trouvé encore plus saoulant que les deux bouteilles de whisky que je venais de m'envoyer, même s'il agissait dans mon intérêt. Ce qui est rare pour un individu de son espèce. Il était sans doute poussé par sa fonction.

— Andy ? insiste Mélissa, en me mettant la verseuse de la cafetière sous le nez.

— Hum ? Ah oui, je veux bien, s'il vous plaît ! J'ai eu une idée, mais je vous avoue que je ne sais pas trop ce qu'elle vaut.

— Dites toujours.

— Vous avez déjà rencontré des vampires ?

Abigaëlle

Garder ce que l'on a de plus cher

« *Allan Quaker, 13 ans, était porté disparu depuis hier soir. Son corps a finalement été retrouvé ce matin par des joggeurs dans Freedom Park. Des témoins affirment qu'il avait les cheveux blancs et...* »

— Tu ne veux pas éviter de regarder ce genre de programme dès le petit déjeuner ? ronchonne Harold, en éteignant la télévision. Ça me couperait presque l'appétit.

Il repose la télécommande sur l'accoudoir du canapé et vient s'asseoir avec nous, autour de la grande table.

— J'ai besoin de savoir, détaille Charlotte.

— Mais quel intérêt ? rétorque Harold, blasé.

— C'est vrai, ma chérie, confirmé-je. Tu te tortures à chaque fois. Pourtant, c'est devenu une nécessité pour tous les trois. Tu en es consciente, n'est-ce pas ?

— Oui, mais plus j'y pense, plus je me dis que c'est mal. À chaque nouvel enfant, nous marchons sur sa jeunesse, et...

— Oh, non ! Pas encore ! s'énerve Harold en jetant sa petite cuillère, qui heurte le sucrier. C'est le même refrain à chaque fois, maintenant ! C'est bon, j'ai plus faim. Je me casse. Abbie, tu m'appelleras quand la vague de remords se sera dissipée.

Il se lève, et repart vers la salle de bain.

— Tu es contente ? déploré-je. Tu as vexé Harold. Nous avons passé une agréable soirée, suivie d'une nuit fantastique, et toi, tu gâches tout. Pourquoi ? Le quotidien que je t'offre ne te plaît-il pas ? Je t'ai sortie de l'esclavage sexuel auquel tu étais réduite, pour mener une existence remplie de luxe et de faste. Tu es libre d'aller et venir n'importe où. Par-dessus tout, tu as même l'éternité devant toi. Et dois-je te rappeler que ce n'est pas toi qui ôtes la vie de ces enfants ? Que te faut-il de plus ?

— J'en bénéficie. Et puis, tu sais bien que ça n'a rien à voir. Bien sûr que je suis heureuse. La majorité du temps en tout cas… Ces pauvres petits… et leurs familles…

— Charlotte, ça suffit ! Nous avons eu cette discussion des dizaines de fois, et le résultat est toujours le même. Tu es encore là. J'en suis ravie, et c'est que tu acceptes les conditions.

Elle se lève à son tour, et me toise de toute sa hauteur, son regard de félin braqué sur moi.

— Peut-être qu'il serait temps que je les refuse, justement.

D'un pas vif, elle quitte la table, pour se diriger vers notre chambre. Les talons de ses pantoufles giflent le plancher. Mon cœur en tombe à la renverse. Cette réaction est nouvelle. Je m'empresse de la suivre, mais elle claque la porte, et la ferme à clé dans la foulée.

— Charlotte, attends ! Prenons le temps d'en discuter au moins.

— Non ! Laisse-moi tranquille ! J'ai besoin d'être un peu seule pour réfléchir.

— Ça va lui passer, tente de me rassurer Harold, que je n'avais pas entendu venir. Dans deux jours, elle n'y pensera plus.

J'esquisse une grimace, peu convaincue par son discours.

— Je ne sais pas. J'ai l'impression que c'est différent cette fois.

— Tu t'inquiètes pour rien, je te dis. Deux jours ! s'exclame-t-il en repartant vers sa salle de bain pour finir de se pomponner.

Lui, à part batifoler avec toutes les femmes qui l'acceptent, c'est à croire que rien ne l'intéresse.

Pour ma part, je repense à mon idée d'hier soir. Je dois trouver une proie digne de ce nom. Une qui contiendra assez de magie pour nous satisfaire tous les trois pendant plusieurs mois, voire plusieurs années, comme cette gosse du Montana, Rachel. Elle était si puissante, si naïve et ignorante quand je l'ai cueillie, que j'ai pu me repaître de son essence pendant presque dix ans.

Cela m'avait demandé une organisation minutieuse de l'emmener partout avec moi, à travers tout le pays. La faisant passer un coup pour ma nièce, ma petite sœur, ou ma fille, mais le résultat en valait la peine. Durant tout ce laps de temps, je n'ai tué aucun gamin. C'est pile ce qui me réconcilierait avec Charlotte. J'en suis convaincue.

Bien sûr, un trésor pareil demeure exceptionnel, et dangereux. Surtout à notre époque, avec leurs reconnaissances faciales et leurs empreintes ou leurs maudits tests ADN. Mais si je dois en passer par là pour garder ma Charlotte, alors, je le ferai.

Pour trouver cette perle rare, pas de temps à perdre.

Birdy et moi avons du pain sur la planche.

Par précaution, et c'est l'expérience qui parle, je déplace la télécommande de l'accoudoir à la table basse. Une chute malencontreuse me sortirait de ma transe. Je cale un coussin de chaque côté du canapé, pour surélever à la fois ma tête et mes pieds, puis je m'installe. Le voyage va être long, voire pénible pour ma pauvre Birdy.

Les yeux fermés, je me concentre sur ma respiration. Je trouve Birdy sur le toit, dans un nid qu'elle a construit avec différents types de brindilles et de feuilles.

Je la réveille avec le plus de délicatesse possible, afin qu'elle m'accorde une place dans son esprit. Pour elle aussi, la nuit a été agitée, et la chasse prospère. Cependant, elle m'accueille toujours avec joie, faisant fi de sa soif d'indépendance et de liberté.

Elle s'envole presque aussitôt. Il y a longtemps que nous n'utilisons plus de mots pour dialoguer. Sauf exception lorsque l'information est complexe, ou qu'elle est fatiguée. Là, elle sait d'instinct ce que je cherche. Nous voltigeons par-dessus les immeubles, descendons en piqué vers des habitations plus modestes, pour sillonner les rues, et j'adore cette sensation. Je suis partout et nulle part à la fois. Je me sens libre comme l'air, légère comme un papillon. Je plane au-dessus du monde. Je peux tout observer sans être jamais vue. Je suis la maîtresse du ciel. Je vais où j'ai envie, quand je le veux. Plus de soucis, plus de peurs, aucune limite.

Quand je localise une école, Birdy se poste en haut d'un arbre, ce qui nous permet de scruter les élèves qui jouent dans la cour.

Après plusieurs heures d'exploration et d'examens approfondis de cibles potentielles, nous voilà sur le chemin du retour. Le voyage n'aura pas été complètement inutile, étant donné que j'ai repéré quatre prises intéressantes. Je déplore toutefois qu'aucune n'arrive à la cheville de la gamine du Montana.

Birdy décide de survoler Freedom Park pour revenir. Hier, après mon départ, elle y a trouvé du gibier en quantité. Comme sa faim me tenaille l'estomac, je la laisse choisir le chemin qui nous ramènera à la maison. Je pourrais rentrer toute seule, mais je me sens si bien en sa compagnie. Pas d'explications ou de justifications à donner, aucun reproche. Juste la sensation du vent dans ses plumes.

Birdy plonge vers les arbres, quand quelque chose attire mon attention. Ou plutôt... quelqu'un. Je détourne mon familier de son objectif, pour bifurquer en direction de l'espace délimité par des rubans jaunes de la police.

D'ordinaire, je ne reviens pas sur une zone de nourrissage. Ou en tout cas, pas aussi vite.

Birdy s'immobilise dans des branches basses, au-dessus d'un couple. Lui ne m'intéresse pas. À mon sens, les loups-garous valent encore moins que les humains. Mais elle... Cette sorcière, avec sa robe jaune et son ruban bleu dans ses longs cheveux châtains, difficile de la rater...

C'est étrange... Je n'arrive pas à déterminer son potentiel. Et pourtant, c'est comme si son essence me défiait, tout en me charmant.

Il faudrait que je l'approche davantage pour mieux la jauger. L'idéal serait d'établir un véritable contact, même si s'attaquer à une adulte est très risqué.

Mais mon intuition, au demeurant toujours infaillible, me hurle que je tiens là le moyen de me réconcilier avec Charlotte. Alors, si je dois m'adapter et en passer par ce changement de cap pour garder mon amour à mes côtés, advienne que pourra.

Je dois en découvrir davantage à son sujet. Pour ce faire, il est impératif que je libère Birdy de ma présence. M'accueillir en son sein l'épuise plus vite, et la ralentit.

À contrecœur, je lui délègue cette mission. Elle seule peut espionner sans être remarquée. Elle reviendra dès qu'elle disposera des informations essentielles dont nous avons besoin.

Mélissa

Entre passé et présent

Quand Andy quitte le camping-car, il est presque quatorze heures. Je suis épuisée, et lui aussi. L'idée d'aller au parc avec la statue de la danseuse a été reléguée au second plan. Trop d'émotions nous ont déjà chamboulés. Il passera me chercher ce soir, à la tombée de la nuit, pour aller rencontrer le président du Haut-Conseil de la Géorgie. Enfin, si celui-ci daigne nous recevoir, ou s'il n'a pas d'autres obligations prévues.

En attendant, lui comme moi, allons essayer de nous détendre. J'en ai plus que besoin après cette fin de matinée éprouvante. L'appétit me fuit, mais ce n'est pas plus mal. Pour méditer, je préfère avoir l'estomac léger.

Socrate aussi est bouleversé. Je le vois, mais surtout, je le ressens. Il s'est isolé dans sa chambre.

Je mets la bouilloire à chauffer, puis je m'arme de mes petits ciseaux pour couper des feuilles et des fleurs sur les différentes variétés que je suspends un peu partout. Je place ma récolte dans un sachet à infuser. Quand il sera froid, j'irai déposer le mélange dans une des jardinières devant chez Andy. J'ajouterai quelques graines de pavot des champs, qui donnent de jolies fleurs rouges. Ainsi, avec un peu de chance, il y poussera autre chose que des mauvaises herbes.

En attendant, je m'allonge sur le lit, le dos droit, les bras le long du corps. Je commence tout juste à me laisser porter par l'air qui entre et sort de mes poumons, à ressentir les premiers effets de la relaxation, quand quelqu'un frappe à la porte. De petits coups rapides.

— Mel ! C'est Andy ! Vous êtes là ?

J'ai bien envie de lui répondre par la négative, mais cela ne serait pas raisonnable.

— Non ! s'exclame Socrate. Elle a besoin de repos, et moi aussi.

Je me redresse, mi-amusée mi-gênée par l'intervention de mon familier. Par contre, vu le silence qui règne désormais, je suppose que de son côté, Andy s'interroge sur la conduite à tenir.

— T'as de la chance que je t'adore, bougonné-je pour la forme, mais t'es vraiment incorrigible.

— Je t'aime, réplique-t-il.

— C'est ça. Entrez, Andy.

— Je suis désolé de vous déranger, s'excuse-t-il en passant la tête.

— Venez, insisté-je, en devinant son malaise. Qu'y a-t-il ?

Pour toute réponse, il effleure l'écran de son téléphone, puis me le tend. Son expression un peu trop sombre m'alerte. Par prudence, je m'assieds au bord du lit, tandis que Socrate volette jusqu'à mon épaule.

— T'es plus curieux qu'un spéculum, lui lancé-je.

— Et alors ? Ça te pose un problème ?

Je souris. Mais mon rictus s'efface à la vitesse de l'éclair.

Une journaliste brune coiffée d'un carré strict, armée d'un micro, se tient devant une scène de crime, facilement identifiable avec ses rubans jaunes.

« La ville d'Atlanta est encore sous le choc. C'est ici même, dans Freedom Park, à quelques mètres de la bibliothèque, qu'a été découvert ce matin, aux premières lueurs de l'aube, le corps d'Allan Quaker. »

Je lève le nez quelques microsecondes pour chercher une dose de réconfort dans les yeux d'Andy. De réconfort, mais surtout d'espoir. Ce dernier s'envole aussitôt en fumée.

« Âgé d'à peine treize ans, des témoins ont affirmé qu'il avait pourtant les cheveux blancs, et que son visage ressemblait à celui d'une momie. Nous ignorons encore les circonstances de son décès, mais restez bien branchés sur WXIA. Nous ne manquerons pas de vous tenir informés des avancées de la police, sur cette terrible affaire. En

attendant, des inconnus, sympathisants des parents et de la famille, ont érigé un autel, à la mémoire du petit Allan. »

Je glisse un doigt peiné et rageur sur l'écran pour faire taire la journaliste, comme si ce qu'elle annonçait lui incombait.

— Avez-vous reconnu les lieux ? me demande Andy, en récupérant son téléphone.

Je n'ai pas besoin de voir la statue de la danseuse pour comprendre qu'il s'agit de l'endroit de ma vision.

— Finalement, je crois que nous allons devoir nous rendre sur place. Et qui sait ? Peut-être que j'aurai une autre vision. Ce serait bien aussi d'aller rencontrer les agents de la PCS locale. Si on leur montre les dossiers, peut-être que...

— Je suis OK pour le parc. Mais la PCS, je préfère éviter.

— Pourquoi ? Ils n'ont peut-être pas fait le rapprochement avec ces vieilles affaires. Nous ne pouvons pas garder ces renseignements pour nous.

— Écoutez, Mélissa. Je vais déjà vous emmener rencontrer Drake ce soir, et croyez-moi, je ne vais pas y aller de gaieté de cœur. Je vous rappelle que je suis un loup solitaire. J'ai eu quelques déboires avant votre arrivée. Et si vous pensez que me manger un pot de fleurs avec mon pick-up est le pire que j'aie pu faire en étant... bref ! Si la PCS vous voit en ma compagnie, je crains qu'elle ne vous prenne pas au sérieux. Et vous y rendre seule, je doute que ce soit judicieux aussi.

— Je ne comprends pas. Enfin, vos raisons, si ! Du moins, je crois... Mais peu importe, ça ne me regarde pas de toute façon ! Par contre, je voudrais quand même savoir pourquoi je ne pourrais pas y aller toute seule ?

Andy se frotte le bas du visage, avant de se pincer légèrement le menton.

— Ils vont te demander pourquoi tu as gardé tous ces documents pendant tout ce temps, enchaîne Socrate. Ils risquent même de te soupçonner. Tu pourrais entrer dans leurs locaux facilement, mais je suis pas sûr que tu en repartes aussi aisément.

— Votre familier a raison.

Andy lui adresse un hochement de tête reconnaissant, tandis que Socrate lève une aile, en signe d'assentiment. S'ils se liguent tous les deux contre moi, je ne suis pas sortie du sable. En même temps, je comprends leur point de vue.

— D'accord. Allons au moins au parc.

Malgré le pare-chocs embouti, nous décidons de prendre la voiture d'Andy. Cela me convient très bien, même si nous aurions aussi pu opter pour un taxi. Mais Andy connaît bien la ville. Il m'explique que grâce à quelques raccourcis, nous arriverons plus vite. Durant le trajet, je lance des œillades inquiètes vers son profil, concentré sur la route. Je me demande à quoi il pense. Pas ce qu'il ressent, parce que sa colère emplit tout l'habitacle, ce que ses doigts serrés autour du volant me confirment. Sans parler de sa joue creusée sous l'effort de sa mâchoire contractée.

— Vous voulez en parler ? osé-je.

De façon presque imperceptible, il sursaute. Comme s'il avait oublié ma présence.

— Que dirais-je de plus ? Que je me demande à quoi peut bien ressembler cet enfoiré qui s'en prend à des enfants. Qu'il faut être lâche, et sans morale ! Je ne connais qu'une espèce qui correspond à ces critères.

— Alors, vous êtes toujours sûr que c'est l'œuvre d'un vampire ? Ça répond uniquement à la question de la longévité, pas à sa façon de procéder. Ils se nourrissent de sang. Il n'est mentionné nulle part que les corps étaient exsangues. Et puis ça n'explique pas non plus les cheveux blanchis et la peau racornie.

— C'est pour ça que nous irons voir Drake, ce soir. Il saura peut-être quelque chose.

— Hum... j'espère.

Andrew

Tout est dans le détail

Je ressens bien le scepticisme de Mélissa. Je le suis aussi, du reste. Mais je ne vois pas quelle autre créature pourrait commettre ces crimes abjects. Et maintenant que je tiens un début de piste, je ne compte pas la lâcher.

Son arrivée est une aubaine. Je suis prêt à tout pour venger Ethan, et Éli. Car même si ce monstre ne l'a pas tuée de ses propres mains, il est quand même responsable de son suicide.

— Vous avez pensé que peut-être, on ne connaît pas toutes les créatures surnaturelles qui peuplent la Terre ? lance Socrate.

Interloqué, je baisse les yeux vers le familier, installé dans le sac aux pieds de Mélissa. Un coup de klaxon me rappelle aussitôt à l'ordre. Heureusement !

— Attention ! s'exclame-t-il au moment où le pick-up exécute un léger écart. Si c'est comme ça, j'attendrai que l'on s'arrête la prochaine fois pour parler.

— Vous croyez que c'est possible ? m'interroge Mélissa. Que Socrate a vu juste ?

— Je n'en sais rien, avoué-je.

Je tourne en rond pour trouver une place de parking. D'ordinaire, c'est déjà compliqué d'arriver jusqu'ici, mais là, entre les journalistes et les badauds, c'est encore plus gratiné. Quand je commence à regretter l'idée du taxi, je repère enfin une place.

La chaleur est moins intense que d'habitude. Une légère brise amène même un tantinet de fraîcheur. Si nous venions dans un but différent, un pique-nique par exemple, ou une simple promenade, ce serait agréable.

Ce genre de pensée me surprend. Elles ne me ressemblent pas. Ou plutôt, elles ne me ressemblent plus. Plus depuis la perte de ma famille.

Mélissa, son sac en bandoulière sur l'épaule, s'avance en direction de la bibliothèque. Je marche un peu en retrait derrière elle. C'est fou le monde qu'il y a. Déjà en temps normal, je déteste la foule, mais là... cette curiosité malsaine me file envie de gerber. Pour m'insuffler une dose de courage, je me concentre sur Mélissa, qui se déhanche dans sa petite robe jaune à fines bretelles. Ses longs cheveux bruns chahutés par le vent, en harmonie avec le bas de son vêtement, redonneraient de l'inspiration à n'importe quel peintre en perdition. J'en suis convaincu, parce que j'imagine le résultat dans un coin de mon crâne.

— C'est par là, m'annonce-t-elle, me sortant ainsi de ma douce rêverie.

J'accélère le mouvement pour venir me placer à sa hauteur.

— Vous êtes pressée ?

— Non, chuchote-t-elle en se pétrifiant. Juste nerveuse. J'appréhende la suite.

Je réalise alors le poids qui lui incombe. On espère tous les deux qu'elle visualisera quelque chose qui nous permettra peut-être de trouver l'assassin de sa sœur et de mon fils. Un don, qui, d'après ce que j'ai compris, est aléatoire et sur lequel elle ne possède aucun contrôle.

Sacrée pression !

— Ça va aller, tenté-je, en posant mes mains sur ses épaules.

Sa peau est aussi douce que du velours. Ce contact, que j'exerçais pour elle à la base, s'avère finalement bénéfique sur mon loup. Quand j'arrête de boire, il tourne sans arrêt, comme un lion dans une cage. Mais là, l'espace d'un instant, il stoppe ses ruminations. Comme s'il attendait la suite.

— Détendez-vous, continué-je. Si jamais nous repartons comme nous sommes venus, ce ne sera pas grave. Nous avons une autre piste à exploiter, souvenez-vous-en, d'accord ?

— Drake, souffle-t-elle.

— C'est ça, confirmé-je d'une voix assurée. Drake.

— Ouais, et si Drake ne sert à rien, on se tire en Louisiane, réplique Socrate du fond de son sac.

Je fronce les sourcils en pinçant les lèvres, surpris par cette information sortie de nulle part.

— Non ! le contre Mel, en baissant la tête dans sa direction. Je te l'ai déjà dit. Je veux aller au bout, avant.

— Pff... Si on trouve rien de plus, faudra bien te résigner.

Une aura verte se dessine autour de Mélissa. Je connais bien ce phénomène. Celle d'Élisabeth était bleutée, mais elle se manifestait quand elle pratiquait la magie. Pas de façon inopinée, comme à cet instant.

— Mélissa, m'inquiété-je. Vous vous sentez bien ?

De la peur. Ses prunelles en sont envahies.

— Je ne sais pas ce qui m'arrive.

— Calmez-vous. On va marcher tranquillement. Vous allez prendre de profondes respirations.

Sa main dans la mienne, je la guide en direction des arbres, désireux d'y trouver un peu d'intimité.

— Inspirez, expirez.

Je souffle en même temps qu'elle pour lui indiquer le rythme.

— Inspirez, expirez.

J'espère l'aider à retrouver un peu son calme. Au fur et à mesure, son aura se dissipe. Elle m'entraîne vers les bandes jaunes de la scène de crime.

— Ça va aller ? m'assuré-je. Si vous préférez que l'on fasse demi-tour...

— Non. Je veux le faire. Je veux au moins essayer.

Ses doigts se crispent autour de ma paume, et pour la première fois depuis longtemps, je me sens utile. Vraiment utile. Pas juste pour réparer quelque chose, mais pour soutenir quelqu'un. Une personne, qui, à sa façon, est aussi esquintée que moi. Même si la plupart du temps, elle le cache derrière son beau sourire.

Au pied d'un arbre, des gens déposent des peluches, des fleurs ou des bonbons, devant une photo d'Allan. Un groupe de jeunes, d'à peu près son âge, se tient en retrait. Une blonde, avec une queue de cheval, pleure encore plus que les autres.

— C'étaient sûrement des copains de la victime, suggère Socrate, dont la tête dépasse du sac.

Mélissa étant concentrée sur ce qui nous entoure, je devrais lui intimer de se cacher. Mais comme elle, les gens autour de nous sont trop bouleversés pour y prêter attention.

— Sans doute, oui, lui réponds-je.

— Tu devrais essayer de leur parler, propose Socrate. Pour voir s'ils peuvent nous apprendre quelque chose au sujet d'Allan. Moi, je suis coincé avec elle.

— Il a raison, confirme Mel, en devançant ma question. De toute façon, je préfère y aller seule.

Pour valider sa destination, elle donne un léger coup de menton en direction de la scène du crime.

— Merci pour moi, c'est gentil, ronchonne le familier.

— Tu sais bien ce que je veux dire, Socrate, le houspille-t-elle en libérant sa main de la mienne pour la plonger dans le sac.

Le regard fixé vers son but, Mélissa franchit les derniers mètres qui la séparent de la zone délimitée par les rubans jaunes. Ses pas robotisés, tel un automate, me heurtent. Elle semble guidée par une force externe, presque incontrôlable.

Je secoue la tête comme un vieux chien, qui se rappelle que lui aussi a une tâche à accomplir. Je me tourne en direction des enfants, quand je ressens le besoin de lever les yeux. Grâce à ma vue de loup-garou, j'aperçois un rapace dans les branches. Je ne m'intéresse pas aux piafs en général, mais je me demande tout de même ce qu'il fait là.

Peu importe. Ce n'est qu'un oiseau parmi tant d'autres après tout.

Je m'assure que Mélissa va bien, puis j'interpelle les gosses.

— Salut ! Je m'appelle Andy. Je suis enquêteur privé. Connaissiez-vous Allan ?

Les enfants sont candides, il est facile de duper leur confiance. C'est sans doute pour cette raison que le meurtrier s'en prend à eux, plutôt qu'à des adultes. Il faut vraiment être un lâche pour abuser de leur naïveté dans le but de les blesser. Ou pire... Leur mentir ne me plaît pas, même si dans mon cas, c'est pour la bonne cause.

Cette pensée me hérisse le poil, au sens propre. Mon loup s'agite, et la vision d'une bouteille de whisky surgit sous mon crâne. Je jette un œil vers Mel, qui se tient désormais au plus près de l'endroit où le corps a été retrouvé. Son courage m'impressionne et m'inspire.

— Oui, on allait au collège ensemble, me répond la petite brune, qui console la blonde à queue de cheval.

Je me ressaisis, prêt à enchaîner.

— Quand est-ce que vous l'avez vu pour la dernière fois ?

— Hier soir, rétorque le roux, avec un cheveu sur la langue. On était avec lui, ici.

— Avez-vous remarqué quelqu'un d'étrange tourner autour de vous ? Ou vous observer de loin, peut-être ? Ou quoi que ce soit qui pourrait nous faire avancer dans notre enquête ?

— Des flics nous ont déjà posé tout un tas de questions, s'emballe le brun. Vous allez faire quoi de plus que la police, vous ?

— Jimmy ! intervient la blonde. Si ce monsieur peut aider à découvrir ce qui est arrivé à Allan, on devrait lui répondre sans discuter, je crois.

Jimmy pince les lèvres, hésitant.

— Non. Moi je n'ai rien vu de bizarre. J'ai juste croisé cette femme avec son long manteau et sa laisse. Elle devait chercher son chien, je suppose.

— Et vous autres ?

Chou blanc, comme on dit. À part remuer leur peine, je me rends bien compte que ces pauvres enfants ne m'apprendront rien d'utile. Je les remercie, avant de revenir vers Mélissa.

Et a priori, il était temps ! Son corps vacille d'avant en arrière. Je me précipite pour la rattraper, en bousculant les gens pour la rejoindre. Des « O » et des grondements indignés fleurissent sur mon passage.

J'arrive à sa hauteur de justesse. Les bras autour de sa taille, je la serre contre moi.

— Huuuuuummm… huuuuuummm…

Je cherche ce que j'entends, quand je réalise que son sac se trouve entre nous. Socrate !

— Merci beaucoup, s'énerve le familier. Tu as failli m'étouffer, je te signale.

— Chut, lui ordonné-je. Ça va ?

Je la sens encore fébrile, avec ses doigts crispés sur mon avant-bras. J'ai l'impression qu'elle tremble.

— Venez.

Je la guide en dehors de la foule, jusqu'à un petit banc en bois. Ses joues ont perdu leur teinte rosée. Ses yeux brillent de larmes contenues.

— Vous avez vu quelque chose ? osé-je enfin lui demander.

Elle hoche la tête, en même temps que son menton se froisse. J'ouvre mes bras, et elle vient s'y réfugier. Ses sanglots me chavirent.

Qu'a-t-elle découvert ? Peu importe pour l'instant. Une chose est sûre, il lui faut un courage monstre pour affronter ces visions. Pour peu que son empathie la force à ressentir la peur, la panique ou la tristesse de ces enfants, je comprends qu'elle s'écroule.

Abigaëlle

Les choix de la raison

Harold n'a pas chômé. Il a recruté un nouveau chauffeur. Il a ainsi pu prendre la limousine pour la soirée. Charlotte, quant à elle, refuse toujours de me parler. Elle s'est absentée une bonne partie de la journée pour faire du shopping et déambuler dans les rues d'Atlanta. J'ose espérer que d'être rentrée avec des paquets à foison au bout des bras l'aura apaisée.

Assise dans le jardin d'hiver, je m'enivre des fragrances du jasmin. J'ai toujours adoré cette odeur. J'avale une gorgée de thé à la réglisse, pendant que le soleil décline à l'horizon. J'ai choisi ce parfum pour tenter de diriger mes pensées vers ma proie de la veille. Parce que voilà maintenant plusieurs heures que j'ai missionné Birdy, et plus le temps passe, plus je spécule. Je n'ai jamais été obsédée par mes cibles potentielles, pourtant, le visage de celle-ci reste gravé au fer rouge dans mon esprit. Je bous d'impatience d'en apprendre plus à son sujet. Depuis un moment, je m'interroge sur la nécessité de rejoindre mon familier. Lui imposer la présence de mon corps astral la ralentirait.

Donc, entre continuer à attendre Birdy ou aller dans notre chambre discuter avec Charlotte, je choisis la seconde option. Je l'adore, mais il ne faudrait pas qu'elle oublie que si elle a la chance d'expérimenter cette vie, en étant à l'abri de la maladie et de la vieillesse, c'est grâce à moi.

Je délaisse ma tasse de thé, et me dirige vers le salon, quand ma jolie Birdy apparaît sur le rebord de la fenêtre. Les muscles de mes joues rechignent presque lorsque mes lèvres s'étirent pour former un sourire. Je réalise que Charlotte a beaucoup trop d'emprise sur moi. J'ai toujours tout décidé. Tout contrôlé depuis mon départ de Boston, il y a plus de deux siècles. Je ne peux pas continuer à laisser une petite pimbêche d'humaine me mener par le bout du nez.

Trouver une proie digne de ce nom reste une bonne idée. Cependant, je dois revoir mes priorités. Est-ce que j'agis ainsi pour elle ? Ou pour moi ?

Je ne mentionne pas Harold, qui a toujours été d'un soutien sans faille. Je pense, j'espère, n'avoir jamais à remettre en question sa reconnaissance et sa loyauté.

Pour ce qui est de Charlotte, j'ignore si c'est notre proximité, notre intimité, qui lui donne l'impression qu'elle peut se permettre de me diriger, et je m'en fiche. Je l'aime. Cet état de fait est indéniable. Mais je fatigue. Elle ne comprend pas, ou refuse de comprendre que nos vies sont plus importantes que celles de ces misérables gosses geignards et inutiles. Peut-être que ce jour-là, en Louisiane, je me suis fourvoyée. Peut-être que j'aurais dû la laisser aux mains d'Harold pour qu'il s'amuse avec, avant de la faire disparaître.

Cette remise en question doit cesser sur-le-champ. Charlotte reviendra d'elle-même vers moi, ou bien…

En attendant, je tends mon bras en direction de mon familier, qui vient s'y percher.

Le pacte de sang qui nous lie me permet de plonger dans ses souvenirs, bien que cela ait un prix.

Je prends place sur le fauteuil, arrime mes yeux aux siens, pendant qu'elle enfonce ses serres acérées dans ma chair. Cette union lui offre aussi la possibilité de recouvrer des forces, même si c'est au détriment des miennes.

Birdy me ramène dans l'arbre, au-dessus de la sorcière vêtue d'une robe jaune. Grâce à sa vue bien supérieure à la mienne, je perçois du mouvement dans le sac qu'elle porte. À n'en pas douter, son familier. Sa tête, avec son énorme bec, ressemble à celle d'un oiseau, mais sa couleur pierreuse et ses yeux globuleux me laissent perplexe. Par contre, une chose est sûre, il émane de lui une quantité de magie incroyable. Je n'en avais jamais observé autant dans un seul individu. Encore moins dans un familier. Comment un tel phénomène est-il possible ?

Même si cette question m'intrigue, je sais que la solution à mon problème se trouve dans cette créature. Avec une essence aussi abondante, nous aurions de quoi tenir pendant plusieurs années. Autre avantage non négligeable, il sera bien plus facile de subtiliser un animal, et de voyager avec lui à travers tout le pays, plutôt que de m'encombrer d'une adulte.

La voilà, ma solution !

Mélissa

Les yeux du mal

Quand Andy m'aide à prendre place dans le pick-up, je tremble encore de tous mes membres. Socrate bondit hors du sac pour venir se pelotonner contre mon ventre. Il me colle tellement, que j'ai même du mal à attacher ma ceinture de sécurité.

— Tu m'inquiètes, Mel, se plaint-il. Je ne t'ai jamais vue aussi réceptive.

Il dit vrai. Malgré tout, son contact m'apaise. C'est comme s'il m'insufflait de sa force. Ce doit être une connexion instinctive qui s'établit dans mon cerveau, accentuée par la résistance que lui offre son corps de pierre.

— Je sais, confirmé-je, au moment où Andy nous rejoint.

— Que savez-vous ?

— T'es sourdingue pour un loup-garou, ou quoi ? rétorque Socrate. Je croyais que les gens de ta race avaient une super bonne audition !

Je souris. Ce n'est ni poli ni courtois, mais j'ai bien conscience que s'il agit ainsi, c'est pour continuer sur sa lancée... Me détendre, tout en essayant de changer de sujet. Je caresse ses ailes d'un geste absent.

— C'est à cause de la circulation, se justifie Andy. Alors, que savez-vous ?

— Et voilà, les deux pieds dans le plat. Tu peux pas lui accorder quelques minutes ? C'est trop te demander, ou quoi ?

— Chut ! Calme-toi, Socrate, le contré-je d'une voix douce. Ça va aller. Nous parlions de mes visions. Depuis quelques jours, elles sont plus nombreuses, et aussi… plus précises, je crois.

— Ah, bon ? s'étonne Socrate. Tu me l'avais pas dit, ça !

— Je viens seulement de le réaliser, me justifié-je.

— Et est-ce que vous savez ce qui en est la cause ? me demande Andy, en s'incrustant dans la file de voitures pour libérer la place.

— Aucune idée, non. Mais peut-être que ça nous aidera à trouver plus vite l'auteur de ces…

Les mots restent coincés dans ma gorge.

— Hum, grogne Andy. Il faut l'espérer. Du coup, je présume que vous avez vu quelque chose, là-bas.

— C'était bref, comme des flashs. Il y en a un en particulier qui m'a heurtée, parce que je l'avais déjà observé. Des yeux vairons. Un marron et un bleu. J'ignore à qui appartient ce regard, ni même si c'est un homme ou une femme, mais ce n'est pas un détail très courant. Cela devrait nous aider à le retrouver, en principe.

Nous roulons au pas. La rue est complètement bouchée.

— Oui, confirme Andy. Sauf si l'individu en question porte des lentilles de couleur.

Je n'avais pas songé à cette éventualité. Je m'appuie contre le siège, en proie aux réflexions.

— Vous avez parlé de flashs. Vous avez pu distinguer autre chose ?

Je m'accorde quelques secondes avant de répondre. J'ai besoin de revoir les images.

— Une ceinture… ou une laisse, peut-être.

— Une laisse, vous êtes sûre ?

— Je crois, oui. Pourquoi ? Ça vous dit quelque chose ?

— Les ados, ils étaient avec Allan hier soir. L'un d'eux m'a parlé d'une femme qui cherchait son chien. Il l'a supposé parce qu'elle tenait une laisse.

— Le coup du chien perdu… décrypte Socrate. Un grand classique chez les kidnappeurs d'enfants.

Mon estomac se noue.

Anaïs adorait les chiens. Dès qu'elle en croisait un, elle se jetait sur lui. Elle s'est même fait mordre, une fois. Mais elle a toujours voulu les câliner quand même, ou jouer avec eux, quand c'était possible. Je me souviens très bien qu'elle ne cessait d'en réclamer un à nos parents. *« Un tout petit, précisait-elle, comme ça, il ne prendra pas de place. »*

Se peut-il qu'elle se soit éloignée dans le but d'aider une personne à retrouver le sien ?

— Mel ? m'interpelle Andy.

Mon esprit, qui était parti vagabonder dans des méandres obscurs et sans réponses, revient dans le pick-up.

— Je vous disais que j'ai reçu un texto de Drake. Il nous attend ce soir, à 23 h. Ça ira pour vous ?

Un violent frisson secoue Socrate, et je devine que cette entrevue l'angoisse.

— Vous parlez de l'horaire, ou du fait de rencontrer un vampire ?

— En réalité, il ne sera pas seul. Il m'a précisé qu'il ne pourrait pas quitter son nid. Du coup... on devra se rendre à son domicile.

— Tu veux dire qu'il y en aura tout un paquet ? s'égosille Socrate. Non ! Non ! Non ! On va pas y aller, hein, Mel ? Parce qu'un, bon... ça foutait déjà bien les miquettes. Mais plusieurs...

— Rassure-toi. Si Andy nous conduit jusqu'à Drake, c'est que nous ne risquons rien. N'est-ce pas ?

Le concerné hoche la tête.

— T'as pas l'air convaincu, mec !

— Si, affirme Andy. Je te rappelle qu'il est président du Haut-Conseil de Géorgie. Sa position l'oblige à une certaine droiture.

Je resserre mon étreinte autour de Socrate qui tremble maintenant comme une feuille. Par respect pour lui, je ne creuserai pas le sujet tout de suite, mais dès que nous serons seuls, je lui proposerai de rester au camping-car, ce soir.

— Par contre, reprend Andy, je me demandais si vous accepteriez d'apporter les dossiers de votre père ? Ça devrait nous aider à briser la glace.

— Je n'y vois pas d'inconvénients. Si vous pensez que c'est mieux.

— Juste un détail, tout de même ! Évitez de lui parler de vos visions. Les vampires sont des êtres mystérieux. Ils tiennent à conserver cette carte dans leur jeu. S'ils imaginent qu'ils peuvent être mis à nu, ça pourrait les foutre de travers.

— T'en sais un rayon sur ces créatures à sang froid, dis donc ! lui assène Socrate. Je croyais que ceux de ta race considéraient les vampires comme des ennemis.

— Justement. Pour combattre un adversaire, il vaut mieux connaître ses faiblesses. Ça peut donner un certain avantage.

— Pas bête, ponctue Socrate.

Andrew

La croisée des chemins

L'anxiété de Mélissa imprègne l'habitacle du pick-up. C'est si intense, que je boirais volontiers un verre ou deux pour me décontracter. Et pour calmer mon loup aussi.

— Vous vous inquiétez pour Socrate, ou parce que nous allons rencontrer des vampires ?

— Les deux. Même si je reconnais que je n'aime pas être séparée de lui, il angoissait encore plus que moi. Et puis, avec son tempérament, il risquait de dire quelque chose de déplacé. Non, je sais que j'ai bien agi, et qu'il valait mieux le laisser au camping.

— Je ne vous contredirai pas. Les vampires sont plutôt susceptibles. Avec ses vannes et son humour grinçant, on aurait pu s'attirer de sacrés ennuis.

Pas de réponse. Le reste du trajet se déroule dans le silence. Comme moi, elle se pose beaucoup de questions, en plus d'espérer que Drake pourra nous aiguiller. Ou au moins, nous ouvrir quelques portes, ou nous diriger vers des personnes capables de nous aider.

Si cet entretien ne donne rien, nous atterrirons dans une impasse. Comme le père de Mel avant nous, sûrement.

J'engage la voiture en direction de la grande grille qui marque l'entrée de la propriété de Drake, à la périphérie de la ville. Par la vitre baissée, j'actionne le bouton d'appel sur l'interphone. Au-dessus de nous, une caméra pivote dans un léger chuintement, avant de zoomer.

— Oui ? demande une voix grave.

— Andrew Barnes et Mélissa Grant. Nous avons rendez-vous avec Drake.

Les stridulations des insectes nocturnes nous aident à patienter.

— Entrez.

Les deux vantaux s'ouvrent sur une large allée goudronnée, bordée d'arbres et de buissons parfaitement taillés. Dans les branches, je distingue d'autres caméras.

La sécurité renforcée qui règne ici ne me surprend guère. Les suceurs de sang amassent des fortunes colossales grâce à leur longévité. En plus, Drake n'est pas n'importe quel vampire. Il est Président, et Seigneur de son nid. Ce qui signifie qu'il est le créateur de tous les vampires qui vivent dans cette demeure.

D'un geste de la main, un gardien m'indique où me garer. Entre une Aston Martin et une Cadillac. Mon pick-up fait vraiment pitié à côté de ces voitures de luxe.

Je récupère la pile de dossiers sur la banquette arrière, et rejoins Mel.

— Prête ?

Sa tête exécute un mouvement circulaire, avant de revenir vers moi.

— Un problème ? s'enquiert un des gardes.

— Non. Elle est un peu nerveuse. C'est la première fois qu'elle rencontre des vampires.

— Ne vous inquiétez pas, mademoiselle. Ici, on est civilisés. Vous êtes en sécurité.

À l'aide de ma main libre posée au niveau de ses reins, je l'incite à avancer. Sur le perron, une vampire rousse dans un tailleur noir nous attend pour nous escorter jusqu'au bureau de Drake.

— M. Jefferson va vous recevoir dans un instant, nous précise-t-elle, en nous indiquant une enfilade de chaises le long d'un mur, à côté d'une porte gardée par deux vampires aux airs de cerbère.

La décoration, tout comme l'odeur, semble dater du XIXe siècle. Ce qui ne serait pas surprenant, étant donné que Drake est un jeune vampire né dans ces années-là. Sa soif de pouvoir et son ambition ne sont un secret pour personne. Il en a même fait sa force, dissuadant ainsi plusieurs de ses rivaux potentiels.

La porte s'ouvre d'un mouvement sec.

— Andrew Barnes et son amie Mélissa Grant, nous accueille Drake. Bienvenue chez moi. Entrez.

J'échange aussitôt un regard surpris avec Mel. Le bureau de Drake ressemble beaucoup au Bureau ovale de la Maison-Blanche. Les fenêtres en moins, et l'emblème de son nid en plus, sur la moquette. Une rose écarlate entourée d'épines et de gouttes de sang.

— Installez-vous.

Drake est plus petit que dans mon souvenir. Il nous indique les canapés et les fauteuils, plutôt que les chaises face à son bureau. Sur la table basse entre nous se trouvent une carafe remplie d'un liquide bordeaux, et trois verres à vin.

— Je vous sers ?

À l'idée de boire de l'alcool, mon corps se tend comme une arbalète. L'eau à la bouche, j'inspire profondément pour me donner le courage de refuser.

— C'est du jus de raisin, précise-t-il.

Soulagé, je souffle en acquiesçant.

Mélissa s'est collée contre moi. Sa cuisse tremble contre la mienne. Son cœur bat la chamade. Si je l'entends, Drake doit sûrement le percevoir aussi, mais il n'en montre rien. Je commence à regretter d'avoir laissé Socrate au camping. Ce petit froussard ! J'aurais dû l'obliger à nous accompagner, quitte à lui mettre un bâillon pour qu'il se taise. C'est délicat pour une sorcière d'être séparée de son familier. Il constitue un appui magique et émotionnel pour elle. Et dans ces circonstances, je réalise que c'était peut-être un mauvais calcul. Je vais devoir prendre les rênes, et aller au plus rapide.

— Nous sommes ici suite au meurtre commis à Freedom Park, expliqué-je. Tu as sans doute déjà remarqué les similitudes entre ce crime, et... ce qui est arrivé à Ethan.

Drake baisse ses yeux bleus en direction de son verre, qu'il fait tourner entre ses doigts, à l'instar d'un verre de vin.

— Où veux-tu en venir, Andrew ?

— Mélissa et moi avons tous les deux perdu un proche dans des circonstances similaires. Identiques à celles d'Allan Quaker, et de ces enfants répertoriés dans ces dossiers. C'est son père qui a réuni ces informations.

Je pose la pile de chemises cartonnées sur la table basse, tandis que le vampire reste impassible. Pas étonnant. Même s'il ressent quoi que ce soit, il a eu le temps de s'entraîner à ne rien laisser paraître.

— Qu'attendez-vous de moi, tous les deux ?

— Nous aimerions…

— Non. Pas toi. Je connais ton histoire. Je voudrais entendre ton amie.

Mélissa me jette un regard apeuré. Pour qu'elle arrête de s'entortiller les doigts, je récupère une de ses mains, que je place entre mes énormes paluches. Puis, d'un hochement de tête, je l'encourage à prendre la parole.

— Je… j'ai perdu ma sœur, quand j'avais sept ans. Elle venait de fêter son dixième anniversaire. J'ai assisté à son kidnapping… Elle a été retrouvée… Elle s'appelait Anaïs. C'est le premier dossier sur la pile.

— Je ne veux pas le lire. Je préférerais que vous me racontiez ce dont vous vous souvenez. Et n'omettez aucun détail.

Son ton, bien qu'amical, est autoritaire et sans appel.

— Nous étions au parc à jeux avec ma mère.

— Oui, réplique-t-il. Continuez.

— Je me trouvais en haut du toboggan. Quand, à la lisière des arbres, je l'ai vue être entraînée par quelqu'un. Il la tirait vers la forêt. Anaïs a…

D'un coup, elle tourne la tête vers moi, les yeux exorbités.

— Je ne suis pas tombée sur les fesses à cause de la surprise, marmonne-t-elle. Je suis tombée parce que j'ai reçu…

Le silence et les interrogations multiples flottent dans la pièce.

— Qu'est-ce que tu as reçu ?

Je ne sais pas pourquoi je la tutoie tout à coup. Sont-ce la situation, la proximité que je ressens envers elle par rapport à la froideur du vampire ? Aucune idée...

— Un sortilège, je crois... Anaïs m'a jeté un sort.

— Quel sort ? enchaîné-je.

— Je l'ignore... souffle-t-elle.

Drake se racle la gorge pour nous rappeler sa présence.

— D'accord. Votre sœur vous a jeté un sort. Mais ce qui m'intéresse surtout, c'est la suite de votre récit. Pourriez-vous continuer ? Parce que j'ai d'autres rendez-vous après.

Face à cette façon pourtant polie de lui mettre la pression, mon loup s'excite. Je me concentre sur la petite main de Mélissa toujours prisonnière des miennes, ce qui m'aide à le renvoyer dans sa cage.

— La suite n'a rien de très original par rapport aux affaires mentionnées dans ces dossiers, s'enhardit Mélissa. Anaïs a été retrouvée avec les cheveux blancs. Et son corps rappelait celui d'une momie.

Les mâchoires de Drake se contractent. Ses dents grincent légèrement.

— Vous permettez ? demande-t-il pour la forme, en tendant son index vers la pile de chemises.

— Je vous en prie, l'autorise Mélissa.

Drake plonge son nez dans les documents, pendant que j'échange un regard avec Mel. Je sens qu'elle voudrait me dire quelque chose, mais cela va devoir attendre un peu.

Grâce à sa super vitesse, un sacré désavantage pour nous, les lycans, Drake lit le tout en quelques minutes.

— Nous pensons que c'est l'œuvre d'un vampire, annoncé-je quand il repose les dossiers sur la table.

— Impossible, affirme-t-il, péremptoire. Aucun de mes congénères n'est capable d'une telle chose.

— Comment expliquez-vous sa longévité dans ce cas ? renchérit Mélissa, qui a vraiment retrouvé du poil de la bête.

Je me demande si c'est son envie de me parler qui l'énergise, ou si elle a eu une révélation qui fera avancer notre enquête.

— Je ne l'explique pas, se contente de répondre Drake.

— Dans ce cas, déploré-je, peut-être pourrais-tu, grâce à ta position, nous fournir d'autres dossiers. Tu dois avoir des contacts à la PCS ou ailleurs, qui pourraient nous aider, non ? Et peut-être même qu'avec ton rang social, tu sais déjà des choses qui...

— Ça suffit ! s'exclame-t-il en se levant.

Drake s'éloigne de nous, et se place devant un tableau qui représente le portrait d'une petite fille. Elle aussi a les yeux bleus. Ses cheveux noirs et la forme de son nez me rappellent...

Je me lève à mon tour pour rejoindre Drake.

— Est-ce que c'est un membre de ta famille ?

Le vampire baisse la tête.

— Attendez...

Il se dirige vers son bureau, où il actionne l'interphone.

— Lynne ?

— *Oui ?*

— Contacte mon prochain rendez-vous pour le reporter.

— *Mais, Drake...*

Il coupe la communication, puis va vers la porte qu'il ouvre à la volée.

— Cassez-vous ! ordonne-t-il aux deux gardes de l'autre côté.

— Quoi ? s'étonne l'un d'eux.

— Barrez-vous ! Prenez une pause. Je ne veux plus voir personne dans ce couloir jusqu'à ce que Lynne vienne vous chercher.

Drake claque le battant. D'un geste, il m'invite à me rasseoir, avant de réinvestir sa place en face de nous. Il fait craquer les articulations de ses mains, penche la tête à droite, puis à gauche, avale une gorgée de jus de raisin.

Je m'apprête à le sommer d'arrêter son cirque, quand il pose enfin les yeux sur nous. Heureusement, parce que nous sommes dans sa demeure, et nous sommes entourés de vampires. Ce qui signifie que, vu son statut, me mordre la langue constitue sans hésiter ma meilleure option de survie.

— J'avais trente-deux ans, quand j'ai passé un pacte avec mon maître pour qu'il me transforme. D'habitude, les vampires évitent de choisir leurs progénitures parmi les autres surnaturels. En particulier chez les sorciers, à cause de nos pouvoirs. Mais il avait besoin de moi, autant que j'avais besoin de l'immortalité. C'était essentiel parce que... ma sœur... ma petite sœur que vous voyez sur ce tableau, Ava, a subi la même chose qu'Anaïs et Ethan. J'ai passé ma vie d'humain à traquer ce monstre. Quand j'ai réalisé que je n'aurais pas assez de temps, et que je manquais de moyens, j'ai contracté cet accord. J'ai gravi les échelons de la hiérarchie dans le but d'obtenir des informations. Malheureusement, la PCS ne fournit ses dossiers que lorsque la culpabilité d'un prévenu a été établie, et qu'il doit être jugé. Avant cela, il leur est interdit d'en dévoiler le contenu. Trop de surnaturels ayant fait justice eux-mêmes, sans attendre de preuves. J'ignorais cette loi avant de devenir moi-même président. Si je vous raconte tout cela, ce n'est pas par bonté d'âme. Je veux toujours retrouver l'auteur de ces crimes. Mélissa ? Corrigez-moi si je me trompe, mais j'ai l'impression que vos souvenirs enfouis pourraient peut-être nous aider.

— C'est possible. J'ai réalisé il y a peu, que juste après l'incident, ma grand-mère avait tronqué ma mémoire. Je suppose qu'elle a agi ainsi pour mon bien, pour atténuer ma peine.

— Hum...

Il l'examine avec plus d'attention. Derrière ses paupières plissées, ses pupilles glissent sur Mel, et tout autour d'elle.

— Votre essence aussi a été impactée par cet inhibiteur de mémoire.

Je sens Mélissa tressaillir.

— Pardon ?

— Comme je vous l'ai dit, j'étais magicien avant ma transformation. Je pourrai peut-être vous aider à raviver les souvenirs qui vous manquent. Où se trouve votre familier ?

Mel et moi échangeons un bref regard, tandis que sa petite main se fraie un passage dans la mienne.

— Euh… Il stressait beaucoup à l'idée de rencontrer des vampires. Étant donné que je n'étais pas sereine moi-même…

— Je vois… Ce n'est pas grave. En presque deux cents ans, j'ai appris quelques astuces qui permettent d'éviter de s'appuyer sur eux. Si vous me donnez votre accord, et que vous m'attribuez assez de confiance, bien sûr.

Les tremblements de Mel se propagent jusqu'au bout de mes doigts.

Abigaëlle

Quand les astres s'alignent

J'ai laissé Birdy poursuivre notre cible, pendant que j'en profite pour établir une stratégie. Il me faut évaluer les risques, et les minimiser au maximum.

Je dois aviser Harold et Charlotte de ce que je prépare. Pour une fois, je vais sûrement avoir besoin d'eux. Hors de question que ce familier me file entre les doigts. Je me sens fébrile rien qu'à l'idée de goûter son essence. Il en contient tellement…

Bien sûr, cela reste un projet très ambitieux. Dans l'absolu, une sorcière ne supporte pas d'être séparée de son familier très longtemps, et *vice versa*. Si à cette problématique, je dois ajouter de la distance entre eux, l'idéal est de trouver un sortilège qui les dissocierait, sans pour autant que le familier meure.

Je vais devoir effectuer quelque chose que je n'ai pas réalisé depuis plus d'un siècle : me plonger dans des livres de sorcellerie. J'évite d'exercer la magie. En absorber et projeter mon corps astral à l'intérieur de Birdy restent les seules activités que je peux pratiquer. Vivre aussi longtemps exige des sacrifices. Un sortilège, un charme quel qu'il soit, laissent des traces. Un sorcier suffisamment expérimenté pourrait les identifier, et même en retrouver l'origine.

Au moment où j'assimile la magie des enfants, elle supplante la mienne, rendant ma présence impossible à déterminer.

J'ai conservé beaucoup d'ouvrages de sorcellerie, ici, mais la majorité se trouve dans la maison de Détroit. Au besoin, une fois en possession de notre proie, nous partirons directement là-bas.

Ma mémoire fonctionne encore très bien. Je me souviens de philtres et autres potions capables d'endormir. Inutile qu'il soit éveillé pour que je me nourrisse. Cependant, si je ne sectionne pas ce lien qui l'unit à sa sorcière, elle pourra toujours le localiser. Et pas besoin d'un corps astral pour y parvenir, il lui suffira de pratiquer les bons sortilèges.

Mais je m'inquiète peut-être pour rien. Je n'ai pas pu déterminer si son essence était puissante ou au contraire, très faible. Cette donnée s'avère pourtant capitale. Ainsi, je pourrai anticiper sa capacité à le retrouver ou non.

Je me lève, forte de cette mise au point. Le plan est limpide. Je commence par alerter Harold. Il doit revenir à l'appartement au plus vite. Je le veux disponible et sur le qui-vive H24. Cela ne va pas lui plaire, mais quand je lui aurai expliqué le but, il se ravisera. En plus, la dernière fois qu'il a joué un rôle dans une traque, c'était pour de l'argent, et cela remonte au sauvetage de Charlotte. Depuis, j'investis dans de grandes sociétés, et je change de nom régulièrement. Sans oublier des testaments en règle, ainsi que les petits notaires faciles à acheter.

Mais là, ce sera différent. Je récupère mon téléphone portable, et envoie un texto au Don Juan pour le sommer de rentrer. Inutile d'expliquer les choses deux fois. Je vais attendre son retour, puis, je leur exposerai mon plan à tous les deux en même temps.

La soirée est déjà bien entamée. Assise sous la véranda, je guette le retour de Birdy. J'ai hésité à plusieurs reprises à me projeter pour savoir où elle se trouvait, mais je n'aurais fait que la ralentir. Harold et Charlotte boivent un thé dans le salon. Ils ont bien compris que je souhaitais rester seule. Harold s'est montré très enthousiaste à l'idée de cette nouvelle mission.

Charlotte est plus mitigée. J'ai l'impression qu'elle m'échappe. Comme si la mort de ce gosse à Freedom Park marquait un trop-plein dans son esprit. Je l'aime, mais je ne la laisserai pas compromettre ce projet. Si elle veut nous quitter, je ne la retiendrai pas. Elle verra si la vie est aussi agréable quand on est pauvre et malade. Parce qu'il est hors de question que j'assiste à sa décrépitude, comme je l'ai fait avec Margot. J'en suis incapable.

Je trempe les lèvres dans mon verre de vin rouge, quand un bruit d'ailes suivi d'une imitation de miaulement s'élève dans mon dos.

Ma Birdy est rentrée. Elle se balance d'une patte sur l'autre.

— Je sais où trouver le familier, m'informe-t-elle aussitôt de sa voix enrouée. Mais il faut agir vite. La sorcière et le lycan l'ont laissé seul dans un camping-car.

— Dans un camping-car ? m'étonné-je.

— Je crois que la sorcière habite là, au camping Blue Bay.

— Tu es merveilleuse, ma Birdy. Je rassemble les troupes et nous partons immédiatement. Bien sûr, tu nous accompagnes.

Je me lève pour me diriger vers le couloir, lorsque la voix plaintive de mon familier m'interpelle.

— Mais... j'espérais un peu de repos.

— Tu dormiras quand cette prise se trouvera dans mon filet, affirmé-je sans me retourner. Au fait, qu'est-ce que c'est comme animal ?

— Je ne sais pas. Je n'ai pas pu le voir assez distinctement.

Je lève les yeux au ciel.

— Ah, décidément ! Je ne peux vraiment compter que sur moi, chuchoté-je.

Mélissa

Dangereuse alliance

J'échange un regard troublé avec Andy. Même si les révélations du vampire devraient m'aider à lui accorder ma confiance, j'ignore de quoi il retourne. Je ne peux pas accepter sans savoir à l'avance.

— En quoi consiste ce sortilège ? Parce que mes capacités sont limitées, ajouté-je à toute vitesse pour justifier mon interrogation.

— Il s'agit d'un vieux rituel, et pour être honnête, il peut s'avérer dangereux. Mais il me permettra de réveiller vos souvenirs. Il implique un échange de sang et d'énergie magique.

— Pas question que je te laisse la mordre ! s'énerve Andy, en bondissant sur ses pieds.

Cet élan de sauvegarde me touche, même s'il est guidé par d'anciens codes inscrits dans ses gènes. Sa race a été créée par les sorcières, qui, au moment du sortilège, en ont profité pour leur imposer de nous protéger.

— C'est le seul moyen que je connaisse, renchérit Drake, immobile et serein. Si je vous transmets une partie de mon essence vitale, tout en murmurant des mots de pouvoir...

— Laisse tomber, Drake.

— En fait... le stoppé-je, en glissant ma main dans la sienne, pour l'obliger à se rasseoir. Écoutons-le jusqu'au bout, au moins. Je déciderai ensuite.

Je ne souhaite pas vexer Andy. J'essaie juste de temporiser, pour juger de ce qui est le mieux. Andy grogne, mais finit par obtempérer. J'adresse un hochement de tête à Drake pour l'inviter à continuer, sans lâcher Andy. J'ai beau vouloir l'écouter et envisager cette option, cela ne me tranquillise pas pour autant. Et tenir la main chaude d'Andy me rassure un peu. Je me sens moins seule.

— Une fois cet échange effectué, normalement, des images devraient s'imposer dans votre esprit.

— Combien de temps cela prendra ? demandé-je.

Andy souffle, mais reste silencieux. Les muscles de sa mâchoire roulent sous ses joues. Je comprends que cette situation exige qu'il se maîtrise, ce qui n'est pas évident.

— Je l'ignore. Je ne crois pas que le livre en faisait mention.

— Tu parlais de dangers éventuels, intervient Andy. À quoi tu faisais allusion ?

— Perte de contrôle. Dépendance. Folie. Ce sortilège peut aussi révéler des secrets inattendus, ou créer des sentiments indésirables. C'est pourquoi il est très rarement pratiqué. Il est même considéré comme tabou par la plupart des sorciers et des vampires. Mais dans le cas présent, nous avons tous les trois un objectif commun. Et il ne faut pas oublier que la vie d'autres enfants est en jeu.

— Drake a raison, confirmé-je. Je dois savoir. Peut-être qu'un indice important se cache dans mes souvenirs, et que grâce à ça, nous pourrons retrouver ce meurtrier.

Je devine une lueur d'hésitation dans les yeux d'Andy. J'ai fait mouche.

— Et puis tu seras là pour me protéger, si jamais tu vois que ça va trop loin, ajouté-je pour enfoncer le clou.

Les lèvres pincées, il approuve d'un mouvement lent de la tête. Drake se lève, et me tend la main. À contrecœur, je lâche celle d'Andy, qui a aussi du mal à la libérer, puis je pose mes doigts sur la paume froide du vampire.

Le contraste de température entre notre hôte et Andy déclenche une série de frissons. Je ferme les yeux, assaillie par la peur et le doute. Pour chasser ces sentiments, je cherche à me concentrer sur quelque chose de joyeux et de réconfortant : ma rencontre avec Socrate. Mais je n'ai pas le temps de m'attarder. Drake saisit ma nuque puis me chuchote au creux de l'oreille :

— Je ne vous prendrai que ce dont j'ai besoin.

J'aimerais le croire, même si je n'oublie pas les risques encourus. Les crocs de Drake s'enfoncent dans mon cou. C'est profond et violent. Une douleur aiguë traverse tout mon corps. Un courant électrique descend le long de ma colonne vertébrale, tétanisant chaque fibre de mes muscles dans son sillage. Ma respiration laborieuse rend les battements de mon cœur erratiques.

Puis je perçois la voix de Drake, lointaine. Il psalmodie des mots abscons, une formule magique qui résonne en écho sous mon crâne. On me bâillonne… non, on presse quelque chose de poisseux sur mes lèvres. Un liquide chaud, au goût métallique mélangé à du raisin, roule sur ma langue. Je me sens partir, sombrer dans l'inconscience. Puis, je vois des images, des flashs de ma vie passée. Des visages, des lieux, des événements. Je me souviens de tout, de ma naissance, de mon enfance, de ma formation de sorcière, tant avec ma mère qu'avec ma guide, de mes amis, de mes ennemis aussi, de mes amours et de mes peines. Je me rappelle ce qui est arrivé… le kidnapping, et l'attaque qui a inhibé mes pouvoirs. C'est Anaïs qui, dans la panique, m'a jeté un sort. C'est pour ça que je suis tombée sur les fesses, sonnée. Je me souviens de tout maintenant. De grand-mère Yeta qui était désemparée face à mon chagrin.

La voix de ma mère se superpose : « *Elle a perdu son essence.* » Suivie de celle de mon père : « *Alors, laissons la potion de Yeta remplir son office jusqu'au bout.* »

Quand tout à coup, ce ne sont plus mes réminiscences que je vois. Ce sont celles de Drake. Il joue avec sa petite sœur. Ils trempent leurs pieds dans une rivière, au bord d'une vallée verdoyante. Il fait chaud. Ils s'éclaboussent. Ils rient, et parlent dans une langue que je ne connais pas.

La scène suivante me brise le cœur. Cette fillette, pleine de vie quelques secondes plus tôt, est allongée dans l'herbe. Ses cheveux blancs et sa peau… J'en ai la nausée. En fait, ce n'est pas mon ressenti.

C'est celui de Drake. C'est lui qui l'a retrouvée dans cet état. Mais elle n'était pas seule, le meurtrier se trouvait encore sur place. Ou plutôt, la meurtrière. Vêtue d'une robe bleu marine, ses longs cheveux noirs détachés encadrent un visage plutôt rond. Je sais que c'est elle quand elle se penche vers Drake pour plonger ses yeux vairons dans les siens. Le souvenir s'arrête au moment où une voix masculine crie le nom de Drake.

Je reprends lentement connaissance. Étendue sur un tissu velouté, ma main est retenue entre deux autres qui me semblent bouillantes.

— Mel ? Elle revient à elle, je crois.

— J'arrive, déclare quelqu'un au loin.

— Socrate ?

— Non, Mel. C'est Andy. On est chez Drake. Comment vas-tu ?

Mes paupières papillotent quelques instants, le temps pour mes yeux de faire le point. Je me sens vaseuse. Andy m'aide à me redresser. J'avise l'imitation du Bureau ovale et tout me revient en mémoire, comme si une bombe m'explosait au visage.

— Vous l'avez vue, déclaré-je à Drake, en prenant appui sur Andy pour me remettre debout. Vous saviez.

Andrew

L'instinct du loup

Le soulagement que je ressentais en découvrant Mélissa en train de reprendre connaissance s'évapore dès qu'elle ouvre la bouche.

— Vous l'avez vue, lance-t-elle à Drake, tandis que je l'aide à se lever du canapé. Vous saviez.

Je ne comprends pas de quoi elle parle, mais je déteste la façon dont Drake la regarde, en revenant vers nous. Ses yeux sont injectés de sang. Qu'est-ce qui se cache derrière son sourire ? De la satisfaction ? Ou de la surprise, peut-être ?

Il vient de la mordre, de lui faire subir un sortilège dangereux, et il se comporte comme s'il lui avait accordé le plus beau des cadeaux. Ma colère s'embrase.

— Non, rétorque-t-il. Mais par contre, je savais que ce rituel pourrait aussi raviver mes propres souvenirs. Et je ne suis pas déçu. Pas totalement.

— Vous m'expliquez ? grogné-je, en m'interposant.

— Inutile de jouer le chien de garde, Andy. J'ai agi comme vous me l'avez demandé, pour son bien. Elle voulait retrouver la mémoire, c'est chose faite.

Il y a un truc louche. Mon loup n'a qu'une envie, lui sauter à la gorge. Je dois pourtant me contenir. Ce n'est ni le moment ni l'endroit. Je dois rester calme, pour Mélissa. Si je perds le contrôle, elle pourrait devenir une victime collatérale. Il en est hors de question.

— Mais… la connaissez-vous ? Qu'est-ce qu'elle est ? Dans votre souvenir, il faisait jour. Le soleil brillait. Elle n'est pas une vampire. À moins que…

Qu'est-ce qu'elle a bien pu voir exactement ?

— Cessez de vous poser toutes ces questions, Mélissa. Grâce à vous, je vais pouvoir avancer de mon côté sur cette enquête. Ne vous en occupez plus. Je vous promets de vous transmettre toutes les informations que je trouverai. À tous les deux. Rentrez chez vous, maintenant.

Inutile d'être devin pour comprendre que ce sortilège, il l'a proposé avant tout pour lui. Maudits suceurs de sang ! Ils ne sont pas dignes de confiance.

En plus, il peut bien donner tous les ordres qu'il veut. Je sais très bien que Mélissa, tout comme moi, n'abandonnera pas avant d'avoir découvert toutes les réponses à nos questions.

Seulement, Mel tient à peine debout. Ce n'est pas le moment de discutailler. Son teint est pâle. Ses lèvres tirent vers le bleu. Sa respiration est saccadée. La peur que je lis dans ses yeux me percute de plein fouet. Je regrette de l'avoir conduite jusqu'ici. Le prix à payer pour obtenir des informations est trop lourd. Je dois la ramener chez elle, auprès de Socrate. Lui seul pourra l'aider à rassembler ses esprits.

Sans attendre davantage, je la prends dans mes bras, en espérant qu'elle ne souffrira d'aucun effet secondaire. Drake nous ouvre la porte, et hèle un de ses gardes pour nous conduire jusqu'à l'extérieur. Je ne me fais pas prier, et quitte les lieux sans aucune forme de remerciements. Mis à part Mel qui est dans un état déplorable, à mon sens, Drake ne nous a été d'aucun secours.

Mélissa inspire l'air frais à pleins poumons.

— Les clés sont dans ma poche. Tu penses pouvoir rester debout ?

— Oui, souffle-t-elle. Je me sens un peu mieux.

J'ouvre la portière, puis je l'aide à s'installer. Je voudrais tellement savoir ce qu'elle a vu, mais une force plus puissante encore me pousse à m'occuper d'elle, avant tout.

— Ça va aller, Mel. Je suis désolé. Je n'aurais pas dû te conduire ici. On va retrouver Socrate. Tu vas te reposer, d'accord ?

Elle hoche la tête lentement. Même si elle regarde dans ma direction, j'ai l'impression que son esprit vagabonde loin de moi. Perdue dans ses pensées, elle a l'air aussi épuisée que déterminée.

Soudain, une aura vert pomme l'enveloppe. Sa magie se réveille. Comme un cocon régénérant, ses joues se parent d'une jolie teinte rosée. Ses lèvres rougissent. La plaie dans son cou finit de cicatriser. Sa respiration retrouve un rythme normal.

— Un effet secondaire, affirme-t-elle en me dévisageant. Je me sens beaucoup mieux. Drake a voulu en priorité récupérer ses propres souvenirs, mais il m'a aussi beaucoup aidée. J'ignore si c'était intentionnel, ou pas, et je ne retournerai pas dans cette maison pour lui poser la question. Maison dont j'avais eu la vision, soit dit en passant... Mais nous avons à parler, Andy. Loin des oreilles vampiriques.

Je souffle de soulagement, avant de claquer sa portière pour m'installer derrière le volant. Pendant un instant, j'ai cru la perdre.

En l'espace de deux jours, cette petite sorcière a révolutionné ma vie. Qu'arrivera-t-il lorsque toute cette histoire sera terminée ? Que nous ayons retrouvé l'auteur des meurtres de sa sœur et de mon fils ou pas, d'ailleurs... Qu'est-ce que je vais devenir ? Retourner à mon quotidien misérable et pathétique...

Je préfère éviter d'y penser. Je démarre la voiture, et jette un coup d'œil à Mélissa, qui fixe la fenêtre.

Je roule vite. Trop vite. Seulement, je veux mettre Mélissa en sécurité, loin de Drake, et de moi aussi peut-être. Si elle n'était pas venue me trouver, sa vie n'aurait pas été menacée de la sorte. Je culpabilise. Comme si cela allait changer quelque chose !

Je crois que je commence à développer certains sentiments à son égard. À cette idée, mon loup d'ordinaire agité se calme. Un signe qui ne trompe pas. Je refuse que cela se produise. Mon cœur a toujours appartenu à une seule femme, Éli. Et puis, nous sommes si différents tous les deux.

Je suis paumé. Je m'accroche peut-être à Mel juste parce qu'elle est là. Qu'elle gravite dans mon environnement, et qu'elle m'aide dans une quête commune. Oui, c'est ça ! C'est sûrement ça !

Mais ce n'est pas le moment de songer à de telles platitudes, non plus.

— On est assez loin maintenant. Tu peux me raconter ce que tu as vu ?

— Je voudrais rejoindre Socrate, d'abord. Je me sens mieux, mais...

Mélissa se redresse d'un coup.

— Arrête-toi ! m'ordonne-t-elle.

Surpris, j'écrase le frein sans même regarder derrière nous. Heureusement, à cette heure tardive, et sur cette petite route qui nous ramène jusqu'à Atlanta, nous sommes seuls.

— Qu'est-ce qu'il y a ?

J'examine les alentours, mais ne distingue rien de passionnant ni d'inquiétant. D'un côté se trouve un grand champ de tournesols, de l'autre, un haut mur de pierres.

— Recule ! Je veux entrer là.

— Quoi ?

— Recule, je te dis.

Elle a perdu la tête. Drake nous avait prévenus au sujet des effets secondaires. Dans la liste qu'il a citée, il a mentionné la folie. Ici, tout ce qu'il y a, en dehors des immenses fleurs jaunes, c'est un cimetière. Je ne suis pas trouillard, mais de là à me promener entre les tombes au milieu de la nuit, il ne faut rien exagérer. Surtout qu'à cet instant précis, ça n'a aucun sens.

— Mel, je crois que l'on devrait rentrer, annoncé-je en passant la marche avant.

J'ai à peine fini ma phrase, qu'elle déboucle sa ceinture en même temps qu'elle ouvre sa portière, puis elle saute sur le bitume.

— Tu ne comprends pas ! J'ai eu une vision de ce portail en fer forgé, en forme de toile d'araignée. Je dois y aller. Je sens que c'est important.

Elle claque la portière, et me plante là comme un navet. Je fais demi-tour un peu plus loin, puis je la suis en pick-up jusqu'à la grille.

— Et maintenant ? lui demandé-je après avoir coupé le moteur. Tu ne m'as même pas dit ce qu'il s'est réellement passé avec Drake.

— Nous devons trouver un moyen d'entrer. Fais-moi confiance, s'il te plaît, Andy. Au-delà de ma vision, il y a quelque chose de magique, ici. Et j'ai l'impression qu'il m'appelle.

Je reste dubitatif. Je ne sais pas si je dois la croire, ou si elle délire. Bien qu'un peu fébrile, elle a l'air sincère. Peut-être que c'est un effet secondaire de la morsure de Drake. Peut-être que ses visions s'en trouvent perturbées. Pourtant, je n'ai pas le cœur de la contredire. En plus, je vois bien dans ses yeux qu'elle a vraiment besoin de suivre son instinct. Elle n'abandonnera pas tant qu'elle n'aura pas vérifié.

Et maintenant, j'avoue que ma curiosité est piquée au vif.

Abigaëlle

De la magie volée

La limousine nous dépose à quelques mètres du camping Blue Bay. Charlotte a refusé de nous accompagner. Tant pis ! Birdy, Harold et moi sommes assez malins pour venir à bout de ce familier.

L'entrée est sécurisée. Mais aucune serrure ne résiste aux doigts agiles d'Harold. Il crée un court-circuit dans le digicode du portail piéton, libérant ainsi l'accès.

Birdy nous guide jusqu'au camping-car de la sorcière. La saison touristique ne bat pas encore son plein. Une chance. Sans quoi, nous aurions sans doute croisé du monde. Là, nous arrivons incognito. Les mobil-homes à proximité sont plongés dans le noir. Soit ils sont vides, soit les occupants dorment. Peu importe les raisons, la discrétion sera de mise.

J'ignore pourquoi la sorcière est partie sans son familier. En tout cas, c'est vraiment une aubaine dont je compte bien profiter. Une occasion pareille ne se représentera pas de sitôt.

Nous nous approchons du camping-car avec prudence, en évitant de faire du bruit. Je sens sa présence à l'intérieur.

Je le veux. Je veux me l'approprier. Il deviendra ma fontaine de Jouvence, ma source de magie. Quitte à le torturer pour le domestiquer, cela m'est égal. Il m'appartiendra coûte que coûte.

D'un petit mouvement de main, j'indique à Harold de passer à l'action. Sans attendre, il se précipite sous le véhicule, en fait le tour à deux reprises, avant de revenir vers moi, un sourire triomphant sur le visage.

— C'est bon. J'ai neutralisé l'alarme. Je ne sais pas si c'était très utile, parce qu'il y a deux fenêtres ouvertes.

— C'est parfait. Je ne veux courir aucun risque, ce soir. C'est à moi de jouer, maintenant.

Je prends appui sur Harold, et projette mon corps astral à l'intérieur du camping-car. Je trouve le familier, endormi sur une étagère.

Mes yeux s'arrondissent en découvrant qu'il s'agit d'une gargouille en forme de griffon. C'est très étrange. L'espace d'une seconde, j'hésite à renoncer. Par acquit de conscience, je pose ma main sur une de ses ailes. Sa magie pulse sous ma paume, comme un cœur battant. Elle vibre en moi. Il en emmagasine tellement qu'elle emplit mon corps astral pour venir jusqu'à moi. Je souris à son contact.

Il ne doit surtout pas m'échapper. Il me rendra plus forte, plus jeune, plus belle. Il va me servir et m'obéir.

Je reviens auprès d'Harold et de Birdy.

— Il est là. Harold, tu vas appeler un taxi, et tu nous attends devant. Birdy, à nous d'entrer en scène.

Je caresse sa tête, pendant que je trouve une place où m'asseoir. Je choisis le pied d'un arbre, dans la pénombre, mais pas trop loin du véhicule. Je prépare le sac qui me permettra de transporter ma proie, et le dissimule en retrait derrière moi.

Je projette de nouveau mon corps astral, mais cette fois, à l'intérieur de ma très chère Birdy, qui se glisse par une des fenêtres ouvertes.

— Il y a quelqu'un ? demande Birdy. Je sens ta présence. J'ai besoin...

— Qu'est-ce que tu fous là ? s'étonne le griffon. T'es chez moi, ici. Je t'ai pas invitée.

— Je suis désolée, mais si tu ne m'aides pas, nous allons mourir.

— De quoi tu parles ?

— Ma sorcière. Elle est juste devant, dehors. On a eu un accident.

Le familier nous observe avec ses énormes yeux verts. J'aimerais tellement savoir ce qu'il pense.

— Je ne vais rien pouvoir faire, s'alarme-t-il tout d'un coup. Tu choisis mal ton soir, ma grande. Je suis tout seul, là.

Birdy simule une chute sur le lit. Quelle comédienne ! Elle mériterait un oscar. Le griffon descend de son étagère, pour la rejoindre.

— Merde ! T'as l'air vachement mal en point. Elle est où ta sorcière ?

— Pas loin, devant…

— Tu crois pouvoir me conduire jusqu'à elle ?

— Je pense, oui.

Birdy fait semblant d'avoir du mal à se remettre sur ses pattes, puis s'envole par la fenêtre.

— Je ne sais vraiment pas ce que je vais pouvoir faire, bougonne le familier en la suivant.

Je me dépêche de reprendre possession de mon corps, quand ils parviennent à ma hauteur.

— Madame, m'interpelle-t-il. Qu'est-ce qui vous est arrivé ?

Je me redresse lentement. J'avise discrètement les alentours, et d'un geste vif, j'emprisonne le griffon en récitant l'incantation qui l'obligera à dormir.

— *Magica, veterum Deorum numina, maiorum potentia, parum nota dormiunt. Fugit, convenire mei.*

En quelques secondes, tout devient immobile et tranquille.

Il est à ma merci.

Mélissa

Le secret du cimetière

Une force irrésistible m'attire à l'intérieur de ce monde obscur. Le portail en forme de toile d'araignée, orné de motifs complexes et élégants, est fermé par une chaîne avec un gros cadenas.

— Tu sais, Mel, je crois que si tu ressens de la magie ici, c'est plutôt normal. Des portails comme ça, on en trouve généralement à l'entrée des cimetières pour surnaturels.

— Tu penses que j'ai perdu l'esprit ?

Muré dans le silence, les traits d'Andy se figent. Avec ce que je viens de subir, cette idée paraît légitime. Je dois le rassurer.

— Détrompe-toi. Drake m'a permis de réaliser quelque chose de très important. Deux, en fait. Le jour du kidnapping d'Anaïs, quand je suis tombée sur les fesses, ce n'était pas à cause du choc. En réalité, dans la panique, Anaïs m'a jeté un sort. Je ne sais pas si elle l'a fait volontairement ou non, et je resterai sans doute à tout jamais dans l'ignorance… Seulement ce sort a bloqué mes pouvoirs. Et lorsque ma grand-mère a voulu atténuer mon chagrin en inhibant ma mémoire, elle m'a aussi empêché d'y accéder. Ce qui explique également pourquoi je me retrouve avec un familier si particulier ! Au moment de sa réincarnation, son âme a dû être perturbée. Mais je m'égare. Parce que le principal, c'est qu'en ravivant mes souvenirs, c'est comme si un verrou avait sauté. Regarde.

Je pose ma main sur le métal froid du cadenas. Des étincelles vertes pétillent au bout de mes doigts. Une douce décharge électrique descend le long de mes vertèbres, puis un clic résonne dans la nuit.

— Tu vois ? Il y a encore quelques heures, je n'aurais jamais pu accomplir un acte pareil.

Andy pince les lèvres, l'air toujours suspicieux.

— C'est sans doute un des effets secondaires dont parlait Drake, ajouté-je.

Le portail s'ouvre en grinçant, comme s'il nous invitait à entrer. Pourtant, Andy stoppe mon geste, me bloquant l'accès au cimetière.

— Avant de m'engouffrer là-dedans, je veux savoir ce que tu as vu.

Je déglutis.

— La meurtrière, je crois. J'ignore quelle est sa nature, mais… c'est évident… j'avais déjà remarqué ses yeux, dans mes visions. Un bleu et un marron. Et Drake aussi… C'était un petit garçon à ce moment-là. C'était juste après qu'il avait retrouvé le corps de sa sœur. Sûrement qu'il était encore sous le choc, et que c'est pour cette raison que son cerveau a effacé ce souvenir de sa mémoire pendant si longtemps. Il s'en est fallu de peu pour qu'elle le tue aussi. Mais jusqu'à ce soir, il ne se le rappelait pas.

Andy reste immobile, puis finalement, il donne une impulsion dans le battant, qui s'ouvre en grand en couinant. D'un geste de la main, il m'invite à entrer.

— Je te suis, conclut-il. Mais ce n'est pas pour rien que ces cimetières sont fermés à clé. Ça craint, ce genre d'endroit. Alors, si je sens que ça tourne au vinaigre, tu devras m'écouter et ce sera à toi de me suivre. D'accord ?

Toujours son instinct de loup-garou qui le pousse à me protéger. C'est flatteur et déroutant à la fois. Surtout que quelque part au fond de moi, je crois que j'aimerais juste qu'il se comporte ainsi parce qu'il m'apprécie.

— Marché conclu, approuvé-je.

J'avance de quelques pas à peine, lorsqu'une vague de frissons parcourt mon dos. Andy marche à mes côtés, silencieux et tendu.

La lune éclaire les allées de tombes qui se dressent autour de nous. Certaines sont anciennes, usées, recouvertes de mousse. D'autres, brisées, renversées, profanées. Il y en a aussi qui sont intactes, fières et imposantes. Simples, ou ornées de statues ou de fleurs. Je distingue quelques noms. À chaque fois que je remarque qu'il s'agit d'un enfant, je frissonne.

— Tu es sûre de trouver quelque chose ici ? me demande Andy.

— Oui, chuchoté-je sans hésiter. Dans ma vision, il y avait aussi un mausolée. J'ignore ce que ça signifie, mais je sens que c'est important.

Nous continuons d'avancer, en silence, même si je ressens très bien l'inquiétude d'Andy. Il sait que je suis guidée par mes visions, ces flashs qui me viennent sans prévenir. Il doit craindre que je nous mette en danger. Ou que je perde la tête, peut-être.

— À quoi il ressemblait, ce mausolée ?

— Tout en pierre de couleur claire, avec une porte en bois, je crois. Je le reconnaîtrai quand je le verrai, ajouté-je, sûre de moi.

Enfin, je l'aperçois. Tout au fond. C'est le vitrail rouge en forme d'étoile sur la porte qui me fournit cette confirmation. À défaut d'être accompagnée de Socrate pour m'aider à gérer mon stress, j'attrape la main d'Andy et l'entraîne au pas de course jusqu'à destination.

Sur le fronton se trouve une inscription en latin : *« Hic jacet Abigaëlle, filia Dei, mater magicae. »*

— Ici repose Abigaëlle, fille de Dieu, mère de la magie, traduis-je pour Andy.

— Eh bien ! Ils doivent être riches dans la famille de cette Abigaëlle, pour pouvoir se payer un mausolée de cette taille.

— Oui... soufflé-je. À moins que ce soit cette Abigaëlle que nous cherchons. Dans ce cas, elle aura certainement eu le temps d'amasser pas mal d'argent, si elle vit depuis plus d'un siècle.

Andrew

Le tombeau des ancêtres

Scotché par la supposition de Mel, je m'imagine déjà en train de faire subir mille tortures à cette Abigaëlle, avant de lui arracher la gorge avec mes crocs. Et pour y parvenir, je soutiendrai Mélissa, quelles que soient les circonstances. Je suis même prêt à affronter la magie noire qui imprègne ce lieu maudit.

Mel tente de pousser la porte du mausolée, mais elle résiste.

— Laisse-moi faire.

Je m'apprête à jeter mon pied contre le bois, quand une hésitation m'en empêche.

— Tu es sûre de toi ?

— Certaine.

Le bois, sans doute gonflé par l'humidité, explose en une multitude de copeaux, libérant une odeur de renfermé et de poussière.

— On va rien y voir, ronchonné-je.

— Je vais arranger ça, déclare Mélissa. Que la lumière des étoiles nous accompagne, et qu'elle dissipe les ombres sur notre route.

Aussitôt, une myriade de petites lucioles apparaissent autour de nous.

— Et voilà, annonce-t-elle fièrement. Problème résolu.

Je n'aime pas la sentir aussi à l'aise avec la magie. Elle qui disait posséder une seule compétence, les visions, elle ne cesse de l'utiliser. Et sans l'appui de son familier, qui plus est. J'ai hâte de la ramener auprès de Socrate. Mais pour ça, nous devons terminer ce que nous sommes venus faire ici. Même si je ne sais pas trop ce que c'est...

Je m'avance au centre du mausolée, où se trouve un tombeau en marbre blanc. En lettres dorées, il est écrit : *Abigaëlle Dubois, 19 décembre 1776 – 15 octobre 1801.*

— Tiens, elle repose là, la fameuse Abigaëlle, annoncé-je à Mélissa, qui examine les plaques sur les tombes plus petites tout autour.

— Ça, j'en doute... réplique-t-elle. Ou alors, tous les membres de cette famille portent le même prénom.

— Quoi ?

Je m'avance pour mieux voir. Effectivement, mis à part le prénom, les noms de famille ainsi que les dates diffèrent.

— Attends ! m'exclamé-je.

Je reviens vers le tombeau.

— *Décédée en 1801*, énuméré-je. Et regarde celle-ci : *1801-1826.* Ensuite, on a : *1827-1852*, puis *1853-1878.* Un cycle régulier, tous les 25 ans.

— Sauf pour la dernière, intervient Mel. Ou alors, Abigaëlle Brown sait déjà qu'elle va mourir en 2034.

Nous nous dévisageons un instant, et j'ai l'intime conviction que nous songeons exactement à la même chose.

— Tu penses que c'est l'identité qu'elle utilise en ce moment ? finit-elle par me demander.

— J'en suis certain.

C'est elle qui a tué mon petit garçon.

— Qu'est-ce qu'elle peut bien être ? s'inquiète Mélissa. Tu te rends compte ! À en croire ces dates, elle sévit depuis plus de deux siècles. C'est horrible. Comment a-t-elle pu faire ça ? Et comment a-t-elle vécu si longtemps ?

Je sens mon loup s'énerver. Une colère brûlante et dévorante incendie tout mon être. Ces tombes sont les preuves de ses crimes. Elle a traversé les époques, les différents États, peut-être même les pays, les modes, sans jamais vieillir, sans jamais regretter. Chaque nom gravé ici représente au moins une vie volée, une famille détruite, une génération sacrifiée. Chaque pierre de ce mausolée constitue une insulte à la mémoire des victimes. Si je pouvais, je le réduirais en poussière sans hésiter.

— Je ne sais pas, mais il faut la stopper. Elle ne peut pas continuer à tuer des innocents. Viens ! Nous devons la retrouver au plus vite.

Je m'élance à l'extérieur, couvre une distance de quelques mètres à peine, quand je réalise que Mel a disparu. Paniqué, je reviens dans le mausolée, où je la trouve accroupie, derrière le tombeau.

— Qu'est-ce que tu fais ? Nous n'avons pas de temps à perdre...

— Regarde, m'interrompt-elle.

Je souffle, puis je me penche malgré tout pour voir ce qu'elle me montre.

— Il y a une trappe avec un cadenas. Ce n'est pas courant, si ?

Pour toute réponse, je hausse les sourcils. Quand elle se tourne vers moi, je réalise qu'elle n'a pas capté mon geste.

— Non, ce n'est pas courant, évidemment. Tu crois pouvoir faire comme avec le cadenas de l'entrée ?

— J'ai déjà essayé, mais il est protégé par un puissant sortilège. J'aurais besoin que tu m'aides.

— Comment ?

— Une fois métamorphosé en loup, tu dégageras plus de magie que sous ta forme humaine. Associée à la mienne, je pourrai contourner l'enchantement, et ainsi, ouvrir le verrou.

J'hésite. En tant que loup solitaire, me transformer est loin d'être anodin. Je pourrais devenir agressif sans le vouloir, ou même rester en loup.

— Je préférerais que nous essayions d'abord tous les deux, comme ça.

— Je comprends. Je n'insiste pas. Dans ce cas... oui, ça pourrait marcher. Je me souviens d'un autre sortilège. Je vais faire appel à la magie du sang.

Elle se lève, arpente le béton, et dans un angle, elle récupère une petite pierre un peu biseautée. Ce n'est pas plus sécuritaire de me faire sentir l'odeur du sang que de me transformer, mais je dois faire une concession. À choisir, je préfère encore cette option.

Mel s'entaille l'index, jette quelques gouttes en direction du cadenas, où un dôme invisible apparaît quelques secondes.

— À toi !

Je l'imite, en me concentrant sur ses fines mains délicates, sur son petit nez en trompette, et ses jolies lèvres roses.

— Par la force du sang, des ancêtres et de nos magies conjuguées, que le fer se fende, maintenant.

Le cadenas chute sur la poussière dans un bruit mat.

— Je ne pensais pas que ça fonctionnerait, s'enthousiasme Mélissa. Je nous voyais déjà revenir avec Socrate, pour…

De la position accroupie, elle tombe sur les fesses en un claquement de doigts.

— Je ne le sens plus… souffle-t-elle, le regard paniqué.

— Quoi ? Qui ?

— Socrate… Il lui est arrivé quelque chose.

Abigaëlle

Un lien brisé

Je souris en regardant ma jolie petite gargouille qui gît au fond de sa cage, posée sur l'établi de bricolage d'Harold, dans notre cave, au sous-sol.

Il est si mignon avec ses ailes de pierre, son bec pointu et ses yeux ronds. Je suis curieuse de voir comment son corps se modifiera au fur et à mesure que sa magie disparaîtra. Son apparence n'aura sans doute plus rien de commun avec ce qu'elle est aujourd'hui. Mais je ne m'inquiète pas. Il contient encore plus d'essence que je ne le pensais, et c'est bien là tout ce qui m'intéresse.

Harold a retrouvé la trappe qui nous avait permis de piéger l'opossum qui détruisait tout dans la cave. Elle fera l'affaire le temps qu'il revienne avec tout le matériel que je lui ai demandé. D'ici là, je ne le quitte pas des yeux, ce familier. Si besoin, je relancerai le sort de sommeil.

En attendant, je dois le toucher, à nouveau. Je suis si excitée. Je ne me suis pas encore nourrie sur lui, par crainte d'alerter sa sorcière, mais je n'y tiens plus. Je sais que je devrais en priorité sécuriser la cave, et en particulier sa cage, seulement la tentation est trop forte. J'ouvre un des côtés, et glisse ma main à l'intérieur. La paume au contact d'une de ses ailes, je sens sa chaleur, son pouls, sa vie. J'approche mes lèvres le plus possible de son bec, ferme les yeux, et commence à aspirer sa magie. Elle a un goût de caramel.

Doucement… avec délectation. Un frisson de plaisir se précipite de ma nuque jusqu'à mes reins. Une vague d'énergie roule sur ma poitrine. J'inspire à pleins poumons cette bouffée de jeunesse, friande d'en absorber davantage. C'est tellement divin que je pourrais le vider en quelques secondes. Il n'est qu'un objet pour moi, un jouet. Sa vie m'importe peu.

Le visage de Charlotte surgit dans mon esprit.

La seule vision qui possédait le pouvoir de m'arrêter.

Je me sens si bien. Cette euphorie, cette opulence rejaillissent sur Birdy, qui se reposait tranquillement sur le toit. Elle m'envoie des ondes de gratitude, avant de prendre son envol pour partir en chasse de son prochain repas.

La porte de la cave s'ouvre sur Harold. Je jette un œil sur la gargouille qui dort encore. Son apparence est intacte. Il est robuste, ce familier.

— J'ai trouvé tout ce que tu voulais, m'informe Harold, en posant un sac en toile marron, au bout de l'établi. Ça n'a pas été évident, surtout en si peu de temps. J'ai dû y mettre le prix.

Il plonge sa main à l'intérieur, pour en étaler son contenu. Cela fait des années que je n'ai pas pratiqué la magie. Je me réjouis d'avance de jeter ce sortilège. Je n'avais pas réalisé à quel point cela me manquait.

— C'est parfait, me délecté-je. Laisse-moi, maintenant.

— Euh… avant, j'ai un message pour toi, de la part de Charlotte.

Il semble nerveux. Après toutes ces années ensemble, c'est la première fois que je le sens hésiter.

— Je t'écoute.

— Elle… oh, merde ! C'est pas à moi de te dire ça ! Je crois que tu devrais laisser la bestiole, et monter la voir.

— Je dois d'abord m'occuper de lui, tu le sais. Si la sorcière le repère, entre en communication avec lui, ou découvre quoi que ce soit sur nous, on sera obligés de reproduire le même cirque qu'avec ce…

Je claque plusieurs fois des doigts, comme si ce geste allait stimuler ma mémoire.

— Christopher, complète Harold.

— C'est ça ! Et si je me souviens bien, tu n'avais pas particulièrement apprécié ton rôle dans cette histoire.

— J'trouvais que c'était un brave gars.

— Peu importe ! Quoi qu'elle veuille me dire, ça attendra.

Je saisis les récipients et les sachets en plastique transparent qui renferment les différents ingrédients, pour en examiner les contenus. Pour optimiser le sort, je les place dans l'ordre où je vais les utiliser, pendant qu'Harold reste immobile.

— Quoi, encore ?

— Rien. Mais si elle se barre, il faudra pas t'étonner, bougonne-t-il en sortant.

Je hausse les épaules. Maintenant que cette petite gargouille m'appartient, je ne vois pas pourquoi Charlotte me quitterait. Nous avons toute la vie devant nous, et sans que je tue un seul gamin. Exactement comme elle le souhaitait.

Je trempe la corde tressée dans le sang de manticore, puis je l'enroule autour de la cage. Des étincelles de couleur prune explosent au bout de mes doigts. Contenue depuis si longtemps, et maintenant si forte grâce à celle que je viens d'ingérer, ma magie ne demande qu'à jaillir.

— Par le lien qui nous unit, je t'empêche de fuir.

Je noue les deux extrémités en y ajoutant une plume de corbeau.

— Par la plume qui te guide, je t'isole du monde.

Je prends une pincée de cendre de phénix que je saupoudre sur le griffon.

— Par la cendre qui te couvre, je dissimule ton pouvoir. Que ce sort soit scellé, et que rien ne puisse l'annuler.

Un dôme protecteur se forme au-dessus de la cage. Dans le même temps, cette action réveille la gargouille. Le bec pendant, elle me fixe avec horreur.

— Tes yeux... J'ai déjà vu tes yeux !

— Qu'est-ce que tu racontes ?

Il s'ébroue, avant de reporter son attention sur moi.

— Laisse tomber, espèce de folle ! Et dis-moi plutôt ce que je fous là ? Tu n'as pas le droit de me retenir prisonnier. Mélissa ne m'abandonnera pas, tu peux me croire. D'ailleurs, où est-ce qu'on est ?

Moi qui craignais d'avoir perdu la main, j'avais tout faux. En voyant sa réaction, sa démence au sujet de mes yeux surtout, je constate qu'au contraire, le maléfice a fonctionné au-delà de mes espérances. Je n'ai même pas besoin de le renforcer. Je suis un peu déçue. C'était presque trop facile.

— Tu l'ignores ? Quel dommage ! En plus, avec le sort que je viens de lancer, ta Mélissa pourra toujours essayer de te localiser. Tu es à moi, maintenant ! m'exclamé-je, en rapprochant mon visage de la cage.

Effrayé, il se pelotonne dans un coin. C'est bien. Il commence à réaliser à quel point il est perdu.

— Pourquoi tu me fais ça ? implore-t-il.

— Parce que je le peux, voyons ! Que j'en ai le droit ! Après tout ce que l'on m'a fait subir à moi, je peux bien prendre ma revanche.

— Je comprends rien. Qu'est-ce qu'on t'a fait, nous ? On t'a rien fait.

Je ris. Je ne peux pas m'en empêcher. Il est si pathétique.

— Toute façon, Mel va faire son maximum pour me retrouver, marmonne-t-il. Je le sais. J'en suis sûr. Elle ne m'abandonnera pas.

— C'est ça. Accroche-toi à tes misérables croyances, tant que tu en as encore. Ta sorcière ne sent plus ta présence. Tu es tout seul à présent.

Ses épais sourcils s'affaissent, et s'il en était capable, je pense qu'il pleurerait.

Je ris de nouveau. Sa réaction me confirme que je n'ai même pas besoin de sectionner le lien entre eux. Le premier sortilège s'en est déjà chargé.

Mélissa

Le piège de la morsure

— Comment ça, tu ne le sens plus ? me demande Andy en m'aidant à me relever.

— Je ressens en permanence une connexion particulière avec Socrate, murmuré-je.

Une main en appui contre le marbre froid du tombeau pour maintenir mon équilibre, l'autre au niveau de mon cœur, je cherche ses battements pour m'assurer d'être toujours en vie.

— J'ai l'impression qu'on a arraché un bout de mon âme. Un genre de lien. Là, c'est comme s'il n'existait plus. Un vide. Un trou béant.

En prononçant ces mots, mes genoux cèdent. Heureusement, Andy a conservé une main sur mon épaule. En me sentant m'écrouler, il me rattrape de justesse. Je m'accroche à lui comme à une bouée de sauvetage. Paniquée, terrorisée, je me jette contre son torse pour y chercher un peu de réconfort. Son parfum de musc et de cuir m'enveloppe plus vite que ses bras. Il met plusieurs secondes avant de m'enlacer. Des larmes inondent mes yeux, pour finir sur mes joues. J'aimerais les retenir, mais impossible. J'ai l'impression qu'il se passe quelque chose de grave.

— On va rentrer, et on va le trouver tranquillement endormi dans le camping-car. Tu subis juste un effet secondaire de plus, suite à la morsure de Drake. Calme-toi.

Je voudrais le croire. Je veux tellement le croire que mon cœur se gonfle d'un espoir nouveau, libérant un peu ma respiration.

— Tu en es sûr ? l'imploré-je, en relevant le nez pour affronter ses pupilles sombres.

— Oui. Il est solide, ton Socrate. Et puis, je ne vois pas ce qui aurait pu lui arriver.

C'est vrai. Je me suis affolée pour rien. Andy a certainement raison. Si tant est que l'on avance sur la bonne piste, Abigaëlle ne sait même pas que l'on existe. Il n'y a qu'elle qui pourrait devenir une ennemie potentielle. Et puis, je ne connais personne à Atlanta.

Je me sens ridicule tout à coup.

— On ne m'y reprendra plus à me faire mordre par un vampire, bougonné-je en me reculant un peu, pour rassembler mes esprits.

— Je suis content que tu le dises.

J'essuie mes larmes, et baisse les yeux vers la trappe. Je ressens de nouveau cette force qui m'attire.

Une voix qui m'appelle.

Une voix grave…

Une voix que je connais.

Que j'ai déjà entendue, il y a longtemps.

Celle de mon père.

Je me penche, tire sur l'anneau où était suspendu le cadenas pour ouvrir, et plonge ma main à l'intérieur. Mes doigts entrent en contact avec du tissu. Toujours grâce aux lucioles, je devine qu'il est vert plutôt foncé. Mais ce n'est pas tout, il contient un objet. Posé au creux de ma paume, je déplie ce qui semble être un mouchoir, avec des broderies plus sombres tout autour. Je découvre une grosse émeraude. Je la reconnais immédiatement.

— Pourquoi cacher une pierre de cette taille ? me demande Andy.

— Elle appartenait à mon père, soufflé-je, perdue dans mes pensées.

— Tu en es sûre ?

— Elle ornait sa canne ! répliqué-je d'un ton virulent. C'était le pommeau de sa canne.

Une colère sournoise et incompréhensible s'immisce dans mes entrailles.

— OK. Si tu le dis, je te crois. Mais rentrons, maintenant, tu veux bien ? On a déjà eu du bol d'arriver jusqu'ici sans encombre. On ne va pas forcer… la chance… encore davantage.

Tout en grognant, Andy se tourne lentement vers la porte du mausolée. Dans l'encadrement se tient une haute silhouette carrée, qui accapare tout l'espace.

— Trop tard, les pillards.

Andrew

Imprévu

— On ne va pas forcer… la chance… encore davantage.

J'ai senti le danger avant de le voir. Une vague de froid roule sur mon dos. Les poils sur ma nuque se hérissent. Mon instinct me pousse à grogner, en même temps que je me tourne lentement vers la porte. Dans l'embrasure se tient une haute silhouette, trop carrée pour appartenir à un humain. J'en avais entendu parler, mais je n'en avais jamais croisé avant aujourd'hui. Un golem constitué de pierres et de terre. Ses yeux vitreux brillent comme des diamants. Sa voix grave claque dans l'air.

— Trop tard, les pillards. Vous avez profané les tombes des créatures surnaturelles. Vous allez le payer cher.

Il lève un poing menaçant. Je tends alors la main en direction de Mélissa pour la décaler dans mon dos, afin de la protéger avec mon corps, tout en appréhendant l'arrivée d'un coup monumental.

— Non, attendez ! s'écrie Mel. Vous vous trompez, nous ne sommes pas des pillards. Je sais que l'heure peut sembler incongrue, mais nous venions nous recueillir.

— Vous me prenez pour un idiot, s'énerve-t-il.

Je pousse Mel sur le côté, et me prépare à esquiver, mais étant donné que son bras était déjà armé, il est plus rapide que moi. Le poing du golem me frappe de plein fouet, me projetant contre le mur. Une douleur intense dans la poitrine, je m'écrase au sol comme une merde. Je tousse, et crache du sang. Il m'a pas loupé, l'enfoiré.

— Andy ! crie Mélissa, affolée, en se jetant sur moi.

Elle pose sa main sur ma blessure, et une lueur verte apparaît. Je ressens un soulagement immédiat, tandis que le golem s'avance lentement vers nous.

— Aide-moi à me lever, lui ordonné-je. Si on contourne le tombeau, on ira plus vite que lui, et on pourra sortir.

Nous ne ferons jamais le poids contre lui, mais vu la lourdeur avec laquelle il se déplace, nous pourrons le distancer facilement.

Mel s'exécute, alors qu'il est encore en train de faire demi-tour pour nous stopper. Capable de se régénérer à volonté, le golem n'hésite pas à récupérer des pierres sur son corps pour nous les jeter dessus. À cela s'ajoutent ses alliés. Il a réveillé les esprits frappeurs, des fantômes malicieux que l'on trouve uniquement dans les cimetières pour surnaturels. Leur passe-temps favori consiste à effrayer les vivants. C'est pour cette raison que l'on confie souvent la garde de ce genre d'endroit à des golems, qui sont dépourvus de chair et de sang.

Les esprits frappeurs apparaissent et disparaissent à leur guise, en poussant des cris stridents ou en nous adressant des grimaces. Ils nous tirent les cheveux, nous griffent le visage, nous mordent les oreilles. Ce sont de petites teignes insupportables qui tentent tout ce qu'ils peuvent pour permettre au golem de nous rattraper.

— Arrêtez ! Laissez-nous tranquilles ! s'égosille Mélissa.

Ça ne sert à rien.

— Ne leur parle pas. Ne leur montre pas que tu as peur. C'est ce qu'ils veulent.

Je l'entraîne en direction de la sortie. La lune, bien que blafarde, me suffit largement pour me repérer. Et même si je suis encore blessé, grâce à la magie de Mel, je peux trotter.

— Aïe ! s'exclame-t-elle. C'est qu'ils réussissent très bien !

— On arrive. Regarde. Tu vois le portail ?

Nous franchissons enfin la grille et je m'immobilise aussitôt. Les mains en appui sur les genoux, je reprends mon souffle.

— Andy ! Non ! On ne peut pas s'arrêter maintenant. La voiture est juste là, devant nous.

Je l'observe, surpris.

— Pourquoi tu t'affoles ? Ils ne peuvent pas nous suivre, ici. Ils sont liés à ce lieu. Je suis étonné que tu ne saches pas ça ?

— Ah bon ! Excellente nouvelle, alors ! J'ai dû sauter le chapitre qui parle des cimetières, ironise-t-elle, en prenant appui contre le capot.

Abigaëlle

Entre deux feux

Je franchis le seuil de notre appartement, le cœur léger et le sourire aux lèvres. Nous savoir tous les trois à l'abri de la vieillesse, de la maladie et de la mort pour de très longues années me ravit. J'ai hâte d'annoncer la nouvelle à Charlotte.

Mais mon allégresse est de courte durée. En provenance de la chambre que je partage avec Charlotte s'élèvent des éclats de voix.

— Attends de t'expliquer avec elle au moins, déclare Harold. Elle va remonter d'une seconde à l'autre.

— Elle est là, annoncé-je en me statufiant.

— Il était temps ! s'énerve Harold. Je savais plus quoi lui dire, moi. Je me casse. Je rentrerai tard !

Il me décale gentiment pour que j'entre dans la pièce, et ainsi lui libérer le passage pour nous laisser toutes les deux.

— Je m'en vais, m'indique Charlotte.

Comme si la valise béante sur le lit, remplie de vêtements, et qu'elle continue de charger, ne me l'avait pas déjà fait comprendre.

— Tu ne dis rien ? Tu as raison. De toute façon, il n'y a rien à dire. Ma décision est prise.

Un mélange de colère et de dédain chasse mon étonnement. Comment ose-t-elle me quitter ? Après tout ce que j'ai accompli pour elle. Comment peut-elle renier notre pacte, notre amour, notre éternité ? Elle me lance ses paroles sans même me regarder dans les yeux. La rage monte en moi, mais je dois la contenir. Elle n'arrangera rien, bien au contraire. Je dois la raisonner. La convaincre de rester avec nous. Avec moi.

— Charlotte, ma chérie, s'il te plaît, arrête-toi, la pressé-je en posant mes mains sur les siennes. Tu ne peux pas partir ainsi. Tu ne réalises pas ce qui t'attend.

Elle soupire, se dégage en reculant d'un pas, puis lève ses yeux rougis vers moi. Ses traits sont tirés. Elle est fatiguée, voire usée, ou même vieillie. L'essence que je lui ai offerte s'estompe déjà. Je me demande si son rejet en est la cause.

— Abbie, tu le sais très bien. Je ne peux plus continuer comme ça. Je ne supporte plus de vivre dans le crime et dans l'horreur. Tu as tué trop d'innocents. Leur voler leur magie, leur vie… leur âme… et pour quoi ? Pour rester jeune ? Pour te sentir supérieure aux autres ? Pour assouvir ton égoïsme et ta cruauté, c'est ça ?

Elle a l'air si fragile, si vulnérable. Elle ne comprend pas que je suis la seule à pouvoir l'aimer, la protéger, et la rendre heureuse. Elle ne réalise pas la chance qu'elle a de partager ma vie et ma magie.

— Ne dis pas de bêtises. Tu sais que je t'aime, que je t'ai toujours aimée. Tu comptes tellement pour moi. Nous sommes faites l'une pour l'autre, Charlotte. Nous sommes inséparables, et grâce à moi, nous sommes même immortelles.

Elle tremble. M'affronter lui demande beaucoup d'efforts, je le sens.

— Tu es folle, Abbie, souffle-t-elle d'une voix timide. Regarde, tu es devenue un monstre. Tu es dépourvue d'humanité. Tu n'as plus aucune compassion. Tu tues des innocents sans aucune pitié. Est-ce que tu te souviens au moins du prénom de cet adolescent à Freedom Park ? Je suis sûre que non. C'était Allan, Allan Quaker. Et la fillette juste avant ? Tu te la rappelles ?

— Ça suffit ! hurlé-je.

— Tu ne m'aimes pas, Abbie. Tu ne fais que me posséder. Je préfère vieillir et mourir plutôt que de rester ici une minute de plus. Je ne supporte plus de voir ton visage, de sentir ton odeur, de toucher ta peau. Tu me dégoûtes, Abbie. Tu me fais horreur parce que je me fais horreur. Je ne sais pas pourquoi je t'ai laissée m'entraîner pendant toutes ces années, mais c'est terminé.

Un sourire narquois étire mes lèvres.

— Parce que tu crois que tu vas pouvoir vivre normalement ? Si c'est ça, tu te trompes, ma petite chérie ingrate. Je ne donne pas cher de ta peau. Sans magie, il te reste quelques jours à vivre, tout au plus.

— Peut-être… Mais au moins, je les passerai loin de toi.

Ses paroles entaillent mon cœur.

Charlotte ferme sa valise, avant de la soulever avec difficulté.

— Regarde ! Tu as même du mal à la porter, détaillé-je, en désignant son fardeau de la main. Laisse-moi t'insuffler un peu de magie.

— Non ! Surtout pas ! Et puis, j'ai encore assez de force pour y arriver.

Elle me contourne, et se dirige vers la sortie. Cette fois, mon cœur se brise. Une douleur si intense que j'ai l'impression qu'une épée chauffée au fer rouge vient de le transpercer.

— Charlotte, l'imploré-je. Ne me laisse pas. Je t'aime.

Elle s'arrête sur le seuil et me lance un dernier regard. Un regard empli de tristesse, de dépit et… le pire… de pitié.

— Adieu, Abbie. Je t'ai aimée, mais je me suis fourvoyée. Aujourd'hui, je le comprends et je le réalise. Je te pardonne. Que Dieu ait pitié de ton âme.

Ce sont les mots de trop.

— Tu vas le regretter, sifflé-je, amère.

Elle pose son trousseau de clés sur la console, puis franchit la porte, et la referme doucement.

Je reste là, immobile, démunie. Perdue dans mes pensées pendant… je ne sais pas combien de temps. Espérant la voir revenir…

Jusqu'à ce que mon téléphone m'arrache de ma torpeur. Je m'empresse de le sortir de la poche de mon manteau, imaginant déjà y lire le nom de Charlotte sur l'écran.

Ma respiration et mon cœur s'accélèrent. Ils me rappellent que je suis vivante, que tout peut encore arriver. Mais surtout, en découvrant l'identité de mon futur interlocuteur, que les ennuis ne font que commencer.

Mélissa

Le serment

Assise dans la voiture, avec toujours cette drôle de sensation au sujet de Socrate, je défais le tissu vert autour de l'émeraude. Je préfère éviter d'y penser, et me concentrer sur autre chose. Je pose le tout sur mes genoux pour activer le mode torche de mon téléphone. Aussitôt, le faisceau lumineux tombe sur un angle du mouchoir, où sont brodées dans un vert encore plus foncé, les initiales *CG*.

Comme Christopher Grant.

Je comprends pourquoi j'étais aussi attirée par ce lieu. La magie appelle la magie. Cette pierre aurait dû me revenir en héritage, il y a longtemps.

Ma respiration se bloque. Mes mains tremblent.

— Mel ? Tu te sens bien ?

— Je viens de réaliser quelque chose, et l'association d'idées qui en découle est…

— Oui ?

— Je me demande si le bon mot, c'est effrayant ou surprenant. Peut-être bien les deux.

— Et tu me mets dans la confidence, ou pas ?

— Bien sûr ! validé-je en pivotant sur mon siège pour mieux l'observer. Comme nous l'avons constaté, le fait de raviver ma mémoire a aussi réveillé ma magie. Magie qui était bloquée.

— Hum, confirme Andy, pour me signifier qu'il est tout ouïe.

— Seulement, d'autres souvenirs émergent également. Cette gemme m'a appelée. C'est une leçon de base en sorcellerie. La magie se transmet au sein d'une famille, tout comme sa puissance.

— Où veux-tu en venir ?

— Je te l'ai dit. Je suis certaine qu'elle appartenait à mon père.

— Qu'est-ce que qui te fait penser ça ?

— Déjà, il y a ce mouchoir. Ce vert était la couleur de sa magie. Du coup, il aimait bien s'entourer d'objets qui la lui rappelaient. Ensuite, il y a ses initiales, juste là.

Andy reste muet. Je l'observe et je constate soudain à quel point il est séduisant.

— OK… Supposons… Je vais donc poser la seule vraie question qui mérite une réponse à cet instant. Comment cette gemme, enveloppée dans un mouchoir ayant appartenu à ton père, a pu se retrouver dans ce mausolée ?

J'aurais préféré qu'il évite de m'envoyer la réalité en pleine face. Mais il est comme ça. Brut et sauvage.

L'accident de voiture… Un mensonge de plus… Ma mère a poussé le vice en me disant que la pierre de son pommeau avait éclaté sous l'impact.

— Je te sens loin de moi, m'apostrophe Andy.

Je le regarde, éberluée.

— Comment ça, tu le sens ?

— Je ne sais pas. Ce doit être un truc de loup-garou, je suppose. Je…

Il laisse sa phrase en suspens.

— À mon tour de t'avoir perdu ?

— En fait, je viens de réaliser qu'il y avait longtemps que je ne m'étais pas senti aussi proche d'une personne. Assez proche justement pour ressentir ce genre de chose.

J'hésite à exprimer ma réflexion jusqu'au bout, mais j'ai besoin de savoir.

— Depuis Éli ?

…

— Exact, confirme-t-il en hochant la tête.

Le sujet lui est pénible, et je comprends. Je n'insiste pas, même si je suis un peu flattée.

— Mon père est décédé d'un accident de voiture. Enfin, c'est la version qui m'a été servie. Du coup, pour que ce mouchoir et son contenu se retrouvent en possession d'Abigaëlle…

Les mots se perdent dans le néant. J'aimerais qu'Andy m'aide à compléter les trous, seulement, il est plus muet qu'une carpe. La lune éclaire suffisamment son profil pour me permettre de voir qu'il se pince les lèvres.

— Est-ce que tu as une théorie ? demandé-je d'une petite voix.

Il souffle.

— Tu es loin d'être stupide, Mel. Et si j'en arrive à cette conclusion, je suppose que tu l'as déjà aussi dans ta tête.

— Mais… Je crois que j'ai besoin de te l'entendre dire, le supplié-je presque.

Il souffle une seconde fois, puis se jette à l'eau.

— D'accord. En pensant agir dans ton intérêt, ta famille t'a caché certaines informations à propos de ta sœur. Ils sont allés jusqu'à laisser ta magie bloquée pour te protéger. Il serait donc possible… envisageable… d'imaginer que ta mère et ta grand-mère ont reproduit le même schéma…

— Au sujet de la mort de mon père, le coupé-je.

— C'est ça.

— Crois-tu qu'il était sur la piste de cette Abigaëlle ? Et que c'est elle qui l'a… ?

— Je l'ignore, mais c'est probable. Il enquêtait sur la même chose que nous aujourd'hui. Et a priori, la meurtrière, qui ne s'en prend qu'à des sorciers, est la même qui sévit depuis plus de deux cents ans. On peut donc supposer qu'il s'est approché de trop près, la mettant en danger, et qu'elle s'est défendue.

Sa voix perd en volume sur la fin de sa phrase, mais j'apprécie le fait qu'il aille au bout. Il pose des mots là où mon cerveau refuse de se rendre à l'évidence.

Mon cœur se serre. Mes yeux me brûlent, mon nez aussi. Je tente de contenir mes larmes, de tristesse et de rage, mais l'une d'elles s'enfuit. Elle dévale ma joue jusque dans mon cou. Je range la gemme dans ma poche, quand la main d'Andy vient envelopper la mienne.

— On va découvrir la vérité, Mel. Je te le promets.

— Oui, soufflé-je. De toute façon, on est allés trop loin pour reculer, maintenant.

Andrew

Fragile espoir

La lune se reflète dans ses yeux brillants de larmes, me faisant regretter d'avoir terminé ma phrase. Elle fourre la pierre dans sa poche, et j'en profite pour m'emparer de sa main.

J'apprécie son contact.

Un peu trop sans doute.

— On va découvrir la vérité, Mel. Je te le promets.

— Oui, souffle-t-elle. De toute façon, on est allés trop loin pour reculer, maintenant.

Ses doigts se referment sur ma paume, et nous parcourons le reste du trajet en silence, sans nous lâcher.

À notre arrivée, tout est calme. Trop. Je m'étonne de ne pas entendre Socrate interpeller sa sorcière, ou se montrer à l'une des fenêtres. D'ailleurs, en observant la mine de Mel, je comprends qu'elle aussi s'interroge.

— Socrate ? l'appelle-t-elle en ouvrant la porte.

Je suis Mélissa, qui avance de quelques pas dans le véhicule, quand elle me bouscule pour ressortir en courant.

— Socrate ? appelle-t-elle une seconde fois, un peu plus fort. Socrate !

La panique transperce sa voix, en même temps que l'horreur de la situation m'apparaît clairement.

Elle a ressenti quelque chose au cimetière, et c'est moi qui ai minimisé sa peur, en la mettant sur le compte de la morsure. J'ose espérer que la gargouille n'est pas partie bien loin, sinon, je vais m'en vouloir.

— Socrate, montre-toi, hélé-je à mon tour, en me dirigeant vers les arbres à proximité.

Une odeur presque familière me stoppe dans mon élan. Je hume plusieurs fois, persuadé de connaître ce parfum. Mélissa continue de crier, si fort à présent, que dans le mobil-home de mes voisins, la lumière jaillit.

— Calme-toi, lui intimé-je, en la prenant dans mes bras.

— Je savais qu'il s'était passé quelque chose, se lamente-t-elle. Ce n'était pas normal. J'aurais dû revenir dès que la connexion s'est interrompue.

— Tu n'as aucun moyen d'établir un contact, même à distance ?

Elle est incapable d'articuler le moindre son tellement elle pleure. Je me souviens du lien qui unissait Éli à son familier, sa petite souris, Nelly. Toujours l'une à proximité de l'autre, à s'épier et se protéger mutuellement. Mel pleure comme si on venait de lui arracher son...

Sa peine me renvoie à ma propre douleur.

Son enfant...

Je dois garder la tête hors de l'eau, pas question de sombrer avec elle. Mon loup exige sa liberté, pour examiner plus en détail cette odeur, qui me parle. Le contenir me demande un effort colossal. Si je me transforme, je risque de perdre ma forme humaine à tout jamais. Et si je reste en loup, je ne vois pas comment je pourrai ensuite aider Mel, ou même me venger.

Je donnerais n'importe quoi pour boire un verre ! Que dis-je ? Toute une bouteille, ouais !

J'inspire profondément, pour réunir mes pensées les plus cohérentes. Le parfum d'encens et de lavande imprégné dans les cheveux de Mel me détend un peu.

— Mel, tu dois te ressaisir. Réfléchis. Tu connais sûrement un moyen d'entrer en contact avec Socrate, quelle que soit la distance.

— Je ne sais pas... Je n'aurais jamais dû le laisser seul.

Les voisins sont plantés à la fenêtre. S'ils sortent, et selon leur degré d'agressivité, les choses risquent de déraper.

— Viens avec moi.

Je force Mel à me suivre dans le camping-car, pour l'asseoir sur une des banquettes.

— Où sont tes livres de magie ? Tu vas chercher une incantation, un sort ou un enchantement, peu importe ! Un truc qui te permettra de rétablir la connexion avec Socrate.

Je commence à m'énerver. Je m'oblige à inspirer et à expirer à pleins poumons. À l'aide de son index, elle m'indique une étagère avec des potions à côté de vieux bouquins. J'attrape toute la pile, et la pose devant elle, sur la table.

— Je dois vérifier quelque chose dehors. Tu te sens de rester seule un moment ?

Elle tend la main vers une boîte de mouchoirs en papier, à côté de l'évier.

— Ça va aller ? la pressé-je, en la lui donnant.

Cette odeur ! Je dois savoir ! Tant qu'elle est encore présente. Les nuages annonciateurs de pluie approchent. Avec la flotte, tout sera englouti.

Elle hoche un peu la tête, et je m'en contente pour filer dehors.

Où est-ce que j'ai déjà senti ces arômes ? Du jasmin, mélangé à autre chose... on dirait... de la moisissure... C'est ça ! C'est exactement ce que j'ai humé au cimetière quand on a ouvert la trappe. Le jasmin et la moisissure. Je reviens auprès de Mel comme une furie.

Un vague sentiment de soulagement souffle sur mon cœur, en la voyant penchée sur un livre. Je ne sais pas si dans son état elle parvient à lire, mais au moins, j'ai l'impression qu'elle cherche. Plus elle occupera son esprit, plus vite nous avancerons.

— Tu peux me montrer le mouchoir de ton père ?

Elle fronce les sourcils en fouillant dans sa poche. Pas la peine de plonger mon nez dans le tissu vert, le même bouquet emplit aussitôt mes narines.

— Est-ce que...

J'hésite à poser cette question. Je ne veux en aucun cas lui donner de faux espoirs.

— Quoi ?

Tant pis ! Je ne vois pas comment faire autrement.

— Est-ce que tu te rappelles si ton père utilisait un parfum qui contenait du jasmin ?

— Je n'en sais rien. Je ne crois pas, pourquoi ?

— Une personne est venue jusqu'ici, annoncé-je en indiquant le pied de l'arbre, en face de la porte. Elle portait les mêmes fragrances que sur le mouchoir.

Son visage affiche la surprise. Je le comprends. En général, lorsqu'un lycan appartient à une meute, son audition est bien plus développée que son odorat. À cause du nombre, le loup, bien que très présent, s'assagit en quelque sorte. Il aura aussi tendance à se reposer sur les autres membres. D'où le fait que certains sens diminuent. Mais à partir du moment où il ne peut plus compter que sur lui-même, le contraire se produit. Tout s'accentue.

— Abigaëlle ? bredouille-t-elle.

Je ne veux rien spéculer. Après tout, c'est peut-être une simple coïncidence, même si celles-ci commencent à être de plus en plus nombreuses, et à pointer toutes dans la même direction.

— Je n'en sais rien. As-tu trouvé quelque chose ?

Elle secoue la tête.

— Non. Mais j'ai inventé un rituel qui me permet de stocker mes visions dans Socrate, et de les revoir à volonté. Peut-être que si je le modifie un peu, et avec l'aide de la gemme qui renferme elle aussi de la magie, je pourrai plonger dans sa mémoire pour y observer ses souvenirs, ou... pour carrément communiquer avec lui... J'espère...

— Parfait ! Qu'attends-tu ?

— Tu as raison.

Elle s'empare d'un petit chaudron de cuivre, coupe une branche de romarin qu'elle jette à l'intérieur. Elle ajoute un bâton de cannelle, des graines que je n'identifie pas, du pavot noir peut-être... Des yeux de quelque chose, vu leur taille, de crapauds, sans doute. Puis, elle attrape une râpe pour récupérer un peu de poudre d'une corne déjà bien entamée. Sous l'évier, elle prend une bouteille étiquetée *eau de pluie*, qu'elle verse sur le mélange.

— Je vais avoir besoin de ton aide, affirme-t-elle. Pour faire comme au cimetière. Par contre…

Elle s'immobilise, et me regarde droit dans les yeux.

— Je ne garantis pas que ce soit sans douleur. Est-ce que tu crois que ton loup… ?

— Ça ira, la coupé-je.

En réalité, je l'ignore. Mais si nous ne retrouvons pas Socrate, je doute que Mel continue. Alors, quoi qu'il en coûte, je dois au moins essayer.

— Assieds-toi en face de moi, m'ordonne-t-elle.

Elle allume une bougie violette, puis saisit une clochette, et reste immobile.

— Quoi ? m'inquiété-je.

— J'hésite. Normalement, on l'utilise pour dissiper toutes les mauvaises énergies. Mais là… j'ai un drôle de pressentiment.

Je mets ma main sur la sienne, l'obligeant ainsi à la poser.

— Après ces quelques heures passées à tes côtés, j'ai appris à me fier à tes intuitions.

Abigaëlle

Tel est pris qui croyait prendre

— Madame Brown ?

J'ouvre la bouche, mais sans doute encore sous le choc, ma gorge ne produit aucun son. Je recule l'appareil pour m'éclaircir la voix.

— Oui, c'est moi.

— Ah, bien. Je ne savais pas... Peu importe. C'est Shimon, le gardien du cimetière *Le domaine des rêves.*

Son hésitation ne me dit rien qui vaille.

— Je vous écoute.

— Cette nuit, Tal, mon golem, a chassé deux étrangers de votre mausolée. Ils y sont entrés en force. La porte a été complètement détruite. Je suis désolé, madame...

J'inspire profondément, pour conserver un semblant de calme. Sans doute de simples voleurs qui n'avaient aucune idée de l'endroit où ils mettaient les pieds.

— Y a-t-il d'autres dégâts ? En dehors de la porte, je veux dire.

— En faisant ma ronde, j'ai découvert une trappe ouverte sous le tombeau. J'ignore si cette cachette renfermait un contenu de valeur, mais elle est vide.

C'est un cauchemar. Je vais me réveiller aux côtés de Charlotte, dans notre lit, et une partie de cette nuit n'aura été qu'un mauvais rêve.

— Madame ?

Je dois rester calme. Au moins en apparence.

— Savez-vous à quoi ressemblaient ces deux voleurs ?

— Un homme et une femme, c'est tout ce que Tal a pu me dire. Je suis vraiment navré. Tal a fait son maximum pour les arrêter, mais il ne se déplace pas aussi vite qu'il le voudrait. On s'en sert comme gardien. Non pour sa rapidité, mais pour son invincibilité, et pour sa capacité à contrôler les esprits frappeurs.

— Oui, oui, je sais déjà tout ça. Inutile de me faire l'article.

Je suis en train de perdre mon sang-froid. Il faut que je me ressaisisse.

— Quand est-ce que cela s'est produit ? enchaîné-je.

— Il y a une heure, ou deux. Pas plus. Je vous ai contactée dès que je l'ai appris.

Shimon m'a vite alertée. Cette information a le mérite de me détendre un peu.

— Vous avez bien agi.

— Et pour la porte ?

— Faites-la réparer, et envoyez-moi la facture.

Je raccroche sans attendre de réponse. Je sillonne le salon de long en large, en essayant de rassembler mes esprits. Un peu de pragmatisme et de méthodologie.

Charlotte nous a quittés.

Birdy est en chasse, et Harold court les filles faciles pour se détendre.

Décidément, je ne peux vraiment compter que sur moi. Je ne devrais pas m'en étonner. Il en a toujours été ainsi. Mis à part quelques coups de main de temps en temps, et encore, il faut souvent s'abaisser à les quémander, presque à les supplier… La vie n'est que déboires et solitude.

Qu'à cela ne tienne ! Je vais récupérer mon émeraude, mettre en vente tous mes biens immobiliers, fermer mes comptes bancaires, et quitter les États-Unis. Harold ne survivra pas longtemps sans moi, mais sa présence me rappellerait trop le vide laissé par Charlotte.

Je vais drainer l'essence du familier qui se trouve dans la cave, jusqu'à la dernière goutte. Ainsi, j'aurai de quoi tenir plusieurs mois, ce qui me permettra d'organiser ma nouvelle vie. Et puis, peut-être qu'avec toute la puissance que me prodiguera cette créature, je pourrai enfin briser la gemme pour en récupérer aussi son contenu.

Je dois agir par étapes et avec prudence. Retrouver l'émeraude ne sera pas évident.

Le sortilège de localisation. Voilà sur quoi je dois fixer ma concentration en priorité. Mais pour décliner une telle puissance, il me faut d'abord une bonne dose de magie.

Mélissa

Un appel désespéré

Le plaid Marvel sur mes genoux, l'émeraude devant moi, je serre les mains d'Andy. Les yeux fermés, j'imagine mon Socrate, en même temps qu'une douleur insupportable grandit dans ma poitrine.

— Socrate, entends ma voix. Où que tu sois, je te retrouverai, mais j'ai besoin de ton aide pour y arriver. Socrate, réponds à mon appel.

Aucun signe de sa part ni de ma magie. Quand j'ignorais qu'il avait disparu, même loin de lui, je pouvais l'utiliser. Là, c'est de nouveau comme si elle était bloquée.

Je dois reléguer mon inquiétude et ma peine dans un coin de mon esprit, pour parvenir à lancer le sortilège.

Je déglutis, penche la tête en arrière pour libérer mes voies respiratoires et m'obliger à inspirer cette boule d'angoisse qui pèse sur ma poitrine. En expirant lentement, je reprends mon incantation.

— Socrate, entends ma voix.

La magie du loup d'Andy éveille la mienne. Ce transfert d'énergie n'est pas sans risque pour lui. La solliciter pourrait générer une transformation non désirée. Mais je lui accorde ma confiance pour le canaliser, et surtout, je sens ma propre magie chatouiller ma peau. Seule celle de la pierre reste en sommeil.

— Où que tu sois, je te retrouverai. Mais j'ai besoin de ton aide pour y arriver. Socrate, réponds à mon appel.

Mon cœur pulse au rythme des crépitements de ma magie. Une vague de chaleur m'envahit, comme si une flamme caressait mon visage. Je franchis un barrage invisible, qui s'écroule carrément.

C'est très étrange. J'ai l'impression de passer sous une cascade gelée. J'appréhende quelque chose, un esprit. Pourvu que ce soit Socrate.

— Mel ? C'est toi ?

L'émotion me submerge. Cette petite voix fluette, je la reconnaîtrais entre mille.

— Oui ! C'est moi ! Tu as l'air fatigué. Ça va ? Dis-moi où tu es, que je vienne te chercher.

— Oh, Mel...

Il sanglote. Je n'ai jamais vu mon Socrate pleurer. Ses larmes deviennent les miennes. Elles glissent sur mes joues.

— J'ai été stupide. Elle est entrée, en me disant qu'elle avait besoin de mon aide.

— Qui ?

— Cette buse... ce familier... J'aurais dû me douter que c'était un piège. Tu me manques, Mel. Je suis désolé.

— Ne te laisse pas aller, d'accord ? Ce n'est pas ta faute.

— Elle vole ma magie. Ça fait si mal... Je me sens diminué, Mel...

J'enrage.

— Dis-moi juste où tu es.

Un silence, et pendant un instant, j'ai peur de l'avoir perdu.

— Socrate ?

— Elle est là. Elle revient, je crois. Oh, non ! Mel ! Aide-moi, s'il te plaît. Je veux pas qu'elle me vole à nouveau ma... C'est trop douloureux...

Les mots se bloquent dans sa gorge. Sa souffrance, je l'éprouve jusque dans mes entrailles. Et sa peur... sa terreur... J'aimerais le prendre dans mes bras pour le protéger.

— Tiens bon, Mel, m'encourage Andy.

— Socrate ? Tu m'entends toujours ? Si tu peux, donne-moi un indice, quelque chose qui...

Une vision fonce dans mon esprit à la vitesse de l'éclair. Ces maudits yeux vairons, encore ! Un espace sombre, avec un établi. Une cage. LA cage. Celle où elle a enfermé mon familier. Puis, une lumière vive.

— Ah ! Tu es réveillé.

Cette voix… Ce n'est pas celle de Socrate. Je suis avec lui, dans sa tête. J'entends et je vois ce qu'il vit. Et surtout, je la vois, elle. Je devine la haine dans ses yeux vairons. Mon Socrate se recroqueville dans un angle.

— Pas la peine d'essayer de te cacher, tu sais. J'ai besoin d'un maximum de puissance pour lancer le sortilège qui m'aidera à retrouver mon émeraude. Et tu vas me la donner, que tu le veuilles ou non.

Je suis tétanisée, et je comprends qu'en réalité, c'est mon familier qui est dans l'incapacité de bouger. Il ne peut plus articuler un mot, tellement elle le paralyse. Elle s'approche de son visage, et je sens ma force me quitter. Elle me brise. En même temps qu'elle absorbe la magie de Socrate, elle vide la mienne. Je dois interrompre la connexion si je veux l'aider. Je n'ose plus parler, de peur qu'elle ressente ma présence. Alors, sans attendre, je romps le lien, et je perds Socrate. Il m'est arraché une seconde fois. Je l'entends me supplier de ne pas l'abandonner. Une création de mon esprit générée par la culpabilité.

Parce qu'en réalité, il n'y a plus que le silence.

Le vide.

La douleur.

C'est tout ce qu'il me reste. Je m'effondre sur la table pour libérer mes larmes, quand deux bras chauds viennent m'enlacer. Je répète son nom en boucle. Je ne suis plus rien sans mon Socrate.

— Allons… Calme-toi… me chuchote Andy, presque en me berçant. Si tu me dis ce qui s'est passé, je pourrai peut-être t'aider…

Mais je ne peux pas parler pour le moment. Je dois extérioriser mon chagrin, ma désolation et ma souffrance. À chaque larme libérée, c'est une nouvelle sorcière qui naît. Mes émotions se muent en rage. Elles deviennent mon moteur. Elles vont me guider et me booster. Je vais retrouver cette femme, quoi qu'elle soit, et je vais la tuer de mes propres mains.

Quand une chose importante parasite mes idées de vengeance. Une chose qu'elle a dite, qui confirme son identité, et qui peut jouer en notre faveur pour ramener Socrate près de moi.

Elle veut lancer un sortilège pour localiser l'émeraude… Et Socrate a évoqué un familier, une buse.

Abigaëlle n'est rien d'autre qu'une simple sorcière. Elle a juste trouvé le moyen de contrer la mort en absorbant la magie des enfants. Je vais l'anéantir. Elle ne sait pas ce dont je suis capable…

Andrew

Le reflet de la vérité

J'éprouve un sentiment d'impuissance face à sa détresse, encore ! Putain, je déteste la sentir aussi démunie. Je renvoie mon loup dans ses pénates, parce que ce n'est pas le moment qu'il vienne en rajouter une couche. J'ai assez à gérer, là.

Quand Mélissa se redresse en me fixant droit dans les yeux, j'ai l'impression qu'elle pense à quelque chose d'important.

— Qu'est-ce que tu as ?

Elle se tourne légèrement pour récupérer l'émeraude.

— Je l'ai vue, affirme-t-elle. La femme aux yeux vairons. C'est elle qui détient Socrate. Et je suis certaine que c'est aussi la meurtrière que nous recherchons. Cette Abigaëlle est une sorcière. Elle absorbe la magie des enfants pour rester jeune, et contrer la mort. Et maintenant, elle s'apprête à lancer un sortilège pour localiser l'émeraude.

Je marque un temps d'arrêt, avant de m'emparer de la gemme pour l'examiner.

— Elle doit avoir de l'importance pour qu'elle veuille la reprendre, annoncé-je, en essayant de détecter quelque chose. Par contre, n'aurait-elle pas dû s'illuminer ou un truc dans le genre, pendant que tu étais en contact avec Socrate ?

— Mais si, bien sûr... c'est ça ! Elle a déjà dû tenter d'en aspirer aussi la magie, mais sans succès. Mon père était un sorcier très puissant. C'est pour cette raison qu'il avait sa canne et surtout, cette gemme dans laquelle il en avait stocké une grande partie. Seulement, y accéder n'est pas facile. Même pour moi. Comme tu l'as fait remarquer, elle est restée en sommeil. Attends !

Mel se jette sur les livres que j'ai apportés, et se met à les trier. Elle en choisit un dont la couverture noire est estampillée d'une grosse rune dorée.

Après quelques minutes, et plusieurs pages tournées à un rythme effréné, l'index de Mélissa glisse sur le papier.

— Magie familiale… Comment stocker sa magie dans un objet ?

Elle feuillette encore le grimoire, avant de tapoter le texte d'une main ferme.

— Ah ! C'est là ! Comment extraire la magie d'un objet familial ? Hum… Il y a plusieurs façons de procéder, le problème, c'est…

— Quoi ? m'inquiété-je en reposant l'émeraude sur la table, pour me pencher à mon tour au-dessus du livre.

— Il y a un prix à payer pour chacun de ces sortilèges. Et avec le seul qui semble à ma portée pour l'instant, je ne suis même pas sûre d'obtenir le résultat escompté. Surtout sans Socrate.

— Si tu me disais déjà en quoi ça consiste, je pourrais peut-être te donner mon avis.

— D'après ce qui est indiqué, il est possible, en prononçant une formule, ou un mot spécifique choisi ou créé par le sorcier à qui appartient l'essence magique, de la libérer. Une incantation permet de renouer le contact avec la personne décédée qui possédait l'objet, ou l'émeraude en ce qui nous concerne. Tu te rends compte ! Si j'avais plus de puissance, je pourrais localiser Socrate et affronter Abigaëlle. Enfin, je crois…

Elle blêmit. Évoquer cette situation la contrarie, et moi aussi. Je comprends qu'elle veuille récupérer son familier, seulement, la placer face à ce monstre me déplaît. Et en même temps, dans l'immédiat, je n'ai pas mieux à proposer.

— D'accord, c'est quoi le prix à payer pour exécuter ce sort ?

Elle s'humecte les lèvres, avant de les pincer entre ses dents. Ses joues s'empourprent. Elle inspire bruyamment, puis finit par se lancer.

— Ce genre de magie peut drainer d'autres esprits que celui qui est appelé. Afin d'éviter la possession, le familier sert d'ancrage. Il accueille une partie de l'âme de la sorcière, suffisamment solide pour repousser un éventuel envahisseur. Si je tente l'expérience sans Socrate, j'ignore ce qui pourrait arriver.

Elle vient de renouer avec sa véritable nature, et la voilà confrontée à ce choix, juste pour obtenir un mot de passe qui lui permettrait, avec de la chance, d'être plus puissante.

— Je ne crois pas que ça en vaille la peine. On en sait beaucoup sur cette Abigaëlle. Enfin, non… peut-être pas beaucoup, mais en tout cas suffisamment… Et d'après ce que tu as entendu, elle cherche à nous retrouver. Il y a donc fort à parier qu'elle se pointe ici dans pas longtemps.

— Mais j'ai envie de le faire… Imagine que je puisse discuter avec mon père. Il pourrait peut-être nous en dire encore davantage à son sujet. Il pourrait aussi nous dévoiler comment il pensait s'y prendre pour la coincer. Et si comme tu le dis, elle débarque, ce serait quand même bien que je sois suffisamment forte pour l'accueillir.

Je devine ce qu'elle recherche en réalité. Derrière tous ces prétextes, le seul qui fait vraiment sens, c'est qu'elle souhaite voir et parler à son père. Peu importe les risques encourus pour y arriver. Même si ça ne doit durer que cinq minutes.

Je la comprends tellement bien… Je donnerais tout ce que je possède pour revoir Éli juste cinq minutes…

Je souffle. Je ne peux rien refuser à cette nana.

— Et est-ce qu'il n'y aurait pas un moyen de compenser l'absence de Socrate ?

Ses joues s'empourprent.

— Eh bien… en réalité, si. Mais je n'osais pas te le demander.

J'affiche un demi-sourire, et penche la tête sur le côté pour intercepter son regard.

— Si cela n'implique pas que je me transforme, je suis tout à toi. Que dois-je faire ?

Mélissa

Affrontement magique

À peine Andy m'a-t-il donné son accord pour m'épauler que ma nervosité grimpe en flèche. Je connais la magie, enfin, en théorie… N'ayant jamais eu assez de puissance pour m'exercer, la majorité des sorts que j'ai accomplis cette nuit sont des premières. Que dire de celui que je m'apprête à réaliser, si ce n'est qu'il est très audacieux ? Encore plus avec l'intervention d'Andy au lieu de mon familier.

Je respire profondément. Ai-je le choix ? Socrate court un grand danger.

— Le rituel va se dérouler en deux étapes. Comme Socrate est absent pour faire office d'ancrage, la première consiste à déposer un morceau de mon âme à l'intérieur de ton loup.

— Pardon ?

— Oui. Je vais entrer en communication avec le monde des esprits. Afin d'éviter d'y être aspirée, je dois conserver une part de moi… sur Terre, en quelque sorte. Normalement, le familier suffit à créer cette sécurité. Là… j'avoue que j'improvise. Mais ça se tient avec les indications fournies dans le livre.

— Je ne vais pas reprendre ma parole. Je t'ai dit que tu pouvais compter sur moi, et tu le peux. Mais, tu es sûre de vouloir faire ça ?

— S'il te plaît, cesse de poser cette question, et écoute-moi. Je vais mélanger des ingrédients dans le chaudron, que je vais porter à ébullition. Ensuite, je filtrerai le tout, et nous devrons ingérer quelques gorgées de la décoction. Enfin, je réciterai l'incantation.

— Et après ?

— Après… nous verrons…

— Super ! C'est pas inquiétant du tout !

Je fais semblant de ne pas avoir entendu sa dernière réplique et m'empresse de réunir tout ce dont j'ai besoin. Je ne peux pas m'accorder le luxe de tergiverser.

La décoction ressemble beaucoup à un philtre d'amour, qui doit être avalé par les deux personnes pour qu'elles fusionnent. Elle nécessite juste de remplacer les plumes de canari par celles de paon. Elles sont plus éphémères. En principe, il me faudrait de la poudre de fée insulaire, mais elle est prohibée depuis longtemps. Alors, j'ajoute une mèche de cheveux de nymphe, à la place.

Une vingtaine de minutes plus tard, Andy et moi sommes assis l'un en face de l'autre, sur le bord de mon lit. J'ignore si ma potion sera efficace ou non. Au cas où nous perdrions connaissance, il vaut mieux s'installer sur un support stable et confortable.

— Bon ! Cul sec, comme on dit ! lance Andy en levant son verre.

Nous trinquons et avalons la mixture qui, malgré sa couleur orangée peu engageante, a conservé le goût de cannelle et d'anis.

— Par le pouvoir de la lune et des étoiles, je scinde mon âme pour que la majeure partie reste en moi, et que l'autre voyage ailleurs, vers le cœur de celui que j'ai choisi pour en être le gardien. Que nul ne puisse la trouver, la voler ou la briser, tant que je ne prononcerai pas les mots qui la libèreront.

Une petite lueur vert pomme s'évapore hors de ma bouche, pour pénétrer dans celle d'Andy.

— J'ai réussi ?

Andy porte une main sur sa poitrine, l'air un peu hagard.

— Je crois, oui. En fait, j'en suis même sûr. Mon loup est…

Je fixe ses lèvres, attendant la fin de sa phrase avec une impatience fébrile.

— Elle est là, rassure-toi. Tu y es arrivée.

J'ignore ce qu'il allait dire, mais tant pis. Dans l'immédiat, seul le résultat compte.

— Très bien ! m'exclamé-je, en sautant du lit. Alors, on va pouvoir passer à l'étape suivante. Appeler mon père.

— Attends ! me stoppe-t-il en saisissant mon bras, m'obligeant ainsi à me tourner vers lui. Je pense à une chose. Tu ne m'as pas expliqué comment nous ferons pour que tu récupères cette part de ton âme.

Dans ma hâte à l'idée de revoir et de parler à mon père, je n'avais pas réfléchi jusque-là. Et rien à ce sujet n'est mentionné dans le livre. Je suppose que je devrai imaginer une incantation le moment venu. « Les mots qui la libèreront... » C'est ce que ça suggère, je pense. Mais ce n'est pas le plus important, pour l'instant.

— Découvrons déjà si le sortilège d'appel fonctionne. On avisera ensuite.

— Je crois qu'il vaudrait mieux...

— Andy ! S'il te plaît. Socrate est en danger. Des enfants sont menacés tant que cette folle furieuse sillonne nos rues. Ce petit bout d'âme me semble bien dérisoire à côté de tout ça, non ?

Il hoche la tête, et lâche mon bras.

— Reste à côté de moi, d'accord ? lui demandé-je, en attrapant une bougie noire dans la boîte, sous l'évier.

Puis, je me place devant le miroir collé contre la porte de la penderie. Andy demeure sur ma droite, pendant que je craque l'allumette. La bougie dans la main gauche, celle du cœur, illumine mon reflet. Avec mon index libre, je trace un cercle invisible à hauteur de mon visage.

— Par le pouvoir du feu et du verre, que s'ouvre le portail de l'au-delà. Que je puisse voir et entendre celui qui n'est plus là.

Je souffle la bougie, et ma magie vert pomme embrase l'espace. Le temps qui s'écoule me semble durer une éternité. J'ai si hâte que mon père apparaisse, avec ses cheveux châtains, son nez aquilin et ses lunettes à monture d'écaille.

Mais il n'en est rien.

À la place, je découvre une femme, coiffée d'une longue tignasse noire. Ses yeux ! Je n'en peux plus d'observer ses yeux vairons. Comment est-ce possible ?

Elle étire ses lèvres en un sourire sauvage. Son regard libère une hargne sans pareille. Mon cœur, encore gonflé d'espoir quelques secondes plus tôt, explose de tristesse et de rage.

— Mélissa, je suppose ? Tu as l'air surprise de me voir. Tu ne t'attendais sans doute pas à ce que je retrouve si aisément mon émeraude.

— Abigaëlle… bredouillé-je. Alors, c'est bien vous que nous cherchons depuis le début. Rendez-moi Socrate ! Vous n'avez pas le droit…

Mes pensées ne voguent plus que vers lui, tout à coup. Je veux récupérer mon familier. J'ai besoin de lui.

— Ah non, jeune fille ! Pas de ça avec moi. J'ai tous les droits. Et s'il y a une personne ici en capacité de donner des ordres, ce n'est certainement pas toi.

— Pourquoi ? Qu'allez-vous me faire ? Vous avez kidnappé Socrate. Vous ne pouviez pas faire pire… Enfin, quoique ? Quand on est une lâche, comme vous, je suppose que des idées mesquines de ce genre, on en a à la pelle. Qu'allez-vous inventer pour vous montrer encore plus froussarde que vous ne l'êtes déjà ? Juste pour rester jeune ? En vie ? Mais pour faire quoi ? Pourrir l'existence des autres ? Je reconnais qu'à ce niveau-là, vous êtes hors compétition.

Je suis plutôt contente de ma répartie.

Malheureusement, ce sentiment de fierté ne dure pas. Il éclate comme un ballon de baudruche, lorsqu'elle se met à bâiller.

— Tu as terminé ta tirade ? Toi qui te montres si courageuse, si noble. Tu t'imagines pouvoir me vaincre, peut-être ? D'autres avant toi s'y sont cassé les dents.

Des larmes de rage brûlent mes paupières.

— Comme celui à qui appartenait l'émeraude qui était cachée dans votre mausolée… arrivé-je tout de même à énoncer. Christopher Grant ?

Son image chancelle une mini seconde.

— Vous ne vous demandez pas comment j'ai retrouvé cette pierre ? continué-je, forte de ce léger déséquilibre. La magie appelle la magie, c'est une des premières choses que l'on nous enseigne, pourtant !

Je crains sa réaction, et en même temps, je l'attends avec impatience.

— Tu es l'une de ses descendantes, je suppose ?

Inutile qu'elle prononce les mots. Je le sais maintenant. J'en suis convaincue. C'est elle qui l'a assassiné.

— Sa fille ! déclaré-je d'un ton vengeur.

Elle reste impassible, et je commence à sentir un vent de panique souffler sur mes certitudes. Si je présumais trop de mes forces ? Si elle tuait Socrate, là, devant moi, juste pour me prouver sa puissance ?

— Et parce que tu as hérité de sa magie, tu penses pouvoir me vaincre ? Du haut de tes quoi ? Vingt-cinq ou trente années d'existence, tu envisages sérieusement de te mesurer à moi, et à mes deux cent cinquante ans d'expérience ?

Cherche-t-elle à gagner du temps ? Ou bien, elle suppose que je constitue une réelle menace pour elle.

— Je ne le crois pas. J'en suis certaine. Au nom d'Anaïs et d'Ethan, et de tous ces enfants que tu as sacrifiés. Au nom de mon père aussi. Et parce que ce n'est que justice.

Elle rit. Comment ce que je viens de dire peut-il l'amuser ?

— La justice ? Parce que tu as encore la foi en un monde juste. Comme tu es naïve. Il y a bien longtemps que les lois ne m'effraient plus. Je suis au-dessus des lois. Et puis, tu peux me citer tous les prénoms que tu veux, cela tient du miracle si j'ai mémorisé le tien. Tu n'es rien face à mon pouvoir, seulement une petite sorcière écervelée. Une proie facile, qui n'a même plus de familier pour la soutenir.

— Je t'interdis de toucher à Socrate, tu m'entends ? Tu n'es qu'une lâche pour oser t'attaquer à des êtres faibles et sans défense. Si tu venais m'affronter, plutôt ? Je te certifie que la donne serait bien différente.

— Qu'à cela ne tienne. Je vais t'accorder cette faveur. Ton Socrate contre l'émeraude. Qu'en dis-tu ?

Désemparée, je jette un œil vers Andy.

— Tu hésites ? Tu préfères le laisser souffrir, peut-être ?

— Non ! Ne lui faites pas de mal. C'est d'accord. Où voulez-vous que l'on se rejoigne ?

— Je proposerais bien le cimetière du *Domaine des rêves*, mais je doute que tu acceptes.

Andy attrape un stylo sur la table derrière lui, pour écrire sur sa main.

— Je vous donne rendez-vous au cimetière d'Oakland, ce soir, à minuit.

— Devant la statue du lion, chuchote Andy.

— Devant la statue du lion, ajouté-je.

— D'accord. Mais à condition que tu viennes seule.

— Bien sûr ! Je veux récupérer Socrate, et vous, votre précieuse émeraude. Donc, vous serez assez maligne pour en faire autant.

— Évidemment, très chère.

L'image s'efface, et aussitôt, mes jambes cèdent. Je manque de peu de m'écraser sur le sol. Andy me rattrape de justesse.

— Eh ! s'exclame-t-il. Tu as assuré. Viens t'allonger, un peu.

Ses traits sont tirés. Comme moi, il a besoin de repos. La nuit a été interminable, et riche en émotions.

— Je reviendrai tout à l'heure, m'annonce-t-il au moment où ma tête touche l'oreiller.

— Non ! m'exclamé-je en prenant sa main. Ne t'en va pas. Je ne veux pas rester seule. Et puis, suppose qu'elle trouve le moyen de réapparaître.

Il avise la banquette, mais je ne lui laisse pas le temps de s'éloigner. Et surtout, je ne le lâche pas. Je me décale pour lui faire une place. Andy hoche la tête, et durant ce moment en suspens, ma respiration s'arrête. Il finit par s'exécuter. Je remonte son bras pour m'installer au creux de son épaule.

— Je n'ai pas vu mon père, soufflé-je avec mélancolie.

— Je suis désolé…

Lui aussi semble attristé pour moi.

Bercée par les battements de son cœur, enveloppée dans son parfum musqué, mes muscles se décontractent. Finalement, et contre toute attente, après quelques minutes, je sombre dans les limbes du sommeil.

Andrew

Réflexion

J'inspire le parfum d'encens et de lavande imprégné dans les cheveux de Mélissa. Je la sens, à la fois contre moi, mais aussi, à l'intérieur, nichée contre le cœur de mon loup. Cette parcelle de son âme, tel un rayon de soleil qui nous réchauffe, apprivoise mon loup. Lui qui était devenu si sauvage. Cela m'inquiète. Comment va-t-elle la récupérer ? Et quel impact cela va-t-il avoir sur mon loup ? Va-t-il redevenir indomptable une fois qu'elle ne sera plus là ?

À ces interrogations s'ajoute ce rendez-vous avec Abigaëlle. Nous ignorons toujours comment libérer la magie de l'émeraude. Si elle retombe entre les mains d'Abigaëlle, et qu'elle parvient enfin à en absorber la magie, quel effet produira-t-elle sur la sorcière ? Peut-être devrais-je avertir Drake avant d'aller au cimetière ? Je rêve de la tuer de mes propres crocs, mais à supposer qu'elle soit devenue immortelle… ou qu'elle le devienne au moyen de l'émeraude. Ce ne serait pas malin de présumer de nos forces, et de la laisser nous échapper. La vengeance me ronge depuis si longtemps… Je dois faire preuve d'humilité, et tout tenter pour l'arrêter. Trop de vies sont en jeu. Drake, grâce à son poste de Président du Haut-Conseil, pourrait organiser une embuscade. En même temps, si elle détecte le moindre mouvement suspect, elle risque de se volatiliser. Sûrement qu'elle jugera sa liberté bien plus importante que la gemme.

Ce discours ne me ressemble pas.

C'est ce bout d'âme qui influence ma façon de penser.

Pourtant, c'est vrai !

Ou alors, c'est la fatigue...

Je n'ai plus les idées très claires.

Je ferme les yeux, pour mieux me connecter à la respiration calme et tranquille de Mélissa. Je savoure la chaleur de son petit corps lové contre le mien, en espérant qu'une douce torpeur m'emporte.

Abigaëlle

Rage

Je me retiens de tout casser autour de moi. Ce simulacre de sorcière qui a osé me traiter de lâche, et me parler comme si je ne représentais rien !

Son père a bien fait de me la cacher.

J'espère qu'Harold a conservé son œil de lynx malgré toutes ces années. Le tireur d'élite va devoir reprendre du service, ce soir.

Andrew

Ultime sacrifice

Je n'ai presque pas dormi. Quant à Mélissa, malgré ses presque douze heures de sommeil, elle semble épuisée. Ses yeux sont cernés, et pour la première fois depuis que je la connais, ses lèvres n'ont pas formé l'ombre d'un sourire, même une microseconde.

Nous avons déjà lancé deux sorts pour qu'elle récupère le bout de son âme nichée dans mon loup. Sans succès. Suite à l'échec de l'appel à destination de son père, son essence magique a été impactée. Pour ne pas dire diminuée. Et le fait d'être privée de son familier n'arrange rien.

— Avant de partir au rendez-vous, m'aventuré-je, veux-tu que nous essayions une fois de plus un rituel ? Pour ton âme...

— Je préfère conserver mes forces pour la confrontation.

— D'accord.

Je n'insiste pas. Je n'ose pas lui proposer de lancer un sortilège pour récupérer la magie stockée dans la pierre. Elle est bien trop fatiguée de toute façon. Autant me focaliser sur ma prochaine mission. C'est elle qui se trouvera en première ligne face à Abigaëlle, pendant que je surveillerai ses arrières.

Dans le pick-up, le silence règne en maître. À condition de faire abstraction du moteur, bien sûr.

Nous n'avons pas établi de plan précis. Cela serait trop hasardeux. Nous ignorons à quoi nous attendre. La seule chose dont nous avons convenu, c'est que dès que l'échange sera réalisé, j'enverrai un texto préenregistré à Drake. Mélissa a tellement peur de ne pas récupérer

Socrate, qu'elle a bien insisté sur ce point. Afin d'éviter de perdre la trace d'Abigaëlle, Mel a badigeonné la gemme d'un onguent à base de sang de troll. Indétectable pour les sorcières, mais un véritable marqueur olfactif pour les vampires.

Elle est trop faible pour l'affronter directement. Quant à moi, même si je lui ai promis de ne pas m'y attaquer, je ferai tout ce qui est en mon pouvoir pour la neutraliser. Je n'aurais pas dû lui promettre une telle chose. Je savais, au moment même où j'ai prononcé ces mots, que je ne tiendrais pas cet engagement. Et si je ne parviens pas à la tuer moi-même, qu'au moins, je puisse la retenir jusqu'à l'arrivée de Drake, et des renforts qu'il aura jugé bon d'alerter.

Je me gare à quelques mètres de l'entrée, pour éviter d'attirer l'attention.

J'ai choisi cet endroit sans raison particulière. Le cimetière est grand, et sera désert à cette heure-ci. J'ai donc pensé que ce serait le lieu idéal pour un rendez-vous nocturne entre surnaturels.

Je récupère la pince coupante à l'arrière de la voiture, que je laisse pendre au bout de mon bras, le long de ma cuisse. Mélissa surveille les alentours pendant que j'ouvre la grille. Heureusement, les humains utilisent moins de subterfuges que nous pour empêcher les curieux de venir se promener la nuit entre les tombes.

Même si ce qui nous attend est loin d'être réjouissant, le trajet jusqu'à la statue du lion me stresse moins que celui d'hier au cimetière des surnaturels. Ici, à part un feu follet éventuel, et quelques animaux nocturnes, comme la chouette qui hulule à cet instant, nous ne craignons pas grand-chose. À moins que la sorcière nous ait tendu un piège, ce qui ne serait pas très surprenant. Je repense à la buse, et lève le nez pour tenter de la repérer.

Sans succès.

Nous approchons du lieu de rendez-vous. Au cas où Abigaëlle serait postée quelque part, en train de nous épier, j'attrape le bras de Mélissa pour m'arrêter à l'orée des arbres environnants.

— Tu as l'air vraiment fatiguée, soufflé-je. Tu ne veux pas que je prenne ta place, tu es sûre ?

— C'est moi qu'elle a vue dans le miroir. En découvrant que je ne suis pas là, elle risque de s'enfuir. Et une fois que j'aurai de nouveau Socrate à mes côtés, ça ira mieux.

— Nous n'aurions pas dû lancer ce sortilège.

— Mais sans lui, nous n'aurions pas non plus ce rendez-vous, ce soir.

Je hoche la tête, en pinçant les lèvres et en levant les sourcils. Que répondre à cela ?

— Bon, tu te souviens du mot d'alerte ? demandé-je une fois de plus.

— Oui. Si je sens que la situation dérape, je lui dis de cesser son manège.

— C'est ça.

Elle s'éloigne d'un pas, s'immobilise, puis se retourne vivement pour se jeter dans mes bras.

— Ça va aller. Je reste là, je te le promets.

Elle relève ses yeux de biche vers moi, et je n'ai plus qu'une envie, l'embrasser.

Nous nous dévisageons une longue minute, puis elle s'écarte, pour rejoindre le lieu de rendez-vous.

La zone où elle se poste est complètement dégagée. La lueur de la lune se reflète sur la statue, ce qui confère une atmosphère encore plus mystique à ce lieu étrange.

Enfin, je distingue une silhouette approcher par l'est. Dans une robe sombre, elle porte un sac en toile. C'est sûrement Socrate. Mais quelque chose cloche. Je devrais détecter sa magie, ou au moins une forme d'aura, ou quelque chose qui me permette d'identifier sa nature. Seulement là, il n'y a rien. C'est comme si c'était une coquille vide.

— N'approchez pas trop près ! Je n'ai pas confiance en vous ! Où est Socrate ? lance Mélissa.

Je me déplace un peu, en restant à l'abri des arbres, pour me mettre dans le sens du vent.

— Ici, dans ce sac. Et toi ? As-tu mon émeraude ?

La brise souffle dans ma direction à présent, pourtant, je ne détecte toujours rien. Enfin si ! L'odeur de l'herbe humide, parce que la rosée est déjà en train de l'imprégner, le parfum de la terre, mais rien en provenance d'Abigaëlle.

— Montrez-le-moi ! Je veux le voir.

Serait-il possible qu'elle soit douée du don d'ubiquité ? Si tel est le cas, son véritable corps doit se trouver quelque part à proximité. Et avec un peu de chance, il sera même sans surveillance.

— Montre-moi la gemme, d'abord.

Je jette un œil en direction de Mel, en me certifiant qu'elle ne risque rien face à une projection astrale, et je pars en quête de l'enveloppe charnelle. Comme moi, elle a dû se planquer au milieu des arbres. Si je me change en loup, j'aurai plus de facilités à la dénicher, et plus rapidement aussi.

La vengeance bout dans mes veines. La vision d'Éli dans la baignoire rougie de sang s'impose dans mon esprit, suivie de celle de mon petit garçon, sur cette table en métal froid. Avec ses cheveux blancs, et sa peau fripée... Mes dents grincent. Les poings fermés, je m'entaille la paume avec mes ongles qui se changent déjà en griffes.

Je dois me dépêcher de la trouver. J'avance à grandes enjambées, quand enfin, je l'aperçois. Assise au pied d'un arbre. Sa tête, penchée sur le côté, comme si elle dormait.

Je n'y tiens plus. Je me déshabille en vitesse, et dans la précipitation, mon portable tombe dans l'herbe. Si les choses dérapent, et que je ne suis plus en mesure de reprendre forme humaine, je ne pourrai plus alerter Drake de la situation. Il n'y aura donc personne pour venir aider Mel si jamais il m'arrive aussi quelque chose. Tant bien que mal, je réussis à activer l'écran, en me félicitant d'avoir préenregistré le message. J'appuie sur envoyer, et finis de libérer mon loup.

Il exulte. Je le retiens *in extremis* de hurler à la lune. Ou bien, est-ce que c'est ce petit bout d'âme niché près de son cœur qui y parvient ? Peu importe. En tout cas, inutile de se faire repérer.

Au moment où mon loup me renvoie dans les cordes, faisant de ma part humaine un simple spectateur, un coup de fusil résonne dans la nuit. Je ne m'y attarde pas. Il agit sur moi comme un signal de départ. Mon loup fonce sur sa proie, mais il est stoppé dans sa course. Un second coup de fusil éclate, et cette fois, la balle vient se nicher dans mon épaule. Je roule sur le côté, un peu sonné. À travers mes paupières qui papillotent, je distingue toujours le corps d'Abigaëlle, à quelques mètres à peine. Grâce à ma vue surdéveloppée de loup-garou, j'aperçois au loin une silhouette masculine qui approche. Le fusil qui dépasse de ses mains m'alerte. Une poussée d'adrénaline me force à me remettre sur mes pattes. En quelques bonds, et malgré les détonations qui résonnent à mes oreilles, je saute sur Abigaëlle. Mes crocs s'enfoncent dans son cou, quand des serres m'agrippent au niveau des épaules. Mon loup couine de douleur, tout en se jetant sur le dos, pour déloger l'ennemi. Le volatile s'élève, pendant que je pousse sur mes pattes pour me relever. Du coin de l'œil, j'aperçois quelque chose qui bouge, dans le sac, aux côtés de la sorcière. La tête de Socrate en sort. Les yeux mi-clos, lui aussi a l'air épuisé. Mais aussitôt, l'oiseau revient à la charge. Mon loup couine de plus belle, en sautant pour essayer de s'en débarrasser.

— Ah ! ça, non ! s'exclame Socrate. Buse de malheur ! Tu m'as bien eu. Maintenant, l'heure de la vengeance a sonné.

Socrate lui fonce dessus, me libérant de ses serres acérées. Je m'ébroue, pour reprendre mes esprits, mais je n'en ai pas le temps. Le corps astral est en train de réinvestir son enveloppe charnelle. Je dois agir immédiatement.

C'est le seul moment où nous pourrons la vaincre. Entre son tireur d'élite et sa puissance, je crains qu'elle nous balaie tous les trois de la carte en un claquement de doigts.

Je donne un bon coup de reins pour sauter, et enfonce de nouveau mes crocs dans sa gorge. Je mords de toutes mes forces. Le sang dégouline dans ma bouche, mais j'ignore son goût infâme, proche de la moisissure. Une odeur de putréfaction s'empare de ma truffe. Je serre. Je la secoue dans tous les sens. J'ai l'impression que je n'y arriverai pas. Que là encore, elle est trop forte !

Quand enfin… sa tête se décroche de son buste.

Je voudrais souffler, m'accorder un instant de répit, mais je n'en ai pas le temps. Socrate dégringole à quelques mètres de moi, avec une violence inouïe. Le familier d'Abigaëlle est mort en même temps qu'elle. Emportée par celui-ci, entre sa fatigue et son manque d'habitude de voler, sans parler de l'altitude où ils se trouvaient à ce moment-là, la chute pour la gargouille a été rude.

Inquiet par la présence de l'homme au fusil, je m'apprête à enchaîner un autre combat, quand je vois qu'il s'est écroulé au sol. Lui aussi devait être lié d'une façon ou d'une autre à la sorcière. Tant mieux, parce que je n'aurais pas eu assez de force pour le vaincre. La balle dans mon épaule me fait un mal de chien.

Je m'approche le plus vite possible de Socrate, mais j'ai perdu beaucoup de sang. Il ne m'a pas raté non plus, ce con de piaf.

Je pousse la gargouille avec mon museau, incapable, comme je m'en doutais, de reprendre ma forme humaine.

Ses paupières papillotent sur ses gros yeux verts.

— Mel… Elle va pas bien…

Électrisé par ce petit bout d'âme à l'intérieur de ma poitrine, je reviens vers Abigaëlle récupérer le sac où était enfermé Socrate. Toujours à l'aide de mon museau, je le fais rouler dessus. Puis, je prends un morceau de tissu entre les dents, pour le tirer jusqu'à Mélissa. Je puise dans mes dernières ressources pour y parvenir. Nous sommes encore loin, et pourtant l'odeur ferreuse du sang imprègne l'air.

La panique provoque un regain d'énergie qui me permet d'accélérer. En arrivant à sa hauteur, je découvre une plaie importante au niveau de son épaule gauche.

Le coup de fusil…

Le complice d'Abigaëlle a réalisé un sacré carton. J'ose espérer qu'il n'y a personne d'autre. De toute façon, je n'ai pas la force d'aller vérifier. Et puis, je refuse d'abandonner Mel.

Sa respiration sifflante lui demande un effort considérable.

Je me couche à côté d'elle, dans l'espoir de la réchauffer un peu. Pourvu que Drake ait reçu mon message. Il est notre dernier espoir.

— Mélissa, vous m'entendez ? Buvez. Vous devez boire.

Je reconnais la voix de Drake, lointaine. Je me redresse, et le découvre accroupi aux côtés de Mel. Mon loup a déjà commencé à cicatriser. J'ignore combien de temps j'ai perdu connaissance, mais ce repos a été salutaire.

— Elle est inconsciente. Je n'arrive pas à la faire boire, m'explique-t-il en me montrant son poignet sanguinolent. J'ai essayé avec son familier, mais c'est pareil.

Une idée folle me traverse l'esprit. Seulement, comme je suis bloqué sous mon apparence de loup, Drake risque de se sentir agressé.

Alors, tout doucement, très lentement, j'approche mon museau de sa main.

— Quoi ? Tu veux une caresse ?

Qu'il est con ! Je secoue la tête, et recommence en tendant un peu ma langue.

— Tu es si mal en point que ça ? Bon... Si tu penses en avoir besoin...

Il m'offre son poignet. Au fur et à mesure que j'ingère son sang, dans l'espoir que le petit bout d'âme à l'intérieur de moi remplisse le même office qu'un familier, je le sens s'éveiller. Comme si cette boule d'énergie verte se mettait à illuminer tout mon être intérieur.

Je jette un œil en direction de Mélissa, qui reprend des couleurs. Socrate commence aussi à gesticuler.

— Incroyable... souffle Drake.

Mélissa tente de se relever, en même temps que Socrate se déplace presque en rampant pour se rapprocher d'elle. Drake l'aide à s'asseoir, et soulève le familier pour l'installer sur les genoux de la sorcière, qui le serre dans ses bras.

— Que s'est-il passé ? bredouille-t-elle à l'intention du vampire, avant de tourner la tête vers moi. Andy ? Oh, non...

Son « non », presque un cri de détresse, m'arrache le cœur.

— Il nous a sauvés, déclare Socrate. C'est lui qui a trouvé le corps de cette saleté de sorcière. Il l'a tuée, et c'est bien fait pour elle !

Elle tend une main tremblante vers ma joue. Son contact appelle son bout d'âme dans ma poitrine. C'est sans doute grâce à lui que je garde un minimum la raison. Sans cette parcelle d'humanité, mon loup aurait pris le contrôle depuis longtemps.

— Comment vous sentez-vous ? lui demande Drake, en essayant d'examiner son épaule.

— Bien... Enfin, mieux en tout cas. Que s'est-il passé ?

— Les flics de la brigade des surnaturels ont découvert la dépouille d'un homme, un peu plus haut. À côté de lui, il y avait un fusil. Ils vont procéder à des analyses, mais il est fort probable que ce soit lui qui vous ait tiré dessus. Il devait seconder la sorcière. Et d'une façon ou d'une autre, ils étaient sûrement liés. On pense qu'il est mort au moment où Andrew a...

— A zigouillé cette pétasse ! achève Socrate.

— C'est ça... confirme Drake. Ah, j'ai trouvé ceci. En réalité, j'ai marché dessus en voulant vous porter secours. Heureusement que c'est solide. Est-ce qu'elle vous appartient ?

Au creux de sa paume, l'émeraude scintille sous les rayons lunaires.

— Oui... souffle Mel, émue. Elle contient l'essence de mon père.

Mélissa tente de se lever, et Drake intervient aussitôt pour l'aider.

— Attendez, doucement, lui intime-t-il. Vous savez comment la récupérer ? La magie, je veux dire.

— Je le sais, affirme-t-elle, sans lâcher l'émeraude des yeux.

Un silence gênant s'immisce quelques secondes.

— Il s'est aussi passé autre chose, n'est-ce pas ? reprend le vampire. Je... c'est impossible et pourtant... Andrew a léché mon sang et... ça a agi sur vous...

Ses lèvres, que je redoutais ne plus jamais voir s'étirer, forment un petit sourire. Il est loin de rivaliser avec ceux que j'ai pu observer au début de notre rencontre, mais c'est prometteur. Et surtout, il me soulage. Je vais pouvoir la laisser retourner à sa vie, maintenant que notre mission est accomplie. Et petit à petit, son sourire reprendra sa place, comme avant.

— Mon âme... s'émerveille-t-elle. C'est grâce à elle.

— Je ne comprends pas, la contre Drake.

— Je vous remercie, déclare-t-elle d'une voix claire. Vraiment. Je vous suis extrêmement reconnaissante, et je vous promets de tout vous expliquer. Mais là, je dois parler à Andy, en privé.

Comme Drake ne bouge pas, elle remet l'émeraude dans la poche de son pantalon, ajuste la position de Socrate dans ses bras, puis elle s'éloigne en m'adressant un signe de tête pour que je la suive.

J'ignore ce qu'elle attend encore de moi. Je suis condamné à rester sous ma forme lupine, désormais. Cette idée m'asphyxie. Ma respiration se bloque. Je vais devoir la quitter, pour toujours. Elle qui était parvenue à faire revivre une part de moi, qui m'a supporté et aidé dans ma mission vengeresse, même si c'était aussi sa croisade.

J'aurais aimé passer plus de temps à ses côtés. Apprendre à la connaître en dehors de cet objectif commun et morbide. Elle est si pétillante, et si rayonnante de vie.

Malgré tout, j'obtempère. Je lui dois bien ça. Et ce n'est pas comme si j'avais plus important à faire.

Elle s'immobilise à hauteur d'un mausolée, où elle s'assoit sur les marches.

— Je ne sais pas si ça va fonctionner, déclare-t-elle en regardant Socrate. Mais si tu es d'accord, avec ton aide, on pourrait peut-être pousser Andy à reprendre sa forme humaine.

— Pourquoi est-ce que je ne serais pas d'accord ? Sans lui, cette pouffiasse serait encore en train de m'...

— Oui, ça va, j'ai compris ! Andy a en lui un morceau de mon âme. C'est pour ça que lorsqu'il a absorbé le sang de Drake, cela nous a aussi soignés.

— Aaaahhhh ! Et alors, où tu veux en venir ?

— Eh bien, je compte encore sur cette parcelle de mon âme pour stimuler sa part humaine.

— OK ! Et qu'est-ce qu'on doit faire ?

— Grâce à ta présence, je vais pouvoir utiliser l'émeraude de mon père. La formule que je vais prononcer va booster notre magie. Par contre, ce regain d'énergie sera de courte durée. Mais il me permettra de forcer Andy à reprendre sa forme humaine. La contrepartie de ce charme, c'est qu'ensuite, nous perdrons tous nos pouvoirs. Nous serons toujours liés jusqu'à ma mort, mais en devenant l'équivalent...

— D'humains ordinaires.

— C'est ça. Et je pense qu'Andy aussi risque de rompre le contact avec son loup.

Les entendre discuter de mon sort sans pouvoir intervenir me rend chèvre. Je voudrais leur dire que je ne mérite pas un tel sacrifice, mais une force me pousse à rester. Une force me pousse à espérer qu'ils essaient et que ça réussisse. Je n'ai jamais aimé être un loup-garou. J'ai grandi dans une meute où seule la violence régnait.

— Qu'est-ce qu'on s'en fout d'être humains, du moment qu'on est ensemble ! Après ce qu'il vient de faire pour nous, je crois qu'on peut dire qu'il fait partie de la famille, non ? Et dans une famille, on se serre les coudes, quoi qu'il en coûte !

En regardant Socrate, un vrai sourire s'installe sur le visage de Mélissa, cette fois. Mais lorsqu'elle dirige ses grands yeux chocolat vers moi, il s'efface. Ses traits laissent place à l'inquiétude et l'incertitude.

— Alors, on y va.

Elle ressort l'émeraude, et la tient fermement dans sa main.

— Attends ! s'exclame le familier. Tu vas prononcer les deux formules à la suite, je suppose.

— Si la première fonctionne, ce sera plus sûr d'énoncer la seconde juste après, oui. Pourquoi cette question ?

— Beh… Si ça marche, il va se retrouver à poil devant nous. Je te rappelle qu'on est assis. Lui va être debout. Et j'ai pas du tout envie de voir son… Tu sais ?

Mélissa retire sa veste, qu'elle pose à ses côtés, et reprend Socrate dans ses bras.

— Tu n'as qu'à faire comme moi, et fermer les yeux.

Socrate les serre tellement fort que de petites rides apparaissent.

— Par le sang de mon père et le feu de mon cœur, je réclame la magie cachée dans cette gemme. Que l'émeraude me prête sa puissance, et que le prix soit payé quand le sort suivant sera prononcé.

Une brume tiède et verdâtre nous enveloppe tous les trois. Je suppose que Mel n'a pas besoin de signal pour la ressentir aussi, car elle enchaîne aussitôt.

— Par l'amour et la volonté qui demeurent en mon cœur, par l'âme de mon familier, et celle qui réside en toi, je te rends ta forme humaine. En échange, j'accepte de renoncer à ma magie. Que ce soit fait. Que ce soit scellé. Et que ce soit irréversible.

La lueur verte dans ma poitrine grandit. Elle me réchauffe en chassant les ténèbres. Mes poils, mes griffes et mes crocs se rétractent.

Jamais je n'aurais cru ça possible. Mon loup ne lutte même pas. Il abandonne simplement la partie, et je me retrouve nu au milieu du cimetière.

— Ça a marché ? demande Socrate.

Je préfère ne rien dire. Je me contente de sourire en nouant la veste autour de ma taille, puis je me penche lentement vers Mélissa.

— Alors ? renchérit le familier.

Je réprime un rire en secouant légèrement la tête. Je m'approche un peu plus, toujours sans rien dire, avec cette envie dévorante qui me ronge les entrailles à l'idée de découvrir le goût de ses lèvres. Mon nez caresse le sien, et aussitôt, ses yeux s'écarquillent. Sa main se pose derrière ma nuque. Mélissa m'attire à elle pour conquérir les quelques millimètres qui nous séparaient encore.

— Ouais… Bon ! Ben, vu les bruits que j'entends au-dessus de ma tête, je suppose que ça a marché…

Socrate

— C’est quand qu’on arrive ?

— Tu vas arrêter de poser cette question, me houspille Andy.

— Alors, toi ! Déjà que tu es assis à ma place, en plus, tu oses me demander d’arrêter de parler ?

— Du calme, tous les deux, tempère Mel. On a dit un tour chacun pour le fauteuil passager. Sauf quand c’est Andy qui conduit, où là, tu peux venir sur mes genoux. C’est quand même un bon compromis, non ?

Après l’épisode du cimetière, Mélissa et Andy ont décidé de quitter les États-Unis. Nous avons pris l’avion jusqu’en Espagne, et c’était génial. On a tout visité. Maintenant, on se rend à Paris dans une voiture de location, pour découvrir la tour Eiffel. Ça a l’air immense. Et j’ai hâte d’être au sommet. Il paraît que vu d’en haut, tout semble minuscule.

— Pff… Ça me dit pas quand c’est qu’on arrive !

— Bon, écoute ! débute Andy. On ne voulait pas te le dire, mais tu nous laisses plus le choix. Pendant que tu dormais, tout à l’heure, il y a eu un flash à la radio.

— Un flash ?

— Oui, un flash d’information.

Andy, lui qui était si grincheux, à force de traîner avec nous, est devenu le roi des plans foireux. Alors, je me méfie.

— OK, j’t’écoute.

Je devine son sourire pourri.

— Bon, voilà. Ils ont annoncé le début de grands travaux de rénovation très importants dans tout Paris. Ils ont expliqué qu'ils avaient été obligés de démonter la tour Eiffel pour la repeindre.

— Boh ! Tu me fais marcher, là ? Hein, Mel, qu'il me fait marcher ?

— Non, non. Andy a raison.

Je réfléchis un instant, surtout qu'ils ont l'air super sérieux tous les deux.

— La repeindre ? Mais de quelle couleur ils veulent la repeindre ?

— Ils ont évoqué de l'orange, pour éviter que les avions la heurtent.

J'attends, pensant encore qu'ils vont se trahir, mais rien.

— Booooo… C'est pas la peine d'y aller, alors !

Les deux éclatent de rire, et moi, je me sens comme un con…

Une fois de plus…

Le Monde de Draven Vixen

Partie 3

DÉMONS, VAMPIRES & APOCALYPSE

Prologue

Je suis dans le brouillard. Mon cerveau fonctionne en mode pilotage automatique. Les yeux braqués sur le logo de la SNCF, je chasse d'une main ferme la larme rebelle qui roule sur ma joue. Je traverse la route en courant pour rallier la gare, en ignorant les coups de klaxon et les mots doux hurlés par les chauffeurs mécontents.

La bandoulière de mon sac de sport me cisaille l'épaule, malgré l'épaisseur de mon manteau en cuir noir. Il appartenait à ma mère. C'est le seul objet, avec le plat en porcelaine bien calé entre mes vêtements, que j'ai voulu emporter. Il me rappelle nos sessions de pâtisserie du dimanche, même si celles-ci se résumaient à des madeleines. Après son décès, j'ai vendu tout le reste pour me payer mon billet de train à destination de la capitale, et aussi pour disposer de quelques économies. Toulouse est devenue trop pesante... Trop de souvenirs à chaque coin de rue...

C'était elle et moi contre tout l'univers. Maintenant, je la vois dans chaque vitrine des magasins que nous avons écumés ensemble rue Saint-Rome. Notre pub favori dans la galerie marchande Saint-Georges, où elle prenait à chaque fois un chocolat chaud à la cannelle, été comme hiver. Parce que soi-disant, c'est le meilleur chocolat du monde...

19 ans... c'est trop jeune pour se retrouver orpheline...

— Désolé ! me lance un homme vêtu d'un imperméable marron, une mallette au bout du bras, après m'avoir bousculée.

Je n'ai pas le temps de lui répondre. Encore moins de le remercier pour son intervention qui me ramène au milieu du hall. Je ne sais même pas comment je suis arrivée là. Je fouille dans ma poche pour en sortir mon ticket. Le départ est prévu pour 11 h 10.

Le nez en l'air, je cherche ma destination. Je dois me rendre sur le quai numéro 5. C'est la première fois que j'entre dans cette gare. Elle est immense. À tel point que si j'avais su, j'aurais dit à Greg de passer me prendre, au lieu de venir en bus.

Enfin, je distingue le panneau tant convoité. Je m'engouffre dans le long couloir sombre qui me conduit vers ma nouvelle vie. Il n'est pas très engageant, mais j'espère que mon meilleur ami m'attend déjà de l'autre côté.

— Charlie ! Par ici !

Je ne m'étais pas trompée. Mon cœur bondit en apercevant mon Clark Kent à moi, accompagné de ses parents. Sauf que le mien s'appelle Gregory Petit, mais c'est un détail puisque pour le reste, tous les ingrédients sont là. Les lunettes de premier de la classe et la carrure à faire saliver les midinettes ! Pas que les midinettes d'ailleurs, si j'en crois son tableau de chasse. Raison pour laquelle je ne tomberai jamais dans sa toile ! Ah non, ça, c'est Spiderman… Oups… J'ai vraiment la tête en chewing-gum… Je devrais revoir mes classiques.

— Alors ? Tu es prête ? Paris nous attend, ma jolie ! À nous le diplôme de droit, et ensuite un aller simple pour la belle vie !

Son enthousiasme et sa bonne humeur chassent les ténèbres de ma douleur et de ma tristesse. Je réalise que je ne suis pas seule. J'ai perdu le pilier qu'était ma mère, mais Greg se montre plus que présent pour moi, et ce, depuis notre première rencontre à la fac. J'étais déjà à la ramasse, à cause de ma mère qui venait d'être admise au service psychiatrique de la clinique des Cèdres. Je cherchais ma salle de cours. J'avais beau tourner le plan du campus dans tous les sens, je n'arrivais pas à m'orienter. Greg, qui se rendait au même endroit que moi, a remarqué ma détresse et m'a porté secours. À compter de ce moment-là, nous ne nous sommes plus quittés.

La preuve, encore aujourd'hui, puisqu'il me suit jusqu'à Paris.

Greg me débarrasse de mon sac qu'il s'empresse de monter à bord de notre train. Il n'attend aucune réponse de ma part. Il sait d'instinct que je ne changerai pas d'avis.

Sa mère, Jocelyne, me dévisage tendrement. Même dans le regard de Henri, je devine une certaine nostalgie. Ils ont été d'un tel soutien et d'un immense secours avec la paperasse et tout le reste… je leur en suis extrêmement reconnaissante. Jocelyne écarte ses bras, et je l'enlace aussitôt. Elle sent bon la menthe, à cause des bonbons Vichy qu'elle grignote sans arrêt.

— Tu viens ? me demande Henri, une main posée sur mon épaule. J'ai quelque chose à te donner.

Je libère à grand-peine Jocelyne, pour qui j'éprouve une sincère affection, et m'éloigne un peu en compagnie de l'ancien gendarme.

— Tiens. J'ai tiré quelques ficelles, et j'ai pu obtenir ceci.

Il me tend une chemise cartonnée grise. Elle est si fine et si légère, que j'ai l'impression qu'elle est vide.

— Tu n'es pas obligée de l'ouvrir tout de suite, précise-t-il. Tu peux attendre…

Mais je veux savoir. La curiosité est un vilain défaut, il paraît… Tant pis, j'assume.

Je découvre avec stupeur que ma mère n'affabulait pas autant que je le pensais. Son cerveau, bien que rongé par la maladie, ne lui a joué aucun tour à ce sujet. J'avais bel et bien un frère jumeau.

C'est à cet instant que j'ai compris que le contenu de cette unique feuille allait changer le cours de ma vie à tout jamais.

Chapitre 1

Dix ans plus tard

— Qu'est-ce que tu fais, Charlie ? Je croyais que l'on devait fêter l'événement.

Mon véritable prénom est Charline, mais tout le monde m'appelle Charlie. Charline sonnait trop vieille France. Alors que Charlie a un petit côté américain, qui me plaît bien.

Je souffle, amère, avant de relever le nez de l'écran. Greg s'avance jusqu'à mon bureau, situé en face du sien.

En plus d'être colocataires depuis plus de 10 ans, nous avons fondé notre agence de détectives privés, Arcane Investigations, dès nos diplômes respectifs en poche.

Comme son père et son grand-père, il aurait préféré intégrer la police. Seulement, entre sa mauvaise vue et son asthme, il aurait été recalé d'office. Quant à moi, je ne pouvais pas prendre ce risque… à cause de ma nature.

Mais sa soif insatiable de justice – sans doute un chromosome spécial dans sa famille –, associée à mon envie irrationnelle et viscérale de retrouver mon frère jumeau, a soudé notre amitié au-delà de tout ce qu'il est possible d'imaginer.

— Ah non, ma beauté, se lamente-t-il, en regardant par-dessus mon épaule. Pas ce soir !

Bien sûr, son œil aiguisé de binoclard n'a rien loupé de mes préoccupations qui défilent sur mon écran d'ordinateur. Délicatement, il baisse le capot de l'appareil, puis saisit mes mains.

— Dois-je te rappeler que l'on a enfin obtenu notre premier véritable article dans les médias ? Il y a des photos de toi partout ! C'est le signe que l'on a notre place dans le métier ! On va devenir des vedettes !

— Tu exagères, ricané-je.

— Oui, mais je t'ai fait rire ! J'ai même réussi à faire pétiller tes magnifiques yeux améthyste de surnat ! En plus, tu aurais très bien pu choisir cette voie, si tu l'avais voulu.

J'aime cette façon qu'il a d'utiliser la carte de l'humour pour me remonter le moral.

— Quoi ? Vedette ?

— Tu as le physique pour. Tes atouts...

Greg les compte sur ses doigts pendant que je m'esclaffe de plus belle.

— Lèvres pulpeuses, nez en trompette, et bon sang, une silhouette de rêve. Le client de ce matin avait du mal à détacher ses yeux de tes jambes et de... tu vois.

Je me fais la réflexion que je devrais peut-être arrêter de mettre des fringues près du corps, mais il n'y a que comme ça que je me sens à l'aise.

— Moi, j'ai surtout l'impression que tu dis ça parce que je suis blonde ! lancé-je, faussement vexée, en me levant.

— Mais non ! rétorque-t-il pour la forme.

— Ah bon, tu as intérêt, parce que sinon...

D'un mouvement vif, je saisis ses poignets, puis j'exécute un pas chassé pour le déséquilibrer. Son corps chavire. Pour l'empêcher de s'écraser au sol, je le retiens à mi-hauteur, avant de l'aider à se relever.

— Tu as perdu tes réflexes, constaté-je. Tu passes trop de temps au bureau.

— Et toi, trop de temps à t'entraîner !

— Pas tant que ça. Le plus souvent, je reste dans ma Mini à surveiller les maris infidèles. Ou bien, à jouer le rôle d'une employée lambda dans une société, pour démasquer de potentiels voleurs.

— Ah, voilà ! C'est bien ce que je te dis ! Ça fait combien d'années que l'on survit avec des petits boulots ennuyeux ? Mais c'est terminé, maintenant ! Grâce à cette dernière enquête, d'autres vont arriver. C'est le début de la gloire, et le moins que l'on puisse faire, c'est fêter ça. Alors, bouge ton joli petit cul, et allons boire un pot. En plus... tu sais qu'il n'est pas prudent de laisser Lionel et Manu sans surveillance, en compagnie d'une bouteille de Tequila.

Il tire sur mon bras pour me forcer à le suivre. Je m'élance, avant de m'immobiliser.

— Tu soulèves une bonne question. Imagine ! Si on était tellement submergés que je ne trouvais même pas un moment pour partir à la recherche de mon frère !

— Quand on se baignera dans une piscine de billets façon oncle Picsou, je te promets que l'on consacrera un mois entier à ce dossier.

Je sais que c'est une boutade, et qu'il tente juste de me faire sourire, seulement le mot « dossier » m'en empêche. Greg n'a jamais considéré Maxime autrement que comme un dossier. Pour lui, l'affaire est même carrément classée et enterrée...

Parvenir à résoudre des enquêtes différentes que celle qui me tarabuste régulièrement génère un terrible sentiment de frustration.

Cependant, Greg a raison. Je n'ai pas le droit de gâcher cette soirée. Cette dernière enquête, la plus grosse que l'on ait eue jusqu'à présent, devrait nous ouvrir des portes.

C'est également son succès après tout. Nous méritons tous les deux de marquer le coup.

— Tu m'énerves, soufflé-je en le laissant m'entraîner jusqu'à la sortie de nos locaux.

— Je sais ! s'amuse-t-il. Mais j'ai gagné, puisque je te ramène là-haut !

J'éteins la lumière et lui referme la porte vitrée, arborant fièrement le logo d'Arcane Investigations. Je le suis dans l'escalier en pierre qui nous mène au salon.

Nous avons acquis cette maison de village à Cormeilles-en-Parisis il y a un peu plus de trois ans. Sa configuration et son emplacement géographique sont parfaits. Vivre en périphérie a transformé notre quotidien, loin de l'agitation parisienne.

Nos bureaux occupent tout l'espace du rez-de-chaussée. Ce n'est pas très spacieux, mais avec notre budget et compte tenu des travaux nécessaires, nous pouvons tout de même nous vanter d'avoir eu de la chance.

Nous ne sommes pas encore arrivés en haut des marches, que le bruit significatif des verres tapés contre la table basse résonne. S'ils ont décidé d'attaquer les tequilas frappées au Schweppes agrumes, je suis déjà cuite. Tant pis, à la guerre comme à la guerre. Et comme a toujours dit ma mère, fuir devant l'ennemi, c'est lâche !

Greg enclenche son portable sur l'enceinte pour nous apporter un fond musical, pendant que les shots s'enchaînent. Les heures s'égrènent au rythme des plaisanteries et des âneries de notre fine équipe. Quand, sur un coup de tête, Manu me prend de court. Il se racle la gorge, un sourire béat collé aux lèvres, puis se redresse en serrant le poing comme s'il tenait un micro.

— Mesdames et messieurs, je suis en direct en compagnie de Charlie, la célèbre détective d'Arcane Investigations, qui a réussi à démanteler le trafic d'œuvres d'art au musée Cluny. Charlie, comment avez-vous découvert ce réseau clandestin ?

Surprise, il me faut quelques secondes pour réunir quelques neurones pas trop alcoolisés, afin de formuler une réponse compréhensible.

— Eh bien, Manu, ça n'a pas été facile. J'ai commencé par remarquer des incohérences dans les catalogues du musée. Certaines pièces étaient répertoriées comme « perdues » ou « endommagées », mais je savais qu'elles avaient été volées. J'ai creusé, fouillé dans les archives, et j'ai fini par trouver des preuves solides.

— Super impressionnant ! Et comment avez-vous infiltré ce réseau ?

En principe, je ne devrais pas dévoiler ce que je me prépare à dire, mais c'est tellement drôle, que je me prête allégrement au jeu.

— J'ai dû me glisser dans la peau d'une faussaire. Grâce aux dons en informatique de mon associé ici présent, Greg, nous avons créé une fausse identité, faisant de moi une experte en art. J'ai gagné la confiance de certains membres du personnel du musée, et petit à petit, j'ai découvert les rouages du trafic. C'était risqué, mais nécessaire.

— Hum… Pas très honnête, tout ça… Et si vous nous racontiez à présent, la nuit où vous avez mis fin à tout cela ?

— Ah, Manu ! Cette nuit-là restera gravée dans ma mémoire. J'ai suivi un des passeurs jusqu'à une salle secrète sous le musée. Des tableaux volés étaient empilés là, prêts à être expédiés à l'étranger. J'ai alerté la police, et nous avons fait une descente. Les menottes ont claqué, et le réseau s'est effondré.

— Ouah ! Charlie ! Pour une nana qui en tient déjà une couche, tu parles trop bien, se moque Lionel. « Les menottes ont claqué, et le réseau s'est effondré. » Elle te dit ça, l'autre, comme si tout était normal !

Nos rires résonnent contre les murs.

— D'accord, Charlie, enchaîne Manu, en reprenant sa voix de journaliste. Vous avez sauvé des trésors artistiques. Quel sera votre prochain défi ?

— Pff…

Aussitôt, on s'esclaffe tous.

— C'est nettement moins classe que le coup des menottes, remarque Greg.

Ça fait du bien de rire. Mine de rien, cette enquête était très stressante. Et ce moment de joie, limite exubérant, me détend bien plus que je ne l'aurais imaginé.

C'est alors que mon téléphone vibre. Une notification. Je sors l'appareil de la poche arrière de mon jean, et découvre un mail.

— Je crois que nous allons pouvoir fêter une autre bonne nouvelle. C'est sur la boîte pro, précisé-je en tournant l'écran vers Greg.

« Je viens de lire un article dans le journal vous concernant… » énonce-t-il à voix haute.

— Waouh ! s'exclament nos amis à l'unisson, tout en tapant des pieds sur le carrelage.

« Et je souhaite vous rencontrer de toute urgence, continue Greg. Je me présenterai à vos locaux demain soir, aux alentours de 22 h. Je suis désolé pour l'heure tardive, mais j'arriverai directement d'Atlanta. J'ose espérer que cela vous conviendra. Dans le cas contraire, tenez-moi rapidement informé pour que je puisse prendre d'autres dispositions. Cordialement, Drake Jefferson. »

Nous nous dévisageons un court instant, le temps de digérer la surprise.

— Atlanta ? Putain, le mec, il vient de loin pour rencontrer les célèbres détectives, constate Lionel.

— C'est bon, ça ! confirme Manu. Allez, je paie ma tournée !

Chapitre 2

Je dispose les madeleines qui sortent du four, sur le joli plat en porcelaine qui appartenait à ma mère. L'odeur de fleur d'oranger est un pur délice. Elle chasse un peu ma nausée et mon mal de tête liés à ma trop grande consommation d'alcool hier soir.

Je m'empresse de descendre ces jolies petites merveilles dorées dans le bureau, afin de créer une atmosphère accueillante et chaleureuse.

Quand nous avons agencé nos locaux, j'avais lu dans un magazine de décoration d'intérieur que pour détendre un client, l'idéal était de le recevoir dans un environnement convivial. Ils avaient beaucoup insisté sur les parfums. Il semblerait que ce soit un détail trop souvent négligé. Alors, j'ai misé sur la seule pâtisserie que je savais faire, qui me rappelle mes tendres années.

Dès l'arrivée de ce Drake Jefferson, Greg s'occupera du café.

Nos rôles se sont naturellement imposés, tant d'un point de vue professionnel que personnel. Comme il possède un certain doigté avec les ordinateurs, un sens aigu pour la comptabilité et l'administratif, il se charge de toute la partie invisible de notre activité. De mon côté, je préfère aller sur le terrain, même si mes iris violets représentent parfois un frein. Je porterais volontiers des lentilles de couleur, mais je ne les supporte pas. Donc, je conserve mon alibi passe-partout : anomalie génétique. Ce qui n'est pas complètement faux. Parmi les humains que je fréquente, seul Greg connaît la vérité.

Je me félicite de lui avoir avoué ma nature, et par extension le monde dans lequel nous vivons. En fait, je m'en suis surtout réjouie lorsque notre premier loup-garou a franchi le seuil de l'agence pour solliciter notre aide dans une affaire de gestion du territoire entre deux meutes. Quand ses yeux ont viré du noir au jaune flamboyant, Greg, malgré un léger frisson, a su parfaitement conserver son calme.

D'ordinaire, ce genre de conflit se règle dans le sang.

Seulement, en France, nous devons nous montrer discrets. À l'inverse de certains pays, comme les États-Unis par exemple, notre gouvernement a refusé toute alliance avec le monde surnaturel.

C'est pour cette raison que les agences de détectives comme la nôtre existent. Pour sauver les apparences, la majorité de nos clients sont humains, et les enquêtes encore plus ennuyeuses qu'un jour de pluie. Mais heureusement, de temps en temps, une clientèle plus insolite pousse notre porte, pour nous proposer des affaires beaucoup plus fantasques.

— Tout est prêt ? demandé-je, en positionnant le plat sur la table basse, à côté du bouquet de tulipes arc-en-ciel.

Grâce à un ensemble de paravents, nous avons soigné l'espace où nous accueillons nos clients, afin de leur offrir un cocon intimiste et douillet.

— Franchement, je ne vois pas ce que l'on peut faire de plus. Tu as passé la fin de la journée à tout nettoyer comme si on recevait la reine d'Angleterre.

— Greg ? Rassure-moi… Tu sais qu'elle est morte, la reine d'Angleterre ?

Il m'offre son sourire de vainqueur. Celui qui dit : « Je te vanne, et toi, tu ne captes rien ! »

— Raison de plus pour ne pas se tracasser autant, alors ! C'est juste un client, Charlie. Ce n'est pas parce qu'il arrive d'Atlanta que ça doit changer quelque chose.

— Je ne comprends pas pourquoi je me mets dans cet état… Le fait qu'il vienne de si loin, peut-être ? Ça me stresse, je crois. Et puis, pourquoi nous ?

— Il l'a noté dans son mail. Il a vu un article. Et tu sais qu'ils ont aussi Internet, là-bas ?

— Nous avons également l'eau chaude, rétorque une voix prenante et vibrante, qui résonne dans l'air.

Mon sang déserte mes joues. Mes yeux s'arrondissent en dévisageant Greg. Ni lui ni moi ne l'avons entendu entrer.

Ça commence bien…

— Nous sommes désolés, monsieur Jefferson, lance Greg après m'avoir adressé un sourire rassurant. Ma collaboratrice est un peu nerveuse, veuillez l'excuser.

Greg se rapproche de lui, la main tendue.

— Pas de problème.

— Ouah ! Vous avez les mains froides. Je suis Gregory Petit, et voici Charline Lefebvre.

Je m'avance à mon tour, pour découvrir un homme… Non. Ce n'est pas tout à fait exact… Et cela explique aussi l'heure tardive de ce rendez-vous. Il est plutôt grand, bien charpenté, et très séduisant. Sous ses cheveux bruns parfaitement disciplinés, ses pupilles bleues me dévisagent. Les mots sont inutiles. Je comprends très bien ce qu'il attend.

— Greg ? Monsieur est un vampire.

Mon ami me lance un regard surpris, avant de reporter son attention vers notre hôte.

— Ah ? Oh… Bon, d'accord. Du coup, tu as fait des madeleines que pour moi. C'est cool !

Sa façon de rebondir face à certains événements m'étonnera toujours. Je souris, puis me décale pour inviter notre client à prendre place sur un des quatre fauteuils.

— En réalité, comme j'arrive directement de l'aéroport, et que je n'ai pas encore mangé, j'en goûterais bien une.

— Bien sûr ! m'exclamé-je aussitôt. Asseyez-vous. Greg va nous préparer du café, pendant que vous m'expliquez ce qui vous amène. Mais avant… je dois vous informer que trouver ce dont vous avez besoin… pour… vous nourrir je veux dire, ça va être plus compliqué qu'aux États-Unis.

Installé face à moi, il observe discrètement les lieux.

— Rassurez-vous. J'ai réservé une chambre dans un hôtel où j'ai pris la précaution de me faire livrer tout un carton de bouteilles de Velvet Blood en express. Je ne souhaite pas attirer l'attention. Je sais que nous ne sommes pas les bienvenus en France. Seulement, je tenais à vous rencontrer en priorité.

— Du Velvet Blood ? s'enquiert Greg, de l'autre côté du paravent.

— Du sang synthétique, détaille le vampire. Il est commercialisé au rayon diététique chez nous. Les humains peuvent même en boire. Ils pensent que cela contient des vertus. Je me dois de préciser que c'est ainsi que le vendent les slogans publicitaires. Mais nous, les créatures de la nuit et les surnaturels en général, connaissons la vérité.

— Des pubs, carrément ? s'étonne mon ami. On est bien loin de tout ça, ici. Et comment avez-vous su que vous pouviez vous tourner vers nous ? Par rapport à votre nature, je veux dire.

— Les clichés qui accompagnaient les articles, suite à vos exploits au musée Cluny. Ils m'ont permis de distinguer vos yeux, précise-t-il en me regardant.

— Bien, tranché-je, un peu gênée. Maintenant que cette parenthèse a été abordée, et clôturée, nous vous écoutons.

Greg revient avec un plateau où trônent trois tasses de café. Il récupère son ordinateur portable sur son fauteuil en velours gris, puis s'installe à côté de moi.

— Valérie Dubois, annonce monsieur Jefferson, en sortant une photo de son portefeuille. C'est pour elle que je me trouve ici.

Sur le cliché, je reconnais tout de suite notre client, qui se tient aux côtés d'une brune, à la peau dorée. Ses grands yeux verts semblent disproportionnés par rapport à l'ensemble de son visage. Ils ont l'air heureux tous les deux.

— Ah, les femmes… constate Greg, en enregistrant le nom dans un nouveau document.

— Elle est ma progéniture, corrige lc vampire.

Je jette un regard noir à Greg, qui ne se départit pas de son sourire. Il se contente de hausser une épaule en soufflant un maigre « désolé ».

— Elle a disparu depuis presque un an. Je sais que pour un humain cela représente un laps de temps important, mais à mon échelle, cela équivaut tout au plus à une ou deux semaines.

— Je comprends, monsieur Jefferson, affirmé-je.

— Drake. Appelez-moi Drake. Monsieur Jefferson, c'était bon quand j'étais président du Haut-Conseil de Géorgie. Depuis que j'ai démissionné, je préfère éviter de m'encombrer de ces formalités, souvent illusoires.

Son ancien statut implique qu'il travaillait en collaboration avec les instances américaines. Arriver dans un pays, où nous sommes considérés comme des parias, doit lui paraître bien étrange.

— D'accord, Drake, confirmé-je, un peu surprise malgré tout. Seulement, avant d'aller plus loin, je crois qu'il serait judicieux de parler tarif. Surtout que les chances de retrouver une personne disparue après tout ce temps, même une vampire…

— L'argent n'est pas un problème. Je paierai la somme que vous jugerez nécessaire. Que vous la retrouviez ou pas.

Non, évidemment. Ça ne l'est jamais pour eux. Ils se débrouillent toujours, grâce à leur longévité, pour vivre à l'abri du besoin.

— Par contre, j'ai une exigence, ajoute-t-il.

Greg et moi échangeons un regard perplexe, pendant que je me racle la gorge.

— Nous vous écoutons, l'invité-je.

— Je veux suivre l'affaire pas à pas. C'est-à-dire qu'à compter de cet instant, si vous acceptez de rechercher Valérie, l'un de vous restera avec moi constamment. Vous devrez faire de cette enquête votre priorité absolue.

— Ça fait deux exigences, ça… constate Greg.

Je ne relève pas le sarcasme. J'en ai l'habitude. Ce qui est plus insolite par contre, c'est de devoir trimballer un client partout. Je n'aime pas cette idée. Je vais avoir l'impression qu'il surveille et épie chacun de mes gestes. En plus, même si je ne doute pas qu'il sache se défendre, j'ignore encore où cette histoire va me mener. Peut-être nulle part, mais peut-être pas. Comment réagira-t-il si ce que nous découvrons ne lui convient pas ? Avec sa super vitesse et ses moyens financiers, il pourra aisément quitter le territoire français. Mais moi ? Ma mère s'est donné beaucoup de mal pour obtenir des documents qui justifient que mes yeux violets résultent d'une anomalie génétique lambda. Ils légitiment ma présence au milieu des humains, tout en m'assurant une certaine sérénité dans ce pays hostile envers les paranormaux. Hors de question de m'enfuir, toute ma vie est ici.

— Vous permettez, Drake ? demandé-je, en posant le cliché sur la table. Je souhaite m'entretenir en privé avec mon associé.

— Je vais en profiter pour goûter les madeleines.

Je hoche la tête pour le remercier, puis nous sortons dans le couloir. Comme les vampires possèdent une ouïe particulièrement fine, j'indique à Greg de monter en direction du 1er étage. Nous nous immobilisons au milieu du passage, entre un tableau en bois où il est noté « ici, c'est le bonheur tous les jours », et un autre avec une plage paradisiaque.

— Je ne le sens pas, avoué-je sans détour.

— Il paiera, quelle que soit la somme qu'on lui réclamera, et sans obligation de résultat. Qu'est-ce que tu veux de plus ?

Greg lève les paumes au ciel. Lui ne voit que la rentrée d'argent, alors que mon instinct me crie que c'est un nid à problèmes.

— Ne pas l'avoir dans les pattes, par exemple. Et pouvoir dormir la nuit, accessoirement. Parce que je te signale que l'amener avec moi en plein jour va s'avérer compliqué.

— Charlie, on a besoin de ce fric. Et malgré les articles dans les médias, il n'y a que lui qui nous a contactés. Reconnais que toi aussi, tu t'attendais à plus d'appels ou de mails, non ?

Je lève les sourcils en pinçant les lèvres. Une moue contrite qui abonde en son sens.

— Donc, on n'a pas le choix. Tu vas devoir composer avec le vampire.

Je souffle.

— Allez, ça va bien se passer, tente-t-il de me réconforter en s'emparant de ma main. Je te fais confiance. Je suis sûr que tu vas assurer.

Puis, il m'entraîne dans les escaliers, et me lâche juste avant de pousser la porte vitrée.

— Drake, nous sommes tombés d'accord, annonce-t-il tout joyeux, pendant que nous reprenons nos places. Nous acceptons votre affaire.

— Parfait. Même si je n'en attendais pas moins. Par où est-ce que l'on commence ?

— Ce nom, attaqué-je, Valérie Dubois, c'est celui qu'elle utilise au quotidien ?

— Exact.

— Je suppose qu'il y a de nombreux résultats ? m'inquiété-je, alors que Greg est déjà en train de pianoter sur Internet, et sur les bases de données qu'il a craquées.

— Tu parles ! Auriez-vous un élément qui me permette d'affiner la recherche ? Une date de naissance, peut-être ?

— Non, malheureusement pas. Mais je connais le nom de sa meilleure amie, Gwendoline Rolzen.

Les doigts de Greg s'activent aussitôt sur son clavier.

— Une vampire également ?

— Je crois, oui. Aux dernières nouvelles, Valérie voulait la transformer.

Greg me jette un regard nerveux. Il a encore du mal à intégrer les mœurs des surnaturels. Mais il reste professionnel et poursuit sa tâche.

— Gwendoline Rolzen est un patronyme plus rare, et c'est tant mieux, constate mon ami. Je devrais plus facilement dégoter des inform... Oh, oh... Elle aussi... il semblerait que des proches aient signalé sa disparition. Elle a été vue pour la dernière fois il y a dix mois environ.

— Est-ce qu'il y a une photo ?

À peine ma phrase achevée, l'imprimante de l'autre côté des paravents se met en route.

— Étant donné que Valérie Dubois est un nom trop courant, expliqué-je à Drake, ce sera plus simple de remonter la piste en s'intéressant en priorité à Gwendoline. Envoie-moi son adresse, et tout ce que tu trouveras sur elle. Idem pour Valérie. Pense à éplucher les relevés de comptes. Les habitudes d'achat, les lieux où elle se rendait le plus souvent. Si Gwendoline y allait, Valérie devait l'y suivre en principe. Dis-moi qui tu fréquentes, je te dirai qui tu es. En attendant que tu réunisses quelques éléments de départ, je vais raccompagner Drake jusqu'à son hôtel. Que vous puissiez manger autre chose que des madeleines.

— Volontiers, approuve ce dernier.

— Le temps de prendre mon manteau, et je vous rejoins.

Une façon polie de congédier notre nouveau client, pour m'offrir un peu d'intimité avec mon associé.

— Je t'envoie tout ce que je trouve au fur et à mesure, me certifie-t-il, pendant que je récupère le portrait de Gwendoline dans l'imprimante. Tu sais où tu vas aller ? Après l'hôtel, je veux dire.

— Aucune idée. Ça dépendra de ce que tu dénicheras.

Je range la photo dans ma poche, en sors mon téléphone, et active l'application de localisation. Ensuite, je tourne l'écran vers Greg.

— Ça marche, mon petit poucet, confirme-t-il en m'adressant un clin d'œil complice. Et sois prudente quand même.

— Toujours !

Chapitre 3

À ma grande surprise, Drake a choisi un hôtel plutôt banal, même s'il dispose de suites assez coquettes. Il ne mentait pas en disant qu'il souhaitait rester discret. Quant au fait qu'il se trouve à proximité de l'agence, cela démontre une certaine assurance de sa part. Il ne doutait pas d'arriver à nous convaincre d'accepter son affaire.

— Je vous attends ici, annoncé-je en tirant le frein à main.

— Vous venez tout juste de commencer l'enquête, et vous tentez déjà de m'abandonner ? Ce n'est pas très fair-play.

— Non, ce n'est pas ça ! Je suis garée en double file. Si les flics passent par là, au mieux je risque une amende, au pire, ils enverront la voiture à la fourrière.

J'ai côtoyé peu de vampires, mais ils possèdent tous un point commun très agaçant : leur impassibilité. On pourrait supposer naïvement qu'à l'instar des personnes âgées, ils ne s'embarrasseraient plus pour dire ce qu'ils pensent sans détour. Que leurs visages afficheraient leurs émotions, sans aucune gêne. En réalité, c'est tout le contraire. Le plus souvent, ils restent froids et imperturbables. Un effet secondaire de la mort, je présume.

— Je ne serai pas long, précise-t-il finalement.

Il claque la portière, et j'en profite pour examiner mon portable. Greg m'a envoyé deux mails. En pièces jointes du premier, je découvre les derniers relevés bancaires de Gwendoline. Dans le second, il m'explique que grâce à ces informations, il a pu recouper certains éléments sur la Valérie Dubois qui nous intéresse.

Apparemment, nos deux vampires fréquentaient un bar à démons que je connais bien, dans le 5e arrondissement. Pour éviter d'attirer l'attention des humains qui passent devant, l'établissement est protégé par un puissant sortilège qui leur donne l'impression que le bâtiment est à l'abandon. Il faut être un paranormal pour le voir, et aussi pour y entrer.

Même si dans mon métier, nouer des liens avec toutes sortes d'individus est important, et particulièrement dans ce genre d'endroit, je n'aime pas y aller. Toutefois, un de leurs clients réguliers me doit une faveur. Avec un peu de chance, il saura quelque chose.

Ma nervosité grimpe encore d'un cran. En plus de me coltiner le vampire, me voilà obligée de l'amener dans ce maudit bar !

Quand Drake revient, mes doigts tambourinent le volant dans une maigre tentative d'exutoire. Il a tout de même meilleure mine. Ses traits sont moins crispés, et son teint, autant que ce soit possible, semble moins blafard.

— Où nous rendons-nous à présent ? s'informe-t-il.

— Je suis contente que vous posiez la question. Nous allons flirter avec la barrière entre le monde des vivants et celui des morts. Je vous amène au Styx ! déclaré-je en démarrant ma Mini.

Moi aussi, je sais user de l'humour de temps en temps. Ce privilège n'est pas le domaine réservé de Greg. Bon, certes, le mien s'avère souvent plus grinçant...

D'ailleurs, je sens le poids du regard de Drake sur mon profil droit.

— Vous pensez que Valérie se trouve en enfer ?

Je ris.

— Non ! Le Styx est un bar à démons. Greg a découvert que Valérie et son amie Gwendoline y avaient leurs habitudes. C'est un peu maigre comme piste, mais c'est un début.

— Très bien. Je m'interrogeais sur un point.

— Je vous écoute.

— La situation a beau être tendue entre les surnaturels et les humains, peut-être avez-vous malgré tout des contacts dans la police ?

Évidemment que j'ai tissé quelques alliances parmi les forces de l'ordre, cependant, je ne peux pas lui répondre de but en blanc. Même si comme à notre habitude, Greg va aussi enquêter sur Drake, pour l'instant, j'ignore si je peux lui faire confiance. Rien ne me dit qu'il ne bosse pas pour une organisation gouvernementale destinée à tous nous attraper. Je ne possède aucune preuve à ce sujet, mais des bruits persistants courent à travers nos rangs. Il paraîtrait également qu'ils mènent des expériences… sûrement à des fins militaires. Je ne vois pas d'autres explications.

Une série de frissons, empreints de dégoût et de peur, dévalent ma colonne vertébrale.

— Pourquoi cette question ?

— Étant donné que Gwendoline a été portée disparue, je me disais qu'ils avaient dû enquêter. Ce serait sans doute instructif de consulter leur dossier.

— Rassurez-vous, Drake, peu importe notre façon de procéder, nous faisons et ferons tout ce qui est en notre pouvoir pour retrouver Valérie.

— Hum… lâche-t-il.

Je jette un œil rapide dans sa direction, et constate qu'il esquisse un sourire.

— Quoi ?

— Vous ne me faites pas confiance, affirme-t-il en sortant son téléphone de la poche intérieure de sa veste. C'est normal, et je comprends. En fait, je crois que j'aurais été déçu, si vous m'aviez répondu en toute franchise.

Il pianote sur l'écran de son portable.

— Que faites-vous ?

Je m'inquiète. Sa condition de me suivre partout ne me plaisait pas, mais là, la situation me convient encore moins.

Le combiné collé à l'oreille, les yeux fixés sur la route, il lève son index qu'il place presque entre nous, pour m'imposer le silence.

— Lynne ? Désolé de te déranger à cette heure-ci. Je te réveille, non ?

…

Je n'entends pas sa réponse. Contrairement à lui, je ne possède pas une audition surdéveloppée.

Ça, c'est pourtant une aptitude intéressante.

Seulement, avec ma chance, ce n'est pas ce don que la nature a jugé bon de m'attribuer. Elle a préféré mettre en avant les gènes démoniaques de mon géniteur. Bien qu'utile dans mon métier, je l'ai souvent regretté. J'ai dû apprendre à me maîtriser…

Ma mère était une sorcière. Aussi, quand ma magie a commencé à se manifester, j'en garde un horrible souvenir. Affubler une camarade de classe d'une langue de serpent parce qu'elle bavait trop sur le dos des autres n'était pas la chose à faire. J'ai eu de la chance de ne pas avoir dit l'incantation à voix haute. Sans quoi, tout le monde aurait su que j'étais responsable de son état. Cette histoire m'a tellement marquée, que je refuse de l'utiliser.

Être si proche de la nature humaine, et en être si éloignée à la fois… Juste pour des iris violets et une capacité profitable en quelques rares occasions…

— Bon… Oui, le vol s'est bien passé. Le contact que l'on nous a donné pour franchir la frontière était fiable. Mais je ne t'appelle pas pour ça. J'ai besoin que tu me rendes un service. Je voudrais que tu adresses un mail aux détectives privés, avec tous les documents que tu trouveras me concernant.

…

— Non, ce n'est pas une blague, Lynne. La situation est tendue ici, entre les humains et les surnaturels. Je te l'ai déjà expliqué. Ils ont besoin de s'assurer que je ne suis pas un imposteur. Et cesse de discuter mes ordres !

Il coupe la communication.

— J'ignore si cela suffira, précise-t-il en rangeant son téléphone, mais j'ose espérer que cela permettra d'instaurer le début d'un climat de confiance entre nous.

— En tout cas, j'apprécie le geste, avoué-je, sincère. Même si vous vous doutez bien que nous vérifierons. En attendant, si vous me racontiez quand et comment vous avez rencontré Valérie.

Il se frotte le menton, comme s'il réfléchissait.

— Cela remonte à l'été 1987. Les informations circulaient moins vite que maintenant, malgré tout j'avais découvert un article dans un journal qui parlait d'une enfant disparue dans le département de l'Essonne. Marine... Non ! Sabine Dumont, âgée de 9 ans. Je suis venu dès que j'ai su que son corps avait été retrouvé le lendemain. À l'époque, je recherchais encore activement l'assassin de ma petite sœur, et à cause de ce détail, cela pouvait correspondre à son modus operandi.

Son regard se perd en direction du paysage quelques secondes, pendant que mon cœur sursaute. Ce point commun, au sujet de sa sœur disparue, me heurte.

— Comme je ne connaissais personne en France, je n'avais pas d'autres choix que de me déplacer. J'ai croisé Valérie le soir de mon arrivée. Elle arborait un style punk. C'était la mode à ce moment-là.

Je me focalise sur son costume noir et sa cravate, pour me le représenter vêtu d'un jean déchiré avec un blouson de cuir. Si je pousse le vice jusqu'à l'affubler d'une crête colorée, je vais exploser de rire. Heureusement, je me contiens, et je me reconcentre sur son récit.

— Au milieu de sa bande d'amis, je n'ai vu qu'elle. Elle jouait telle une enfant, avec la mort. J'ai su que si je lui dévoilais ma nature, elle me demanderait de la transformer.

— Attendez ! Vous voulez dire que vous avez une sorte de sixième sens pour détecter qui se porterait volontaire pour devenir vampire ?

Il sourit en baissant la tête, comme si ma question l'incommodait. Ou bien pour éviter de se moquer de moi ouvertement, peut-être.

— Je me trompe ou vous n'avez pas côtoyé beaucoup de vampires ?

— Hé ! Vous n'êtes pas obligé de vous foutre de moi, vous savez ? Je vous rappelle qu'ici, on navigue tous en sous-marin. Ce qui implique qu'à part le genre de bar où je vous amène, on ne se fréquente pas.

— C'est vrai. Vous avez raison. Pardonnez-moi, je n'ai pas l'habitude.

J'éprouve toujours une certaine admiration pour les gens qui savent reconnaître leurs torts. Je m'efforce d'agir ainsi, mais parfois, j'ai beaucoup de mal…

— C'est bon. Continuez, l'invité-je en m'engouffrant dans un parking souterrain.

— Je les ai suivis, elle et ses amis, jusqu'à un concert. Rapidement, j'ai tout mis en œuvre pour qu'elle me remarque. Je ne suis resté que quelques nuits, mais le lien qui unit un créateur à sa progéniture demeure indéfectible.

Ce point commun entre lui et moi virevolte malgré tout au fond de mon crâne. Je dois crever l'abcès avant qu'il ne prenne trop d'ampleur.

— Et est-ce que vous l'avez retrouvé ? m'intéressé-je avant de débuter ma manœuvre pour me garer en marche arrière.

— Qui ?

— Le meurtrier de votre sœur ?

— Ah… Non. J'ai découvert le lendemain que j'avais parcouru tous ces miles pour rien. Si par la suite je suis resté, c'était uniquement pour Valérie. Je ne pouvais pas la laisser livrée à elle-même, alors que je venais tout juste de l'engendrer. Comme elle refusait de me suivre en Géorgie, nous avons dû trouver un nid qui l'accepte, pour l'aider à gérer ses pulsions de nouveau-né. D'où le fait que nous avons maintenu le contact.

— Je vois, répliqué-je en tirant le frein à main.

Je récupère mon manteau en cuir noir sur la banquette arrière, puis nous descendons de la voiture. Les talons de mes bottines claquent sur le béton, tandis que nous remontons l'allée jusqu'aux cabines d'ascenseur.

— Et les gens de ce nid, réalisé-je en arrivant à la surface, ils n'ont pas pu vous renseigner sur Valérie ?

Les rues sont encore très animées à cette heure tardive.

— À dire vrai, elle ne représentait qu'une pièce rapportée. Elle est restée avec eux pendant dix ans, comme nous en avions convenu, puis elle est partie de son côté.

— Et ce fameux lien, qui unit un créateur à sa progéniture, jusqu'à quel point est-il fiable ?

— C'est-à-dire ?

— S'il lui était arrivé malheur, est-ce que, malgré la distance, vous auriez pu le sentir ?

— Oui, affirme-t-il sans la moindre hésitation. Je ressens chacun d'entre eux. Je sais qu'elle est vivante. Quand j'ai atterri, je l'ai appelée, pour l'obliger à venir jusqu'à moi, et... c'était comme si une résistance s'interposait entre nous.

Je m'immobilise, stoppée par l'interrogation qui me frappe.

— Vous l'avez appelée, pour l'obliger... Je ne comprends pas.

— Ce ne serait pas raisonnable de procéder de la sorte à partir d'ici. Malgré tout, si je le voulais, je pourrais contraindre Lynne, à qui j'ai parlé au téléphone tout à l'heure, à me rejoindre. Il me suffirait de prononcer son prénom à voix haute, suivi de mon ordre. Lynne serait alors activée, un peu comme un robot qui passerait en pilotage automatique. Elle n'aurait pas d'autres choix que de venir jusqu'à moi, et ce, le plus rapidement possible.

— C'est pour ça que vous évoquez cette résistance entre Valérie et vous.

— Une résistance ou une barrière. Appelez ça comme vous voulez. En tout cas, c'est puissant. Très puissant.

— Magique, donc, précisé-je.

— En effet.

— Et quand est-ce que vous comptiez me parler de ce détail ? Parce que ce n'est pas anodin, tout de même !

— Je le fais maintenant.

Je fixe les pupilles bleues de mon interlocuteur, en y cherchant un début de culpabilité, ou un sentiment quelconque capable de me rassurer... Mais rien. Il demeure impassible.

J'ai hâte que Greg me confirme que notre nouveau client à sang froid est clean, et que je peux évoluer à ses côtés sans trop de craintes. En attendant, je dois me fier à mes impressions, alors que je déteste m'appuyer sur elles. Je sais d'expérience qu'elles sont loin d'être fiables. Les preuves, le concret, voilà ce qui me tranquillise vraiment.

Or, dans l'immédiat, je dois me contenter d'avancer à l'aveuglette avec ce vampire, qui m'examine, et auprès duquel je dois démontrer mes compétences. J'expire par le nez, inspire à pleins poumons pour tenter de me décontracter un minimum, puis me remets en route.

— Vous êtes fâchée ?

— Inquiète, plutôt. D'ordinaire, je navigue en solo. Vous êtes le premier client à imposer de participer à l'enquête. Et pour me montrer totalement honnête, vous êtes aussi mon premier client vampire.

— Si je vous disais que comme vous, je suis sorcier. Est-ce que cela vous rassurerait ?

Je sursaute.

— Mais non ! Et puis, qu'est-ce qui vous fait croire que... ? Je ne suis pas...

J'en perds mes mots. Je ferme les yeux en secouant la tête, comme si ce geste allait me permettre de retrouver mon vocabulaire.

— Je ne suis pas une sorcière, finis-je par affirmer. Je le pourrais, mais je m'y refuse. Et savoir que vous êtes encore plus puissant que je l'imaginais à la base ne me rassure pas. Bien au contraire. Maintenant, taisez-vous et suivez-moi. Avant que je décide de revenir à la voiture, et de tout abandonner.

Chapitre 4

D'un pas décidé, je me dirige vers l'entrée du Styx, le repaire urbain des créatures de la nuit. La double porte en bois, sculptée de motifs énigmatiques, semble murmurer des secrets anciens. Au-dessus, l'enseigne en néon rouge « Le Styx » scintille, comme si elle battait au rythme d'un cœur invisible. Juste en dessous, les mots s'affichent avec une assurance provocante : « Le rendez-vous des démons le plus branché de Paris. »

Branché, je ne sais pas, mais mal famé, ça par contre, c'est sûr !

Je franchis la barrière magique, qui me donne toujours l'impression de passer sous le rideau d'une cascade d'eau glacée. Du coin de l'œil, je devine la silhouette de Drake à ma droite. Je frappe pour signaler notre présence au videur. La porte s'ouvre sur un démon Ahriman, que je connais plutôt bien. De forme humanoïde, il mesure environ deux mètres, et exhibe une peau plissée comme celle d'un Shar Pei. En réalité, sous ce costume, se cache une sorte d'araignée géante.

— Oh, Charlie. Y avait un bail, dis donc ! Et accompagnée. C'est bien la première fois.

— Salut, Pierre. Oui, le boulot, toujours le boulot… Tu sais ce que c'est.

— M'en parle pas, confirme-t-il en ouvrant le battant en grand. En plus ce soir, c'est karaoké. Tu vas voir, y a un monde fou.

Mince ! Karine et Vincent, les patrons du Styx, adorent organiser ce genre d'événement. C'est le carton plein à chaque fois, vu que l'attraction principale réside dans la venue de tous les Barbatos du coin. Eux aussi ne ratent pas cette occasion pour se remplir les poches. Ces démons, à la fois farouches guerriers et anagogiques, peuvent lire l'avenir dans l'aura des gens pendant qu'ils chantent. Ainsi, c'est gagnant-gagnant pour tout le monde.

Je passe devant, suivie de près par le vampire. En descendant l'escalier qui mène vers la salle, la musique d'*Alexandrie, Alexandra* rythme mes pas. Pour ce qui est des paroles, par contre, la voix nasillarde qui s'égosille me vrille les tympans.

Ma surprise est totale lorsque je découvre une sirène sur l'estrade, identifiable à ses longs cheveux dorés et tressés agrémentés de coquillages. Bien sûr, elle se tient sur ses deux jambes, car contrairement à la croyance populaire, elles n'ont pas de queue de poisson. En revanche, dans l'eau, leur vitesse reste imbattable. Et je déconseille à quiconque de faire un concours d'apnée avec elles. Cependant, elles sont réputées pour leurs chants ensorcelants, et là, leur célébrité n'est pas usurpée. Je devine donc que celle-ci a perdu son don, ce qui doit constituer sa principale préoccupation.

Le bar est bondé. Des démons de toutes sortes se pressent autour des tables en bois sombre. Certains ont des cornes, d'autres des ailes, mais tous portent des regards lourds de mystère. Leurs rires résonnent, mêlés aux sons du karaoké qui montent de la scène centrale.

— Le videur n'a pas menti, constate Drake.

Un cocktail entêtant de fumée de cigare, de vieux parchemins, et d'épices rares flotte dans l'air. Des notes de soufre et de cuir se mélangent, créant une fragrance plutôt étrange.

— Et encore, nous avons de la chance. Dans une ou deux heures, nous ne pourrons plus du tout circuler dans cette pièce.

Des torchères embrasées bordent les murs, projetant des ombres dansantes sur les pierres brutes. La chaleur rend l'atmosphère suffocante, comme si les flammes elles-mêmes fredonnaient des mystères.

Je me faufile jusqu'au bar, à la recherche de mon contact.

L'ambiance est électrique. Les démons chantent faux, mais avec passion. Leurs voix rauques se mêlent au chant de la sirène. Les verres s'entrechoquent, les rires fusent.

— Charlie ? s'étonne le barman d'un ton méprisant.

Décidément, c'est la Sainte-Charline aujourd'hui, ou quoi ? Il ne pouvait pas être en repos, celui-là ? Mickaël, dit Mike, illustre très bien l'erreur d'une nuit. Maudite absinthe ! Et aussi, maudite curiosité que de vouloir tester l'endurance d'un démon Slagorne. Toujours très séduisants, ils sont réputés pour leur appétit sexuel démesuré.

Oui, je suis une nana plutôt ouverte d'esprit. Surtout quand je suis bourrée. Ce qui altère un peu mon jugement… Je n'avais pas compris que lui nous voyait déjà mariés, avec une ribambelle de petits Slagornes.

Pas grave ! Là n'est pas le sujet…

En tout cas, depuis, à chacune de mes visites, il ne manque pas de me rappeler ce faux pas. La rancune, un vilain défaut qui m'échappe complètement. J'ai le cœur en guimauve, d'après Greg.

— Salut, Mike. Je cherche Albert. Tu ne l'aurais pas vu par hasard ?

— Dans l'arrière-salle.

J'hésite entre le remercier et afficher ouvertement une moue dégoûtée. Non à cause de ce qu'il vient de me dire, mais plutôt parce que la destination me déplaît. Je choisis la première option, avant d'adresser un hochement de tête à Drake, pour l'inviter à me suivre.

— C'était un peu tendu ? Votre échange avec le barman, je veux dire.

Les vampires et leur maudite audition ! Je me contente de hausser une épaule.

J'écarte le rideau de perles qui dissimule la porte, puis entre. Une odeur de cigare mélangée à la sciure de bois m'agresse aussitôt les narines. Lorsque Drake referme derrière lui, une douce musique blues chasse le disco de la salle d'à côté. La pièce, plutôt exiguë, compte peu de meubles. En dehors du canapé le long du mur de droite, il n'y a que la table de poker en plein milieu.

Albert y est assis, avec trois autres démons. C'est un démon Gobi, reconnaissable à ses yeux rouges. Un démon de bas étage, sans grand pouvoir, doté d'une mémoire eidétique, associée à un certain flair pour les ragots. Il se nourrit d'insectes, et son péché mignon, ce sont les cafards. Il se trimballe toujours avec un panier rempli de ces sales bestioles à portée de main, qu'il grignote avec délectation.

Par contre, les trois autres démons sont plus impressionnants. Il y a un Morloch, au corps trapu jonché d'épines, et un nez cornu. Un reptilien, que je préfère désigner ainsi, plutôt que Negensquaphidion, trop alambiqué et compliqué à prononcer. Sa peau verdâtre est couverte d'écailles, et ses petites dents pointues, semblables à celles d'un requin, déchirent la chair comme une multitude de lames de rasoir acérées. Le dernier est le plus vicieux, un incube. S'il décide de m'envoûter à l'aide de son effluve, je suis cuite.

Ils jouent avec des jetons représentant des cafards, et le pot est bien garni.

Je m'approche de la table, sans me soucier des règles de bienséance. Je dois faire mes preuves auprès de mon nouveau client. Sans parler de ma nervosité associée à mes gènes démoniaques qui déclenche un cocktail explosif ! D'un geste brusque, je pose ma main sur l'épaule d'Albert, qui sursaute, sans doute trop absorbé par les mauvaises cartes qu'il tient.

— Salut, Albert ! Je ne te dérange pas, j'espère ?

— Heu, désolé, Charlie, mais ce n'est pas le moment. Je suis sur le point de rafler la mise.

— Ouais, blondinette ! m'interpelle le Morloch. Reprends ton macchabée et cassez-vous. Vous êtes pas les bienvenus, ici.

— Parce qu'un Morloch, c'est un pur démon ? rétorque Drake en s'avançant d'un pas, tandis que l'autre se lève déjà. Première nouvelle ! Je t'invite à réviser tes classiques. Comme ça, peut-être qu'un jour, tu pourras rivaliser avec les vrais méchants.

Je pose ma main sur le torse du vampire pour le stopper. Celui-ci me dévisage, les yeux ronds. Sans doute surpris par le fait que j'ai pu l'arrêter.

— C'est mon terrain. Je gère.

Drake hausse une épaule, à priori peu convaincu.

— C'est bon. Je veux juste parler à Albert quelques instants. Ça ne durera pas longtemps.

— Tu es sourde, ou quoi ? renchérit le Morloch, qui a quand même fini par se rasseoir. Il t'a dit pas maintenant.

— Je suis occupé avec mes potes, s'irrite Albert.

— Oh, pardon ! Je ne savais pas que tu avais des amis. Enfin, si on peut appeler ça des amis.

Les trois autres démons me lancent des regards furieux. Le reptilien émet même un genre de sifflement. Je crois que je viens de faire grimper la tension d'un cran de plus.

— Écoute, Charlie, je t'aime bien, mais là tu tombes mal. On est en pleine partie, et tu nous déconcentres.

— Dommage, parce que j'ai besoin de te poser quelques questions. Et contrairement à toi, je n'ai pas envie de moisir ici.

— Et moi, j'ai envie de gagner. Alors, tu me laisses tranquille, et tu reviens plus tard.

— Désolée, Albert, mais j'ai comme l'impression que tu vas me parler maintenant. Sinon, je vais devoir employer les grands moyens.

Albert me connaît depuis longtemps. Il sait de quoi je suis capable. Qui plus est, des trois autres, le seul que je crains, c'est l'incube.

— Les grands moyens ? ricane le reptilien. Rien que ça ! Tu te crois plus forte que nous, petite ?

Il se lève, et déplie sa carcasse sur deux bons mètres de hauteur. Manque de chance pour lui, il m'en faut davantage pour m'effrayer.

— Petite ? Possible... Mais pas si faible que tu as l'air de le penser. Albert sait de quoi je suis capable.

L'intéressé devient livide. Il récupère son bocal, qu'il serre comme un bébé, et s'apprête à bondir, quand le Morloch pose une main péremptoire sur son épaule.

— Ouais, ouais ! Et moi, je suis le pape, déclare-t-il en me fixant dans les yeux. Et toi, tu vas pas lui obéir, si ? En plus, rien ne dit que c'est toi qui remportes le pot, alors laisse ça.

— C'est que… balbutie Albert.

— Aurais-tu envie que je te prouve à quel point tu ne me fais pas peur ? nargué-je.

— Ce n'est pas une très bonne idée, Charlie, tente de m'apaiser Albert.

Mais c'est trop tard. Je bouillonne déjà depuis un moment. Mes gènes démoniaques, affamés de violence, s'activent à plein régime. Je lui attrape le bras, puis je le tire vers moi avec une telle force qu'il décolle de sa chaise, avant d'atterrir au sol comme une masse. Le panier de cafards s'envole, offrant ainsi l'opportunité aux insectes de détaler dans tous les sens. Les deux autres démons se lèvent, l'air enragé. Seul l'incube reste assis.

— Hé, qu'est-ce que tu fais ? Tu es folle ! me lance Albert.

— Lâche-le, tout de suite ! m'ordonne le reptilien.

— Tu vas le payer, sale garce ! s'énerve le Morloch.

Tous deux se ruent sur moi. Je délaisse Albert, pour faire face à ses compères. Je balance un coup de poing dans la mâchoire du cornu, qui recule en gémissant. Puis, je me retourne vers le reptilien, qui crache du venin. J'esquive de justesse en lui assénant un bon coup de pied dans le ventre. Il s'effondre, en se tordant de douleur.

J'observe alors l'incube, qui ne bouge toujours pas. Par contre, il déploie son aura envoûtante. Un parfum que je trouve irrésistible, un mélange de fleur d'oranger et de cannelle m'attire vers lui. Je m'approche, avec l'envie irrépressible de le laisser abuser de moi, dans tous les sens du terme. De délicieux frissons dévalent ma colonne vertébrale. Un nœud se forme au creux de mon ventre. Mon cœur s'emballe. Ma respiration devient saccadée. Mes yeux braqués sur ses prunelles sombres, je rêve de découvrir le nirvana qu'il me promet.

Quand le charme s'interrompt d'un coup.

Éberluée, j'observe Drake qui se tient derrière l'incube. Il vient de lui briser les cervicales d'un geste vif.

— J'ai eu l'impression que tu ne gérais plus rien du tout, conclut-il, un sourire goguenard sur le visage.

Je hausse les épaules en secouant la tête, puis me penche vers Albert, qui se relève péniblement. Je le saisis par le col, et je le plaque contre le mur.

— Alors, Albert, tu vas me parler, maintenant ?

— Parler de quoi ?

— Ah ! m'extasié-je, en lui administrant une petite baffe. Enfin une lueur de lucidité sur ce faciès peu avenant.

Le Morloch tente une approche furtive, mais j'aperçois le mouvement de sa silhouette du coin de l'œil. Je tends mon index dans sa direction, en claquant plusieurs fois la langue contre mon palais.

— Je ne ferais pas ça, si j'étais toi.

Il grogne, et finit par reculer.

— Je suis très impressionné, me chuchote Drake.

— Et ce n'est que le début !

L'adrénaline... j'en suis accro.

J'extirpe la photo de Valérie de la poche de mon manteau, et la plante sous le nez d'Albert.

— Est-ce que tu l'as déjà vue ?

Il lance des regards apeurés en direction du Morloch et du reptilien.

— Drake est son Seigneur. Il la recherche, parce qu'il n'a plus de nouvelles d'elle depuis pas mal de temps. Pareil pour son amie, Gwendoline.

Je relâche mon emprise sur Albert, afin d'attraper l'autre photo. Albert y jette un œil rapide, tout en se massant le cou. J'y suis peut-être allée un peu fort.

— Il y a un bail qu'elles sont pas venues, déclare-t-il d'une voix éraillée. Putain ! J'ai une voix de crécelle, maintenant !

— On s'en fout ! lance Drake, en s'approchant d'Albert. Continue.

— Continuer quoi ? Te dire que tu devrais faire gaffe. Ce serait sans doute le meilleur conseil que je puisse te donner, mec !

— Tu me menaces ?

— Du calme, tempéré-je en m'interposant une seconde fois.

Drake m'observe en souriant. Comme si son attitude provocatrice m'était en réalité destinée. À quoi joue-t-il ?

— Je n'ai pas besoin de te menacer, renchérit Albert. T'as pas remarqué que les membres de ton espèce se font rares ces derniers temps ?

Maintenant qu'il le souligne, c'est vrai que je n'ai pas vu beaucoup de vampires dans la salle. Pourtant, le Styx est aussi réputé pour ses consommations… disons, exotiques.

— Où sont-ils ? demandé-je.

— J'en sais rien, moi ! J'suis pas leur mère. Tout ce que je peux te dire, c'est que beaucoup ont disparu.

— Comment ça, disparu ? insisté-je.

— Ben ouais, disparu, quoi ! Comme plus revus. Ou envolés. Ou kidnappés peut-être bien ?

Le reptilien émet un sifflement.

— Qu'est-ce que tu as, toi ? l'interpelle Drake. Tu ne m'impressionnes pas. Ton venin est inefficace sur moi. Donc, si tu sais quelque chose…

— Hé ! lance le Morloch. Le macchabée ! Laisse mon pote tranquille.

La tension remonte d'un cran, et je m'interpose encore.

— On ne va pas recommencer ce petit jeu, si ? Surtout que vous avez déjà perdu une fois, vous tenez tant que ça à finir découpés en rondelles ? Non ? Alors, que l'un d'entre vous lâche le morceau, et vite ! Ma patience arrive à son terme. Qui kidnappe des vampires ? Et pourquoi ? Albert ? Tu as des réponses pour moi ?

— Je n'en sais rien, je te dis.

— Tu ne sais rien, ou tu ne veux rien dire ? m'énervé-je en le plaquant de nouveau contre le mur. C'est très différent.

— OK, d'accord. J'ai peut-être entendu un truc. Mais attention, je ne fais que répéter ce que j'ai entendu. J'ignore si…

— Tu vas parler, oui ! le pressé-je en le secouant comme un vieux prunier.

— D'accord, d'accord. Calme-toi. Tu vas m'exploser le crâne à ce rythme… Il semblerait que des démons entraînent des vampires, quelque part dans les catacombes, pour faire la fête. Seulement, on ne les revoit jamais, après.

— Et tu saurais m'y emmener ?

— Ça va pas, non ! Mais par contre, je peux te dire un truc qui pourrait peut-être t'y conduire.

— Je t'écoute.

— Il paraît qu'il faut suivre le fil d'Ariane pour l'atteindre.

— Le fil d'Ariane ? Qu'est-ce que c'est ça encore ?

— Un fil rouge, qui part d'une bouche d'égout, et qui mène aux catacombes.

J'attends la suite, espérant ne pas être contrainte de poser la question, mais Albert a visiblement besoin que je lui mette les points sur les i. Et comme je commence sérieusement à m'impatienter, je suis forcée de le secouer une fois de plus, même si j'avoue que ça me procure un certain plaisir.

— Vu que tu m'obliges à le demander, je vais le faire. Où se trouve cette bouche d'égout ?

— Hé ! Oh ! Tu peux demander gentiment, aussi ! Elle serait près du Louvre. Mais pas la peine de me faire embrasser le mur encore une fois, parce que je t'assure que là, je t'ai vraiment tout dit.

Mes poings serrés sur son col, mon cœur qui pulse jusque dans mes tempes, je me contiens pour relâcher la pression.

— Tu vois ? Ce n'était pas si compliqué, finalement ? me moqué-je en défroissant sa chemise aux motifs bariolés.

Je l'observe avec méfiance encore quelques longues secondes. J'ignore s'il dit la vérité, ou s'il me raconte des bobards dans le but de se débarrasser de nous. En même temps, les démons et les vampires s'entendent plutôt bien, en général. Il n'aurait donc aucun intérêt à me la faire à l'envers…

— Bon, très bien. On y va. Mais si je découvre que tu m'as menti, ça va barder pour toi, et tes petits camarades.

— Vous nous laissez l'incube sur les bras ? ronchonne le Morloch.

— Vous n'aviez qu'à vous montrer coopératifs dès le début, m'amusé-je. Considérez que c'est votre punition.

— Allez, viens, Charlie, me somme Drake, en prenant ma main pour m'attirer vers la sortie. On s'en va.

Je comprends son empressement en découvrant qu'il a déjà ouvert la porte, et que tout le monde nous observe depuis la salle de karaoké.

Rien de tel qu'une bonne bagarre pour rapprocher deux individus. Aussi, je le laisse me guider à travers les badauds, tout en restant sur mes gardes, au cas où ça partirait en cacahuètes.

Arrivée dans la rue, j'inspire une grande goulée d'air frais.

— C'était un peu chaud, désolée... m'excusé-je auprès de Drake. Et merci pour l'incube.

— Je t'en prie, déclare-t-il en me dévisageant. Tu es une hybride, n'est-ce pas ? Mi-sorcière, mi...

— Oui ! m'exclamé-je. Et la seule faculté que j'accepte d'exploiter me vient de mon côté démoniaque.

— Cette force hors norme.

— Exact, confirmé-je. Maintenant, si tu veux bien, je vais te ramener à ton hôtel, et demander à Greg d'effectuer quelques recherches. Il nous faut plus d'informations sur les catacombes, et sur ce fil rouge. Pas question de s'aventurer là-dedans à l'aveuglette.

— Ça me va. Je vous laisse la journée, à toi et à ton collaborateur pour organiser notre excursion de ce soir.

Derrière son apparente coopération, la sommation de s'y rendre la nuit prochaine est on ne peut plus claire. Je me demande si c'est vraiment une bonne chose de travailler avec Drake. Même s'il vient de tuer un démon pour me sauver la mise, je doute encore de pouvoir lui accorder ma confiance.

Et puis, qu'est-ce qui nous attend, au bout de ce fameux fil d'Ariane ?

Chapitre 5

J'ai hâte de rentrer chez moi. Le trajet retour jusqu'à l'hôtel de Drake s'est déroulé dans le plus grand silence, rendant la nuit encore plus longue qu'elle ne l'a été. Travailler aux côtés de ce vampire me met les nerfs en pelote. En dehors du fait que je le trouve extrêmement séduisant, que mon corps s'anime de façon exquise dès que je pose les yeux sur lui, il reste notre client. J'ai l'impression d'être revenue à l'époque du collège, où chacun de mes gestes était examiné à la loupe. Si je fais le moindre faux pas, va-t-il confier l'enquête à quelqu'un d'autre ? Serait-ce la pire chose qui pourrait nous arriver ? Après réflexion, je ne pense pas.

Au cours des dernières années passées à Paris, je n'ai jamais manifesté l'envie de descendre dans les catacombes. Je ne souffre pas de claustrophobie. Et heureusement ! J'en ai assez avec le vertige ! C'est juste que je préfère manger une pizza en buvant une bière, vautrée sur mon canapé en regardant Netflix, plutôt que de crapahuter sous terre. En plus, de ce que j'en sais, il y a des couloirs étroits. On peut s'y perdre. Et si l'on rencontre des personnes hostiles, comment vais-je pouvoir me battre si on peut à peine bouger ?

Je pense que je vais rediscuter de tout ça avec Greg. Tant pis pour l'argent. Je ne la sens pas, cette enquête.

Quant au fait que Drake ait appréhendé ma véritable nature avec une telle facilité, cela n'arrange rien. Là où certains paranormaux préféreraient mettre en avant leurs gènes magiques, moi, j'ai choisi de me concentrer sur ma partie démoniaque. Comme en plus ma mère m'a toujours soutenue dans cette démarche, je suppose que c'était une option sensée.

Greg devra donc se faire une raison. Depuis le début, j'ai un mauvais pressentiment avec cette affaire. C'est décidé, j'abandonne !

À peine cette phrase achevée dans mon esprit, j'inspire profondément, libérant un poids qui stagnait sur ma poitrine. Cette sensation me conforte dans ma résolution.

Je rentre ma Mini, à l'abri dans le garage que j'ai loué, à quelques rues de chez nous.

En ressortant, le clocher sonne deux fois. J'aime bien parcourir ce trajet, surtout la nuit. Nous avons la chance d'habiter un quartier constitué de petites maisons, qui a un côté très bucolique. Les gens fleurissent leurs fenêtres. Des jardinières bordent les trottoirs agrémentés de bancs en bois. Et surtout, pas de voitures qui foncent comme des bolides.

Me sentant légère et libérée de la contrainte de cette enquête, je flâne en m'enivrant de l'air frais.

Le nez en direction du ciel pour observer les étoiles, j'arrive à l'angle de notre rue, quand je récolte un coup de poing magistral dans la mâchoire. J'en perds l'équilibre. Mes reins heurtent le bord d'une des jardinières en béton que je trouvais si agréable, il y a encore quelques secondes, avant de me retrouver allongée sur le bas-côté.

— Un conseil, ma jolie, me lance le Morloch du Styx, dis au macchabée d'oublier sa progéniture. Quant à toi, laisse tomber cette affaire.

Je me tortille comme un ver pour essayer de me relever, mais la douleur m'électrise. Elle irradie le long de mon dos, jusque dans mes jambes. Mon agresseur en profite pour me balancer son pied dans le ventre.

— Et ça, c'est pour l'humiliation de tout à l'heure. Maintenant, dis-moi que tu as compris ? m'intime-t-il en se penchant au-dessus de mon visage.

La respiration saccadée, je tousse en crachant des écumes de sang. Cet enfoiré ne me laisse pas le temps de répondre. Il saisit mon menton, pour m'obliger à lui faire face.

— Tu as compris ? répète-t-il, hargneux.

Je hoche la tête du mieux que je peux, ce qui a l'air de le satisfaire. Il me lâche, puis se relève.

— Ah ! Et tant que j'y suis. Ne reviens pas au Styx. Tu n'y es plus la bienvenue.

Il me balance à nouveau son pied dans les côtes, puis tourne les talons. Entre mes paupières larmoyantes, je devine sa silhouette s'éloigner.

C'est marrant, mais d'un coup d'un seul, j'ai très envie d'aller crapahuter dans les catacombes ! songé-je, en forçant sur mes bras pour me remettre debout. *Saloperie de démon qui m'a prise en traître !*

Je tousse et crache un peu de sang. Chaque pas qui me ramène à la maison s'apparente à un véritable calvaire. Mais la montée de l'escalier reste la pire épreuve.

Une main au niveau de mes reins, je titube jusqu'au canapé du salon, où je m'écroule. Dans ma grande délicatesse, mon pied accroche la table basse, qui émet un couinement.

Je grimace en espérant ne pas avoir réveillé Greg.

— Charlie ?

Flûte !

— Oui, tenté-je d'articuler, malgré ma mâchoire endolorie.

Ne viens pas. Ne viens pas. Ne viens pas.

Ma supplication silencieuse se perd dans les limbes. Je l'entends s'habiller.

Re flûte !

— Ça a été avec le vampire ? me demande-t-il en descendant l'escalier.

Arrivé au bas des marches, les yeux encore mi-clos, il s'étire.

— Heu... pas mal, je crois.

— Comment ça, tu crois ?

Il ouvre les paupières en grand, et me découvre avachie sur le canapé.

— Qu'est-ce qui s'est passé ? s'exclame-t-il en fonçant sur moi, à la vitesse d'une mère poule. Qui t'a fait ça ?

Il examine mon visage, avant de se diriger vers le frigo, d'où il sort un bac à glaçons.

— Un Morloch. J'ai conduit Drake au Styx, où j'ai légèrement bousculé un indic. Tu sais, Albert ? Je t'en ai déjà parlé. Le bouffeur de cafards.

— Ah, ouais. Dégueu...

— Il jouait au poker avec le Morloch, un incube et un reptilien. On a dû les secouer un peu pour obtenir des infos...

Je marque une pause pour reprendre mon souffle.

— Albert a fini par m'avouer que depuis quelque temps, beaucoup de vampires disparaissaient. Des démons les conduiraient dans les catacombes en prétendant les amener à une soirée... Pour atteindre le lieu de la fiesta, il faut passer par une bouche d'égout qui se situerait près du Louvre. Après, toujours d'après mon indic, il faudrait suivre le fil d'Ariane. Ça te dit quelque chose ?

Il revient vers moi, avec un torchon rempli de glaçons.

— Tiens. Mets ça sur ton visage. Je vais chercher des antalgiques.

— Tu ne m'as pas répondu, répliqué-je d'une voix plus forte, vu qu'il est déjà reparti en direction du premier étage, où se trouve la salle de bain.

— Non ! s'exclame-t-il de là-haut. Je regarderai demain. Tu ne vas pas y aller tout de suite, de toute façon.

Ce n'est pas l'envie qui m'en manque. Esprit de contradiction, quand tu nous tiens...

Il redescend, dépose au creux de ma main deux gélules, avant de continuer sa course vers l'évier pour m'amener un verre d'eau.

— Et les hématomes ? Tu les as récoltés au Styx ? enchaîne-t-il en m'aidant à me redresser pour avaler les cachets. Ne me dis pas que le vampire ne sait pas se battre.

— Hum, hum… lâché-je en secouant la tête. Au contraire. Il m'a sauvé la mise en tuant l'incube. Maintenant que j'y pense, ça n'a pas dû jouer en notre faveur, ça. Toujours est-il qu'après avoir convenu de nous rendre dans les catacombes dès ce soir, je l'ai déposé à son hôtel.

— Et le Morloch dans tout ça ?

— Il m'attendait, à quelques mètres de la maison, avoué-je. Il m'a passé à tabac, et m'a fait promettre de laisser tomber l'affaire.

— Oh… Alors ça signifie que tu commences à peine l'enquête, et que déjà, tu enquiquines du monde. Bravo, Charlie !

— Que veux-tu ? On a la classe ou on ne l'a pas.

— Oui. Et dans ton cas, tu n'en manques pas. En plus maintenant, je suppose que tu meurs d'envie d'aller visiter les catacombes.

— À ton avis ? lâché-je d'une voix éraillée, pour tenter de réprimer une vilaine toux.

Peine perdue… Les traits déformés par la douleur, je tousse en me tenant les côtes.

— À mon avis, je vais vérifier le système d'alarme, et t'aider à monter pour te mettre au lit. Ensuite, on verra si ton métabolisme particulier additionné à quelques heures de sommeil te permettra de t'y rendre ce soir.

Greg n'aime pas utiliser le terme démoniaque, en ce qui me concerne.

— Notre client compte sur moi, articulé-je entre deux marches.

— Au pire des cas, vous irez demain, m'annonce-t-il en me couvant du regard.

Son attitude fraternelle me touche.

— Tu m'énerves ! rétorqué-je.

— Je sais !

Chapitre 6

J'adore mes gènes démoniaques. En plus de me permettre d'exposer un regard hypnotique et hors du commun, de posséder une force incroyable – quand on me laisse le temps de m'en servir, et que l'on ne me prend pas en traître, comme cette nuit –, mon corps est doté d'une capacité de régénération exceptionnelle.

Au moment où je décide enfin de me lever, la pendule affiche 16 h 10. Malgré quelques courbatures au niveau du dos, assorties de traces résiduelles bleues sur ma joue, je suis presque toute neuve.

Après une bonne douche, suivie d'un passage éclair par la cuisine pour réchauffer un mug de café, je rejoins Greg dans les locaux d'Arcane Investigations.

— Tu as l'air d'aller mieux ! m'accueille-t-il.

— Si je recroise ce Morloch, j'en fais de la pâtée pour Chihuahua ! Est-ce que tu as trouvé quelque chose ?

Je tire ma chaise sur roulettes, pour m'installer à ses côtés. À l'aide de son index, il désigne la pile de documents imprimés à mon intention. Il sait que je préfère le papier. Non que je sois réfractaire à la technologie ! C'est juste que si je dois y apporter des annotations, ou surligner en fluo quelque chose – ma grande passion –, c'est plus facile que sur l'écran.

— J'ai cherché tout ce qui se rapportait aux fêtes clandestines. Et je n'ai pas galéré ! Ça grouille d'infos sur le Net. Nombre d'entre elles étaient organisées par un individu connu sous le nom de Vickie. Mais il semblerait que Vickie a disparu. En même temps que ces fêtes, d'ailleurs ! En tout cas, les derniers articles datent de plusieurs semaines.

— Est-ce que tu as quand même déniché quelque chose d'intéressant ou d'utile à son sujet ?

Il esquisse un sourire en coin, prometteur.

— Alors, oui. J'ai remarqué quelques bricoles qui me laissent penser qu'il n'est pas humain. Tout porte à croire qu'il s'agit d'un vampire.

— Montre-moi.

— Ils sont sur le haut de la pile.

Je commence à lire en commentant à voix haute.

— Hum... Rien de probant, quand même... Jamais vu en dehors des catacombes... Impossible de décrire son regard... Toujours avec des lunettes de soleil... Ah, tiens. Ça, c'est intéressant. Ici, il est dit que la peau de son visage a un aspect cavitaire. As-tu fait une recherche pour déterminer à quel genre de démon pourrait correspondre cette particularité ?

— Franchement, non. J'étais tellement parti dans l'idée que c'était un vampire, que j'ai pensé à des cicatrices d'acné.

— Possible, en effet. Tu regarderas quand même ? Histoire d'en avoir le cœur net.

— Ça marche ! confirme-t-il, en griffonnant ma requête sur un Post-it.

— Et au sujet du fil d'Ariane, tu as trouvé quelque chose ?

— Non ! Tout me ramène à la mythologie grecque. Quand Ariane donne à Thésée un fil pour l'aider à naviguer dans le labyrinthe du Minotaure.

— Super ! Donc, si je comprends bien, on n'a plus qu'à faire le guet devant le Louvre, en espérant qu'un démon se pointe pour nous indiquer la bonne entrée. Et après, en avant pour l'avalanche de surprises.

— C'est à peu près ça. Mais je peux quand même te donner quelques conseils. Habille-toi chaudement, mets des chaussures confortables et antidérapantes, et équipe-toi d'une torche.

— C'est ça tes conseils ? bougonné-je, en me levant pour aller me chercher un autre café. J'aurais mieux fait de rester au lit.

— C'est mieux que rien.

Je replace ma chaise, et me dirige vers la sortie.

— D'accord, maman. Et je prendrai aussi mon bonnet et mes moufles ! Je vais me recoucher. Je sens que la nuit va être longue.

— Si je découvre autre chose sur Vickie, je...

Il hésite, puis soupire en se tenant la nuque.

— Quoi ? lui demandé-je.

— Eh bien... J'ai rendez-vous avec Claudia ce soir...

— Ah oui, c'est vrai... Claudia... OK. Dépose-moi ce que tu trouveras devant ma porte, s'il te plaît.

— Laisse tomber. Je vais annuler.

— Ne dis pas n'importe quoi ! Avec tous les moyens que tu as déployés pour décrocher ce rencard...

— Tu sais que ça pourrait être la bonne !

— C'est ça... Tu es pire qu'un ado, et c'est à chaque fois pareil. Dans deux ou trois jours, tu me parleras de Virginie, ou de Paulette...

— Ouais, c'est pas faux ! Raison de plus. Je ne peux pas m'amuser pendant que tu risques ta vie sur le terrain. J'hésitais déjà à annuler quand j'ai su que notre client était un vampire, et que tu bosserais de nuit, mais si en plus tu te fais tabasser devant la maison...

Clark Kent... Papa poule et éternel adolescent ! Il n'y a pas à dire, j'ai vraiment tiré le gros lot avec lui.

— T'inquiète ! Avec un sorcier vampire à mes côtés, je ne prends pas trop de risques. Tu as fait ta part. Profite de ta soirée.

— Parce que tu crois que je vais profiter de la soirée en te sachant sous terre au milieu de démons qui peuvent te déglinguer la tronche... Sans vouloir te manquer de respect, hein ? Mais ! Attends ! Qu'est-ce que tu as dit, là ? Un... sorcier ? Un vampire sorcier ? C'est possible, ça ?

— Autant qu'une démone sorcière...

Ses paupières papillotent, tandis qu'il me fixe d'un air confus. J'en profite aussitôt pour tourner les talons.

— Alors, c'est réglé. Bonne soirée et à demain ! lancé-je par-dessus mon épaule.

— Tu es sûre, hein ?

— Mais ouiiii ! Pense à moi, pendant que je me vautrerai dans la poussière et l'humidité des catacombes.

— Sois prudente ! s'exclame-t-il, alors que je remonte déjà l'escalier.

— Toujours !

En ressortant de ma chambre, mon premier réflexe consiste à regarder où je pose les pieds. J'espère trouver de nouvelles informations au sujet de Vickie, mais le plancher est désert.

Par contre, en évidence sur la table de la cuisine, trône un sac à dos gris de taille moyenne, avec un petit mot. Je reconnais les pattes de mouche de Greg :

J'ai pensé que tu pourrais en avoir besoin. Tiens-moi au jus. SP.

Certaines personnes, même en amitié, n'hésitent pas à se déclarer leur affection ouvertement. Avec Greg, ces mots ont été détournés dans des expressions du quotidien. Mon non moins célèbre *Tu m'énerves !* bien qu'empreint de réalisme les trois quarts du temps, recèle un double sens. Idem pour cet acronyme, SP, qui signifie : sois prudente.

Je fouille à l'intérieur et découvre une torche, des tubes de Cyalume, un piolet, des cordes, des mousquetons, une paire de gants en cuir, un canif de bonne taille, ainsi qu'une boussole. Il ne manque plus qu'un casque avec une frontale.

Ah ! Non ! J'ai parlé trop vite. Il est tout au fond du sac.

Il s'imagine que je pars expérimenter l'alpinisme, ou quoi ?

Je vais ramper sous terre, pas gravir une montagne. Avec mon vertige, j'en serais bien incapable !

En plus, la boussole, j'hésite carrément à la laisser sur la table, étant donné que j'ignore comment m'en servir. Comme c'est l'objet le plus léger, je me ravise, et la glisse dans la petite poche, sur le côté. Mais hors de question de prendre le casque.

Je soupèse l'attirail, en me demandant si je vais vraiment avoir besoin de tout cet équipement. Réflexion faite, il a quand même passé sa journée le nez dans des documentaires sur les catacombes. Puis tout ce matériel est flambant neuf. Ce qui implique qu'il a dû aussi rester un bon moment dans un magasin de sport pour me procurer ce qu'il jugeait nécessaire.

Mon portable indique déjà plus de 21 h. Si je ne me dépêche pas, je vais arriver en retard à mon rendez-vous avec Drake. Je glisse un morceau de fromage entre deux tranches de pain de mie, que je mange en allant jusqu'à la voiture.

Je balance le sac à dos sur la banquette arrière, et fonce jusqu'à l'hôtel, où le vampire m'attend devant l'entrée principale. J'ignore si c'est son look décontracté, avec son jean noir et sa veste assortie, ou si ce sont les coups que j'ai encaissés hier soir, mais je le trouve encore plus sexy que la veille.

— Je suis pile à l'heure, annoncé-je, plus pour me conforter dans cette idée, que pour lui.

— On t'a frappée ? s'étonne-t-il, à peine assis dans la voiture.

Je m'étire en direction du rétroviseur central pour examiner ma joue.

— Ça se voit tant que ça ?

— Tu oublies que je suis un vampire. Je peux détecter une trace ou une odeur de sang comme personne.

— Oh... ce n'est rien, me contenté-je de répondre, en espérant éviter d'avoir à raconter ma mésaventure.

— Je ne me souviens pas qu'un des démons du Styx ait eu l'opportunité de te toucher.

— Ce n'est pas grave, je te dis.

— Ton cœur s'accélère. Ne me mens pas.

— C'est pour ça que les autres races ont du mal à vous supporter, claqué-je. Non contents d'insister là où vous devriez comprendre que ce n'est pas utile, vous enfoncez des portes ouvertes en usant de vos capacités.

— Ce n'est pas un scoop que tu m'annonces. Alors ? Qui t'a frappée ?

Je souffle, un tantinet excédée, avant de décider que finalement, il vaut sans doute mieux qu'il soit au courant. Un peu gênée d'avoir pris une telle dérouillée, je lui raconte donc ce qui s'est déroulé à quelques mètres de chez moi.

— Ça expliquerait l'agitation que j'ai constatée autour de la bouche d'égout, conclut-il.

— Pardon ?

— Après que tu m'as déposé, comme il était encore trop tôt pour que j'aille me coucher, j'ai commandé un taxi pour me rendre au Louvre.

Mon sang ne fait qu'un tour.

— Tu as fait quoi ? Mais ! C'était terriblement dangereux ! Des vampires disparaissent, et toi, tranquillou, tu vas te balader proche de l'endroit où ils ont été vus en dernier. Normal ! Tu es inconscient, ou quoi ?

— Je te rappelle que je sais me défendre, Charlie.

— Oui, moi aussi ! Et ça ne m'a pas empêchée de prendre une branlée hier soir, contre un seul démon. Là, tu me parles d'agitation. J'en déduis donc qu'il y en avait plusieurs.

— J'ignorais que je devais te rendre des comptes. Jusqu'à preuve du contraire, c'est moi le client.

— Justement, imagine qu'il t'arrive un truc. Qui va nous payer, après ?

Bon, je l'admets, c'est un poil mesquin. Mais il me tend une perche qui m'arrange. Je ne vais pas lui avouer que je me sens redevable, et que mon côté protecteur se manifeste à la moindre occasion, dès que je trouve une personne un peu sympathique.

Merde !

Je trouve Drake sympa...

Je crois que je devrais réviser mes critères de sélection, à l'avenir.

— Si tu dois te conduire en simple mercenaire, rassure-toi, j'ai laissé des instructions très précises à Lynne, ma plus loyale progéniture à Atlanta.

Et voilà ! Maintenant, je me sens mal.

— Ce n'est pas vraiment ce que je voulais dire, confessé-je d'une petite voix. Mais reconnais tout de même que c'était dangereux.

Comme il ne répond pas, et que je devine le poids de son regard sur mon profil, je tourne la tête.

Il sourit.

— Quoi ? m'énervé-je.

— Tu te soucies de ma sécurité ? C'est mignon.

— Ça n'a rien de mignon ! Et puis... Je n'ai jamais dit ça !

— Il y avait longtemps que quelqu'un ne s'était inquiété pour moi. Ça me touche beaucoup.

Un silence de plus en plus gênant gangrène l'habitacle. Je me racle la gorge, pour me donner un peu d'élan.

— Bon. Et alors ? À part le fait que tu as localisé où se trouve l'entrée qui nous intéresse. Tu as vu autre chose, tu disais ?

— En effet. Je me déplaçais discrètement dans les zones d'ombre, pour éviter de me faire repérer, quand une odeur de fluide démoniaque m'a interpellé. J'ai d'abord distingué Albert. Il était couvert de plaies suintant d'un liquide jaunâtre. Je présume que c'est l'autre démon qui lui avait mis une correction, parce qu'il le forçait à avancer.

— Tu as pu le voir ? Tu saurais le reconnaître ?

— Sur le moment, non. Il portait un sweat gris avec une capuche, qui dissimulait son visage. Mais je les ai suivis. Ce qui m'a permis de repérer l'entrée, ainsi que l'endroit où ils cachent la clé de levage pour ouvrir la plaque.

— Super ! Et c'est de cette agitation-là, que tu parlais tout à l'heure ?

— Pas tout à fait. Alors que j'aurais pu revenir à l'hôtel, j'ai continué ma surveillance. Environ une heure plus tard, deux autres démons s'y sont engouffrés, accompagnés de cinq vampires. Tous riaient à gorge déployée, mais c'est là que ça devient intéressant. Ils venaient à peine de disparaître, que le démon au sweat gris est ressorti. C'est à ce moment-là que j'ai reconnu le Negensquaphidion du Styx. Tu comprends la même chose que moi, je suppose ?

Je m'accorde quelques secondes pour établir toutes les connexions.

— En clair, j'ai forcé Albert à parler de cette bouche d'égout et du fil d'Ariane, pile devant les mauvaises personnes. Que ce soit le Morloch, ou le reptilien. Et est-ce qu'Albert est ressorti, aussi ?

— Je n'en sais rien. En tout cas, tout le temps où je suis resté, je ne l'ai pas vu remonter. Désolé.

Je tape sur le volant, pour évacuer ma frustration.

— Et les vampires, avec les deux autres démons ?

— Les démons sont revenus à la surface au bout de quarante-cinq minutes. Mais pas de trace des vampires.

— Tout ça ne me dit rien qui vaille, marmonné-je.

Par le biais du rétroviseur central, je jette un œil furtif sur le sac à dos qui dort sur la banquette arrière, tout en établissant un inventaire sommaire. Nous sommes deux, et visiblement, les égouts grouillent de démons. J'ai peur que ce soit juste comme arsenal.

— Est-ce que tu songes à tout abandonner ? s'inquiète Drake.

Même si l'idée m'a effleuré l'esprit, désormais, il en est hors de question.

— Certainement pas. Par contre, ça serait sans doute judicieux de s'équiper pour la circonstance.

Chapitre 7

— S'équiper pour la circonstance ? Tu m'expliques ?

— Tu vas comprendre, annoncé-je en cherchant par le biais de l'ordinateur de bord, le numéro de téléphone de Denis.

Son surnom, c'est Denis la malice. Et pas à cause de ses cheveux blonds, étant donné qu'ils sont bruns, et encore moins pour son côté farceur. Mais plutôt pour sa débrouillardise.

— Oh ? Charlie... répond-il. Si tu m'appelles à cette heure-ci, ce n'est certainement pas pour prendre de mes nouvelles.

— En effet. Tu te souviens, ce retour d'ascenseur que tu m'avais promis ?

— Je n'ai qu'une parole ! Qu'est-ce que je peux faire pour toi ?

— Je cherche de quoi rendre une fête plus amusante. Avec des feux d'artifice, tout ça, quoi ! Tu penses pouvoir me dépanner ?

— Ça doit pouvoir s'arranger.

— Tu es un ange. J'arriverai dans une dizaine de minutes.

— Ça roule !

Je coupe la communication sous le regard interloqué de Drake.

— Des feux d'artifice ?

— C'est un code. Il y a quelques mois, je lui ai sauvé la mise, en éloignant les flics de sa petite personne. Il trempait dans une affaire de trafic d'armes. Ça m'a valu une belle dispute avec Greg, mais j'ai pensé qu'avoir ce genre de relation dans mes contacts, cela pourrait s'avérer utile.

Drake continue de m'observer, un air satisfait sur le visage.

— Un problème de conscience avec ce que je viens de te dire ? m'inquiété-je.

— Si je n'avais pas démissionné de mon poste de président du Haut-Conseil de l'État de Géorgie, et que toute cette histoire se déroulait là-bas… ce serait certainement le cas. Mais ici, en France, étant donné que je suis déjà considéré comme un hors-la-loi, rien qu'à cause de ma nature, je trouve toutes ces péripéties plutôt… revigorantes.

— Contente de voir que tu t'amuses, ironisé-je. Tu as quand même conscience que malgré l'aide de Denis et de ce qu'il pourra nous fournir, on risque de ne pas ressortir vivants des catacombes ?

— Techniquement, tu sais, je suis déjà mort.

— Très drôle.

Je me gare à proximité de l'immeuble où habite Denis. Malgré les passants, il nous attend en peignoir rouge et pantoufles noires, un café à la main. Sur le moment, il me rappelle Quentin Tarantino, dans le film Pulp Fiction.

— Désolé pour la tenue, s'excuse-t-il.

— C'est bon, t'inquiète. Je ne t'amène pas au bal de toute façon ! Denis, je te présente Drake.

— Heu… Par contre, Charlie…

Il m'attrape le coude, pour m'attirer vers lui.

— Tu ne m'avais pas dit que tu serais accompagnée, chuchote-t-il, sans savoir que le vampire l'entend.

Denis est un humain initié aux paranormaux. Pour autant, il ne dispose d'aucun repère pour les reconnaître. Même Greg qui en croise assez souvent a encore du mal à les identifier. Du coup, j'échange un regard amusé avec Drake.

— C'est mon cavalier pour la soirée. Tu nous montres ce que tu as en stock, ou on continue la ritournelle ?

Denis nous examine un moment avant de répondre.

— OK. Venez.

Nous entrons dans le hall, et empruntons le couloir de droite, jusqu'à son appartement. Comme tout bon hors-la-loi qui se respecte, il s'agit là d'un choix stratégique. C'est plus facile de s'échapper par une fenêtre du rez-de-chaussée, que de sauter du quatrième étage.

La porte s'ouvre directement sur le salon, où nous sommes accueillis au rythme des tic-tac. J'avais oublié la passion de Denis pour les horloges. En même temps, c'est son métier et sa couverture. Et il faut reconnaître que c'est plus discret de cacher un lot de fusils dans une pendule à balancier, que dans un paquet de bonbons.

Il tire le canapé, puis fait coulisser un panneau de bois dans le mur, pour dégager une trappe.

— C'est tout ce que j'ai à disposition, annonce-t-il en indiquant l'intérieur du petit placard. Si tu as besoin de quelque chose de plus spécifique, tu devras attendre un peu.

Je me penche pour observer de plus près. Si j'ai bien compris les instructions de Greg, nous pourrions nous retrouver dans des couloirs plutôt étroits. De toute façon, je préfère les armes de poing, plus maniables. Je soupèse deux revolvers, avant d'opter pour le plus léger.

— Je suppose qu'il y a ses petites copines, cachées quelque part par là ?

— Bien sûr, rétorque Denis, en se penchant vers les étagères, sur le côté intérieur droit du placard. Tiens. C'est tout ce que j'ai, par contre.

Il me tend une boîte de munitions encore neuve.

— Si je les utilise toutes, c'est qu'on était vraiment mal barrés... grimacé-je.

Je le charge, et pendant que je glisse ma petite trouvaille dans mon dos, sous mon manteau, un couteau et son étui, qui s'attache le long de la cuisse, me font de l'œil.

— Je te le prends aussi, déclaré-je.

— Pas de problème. Et vous ? demande-t-il à Drake.

— Vos feux d'artifice ne me seront d'aucune utilité. Dame nature m'a déjà doté de tout ce dont j'ai besoin.

Denis hausse un sourcil interrogateur. Pour ma part, j'ai bien compris qu'il n'est pas un simple vampire, malgré tout, je serais plus rassurée de le savoir armé. Je décide de récupérer l'autre revolver avec lequel j'hésitais, avant de le lui glisser de force dans la main.

— Fais-moi plaisir. Juste au cas où.

Il penche la tête, l'air peu convaincu, pendant que Denis cherche les munitions qui vont avec.

Lorsque nous quittons les lieux, deux petites voix bataillent dans mon esprit. La première me souffle que nous sommes toujours aussi mal équipés, la seconde me susurre que c'est quand même mieux qu'au départ.

Laquelle écouter ?

Je gare la Mini dans un parking souterrain, et nous effectuons le reste du trajet à pied. Les rues de Paris s'étendent devant nous, égayées par des lumières tamisées. Les réverbères projettent des ombres dansantes sur les pavés. Le bruit des moteurs et des klaxons se mêle au murmure des passants pressés.

Nous longeons le Louvre. Sa silhouette se dresse vers le ciel étoilé. Les fenêtres du musée encore éclairées me laissent imaginer des chefs-d'œuvre figés dans le temps.

Nos pas résonnent sur les trottoirs, jusqu'à la fameuse ruelle en travaux. Les barricades orange et les panneaux de signalisation nous guident vers l'entrée des égouts qui nous intéresse. L'air est plus frais ici, chargé d'une odeur terreuse.

À peine avons-nous avancé de quelques mètres, que la plaque se soulève dans un crissement. Vite, je tire sur le bras de Drake pour le stopper, et le ramener en arrière, jusqu'à l'angle. Je récupère le sac sur son dos, le mets entre mes pieds, et m'appuie contre le mur.

Drake place alors sa main à hauteur de ma tête, pour faire semblant de me draguer, tout en se dissimulant derrière. Dans cette posture, il est le seul à pouvoir surveiller le passage. De mon côté, je profite de cette proximité pour détailler son visage. Ses yeux d'un bleu cristallin bordés de toutes petites pattes-d'oie, ses longs cils noirs, sa mâchoire carrée, recouverte d'un début de barbe. Une énigme qui restera toujours sans réponse. Comment les vampires peuvent-ils être morts et continuer à pouvoir digérer ce qu'ils ingèrent, tout en ayant les ongles, les cheveux et les poils qui poussent ?

Je m'apprête à lui poser la question, quand il reporte son attention vers moi.

À la vitesse de la lumière, il déplace sa main vers ma joue, et l'autre vers ma taille en murmurant un :

— Désolé...

Avant de s'emparer de ma bouche. Je suis si surprise que je voudrais libérer un « oh ! ». Mes lèvres s'entrouvrent, et Drake en profite pour trouver ma langue, dans un baiser qui frise la perfection. Je baisse ma garde sous cette douce caresse, l'étreignant à mon tour. Lorsqu'il rompt le contact, me laissant tout émoustillée, il a déjà les yeux rivés vers la ruelle. Mon cœur s'emballe, un mélange d'excitation et d'appréhension. Les secondes s'étirent, suspendues dans l'air chargé d'électricité. Je retiens mon souffle, incapable de détourner mon regard de son profil.

— Le Morloch vient de nous passer à côté. Mais c'est calme à présent. On va pouvoir y aller. Il s'éloigne, affirme-t-il en tournant finalement la tête vers moi.

Un sourire en coin remonte le long de ses lèvres. Avec son audition ultra développée, il doit capter les battements de mon cœur, encore secoué par cette proximité soudaine. Une chaleur sournoise s'invite sur mes joues. Je rougis et j'ai horreur de cette sensation de faiblesse.

— Les gens, et même les démons, ont naturellement tendance à détourner le regard, en voyant un couple s'embrasser. J'ai pensé que tu préférerais cette option, à celle de nous faire remarquer.

Il tente de se justifier, mais si je ne sentais pas une certaine fierté derrière ces mots, cela aurait sonné plus juste à mon oreille. Mon cerveau vrille dans sa boîte crânienne. Il chasse toute trace d'excitation pour laisser place à la colère.

— Et c'est bon ? La voie est libre, maintenant ? ronchonné-je, en le poussant pour me permettre de récupérer le sac.

Il recule de quelques pas, en titubant légèrement.

— Tu es fâchée ? s'étonne-t-il. Tu aurais sans doute préféré que je le laisse nous voir ?

— La question n'est pas là ! fulminé-je, en m'enfonçant dans la ruelle. Seulement la prochaine fois, assure-toi d'obtenir mon consentement, avant.

— Oh ? Dois-je en conclure que tu espères qu'il y aura une prochaine fois ?

Je sais que la violence ne résout rien. Cependant, quand j'estime que les mots manqueront d'impact pour exprimer mes sentiments, ou pour clouer le bec de mon interlocuteur, un bon coup de poing représente ce qu'il y a de plus salutaire. Quant à la barrière client/employé, il vient purement et simplement de la faire exploser en éclats.

Je me retourne d'un mouvement fluide, et lance mon bras armé pour lui administrer une droite magistrale. Grâce à sa super vitesse, il stoppe mon geste en plein élan. Mes doigts s'écrasent contre sa paume. Mini satisfaction : son corps glisse de quelques centimètres sur le côté, à cause du choc, tout en restant raide comme un piquet.

— J'ai dépassé les bornes, admet-il. Mais étant donné que tu as tenté de me frapper, je pense qu'on peut dire que nous sommes à égalité.

J'ai déjà eu l'occasion de me frotter à des vampires, et aucun n'a jamais esquivé mes coups. Pour ne pas dire carrément contré.

— Comment ? Comment tu as fait ça ? balbutié-je.

— Je te l'ai expliqué tout à l'heure. Dame Nature m'a doté de tout ce que j'ai besoin. Seulement, on devrait y aller, maintenant. Avant que quelqu'un d'autre arrive, tu ne crois pas ?

Il a raison. Il y a plus urgent, pour l'instant. Je reconnecte mes rares neurones encore en état de penser de façon rationnelle, et m'avance jusqu'à l'entrée.

— Où cachent-ils la clé de levage ?

— Ici.

Il passe le bras derrière une palissade de chantier, d'où il extrait un genre de levier. Il le glisse sous le bord, puis je soulève la plaque qui s'ouvre sur une échelle en métal. Même si ça ne sent pas la rose, je m'attendais à une forte odeur de pourriture, qui en fin de compte n'est pas aussi entêtante que je l'imaginais.

— Les dames d'abord, propose-t-il en rangeant le levier à sa place.

Avant, je m'empare de la torche dans une des poches du sac à dos, que je confie à Drake. Après tout, puisqu'il voulait le porter, autant qu'il continue. La lampe coincée entre les dents, je pose les orteils sur le premier barreau. Heureusement, il n'y a que quelques mètres. J'inspire l'air humide et malodorant pour me donner du courage.

Mes pieds atterrissent dans un filet d'eau. Ou en tout cas, je préfère me dire que c'est de l'eau. Le boyau rond s'étend des deux côtés.

Le faisceau lumineux balaie les alentours. Au-dessus de nos têtes, les parois, le sol, mais je ne remarque rien de particulier. Je ne distingue que cet énorme tuyau de ciment, couvert de moisissure, où serpente ce mystérieux liquide.

— Charmant endroit, ironisé-je.

— Tu as repéré le fil d'Ariane ? m'interroge Drake en sautant les dernières marches.

— Non. Et toi ?

Comme si la nature n'avait déjà pas assez bien œuvré pour faire des vampires des bêtes de combat, entre la force, la super vitesse, et l'ouïe surdéveloppée, elle les a aussi dotés d'une excellente vue. Même dans l'obscurité.

— Avance un peu, m'ordonne-t-il, le nez en l'air.

Je m'exécute, la torche pointée vers le haut.

— Baisse-la, m'intime-t-il en posant sa main sur la mienne.

Quelle bonne idée ! Le halo lumineux met en relief un rat de la taille d'un chat qui se glisse entre nos pieds.

Un glapissement s'extrait de ma gorge, en même temps qu'un frisson d'horreur dévale ma colonne vertébrale.

— Tu n'as pas peur des démons, mais tu as peur des rats, s'étonne mon acolyte.

— Je déteste ces bestioles. Elles se faufilent partout.

— OK... Tiens ! Il est là, m'annonce-t-il avec nonchalance, en guidant la torche vers le plafond.

Au bout d'un vieux clou rouillé pend un bout de ficelle rouge.

— Et le suivant est là-bas, détaille Drake en pointant la lumière quelques mètres plus loin.

— Bien joué, concédé-je.

Tel le petit poucet, nous longeons la piste balisée jusqu'à une autre bouche d'égout. Pas besoin de levier pour l'ouvrir, puisqu'elle dispose d'une manivelle. Drake se charge de la manœuvre, et nous descendons encore plus bas, sous les rues de Paris. Ce second dénivelé marque l'entrée dans les catacombes. La température baisse de plusieurs degrés. L'atmosphère devient oppressante.

Ce royaume des morts est un véritable labyrinthe de galeries souterraines, où sont entassés des millions d'ossements. Des crânes, des fémurs, des tibias, des côtes, des vertèbres... Ils forment des murs, des colonnes, des arcs, des motifs. C'est à la fois fascinant et macabre.

— Tu crois qu'ils sont tous morts naturellement ? demandé-je au vampire, qui selon toute probabilité, possède une culture plus étendue que la mienne.

— Non. Certains ont été tués par la peste, la famine, la guerre, ou la révolution. D'autres ont été assassinés, ou sacrifiés.

— Sacrifiés ?

— Oui. Les catacombes sont un lieu de pouvoir, pour les sorciers. Ils y pratiquent des rituels, des invocations, des malédictions. Ils utilisent les ossements comme des ingrédients, ou des réceptacles.

— Tu as déjà fait ça, toi ?

— Certainement pas. Je respecte les morts.

— Même ceux que tu as tués ?

Il me lance un regard noir, et je regrette aussitôt ma question. Parce que la dernière personne qu'il a tuée, c'était l'incube d'hier soir, pour me sauver les fesses. Et en plus, c'était très déplacé.

— Il y a une chose que tu ignores à mon sujet. J'ai choisi de devenir un vampire. J'ai passé un pacte avec le vampire qui m'a transformé. Donc, crois-le ou non, mais les rares fois où j'ai donné la mort, c'était pour de bonnes raisons. Me nourrir n'en a jamais constitué une à mes yeux. Et même si le Velvet Blood n'existe que depuis une vingtaine d'années, il y a d'autres façons d'agir.

— Désolée…

— Ne le sois pas. Je ne le suis pas, moi. Concentrons-nous sur ce qui nous attend, plutôt.

Tout se ressemble, et les fils rouges sont plus épars. Nous croisons des portes, des escaliers, des puits, des niches. Nous passons devant des inscriptions, des dessins, des symboles. Si Greg se trouvait là, il ne pourrait s'empêcher de mitrailler dans tous les sens avec son téléphone, dans le but de chercher à tout décoder.

Le bras de Drake se met en travers de mon chemin, me forçant à m'immobiliser. Des bruits de pas résonnent. Ils se rapprochent.

Nous ne sommes plus seuls.

Nous marchons dans une portion où le plafond est assez haut. D'énormes colonnes constituées d'ossements supportent l'ensemble de la structure. J'éteins la torche que je glisse dans ma poche, me faisant regretter le casque avec sa lumière frontale intégrée. Si je dois me battre ici, dans le noir, ça va être coton.

Nous reculons jusqu'à une alcôve, dans l'espoir de pouvoir nous y dissimuler. Je me retrouve de nouveau plaquée contre le corps du vampire. Néanmoins, cette fois, mon palpitant s'emballe à l'idée d'être découverts.

Dans cet espace trop étroit, j'atteins à tâtons la fermeture éclair du sac sur le dos de Drake. Je fouille à l'intérieur pour en extraire un tube de Cyalume.

— Ça ne suffira pas, remarque-t-il.

— Alors, sors, ronchonné-je en le poussant. Je préfère les affronter directement, plutôt que d'attendre sans broncher.

Le tube de Cyalume serré au creux de mon poing, je tends l'oreille. Je ne détecte aucun son autour de nous, excepté mon cœur qui résonne dans mes tempes.

Bam-bam.

Tout semble figé.

Bam-bam.

J'entends ma respiration au ralenti.

Bam-bam.

Mon cerveau cherche à traiter l'information.

Bam-bam.

Il tente d'imaginer ce que mes yeux ne perçoivent pas.

Bam-bam.

Un peu de poussière et des petits cailloux rebondissent sur l'épaule de mon manteau en cuir.

Dans un sursaut, je craque le tube, avant de le secouer quelques secondes. Juste le temps de capter les deux silhouettes accrochées au-dessus de nos têtes. Je le jette à nos pieds, au moment où nos assaillants se laissent tomber. Je m'écarte de justesse. J'ai l'impression que ce sont des vampires, mais ils ont quelque chose de différent.

Inutile de m'attarder. Je balance les mains en avant dans le torse du premier pour l'obliger à reculer, et ainsi pouvoir sortir mon couteau de son étui. Drake est couché sur le dos. Il se dégage grâce à un coup de pied, et se relève d'un bond. Nous sommes dos à dos, quand les deux vampires se jettent sur nous comme des enragés. Je n'ai jamais vu des vampires aussi combatifs et virulents. La faible lueur du tube qui gît au sol me permet tout juste de deviner les mouvements de mon adversaire. Il finit par me faire tomber. Dans un roulé-boulé, je me retrouve sur son dos, ma lame au niveau de sa gorge. La décapitation reste ma seule option. C'est dégueulasse, mais efficace. Je me relève d'un bond avant que son cadavre commence à se désagréger. J'ai déjà bien assez de sang sur les mains et sur les vêtements, sans en rajouter.

Je reporte mon attention sur Drake dont les poings sont rougeoyants de magie. Il cogne son adversaire à une vitesse vertigineuse. Je range mon couteau, et décide de lui venir en aide en saisissant les bras du vampire pour l'immobiliser. Je voudrais prendre quelques minutes pour l'interroger, mais Drake place ses paumes de chaque côté de sa tête, qui s'enflamme presque aussitôt. Je le lâche en le poussant. Le corps du vampire s'écrase contre la paroi, entraînant avec lui une pluie d'ossements.

— Tu aurais pu attendre avant de lui griller la cervelle. J'aurais bien aimé lui poser quelques questions.

— C'était inutile, rétorque-t-il d'une voix presque sereine. Tu n'en aurais rien tiré.

— Et qu'est-ce que tu en sais d'abord ?

— Tu n'as pas vu qu'ils étaient zombifiés ?

— Pardon ? demandé-je en ressortant la torche de ma poche.

— Leurs yeux vitreux. Je n'avais observé ce phénomène qu'une fois auparavant. Lors d'un voyage en Afrique, pour le Haut-Conseil.

— Et donc... ils perdent leurs capacités cognitives ?

— Ainsi que tout libre arbitre.

J'accorde une pause à mon cerveau pour qu'il traite l'information.

— Tu crois que c'est ça qui leur arrive ? À tous ces vampires qui disparaissent.

D'habitude si impassible, la question a pourtant l'air de le mettre mal à l'aise. C'est furtif, mais j'ai le temps d'apercevoir les muscles de ses mâchoires se contracter avant de me répondre.

— Je l'ignore. Mais si c'est le cas, la personne qui les transforme pourrait obtenir une armée parfaitement disciplinée et presque indestructible...

Chapitre 8

Galvanisée par cette découverte, parce que je suis incapable de laisser une telle chose arriver, je me remets en route.

— Nous devons en avoir le cœur net.

— Attends ! s'exclame Drake en saisissant mon bras.

— Quoi ? Je croyais que tu voulais retrouver Valérie.

— Justement. Si elle a été zombifiée, j'ignore comment annuler ce maléfice.

— Tu n'étais pas allé en Afrique pour ça ?

— Si. Mais la sorcière qui en était responsable ne l'avait pas fait exprès. Elle cherchait à se défendre. Elle lui a jeté un sort qui n'a pas produit l'effet escompté.

— Eh bien, raison de plus pour aller voir. Parce qu'on dirait que la personne qui a zombifié ces deux-là savait parfaitement ce qu'elle faisait, contrairement à ta sorcière.

— Avant, il vaudrait mieux se mettre d'accord sur notre façon d'agir, si on retrouve ces vampires. Si nous étions aux États-Unis, on pourrait alerter des autorités compétentes, afin d'essayer de les soigner. Ici, j'ignore quelles sont nos options.

Des options… Je n'ose pas lui dire que nous n'en avons pas une seule. Si la ou les personnes qui préparent cette horreur projettent de déclencher une guerre en utilisant ces vampires, le nombre de morts sera bien plus élevé que si on les élimine directement. Mais je pense qu'il est assez intelligent pour l'avoir déjà compris.

Je reste donc silencieuse, une moue contrite sur le visage.

Drake lève les sourcils en se pinçant les lèvres, puis récupère le sac à dos qu'il avait jeté au sol. Il l'ouvre et en sort le piolet.

— Tiens ! À ce stade, ils ressemblent plus à des zombies qu'à des vampires. La décapitation est très efficace, mais avec ta force, ce sera plus simple si tu...

Il mime le geste, comme s'il allait lui-même s'exploser le crâne. Pas besoin de le connaître depuis longtemps pour voir que ça lui coûte de me donner des conseils sur la meilleure façon de tuer ses congénères.

Je le remercie d'un hochement de tête, puis nous repartons. Petit à petit, nous nous enfonçons dans un boyau plus étroit, où nous sommes obligés de marcher courbés. Au bout de plusieurs mètres, alors que le faisceau lumineux se heurte à des parois tout autour, et que j'ai l'impression que nous arrivons dans une impasse, se découpe un trou dans le sol. Des grognements, et ce qui ressemble à des bruits de pas s'en échappent. Bien que je n'ose pas éclairer de peur que l'on nous repère, en me penchant légèrement – parce que mon vertige se rappelle à ma mémoire devenue trop curieuse –, j'aperçois un halo rouge. Si Drake était passé devant, avec sa vue perçante, il aurait pu mieux que moi appréhender ce qui nous attend. Malheureusement, cet appendice étroit nous empêche d'échanger nos places.

Drake retire tant bien que mal le sac de son dos, pour en sortir la corde la plus large.

— Tu vas l'enrouler autour de ta taille, et je vais te descendre.

Je sens mes yeux s'arrondir.

— Tu es sérieux, là ? Tu veux que je me balance comme un ver au bout d'un hameçon sans même savoir où je vais atterrir !

— Je te guiderai. Il n'y a plus de fil. Le dernier pendouille juste au-dessus de nos têtes. Je suppose que les vampires et les démons sautent directement dans le vide. Seulement, on ignore combien de mètres nous séparent du sol. Et je doute que ton métabolisme soit assez résistant pour...

— Un conseil ! Ne termine pas cette phrase, fulminé-je en attrapant la corde.

— Sinon, on peut faire demi-tour.

Je le fusille du regard, et ses lèvres répriment un sourire.

— Tu trouves que le moment est bien choisi pour m'énerver.

— Il n'y en aura pas de meilleur.

Il a raison. Pendant que je m'agace à cause de lui, je n'écoute pas mon vertige. Je ne laisse pas non plus mon cerveau élaborer dix mille scénarios catastrophes. La corde qui casse... Une meute de zombies affamés qui me dévorent les mollets avant de toucher le sol... Drake qui se fait attaquer et lâche sa prise... Ou que sais-je encore ? Mieux vaut éviter d'y songer.

Je me contorsionne pour me harnacher, puis pose les pieds sur le rebord.

— Je ne t'inflige pas l'affront de te demander si tu es prête, je perçois ton cœur qui s'affole. Si tu ne le sens vraiment pas, on fait demi-tour, et je passerai devant.

Je déteste que l'on me prenne pour une pauvre créature fragile. On pourra incriminer mon côté démoniaque, mon égo, peu importe, je m'en fiche !

Donc maudit vertige, tu vas aller voir ailleurs si j'y suis.

— Tu me tiens ? m'assuré-je.

— Quand tu veux.

Sans réfléchir une seconde de plus, je m'élance. Je traverse environ un mètre de paroi, avant de me retrouver dans un espace immense, voûté, avec d'énormes colonnes, agrémentées de spots tamisés rouges.

De mon point de vue, alors que Drake me descend lentement, je découvre un enclos, où sont enfermés une centaine de vampires. Peut-être plus. À leur façon de se mouvoir, la tête basse, les bras ballants en traînant les pieds, je suis persuadée qu'ils ont été zombifiés. Et si je ne surplombais pas la zone, je n'aurais jamais pu voir qu'en réalité, ils gravitent autour de ce qui ressemble à une grande boîte, en allant tous dans le même sens. Je pense qu'ils ont été placés là pour garder le coffre au centre.

Qu'est-ce qu'il peut y avoir à l'intérieur de si précieux, qui nécessite une telle protection ?

Et comme si cet escadron ne suffisait pas, une armée de démons patrouillent autour de l'enclos. Des gros, des maigres, des cornus, des poilus, des écailleux. Tous plus laids les uns que les autres. Et surtout, tous armés jusqu'aux dents. Des flingues, des couteaux, des fouets, des griffes. Ils ont l'air prêts à tout pour protéger leur butin.

Malgré le danger, ma position très inconfortable, et la corde qui commence à me charcuter l'entre-jambes, mes yeux se fixent sur un homme blond qui me tourne le dos. Il est fin, et plutôt grand, je crois. Mais je n'ai pas le temps de déterminer sa nature.

— Intrus ! hurle un démon en me pointant du doigt.

J'avise la distance qui me sépare du sol et qui tout à coup se rapproche très rapidement. La corde se détend aux creux de mes paumes. Une ombre me frôle. Sans que je comprenne quoi que ce soit, j'atterris dans les bras de Drake. Il a sauté, ou plutôt plongé pour me rattraper. Pas le temps de dire merci ni rien. Nous sommes projetés en avant. Je m'écrase sur le calcaire, sans gros dommages, heureusement.

— Ça suffit ! clame le grand blond en frappant deux fois dans ses mains.

Tout comme l'auditoire, je suis captivée par l'individu. Même les vampires s'apaisent. Je crois que c'est un sorcier. Il se dégage de lui une telle force, une telle énergie, qu'il en devient fascinant. Vêtu d'un costume noir sur une chemise blanche, avec une cravate rouge, son visage a quelque chose d'angélique. Un sourire, pourtant diabolique, remonte jusqu'à ses yeux bruns fixés sur ma petite personne. Il me fait penser à un requin qui attend sa proie. Il n'accorde pas la moindre attention à Drake. Ses pupilles restent braquées sur moi. Nous nous observons de longues secondes. À tel point que cela en devient presque gênant.

Puis, il lève sa main gauche, paume face à nous, et la pivote d'un mouvement sec. Les démons nous encerclent aussitôt, nous coupant toute retraite.

— Et on fait quoi, maintenant ? demandé-je à Drake.

Une lueur rouge émane de ses doigts.

— Je crois qu'on va se battre. Sors ton couteau ! m'ordonne-t-il.

Personne ne bouge. Le blond continue de nous regarder, comme s'il étudiait le comportement de deux souris piégées dans un labyrinthe.

— Et après ?

— On improvisera.

— Super, ton plan, ironisé-je.

Drake place ses mains des deux côtés de la lame, qui chauffe jusqu'à la garde.

— Non, vilain vampire ! Ici, il n'y a que moi qui ai le droit d'exercer la magie.

Le blond hoche la tête, et c'est le top départ. Les démons se jettent sur nous, attaquant de tous les côtés à la fois. Je comprends très vite le tour de passe-passe de Drake. Le premier mouvement esquissé avec ma lame s'amplifie en créant un sillon magique rouge qui tranche en deux le gros démon poilu, avec des cornes. Je me retourne vers le suivant, un maigre, avec des écailles et des griffes, qui tente de me lacérer le visage. Sur le coup de la surprise, le couteau m'échappe. Je saisis son poignet, bloque mon pied sur ses côtés, et tire d'un coup sec. Son bras se détache de son buste dans un bruit de succions et de craquements. Il hurle, pendant que je profite de mon arme improvisée pour la lui balancer direct dans la mâchoire. Il s'envole et comme dans un jeu de quilles, emporte deux de ses copains avec lui.

Je pose ma semelle sur la lame de mon couteau, pile au moment où un démon s'apprête à le ramasser. Je lui envoie mon autre pied dans les gencives. Je récupère mon bien, et aperçois du coin de l'œil Drake qui lance des éclairs, et des boules de feu. Je comprends mieux l'odeur de cramé, ainsi que la fumée qui commence à envahir l'espace. Mais même si Drake est agile, rapide, et précis, qu'il esquive les coups, et riposte avec force, les démons sont partout.

Un démon Ahriman se jette sur moi. J'empoigne sa peau fripée avec une certaine appréhension, pour le faire pivoter et le balancer contre le mur. Je ne veux surtout pas la déchirer et ainsi, libérer l'énorme araignée géante à l'intérieur. Sonné, il s'écroule sans demander son reste. Un autre démon prend le relais. Je récupère le flingue dans mon dos, pour lui envoyer trois pruneaux dans le buffet. Les projectiles sont petits, mais remplissent leur office. Par contre, les détonations excitent les vampires, qui grognent encore plus fort.

Les démons sont trop nombreux, ils nous submergent. Les coups et les éclairs rouges laissés par mon couteau pleuvent dans tous les sens. Je commence à fatiguer. Sans parler des douleurs qu'ils m'infligent.

Petit à petit, ils nous séparent avec Drake. Jusqu'à ce que je le perde de vue.

J'assomme un dernier démon, quand je me retrouve face au grand blond. À quelques mètres devant moi, il m'adresse un sourire. Je n'arrive pas à déterminer si c'est un rictus sympathique, moqueur, ou narquois. Je réalise juste qu'il n'a pas bougé d'un poil. Il n'a même pas levé le petit doigt pour se battre. Il se contente de nous regarder souffrir.

— Qui es-tu ? demandé-je en crachant une écume de sang. Pourquoi est-ce que tu crées une armée de vampires ?

Un démon tente une approche, mais le blond lui fait signe de me laisser et de reculer. Je m'étonne de cette attitude. Seulement, pas question d'abandonner si facilement l'opportunité d'en découvrir davantage.

— Tu le sauras bien assez vite, je te le promets. En attendant, tu peux m'appeler Alcibiade.

— Alcibiade ? D'où ça sort ce nom ?

Il se contente de hausser les sourcils.

— Et que veux-tu ?

— Changer le monde… Retrouver le mien…

Je ne comprends rien. Heureusement, s'il y a une chose que j'ai apprise au chevet de ma mère, c'est que discuter avec les personnes mentalement dérangées est une perte de temps.

— Comment comptes-tu t'y prendre ?

— Avec ça, bien sûr.

Il tend la main pour désigner le coffre au milieu de l'enclos.

— Qu'est-ce que c'est ? Qu'est-ce que tu caches là-dedans ?

— Tu le sauras bien assez tôt, je te le promets. Je peux même te dire que tu te trouveras aux premières loges pour le voir. Et ne rêve pas, tu ne pourras pas l'empêcher.

— De quoi tu parles ? Je ne comprends rien !

— De mon plan. Mon chef-d'œuvre. Mon apocalypse.

— C'est bien ce que je pensais. Tu es complètement cinglé !

— Pas du tout. Je suis un visionnaire, affirme-t-il en fronçant les sourcils.

Il avance d'un pas dans ma direction, me forçant à battre en retraite. Nous débutons ainsi une forme de danse fuis-moi j'te suis, suis-moi j'te fuis, durant laquelle j'aperçois Drake entouré par plusieurs démons. Agacée par cette mascarade, je lui décoche une bonne droite dans la figure, de toutes mes forces. Je pensais le voir s'écrouler, ou au moins reculer, ou saigner. Non ! Il ne bronche pas. Il ne souffre pas. Au contraire, il sourit.

À son tour, il m'envoie son poing dans le ventre, avec beaucoup plus de force que je n'aurais pu le faire. Je me plie en deux, la respiration coupée. Il en profite pour me frapper à la tête. Je vois déjà des étoiles, mais il ne s'arrête pas pour autant. Un coup de genou dans le sternum au niveau du cœur finit de me faire perdre mon souffle.

Je m'écrase au sol où il continue de me fracasser avec ses pieds.

Je tousse.

Je crache.

Mes os craquent.

Il va me tuer.

Je ferme les yeux, sentant ma dernière heure arriver. Les ténèbres m'enveloppent. Une voix douce et familière m'appelle. Celle de ma mère. Je me laisse glisser sans hésiter vers le repos qu'elle me promet…

Chapitre 9

Ma respiration siffle à mes oreilles. J'ai mal partout. Chaque muscle de mon corps rechigne. J'ai l'impression d'être passée sous un rouleau compresseur. Mes paupières papillotent sur le visage d'Alcibiade, qui me tient dans ses bras. Ses yeux bruns pétillent de malice et de triomphe.

— Tu es si faible… Tu ne peux rien face à moi et à mon pouvoir.

— Lâche-moi, murmuré-je.

— Pourquoi agirais-je ainsi alors que j'ai tant besoin de toi ? Tu es un élément indispensable.

— Indispensable ? Pour quoi faire ?

— En premier, attirer ton ami vampire, qui a osé me voler.

Si je n'étais pas si mal en point, je rirais.

— Te voler quoi ?

— Pendant que tu flânais au pays des rêves, il en a profité pour entrer dans l'enclos. Grâce à la couleur rouge de sa magie, les vampires ne se sont pas méfiés. Ils ne l'ont même pas stoppé malgré mes ordres. Une erreur que je devrai corriger.

D'un geste nonchalant de la main, d'où émane un faible scintillement ambré, il explose un spot carmin au-dessus de nos têtes.

— Il en a profité pour ouvrir le coffre, et tenté de s'enfuir avec mon bien.

— Et il a réussi ?

— J'ai dit tenté. Ce qui implique que, fort heureusement, mes démons l'ont rattrapé. Le problème…

— Où est-il ? m'empressé-je en lui coupant la parole.

— Là-bas.

D'un mouvement du menton, il m'indique la direction à suivre. Drake se tient quelques mètres devant nous, entouré d'une bulle magique qui, si je comprends bien, lui sert de bouclier. Dans son regard, je perçois son inquiétude à mon sujet.

— Lâche-la, ordonne-t-il à Alcibiade.

— Je possède quelque chose que tu désires récupérer, et tu as aussi quelque chose que je veux. Il n'est pas difficile de saisir où je souhaite en venir.

Je sens son hésitation. Mais malgré ma peur, on ne peut pas laisser ce fou dangereux mettre ses plans à exécution. Si Drake détient un objet qui peut l'en empêcher, ma vie ne pèse pas lourd dans la balance.

— Va-t'en, Drake, soufflé-je d'une petite voix. Ne la lui rends surtout pas.

— Elle ne sait pas ce qu'elle dit. Je l'ai secouée un peu trop fort, je crois. Maintenant, tu n'as pas le choix. C'est elle, ou ma dague.

Une dague ? Tout ça juste pour une dague ? Que peut-elle avoir de spécial ?

— À tout problème, il y a toujours au moins trois solutions. C'est mathématique. Désolé, Charlie.

Drake tend le bras, et du bout de ses doigts jaillit une substance gélatineuse qui vient s'enrouler autour d'Alcibiade. Elle le ceinture telle une énorme bouée transparente aux reflets rouges, l'obligeant à me lâcher. Je m'écrase au sol, une fois de plus. En parallèle, la bulle protectrice de Drake s'étire tout autour de nous, jusqu'à nous envelopper tous les trois.

— Par le pouvoir de cet anneau, je t'enchaîne au sortilège. Que la magie qui coule dans tes veines t'enivre, te submerge de plaisir et de vertige.

— Qu'est-ce que tu m'as fait ? bafouille Alcibiade, pris au piège.

— Je t'ai drogué, avec ta propre magie, s'enorgueillit Drake, qui me soulève pour me porter à son tour.

— Comment as-tu fait ? demande-t-il d'une voix rendue pâteuse par l'extase.

— Tu n'as pas le monopole de la magie, ronchonne-t-il, avant de me dévisager avec inquiétude. Tu es prête ? Ça va secouer un peu.

— Vas-y, je te fais confiance.

Il me serre fort contre lui, et s'élance à la vitesse de l'éclair. Les démons n'ont pas l'occasion de réagir. Je ferme les yeux sous les assauts de douleur. Je les ouvre par moments, alors que nous sommes plongés dans le noir.

Après de trop longues minutes, ou heures, je ne sais pas... mon corps tuméfié a perdu la notion du temps... je découvre les lumières de la rue. Drake marche au pas. Nous ne pouvons pas prendre le risque de nous faire repérer. J'ignore combien de temps s'est écoulé pour revenir jusqu'à la voiture, parce que j'ai perdu connaissance à plusieurs reprises.

— On a réussi, murmuré-je, lorsqu'il me pose à terre pour m'aider à récupérer la clé dans ma poche.

— Oui, confirme-t-il.

Il me guide et me soutient pour que je puisse m'installer sur le fauteuil côté passager sans trop souffrir. Avant qu'il claque la portière, je saisis son poignet.

— Montre-la-moi. La dague.

— Je te ramène chez toi d'abord. Le jour ne va plus tarder, et je ne tiens pas à rencontrer le soleil.

Chapitre 10

Quand nous arrivons au garage, à Cormeilles, l'aube commence à se lever. Ce qui implique que Greg va bientôt se réveiller pour aller courir. S'il découvre que je ne suis pas rentrée avant de lui avoir envoyé un texto, il s'inquiétera.

Rester consciente pour guider Drake à travers les rues de Paris, afin de revenir au plus vite, m'a déjà demandé un effort considérable. Désormais, je ne rêve plus que d'une chose, dormir.

Seulement, il semblerait que nous soyons tous les deux piégés dans le garage. Drake, à cause du soleil, et moi, à cause de mon corps qui n'est plus qu'un amas de plaies, de bosses et de bleus. Sans parler des quelques menues fractures ici et là qui m'empêchent carrément de bouger.

— Je suis désolé, s'excuse Drake, en allumant le plafonnier de la voiture.

— Pourquoi ? m'étonné-je, en grimaçant, pour essayer de sortir mon portable de la poche intérieure de mon manteau.

— Laisse-moi t'aider.

Malgré la coque de protection, l'écran est complètement explosé.

— Tu peux utiliser le mien, si tu veux.

— Pas la peine. Je ne connais pas le numéro de Greg. Je me suis souvent dit de le noter sur un papier que je rangerais dans la boîte à gants, mais je ne l'ai jamais fait. Je suppose qu'à force d'essayer de me joindre sans succès, il tentera de te contacter.

— Tu ne rentres pas ?

— Je ne suis pas en état de marcher. Mon corps a besoin de repos pour se régénérer.

— Voilà qui illustre bien mes propos de départ. Je suis vraiment navré.

Il n'ose même pas me regarder tellement il culpabilise. Il conserve les yeux sur ses mains, qui écrasent mon pauvre volant.

— Pourquoi ? répété-je, en commençant à comprendre. Tu m'as sauvé la vie. Pas une, mais deux fois. Tu aurais pu partir avec la dague, et pourtant tu m'as aidée. C'est grâce à toi si je suis là.

À ces mots, il daigne finalement tourner la tête dans ma direction.

— Mais si je n'étais pas venu... Si je ne t'avais pas embauchée...

— Si tu étais resté dans ton pays, nous n'aurions sans doute jamais découvert ce que ce fou s'apprêtait à faire. Tu ne m'as pas simplement sauvée, ce soir. Tu as certainement sauvé la France, et peut-être le monde tout entier, si ça se trouve.

Nous nous dévisageons, en silence, comme si nous prenions la mesure de ce que je venais de dire. Je sens mes lèvres s'étirer. Je voudrais contenir le fou rire qui tente de se frayer un chemin, mais sans succès. Drake suit mon exemple, et nos rires résonnent dans l'habitacle, pendant que je pleure en me tenant les côtes.

La douleur est violente, mais les nerfs qui lâchent et se détendent, ça fait aussi un bien fou.

Lorsque le calme revient, et que je m'efforce de retrouver une respiration normale, Drake brise ce moment de pseudo-allégresse.

— On ignore ce qu'il projetait, ou projette exactement. Il est toujours vivant. Je ne pouvais maintenir l'anneau qu'à une certaine distance. Maintenant, il en est libéré. Et son armée de vampires zombies est intacte.

— Je te rappelle qu'on en a quand même dégommé deux, tenté-je d'atténuer.

Il grimace.

— Rien ne l'empêche d'en engendrer d'autres.

— À moins que la dague constitue un outil essentiel dans ce processus, avancé-je, en essayant d'y croire.

Je m'installe contre l'appuie-tête. Mes paupières se ferment toutes seules.

— J'ai reconnu Valérie… dans l'enclos.

Je me redresse tant bien que mal.

— C'est à mon tour d'être désolée. Mais, comme tu viens de le souligner, il n'en a sans doute pas terminé avec son plan. Tu me montres la dague ?

Il se penche pour la récupérer sur le tableau de bord, avant de me la tendre.

— Tu l'avais laissée en évidence ! Et si des flics nous avaient arrêtés ?

— Je te rappelle que je n'ai pas le droit de fouler cette terre. En plus, tu penses vraiment que j'aurais obtempéré ?

— Hum…

La lame, plutôt petite, est dentelée des deux côtés. Elle doit mesurer une vingtaine de centimètres tout au plus. La couleur noire du métal, particulièrement brillant, est assez singulière. On dirait qu'il y a des symboles gravés sur les deux faces. Je la caresse délicatement pour confirmer. Les reliefs ne laissent planer aucun doute. J'aimerais bien savoir ce qu'ils représentent, et aussi, ce qu'ils signifient. Quant à la poignée, elle n'est pas en bois. J'opterais pour de l'ivoire, ou de l'os. Elle est sculptée à l'effigie d'un dragon ou d'un démon, cornu et ailé.

— Tu permets ? me demande-t-il en tendant la main.

Je la lui redonne. Ses doigts s'attardent sur la tête de la créature. Il la retire, un peu comme un bouchon de champagne, libérant un compartiment tout le long du manche.

— Comment as-tu su ?

— Il y a eu du sang à l'intérieur. C'est l'odeur qui m'a guidé. Je peux même te dire qu'il y a deux trous microscopiques qui permettent au liquide de glisser sur la lame, sans doute pour mettre en évidence les symboles.

Un frisson dévale ma colonne vertébrale. Sur son passage, il réveille toutes les douleurs environnantes. Un véritable supplice !

— Je crois que j'en ai assez vu et entendu pour cette nuit. Je vais dormir un peu.

— Tu veux que je te soigne ?
— Avec la magie ?
Il m'observe comme si je venais de dire une ineptie sans pareille.
— Non. Avec mon sang. Tu n'es pas sans savoir qu'il contient des vertus curatives, n'est-ce pas ? Ça gonflerait ton organisme, te permettant ainsi de te remettre plus vite.
— Je l'ignorais. Je...
Son téléphone qui sonne m'interrompt.
— Oui ? Calmez-vous. Elle se trouve juste à côté de moi. Je vous la passe.
Il me le tend, et je souris.
— Salut, Greg !
— Charlie, ça va ?
— Je vais bien, ne t'inquiète pas. Drake va t'envoyer des photos d'une dague. Ça serait bien que tu planches dessus avant que je rentre, s'il te plaît.
— Mais tu es où ?
— Dans la voiture. Tu as entendu ce que je t'ai dit.
— Ouais, ouais. Mais qu'est-ce que vous avez trouvé dans les catacombes ?
— Justement. C'est là-dessus que je voudrais que tu bosses.
— Bon, OK. Et pourquoi tu ne réponds pas sur ton téléphone ? Tu l'as perdu ?
— Non. Je l'ai cassé.
— Et quand est-ce que tu rentres ?
— Mais c'est que tu me harcèlerais, oui ! Allez, rassure-toi. Je serai à la maison dans quelques heures. À plus !
Je ne lui laisse pas le temps d'enchaîner. Je ne veux pas l'inquiéter davantage. La situation est assez étrange. Et si je lui dis que je suis blessée, ou pire, qu'il voit l'état dans lequel je me trouve, cette fois, c'est lui qui exigera de tout abandonner. J'ose espérer qu'avoir utilisé la carte de l'humour dans ma dernière répartie l'apaisera un peu.
Je rends son portable à Drake, qui sans plus d'explications, mitraille la dague dans tous les sens. Puis, il envoie les clichés à Greg.

— Voilà, annonce-t-il. Par contre, les influences du jour commencent à peser lourd. Je vais devoir dormir. Est-ce que tu veux boire un peu de mon sang, avant ?

Je me doutais bien que l'on en reviendrait à cette question étrange.

— Dois-je m'attendre à des effets secondaires ?

— Aucun. Il faudrait que tu en consommes beaucoup pour qu'il y en ait.

— Dans ce cas... concédé-je en hochant juste la tête.

Je n'arrive pas à croire que j'accepte son offre. Et encore moins que je vais le faire. Seulement, au-delà de ma souffrance, nous devons arrêter Alcibiade. Et si son sang peut m'aider à me rétablir plus rapidement, alors, il n'y a pas à hésiter.

De façon plutôt pudique, Drake se détourne, puis se mord le poignet, avant de me le tendre. Je ne réfléchis pas. Je sais que si je me pose trop de questions, je vais reculer. Je saisis sa main, et bois. Je suis surprise de découvrir, derrière le goût métallique, des arômes de miel et de trêfle. Ça m'ensorcelle, je crois...

— Ça suffit, me stoppe-t-il d'une voix compatissante, tout en enlevant son bras pour me forcer à lâcher prise. Je vais t'aider à t'installer.

Judicieuse réaction. Les effets bénéfiques se répandent vite dans l'organisme. À commencer par cette douce chaleur qui m'envahit.

Il sort de la voiture pour actionner la manette, afin de mettre le siège en position couchette. Puis, il retire sa veste.

— Dors, maintenant, m'intime-t-il en la plaçant sur moi.

Je voudrais prendre le temps d'analyser tout ce qu'il vient de se passer. De réfléchir aussi à la situation étrange qui s'installe entre Drake et moi, mais je suis trop épuisée... Je me laisse glisser dans les bras de Morphée, en me disant que tout cela peut attendre au moins quelques heures, que je récupère un peu.

Chapitre 11

À mon réveil, je me sens beaucoup mieux. J'examine le profil de Drake dont les traits sont détendus. J'ignore si c'est l'effet de son sang ou autre chose, mais j'ai l'impression d'être plus proche de lui. C'est étrange. Si étrange que ça m'incommode.

Pour éluder ce malaise, mes pensées se dirigent vers des questions plus terre à terre.

Quelle heure peut-il bien être ? Drake a sans doute rangé son portable dans une de ses poches, et pour allumer l'ordinateur de bord, il faudrait que je mette le contact.

Tant pis. De toute façon, je dois bouger. Je ressens des douleurs résiduelles, entre l'ankylose et les courbatures.

Je récupère la dague, toujours en évidence sur le tableau de bord, puis j'actionne la poignée avec précaution, avant de me faufiler hors de la voiture. J'étire mes jambes, mes bras, exécute quelques rotations de la tête, heureuse de retrouver ma mobilité.

— Tu vas mieux on dirait ?

— Oh ? Je pensais que tu dormais encore.

— Ça fait un moment que je suis réveillé, m'explique Drake, en sortant à son tour. Je ne voulais pas te déranger.

— Dois-je en déduire qu'il fait nuit ?

— Depuis une petite heure, environ.

Drake me tend mon trousseau de clés au moment où j'actionne le bouton pour ouvrir la porte du garage. Je glisse la dague à l'intérieur de ma manche, en inspirant une grande goulée d'air. Dans une synchronisation quasi parfaite, mon estomac émet un grognement plaintif.

— Ça te dérange si on passe par chez moi, avant de revenir à ton hôtel récupérer du sang synthétique ? J'aimerais bien faire un brin de toilette, boire un café et grignoter un truc. En plus, Greg doit vraiment s'inquiéter. Il n'a pas rappelé ?

— Pas de problème. Et si ! Il a essayé à deux reprises, mais je n'ai rien entendu. Lorsque nous dormons, nous atteignons un état proche de la mort. À mon réveil, je lui ai envoyé un texto pour lui dire que l'on ne tarderait pas à rentrer.

— Il t'a répondu quoi ? demandé-je en m'élançant vers la maison.

— Rien, m'affirme-t-il, comme si ma question était étrange.

Pourtant, ce silence ne lui ressemble pas. Il aurait dû rétorquer un truc du genre : « Ah, enfin ! » ou « Quand même ! Ce n'est pas trop tôt. » Manifester son irritation constitue une de ses plus grandes spécialités.

Du coup, j'accélère le pas, picorée par une certaine contrariété.

J'ouvre la porte d'entrée, et grâce aux baies vitrées d'Arcane Investigations, je constate tout de suite que les locaux sont éteints.

— Greg ? appelé-je en montant l'escalier. Tu es là ?

Toute la maison est plongée dans le noir. Il n'a même pas laissé un mot sur la table, où je dépose la dague.

— Puis-je t'emprunter ton portable ?

Drake me le tend aussitôt.

Les sonneries s'enchaînent, jusqu'à tomber sur la boîte vocale. Je raccroche, agacée.

— Pourquoi est-ce que tu t'énerves ?

— Ça ne lui ressemble pas de partir sans indiquer où il va. En plus, je lui ai demandé de réaliser des recherches sur la dague. À moins qu'il n'ait absolument rien trouvé, il m'aurait laissé un dossier en évidence. Soit dans l'entrée, soit sur la table, ici.

Par acquit de conscience, je fonce de nouveau dans l'escalier jusqu'à ma chambre. Rien sur mon lit, rien devant la porte. Je redescends en trombe au rez-de-chaussée, suivie de Drake. Les plafonniers s'activent grâce aux détecteurs de mouvements, mais là encore, c'est le grand désert. Pas l'ombre d'un document en vue.

— La serrure n'a pas été forcée, m'informe Drake en examinant le verrou principal. À mon avis, ton collaborateur est sorti de son plein gré.

Ce qui s'avère d'autant plus étrange. Je récupère mon ancien portable dans le tiroir de mon bureau, avant de m'asseoir sur la chaise de Greg. J'allume son ordinateur, et le temps qu'il démarre, je retire la carte SIM de mon téléphone cassé pour la placer dans mon vieux modèle, quand la porte d'entrée s'ouvre. Je devine la silhouette de Greg. Sans réfléchir, j'abandonne tout ce que j'ai dans les mains, puis je me jette sur lui pour l'enlacer.

— Doucement, grogne-t-il d'une voix rauque.

Mon cœur rate un battement. Ses mots sont un murmure étouffé sous le poids de la douleur. Sur le moment, avec ma force, j'ai cru l'avoir blessé, mais en réalité, son visage ressemble à une palette de dégradés de rouge. Les hématomes se dessinent comme une carte des coups qu'il a reçus. Il conserve un bras enroulé autour de la taille, et son corps tangue, comme s'il pouvait s'effondrer à tout instant.

— Qu'est-ce qu'il s'est passé ? m'inquiété-je en m'approchant pour l'aider.

Mais il recule. Un sifflement de douleur s'échappe de ses lèvres serrées. Il tente un pas, puis un autre, chaque mouvement est un supplice. Il peine à monter les marches. Son souffle court résonne dans le silence oppressant de l'escalier. Je le soutiens du mieux que je peux. Sous mes doigts, je sens la tension dans ses muscles, la chaleur anormale de sa peau.

— Je suis sorti pour acheter à manger, quand une bande de voyous me sont tombés dessus... Des gosses... d'environ 14 ou 15 ans. Mais à dix contre un, difficile de rivaliser.

Ses gémissements me brisent le cœur au moment où il s'allonge sur le canapé.

— Avez-vous consulté un médecin et porté plainte ? l'interroge Drake.

— Non. Ce serait une perte de temps de toute façon. En plus, j'avais oublié mon téléphone ici.

Je comprends mieux pourquoi il n'a pas répondu au texto de Drake.

— Mais je suis content que tu sois rentrée avant moi, parce qu'en plus de mon fric, ils ont aussi volé mes clés.

L'image du Faucon Millenium en porte-clés surgit dans mon esprit. Il s'agissait d'une pièce unique en argent massif que je lui avais offerte lors de notre pendaison de crémaillère. Quand la plupart des enfants rêvaient de devenir Jedi, Greg ne jurait que par Han Solo. Une passion qui a éveillé sa vocation pour le pilotage. Un espoir tué dans l'œuf une fois de plus à cause de sa mauvaise vue.

Mon cœur se serre en l'imaginant au fond du caniveau, mais je choisis de passer ce détail sous silence. Je suppose que Greg a déjà dû y songer, et qu'il doit assez culpabiliser.

— Et vos papiers d'identité ? Ou votre carte de crédit ? s'inquiète Drake.

— Je ne me promène jamais avec. Trop risqué.

— Greg est un peu parano, expliqué-je en sortant le bac à glaçons du congélateur. C'est le roi du stockage d'informations sur divers supports ainsi que les clouds informatiques, et du paiement en liquide. Je vais appeler un serrurier ce soir, pour qu'il vienne changer les verrous au plus vite.

— Si vous le souhaitez, propose Drake, après que je sois repassé à mon hôtel pour manger, je pourrai vous soigner.

Je sais que l'intention de Drake part d'un bon sentiment, mais Greg a beau être initié au paranormal depuis longtemps, je doute qu'il soit en mesure de tout encaisser sans broncher. Surtout dans l'état de faiblesse où il se trouve. En plus, je me vois mal lui avouer que moi-même, j'ai bu le sang du vampire. Pour être honnête, c'est ce qui me gêne le plus dans cette histoire. Avec le recul, je réalise à quel point cet acte était intime, et... dérangeant aussi quelque part.

— Je ne comprends pas, répond-il en grimaçant, et en émettant un genre de sifflement lorsque le froid rencontre son œil tuméfié.

— Laisse tomber, affirmé-je. Je vais t'aider à te mettre au lit. Tu vas prendre deux antalgiques, et on verra demain si on fait venir un toubib ou pas.

— Non. Je ne me sens pas de bouger. Je préférerais que tu m'apportes une couverture et les médocs. Je dormirai là.

— D'accord.

Je m'exécute, avant de récupérer la dague, et de tirer sur le coude du vampire pour qu'il m'accompagne en bas.

— Et pour le poignard ! m'interpelle Greg.

— Oui ?

— Dans mon ordinateur, tu trouveras un fichier intitulé Nécraxe. C'est son nom. J'y ai consigné tout ce que j'ai pu dénicher.

— Tu es formidable.

— Pourquoi ? Tu en doutais encore ?

— Tu m'énerves !

— Je sais.

— Repose-toi. Je ne repartirai pas tant que le serrurier ne sera pas passé. Tu peux dormir tranquille.

Drake continue de me lancer des regards interrogateurs, mais il a tout de même la courtoisie de me suivre en silence jusqu'au rez-de-chaussée.

Chapitre 12

Arrivée en bas, je m'engouffre dans les bureaux d'Arcane, avant de pousser la porte vitrée derrière Drake. Je refuse que le moindre bruit réveille Greg.

— Tu m'expliques pourquoi tu as rejeté de façon aussi catégorique ma proposition, pour que je soigne ton ami ?

Les yeux fixés sur mes doigts qui s'agitent pour récupérer la carte SIM afin de la transférer dans l'autre téléphone, je cherche mes mots. Je ne veux pas le vexer.

— Je crois que... je n'assume pas d'avoir bu ton sang.

Voilà, c'est dit. Le tact et moi n'avons jamais fait très bon ménage. Ce n'est pas aujourd'hui que cela va commencer.

— Pourquoi ? Il n'y a rien de dégradant ou de sale. Je te l'ai proposé dans le but de te soigner, et tu as accepté.

Son ton troublé me laisse entendre qu'il est vexé... ou blessé... Comment pourrais-je lui expliquer quelque chose que je ne comprends pas moi-même ?

— Oui, ça... j'en suis bien consciente ! Mais... je ne sais pas... C'est confus dans ma tête...

Et dans mes sentiments aussi, je crois. En y réfléchissant, j'aurais eu l'impression de partager Drake. Je n'en avais pas envie. Même avec Greg. Seulement, je ne me vois pas lui avouer cette étrange sensation qui m'est totalement inconnue.

— Je dois trouver un serrurier, tranché-je pour couper court à cette discussion, qui me met très mal à l'aise.

Drake a le bon goût de s'asseoir sur l'autre fauteuil, où il examine encore la dague, pendant que j'appelle. En Île-de-France, les artisans ont l'habitude d'être dérangés à n'importe quelle heure. Après quatre tentatives infructueuses, l'homme au téléphone m'informe qu'il arrivera dans moins d'une demi-heure. Il finit une intervention à quelques rues d'ici. Décidément, on dirait que la soirée est animée dans le coin.

Forte de ma trouvaille, je fouille dans le tiroir du bureau de Greg pour retrouver le Post-it sur lequel il note le mot de passe de son ordinateur. Il est tellement alambiqué, que même lui doit l'écrire pour ne pas l'oublier.

Après l'avoir déverrouillé, l'étape suivante consiste à rechercher le dossier Nécraxe. Il y a tellement d'icônes, que j'ai le sentiment de galérer encore plus que pour dépêcher un serrurier. Enfin, mes yeux se posent dessus. Je double-clique pour l'ouvrir. En découvrant la masse de documents, j'englobe le tout avec le curseur, et lance l'imprimante. Je récupère la petite liasse de feuilles, que je confie à Drake.

— Tu veux bien surveiller l'arrivée du serrurier, pendant que je monte me changer ? demandé-je. Je te laisse de quoi t'occuper en attendant. Et je te promets qu'après, je te ramène à l'hôtel.

— D'accord.

Je n'en peux plus de me sentir poisseuse. J'ai besoin d'une douche et de grignoter un morceau. Je lirai les documents plus tard. Ou bien Drake m'en fera un compte rendu dans la voiture.

Quand je redescends avec mon sandwich, le serrurier est déjà en train de ranger son matériel.

Après avoir réglé la facture, d'un coût particulièrement élevé, mais vu l'heure, rien d'étonnant, Drake me tend la dague qu'il avait cachée dans son dos.

— Je ne sais pas où la mettre, avoué-je.

— Il y a un coffre-fort dans ma chambre. À condition que tu me fasses suffisamment confiance pour me la...

— J'ai confiance, le coupé-je.

Un sourire s'affiche sur son visage. Il est si sincère, qu'il remonte jusqu'à ses yeux. Pourtant, si on n'accorde pas sa loyauté à une personne qui vous sauve la vie deux fois, j'ignore à qui on peut la donner.

J'active l'alarme, et nous repartons pour qu'à son tour, Drake puisse manger et se changer aussi. Dans la voiture, il profite du trajet pour m'informer des découvertes de Greg.

— Ton collaborateur a retrouvé des articles de journaux qui rapportent le vol de la dague il y a quelques semaines, chez un riche collectionneur. Lors d'une interview, ce dernier a expliqué qu'il venait juste de l'acquérir, et qu'avant cela, elle avait disparu depuis très longtemps. D'après ce qui est relaté, la Nécraxe a été forgée par les premiers hommes. Sa lame est en obsidienne. Les autres documents semblent plus confidentiels, comme s'il avait piraté une base de données.

Je hausse une épaule, pas vraiment surprise à cette mention.

— D'accord, poursuit Drake. Au sujet des symboles gravés sur la lame, il y en a une traduction quelque part... Ah, ici ! Il est écrit : « Par la lumière des étoiles, je salue les gardiens du feu. Par la sagesse de l'ordre, je ferme la porte de Zalaz. Par l'eau des sources, je purifie le sacrifice ultime. Par la paix du bien, je repousse les Vorax. »

Je lui jette un regard en biais.

— Zalaz ? Vorax ? Est-ce que tu sais ce que c'est ?

— Aucune idée.

— Est-ce qu'il y a autre chose ?

— Mis à part des résultats d'analyses au carbone 14, au spectre de masse, et autres mesures, non. Rien du tout.

— Bon... On ne peut pas dire que ça nous avance beaucoup sur les projets d'Alcibiade, constaté-je en actionnant le clignotant pour me garer en double file. Ni pourquoi cette dague lui était si précieuse pour la placer au centre d'un troupeau de vampires zombifiés.

Drake demeure silencieux, quand je réalise quelque chose d'important.

— Maintenant que l'on a localisé Valérie… Est-ce que tu comptes repartir… ?

Comme s'ils étaient dotés d'une conscience qui leur était propre, les derniers mots semblent réticents à l'idée de quitter les abysses de ma gorge nouée.

— En Géorgie ? complété-je.

— On l'a retrouvée, affirme-t-il en plantant ses billes bleues dans les miennes, mais elle n'est pas sauvée pour autant. Et je veux savoir quel sort il réserve à mes congénères. Pour ça, j'ai peut-être une idée. J'aimerais essayer un envoûtement. Seulement, je vais avoir besoin de toi. Consentirais-tu à m'accompagner jusque dans ma chambre ?

Surprise, mais soulagée d'apprendre qu'il n'a pas l'intention de quitter la France, ou en tout cas, pas pour l'instant, j'accepte sans hésiter.

— Pendant que tu cherches où te garer, je vais monter, si cela ne te dérange pas. Je suis à la 206, au second.

— D'accord.

Je repars donc à l'assaut d'une place de parking, quand me vient une idée. Après une bonne dizaine de minutes à tourner, je trouve enfin mon bonheur. Avant de quitter mon véhicule, je sors mon portable et ouvre ma boîte mail. C'est un vrai bazar là-dedans ! Je garde toutes mes correspondances importantes.

Après le démantèlement du trafic d'œuvres d'art au musée Cluny, l'un des conservateurs, Alexandre, qui est aussi devenu un ami, m'a confié ses coordonnées complètes. Comme il se sentait redevable, il m'a précisé que si j'avais besoin de quoi que ce soit, il se débrouillerait pour me l'obtenir. Cluny est surtout spécialisé dans les objets et œuvres d'art datant du Moyen Âge, mais peut-être qu'Alexandre connaît un expert qui pourra nous en apprendre plus sur la Nécraxe.

Le cœur gonflé d'espoir, je lui adresse donc un message, accompagné d'une photo de la dague. Je lui précise que je suis au courant qu'elle provient d'un vol, et lui certifie qu'une fois mon enquête bouclée, je la remettrai aux autorités compétentes. Fière de moi, je clique sur envoyer.

Dans l'ascenseur qui me hisse vers la chambre de Drake, je réalise après coup que j'aurais pu me montrer plus explicite. Soit en donnant son nom, la Nécraxe, soit en désignant la période où elle a été forgée.

Tant pis ! J'ai pensé à l'information capitale, sa provenance, c'est le principal. De plus, Alexandre me posera toutes les questions dont il aura besoin.

J'en suis convaincue.

Maintenant, je suis curieuse de savoir ce que Drake a en tête.

Chapitre 13

Je cogne deux coups secs sur la porte 206, qui s'ouvre dans la foulée. En découvrant les cheveux mouillés de Drake, je comprends qu'il a utilisé sa super vitesse pour prendre une douche et changer de vêtements. Encore torse nu, il tient une bouteille de Velvet Blood à la main.

— Entre.

Mes yeux s'attardent sur sa musculature. J'ai toujours trouvé qu'un homme, habillé d'un simple jean, c'était grave sexy. Drake ne déroge pas à la règle, surtout avec ses tablettes de chocolat et ses larges épaules.

Une pensée, à la fois malicieuse et fugace, me ramène au moment où il m'a embrassée.

Je m'arrache avec peine de cette vision source de fantasmes, pour observer mon environnement. Ce n'est pas juste une chambre, mais plutôt une petite suite. Une grande baie vitrée offre une vue imprenable sur les lumières scintillantes de la capitale. La moquette beige étouffe le claquement des talons de mes bottines. Un canapé Chesterfield en cuir marron, accompagné de ses deux fauteuils assortis, encadre une table basse au plateau de verre. De l'autre côté de la double porte coulissante, un immense lit, recouvert d'une montagne de coussins, invite à la luxure…

Ou bien est-ce moi qui ai les idées mal placées ?

— J'ai appelé le room service pour qu'il m'apporte quelques ingrédients. Je vais en avoir besoin pour l'envoûtement.

Je tique.

— Le room service ? Pour des ingrédients ?

— Oui. Ne me regarde pas comme ça, Charlie. Je ne suis pas tombé sur la tête. J'ai juste demandé du matériel de couture, des bougies, ainsi que des allumettes. J'allais ajouter un bol à la liste, quand j'ai remarqué ce vide-poche en argent, dans l'entrée. Il fera très bien l'affaire. Tu veux bien le poser sur la table basse, s'il te plaît ?

Les vampires ne supportent pas le contact avec ce métal. Je reviens donc sur mes pas, quand on frappe à la porte. Je lance un regard interrogateur vers Drake, qui approuve d'un hochement de tête.

Un jeune homme roux, guindé dans son costume aux couleurs de l'hôtel, noir et or, tient un petit plateau rond.

— Voici la trousse de couture, les bougies et les allumettes que vous avez demandées, m'informe-t-il.

Je le débarrasse, et m'apprête à refermer, lorsque je réalise qu'il attend un pourboire. Je grimace, en sachant que mes poches sont plus vides qu'un puits en enfer, quand Drake apparaît. Toujours torse nu, il me décale gentiment pour tendre un billet au garçon d'étage, qui repart avec un grand sourire. Un parfum, à la fois boisé et sucré, en profite pour venir titiller mes sens, déjà en émoi.

— Tu comptes t'habiller à un moment donné, ou tu préfères pratiquer la magie à moitié à poil ? demandé-je, sur un ton que j'espère désinvolte.

Il se dirige vers sa chambre, ce qui m'empêche de distinguer son visage. Par contre, j'entends très bien le sourire dans sa voix.

— Aurais-tu un problème avec la nudité, Charlie ?

— Disons que, comme tu le sais, ma mère était une sorcière. Et même avec la meilleure volonté du monde, je ne me souviens pas l'avoir vue lancer un quelconque sortilège les fesses à l'air.

Je pose le tout sur la table basse, à côté de la dague qui s'y trouvait déjà.

— Je n'avais pas les fesses à l'air, me corrige-t-il en enfilant un tee-shirt noir. Peut-être aurais-tu préféré ?

J'ai l'impression d'être avec Greg sur le coup. Tout est plus drôle dès qu'il y a de la provocation dans une conversation.

— Tu vas mieux, non ? D'avoir bu, ça t'a fait du bien, je veux dire ?

— Oui. Pourquoi ?

— Oh, pour rien… C'est juste que ce que je pense être ton naturel est revenu au grand galop.

— Je ne comprends pas.

— Moi, si. Mais ce n'est pas grave ! Si tu m'expliquais plutôt en quoi consiste ce sortilège pour lequel tu m'as fait venir ? Ce serait plus utile, tu ne crois pas ?

— Si tu le dis…

Il s'installe sur le canapé, et tapote la place à côté de lui pour m'inviter à le rejoindre. Je lève les yeux au ciel, avant d'obtempérer, à la fois amusée et irritée par son comportement.

Il tourne le plateau, de sorte que le vide-poche se retrouve devant moi. Il craque ensuite une allumette pour enflammer une chandelle, dont il fait couler la cire sur le plateau, pour y planter au fur et à mesure cinq des huit bougies.

— Il va falloir les relier entre elles pour former le pentacle, m'explique-t-il avec un sourire en coin. Prête pour le grand frisson, Charlie ?

— Je n'aime pas trop la magie, alors franchement, on ne peut pas dire ça ! Si tu me précisais ce que tu t'apprêtes à faire, peut-être que ça m'aiderait.

— Je vais lancer un sort de révélation. Enfin, je vais essayer. Si ça marche, il nous permettra de voir l'histoire de la dague, de sa création à nos jours. Peut-être que l'on y trouvera des indices sur les plans d'Alcibiade ?

— Et tu es sûr d'avoir vraiment besoin de moi pour ça ?

— Nous avons de la chance parce que du sang de démon coule dans tes veines. C'est l'ingrédient essentiel. Ensuite, je ne peux pas à la fois prononcer l'incantation, et servir de récepteur.

— De récepteur ? Tu m'as prise pour une radio, ou quoi ?

— C'est un peu l'idée. C'est toi qui vas recueillir les visions de la dague. Si le sortilège fonctionne, tu verras défiler des images dans ta tête, comme si tu étais un témoin de son passé.

Mes yeux s'écarquillent, pendant que mon cœur tressaute.

— Est-ce que c'est dangereux ?

— Ce charme est très ancien, et particulièrement puissant. Donc, oui, il y a forcément des risques. Mais c'est le seul moyen à ma disposition pour percer le mystère de la dague.

J'hésite. Je pense au mail que j'ai envoyé à Alexandre. S'il connaît un expert, peut-être n'aurions-nous pas besoin de jeter ce sort ? Et si jamais il n'en trouve pas, ou qu'il ne nous dit rien de plus, nous aurons peut-être perdu un temps précieux. Alcibiade prépare quelque chose d'énorme, c'est certain ! Je dois prendre ce risque.

— Alors, c'est bon pour toi ?

Drake a retrouvé son air sérieux. Il croit en ce qu'il s'apprête à accomplir. Comme moi, il veut arrêter Alcibiade, et je pense qu'il est prêt à tout pour y parvenir.

J'inspire profondément, puis j'approuve d'un mouvement de tête, décidée.

— D'accord. Allons-y !

— Bien. À défaut d'avoir un couteau à portée de main, il faudrait que je te morde, pour remplir le vide-poche avec ton sang.

— Quoi ? Tu envisages de me blesser ? Encore ? Tu ne trouves pas que j'ai déjà assez souffert ces derniers jours ?

— C'est indispensable, Charlie. Le sang constitue le vecteur de la magie. Sans ça, le sort ne fonctionnera pas.

Je souffle, en regardant mon pauvre poignet, prêt à se faire martyriser… Enfin, comme pour confirmer à Drake que j'ai confiance en lui, je garde les yeux fixés dans les siens. J'y découvre une chose que je n'avais pas encore remarquée. Une petite pépite dorée, juste sous sa pupille droite, noyée dans le bleu azur de son iris.

Il saisit mon avant-bras, qu'il place au-dessus du réceptacle, sort ses canines d'un mouvement vif, puis les plante dans ma chair. La douleur est intense, mais très brève. Il me maintient pendant que mon énergie vitale s'écoule.

Alors que je commence à m'inquiéter en observant le débit plutôt rapide, il s'entaille le pouce sur une de ses dents, pour masser mes plaies. Les vertus cicatrisantes de son sang entrent tout de suite en action. En quelques secondes, mon poignet semble intact.

— Et maintenant ?

Il ouvre la trousse de couture, pour en sortir une aiguille qu'il trempe dans mon sang.

— Je vais tracer le pentacle, ainsi que des runes, avant de prononcer l'incantation. Quand je commencerai, tu devras tenir la dague. Une main sur la poignée, la seconde au niveau de la lame.

— Ensuite ?

— Si le sortilège fonctionne, alors tu devrais voir son passé. Il faudra juste que tu restes concentrée sur la Nécraxe. Ne pense à rien d'autre. Entre en contact avec son esprit, et laisse-le t'envahir totalement.

— Son esprit ?

— Tu ne l'as pas senti ? Tu as pourtant du sang de sorcière, aussi. Étrange... Mais, oui. La dague est vivante. Elle a une volonté propre. Elle peut choisir de te présenter ce qu'elle veut, ou de te cacher des choses. Elle peut même essayer de te manipuler, ou de te blesser. Tu dois te montrer très vigilante, et ne pas te laisser influencer.

— Super ! Et comment je fais ça ?

— En gardant l'esprit clair, et en restant fidèle à toi-même. Tu as une force surnaturelle qui te vient de ton héritage démoniaque. Utilise-la si nécessaire.

Dans ma main gauche, je sens la poignée en os, plus chaude que la lame. J'ai l'impression que le démon ailé et cornu m'observe. Au creux de ma paume droite, la froideur de l'obsidienne monte jusqu'au niveau de mon coude. Un frisson de danger me parcourt l'échine. Pour stopper mes ruminations, je m'installe au fond du canapé, le plus confortablement possible, pendant que Drake dessine.

— Tu devrais fermer les yeux, me conseille-t-il. Et quoi que tu devines à travers tes paupières closes, garde-les bien fermées. Il va sûrement y avoir des éclats de magie rougeoyants. Surtout, n'aie pas peur. C'est la couleur de ma magie. Ne pense pas qu'il y a le feu ou autre, d'accord ?

— Compris ! confirmé-je.

Tout d'un coup, la voix grave et solennelle de Drake s'élève dans la pièce.

— Par le sang, les runes et les flammes, je t'appelle, objet du passé. Révèle-moi ce que tu as vu, vécu ou subi. Montre-moi ton histoire, ton pouvoir et ton destin.

Il la répète plusieurs fois, quand une décharge électrique en provenance de la Nécraxe me fait sursauter. Le courant circule dans mes bras, pour se propager dans tout mon corps. J'ai l'impression qu'une connexion s'établit entre la dague et moi. Comme si à tâtons, les filaments de son esprit s'insinuaient et fourrageaient pour trouver les miens, pour se nouer, et s'entrelacer. Une autre sensation m'envahit. Il me faut un bon moment pour comprendre que la Nécraxe joue avec... ma magie. Je cherche à la repousser dans ses retranchements, mais elle me transporte ailleurs.

La réalité se déforme. Le temps se rétracte. J'entends une voix. Une voix que je n'identifie pas. Très grave et un peu chantante. C'est la Nécraxe qui me parle. Elle veut m'entraîner je ne sais où, pour me montrer quelque chose.

Du feu, des flammes... C'est là qu'elle a pris vie... Entre les mains d'un... non, ce n'est pas un homme... Il en a la forme, mais il possède aussi des ailes membraneuses comme celles d'une chauve-souris. Son visage est recouvert d'écailles bleutées, il me semble. Il verse du sang pour la forger, avant de graver les symboles dans sa chair. Pour ça, il utilise une énorme plume de... Je connais cet animal, mais sa race m'échappe... Il la trempe dans du venin, je crois.

— Nécronium, murmure la voix. C'est mon nom, Nécronium.

Je vois la dague passer de mains en mains, jusqu'à celles d'un prince. Lui aussi arbore une immense paire d'ailes, en plus d'exhiber une couronne en métal argenté. Ses yeux rouges et son sourire cruel ne me disent rien qui vaille. Il examine Nécronium, l'air satisfait. J'assiste à des sacrifices accomplis au cours de différents rituels. Une intense lumière bleue aveuglante.

Puis, Nécronium a été abandonnée, livrée à elle-même. Son voyage dans le temps débute. Enfouie sous terre pendant une longue période, elle est finalement découverte par... une enfant. Elle s'amusait à creuser, quand la dague a surgi. Par la suite, elle change de propriétaire à maintes reprises, avant de subir toute une batterie de tests et d'analyses. Elle finit dans une boîte, pour être ensuite dérobée.

Alors que je pensais son récit achevé, je comprends qu'elle n'en a pas terminé avec moi.

Une douleur aiguë dans ma paume droite...

Un liquide chaud...

Nécronium m'inspecte. Elle me lance un défi. C'est sa façon de manifester son intérêt, ainsi que son respect, et surtout de me choisir. Elle tente de se substituer à moi. Elle exige que je prenne sa place. Mais sa place pour faire quoi ? C'est comme si son rôle lui pesait, et qu'elle désirait me l'attribuer. Ou bien... est-ce qu'elle cherche à nous unir ? De sorte que nous ne fassions plus qu'un.

Peu importe.

Je sens qu'elle veut me blesser.

Ou pire peut-être.

Je ne peux pas la laisser agir sans résister. J'ignore de quoi il retourne. Et en cet instant, je n'ai pas envie de le savoir. Je refuse. Je lutte de toutes mes forces pour la lâcher. Sa colère et sa frustration m'envahissent. Elle cherche à me dominer, voire à me briser, quitte à me terroriser et à me blesser encore pour y arriver.

Mes cris résonnent dans ma tête. Les larmes chaudes glissent sur mes joues, jusque dans mon cou.

Nécronium me montre des horreurs, des choses qu'elle a vécues, des tortures... L'image de ma mère se superpose à celle de Greg. Je tremble d'effroi. J'ai mal. J'ai si mal. Ma respiration devient laborieuse. J'ai l'impression que mes organes se ratatinent sous l'effet de la douleur qui gagne du terrain.

L'odeur de la mort me donne la nausée.

Je veux que ça s'arrête, que tout se termine. J'aimerais même que cela n'ait jamais commencé. Que Drake ne soit jamais venu.

Drake ! Pourquoi ne m'aide-t-il pas ?

À cette pensée, je réalise que bien au contraire, il tente de m'arracher Nécronium des mains. Il tire de toutes ses forces. Dans un sursaut de conscience salvateur, j'écarte les doigts.

J'ouvre les yeux, et je le découvre encore plus pâle que d'habitude. Son regard est empli d'inquiétude.

Il jette la dague au loin sur la moquette, et m'enlace, pendant que des coups martèlent la porte de la suite.

— Tu m'as fait peur, souffle-t-il à mon oreille.

— C'est le directeur. Je vais entrer, monsieur Jefferson ! s'exclame l'homme dans le couloir.

— C'est bon, j'arrive, lui répond-il. Ça va aller ?

Je hoche la tête, incapable pour l'instant de prononcer un mot. Il se lève, fait un crochet par la salle de bain pour m'apporter une serviette qu'il enroule autour de ma main, et file ouvrir.

Mes pupilles tombent sur Nécronium. La couleur noire de sa lame imbibée de mon sang tranche avec le beige de la moquette. Une auréole carmin s'étire lentement autour.

J'entends encore sa voix qui retentit dans mon crâne. Elle m'appelle.

Cet objet est maudit. Je saisis un des coussins du canapé, et le jette dessus, dans l'espoir qu'en lui masquant la vue, cela suffira à rompre le lien qui nous unit.

C'est mieux. Je crois...

— Je souhaite parler à la demoiselle, réclame le directeur d'un ton péremptoire.

J'en déduis que j'ai dû crier vraiment très fort pour ameuter ainsi l'hôtel. Je plaque un sourire forcé sur mon visage, et dans un effort digne des douze travaux d'Hercule, je me lève.

— Je me suis blessée à la main, toute seule, précisé-je. Je suis désolée si j'ai dérangé nos voisins.

— Souhaitez-vous que j'appelle un médecin ?

— Non ! m'exclamé-je. C'est bénin. Je suis très douillette. Ça ne se reproduira pas. Promis.

Le directeur, accompagné d'un vigile, nous dévisage tour à tour, sceptique.

— Vous êtes sûre ? finit-il par me demander.

— Certaine. Je vous remercie beaucoup.

À demi convaincu, je pense, le directeur accepte malgré tout de nous accorder le bénéfice du doute.

Quand nous revenons vers le canapé, où je me laisse tomber, soulagée, Drake, lui, fixe le coussin au sol.

— Je suis navré, déclare-t-il. J'ignorais que les choses prendraient une telle ampleur. Je vais la mettre dans mon coffre, si tu veux. Ensuite, je te soignerai. Et... si tu te sens suffisamment en forme, tu me raconteras. D'accord ?

Chapitre 14

Même enfermée à double tour dans un coffre-fort, j'ai l'impression que la voix de Nécronium continue de me hanter. Je raconte à Drake tout ce que j'ai vu et ressenti, dans les moindres détails. Je prends tout mon temps, espérant sans doute exorciser mes sensations, et surtout, rompre le lien qui m'unit désormais à cet objet maudit.

— Nécronium ?

C'est le premier mot que prononce Drake une fois ma tirade achevée.

— Oui, c'est comme ça qu'elle a dit s'appeler.

— Alors pourquoi, et comment Greg a-t-il trouvé le nom de Nécraxe ?

— Ce sont certainement des archéologues qui l'ont baptisée ainsi.

— Hum... Mais ça n'explique pas que dans la documentation il soit mentionné qu'elle a été forgée par les premiers hommes. À mon sens, ce que tu as vu ressemblerait davantage à un des premiers démons. Ceux qui évoluaient à la fin de Crétacé.

— Le Crétacé ? Je ne suis pas férue d'histoire, mais si je me souviens bien, c'était l'époque des dinosaures, ça ?

— Oui... Enfin, c'était leur dernier cycle sur Terre, juste avant qu'ils s'éteignent. Il n'y avait pas d'hominidés encore à cette période.

— Ça expliquerait la présence de cet animal que j'ai vu et dont je ne me rappelle pas le nom. Tu sais, la fameuse plume dont... le démon, d'après ton hypothèse, s'est servie pour graver les symboles sur la lame. Rhooo... Il y en a plein dans les films Jurassic Park, mais depuis, il a été prouvé qu'en réalité, ils étaient beaucoup plus petits, et qu'ils avaient des plumes.

— Tu parles des vélociraptors ?

— C'est ça ! Vélociraptors ! Tu es doué, dis donc ?

— J'aime l'histoire. Non ! En fait, je m'amuse surtout de la façon dont les humains l'interprètent.

— Tu insinues que les premiers démons sont nés en même temps que les dinosaures ?

— Je n'insinue rien, j'affirme. De nombreux squelettes, qui ont été mis au jour, appartenaient à des démons. Simplement, c'est plus facile pour les hommes de nier leur existence et de leur attribuer une affiliation animale. Ils aiment tellement se sentir uniques et supérieurs.

— Tu exagères.

— Pas du tout. Analyse leur façon d'appréhender l'espace et la possibilité qu'une autre vie soit capable de voyager jusqu'à nous. L'humain n'envisage pas une seule seconde que ces individus réalisent le déplacement pour autre chose que pour les rencontrer. Alors qu'ils pourraient très bien venir sur Terre pour... je ne sais pas... les cerises, ou les koalas. En partant de ce constat, supposer qu'une forme de vie différente, même maléfique, mais tout de même intelligente, ait pu évoluer en osmose avec les dinosaures... Pourtant, tout se trouve juste sous leur nez. Il n'y a qu'à regarder comment ils traitent les surnaturels dans votre pays. C'est exactement pareil.

Je sens que le sujet lui tient à cœur. Comme je ne peux pas lui donner complètement tort, je choisis de détourner son attention.

— En tout cas, en dehors de son nom et de son origine, on n'en sait pas plus sur l'incantation ni sur cette porte de Zalaz. Encore moins sur ce que sont les Vorax.

— Si ton ami nous permet de rencontrer un expert, peut-être qu'il pourra nous en apprendre davantage.

— Espérons, soufflé-je en me levant. En attendant, je vais rentrer veiller sur Greg. Je ne voudrais pas qu'il se réveille et trouve la maison vide. Je t'appelle dès que j'ai des nouvelles d'Alexandre.

— Je laisserai le volume de la sonnerie au maximum. Insiste si je ne réponds pas du premier coup.

— Ça marche.

En gentleman bienveillant, Drake me propose de me raccompagner jusqu'à ma voiture, mais je décline. Statufiée sur le pas de sa porte, je ne comprends pas bien pourquoi, mais je me sens mal à l'aise. Hésitante… Je ne sais pas si je dois lui serrer la main, lui faire la bise, ou…

— Alors, bonne nuit, me lance-t-il.

— Oui, bonne nuit à toi aussi.

Et comme si d'un coup, j'avais le feu aux fesses, je file vers l'ascenseur.

Chapitre 15

La journée avance à la vitesse d'un escargot en pantoufles. J'attends avec impatience la réponse d'Alexandre, qui ne vient pas.

Quant à Greg, malgré ses blessures, il a insisté pour poursuivre les recherches, en intégrant mes découvertes lors du sortilège dans la suite de Drake. Comme il a refusé la visite d'un médecin, afin de lui épargner au maximum la corvée des escaliers, nous nous sommes installés sur la table de la cuisine.

À sa moue renfrognée, ses claquements de langue agacés, sans parler de la frénésie qui s'empare de ses doigts pour taper sur son clavier, j'en déduis qu'il ne trouve rien de nouveau.

— Tu es sûre qu'elle t'a dit s'appeler Nécronium ?

J'inspire discrètement pour conserver un semblant de calme.

— Pour la énième fois, oui. Et pour la énième fois aussi, Drake affirme qu'elle a été forgée au Crétacé, par les premiers démons. Ceux qui peuplaient…

Je suis interrompue par une notification sur mon portable. À la vitesse de l'éclair, j'examine l'écran.

— C'est Alexandre, enfin !

— Qu'est-ce qu'il dit ?

— Il a contacté un ami « de confiance », précisé-je en mimant les guillemets, archéologue spécialisé dans les armes primitives, Léonard Moreau. Il vient de Marseille exprès pour voir la dague. Il arrivera dans la soirée, et propose un rendez-vous à 22 h 30, au musée de l'Homme, place du Trocadéro. Je dois lui confirmer si c'est bon.

Je commence à taper ma réponse, quand j'aperçois Greg qui se lève de sa chaise.

— Où vas-tu ?

— Me recoucher. J'ai encore mal partout, et j'ose espérer que l'expert pourra t'en apprendre plus que moi. Parce que sur le coup, je m'avoue vaincu. Dans tous les sens du terme. Internet n'est d'aucun secours.

— Est-ce que tu veux de l'aide pour les escaliers ? Ou quoi que ce soit d'autre ?

— Non, merci. Mais je pense que tu devrais te reposer aussi. Au rythme où vont les choses, je sens que ta nuit va encore être amputée d'une bonne partie.

— Tu as raison. J'envoie ce mail, suivi d'un texto à Drake, et je fais comme toi.

— Au fait ! me lance-t-il du bas des marches. Je ne me souviens pas. Tu avais bien installé l'appli de localisation sur ce téléphone ?

— Oui, ne t'inquiète pas ! Et je penserai bien à l'activer en partant ce soir. Je ne ferai pas comme pour mon excursion dans les catacombes.

— Tu as plutôt intérêt. Sinon, je viendrai jusqu'au musée te botter le cul.

— Houuu ! J'ai failli avoir peur, dis donc ! Monte l'escalier sans t'accrocher à la rampe, et tu gagneras un peu en crédibilité.

— Pff !

— Est-ce que tu veux que je redescende ton ordi au bureau ?

Je ne suis pas à cheval sur le ménage. Ça, c'est plutôt la partie de Greg. Mais j'aime que la maison soit rangée.

— Si ça te fait plaisir...

Je finis le mail, suivi du texto, quand je me tourne vers l'écran de l'ordinateur, que Greg a laissé allumé. En cherchant le curseur pour l'éteindre, mes yeux accrochent un dossier intitulé « Nécronium ». Ce garçon m'étonnera toujours. Malgré ses propres investigations, il a tout de même modifié le nom Nécraxe par celui de Nécronium.

Drake, que je soupçonne d'avoir du mal à dormir en ces temps troublés, me répond alors que le soleil brille encore haut dans le ciel.

Tout se met en place. Espérons maintenant que ce Léonard Moreau nous permettra d'en découvrir davantage sur les plans d'Alcibiade. Je pense qu'après l'avoir rencontré, je proposerai à Drake de surveiller la bouche d'égout qui mène au fil d'Ariane. Si cet Alcibiade est aussi malin qu'il en a l'air, il a dû déménager les vampires zombifiés juste après notre départ, mais ça vaut quand même peut-être le coup de vérifier.

Il est 21 h 20. Encore dans la salle de bain en train de finir de me préparer pour rejoindre Drake, la sonnette retentit.

Qui peut bien venir à cette heure ? songé-je.

— C'est ma baby-sitter, me lance Greg depuis sa chambre. Tu veux bien lui ouvrir ?

Je pouffe en levant les yeux au ciel. Je m'empresse de pulvériser un peu de parfum dans mon cou, et heureusement, je suis prête.

— Ah pour ça, tu as la forme, hein ? le taquiné-je en passant devant sa porte. J'allais partir, tu n'as besoin de rien d'autre, je suppose ?

— Pense à activer ton appli, et ce sera parfait.

— C'est ça, bougonné-je en descendant les escaliers.

Je récupère mon manteau sur la patère, et dévale les marches restantes.

— J'arrive ! clamé-je pour aider à patienter...

Comment est-ce qu'elle s'appelle déjà ? J'ouvre la porte et découvre une jolie blonde, dont la nature me saute au visage. L'électrochoc ravive ma mémoire. Le prénom Claudia s'anime alors sous mon crâne, en lettres de feu.

— Charlie ! Je suis si contente de te rencontrer. Greg me parle souvent de toi.

Je reste dubitative quelques secondes. Je m'attendais à une humaine, pas à une démone. Et sa race est très particulière, puisque c'est la seule à être engendrée par Lucifer en personne. Des plus perfides et sournoises. Une chasseuse. Prête à tout pour faire signer un pacte à sa victime, afin de récolter son âme, et de l'envoyer en enfer.

— Je constate qu'en dehors de Greg, nous possédons une autre chose en commun, asséné-je entre mes dents.

— En effet, se réjouit-elle. C'est plutôt une bonne surprise à mon goût. Mais je comprends ton inquiétude, et rassure-toi, je viens ici uniquement pour m'amuser. Et pas du tout pour le travail. Je trouve juste la compagnie des humains… comment dire ? Rafraîchissante.

Je plisse les yeux, comme pour mieux l'observer, perplexe.

— Je t'avertis. S'il arrive quoi que ce soit à mon ami, je te retrouverai, et je te certifie que tu me supplieras de retourner dans les bas-fonds des enfers en quatrième vitesse. Est-ce que c'est clair ?

— Pars tranquille, insiste-t-elle sans se départir de son sourire. Tu laisses Greg entre des mains expertes.

À contrecœur, je lui cède le passage.

— La seconde porte au dernier étage, précisé-je.

— Je sais ! Bonne soirée, Charlie.

Je la regarde monter, hésitante. Même si ce n'est pas l'envie qui m'en manque, je ne peux pas tout annuler à la dernière minute.

Pas le choix ! Je referme derrière moi, la boule au ventre. Puis, je sors mon portable pour activer cette fameuse application de localisation. J'en profite également pour envoyer un texto à Greg. Je ne peux pas le laisser dans l'ignorance vis-à-vis de sa soi-disant « baby-sitter ».

Quand Drake monte dans la voiture, mon anxiété imprègne l'atmosphère.

— Ça va ? s'inquiète-t-il.

Le temps du trajet, je m'étais promis de ne rien dire, mais je réalise que j'ai besoin d'en parler. Comme en plus nous formons une équipe, je sais d'expérience qu'il vaut mieux jouer la transparence. Quand l'un a l'esprit occupé, l'autre peut alors redoubler de vigilance. Et puis, il trouvera peut-être les mots justes pour me rassurer.

— Je comprends, ponctue-t-il une fois mes explications achevées. Seulement, pour en avoir rencontré quelques-uns, des chasseurs, il est assez courant qu'ils se mêlent aux humains.

— Sérieux ? m'étonné-je.

— Ils l'avouent rarement entre eux, mais je peux te dire qu'au cours de mes nombreuses années en tant que président du Haut-Conseil, j'en ai vu passer des choses… originales. À mon avis, cette Claudia apprécie juste la compagnie de ton ami. Après tout, pourquoi n'aurait-elle pas pu déceler en lui, ce que toi tu affectionnes ?

En voilà une question pertinente ! À tel point que l'unique réponse qui me vient se manifeste sous la forme d'un haussement d'épaules.

Je gare la voiture, et réalise qu'en d'autres circonstances, cette balade au clair de lune pourrait être très agréable.

Alors que nous nous approchons du musée, j'aperçois un homme aux cheveux poivre et sel, qui sillonne le trottoir dans tous les sens. Avec ses lunettes, sa veste en tweed marron et son écharpe bordeaux, il a tout d'un rat de bibliothèque.

— Monsieur Moreau ? demandé-je, une fois à sa hauteur.

Ses yeux s'arrondissent légèrement en me découvrant. Je suppose que la couleur de mes iris y est pour quelque chose. Je ne m'en formalise plus.

— Enchanté, s'exclame-t-il en regardant de tous les côtés. Mais appelez-moi Léo. Venez.

Nous nous présentons brièvement, tout en contournant le bâtiment, jusqu'à une petite porte en métal, genre issue de secours. Là, Léo s'immobilise.

— Qu'est-ce qu'Alexandre vous a dit à mon sujet ?

— Heu... balbutié-je, surprise. Pas grand-chose. Que vous arriviez de Marseille, et que vous étiez impatient de voir la dague, d'où ce rendez-vous tardif.

— Parfait... Il s'est montré prudent, c'est bien. Là où je vais vous conduire, vous ne devrez en parler à personne. Ce laboratoire est... comment je pourrais le qualifier ? Top secret. Enfin, non ! C'est un peu exagéré. Vous comprendrez quand vous y serez, je pense.

Nous nous engouffrons dans un couloir en béton où courent de gros tuyaux, éclairé par des néons qui s'allument sur notre passage, jusqu'à un ascenseur. Léo glisse sa carte dans un lecteur, et les portes s'ouvrent aussitôt sur une immense cabine. Signe que personne d'autre ne l'a emprunté depuis qu'il en est sorti. À l'intérieur, un seul bouton sans annotation. À l'impulsion, je devine que nous descendons. Un étrange pressentiment m'envahit. C'est stupide. Je n'ai aucune raison de m'inquiéter. Pour me rassurer, je me raccroche à la confiance que j'ai envers Alexandre, qui m'a lui-même garanti que Léo était fiable.

Après quelques secondes, nous arrivons au sous-sol qui ressemble presque à un atelier. Sur de grands établis se trouvent des outils, des éprouvettes, au milieu de claviers et d'écrans d'ordinateur. Dans des vitrines, le long des murs, sont exposées différentes armes comme des épées, des haches, des pointes de flèches, et des poignards.

— C'est mon second laboratoire. Il est plus modeste que celui de Marseille, mais j'aime y venir. Je peux y rencontrer d'autres experts, comme Alexandre, qui est également un très bon ami ! Et surtout, il dispose de matériel dernier cri. Puis-je voir la dague, à présent ?

Drake plonge la main sous sa veste. Il déroule le tissu blanc dans lequel il l'avait enveloppée, avant de la présenter à Léo. Ses yeux sont aussi ronds que sa bouche. Pour ma part, mon instinct m'oblige à reculer d'un pas.

— Pure merveille, s'extasie-t-il en tendant des doigts fébriles dans sa direction. Vous permettez ?

— Je vous en prie, l'invite Drake.

Léo l'examine dans tous les sens, avant de la disposer sous une grosse loupe éclairée.

— Je pense qu'elle est en obsidium. De prime abord, on croirait que c'est uniquement de l'obsidienne. Mais à cause de ce côté légèrement terne... Vous voyez, c'est plus net, ici !

Il place la lame sous une lampe, pour jouer avec la lumière.

— Je ne serais pas étonné qu'il y ait aussi du fer, poursuit-il. Est-ce que vous connaissez déjà certaines informations à son propos ? Comme sa provenance ? Ou même son nom, peut-être ?

Nous échangeons un bref regard avec Drake, avant de lui répondre par la négative.

— Tant pis. Alors dans un premier temps, et je suppose que cela ne surprendra ni un vampire ni une démone, je peux affirmer sans hésiter qu'elle est d'origine démoniaque.

En l'entendant évoquer notre nature, une onde de choc me traverse. En général, on se reconnaît aisément entre paranormaux. Mais il est rare qu'un humain fasse preuve d'autant de perspicacité.

— Comment l'avez-vous su ? s'étonne Drake, me coupant ainsi l'herbe sous le pied.

— Je ne suis pas un simple expert. Je travaille aussi pour le gouvernement.

Je n'ai pas le temps d'esquisser un geste, que Drake a déjà plaqué Léo contre le mur.

— Mais... tente-t-il de bredouiller malgré la main qui encercle son cou. Vous l'avez vu... Je n'ai communiqué avec personne... Je ne vous dénoncerai pas.

Je m'avance pour poser mes doigts sur l'avant-bras de Drake, qui le menace également avec ses crocs.

— Je pense qu'il dit la vérité, lui intimé-je en appuyant un peu au niveau de son coude pour l'inciter à relâcher sa prise. Et j'ai confiance en notre ami commun. N'est-ce pas Léo ?

Presque aussi pâlot que le vampire, il tente malgré tout de hocher la tête.

— En plus, nous avons besoin de lui, précisé-je.

Drake me dévisage quelques secondes, avant de s'exécuter. Léo ajuste ses lunettes, tandis que Drake conserve quand même sa moue des mauvais jours.

— Son cœur joue tellement la samba, que je ne peux pas déterminer s'il nous ment ou pas, me chuchote-t-il au creux de l'oreille.

— Raison de plus pour laisser ce brave Léo se calmer, annoncé-je en replaçant le foulard de l'expert. Maintenant, si vous nous disiez ce que vous savez, au sujet de cette dague.

Avant de reprendre, il se racle la gorge.

— Il y a des inscriptions sur la lame, marmonne-t-il, d'une petite voix. Et si je vous ai indiqué ma fonction, précise-t-il avec plus d'aplomb, c'est pour justifier mes connaissances et pouvoir parler librement. Pas pour me retrouver plaqué contre un mur.

Je me tourne vers Drake, dont la seule réaction consiste à lever un sourcil accompagné d'un léger hochement de tête. J'enfonce le clou en silence, en esquissant un mouvement de la main en direction de Léo, tout en lui faisant les gros yeux. Le vampire inspire profondément, même si nous savons que cela lui est tout à fait inutile.

— Désolé, crache-t-il finalement du bout des crocs, qu'il rétracte.

— Bien. Je vous remercie. Je constate en tout cas que la réputation des vampires au sujet de leur susceptibilité n'est pas usurpée.

Drake grogne, et je m'interpose aussitôt.

— Fort de cette information, lancé-je, je vous invite à vous en tenir à la dague, vous ne croyez pas ?

— Si.

Léo ajuste ses lunettes, puis se tourne vers le plan de travail. Il examine différents flacons, avant d'en choisir un.

— Alexandre m'a prévenu que vous étiez au courant qu'elle provenait d'un vol, et qu'il avait toute confiance en vous pour la restituer aux autorités, une fois votre enquête terminée.

— C'est exact, confirmé-je.

— Bien. Je vais donc y verser un peu de cette solution colorée. Oh ! Mais rassurez-vous. Elle ne causera aucune détérioration quelconque. Ce serait un sacrilège. Le but consiste à mettre en exergue les symboles inscrits sur la lame.

— Ça fera office de sang, précisé-je.

— Pardon ?

— Oui... Drake a découvert que la poignée est creuse, expliqué-je en retirant le bouchon. Et d'après son odorat, elle aurait contenu du sang, qui s'écoulerait par les deux orifices, ici. De chaque côté de la lame.

— Très intéressant, s'émerveille Léo. Je n'avais encore jamais eu l'occasion d'examiner une arme conçue de cette façon. Alors, maintenant, voyons un peu ce qu'il y a d'écrit.

Il enfile une paire de gants en plastique, puis à l'aide d'une pipette, dépose une solution aqueuse bleue qui s'insinue dans les sillons.

— On dirait du... vorakha. Je crois que c'est ça...

Il tourne la dague pour faire de même sur l'autre face.

— Oui. Je confirme. C'est du vorakha, un dialecte primitif. C'est d'autant plus flagrant qu'il est clairement inscrit le nom de Vorax, juste ici.

À l'aide de son petit doigt, il indique une zone précise. Seulement pour moi, ce n'est pas plus lisible qu'un hiéroglyphe dans une pyramide.

— D'accord, lance Drake. Et pouvez-vous déchiffrer le reste ?

Je ne m'attends pas à des miracles, puisque Greg nous en a déjà obtenu une traduction qui contient aussi le mot Vorax. Cependant, et avec un peu de chance, Léo pourra quand même nous en apprendre davantage.

— Bien sûr ! s'enthousiasme un Léo, tout joyeux. Seulement, ça risque de prendre un peu de temps. Si vous me la laissez, je pense que vous pourrez la récupérer...

— Non ! nous exclamons-nous en simultané.

La surprise imprègne les traits de l'expert.

— Nous allons patienter, indiqué-je plus posément.

— Oui, confirme Drake.

— Bon… Très bien, comme vous voulez, accepte Léo, beaucoup moins jovial.

Drake reste debout à côté de lui, pendant que je m'assois sur une chaise à roulettes. Toujours inquiète au sujet de Greg et de sa démoniaque de baby-sitter, je sors mon portable pour lui adresser un autre texto. Je doute qu'il me réponde du tac au tac, mais j'en ressens le besoin. C'est quand je vois le téléphone mouliner, après avoir appuyé sur le bouton envoyer, que je réalise que nous n'avons pas de réseau.

Génial ! Nous voilà coupés du monde.

Chapitre 16

— Vous n'avez pas Internet, ici ? m'étonné-je, en désactivant mon appli de localisation.

Je regrette déjà mon portable cassé au cours de mon altercation avec Alcibiade. Cet ancien modèle ne tient pas la charge.

— Siiii, me répond Léo, sans lâcher la dague des yeux. Mais uniquement sur les terminaux informatiques. Le sous-sol est blindé. Un peu comme un bunker. À cause du matériel et des objets qui s'y trouvent.

Tout à coup intriguée, je me lève pour faire le tour du propriétaire, de façon plus minutieuse qu'à notre arrivée. Drake, de son côté, se comporte comme un véritable chien de garde. Il reste collé à ce brave Léo, tout en épiant chacun de ses gestes.

Dans un premier temps, je ne constate rien de particulier. Juste des armes diverses, de différentes tailles, ciselées dans des matériaux qui pour la plupart ressemblent à de la pierre. Puis, je repère de petits bouts de papier, glissés sous certaines d'entre elles. Je ne peux pas accéder à ceux exposés en vitrines sans me faire remarquer, mais il y a un pan de mur garni d'étagères.

Je jette un œil furtif en direction de Léo, qui reporte avec minutie les symboles sur la dague dans son ordinateur. Je doute que ce soit une bonne chose de le laisser ainsi enregistrer ces données, cependant, nous n'avons guère le choix.

Sous ce qui ressemble à une pointe de lance ornée d'un petit dragon à plumes, il me semble, je subtilise le papier plié en deux.

Dessus, en lettres manuscrites, il est écrit : « Trouvée au Guatemala en 1982. Alliage inconnu, datant de la période Classique, 458 après Jésus-Christ. Réalisé probablement par les Xib'alb'a Xo'ots. »

Les Xib'alb'a Xo'ots ? Qu'est-ce que c'est ça encore ? Et est-ce que j'ai vraiment envie de le savoir ?

Malgré tout, je me dépêche de prendre une photo, et de remettre le document à sa place. J'en lis plusieurs, tous du même acabit que j'immortalise aussi, quand la voix de Léo rompt le silence.

— Je crois que je tiens quelque chose. Ce n'est pas parfait, mais comme à priori, vous avez l'air pressés... j'ai fait au mieux.

— Nous vous écoutons, réplique Drake, au moment où j'arrive à leur hauteur.

— Alors, sous réserve de ne pas m'être trompé, je dirais qu'il est écrit... « Par le pouvoir des ténèbres, j'invoque les déités des flammes. Par la volonté du chaos, j'ouvre la porte de Zalaz. Par le sang des innocents, j'offre le sacrifice ultime. Par la gloire du mal, j'accueille les Vorax... » À quelque chose près...

— Vous êtes sûr ? demandé-je d'une voix blanche.

Je suis étonnée, parce que dans ma mémoire, la traduction fournie par Greg était bien différente. Je fouille dans les poches de mon manteau, pour retrouver le document que j'avais imprimé.

— Oui, parce que pour être honnêtes, enchaîne Drake, nous ne voulions pas vous influencer, mais on nous avait déjà proposé une interprétation, et... la vôtre est quand même très contrastée en comparaison de celle-ci.

— Ah bon ? Pourtant, je suis quasiment sûr que ce sont les bons mots. Auriez-vous l'autre traduction sur vous ?

— Je suis en train de la chercher... Ah ! La voilà !

Je confie la photocopie à Léo, qui compare aussitôt les données.

— Non, non, non ! Alors là, je suis catégorique. Je ne sais pas qui vous a fourni ce texte, mais regardez. Vous voyez ici, ce rond noir, il signifie ténèbres. Et cette espèce de couronne représente les dieux, pas du tout les gardiens. En fait...

Il marque un blanc, tandis que ses yeux exécutent des allers-retours entre la feuille et l'écran, avant de se pencher de nouveau sur la dague.

— J'ai l'impression que la transcription que vous possédez a été réalisée par un néophyte qui se fourvoie totalement. Tout a été traduit à l'envers. Je pense que cette arme a été conçue pour accomplir un sacrifice afin d'ouvrir la porte de Zalaz, et non l'inverse, comme le laisse supposer ce texte.

Je suis sidérée. Comment allons-nous découvrir ce que mijote Alcibiade si les informations que nous trouvons se contredisent ?

— D'accord, souffle Drake. Maintenant, encore deux questions. Que sont les Vorax ? Et qu'est-ce que c'est, cette porte de Zalaz ?

— Je ne vais pouvoir répondre qu'à l'une d'elles. Les Vorax sont des démons primitifs. D'après mes recherches et celles de mes confrères sur la période du Mésozoïque, de nombreuses races de démons foulaient notre terre, aux côtés des dinosaures. Les Vorax faisaient partie des derniers. C'est-à-dire qu'ils vivaient à l'ère du Crétacé. On suppose qu'ils ont disparu en même temps que les dinosaures, bien que rien ne corrobore cette théorie. Il peut très bien y avoir des descendants, et donc, leur aspect physique, au fil des années d'évolution, a pu changer. Par contre, pour ce qui est de la porte de Zalaz, j'avoue que c'est la première fois que je vois ce nom.

— Comment avez-vous fait pour le traduire, alors ? répliqué-je, surprise.

— Grâce à la contraction des sons formée par ce petit losange associé à ces vaguelettes, juste là.

— En clair, reprend Drake, si on utilise cette dague dans le cadre d'une offrande, sans doute ritualisée, on ouvre cette fameuse porte, et… quoi ? On libère les Vorax, c'est ça ?

— J'aurais tendance à le penser, oui, confirme Léo. Maintenant, comme vous le faites remarquer, et à juste titre, il doit falloir mettre en place tout un cérémonial spécifique. En plus, allez savoir ce qu'ils appelaient « le sacrifice ultime ». Et dernier détail, et pas des moindres, localiser cette porte. La Terre est vaste. En clair, et à mon humble avis, en l'état, cette dague n'est pas plus dangereuse qu'un couteau à beurre.

Un couteau à beurre…

Ces mots résonnent sous mon crâne dans un écho morbide. Je croise brièvement le regard de Drake, qui a l'air aussi surpris que moi.

Si Léo avait expérimenté le quart de ma rencontre avec Nécronium, comme je l'ai vécue, je suis convaincue qu'il changerait d'opinion fissa !

Chapitre 17

Après avoir effectué plusieurs prélèvements placés en analyse, Drake récupère la dague. Il l'enveloppe avec toujours autant de précautions, pendant que Léo nous invite à le raccompagner chez lui. Il possède un appartement à Paris, où il pense détenir un livre qui mentionne les Vorax.

— Quand aurez-vous les résultats ? demandé-je en montant dans l'ascenseur.

Drake n'a pas décroché un mot depuis que nous avons évoqué le rituel et l'ouverture de la porte de Zalaz. Il semble ailleurs, concentré. Ou perturbé, peut-être. J'ai hâte de sortir d'ici pour discuter avec lui, et mettre à plat nos découvertes.

— Ça dépend. Pour certains, ce sera rapide. Pour d'autres, ça peut prendre quelques jours. Souhaitez-vous que je vous contacte au fil de l'eau, ou bien une fois que je les ai tous ?

Je doute que cette autopsie approfondie de la dague nous aide à percer les véritables plans d'Alcibiade. Or, dans l'immédiat, c'est notre seule piste.

— Je préférerais que vous m'appeliez au fur et à mesure, si cela ne vous dérange pas, précisé-je en lui tendant une carte de visite d'Arcane.

Nous sortons de la cabine, et longeons le couloir en sens inverse.

— Très bien. Mais faites-y bien attention, nous supplie presque Léo.

— C'est promis, approuvé-je.

Léo pousse la porte qui donne sur la place du Trocadéro, et je me réjouis de retrouver l'air frais. Une douce brise vient caresser mon visage, pendant que j'inspire profondément, les yeux fermés pour mieux apprécier. Décidément, entre notre escapade dans les catacombes, et le labo-bunker ce soir, j'ai l'impression de passer ma vie sous terre, ces derniers temps.

Je me tourne vers notre expert, pour lui demander quel moyen de transport il a emprunté, afin de s'organiser pour le trajet, quand déboule une douzaine de démons. Ils nous encerclent en quelques secondes. L'espace d'un instant, je songe à une trahison de la part de Léo.

— Dans quoi m'avez-vous embarqué ? gémit-il.

Drake et moi, dans un commun accord silencieux, l'encadrons pour tenter de le protéger. Dans mon dos, je le sens trembler, le pauvre.

— On se retrouve, Charlie, lance le Morloch qui a profité d'un moment d'inattention de ma part, pour me mettre une branlée.

À ses côtés, le reptilien exhibe ses dents de requin. Ils sont accompagnés d'autres compères aux attributs physiques tout aussi dangereux. Si une patrouille de police passe dans le coin, avec leurs équipements spécifiques, on est tous bons pour finir dans des laboratoires secrets du gouvernement.

— Je ne peux utiliser ma magie sans nous faire davantage remarquer, me chuchote Drake.

— Ce ne sera pas nécessaire, intervient le reptilien. Il suffit que vous nous remettiez la dague, et on repartira comme on est venus.

— C'est ça ! m'exclamé-je. Tu es aussi convaincant qu'un vendeur de sable en plein désert.

— Tant pis, tu l'auras voulu.

Je l'ai tellement vu arriver, que j'évite son poing avec une facilité déconcertante. Ce que je n'avais pas prévu, en revanche, c'est que ce serait ce pauvre Léo qui allait l'encaisser. Enfin... si « s'écrouler direct sur le trottoir » devient la nouvelle définition du verbe « encaisser ».

Les coups et les injures pleuvent dans tous les sens. Les pavés sous mes pieds résonnent des rugissements de la bataille qui fait rage. Drake esquive de justesse les griffes d'un démon aux bras disproportionnés.

Les passants, pris au piège de cette confrontation surnaturelle, crient et fuient en désordre.

Un Gobi, un peu trop farouche à mon goût, s'approche de moi. Il est si lent que j'en profite aussitôt pour le soulever et le projeter contre ses potes qui tombent comme des quilles. L'un d'eux heurte un lampadaire qui tangue sous l'impact. La lumière vacillante jette des ombres grotesques sur les visages déformés de nos adversaires. Un kiosque à journaux devient leur forteresse de fortune. Je renverse une poubelle pour bloquer une charge de démons. Les papiers qu'elle contient s'envolent tels des oiseaux effrayés, créant un voile éphémère entre nous et nos ennemis.

Drake et moi, nous nous battons sans relâche. Chaque mouvement est calculé, chaque coup est puissant. Les démons, bien que nombreux, commencent à hésiter. Leur assurance s'ébranle face à notre résistance acharnée.

Malgré tout, je perds Drake de vue, sans parler de Léo. Je laisse mon côté démoniaque s'emparer totalement de mon corps et de mon esprit. J'entre dans une transe de violence digne des pires films d'horreur. À califourchon sur le Morloch pour prendre enfin ma revanche, je lui balance une série de coups de poing, quand deux bras s'immiscent sous les miens pour m'obliger à me relever. Je me retrouve nez à nez avec un vampire au crâne rasé, couvert de tatouages tribaux, à la carrure de catcheur et aux airs patibulaires.

— Faut dégager ! m'assène-t-il. Les flics vont arriver, et d'autres démons n'vont pas tarder. Viens !

Interloquée, je ne réagis pas tout de suite.

— Charlie ! me hèle Drake un peu plus loin. Dépêche-toi !

Toujours éberluée, dans l'incompréhension la plus totale, Drake revient vers moi à la vitesse de l'éclair. Sans me laisser l'occasion de souffler un mot, il me prend dans ses bras. Je voudrais parler, mais la surprise additionnée au vent qui fouette mon visage m'en empêche. Une impression de vertige s'empare de moi. Le monde tourne autour de nous.

D'instinct, je presse mon nez contre sa chemise, cherchant refuge dans les plis du tissu. Le parfum boisé de sa peau, un mélange enivrant de trèfles et de miel, fait battre mon cœur un peu plus fort. Le paysage défile à une telle allure que je n'identifie pas le moindre bâtiment, mais cela m'importe peu, blottie contre lui, bercée par son odeur rassurante.

Enfin, quand mes pieds retouchent le sol, je suis émerveillée par la splendeur qui s'offre à mes yeux. J'ai l'impression d'entrer dans un autre monde où le temps s'est arrêté, et où l'art règne en maître. Un hall majestueux, baigné d'une lumière douce et dorée, met en valeur chaque détail architectural. Les plafonds hauts, ornés de moulures complexes et de fresques délicates, créent une atmosphère d'opulence. Des lustres en cristal embrasent le sol en marbre poli, qui reflète leur éclat. Le long des murs, des meubles anciens, des canapés et même un piano à queue offrent un espace accueillant où admirer la beauté des lieux. Chaque élément de ce hall est une œuvre d'art, depuis les colonnes sculptées jusqu'aux tapis moelleux et colorés.

D'un seul coup, je me sens toute petite, et absolument pas à ma place dans ce décor, au milieu de cinq vampires qui me sont totalement inconnus. Je me tourne vers Drake, mon seul point de repère. Sa présence me rassure. Elle me confirme aussi que je n'ai pas sombré dans la folie.

— Que faisons-nous là ? Et où est Léo ? chuchoté-je, comme si les autres ne pouvaient pas m'entendre.

La bonne blague !

— Vous êtes chez moi, répond une douce voix dans mon dos.

Mon cœur bondit, rate un battement, pendant que j'exécute un demi-tour. Je me retrouve face à une vampire rousse, aux lèvres de rubis. Sa robe blanche lui confère une allure angélique.

Drake, qui a dû entendre mon palpitant s'énerver, saisit ma main, sans doute pour essayer de me rassurer. Sans succès, malheureusement.

— Et les démons ont embarqué votre ami, rétorque un grand blond, aux airs de Viking, qui soutient un de ses camarades, visiblement mal en point. J'accompagne Fred à l'infirmerie.

— Vas-y, l'autorise la rousse. Je m'appelle Andréa. Soyez les bienvenus dans le quartier général des Éveillés.

— Les Éveillés ? répété-je, en me tournant de nouveau vers Drake.

Son visage n'exprime aucun sentiment. Ce qui m'agace prodigieusement. Or, ce n'est pas le moment de lui taper un scandale au sujet de son impassibilité.

— Venez avec moi, nous invite-t-elle. Nous allons nous installer dans le petit salon. Nous avons beaucoup de choses à nous dire.

Sans lâcher ma main, Drake la dirige vers mes reins, pour me pousser à suivre notre hôtesse dans une pièce adjacente plus cosy, mais tout aussi luxueuse que le hall. Andréa prend place au milieu d'un des trois canapés, tandis que Drake et moi choisissons celui d'en face. Sur l'accoudoir, à sa gauche, s'assoit le malabar au crâne tatoué qui m'a arrachée du Morloch.

— Désirez-vous boire quelque chose ? s'enquiert Andréa. Nous avons du Velvet Blood. Et pour vous Charline, je peux vous offrir...

— Des réponses, la coupé-je, en serrant les doigts de Drake, tant la nervosité s'empare de mon corps. Et je préfère Charlie, pas Charline.

Elle sourit.

— Parfait, Charlie. Myriam et Géraldine vous suivent depuis votre sortie des catacombes. Enfin, à quelque chose près...

D'un geste de la main, elle nous indique une petite brune, aux yeux de félin, qui devait avoir tout juste vingt ans au moment de sa transformation. À ses côtés se tient une femme plus âgée, qui lui ressemble beaucoup. La cinquantaine peut-être. J'aurais tendance à penser qu'il s'agit de la mère et la fille. La plus jeune nous adresse un salut de la tête, tandis que l'autre reste de marbre.

Je suis surprise que ni Drake ni moi ne les ayons repérées. Je suppose qu'elles se sont postées en hauteur, sur les toits, pour parvenir à une telle prouesse.

— Nous avons été très impressionnés par la façon dont vous avez subtilisé la dague, enchaîne Andréa. Malgré tout, nous ne pouvions pas vous approcher, sans nous assurer au préalable que vous n'interprétiez pas un rôle. Alcibiade est extrêmement puissant. Grâce à son pouvoir, il a la capacité de manipuler les esprits. Même ceux de nos congénères, comme vous avez pu le constater !

— Qu'est-ce qui nous prouve que ce n'est pas vous, qui jouez sur les deux tableaux dans le but de récupérer la dague ? l'interroge Drake, qui ouvre enfin la bouche.

— On vient de vous aider à échapper à ses sbires, non ?

— Malgré tout, rien ne nous garantit que ce ne soit pas prémédité, contré-je.

— Je me mets à votre place, et je comprends votre réticence. Je crois même que j'aurais été déçue si vous nous aviez accordé votre confiance en quelques secondes. Alors voilà, je vais tout vous raconter. Ensuite, vous déciderez si vous voulez que l'on s'associe ou non.

Je regarde autour de nous, et tout ce que je vois, c'est qu'ils sont tous décontractés. La mère et la fille se sont assises à une table un peu plus loin, pendant que le catcheur au crâne tatoué se cure les ongles, en mâchant un chewing-gum. Aucun n'a l'air tendu ni prêt à nous sauter à la gorge. Je jette un œil vers Drake, qui, je crois, guette ma décision.

— Parfait, approuvé-je. Allez-y.

— Cela fait plus d'un an que des vampires disparaissent. Vous vous doutez bien que nous ne vous avons pas attendus pour découvrir ce qui leur était arrivé. Nous avons envoyé plusieurs espions, qui ont fini par remonter la piste jusqu'à Alcibiade. Puis, il y a environ trois semaines, un de nos meilleurs éléments, Marc, s'est rendu sur place, accompagné de démons. Sa mission consistait à disposer des caméras, avant de s'enfuir. Il en avait installé quatre, quand Alcibiade a découvert son stratagème.

Andréa marque un blanc, comme si évoquer ce souvenir lui était pénible.

— Le sorcier s'est empressé de lui retirer tout libre arbitre, lâche-t-elle entre ses dents, faisant de lui un des surveillants du coffre. Ensuite, ils ont retrouvé et désactivé deux des caméras. Nous projetions d'attaquer pour libérer nos frères, et récupérer ce que gardait si précieusement Alcibiade. Seulement, sans savoir comment inverser le sortilège d'Alcibiade sur les vampires, ni où les amener sans risquer de se faire repérer par les autorités demandait réflexion. C'est alors que nous vous avons vus sur les moniteurs. Ça n'a pas été compliqué de vous relier aux rumeurs qui circulaient sur vos exploits au Styx. Une démone blonde avec un manteau en cuir noir et un vampire, c'est un duo facilement identifiable.

— Et les démons ? Comment nous ont-ils retrouvés ? lancé-je, un poil agacée en apprenant que nous étions suivis, et que nous n'avons rien remarqué.

— Je l'ignore, souffle Andréa.

— C'est moi qui les ai vus la première, rétorque Myriam. Et c'est ma mère qui a décidé d'appeler du renfort, au cas où...

J'offre un hochement de tête reconnaissant à Géraldine. J'admets que sans leur intervention, nous serions probablement dans de sales draps... aux côtés de Léo. Le pauvre... Alcibiade va sûrement lui arracher toutes les informations qu'il nous a déjà fournies. Et après, que va-t-il faire d'un humain ?

Je préfère éviter d'y penser pour l'instant.

— Et pour la dague ? renchérit Drake. Est-ce que vous possédez des renseignements à son sujet ?

— Honnêtement, on espérait surtout que ce serait vous qui nous en apprendriez plus sur elle. Jusqu'au moment où l'on vous a observés en train de la voler, nous ignorions ce qu'il y avait dans le coffre.

— Super ! soufflé-je. Donc, si je résume : vous connaissiez l'endroit où se trouvaient les vampires zombifiés, mais vous ne saviez pas comment les sortir des catacombes. Et encore moins comment lever le sortilège d'Alcibiade. Quant au contenu du coffre, ou quant à ce qu'il projette de réaliser, alors là… c'est la cerise de l'ignorance sur le gâteau de l'incompétence.

— Je vous rappelle qu'on vous a quand même aidés à échapper aux démons du sorcier, tout à l'heure, grogne le vampire au crâne tatoué. Ça mérite tout de même un peu de respect. Surtout vu l'état de Fred.

— Du calme, Bastien, le tempère Andréa. Je me mets à votre place, et je comprends que cela vous semble maigre, surtout après tout ce temps. Mais les rangs des Éveillés diminuent à vue d'œil. Entre le gouvernement français qui nous traque, ajouté à la menace que représente Alcibiade, les vampires préfèrent quitter le pays pour des destinations moins dangereuses.

Ça, je peux le concevoir…

— Et ce nom, les Éveillés. Vous vous l'êtes attribué en contraste avec les zombifiés, je suppose ? suggéré-je.

— Non, affirme Géraldine, qui jusque-là était restée muette. C'est le sorcier qui nous a appelés ainsi.

— Mais c'est bien en opposition avec ceux qu'il contrôle, ajoute Andréa. Nous avons juste repris ce nom de code qu'il employait avec ses sous-fifres pour essayer de nous capturer, dans le but de lui prouver que nous sommes bien éveillés. Et surtout, pour lui signifier que nous ne le laisserons pas agir impunément.

Chapitre 18

Je meurs d'envie de rétorquer à Andréa que ce n'est pas aussi évident qu'elle le sous-entend, mais je m'abstiens. Tout comme je m'efforce d'éviter de les dévisager, tant mon scepticisme s'étoffe face à cette maigre escouade contre Alcibiade. De plus, notre arrivée va-t-elle vraiment changer la donne ? Je n'en suis pas sûre.

— Pouvez-vous nous dire ce que vous avez découvert au sujet de la dague, à présent ? Peut-être que si nous parvenons à percer à jour les plans du sorcier, nous pourrons sauver et récupérer nos frères.

J'hésite. Et face à la mine renfrognée de Drake, je devine que lui aussi n'est pas totalement convaincu. D'autant que je m'inquiète de plus en plus pour Greg. L'avoir laissé aux mains de cette démone relevait de l'inconscience. J'aurais dû intervenir tout de suite. Quitte à déclencher la pire dispute que nous n'ayons jamais eue. J'en viens à me demander si son agression était vraiment le fruit du hasard. J'espère qu'il ne m'a rien caché... Ça lui ressemblerait bien de me dissimuler quelque chose, juste dans le but de récolter un gros paquet d'argent.

— Je voudrais rentrer chez moi, d'abord, annoncé-je. Si nous œuvrons dans le même sens, vous ne verrez aucun inconvénient à ce que je mette un proche en sécurité avant.

— Votre colocataire et collaborateur, Gregory Petit, précise Andréa. Ce n'est qu'un humain. Je doute qu'Alcibiade ou ses sbires s'intéressent à lui.

— Peu importe ! m'énervé-je. Moi, je m'y intéresse.

J'examine de nouveau l'attitude des Éveillés, qui sont beaucoup moins décontractés. Bastien darde un regard méfiant dans notre direction, tandis que la mère et la fille se sont levées. Je réalise aussi que je pensais avoir vu les Éveillés au complet, mais le blond aux airs de Viking a accompagné le blessé à l'infirmerie. Cela signifie qu'il y a probablement quelqu'un d'autre là-bas. Combien sont-ils en réalité ?

— Nous vous sommes redevables de nous avoir aidés, nuance Drake. Mais Charlie ressent le besoin de protéger son ami. Et la façon dont vous agissez me force à vous demander si l'on nous a conduits chez vous en qualité d'alliés potentiels, ou bien de prisonniers ?

— C'est vrai, relativise Andréa. Vous avez raison. Dans ce cas, laissez Bastien vous accompagner, au moins. Vous pourrez loger ici, tous les trois. La demeure est immense.

Je n'envisageais pas de ramener Greg au milieu d'un nid de vampires. Je me voyais plutôt le mettre dans le premier avion pour Toulouse, rejoindre sa mère. Là où personne n'aurait l'idée d'aller le chercher. Mais après réflexion, il acceptera plus facilement de venir découvrir le quartier général des Éveillés. Sa curiosité pour le monde paranormal m'aidera à le convaincre de quitter la maison quelque temps.

— Qu'en penses-tu ? demandé-je à Drake.

— Étant donné l'effectif d'Alcibiade, si nous souhaitons être plus efficaces, et en partant de l'hypothèse qu'Andréa nous dit la vérité… c'est ce qui me semble le plus judicieux.

Sa façon d'exposer les faits excite mon alarme interne. En même temps, faire cavalier seul contre une armée de démons serait suicidaire.

— C'est d'accord, approuvé-je. Merci pour votre hospitalité.

Un sourire étire ses lèvres de rubis, pendant qu'elle penche la tête lentement, avant de se tourner vers Bastien.

— Prends la Mondéo pour les y conduire. Frédéric l'a réparée.

— Bien, Majesté.

Je tressaille en entendant ce titre. Comme à son habitude, Drake de son côté reste indifférent. Je me promets de lui poser des questions à ce propos, parce qu'il me paraît évident que si une forme de gouvernement a été mise en place aux États-Unis, ce doit être aussi le cas chez nous. Seulement, étant donné que je me mêle plus souvent des affaires humaines, ayant moi-même été enregistrée comme telle, j'ignore cette législation.

Je laisse Drake monter devant. J'ai besoin de réfléchir, et la banquette arrière me semble propice à l'introspection. Très vite, je reconnais les environs. Pendant que nous abandonnons derrière nous les beaux quartiers de Versailles, les vampires commencent à discuter.

Je ne les écoute pas.

Mon cerveau s'échappe ailleurs.

Je repense à ce que m'a dit Claudia, lorsque je l'ai croisée en quittant la maison. Greg lui a souvent parlé de moi. Il ne serait pas allé jusqu'à évoquer l'enquête, tout de même ? Ce qui pourrait expliquer la présence des sbires d'Alcibiade à la sortie du musée. Certains démons sont télépathes. Si ça se trouve, Greg n'a même pas eu besoin d'ouvrir la bouche. Voilà qui s'avérerait plus plausible, en réalité.

Le paysage défile sans que je le voie, concentrée sur mes spéculations.

Se garer dans notre quartier relève de l'impossible. Après avoir sillonné quelques rues, Bastien s'arrête le long du trottoir.

— Je vous attends dans la voiture. Faites vite, OK ?

Je laisse Drake se charger de la réponse. Maintenant qu'ils ont un peu fait ami-ami, je sens l'ambiance s'alléger un peu. Ou en tout cas, le ton qu'ils emploient pour se parler est beaucoup plus sympathique.

Je m'apprête à insérer la clé dans la serrure, quand je m'aperçois que la porte est ouverte. Je pousse doucement le battement, puis tends l'oreille.

— Un problème ? s'inquiète Drake.

— La porte était entrebâillée, lui expliqué-je.

Il jette un œil vers Bastien, qui avec sa super audition a tout entendu.

— Vous devriez laisser tomber, nous lance-t-il à travers sa vitre baissée.

— Pas question que je reparte sans Greg, ronchonné-je en entrant.

Le rez-de-chaussée est plongé dans le noir, mais j'aperçois de la lumière en haut de l'escalier, au premier. N'écoutant que mon inquiétude, je monte les marches quatre en quatre.

— Greg ? Greg, réponds-moi !

Le canapé a bougé de place, comme si quelqu'un s'était accroché au meuble pendant qu'on le tirait en arrière. L'un des deux fauteuils, ainsi que le guéridon à côté, ont été renversés. La lampe gît au sol, brisée en mille morceaux, comme mon cœur...

— Greg ! hurlé-je en grimpant les dernières marches jusqu'au second.

Vide...

Le silence...

L'absence...

Et là, tout est intact. Une normalité qui hurle l'anormal.

Aucune trace de lutte. Pas un seul indice sur ce qui a pu se passer.

La panique s'empare de moi. Une vague glaciale engloutit tous mes sens.

Greg, mon ancre dans ce monde chaotique, celui qui m'a tenue à flot après le départ déchirant de ma mère. Il a été mon soutien, mon guide, mon ami inébranlable.

Et moi, je l'ai laissé seul face aux dangers que je connais trop bien. J'ai effleuré la vérité, lui parlant à demi-mot des menaces qui rôdent, comme ces maudits démons chasseurs d'âmes. Mais j'aurais dû me montrer plus explicite, plus directe. La douleur de cette prise de conscience est aiguë, presque insupportable.

Je m'écroule. Mes jambes tremblantes refusent d'avancer d'un pas de plus. Je me laisse tomber sur les fesses en pleurant. Je voudrais me ratatiner en boule, sous ma couette, et oublier toute cette histoire. Peut-être qu'à mon réveil, je réaliserais que ce n'était qu'un cauchemar ? Après tout, ça coûte quoi d'essayer ?

Mon cerveau passe en circuit fermé. Il ressasse en boucle cette idée, sans pour autant me donner la force de me lever pour aller jusqu'à ma chambre. Le froid du carrelage s'étend dans mes jambes et dans le bas de mon dos.

À quel moment est-ce que j'ai merdé, exactement ?

Quand tout à coup, une gifle m'extirpe de ma torpeur. Mes yeux, bloqués dans le vide, se fixent sur le visage de Drake. Ses traits tirés se détendent d'un coup.

— Putain ! souffle-t-il. J'ai cru que je t'avais perdue… Ne me refais plus jamais ça, OK ? Maintenant, lève-toi.

Il faufile ses mains sous mes bras, et me force à me mettre debout.

— Viens, partons. Nous ne ferons rien de plus, ici.

Telle une poupée de chiffon, Drake m'entraîne dans les escaliers. Arrivés au rez-de-chaussée, quelques neurones encore fonctionnels se reconnectent.

— Tu leur fais vraiment confiance ? Aux Éveillés…

— Ils ne sont peut-être pas très dégourdis, ou pas assez organisés, étant donné leur méthode pour gérer la situation, mais ce sont des vampires. La façon dont la voix d'Andréa s'est brisée en évoquant ce Marc, je doute qu'il s'agisse d'un jeu d'actrice. En clair, oui, je pense que l'on peut se fier à eux. Maintenant, viens. La maison n'est plus sûre.

Ses arguments font écho aux miens, ce qui me rassure sur ce point.

— Attends, lui ordonné-je en me dirigeant vers les bureaux d'Arcane.

Les plafonniers s'allument automatiquement. Je saisis l'ordinateur de Greg, quand je percute deux choses.

— Tu veux bien remonter ? En bas à droite de mon armoire, dans ma chambre, tu trouveras un sac de voyage en cuir marron. C'est la première porte au dernier étage. J'ai toujours un sac prêt, en cas de départ précipité…

— D'accord, mais dépêche-toi. On ne sait jamais, ils rôdent peut-être encore dans le coin. Ou bien, ils pourraient revenir.

— Je fais vite, lui assuré-je.

J'ouvre le tiroir du bureau de Greg, à la recherche de ce fichu Post-it où il note son mot de passe, lorsque mes yeux tombent sur…

Non…

Ce n'est pas possible.

Les doigts tremblants, je saisis le porte-clés du Faucon Millenium en argent.

— Tu as tout ce qu'il te faut, maintenant ? me lance Drake, qui est déjà revenu.

Je sursaute, m'empresse de mettre le vaisseau intergalactique dans ma poche, puis récupère le papier jaune pâle.

— Allons-y, affirmé-je en me persuadant qu'il doit y avoir une explication rationnelle à la présence de ce porte-clés.

Chapitre 19

Drake a refusé de passer par sa chambre d'hôtel. L'unique chose essentielle qui s'y trouve, c'est le Velvet Blood qu'Andréa fait importer. Semer des cadavres est encore moins discret que de louer une boîte postale pour accueillir les livraisons de sang synthétique.

Durant le trajet pour rentrer au quartier général des Éveillés, mon inquiétude, au sujet de Greg, est montée en flèche. Une boule d'angoisse s'est nichée dans ma gorge, avec la ferme intention de m'étouffer. Je retiens mes larmes avec difficulté, tant je ne veux montrer aucun signe de faiblesse devant Bastien. Même si je suppose qu'il a capté depuis un bon moment déjà, les battements erratiques de mon cœur meurtri.

— Le jour va bientôt se lever, déplore Andréa à notre retour. Nous terminerons notre conversation ce soir. Vous devriez aller vous reposer. Je vous ai choisi des chambres communicantes.

D'un geste de la main, elle nous invite à la suivre à l'étage. Les marches en bois craquent sous nos pas.

— J'ai pensé que cela vous aiderait à vous sentir plus en sécurité, précise-t-elle. Bien qu'ici vous ne craigniez rien. Mais je me mets à votre place. Ça ne doit pas être évident de nous accorder votre confiance après une simple conversation.

— Ce serait mentir que de vous dire le contraire, confirme Drake.

— J'apprécie votre franchise.

Nous longeons un balcon avec vue sur le hall d'un côté, et une multitude de portes de l'autre.

— La première est juste là. J'ai choisi la mauve, pour Charlie. C'est une couleur apaisante. Je pense que vous en avez bien besoin.

Avec ses meubles en chêne style Louis XV, ses épais rideaux et son dessus de lit matelassé, je trouve à cette pièce un aspect plus vieillot que réconfortant. Je me garde de le dire à voix haute. L'attention d'Andréa part d'un bon sentiment. Enfin... je crois...

— Merci, soufflé-je.

Drake pose mon sac sur le banc capitonné en velours blanc nacré, devant une petite coiffeuse, pendant qu'Andréa ouvre la porte communicante.

— Voici votre salle bain à tous les deux. De l'autre côté, vous y découvrirez votre chambre, Drake. Vous y trouverez également un pack de Velvet Blood. Je vous laisse vous installer. Si vous avez besoin de quoi que ce soit, sachez que vous pouvez circuler dans toute la demeure, sans restriction aucune. Vous êtes ici chez vous.

— Merci beaucoup, Andréa.

Les deux vampires échangent une salutation révérencieuse, puis notre hôtesse tourne les talons, avant de refermer doucement la porte.

— Je peux te laisser seule ? s'inquiète Drake.

— Rassure-moi juste sur un point. Tu as toujours la dague avec toi ?

— Bien sûr.

Il extirpe le tissu blanc de la poche intérieure de sa veste, et le déroule pour me la montrer.

— Tu souhaites la garder, peut-être ?

— Non ! C'est bon, affirmé-je, en plaçant l'ordinateur de Greg sur la coiffeuse. Il est préférable qu'elle reste à une distance raisonnable de moi. Par contre, tu devrais sans doute aller te reposer. La nuit prochaine s'annonce agitée. Nous allons devoir retrouver Greg et Léo.

— Attends ! Quoi ?

Sa surprise m'étonne autant qu'elle attise ma colère.

— Rassure-moi. Tu ne comptes pas abandonner mon meilleur ami… mon frère, aux mains de ce dangereux psychopathe de sorcier tout de même ? Il est la seule famille qu'il me reste. Je ne renoncerai pas.

— Et je ne te le demande pas. Mais de là à opérer ce soir… Nous ne savons même pas où il se cache. Et encore moins où il détient Greg, ou Léo, ou… l'ensemble des vampires.

— C'est pour ça que j'ai emporté l'ordinateur de Greg. Il a activé une fonction qui lui permet de géolocaliser son téléphone en cas de perte ou de vol.

— Des ravisseurs qui laissent leur portable à une victime, c'est rare.

Je hausse les épaules, avant de jeter mon manteau sur le lit. Puis, je dégage mon sac de voyage du banc, pour prendre sa place, bien décidée à trouver une solution. Pendant que j'allume l'ordinateur, je sens un courant d'air dans mon dos. Drake reparaît, une bouteille de Velvet Blood dans les mains.

— Tu permets ?

Je me décale, pour le laisser s'installer à côté de moi.

La fatigue dévore mes yeux, rendant ma vue floue. Les paupières plissées, je décrypte les mots sur l'écran pour trouver la bonne icône. Enfin, je double-clique dessus. La fenêtre met un temps fou à apparaître. Le cercle bleu tourne et tourne, si lentement, que j'ai l'impression qu'il cherche à m'hypnotiser. Après de longues secondes d'attente, un morceau de carte s'affiche, avec écrit en gros : « Aucun résultat localisé. »

L'espoir qui me permettait de ne pas m'effondrer éclate comme un ballon de baudruche. Je ferme le capot de l'ordinateur d'un geste vif, et me jette à plat ventre sur le lit pour évacuer toutes les larmes de mon corps. Le matelas s'affaisse légèrement, lorsque Drake vient s'asseoir à ma hauteur.

— Je suis désolé, chuchote-t-il en me caressant le dos. On va tout mettre en œuvre pour le retrouver, je te le promets.

Ses mots me touchent bien plus que de raison. Dans un élan stupide, irréfléchi et immature, je me relève et fonds sur sa bouche.

J'ai besoin de lui, de ressentir autre chose que de la peur et de l'angoisse.

— Ce n'est pas que je n'en ai pas envie, souffle-t-il en me repoussant doucement, mais... pas comme ça. Pas dans ces circonstances. J'aurais l'impression d'abuser de toi et de ta tristesse.

Les yeux baissés vers cet horrible dessus de lit mauve, je m'essuie les lèvres du bout des doigts.

— Et si la situation était différente ? demandé-je, comme pour me rassurer.

Il glisse son index sous mon menton pour m'obliger à affronter son regard azur.

— Tu serais déjà entièrement nue et totalement à ma merci.

À ses mots, un délicieux frisson dévale ma colonne vertébrale. Je sens mes joues s'enflammer. Ma bouche tente de s'étirer pour former un semblant de sourire, mais l'effort émotionnel et physique paraît trop intense, ou trop inconvenant. Drake a raison.

— Tu veux bien dormir avec moi, au moins ?

— Bien sûr.

Je revois Greg le jour de notre rencontre. Je l'entends me murmurer que tout ira bien, pendant qu'il me serre dans ses bras, après le décès de ma mère. Que je ne l'oublierai jamais, et qu'elle trouvera une place spéciale dans mon cœur. Je me souviens qu'il abusait de ce parfum à la mode, Scorpio. Il en mettait tellement que ça me donnait la nausée.

Son regard pétillant et son sourire surexcité sur le quai de la gare Matabiau, à Toulouse, quand je suis arrivée avec mon sac de sport.

— C'est tout ce que tu emportes ? s'était-il étonné, lorsque je m'étais installée à ses côtés dans le train.

J'avais revendu presque tout l'héritage de ma mère pour financer le voyage, et posséder quelques économies en cas de coup dur à la capitale. Suite à cette expérience, j'ai compris que les objets n'ont que la valeur que l'on veut bien leur attribuer. Comme mon manteau en cuir noir, qui lui appartenait. L'une des rares choses que j'ai conservées.

Parce que le principal, pour ne pas dire le primordial, se trouve dans ce qui ne s'achète pas.

Comme l'amitié, par exemple...

Je me pelotonne un peu plus fort contre Drake, qui dort. Comme si je cherchais à me fondre en lui, pour qu'il absorbe ma peine et mon inquiétude. Lorsqu'il resserre son étreinte, je relève le nez, intriguée. Normalement, les vampires ont le sommeil très lourd. Il a bien les yeux fermés, mais sa façon d'agir implique qu'il reste réceptif à son environnement.

Ou juste à moi...

Je repose ma tête au creux de son épaule, subjuguée quelques secondes par cette idée valorisante et un peu fantasque. Quand Greg revient dans mes pensées.

Où peut-il bien être ?

L'inquiétude serre ma gorge. Une présence constante qui me rappelle que chaque seconde sans nouvelles est une seconde de trop.

J'espère qu'il va bien.

Le sommeil me fuit. C'est comme s'il savait que fermer les yeux ne ferait qu'amplifier les images de Greg en danger. Elles me hantent. L'inactivité me ronge. Chaque fibre de mon être crie pour le retrouver et le sauver. Mais je reste ici, impuissante, perdue dans mes pensées.

Je cherche ce qui a pu m'échapper. C'est alors que, dans un éclair de lucidité au milieu de mon tourment, l'écran d'accueil de l'ordinateur de Greg s'impose dans mon esprit. Non, pas tout l'écran... une icône en particulier. Une icône que je n'avais pas remarquée auparavant, mais qui maintenant brûle dans ma mémoire comme un feu ardent.

Mon cœur s'emballe. Serait-ce un message de lui ? Un indice laissé volontairement, ou peut-être un appel à l'aide crypté ? Je dois savoir.

Je suis obligée d'avoir recours à ma force surnaturelle pour me libérer des bras de Drake. Je trouve cette attention tellement flatteuse, que je m'accorde quelques secondes pour observer son visage. Ses traits sont détendus. Ses lèvres forment un léger sourire.

J'espère au fond de moi y être pour quelque chose, dans cette quiétude si belle à voir.

Je me lève délicatement, puis me déplace sur la pointe des pieds jusqu'à la coiffeuse. J'ouvre le capot du P.C. D'un doigt tremblant, j'appuie sur le bouton d'alimentation.

J'ignore si cette icône existe vraiment, ou si je l'ai juste imaginée.

Je récupère le Post-it que j'ai calé sous l'ordinateur pour éviter de le perdre, et tape le mot de passe indigeste composé de lettres majuscules et minuscules, assorties de chiffres et de symboles. Dès que le bureau s'affiche, mes yeux tombent tout de suite sur le dossier scellé, facilement reconnaissable avec sa fermeture éclair. Ma respiration se bloque. Greg l'a nommé M.A. Je place le curseur dessus, exécute un clic droit pour ordonner l'extraction des documents, mais une fenêtre s'ouvre pour me réclamer un code.

Comme je tiens toujours le papier jaune pâle, je tente ma chance. En vain. Et pour aggraver les choses, un message s'affiche, m'avertissant qu'il ne me reste que deux essais.

Qu'est-ce qui peut bien pousser Greg à prendre autant de précautions ? Maintenant, je veux à tout prix savoir ce que contient ce dossier.

Je réfléchis un peu, quand l'une des sempiternelles conversations de geek entre Greg et Lionel, tout aussi féru d'informatique que mon colocataire, me revient en mémoire. Ils parlaient de mots de passe... Lionel était pour l'idée de les enfermer dans un coffre-fort sécurisé en ligne, arguant que c'était le moyen le plus sûr de ne jamais les perdre. De son côté, Greg n'en démordait pas. Il comparait cela à stocker tous ses œufs dans le même panier. Il craignait qu'un pirate informatique parvienne à mettre la main dessus, d'où la nécessité de l'écrire, et éventuellement de l'utiliser de différentes façons. De la droite vers la gauche, ou le contraire. Ou bien simplement de mélanger des chiffres, au milieu d'une série de lettres superflues. Ou que les sigles. Bref ! En clair, seul celui qui a composé le code connaît la réponse, et les possibilités sont multiples.

J'examine de nouveau le mot de passe, et j'ai l'impression que le noter à l'envers, ce serait trop évident. Je décide de m'attarder sur les chiffres, en y cherchant une signification quelconque. Dans un sens, puis dans l'autre, en les changeant de place… Non ! Rien ne me vient.

Tant pis ! Je teste quand même la série de chiffres en partant de la fin.

Mince !

Plus qu'un essai.

Je suis tellement fébrile, que j'hésite à réveiller tout le monde pour savoir si parmi les Éveillés, il n'y aurait pas un spécialiste en informatique.

J'inspire un grand coup. Avant d'en arriver à cet extrême, je devrais m'aventurer une dernière fois, au moins.

J'isole les symboles, puis les lettres.

Oh ! Et puis zut !

Je tente le tout pour le tout. Je saisis le code en intégralité, mais à l'envers.

Bingo !

À l'intérieur, je découvre deux sous-dossiers, et l'un d'eux porte mon prénom en entier, Charline.

Quant au second… mes yeux s'arrondissent. Ma respiration se bloque.

Il s'intitule Maxime.

Dois-je en déduire que Greg a fait, ou fait encore des recherches sur mon frère sans m'en parler ?

C'est peut-être pour ça qu'il voudrait me voir abandonner ? Il sait quelque chose que j'ignore. Ou alors, il tient à me faire une surprise, peut-être ?

Je déglutis, et ouvre le fichier. Une liste de documents s'affiche. Le premier est l'acte de naissance de Maxime que m'a remis Henri, le père de Greg, sur le quai de la gare. Dessus, on peut y lire le nom de ma mère, son adresse de l'époque, sa date et son lieu de naissance. En dessous, il est indiqué que le 30 avril 1995, elle a donné la vie à des jumeaux, Charline et Maxime. Je suis née quatre minutes avant lui. Plus bas encore, il est précisé : Maxime Lefebvre, décédé le 21 mai 1995, cause inconnue.

Les motifs de mort prématurée chez les nourrissons sont nombreux, et beaucoup restent inexpliquées.

Henri souhaitait me rassurer en me fournissant ce papier. Il voulait appuyer le fait que ma mère avait perdu l'esprit en soutenant recevoir des visites de mon frère. Cependant, il ignorait que j'avais interrogé le personnel soignant de la clinique. Une seule infirmière m'a affirmé avoir aperçu un homme blond sortir de sa chambre, un jour. Elle s'en souvenait très bien parce qu'en dehors de moi, personne ne venait la voir.

Le second document me tord les boyaux. Il s'agit d'une lettre manuscrite qui a été scannée, sur laquelle je reconnais tout de suite l'écriture de ma mère. Elle y explique qu'elle n'est pas en mesure de s'occuper de Maxime, et qu'elle espère qu'il trouvera auprès des moines, toute l'aide dont il aura besoin. Que dans le monde dans lequel nous vivons, où la magie est considérée comme un crime, elle n'a aucune autre solution pour le protéger. Je la relis deux fois, pour m'assurer de bien comprendre son contenu. Intriguée, je double-clique sur l'icône suivante. Un second acte de naissance s'affiche. Celui-ci est au nom de...

Je me sens défaillir.

Le sang déserte mon visage.

Le manque de sommeil, le trop-plein d'émotions...

Prise de tremblements, je respire avec peine.

Ma gorge s'assèche.

La nausée m'envahit.

Je me penche en arrière, oubliant un instant que le banc ne possède pas de dossier. Soudain, le monde bascule. La gravité me trahit et je me sens glisser vers l'arrière. Dans un réflexe désespéré, mes mains cherchent un appui qui n'existe pas.

C'est alors que Drake me saisit par la taille et m'empêche de m'écraser au sol. Je me retrouve blottie dans ses bras. Mon cœur bat la chamade contre sa poitrine. La sérénité qui habitait son visage a disparu, laissant place à une expression de peur intense.

Un voile sombre commence à troubler ma vision. Mes paupières lourdes clignotent avec frénésie dans une vaine tentative de garder la lumière. Mais la promesse de l'obscurité est trop séduisante. Je sens mon esprit se détacher, attiré vers une douce tranquillité. Et alors que je succombe à l'étreinte froide du néant, une part de moi accueille cette évasion avec un soulagement coupable.

Chapitre 20

Enlisée dans un nuage de ouate, je me tourne pour me réinstaller. Je tire sur le drap, et m'apprête à retaper mon oreiller, quand je découvre sous mes doigts qu'il s'agit d'un traversin.

J'ai horreur de ça !

Je sursaute, et me retrouve aussitôt en position assise, les yeux grands ouverts. Mes pupilles s'attardent sur les nuances de mauves qui m'entourent. Plusieurs secondes me sont nécessaires pour me rappeler où je me trouve.

Au quartier général des Éveillés, avec Drake.

Ouais… Eh bien, sur le coup, je n'étais pas très réveillée…

En plus, où est Drake ?

Un autre souvenir surgit. Celui qui m'a envoyé dans les vapes. Je me lève pour m'assurer que je n'ai pas la berlue. Je touche même le bois de la coiffeuse, tellement je ne comprends pas. Or, je dois me rendre à l'évidence. Drake n'est pas le seul à avoir disparu, l'ordinateur portable de Greg aussi. Et je me balade en sous-vêtements.

Je jette un regard désespéré vers la salle de bain qui m'appelle. Tant pis ! J'enfile mon pantalon, quand un objet un peu lourd et froid heurte ma cuisse. Je plonge la main dans la poche, d'où j'en ressors le porte-clés en argent du Faucon Millenium. Je le serre dans mon poing en refoulant mes larmes. Elles ne m'aideront pas. Par contre, une vilaine association d'idées fait irruption sous mon crâne. Je saisis mon téléphone sur la table de chevet, et… ouf !

Pour économiser la batterie, j'avais déjà désactivé l'application de géolocalisation, dans le laboratoire de Léo.

J'ignore encore le rôle de Greg dans toute cette histoire – le porte-clés, les fichiers dans son ordinateur, les erreurs au sujet de Nécronium – mais s'il est retenu prisonnier et que ses ravisseurs examinent son smartphone, inutile de les conduire jusqu'ici.

Je le repose et finis de m'habiller, avant d'hésiter un instant au sujet des bottines. Si je dois me déplacer en catimini dans un nid de vampires, je serai plus discrète pieds nus.

J'abaisse doucement la poignée, entrebâille à peine le battant, pour me retrouver nez à nez avec Myriam.

— La Belle au bois dormant émerge de son long sommeil. Ce n'est pas trop tôt ! On m'a demandé de rester jusqu'à ton réveil, pour t'accompagner dans le bureau d'Andréa.

Je me sens un peu stupide. Aucun membre des Éveillés ne m'a donné de raison de remettre en question leur sincérité. Même si je ne dispose d'aucune preuve de leur honnêteté, non plus…

Elle m'examine de haut en bas, puis ajoute :

— Mais si tu as besoin de prendre un moment supplémentaire pour un brin de toilette, et finir de t'habiller, je pense que personne n'y verra d'inconvénient.

— Et Drake ?

— Il y est déjà.

— L'ordinateur ?

— Avec eux, affirme-t-elle.

— Je me laverai plus tard, déclaré-je en attrapant mes bottines.

— Comme tu voudras.

Nous descendons le grand escalier, longeons le hall, traversons ce qui s'apparente à un salon, agrémenté de bibliothèques et de tableaux, où Myriam frappe sur une porte en bois sculpté. Aucune réponse ne me parvient, pourtant, Myriam ouvre quand même. D'un geste ample, elle m'invite à entrer.

Drake bondit de sa chaise, pour venir à ma rencontre. J'ai à peine le temps de voir que la décoration est un savant mélange de moderne et d'ancien. Les étagères, derrière Andréa, regorgent de livres et d'objets en laiton, ou en bronze.

— Est-ce que tu te sens mieux ?

— Je crois, oui. Pourquoi as-tu pris l'ordinateur ?

— C'est moi qui lui ai proposé de l'étudier, intervient Andréa, suite à votre malaise. Frédéric, qui nous a rejoints depuis peu, se passionne pour toutes ces nouvelles technologies.

Je lance un regard torve à Drake, qui, comme à sa mauvaise habitude, n'affiche aucune émotion.

— Quand j'ai vu sur l'écran la cause de ta perte de connaissance, j'ai continué à examiner les fichiers. Seulement, certains sont cryptés. J'espérais que d'ici ton réveil, on aurait extrait toutes les informations stockées dans l'appareil.

— Et c'est le cas ?

— Avant de répondre à cette question, nous interrompt Andréa, j'aimerais vous en poser une autre.

— Je t'ai déjà donné mon opinion, gronde Drake.

Je constate que le vouvoiement a cédé la place au tutoiement. Il a dû s'en passer des choses, pendant que je divaguais dans les bras de Morphée.

— Mais je veux l'entendre de sa bouche, rétorque Andréa, en levant légèrement la voix.

Face à ce ton péremptoire, mon sang ne fait qu'un tour.

D'après ce que j'ai compris, la hiérarchie chez les vampires est très importante. Drake n'est qu'un invité, dans un pays où ils sont tous considérés comme des criminels. Si Andréa et ses sujets décident de me tomber sur le poil, et de me tuer, malgré ma force exceptionnelle, je n'ai aucune chance. De plus, étant donné l'évolution de la situation entre Drake et les Éveillés, j'ignore si je peux encore compter sur lui.

— Très bien, consent Drake, en me dirigeant vers les deux chaises, face au bureau d'Andréa.

Heureusement qu'il me tient, parce que mes genoux jouent des cymbales. Mon cœur pulse comme un dément dans ma poitrine. Je commence à en avoir marre de toute cette histoire. Je n'ai jamais vraiment eu envie de quitter la France, mais là ! Je crois que je voudrais partir, m'isoler sur une île déserte. Loin des vampires, des démons et des sorciers. Juste la nature et un ravitaillement une fois par mois pour le strict nécessaire, en attendant de pouvoir vivre en autarcie totale.

— Charlie, vous devez trouver le moyen de vous calmer. Sinon, je ne serai pas en mesure de déterminer si vous dites la vérité, ou non.

Je lance un regard de désespoir vers Drake, qui entrelace ses doigts aux miens.

— Tu ne risques rien. J'ai une totale confiance en toi. Détends-toi.

J'inspire un grand coup, en gardant mes yeux accrochés aux siens. Je cherche la pépite dorée, quand la question d'Andréa claque dans l'air.

— Saviez-vous, avant aujourd'hui, qu'Alcibiade était votre frère ?

Réflexion faite, je ne suis pas surprise. À sa place, je pense que j'aurais réagi exactement pareil. Je réalise alors que j'avais tort de m'inquiéter, même si la situation semble périlleuse. J'ai ma conscience pour moi. Elle peut me demander tout ce qui lui chante.

Mes lèvres s'étirent en un sourire, qu'Andréa pourrait traduire comme moqueur. Je m'en fiche ! Parce qu'en réalité, il reflète juste mon assurance et ma franchise.

— Maxime… Pour moi, il est et restera Maxime. Et non, je l'ignorais. Ma mère souffrait du syndrome de Korsakov, qui provoque des distorsions de la mémoire. Quand elle m'a parlé de Maxime la première fois, j'ai cru qu'elle délirait. Puis…

Les mots se brisent dans ma gorge. Évoquer ces souvenirs, tous associés à Greg, me peine.

— Puis, le père de Greg m'a fourni un document qui indique qu'il était décédé trois semaines après sa naissance. Mais… d'après ce que j'ai pu lire avant de tomber dans les pommes… ma mère n'affabulait pas tant que ça…

Un silence inonde la pièce. Enfin, un silence pour mes malheureuses oreilles, uniquement. Parce que je suis convaincue que les deux vampires, eux, dissèquent avec la plus grande attention les battements de mon cœur.

— Tu vois, lance Drake, avec une pointe de fierté dans la voix. Je t'avais dit qu'elle n'était au courant de rien.

— En effet. Mais tu conviendras que compte tenu des circonstances, il valait mieux s'en assurer.

— Compte tenu des circonstances ? répété-je. Comment ça ? Quelles circonstances ?

Tous deux échangent un regard énigmatique. Leur mutisme, ainsi que ce qui ressemble à une certaine complicité, m'agace. Fort heureusement, je n'ai pas le temps d'ouvrir la bouche.

— Que savez-vous à propos de votre père ?

— Que c'était un démon ! lancé-je avec désinvolture.

— Mais encore ? insiste Andréa.

— Rien. Petite, lorsque je posais des questions, ma mère me répondait qu'elle m'en parlerait quand je serais plus âgée. Finalement, les années se sont écoulées, et je crois que le sujet ne m'intéressait plus. J'avais l'impression que ça la peinait. Je n'aimais pas la voir triste. Maintenant que je suis au courant pour Maxime, je me demande ce qui la faisait le plus souffrir, mon père ou mon frère.

— Ou bien les deux, peut-être, ajoute Drake, en comblant à voix haute la réflexion qui germait dans mon esprit.

Je me mets à la place de ma mère et j'essaie d'imaginer la torture que cela a dû être pour elle. Me voir grandir, fêter mon anniversaire, en sachant que mon jumeau se trouvait quelque part, en train de vivre des situations similaires. J'aimerais lui parler juste quelques minutes, la prendre dans mes bras, pour la rassurer, lui dire qu'elle a fait du mieux qu'elle a pu. Que je ne lui en veux pas d'avoir essayé de protéger mon frère, même si cela impliquait de l'éloigner de nous. Je suppose qu'un enfant qui exerce la magie, selon ses capacités, est impossible à cacher.

Lorsque j'ai commencé à pratiquer, j'étais déjà en âge de comprendre que je devais éviter. Mon cerveau opère un amalgame rapide entre cette pensée, et ma rencontre avec Maxime, dans les catacombes. Sa force… Il m'a terrassée sans le moindre effort. Ses pouvoirs ont dû se manifester très tôt.

La puissance de sa magie pour parvenir à contrôler tous ces vampires. Quant aux motivations des démons pour s'être ralliés à lui, elles restent nébuleuses… Est-ce qu'un sortilège serait envisageable pour le stopper ?

— On t'a perdue, s'alarme Drake.

En effet. Toutes ces révélations me secouent. Je ferme les yeux en remuant légèrement la tête comme pour me remettre les idées en place.

— Désolée…

— Ne le soyez pas, lance Andréa d'une voix douce. Vous avez suffisamment d'émotions à gérer sans ajouter celle-ci à la liste. D'autant qu'il nous reste encore pas mal de choses à évoquer.

Chapitre 21

Je fronce les sourcils en dévisageant Drake, qui esquisse un petit sourire. Sa maigre tentative pour me rassurer échoue lamentablement. Pour une fois, j'aurais préféré qu'il reste impassible, cela m'aurait moins inquiétée.

Malgré tout, les rouages de mon cerveau s'activent, et les connexions s'établissent.

— Est-ce que cela concerne le contenu de l'ordinateur ?

— En effet, confirme Andréa. Drake m'a parlé...

— Attends, l'interrompt-il. Je crois qu'il vaut mieux que je lui explique moi-même. Tu veux bien nous laisser seuls, s'il te plaît ?

Mon regard fixé sur celui de Drake, je ressens l'hésitation d'Andréa. Je suppose qu'il l'a prise au dépourvu avec cette requête, en plus de la contrarier d'être ainsi congédiée de son propre bureau.

— D'accord, cède-t-elle en se levant. Mais n'oublie pas que le temps joue contre nous.

— Je sais, rétorque Drake sans me quitter des yeux.

Andréa ferme la porte derrière elle, et pendant que j'attends la suite, une boule d'angoisse se forme dans ma gorge. Je devine que ce que Drake s'apprête à m'annoncer ne va pas me plaire.

— Je t'écoute, l'encouragé-je quand même.

— En réalité, j'hésite. J'ignore par où commencer.

— Tu as tant de choses que ça à me dire ?

— Pas mal, oui. Tu te souviens que ton ami Gregory nous a indiqué de chercher le dossier Nécraxe dans son ordinateur ?

En guise de réponse, je me contente de mouvements de la tête. Mentionner Greg éveille mes sentiments de culpabilité pour n'avoir pas su le protéger davantage.

— Frédéric a découvert qu'il a été créé récemment.

— Normal. On a trouvé la dague, il y a quoi ? Trois ou quatre jours, grand maximum ? J'avoue que j'ai un peu perdu la notion du temps.

— Ce n'est pas le problème. Ou en tout cas, ça ne le serait pas, si un autre fichier, créé il y a plus de deux ans cette fois, ne s'intitulait pas Nécronium.

Mon corps tout entier se fige comme de la glace. Une pique acérée vient de m'embrocher le cœur, rendant ma respiration impossible. Sous l'impulsion d'un réflexe idiot, je plonge la main dans ma poche pour en sortir le porte-clés en argent. Au fond de moi, je sais, depuis que je l'ai trouvé dans son tiroir, que Greg m'a menti. Mais je refuse de l'admettre. Ce n'est pas possible.

Toujours dans le déni, je persiste.

— Où veux-tu en venir ?

Je crois que j'ai juste besoin de l'entendre prononcer les mots. Mais Drake attaque la situation sous un autre angle.

— Nous avons comparé les contenus des deux fichiers. Il semblerait que l'incantation a été retravaillée lorsqu'il nous l'a fournie. Il y a aussi des plans de chez le collectionneur où la dague a été volée. Frédéric a poussé les investigations en allant jusqu'à examiner les comptes bancaires de Gregory. Tu m'as dit l'avoir rencontré à l'âge de 19 ans, quand ta mère est tombée malade. Des virements mensuels de sommes à quatre chiffres en provenance d'une société-écran qui s'appelle AML ont commencé à la même époque. Elle est domiciliée en Suisse. Obtenir des informations à son sujet est presque mission impossible. Seulement, il s'agit d'un acronyme, qui, une fois décliné, pourrait correspondre...

— À Alcibiade Maxime Lefebvre.

— C'est ça, souffle-t-il. Cela expliquerait aussi comment les démons savaient où nous trouver après notre entretien avec Léo. Je suppose également que nous enfuir des catacombes avec la dague était prémédité. D'après les dossiers de Gregory, on présume qu'ils étaient bloqués dans leurs recherches. Enfin... bloqués est peut-être un bien grand mot. Disons plutôt qu'ils avaient besoin de confirmations. Je pense que nous les avons conduits jusqu'à la personne en mesure de les leur fournir. Quant à mon intervention, en venant te confier l'enquête sur Valérie, ça a été une véritable aubaine pour eux. Parce qu'ils avaient déjà prévu de t'envoyer quelqu'un pour te pousser à te renseigner sur la disparition des vampires, une certaine Marianne. D'après les pièces du puzzle que nous avons pu reconstituer, Alcibiade prépare ce plan depuis très longtemps.

— Mais... pour...

Je ne parviens plus à parler.

Je retiens mes larmes qui se noient derrière un barrage où se mélangent toutes les données que vient de m'asséner Drake.

— Pourquoi ? arrivé-je enfin à articuler du bout des lèvres.

— Comme tu l'as vu, Gregory a monté un dossier sur ton frère. Son parcours scolaire, ainsi que sa vie au sein de l'abbaye où ta mère l'a confié, y est retracé. Le père Gabriel détaille qu'Alcibiade présentait des aptitudes pour certains travaux manuels, mais que l'aider à contrôler sa magie, voire l'étouffer, a été un exercice de force. Je suppose qu'Alcibiade a subi l'enfermement, et peut-être même des tortures, pour qu'il cesse de l'utiliser. Je n'en suis pas certain, parce que comme je te le disais, toute une partie reste encore à décrypter. Une chose est sûre, par contre. Il a été coupé du monde jusqu'à ses dix-huit ans. Et pour continuer à le maintenir sous bonne garde, le père Gabriel lui a proposé d'entrer au séminaire. Mais ton frère a refusé. Malgré ses inquiétudes, le père Gabriel a décidé de lui faire confiance. Il s'est résigné à lui trouver un emploi chez un agriculteur du coin.

Drake marque un blanc, ce qui devrait me permettre de digérer, tant mes émotions que la quantité d'informations, mais il n'en est rien. Je souffre pour Maxime. Je l'imagine seul, isolé du monde et perdu, ne comprenant pas ce qu'il a fait de mal pour atterrir là. Loin de sa famille... Et en même temps, je brûle de curiosité d'entendre la suite de son histoire.

— Et alors ?

Drake secoue la tête.

— On ne sait pas. Il y a juste un article de journal, qui mentionne que l'abbaye a été ravagée par un incendie moins de deux semaines plus tard.

Je déglutis, sonnée.

— Comment est-ce que Greg a eu accès à ces informations ?

— Nous supposons qu'en plus de le payer, Gregory et ton frère sont devenus amis. Que pour le rallier à sa cause, Alcibiade a joué la carte de l'honnêteté. Nous n'avons trouvé que cette hypothèse.

— Pour me surveiller ? C'était ça le but, n'est-ce pas ?

— Oui...

— Mais pourquoi ? Pourquoi n'est-il pas venu me voir directement ? J'aurais été heureuse de le rencontrer. Peut-être qu'à cette époque, il n'était pas encore le psychopathe qu'il est devenu. J'aurais peut-être pu l'empêcher de...

— Arrête... me stoppe Drake. Tu te fais du mal pour rien. Ton frère a subi beaucoup de choses. Je suppose que dans son schéma de pensées, sa façon d'agir est cohérente. Si on analyse toutes ces données, il est facile de comprendre qu'il est en dehors de la réalité. Et c'est d'autant plus flagrant quand on sait ce qu'il projette de faire...

Allons bon ! Nous y voilà. Comme si ça ne suffisait pas... C'est pire que cette publicité, pour du produit vaisselle je crois, si ma mémoire est bonne... qui disait : « Quand il n'y en a plus, il y en a encore... »

Là, pourtant, je voudrais juste pouvoir jeter l'éponge. Mais je me souviens des paroles d'Andréa en quittant la pièce : « Le temps joue contre nous. »

Heureusement, un fragment de notre conversation avec Léo dans son laboratoire me revient. Soulagée, et persuadée pour le coup de connaître la réponse exacte, je m'empresse de réagir.

— Ça, on a obtenu l'information grâce à Léo, déjà ! Ouvrir cette fichue porte de Zalaz. Mais sans Nécronium, il n'y arrivera pas. En plus, rien ne nous confirme qu'il l'a localisée.

Drake secoue lentement la tête de gauche à droite.

— Non ? demandé-je. Comment ça, non ? Tu veux dire qu'il sait où elle se trouve, c'est ça ?

— Et nous aussi, grâce au dossier de Gregory. Gustave Eiffel en a marqué son emplacement avec une gigantesque tour en fer puddlé, parfait conductible pour amplifier les effets de la dague.

J'emmagasine encore l'information, lorsque trois coups secs sont frappés contre la porte, qui s'ouvre dans la foulée.

— Je suis désolée de vous interrompre, s'excuse Andréa, mais ça fait déjà deux fois que le téléphone de Charlie sonne. Je me suis donc permis de le récupérer dans votre chambre pour vous le descendre. Au cas où ce serait important.

Sur l'écran, en dessous de la mention deux appels manqués, la seconde ligne indique que le numéro est inconnu.

— Avez-vous terminé ? en profite-t-elle pour demander.

— Heu… hésite Drake. Il reste quelques détails, mais dans l'ensemble, je crois que Charlie en a suffisamment entendu pour l'instant.

— Parfait ! s'exclame-t-elle en rejoignant sa place. Nous allons pouvoir élaborer un plan d'attaque pour la nuit prochaine.

— La nuit prochaine ? m'étonné-je. Mais on ne sait même pas où se trouve Maxime.

— Je constate que tu ne lui as pas tout expliqué.

— C'est que j'ai été interrompu.

Un duel de regards débute entre les deux vampires, tandis que de mon côté, j'attends une réponse qui ne vient pas. Ce qui commence à m'agacer.

— Quand vous aurez fini vos enfantillages, peut-être que l'un de vous daignera me mettre au parfum.

Ils tournent lentement leur tête dans ma direction, et je réalise qu'évoquer des enfantillages à des êtres qui ont au moins cent ans de plus que moi n'était pas la chose la plus intelligente à dire.

Fort heureusement, j'évite leurs représailles éventuelles, grâce à l'intervention de mon téléphone qui sonne une nouvelle fois.

— Désolée, soufflé-je, en glissant mon doigt sur l'écran pour décrocher. Oui ?

— Charlie, enfin ! Ils sont entrés dans la maison, je n'ai rien pu faire.

J'identifie aussitôt la voix de Greg. Il joue tellement bien la comédie… Mon cœur se froisse… Je refoule mes larmes, et avale la boule d'épingles qui vient de se former dans ma gorge en l'entendant.

Puis, je réalise qu'il ignore que je sais tout, au sujet de sa trahison.

D'ailleurs, pour une fois, le visage de Drake affiche même une réaction. Un sourire carnassier qui, en d'autres circonstances me glacerait le sang.

— Il n'est pas au courant, profites-en ! me glisse-t-il au creux de l'oreille.

J'approuve en silence.

— Est-ce que tu es blessé ?

— Rien de grave.

— Où es-tu ?

— Je n'en sais rien. Mais ils menacent de me tuer si tu n'obéis pas.

Le son de sa voix s'éloigne de l'appareil, comme si on le lui arrachait des mains.

— Bonjour, Charline.

— M… je me retiens de justesse de l'appeler Maxime. Alcibiade, je suppose ?

— Tu supposes bien. Maintenant, tu as le choix. Soit tu me rapportes ma dague, et je te rends Gregory, ainsi que le scientifique… en vie. Soit tu supporteras le poids de leur mort sur ta conscience. Alors ?

— Où ? Et à quelle heure ?

— Demain soir, à vingt-trois heures quarante-cinq, sur le Champ-de-Mars. Au pied de la tour Eiffel, très précisément.

Drake secoue la tête, mais je m'en fiche. Tout ce que je veux, c'est sauver mon ami, si possible aussi mon frère, et avoir une explication franche avec eux.

— Parfait ! Vous pouvez compter sur moi, j'y serai.

Satisfaite, je raccroche.

— Tu ne réalises pas ce que tu viens d'accepter ! s'exclame Drake.

— Elle n'avait pas le choix, me défend Andréa. Et puis, cet appel ne fait que confirmer que les astres seront pleinement alignés pour ouvrir la porte de Zalaz, demain à minuit trente-quatre.

Je comprends mieux l'origine de notre manque de temps.

— Est-ce que l'on sait ce qui se cache derrière ? demandé-je du bout des lèvres, tant je redoute la réponse.

— D'après les informations déjà décryptées par Frédéric, poursuit Andréa, nous avons des raisons de penser qu'il s'agit d'une dimension démoniaque. Les Vorax s'y seraient réfugiés pour échapper à la météorite qui a détruit les dinosaures et toutes formes de vie présentes à ce moment-là. Le problème, c'est que si Alcibiade parvient à rouvrir cette brèche, ils ne pourront pas seulement réinvestir la Terre. Si cette porte s'ouvre, ça fera tomber toutes les barrières.

— Je ne comprends pas, bredouillé-je.

— C'est pourtant simple, renchérit Andréa. Les murs qui séparent les réalités s'effondreront. Les dimensions empiéteront l'une sur l'autre. L'ordre sera renversé, et l'univers basculera dans le chaos. Pour toujours.

L'espace d'un instant, je regrette d'avoir demandé des éclaircissements.

— Mais on n'est encore sûrs de rien ! tente de me rassurer Drake.

Andréa se tait quelques secondes, avant de reprendre.

— Ne minimise pas la tragédie de la situation, Drake. Je ne pense pas que ça lui rende service. Surtout si le dernier banni est bien leur père.

— Pardon ?

— Quel tact ! ronchonne Drake.

— Tu devais tout lui dire. Dois-je te rappeler que nous devons trouver un plan ? Je ne pourrai convaincre d'autres vampires de nous rejoindre que si je leur présente un projet en béton.

— Vous m'expliquez ce que... mon... géniteur, c'est ça ? viendrait faire dans cette histoire ?

— On suppose, tempère Drake, comme il y a une phrase qui dit que seul le sang du dernier banni l'ouvrira... que si Alcibiade nourrit ce projet, c'est pour retrouver votre père. Il semblerait que ce soit ta mère qui l'y ait envoyé. Mais nous ignorons encore pourquoi. Il faut que tu comprennes... Alcibiade a longtemps vécu en dehors de notre réalité. Toutes les premières années de sa vie plus précisément, celles où les fondations d'un individu se forment. Ça laisse forcément des séquelles... Il doit ressentir beaucoup de colère envers les humains. Envers votre mère aussi, et... sans doute, être jaloux de toi... Souviens-toi, dans les catacombes. Il a parlé d'une apocalypse. Détruire notre monde pour en rallier un, où il pense y trouver une personne qui l'aimera, et ce, peu importe sa nature, doit lui paraître logique.

Je fixe les yeux de Drake à la recherche de cet éclat doré sous sa pupille droite, noyé dans le bleu de l'iris. Mon cerveau tente d'encaisser, d'enregistrer, tout en essayant de mettre les éléments dans l'ordre pour créer un ensemble cohérent.

Ma respiration me semble lourde. Mon cœur s'efforce de propulser mon sang dans mes veines, dont les muscles restent tétanisés.

Enfin, je réalise ce que je cherchais. Ce que je refusais peut-être même de m'avouer depuis que je sais qu'Alcibiade est Maxime.

L'offrande...

Si seul le sang du dernier banni peut ouvrir la porte de Zalaz...

Ça, c'est la douche froide ! J'ai l'impression d'avoir plongé dans le regard de Méduse, et de m'être transformée en statue. Je suis en train de perdre la tête... Je ne comprends plus rien. Ou au contraire, je comprends tout, avec trop de netteté.

Je crois que Drake me parle, cependant mon cerveau est devenu hermétique.

La voix grave et légèrement chantante de Nécronium s'élève. Elle tourne en boucle, comme un écho moqueur.

— Prends ma place. Tu en as la force. Toi seule en es capable. Je te la cède. Prends ma place.

Effrayée et désorientée, je l'isole pour ne plus l'entendre.

Mes pensées divaguent. Des souvenirs défilent à toute vitesse, comme une vieille bobine de film dont le projectionniste aurait perdu le contrôle.

Quand elle se fixe enfin, je revois Greg tout content, sur le quai de la gare, encadré par ses parents. Son père savait-il ce qu'il manigançait ? J'en doute. Le pauvre doit se retourner dans sa tombe. Je...

Je réalise alors que... qu'au départ... la toute première fois que nous en avons parlé, ce n'était pas mon idée de quitter Toulouse. Je me souviens d'une conversation un soir, dans notre café favori, durant laquelle Greg me disait que les opportunités seraient plus nombreuses à la capitale. Est-ce la seule pensée qu'il s'est appliqué d'implanter dans ma tête ? Je n'arrive pas à me rappeler. J'ignorais que l'on pouvait simuler l'amitié, et encore plus sur des années. Je suis tellement à l'opposé de cette attitude, que j'ai l'impression de cauchemarder.

C'est ça !

Ce n'est qu'un mauvais rêve.

Nous avons fêté l'heureux dénouement de mon enquête au musée Cluny, et j'ai bu beaucoup plus que de raison. Je suis allongée confortablement dans mon lit, je vais me réveiller dans ma chambre, en songeant que toute cette histoire serait parfaite pour un roman.

Chapitre 22

Drake

— Charlie ! Charlie ! Reviens, bon sang ! m'exclamé-je, la voix éraillée par la panique.

La froideur de son absence me transperce avec plus de cruauté que le plus affûté des pieux.

— Qu'est-ce qu'elle a ? s'inquiète Andréa.

— Elle est dans une forme de catatonie, détaillé-je, en sentant mon cœur immortel se serrer d'une douleur inconnue. Elle m'a déjà fait le coup, au moment où l'on a découvert que Gregory avait disparu. Ça me semble plus sérieux cette fois. Charlie !

Son silence est un gouffre qui aspire toute la lumière de la pièce, songé-je.

— Tant pis, déclare Andréa. On sait où trouver Alcibiade demain soir, c'est le plus important. Selon toute vraisemblance, les vampires sous son contrôle attendront également au pied de la tour Eiffel. Ça nous laisse assez de temps pour nous organiser.

Je l'écoute, en me forçant à rester calme. Bondir pour lui arracher le cœur juste pour avoir osé penser une telle chose n'arrangera rien, bien au contraire.

— J'ai bien compris que ton compagnon, Marc, est aussi retenu prisonnier, au même titre que ma progéniture. Sans parler des autres membres de ton nid. Seulement, nous aurons besoin de l'aide de Charlie pour l'approcher. Sans elle, nous serons si vite repérés que tout ce que nous parviendrons à générer sera un mouvement de panique parmi les humains présents. Ce sera un véritable carnage, avant que les forces de l'ordre ne s'en mêlent. Marc risque de faire partie des premières victimes, parce que personne ne prendra le temps d'identifier l'origine de la menace. Si on veut éviter le bain de sang, récupérer nos proches et stopper Alcibiade, l'attaque frontale me semble être la dernière chose à faire.

Andréa me dévisage, en proie à la réflexion. Je suis convaincu que c'est une personne raisonnable, seulement, cette situation dure depuis des mois. Je me mets à sa place. Je comprends qu'elle soit excédée, et qu'elle n'ait qu'une envie, c'est que tout se termine. Surtout si près du but.

— Que proposes-tu ?

Mon regard ne peut se détacher de Charlie, cette demi-démone qui me trouble plus que n'importe quel être rencontré au fil des dernières décennies.

— Je peux tenter un échange de sang simultané associé à un sortilège, pour me permettre de communiquer avec elle.

— Tu veux pénétrer son esprit en la marquant, sans son consentement ?

— J'ignore comment agir autrement, déploré-je. Je sais que c'est injuste de faire d'elle ma protégée sans lui demander son avis. Je soupçonne même que si j'arrive à la sortir de sa catatonie, lorsqu'elle l'apprendra, elle sera très mécontente. Mais sans ce lien, je ne pourrai pas intégrer ses pensées. Pire ! Elle pourrait m'emprisonner avec elle, dans sa propre tête.

— Et elle t'appartiendrait, souligne Andréa.

Elle a raison. Procéder à un échange de sang simultané est loin de constituer un acte anodin et sans conséquences. La tradition exige qu'à la suite de cet acte, l'humain nourrisse l'immortel, jusqu'à ce que celui-ci lui accorde la vie éternelle.

Mais ça, c'est la théorie. Surtout que Charlie n'est pas humaine. J'ignore si son hybridation lui permettrait de devenir vampire.

— Je m'en fiche de ça ! Tout ce que je souhaite, c'est la ramener parmi nous pour affronter Alcibiade.

Andréa m'examine avec attention, afin de sonder mes émotions. C'est inutile. Tout comme elle, j'ai appris à les masquer. Heureusement ! Je n'ai pas envie qu'elle voie combien ce qui arrive à Charlie me transperce, me broie de l'intérieur. Jamais je n'ai ressenti un pareil désarroi pour quelqu'un.

— Je veux bien te croire, finit-elle par lâcher. Et quel est le prix à payer pour ton tour de passe-passe ?

— Étais-tu sorcière de ton vivant, pour poser une telle question ?

— Je suis âgée de 458 ans. Je suppose que cette indication se suffit à elle-même.

Bien sûr. Elle a eu le temps d'en apprendre un rayon sur la magie, même sans la pratiquer.

— C'est justement pour alléger l'addition que l'échange de sang intervient. De mon côté, si je maintiens la connexion trop longuement, je pourrais m'affaiblir.

— Jusqu'à quel point ?

— Perdre mes pouvoirs, articulé-je.

— Et du sien ?

Je suis surpris qu'elle s'y intéresse. Jusqu'à présent, Andréa considérait Charlie comme une pièce rapportée potentiellement utile, grâce à sa force. À croire que mon petit laïus, au sujet du rendez-vous avec Alcibiade et du bain de sang, a produit l'effet escompté.

— Je l'ignore. D'où, une fois encore, la nécessité de l'échange de sang. Il jouera un peu le rôle d'un garde-fou.

Elle pince les lèvres, puis frappe dans ses mains.

— Alors, allons-y ! Nous n'avons pas de temps à perdre. De quoi as-tu besoin ?

Je profite de cette question pour m'accorder quelques secondes de réflexion. Je n'ai pas droit à l'erreur.

— D'une pièce calme. Si tu es d'accord, ici, ce sera parfait.

— Ensuite ? enchaîne-t-elle en approuvant d'un hochement de tête.

— De ton aide, pour l'échange de sang. Il faudra la maintenir en lui bouchant le nez, pour la forcer à avaler.

— Pas de problème. Autre chose ?

— Une dose de chance ?

— C'est une denrée bien trop rare pour que j'en dispose, désolée...

Mes instincts de vampire s'éveillent avec une intensité inédite. Je hausse une épaule tout en sortant mes crocs, ce qui marque le départ de notre petite entreprise. La pièce est imprégnée d'une tension palpable, comme si l'univers retenait son souffle. Ce moment est crucial. Il dépasse la survie de Charlie et tout ce qui nous attend ensuite. C'est une fusion d'âmes. Un lien profond qui transcende les limites de la réalité.

Andréa se lève, puis vient se placer derrière Charlie, pour mieux basculer sa tête en arrière. Je mords mon poignet, et réitère l'opération avec celui de Charlie, pendant qu'Andréa tente de la forcer à boire.

— C'est bon ! s'exclame-t-elle tout à coup.

Après quelques gorgées, sa chaleur et son essence envahissent mon corps. Nos sangs se mélangent, fusionnent. Un frisson dévale ma colonne vertébrale. C'est comme si une partie de moi s'épanouissait, se réveillait après des siècles d'hibernation. Charlie boit, ses lèvres pressées contre ma peau. Je peux sentir chaque gorgée, chaque pulsation de son cœur. C'est plus qu'un simple échange de fluides. C'est un lien qui transcende la biologie. Je récupère un peu de mon sang pour masser les plaies de Charlie avec, afin de la soigner. La guérison se propage, la douleur s'apaise. Mon être se fond avec le sien, comme si nos âmes se tissaient ensemble dans une danse ancienne et sacrée.

Je me sens plus fort, plus complet. Quant à Charlie, elle est une part de moi désormais, une extension de mon existence immortelle. Et je suis prêt à tout pour la protéger.

— Je te remercie, Andréa. Tu peux nous laisser maintenant.

— Tu penses en avoir pour longtemps ?

Il me faut quelques secondes pour analyser sa question.

— Aucune idée.

Elle reste plantée là, immobile, attendant visiblement une autre réponse plus satisfaisante. Pour ma part, je me focalise sur Charlie. J'arrime mes yeux aux siens, qui ont l'air perdus dans le vague.

Je perçois à peine le son de la porte qui se referme derrière Andréa, tant je suis déjà concentré.

— Ombres de la nuit, écoutez mon appel. Liez nos pensées, brisez ce voile. Que par le sang partagé, les barrières s'effondrent. À la conscience enfermée, que son sommeil s'achève. Par ce rituel, je paie le prix, pour éveiller l'esprit.

Je répète l'incantation une fois de plus, avant de me retrouver catapulté dans une gare. Le nez en l'air, les gens observent les panneaux, qu'ils comparent avec leurs billets. À quelques mètres de moi, je reconnais Charlie. La jeune Charlie, avec 10 ans de moins environ, et des cheveux blonds, plus longs qu'aujourd'hui. Entre ses yeux violets et son manteau en cuir noir, impossible de me tromper. Un énorme sac de sport en bandoulière sur l'épaule, elle aussi examine son ticket, en quête de la porte à emprunter pour se rendre sur le quai, j'imagine.

— Bonjour, Charlie.

Elle tourne la tête vers moi, surprise.

— Salut. Qu'est-ce que tu fais là ?

— C'est plutôt à moi de te demander ça.

— Je suis pressée. Je dois rejoindre Greg et ses parents.

— Attends !

Elle s'enfuit, sans même se retourner. Je lui emboîte donc le pas. Je me fais l'effet d'un voyeur. Ceux que je suppose être la famille de Gregory la prennent tour à tour dans leurs bras. Je n'entends pas leur conversation. Ici, ma super audition ne fonctionne pas. Gregory récupère le sac de Charlie, qu'il monte dans le train, pendant que le doyen lui remet une chemise cartonnée. Elle s'empresse de l'ouvrir, avant que le père l'enlace de nouveau.

Ils s'embrassent, et au moment où je pose ma semelle sur le marchepied pour grimper dans le train, je me retrouve dans les escaliers de sa maison. Charlie se tient juste devant moi. Plus haut encore, je devine Greg, qui discute avec une femme.

— Qu'est-ce qu'on fait là ? lui demandé-je à nouveau.

— Tu le vois bien. On visite pour savoir si on va acheter ou non. Le prix est raisonnable, mais il y a beaucoup de travaux.

Arrivé à l'étage – qui est tel que je le connais, à quelques détails près –, Charlie porte une tenue de soirée sombre, et son maquillage met en valeur ses prunelles violettes. Une bouteille de champagne trône sur la table. Gregory et elle lèvent leurs flûtes.

— À notre chez nous ! clament-ils.

— Tiens ! ajoute-t-elle en tendant un petit paquet cadeau rouge avec un ruban doré. J'étais en planque, et je m'ennuyais, quand je suis tombée sur un site qui propose de fabriquer… enfin… c'est une pièce unique, et je pense qu'il devrait te plaire.

Gregory déchire l'emballage, pour mettre à jour une boîte à bijoux blanche, d'où il sort un porte-clés en forme de vaisseau spatial.

— Le Faucon Millenium ! Et ces détails de fou ! Trop la classe ! Merci, Charlie.

— Avec plaisir, rétorque-t-elle, pendant qu'il l'enlace. Il est en argent massif, alors tu peux y aller. Celui-là, il ne s'abîmera pas facilement.

— Cool…

J'ai à peine le temps d'appréhender la scène qui se joue devant moi, que je me retrouve de nouveau dans la gare. Charlie examine encore son billet, puis se dirige vers le quai. Cette fois, je n'interviens pas dans ses souvenirs, en quête d'un détail qui me permettrait de comprendre pourquoi elle fonctionne en circuit fermé, si j'ose dire. Les embrassades, la chemise cartonnée, les pleurs, puis le départ. La pseudo-visite de la maison, puisque j'ai à peine le temps de monter trois marches, avant de me retrouver à l'étage pour assister à la remise du cadeau. Deux événements où Gregory est présent, sauf le dernier, qui dure l'espace de quelques secondes.

Après deux tours de manège supplémentaires, je n'y tiens plus. J'attrape le coude de Charlie qui s'engage dans le couloir pour rallier le quai de la gare.

— Tu dois arrêter !

— Drake ? s'étonne-t-elle. C'est étrange…

Elle penche la tête sur le côté en me dévisageant.

— Comment ça se fait que je sache qui tu es ?

— Nous sommes au quartier général des Éveillés. Et j'ignore pourquoi tu t'infliges…

Tel un automate, sans prendre la peine de m'écouter jusqu'au bout, elle se remet en route.

— Je dois monter dans ce train pour Paris.

— Mais pourquoi restes-tu bloquée dans ces souvenirs ? Qu'est-ce qu'ils ont de si spécial ?

Elle s'immobilise, puis se tourne lentement vers moi.

— Je ne comprends pas ce que tu essaies de me dire.

— Pourquoi revis-tu ces moments ?

Elle s'arrête, et observe le sol un instant. Elle réfléchit, je crois.

— Ce n'était pas mon idée de partir pour la capitale, affirme-t-elle en m'affrontant cette fois. C'est ce jour-là que j'ai su que ma mère n'était pas complètement folle. J'ai eu la confirmation que Maxime existait. Vraiment, je veux dire. Pas que dans sa tête.

Et comme si son explication était limpide, elle se remet en route.

— D'accord ! lancé-je malgré tout. Mais de qui était-ce l'idée de venir vivre à Paris ?

— La sienne ! réplique-t-elle sans s'arrêter. Celle de Greg.

— Et alors ?

— Greg a toujours considéré Maxime comme un dossier parmi tant d'autres. Il n'y accordait aucune importance.

J'essaie de trouver un sens cohérent à ses propos, mais dans l'immédiat, je bloque presque autant que Charlie. Pourtant, il doit y avoir quelque chose pour qu'elle tourne en rond comme ça.

Je la laisse embrasser les parents de Gregory, avant de nous retrouver une fois de plus dans l'escalier, puis à l'étage.

— Et maintenant, explique-moi, exigé-je.

Elle hausse une épaule.

— C'est la première preuve de la trahison de Greg. Celle que j'ai refusé de voir, et dont je suis à l'origine.

— Je ne comprends rien.

— Quand il s'est soi-disant fait agresser, et que j'ai été obligée d'appeler un serrurier en pleine nuit parce qu'on lui avait volé ses clés. Si c'était vrai, dans ce cas, comment ce porte-clés, dont il ne se séparait jamais, a-t-il pu atterrir dans le tiroir de son bureau ? Je l'ai trouvé en cherchant le mot de passe de son ordinateur, après qu'il avait disparu.

Gregory. Même si Charlie a un frère jumeau biologique, je comprends. Celui qu'elle affectionne et qu'elle a toujours considéré comme tel, en réalité, c'est lui.

Le temps d'en arriver à cette conclusion, nous voilà de nouveau dans l'escalier.

— Et ce moment ? Qu'a-t-il d'important ?

Elle s'arrête, et se retourne pour me faire face.

— C'est la seule fois où j'ai douté. Où l'espace d'une ou deux secondes, j'ai hésité à franchir un cap avec Greg. Je ne me suis pas écoutée. J'ai étouffé mes peurs. J'ai fait taire cette petite voix qui me disait de redescendre et de partir loin. Vivre autre chose. J'aurais dû lui obéir.

Et d'un coup, tout s'éclaire. Le temps d'attraper son coude pour la stopper, elle se trouve à quelques mètres, dans sa tenue de soirée.

— Écoute-moi ! lui ordonné-je en saisissant son bras, pour l'obliger à me regarder dans les yeux. Tu ne pouvais pas deviner ce qui arriverait. Il faut être extrêmement doué dans l'art de la manipulation pour influencer une personne pendant des années, comme il l'a fait. Tu n'as pas à t'en vouloir. Mais tu ne peux pas abandonner non plus. Tu n'es pas seule, Charlie. Je suis là, à tes côtés. Andréa, et tous les Éveillés aussi. Et je ne laisserai jamais Alcibiade t'utiliser pour ouvrir cette porte. Je te promets que je me battrai jusqu'au bout pour te protéger. Mais j'ai besoin de toi. Nous avons besoin de toi pour stopper ceux qui t'ont trahie et qui t'ont fait souffrir.

Une étincelle de lucidité envahit ses prunelles violettes, et en un quart de seconde, je suis projeté hors de son esprit. Je suis de retour dans le bureau d'Andréa.

Je penche la tête, pour intercepter de nouveau son regard, qui s'humidifie. Une larme roule sur sa joue. J'hésite. Je l'ai peut-être rêvée, cette lueur de raison. Je tends la main pour cueillir la perle cristalline au vol, et Charlie se jette dans mes bras, secouée par de terribles sanglots. L'espace d'un instant, j'ai l'impression que mon cœur... se remet à battre.

Bam-Bam...

Impossible !

Bam-Bam...

Pourtant, les turbulences résonnent jusque dans mes tempes.

Bam-Bam.

Quelques secondes avant que tout ne redevienne sous contrôle.

...

De nouveau le silence...

Mais pendant un moment hors du temps, hors de mon temps... je me suis senti vivant.

Grâce à Charlie...

Un intense soulagement m'envahit, j'ai réussi à la ramener auprès de moi.

Chapitre 23
Charlie

Ma crise de larmes passée, je détourne mon regard de Drake, toujours assis face à moi, pour analyser le bureau d'Andréa comme si je le découvrais pour la première fois. Au moment où je reporte mon attention sur Drake, je le revois évoluer à travers mes souvenirs. C'était incongru, voire gênant, et en même temps si familier, si normal.

— Comment as-tu fait ? Pour entrer dans ma tête, je veux dire.

J'ai l'impression qu'il hésite. Une étincelle d'irréel dans ses yeux fait dérailler le tempo de mon cœur.

— C'est important ?

Je relâche mon souffle. Je n'avais pas remarqué que je retenais ma respiration.

— Non, tranché-je. J'ai confiance en toi. Tu as prouvé plus d'une fois que tu ne ferais rien pour me nuire. Je te remercie.

— Alors, allons-y. Andréa et les autres nous attendent. Nous devons élaborer un plan d'attaque pour ce soir.

— Quelle heure est-il ? m'inquiété-je.

— Le jour ne va plus tarder. Mais on dispose encore de suffisamment de temps pour trouver une solution.

Nous sortons de la pièce, pour rejoindre les Éveillés qui se sont réunis dans un des salons.

Les éclats de voix qui envahissent le couloir semblent provenir d'un groupe d'individus bien plus nombreux que ce que j'imaginais à mon arrivée.

En effet, à peine le seuil franchi, je découvre une vingtaine de vampires, qui, dans une coordination parfaite, braquent leurs yeux vers moi. Je me sens comme une étincelle d'onyx dans un océan de diamants.

Ou le contraire...

— Drake, s'enthousiasme Andréa. Je vois que tu nous as ramené Charlie. Bienvenue parmi nous, ma chère. Surtout que Godefroy vient de proposer une idée qui mérite réflexion.

Elle désigne un homme plutôt petit, mais très carré, avec une forte musculature. Ses longs cheveux roux et ses taches de son lui confèrent un aspect de jouvenceau. Seuls ses yeux de charbon trahissent son grand âge.

— Avancez tous les deux. Installez-vous à mes côtés.

Drake glisse une main au niveau de mes reins pour m'inciter à passer la première. Autour de moi, les vampires me dévisagent. De futurs alliés dans cette danse macabre qui nous attend au pied de la Dame de fer, pourtant leurs regards tranchants me rappellent que je ne suis pas tout à fait à ma place parmi eux.

À bien y réfléchir, je me demande qui ils observent le plus. Moi, qui suis à moitié démon, dont le jumeau envisage d'ouvrir une porte sur une dimension démoniaque d'où émergeront des centaines de Vorax assoiffés de chair et de sang, ou bien Drake. Ce vampire qui de son vivant était un puissant sorcier, à l'instar de Maxime.

Une association d'idées intéressante germe dans mon esprit encore embrumé par les émotions. Malgré tout, c'est peut-être ça la solution. Lorsque j'ai affronté Alcibiade dans les catacombes, j'ai bien vu que sa force était largement supérieure à la mienne. Le seul à l'avoir maîtrisé, c'était Drake.

Mon cœur se gonfle d'un espoir nouveau. Pour la première fois de ma vie, je ne considère plus la magie comme un fardeau ou une ennemie, mais plutôt comme une partenaire.

Le soleil est déjà levé depuis deux bonnes heures, quand nous pouvons nous féliciter d'avoir élaboré une véritable stratégie. Bien que submergée par une vague d'émotions contradictoires, et épuisée par les récents événements, je me tiens là, presque spectatrice, tandis que mes alliés détaillent les différentes étapes. C'est leur ingéniosité, pas la mienne, qui a tissé ce réseau de tactiques et de subterfuges. Les pensées embrouillées par la fatigue et le tumulte intérieur, je me contente de hocher la tête, reconnaissante pour leur initiative, mais incapable de revendiquer la paternité de ce plan.

Plan dont la réussite repose lourdement sur mes épaules. Chaque mot qu'ils prononcent résonne comme le battement d'un tambour de guerre, annonçant la bataille décisive à venir. Fort heureusement, le quartier général des Éveillés dispose d'une excellente machine à café. Je mobilise sans vergogne l'appareil, quand le fameux Godefroy, à qui nous devons la base de notre tactique, s'approche de moi.

— Il en reste assez pour un vieux vampire assoiffé ?

Je me sens blêmir.

— Je parle du café, bien sûr, précise-t-il avec un grand sourire. L'odeur de ton maître est si puissante, que je ne me permettrais pas de te demander de m'offrir ton sang.

Je n'ai pas le temps de réagir, que Drake, pourtant occupé à discuter à l'autre bout de la pièce, déboule entre nous, à la vitesse de la lumière.

— Un problème ?

— Pas en ce qui me concerne, déclare posément Godefroy.

— Je ne peux pas en dire autant, articulé-je avec difficulté.

Je plante mon regard dans les iris azur de Drake, parce que j'ai le sentiment qu'il n'a pas été complètement honnête.

— Je devrais sans doute vous laisser. Je suis visiblement de trop.

— Non ! m'exclamé-je. Restez, s'il vous plaît ! Pouvez-vous répéter ce que vous avez dit ?

Le nez en l'air à cause de sa petite taille, Godefroy nous dévisage tour à tour.

— Je ne crois pas que ce soit nécessaire, constate-t-il en esquissant un sourire. D'autant que c'est justement pour cette raison, que j'ai proposé cette offensive.

Je sais que mon cerveau est en bouillie, et qu'en prime, tout se mélange. Mes émotions, mes idées, mes souvenirs aussi... ce que je pensais connaître et que je tenais pour acquis... Mais là, on atteint un autre palier qui dépasse tout. Alors, soit je suis bonne pour un séjour longue durée dans un établissement psychiatrique, soit quelque chose d'important m'échappe.

— Vous avez raison, assure Drake, laissez-nous. Ou plutôt, non. Trop d'oreilles traînent, ici. Viens avec moi.

Il saisit ma main, et sans me demander mon avis, il me guide à l'étage, jusqu'à ma chambre. Le trajet se fait dans un silence de plomb, annonçant un échange qui va sûrement changer notre relation.

— Tu m'expliques ? asséné-je à peine la porte refermée derrière nous.

— Tu devrais t'asseoir, m'intime-t-il en désignant le bord du lit.

— Je ne veux pas m'asseoir. Je veux comprendre. Pourquoi Godefroy a dit...

Les mots restent coincés dans ma gorge. Je ne sais même pas si j'ai vraiment envie d'entendre ses arguments. Malgré tout, je continue.

— Tu as affirmé, quand j'ai bu ton sang pour me soigner, que cela n'aurait pas de répercussions. Et, ô surprise ! Je découvre avec une joie qui s'apparente plutôt à de la colère... voire de la rage ! que j'ai un... pff... je n'arrive même pas à le dire !

— Charlie, calme-toi.

— Que je me calme ? Tu as fait de moi ta... ta quoi, d'ailleurs ? Je suis devenue quoi pour toi ?

— Ma protégée, déclare-t-il posément.

Avec ma force exceptionnelle, personne n'a jamais exprimé l'envie de me protéger. À l'exception de ma mère, bien sûr. Ce qui s'accorde parfaitement avec ma soif d'indépendance. A contrario, me savoir sous la protection d'un être aussi puissant que Drake devrait me mettre dans une colère hors norme, mais quelque part au fond de moi, je me sens flattée. À tel point qu'un frisson de plaisir dévale ma colonne vertébrale. Un nœud délicieux se forme dans le bas de mon ventre.

Ayant perdu toutes mes facultés cognitives, mon corps exprime ce que je ressens au plus profond de moi.

— Et je ne t'ai jamais menti, Charlie. Boire mon sang pour te soigner n'avait aucune autre conséquence. Seul un échange de sang simultané crée un tel rapprochement. Je n'avais pas le choix. J'ai dû prendre cette décision tout à l'heure, pour pouvoir investir ton esprit, sans risquer à mon tour de me retrouver prisonnier dans ta tête.

Mon cœur bat à tout rompre, une symphonie chaotique dans ma poitrine. La réalité de ce lien non consenti s'efface devant la vérité plus pressante : il l'a fait pour moi. Pour me sauver, encore une fois. Ses yeux, autrefois un mystère, révèlent maintenant une inquiétude sincère et un espoir fragile. C'est déroutant, mais dans cette confusion, je découvre un semblant de paix.

Je m'avance lentement vers lui. Très lentement. Comme si je chassais un papillon, et que je craignais qu'il s'envole à la dernière minute. Ma main trouve sa joue légèrement râpeuse, à cause de sa barbe naissante.

— Charlie…

— Chut ! le stoppé-je en caressant ses lèvres avec mon index. Fini de parler. Je veux juste te sentir contre moi.

Cette fois, Drake ne me repousse pas. Il glisse ses bras autour de moi, et me soulève.

Mes yeux fichés dans les siens, j'enroule mes jambes autour de sa taille, pendant qu'il me porte jusqu'au lit, où il me dépose avec délicatesse. D'un geste lent, si lent que j'en tremble de partout, il approche ses lèvres des miennes.

Son baiser est encore plus doux et agréable que dans mon souvenir. Enivrée, à sa merci, je me laisse engloutir par cette première vague de plaisir, annonciatrice du tsunami à venir.

Chapitre 24

Sous mon manteau, à chacun de mes pas, je sens contre ma cuisse le heurt rythmé de Nécronium dans son étui.

Les mains enfoncées dans mes poches, j'avance vers la Dame de fer qui incarne la fierté dans toute sa splendeur. Tandis que le Champ-de-Mars s'anime autour de nous, accueillant badauds, touristes et fêtards, son immuable prestance m'inspire. Je tente de rester tout aussi digne et assurée.

À cause de mon vertige, je n'ai jamais pu monter plus haut que le premier étage. Le plancher de verre m'a fichu une telle frousse, que j'ai cru mourir sur place. Par chance, Alcibiade m'a donné rendez-vous sur la terre ferme.

Me concentrer sur ma tâche. Ne pas se disperser.

La lune ronde scintille avec une intensité inhabituelle. Elle se reflète sur les structures métalliques, créant des ombres inquiétantes et des marbrures fantomatiques.

Je scrute les alentours, en quête de mes alliés. D'un en particulier, dont je sens la proximité, au creux de mes tripes… Mais ils sont plus discrets que des chats. Je n'en vois aucun, même si je sais qu'ils sont là, prêts à bondir.

Plus je m'approche de l'Esplanade, plus je réalise que l'intervention va être ardue. Maxime a tout prévu. Des pancartes annoncent le tournage d'un film de science-fiction. Évidemment, à cette heure-ci et dans Paris, où il est monnaie courante de bloquer des rues ou des établissements sous ce prétexte, cela n'étonne personne. L'alibi parfait pour éviter d'ameuter les forces de l'ordre, et apaiser la vigie qui surveille l'ensemble de la tour grâce à un système de vidéos. Si les dossiers de Greg sont exacts, je suppose que pour s'assurer de ne pas être dérangé, Maxime a dû pousser le vice jusqu'à obtenir toutes les autorisations nécessaires. Depuis le temps qu'il planifie cette action, ce serait même carrément logique.

Nous n'avions pas anticipé ce détail. J'ose espérer qu'il jouera en notre faveur.

Derrière des barrières, gardées par des démons, se tiennent les vampires zombifiés. Sous leurs pieds, je devine un immense dessin tracé au sol. Et le tout au nez et à la barbe des humains qui pensent que ce sont des costumes.

Lors de notre périple dans les catacombes, Drake a compris que tant que leur maître ne leur donne aucun ordre, toutes ses ouailles restent tranquilles. À moi d'occuper suffisamment Maxime pour laisser le temps aux autres d'accomplir leur mission.

Si nous échouons, ce sera un véritable bain de sang, suivi de la fin du monde tel que nous le connaissons aujourd'hui.

Me concentrer sur ma tâche. Ne pas se disperser.

Plus je m'approche, plus je reconnais un vieil ennemi sur lequel je me jetterais volontiers. La correction que je lui ai administrée devant le laboratoire de Léo n'a pas assouvi ma soif de vengeance.

— La voilà, grogne le Morloch.

La corne au bout de son nez, taillée en biseau grossier, m'arrache un sourire goguenard. Je ne pensais pas l'avoir amoché à ce point.

— Je vois que vous avez tout organisé pour ma venue, c'est gentil. Surtout qu'il y a foule, ce soir. Je sais désormais ce que l'on ressent quand on est accueilli et adulé comme une star.

Il darde sur moi un regard assassin, ce qui accentue mon envie de le mettre en boîte. Et je ne dis pas ça au sens figuré...

— Suis-moi, grogne-t-il.

Au fur et à mesure que nous contournons l'immense zone de quarantaine, je m'interroge sur la façon dont mes acolytes vont exécuter leur plan. Nous avions prévu qu'il y aurait beaucoup de vampires et de démons, mais pas à ce point. Pendant que Drake et moi nous nous entraînions de notre côté, j'espère qu'Andréa a su se montrer convaincante auprès d'autres nids pour les inciter à se joindre à nous.

Me concentrer sur ma tâche. Ne pas se disperser.

Je ravale ma peur, qui s'épanche comme du poison lorsque nous atteignons les cabines d'ascenseur.

Moi qui me faisais une joie d'un rendez-vous sur le plancher des vaches, je déchante en silence. Par contre, le fait que les ascenseurs fonctionnent encore prouve que Maxime a bien anticipé la situation.

Les portes s'ouvrent, et le Morloch attend que je grimpe. Comme je ne veux rien laisser paraître, je serre les poings dans mes poches, et passe la première, même si mon trouillomètre monte en flèche.

Drapée dans mon angoisse, je n'ai pas fait attention au bouton sur lequel a appuyé le Morloch. L'ascension me semble interminable.

Discrètement, je scrute les chiffres sur le cadran digital.

Le un s'illumine…

Puis le deux…

Et merde !

C'est au tour du trois, suivi d'un tintement qui éclate comme le fracas d'une vague contre les rochers, ébranlant les fondations de mon courage.

Je retrouve un peu d'assurance en découvrant qu'ici le sol n'est pas en verre, ce qui m'aide à franchir le seuil de la cabine. Je me force à respirer pour envoyer valser la boule d'épingles qui m'obstrue la gorge, et me concentre sur la tignasse blonde. Appuyé contre la balustrade, Maxime me tourne le dos. Il a l'air d'apprécier le panorama. Sa tête penchée légèrement en arrière me laisse penser qu'il se repaît aussi de la douce brise, bien qu'un peu fraîche, qui s'engouffre autour de nous.

C'est dingue, mais quelque part au fond de moi, j'ai hâte de revoir son visage. Maintenant que je sais qui il est, j'ai envie de parler avec lui, d'apprendre à le connaître. De le comprendre, et de découvrir pourquoi il agit ainsi.

Emportée par cet élan fraternel, j'avance, en étouffant la petite voix de ma conscience qui tente de me marteler que chaque pas me conduit vers un abîme sans fond.

— Maître, annonce le Morloch à mes côtés, la voici.

— Va-t'en, lui ordonne-t-il sans se retourner.

Les poings toujours serrés dans mes poches, je patiente, immobile. Les secondes s'étirent au point de devenir une souffrance de tous les instants.

— Normalement, il y a un grillage tout autour, finit-il par dire. Mais, j'ai obtenu une autorisation spéciale pour le faire enlever. Juste pour ce soir. Approche-toi. Viens admirer le paysage, comme c'est beau.

Je déglutis.

— Je... je vois très bien d'ici.

Il se retourne lentement, et pose ses yeux bruns sur moi. Les mêmes que ceux de notre mère. Dans le feu de l'action lors de notre première rencontre, je n'avais pas réalisé... L'électrochoc est violent.

Mon cœur se contracte, telle une étoile mourante. Je réprime mon envie de le serrer dans mes bras pour le consoler comme un petit garçon. Au fond de ses prunelles, je ne perçois qu'un enfant, perdu et abandonné.

Je comprends aussi autre chose. Là où j'ai écopé d'un peu de magie du côté maternel, et de force du côté paternel, sans oublier mes iris violets, tout cela est dérisoire en comparaison de ses dons. Lui a pris tout le reste. Il s'en est gavé si j'ose dire, et a même sûrement développé ses aptitudes.

Avant de venir, lors de notre entraînement avec Drake, il m'a expliqué que mes gènes démoniaques pouvaient galvaniser ma magie. Si, comme je le pense, Maxime était déjà gorgé des deux à la naissance, cela justifie sa force et sa puissance, aujourd'hui.

— Aurais-tu le vertige ? me demande-t-il en penchant légèrement la tête vers son épaule gauche, comme pour mieux m'examiner.

Sa voix est posée, calme, ferme. Il n'a aucun doute sur la finalité des événements à venir.

— Je ne suis pas venue pour admirer la vue, tranché-je d'un ton que j'espère assuré. Où sont Léo et Greg ?

Il se redresse d'un geste vif, surpris. Je réalise trop tard mon erreur. J'aurais dû inverser les prénoms. La trahison de Greg a pris le pas sur mon inquiétude pour ce pauvre Léo.

Tant pis ! Je ne peux pas revenir en arrière. Il ne me reste plus qu'à essayer de le faire parler pour détourner son attention.

À minuit trente-quatre, Mars, Saturne et Pluton seront parfaitement alignées. Leurs énergies convergeront, permettant la création d'un vortex. Mars, symbole de la guerre, représente la force brute. Saturne, associée aux limites et aux obstacles, offre l'entrée vers un autre univers. Quant à Pluton, la planète naine des profondeurs et de la transformation, ouvre la voie vers la dimension démoniaque.

Je dois donc l'empêcher d'accomplir son rituel.

Il claque des doigts en direction de l'angle sur sa droite. Léo, bien que salement amoché, en émerge poussé par un Barbatos. Ces démons, à la peau verte et aux énormes yeux jaunes, sont de farouches guerriers.

— Léo ! Vous allez bien ?

— J'ai eu des jours meilleurs.

— Rassurez-vous, on va bientôt quitter cet endroit.

— Montre-moi la dague à présent.

Je serre les poings dans mes poches. Je refuse même de la sortir de son étui. Je sens son essence couler en moi, et tant qu'elle est retenue prisonnière dans les lanières de cuir, je peux encore négocier et gagner du temps.

— Pourquoi veux-tu ouvrir ce portail, Maxime ?

— Je constate que tu es au courant. Ce n'est pas grave. Ça ne changera rien. Et je m'appelle Alcibiade.

— Pas pour moi. Tu es mon frère. Si tu avais vu maman à la clinique...

— Oh, mais je l'ai vue ! Comment crois-tu que j'ai pu si facilement trouver la personne parfaite pour te guider jusqu'à moi ? Elle ne tarissait pas d'éloges à ton sujet. À tel point que ça en devenait agaçant. À chacune de mes visites, je devais lui rappeler qui j'étais, sans quoi, elle ne parlait que de toi.

Derrière chaque mot qu'il prononce, je sens sa colère, et sa détresse aussi. L'image du petit garçon blond s'impose de nouveau dans mon esprit, me faisant ignorer ma propre peine d'avoir été trahie par celui que je considérais comme mon meilleur ami.

— Il n'est pas trop tard, Maxime, pour former une famille. Tu n'as encore rien fait d'irréversible.

— Alcibiade ! tonne-t-il.

— D'accord... tenté-je de le tempérer en sortant les mains de mes poches pour les lui présenter paumes en avant, en signe d'apaisement. Si tu veux... Alcibiade. Mais j'aimerais discuter avec toi. Apprendre à te connaître. Tu es mon...

— Tu crois que je ne vois pas, ou que je ne comprends pas ce que tu essaies misérablement de faire ? Tu ne m'empêcheras pas d'ouvrir ce portail pour libérer notre père. Est-ce qu'au moins tu sais pourquoi notre mère l'y a envoyé ? Est-ce qu'elle te l'a dit ?

Je suis piégée. Rien dans les dossiers de Greg ne mentionnait la raison qui a poussé ma mère à exclure notre père.

— Franchement, je l'ignore. Et ça ne m'intéresse pas. Le passé est scellé, rien ne le changera désormais. Seul l'avenir se joue en cet instant. Et il dépend de toi, Alcibiade.

— Elle l'a banni, parce qu'elle a eu peur de moi... C'est ma faute. Notre père était le dernier gardien de Nécronium.

À peine prononce-t-il son nom, que je sens la dague vibrer dans son étui.

— Tu l'as amené avec toi, souffle-t-il, presque au bord de l'extase. J'aurais dû lui succéder. Mais le métissage entre une sorcière et un démon génère parfois quelques surprises. Et dans un pays où la magie et les créatures surnaturelles sont chassées comme du bétail, elle n'a voulu courir aucun risque.

— Ce n'est pas tout à fait exact, intervient Léo.

— Tais-toi, lui ordonne le Barbatos en lui assénant une gifle.

— Non. Laisse-le s'exprimer. Après tout, Charline a le droit de savoir.

Je ravale le fait que moi aussi, je préfère que l'on m'appelle Charlie, pour me concentrer sur Léo, dont j'admire le courage pour un humain. Il se redresse, puis se racle la gorge, hésitant encore un peu, malgré tout.

— D'après les textes que vous avez réunis, votre père n'était pas que le descendant des gardiens de la dague. Il était également celui qui devait ramener les Vorax sur Terre. La prophétie des Ténèbres Ancestrales mentionne la naissance de jumeaux, permettant ainsi d'accomplir le rituel, tout en offrant aux Vorax une progéniture digne de devenir le nouveau roi.

Tout s'éclaire à présent. Si ma mère a chassé notre père, c'est qu'il projetait de me sacrifier. Quant à Alcibiade, il ne désire pas juste se venger, ou retrouver notre père, ou même rejoindre ce qu'il croit être son monde. Il veut la reconnaissance, le pouvoir. Tout ce qu'il n'a jamais eu, et que je ne pourrai jamais lui apporter à moi toute seule.

Je ne lui suffirai jamais.

Cette ultime constatation me déchire l'âme.

Un vent glacial se lève, emportant avec lui mes derniers espoirs de renouer avec mon frère.

— Ça sera bientôt l'heure, analyse Alcibiade. Donne-moi la dague.

Je reste immobile, essayant de trouver comment gagner encore du temps.

— Ne réfléchis pas davantage, c'est inutile. Donne-moi la dague, ou on va vérifier si notre ami Léo sait voler.

À peine sa phrase achevée, il ouvre sa main. Un ruban magique de couleur ambre s'en échappe. Il s'enroule autour du pauvre Léo, qui décolle à plusieurs centimètres du sol. Ses yeux trahissent sa peur à présent, malgré tout, il secoue la tête de gauche à droite.

— Dans un cas comme dans l'autre, je vais mourir. Ne la lui donnez surtout pas.

— D'accord ! approuve Alcibiade.

Je n'ai pas le temps de réagir. D'un coup de poignet nonchalant, il envoie Léo par-dessus la balustrade, comme s'il s'agissait d'un simple fétu de paille.

Chapitre 25

Andréa

J'ai tout juste eu le temps de rallier quatre autres nids. Notre plan bien ficelé additionné à mon talent de persuasion m'a aidée à convaincre les plus récalcitrants.

La soixantaine de vampires que nous sommes se dispersent en petits groupes sur le Champ-de-Mars, pour attaquer de tous les côtés à la fois. Nous espérons ainsi semer un vent de panique assez impressionnant pour que les forces de l'ordre soient alertées.

Mais c'était sans compter sur l'ingéniosité de notre ennemi qui a tout prévu. Afin d'endormir la vigilance des humains, il a simulé le tournage d'un film de science-fiction.

Très malin.

Cependant, nous n'avons pas le choix. Il est trop tard pour modifier quoi que ce soit. Drake nous a assuré que tant que les vampires qui ont perdu leur libre arbitre ne reçoivent aucun ordre de la part d'Alcibiade, ceux-ci se tiendront tranquilles. Notre priorité consiste à neutraliser les démons qui les gardent. Le but primordial est de créer une brèche qui permettra à Drake de suivre Charlie pour la soutenir dans son entreprise. Après, nous devrons évacuer les vampires de la zone. S'ils sont aussi dociles que Drake le dit, et que tous les démons ont été neutralisés d'une façon ou d'une autre, cela ne devrait pas poser de problème majeur. Une fois mis en sécurité, nous chercherons un moyen de leur rendre leur état initial.

Les ravages vont être considérables. J'en suis consciente. J'échange un regard avec Bastien, qui se tient à quelques mètres de moi. Il est mon bras droit depuis plus de trois cents ans. Il est déterminé, et se battra jusqu'au bout pour que mon bien-aimé me revienne. Il ne connaît que trop bien la douleur que cela représente pour un vampire, de perdre sa moitié. Il fera tout ce qui est en son pouvoir pour m'épargner cette souffrance.

Un peu plus loin, j'admire le courage de la mère et sa fille, Géraldine et Myriam. Elles sont si proches que Myriam a donné jusqu'à sa virginité pour être transformée, afin d'extirper sa mère des griffes du cancer qui la rongeait.

Aujourd'hui, elles se battent pour conserver la Terre telle que nous la connaissons, espérant secrètement au fond d'elles-mêmes, comme en chacun d'entre nous, que le gouvernement français acceptera enfin notre présence.

Sauver le monde constitue un bon argument pour y parvenir, non ?

Embourbée dans le marécage de mes pensées, je n'avais pas remarqué que certains d'entre nous s'étaient déjà jetés dans la bataille. Bastien fonce à son tour, suivi de près par la mère et la fille. Je m'élance également pour affronter un démon Kahos. Ils sont agiles, dégoulinent de bave et leurs corps sont aussi mous que ceux des limaces, ce qui les rend très difficiles à blesser. Encore plus à neutraliser. La seule solution est de les fatiguer pour pouvoir atteindre leur cœur. Dépourvus de cet organe, ils s'écroulent comme des masses. Je feinte plusieurs fois, l'obligeant ainsi à se déplacer rapidement, pour tenter de le rendre moins visqueux. Enfin, le vent qui se lève me vient en aide pour le dessécher, me permettant d'enfoncer ma main dans sa cage thoracique et d'en extraire sa source de vie. Sa carcasse s'effondre, tandis que dans ma paume, son palpitant pulse encore.

Je n'ai pas l'occasion de m'attarder sur cette mini victoire. Bousculée par un Gobi, je reprends le combat, tout en cherchant Drake. Je voudrais m'assurer qu'il a réussi à franchir le barrage des démons.

Entre deux coups portés à mon adversaire du moment, je l'aperçois qui grimpe sur un pied de la Dame de fer.

Parfait ! Je peux désormais me concentrer sur la seconde tâche qui nous incombe.

Évacuer tous les vampires d'ici. Dans l'éventualité où Drake et Charlie échoueraient, hors de question qu'ils servent d'en-cas aux Vorax.

J'assène un coup de pied circulaire à un démon, lorsqu'un mouvement de foule nous arrête. Des gens s'éloignent en courant. Des hurlements hystériques les accompagnent.

— Il a sauté !

— Quelle horreur !

Ce vent de panique représente une opportunité à ne pas laisser filer. Nous devons profiter de cette diversion pour prendre le dessus.

Chapitre 26

Charlie

— Nooon ! m'exclamé-je.

— Oh... Dommage. Je me suis fourvoyé, on dirait. Aucune aile n'a poussé dans son dos pour ralentir sa chute. Mais peut-être que nous aurons plus de chance avec le suivant.

Il claque des doigts, et le Barbatos disparaît, non sans me lancer un sourire narquois avant.

Un essaim d'ombres sournoises et menaçantes bourdonnent dans mes veines. La peur s'enroule autour de chacun de mes muscles. La situation m'échappe. Et pourquoi Alcibiade n'emploie-t-il pas la force pour récupérer Nécronium ?

Peu importe !

Je dois essayer de le raisonner.

Son inertie joue en ma faveur, autant en profiter.

Je ne peux pas renoncer si facilement.

L'amour que je ressens pour lui frémit au creux de mon cœur. J'espère tant qu'il nous donne une chance, malgré son geste envers Léo.

— Je suis désolée, Maxime. Pour moi, tu es et resteras Maxime, mon frère jumeau. Quels que soient tes agissements, toi et moi, nous avons le même sang qui coule dans nos veines. Je t'aime. Je suis sincère. Je voudrais vraiment apprendre à te connaître.

Il me dévisage une petite seconde avant de répondre.

— Je sais. Je le vois dans tes yeux. Mais il est trop tard, Charline. Et puis, t'es-tu seulement demandé si moi, j'avais envie d'apprendre à te connaître ?

Ses paroles tombent comme un éclair déchirant le ciel, brûlant mes derniers espoirs en cendres. Je me sens défaillir. Mon état émotionnel ne s'arrange pas. Surtout en découvrant le Barbatos revenir, accompagné de Greg.

— Ah, le voilà. Mon plus précieux allié. Celui sans qui rien de tout cela n'aurait pu aboutir.

Il passe un bras autour des épaules de Greg. Je ne détecte rien, ni dans son attitude ni dans son regard, qu'il prend soin de diriger partout, sauf vers moi. Rien qui permettrait d'affirmer qu'il se sent au moins un peu coupable.

— Tiens ! l'apostrophé-je en lui lançant le porte-clés, que j'avais conservé dans ma poche.

Il le récupère, l'observe une seconde, puis relève le nez. Il plonge enfin ses yeux noisette dans les miens.

— Depuis quand savais-tu ?

Nous nous connaissons trop bien. Il a deviné que j'ai compris sa supercherie, bien avant son appel bidon. Il ne s'est pas fait attaquer par des gamins. Il a simplement reçu une dérouillée, parce qu'il n'a pas jugé bon d'alerter Alcibiade de notre escapade dans les catacombes. Aussi calculé que fût son plan, je doute que nous emparer de la dague en faisait partie.

— Juste après ton faux kidnapping.

— Donc, quand je t'ai appelée…

Nous sommes interrompus par un spectacle fabuleux. Une pluie d'étoiles filantes traverse le ciel. Les météorites tombent comme des larmes brûlantes, laissant des traînées lumineuses derrière elles. J'ai l'impression que l'univers pleure sur la scène qui est en train de se jouer, ici, en haut de cette tour de fer.

— Nous n'avons plus le temps de parler. Charline, je te le demande une dernière fois. Tu sais que je suis plus fort que toi. Alors, donne-moi cette dague. Maintenant !

Mon sang s'agite dans mes veines. Je ne vois pas Drake, mais je sens sa présence, non loin. Prêt à me soutenir.

— Viens la chercher, le nargué-je en plantant mes talons dans le sol, pour m'assurer un bon appui.

Alcibiade ne se le fait pas dire deux fois. Sous l'œil surpris de Greg, il me fonce dessus. J'espérais qu'il n'utiliserait pas sa magie – il doit en avoir besoin pour ouvrir le portail –, je ne me trompais pas. Il m'assène un coup de poing magistral sous le menton, qui m'envoie plusieurs mètres en arrière. Mais grâce à un sortilège inventé par Drake, et qu'il a inauguré pendant notre entraînement, je suis loin d'être sonnée. Maintenant que nous avons obtenu la confirmation que nous attendions, nous pouvons contre-attaquer. Je ressens la chaleur qui émane du cristal noir autour de mon cou, dans lequel Drake a emprisonné un bout de son âme pour renforcer notre échange de sang. Un enchantement qui lui a été enseigné par une certaine Mélissa. Je m'en souviens bien, parce qu'il a prononcé son prénom avec beaucoup de respect.

Tandis qu'Alcibiade me pense dans les vapes, il s'approche pour me fouiller. J'en profite pour saisir son poignet tout en commençant à réciter l'incantation.

— Ombres de la tour, gardiennes du temps, écoutez mon appel.

Je lui administre un coup de poing dans la pommette, et me dégage d'un mouvement vif.

— Que le lien qui nous unit, plus fort que l'acier, se renforce.

Je poursuis sans état d'âme, sachant que Drake se tient tout près, et qu'il déclame les mêmes mots.

Alcibiade se redresse. Dans ses yeux, je perçois toute la haine qu'il me voue, et qu'il avait soigneusement dissimulée jusque-là.

— Je n'ai pas le temps pour tes tours de magie dignes d'une cour d'école.

Il pivote son poing, et je me retrouve comme prisonnière, en tenaille dans une main invisible. Les bras le long du corps, j'avance contre ma volonté dans sa direction. La prise est si puissante, que ma respiration se bloque, m'empêchant de prononcer la fin de l'incantation.

Greg se tient derrière Alcibiade, aux côtés du Barbatos. Mon regard croise le sien, et pour la première fois, j'ai l'impression d'y déceler...

Du regret, peut-être.

Tout en m'obligeant à m'approcher, telle une marionnette, Alcibiade écarte mon bras droit pour rejeter le pan de mon manteau. Sans même y toucher, juste par la pensée, il défait les sangles en cuir qui maintiennent Nécronium dans son étui. La dague lui saute presque dans la main.

— Viens assister au spectacle, vampire ! clame Alcibiade.

Drake surgit derrière le Barbatos, qu'il jette par-dessus le garde-fou. Il n'est que la moitié de lui-même. Il titube, et je sens que ce dernier effort lui a coûté le peu d'énergie qui lui restait. Il m'avait prévenue qu'entre la montée de la tour, la division de son âme, le tout associé au sortilège, cela l'affaiblirait. Mais je n'imaginais pas que ce serait à ce point.

Il s'écroule. Tombe sur son séant, le dos contre la balustrade.

— Quelle fine équipe ! se moque Alcibiade, qui tend Nécronium vers ma main. À tous les deux, vous pensiez vraiment être en mesure de m'arrêter ? Quelle blague ! Tu permets ?

La lame entaille ma paume avec une facilité redoutable. Je retiens de justesse une grimace de douleur.

— Ne bouge pas, m'ordonne-t-il, comme si j'en étais capable.

Je ne peux même pas desserrer les lèvres pour parler.

— Par le pouvoir des ténèbres, j'invoque les déités des flammes, déclare Alcibiade en se tournant vers le panorama.

À l'aide de Nécronium, il dessine des symboles éthérés dans l'air, au-dessus de la horde de vampires zombifiés. Des gouttes de mon sang perlent et s'éparpillent depuis la lame sombre, témoins silencieuses du désastre à venir.

— Par la volonté du chaos, j'ouvre la porte de Zalaz.

Il marque une pause, reporte son attention vers moi, une petite seconde, puis il poursuit. Les bras écartés, il récite ses dernières paroles.

— Par le sang des innocents, j'offre le sacrifice ultime. Par la gloire du mal, j'accueille les Vorax.

Ses doigts caressent l'air d'un mouvement lent. Les étoiles filantes continuent de tomber. Je sens une larme chaude glisser sur ma joue glaciale, pendant que mon corps refuse de m'obéir. La magie de mon frère me rapproche de la rambarde. Il ne reste qu'un petit mètre avant qu'il ne me propulse à mon tour dans le vide, quand du coin de l'œil, j'aperçois Greg qui s'élance dans le dos d'Alcibiade. Les mains jointes au-dessus de sa tête, il lui assène un violent coup sur la nuque. Alcibiade est tellement surpris qu'il relâche sa prise autour de moi, pour faire face à Greg. Mais je ne lui laisse pas l'opportunité de le blesser. Je me jette sur lui, et sans réfléchir…

J'empoigne ses jambes pour le soulever et le passer par-dessus le garde-fou.

Mon cœur s'emballe comme les sabots d'un cheval au galop dans une cadence frénétique. Il résonne dans le silence oppressant de la nuit. La peur, viscérale, chasse toute trace de culpabilité, tandis qu'une lueur bleue, irréelle et vacillante, déchire le ciel d'encre. Suspendue dans l'obscurité, elle s'étend, se tord, formant une arche électrique qui danse et crépite.

Un grondement sourd émerge, d'abord lointain, comme le murmure d'une tempête naissante. Puis, il enfle et se rapproche. Un tonnerre ronflant qui fait vibrer l'air et trembler la structure de la Dame de fer. Les lueurs de la ville vacillent, comme si elles aussi ressentaient l'approche de l'inconnu.

La faille, une déchirure dans le tissu même de la réalité, flotte dans le ciel, tel un maelström d'ombre et de lumière. À travers elle, un paysage d'un autre monde, sombre et tourmenté, où les lois de la physique semblent tordues ou déformées.

Les premières créatures s'extirpent du vortex avec une majesté terrifiante. Leurs corps massifs émergent lentement, comme si elles étaient retenues par les derniers filaments d'une dimension mourante. Puis, avec une soudaineté qui contraste avec leur langoureuse apparition, elles se lancent vers le sol, leurs mouvements devenant des éclairs de destruction.

Appuyée contre le garde-fou, je les observe, impuissante. Elles attaquent les humains, se nourrissent des vampires zombifiés, et dévastent tout sur leur passage. Le chaos est instantané. Les hurlements d'effroi et de douleur s'élèvent dans la nuit, dans un concert macabre.

D'autres gigantesques silhouettes sombres continuent de se déverser sur le monde avec la rapidité d'une marée noire dans un océan azur. Elles émergent du vortex avec une lenteur calculée, savourant la terreur qu'elles inspirent.

Une immense créature préhistorique se détache du peloton. Dotée d'ailes membraneuses et d'un long bec, elle s'approche en émettant un cri strident qui me force à me boucher les oreilles. Elle fonce vers nous, ses ailes puissantes déplacent l'air en rafales, pour finalement nous contourner. J'ai le temps d'apercevoir une silhouette de forme humanoïde sur son dos, juste avant qu'elle exhibe son ventre couvert d'écailles luisantes, reflétant la lumière bleutée de la faille.

Une stupeur glaciale m'envahit, mais aussi une étrange résonance, comme si une partie de moi reconnaissait ces créatures de cauchemar. Mes gènes démoniaques frémissent, un écho lointain de mes origines vorax qui s'éveille. C'est une vérité terrifiante, où je me trouve face à l'horreur de ma propre nature, et à la réalité de mon monde qui bascule dans l'abîme.

J'ai commis une erreur monumentale.

Je n'ai pas seulement tué mon frère...

J'ai aussi ouvert la porte de Zalaz.

Chapitre 27

Andréa

La pluie d'étoiles filantes qui zèbrent le ciel n'augure rien de bon. L'heure approche, palpable dans l'air chargé d'électricité. La confusion règne. Le Champ-de-Mars est méconnaissable, transformé en un théâtre de guerre où démons et vampires se livrent à une lutte sans merci. C'est la cohue générale. Les humains courent dans toutes les directions, quand ils ne sont pas figés sur place pour observer le spectacle. Leurs cris s'enchevêtrent aux clameurs de la bataille.

Je me faufile à travers la mêlée, mes sens en alerte. Un Ahriman se jette sur moi. Sa peau fripée se gonfle de menace. Il s'apprête à libérer l'énorme araignée qu'il cache sous ce costume ridicule. Je l'esquive avec grâce. Mes crocs trouvent sa chair avec une précision chirurgicale. Le sang verdâtre gicle, acide, fumant au contact de l'air. Je grimace, en évitant de justesse les éclaboussures corrosives. Je me tourne juste à temps pour découvrir un Morloch qui me charge à son tour. Ses épines luisent sous la lumière blafarde des réverbères. D'un mouvement fluide, je me dérobe et le prends par surprise. Mes mains s'enfoncent dans sa peau rugueuse. Il s'effondre avec un grognement sourd.

Je profite de ce moment de répit pour balayer du regard le champ de bataille. Géraldine est la première que je repère. Elle est toujours assise dans l'herbe, couverte de sang. Ses pleurs trouvent un écho en moi, ravivant mes propres souvenirs. Sa fille Myriam s'en est allée. Un de nos adversaires l'a empoignée en traître, par-derrière, pour lui arracher la tête. En prise avec un démon à ce moment-là, j'ai assisté à la scène, impuissante. Ce qui ne m'a pas empêchée de retrouver ce couard.

Cela ne nous ramènera pas Myriam...

— Viens, Géraldine, lui ordonné-je en la forçant à se lever. Nous devons continuer. En son honneur.

Ses yeux marron, vidés de toute étincelle de vie, se posent sur moi.

— Allez ! la secoué-je. Myriam ne doit pas être morte en vain.

Je pense qu'elle avait besoin d'entendre ces mots, qui agissent comme un déclencheur. Elle pince les lèvres, en hochant la tête. Je me détourne pour chercher Bastien, quand la voix lointaine d'Aymeric m'interpelle.

— Majesté ! Par ici !

Le grand blond s'affaire déjà à libérer les vampires en compagnie des membres du nid de Godefroy. Ils ont même pu avancer un des bus que nous avons volés, afin de les extraire du site le plus rapidement possible.

Je reconnais à grand-peine mon Marc, guidé par Aymeric. Il a l'air si affaibli, lui qui est une véritable force de la nature.

J'espère que Drake trouvera une solution pour me le ramener. Pour tous les sortir de leur état comateux.

De nouveaux hurlements paniqués se mêlent au vent glacial. Je distingue à peine le corps qui s'écrase dans la zone où se sont rassemblés les vampires zombifiés.

Craignant que ce soit Charlie, et qu'Alcibiade ait réussi, je lâche Géraldine pour foncer à contre-courant dans la foule. Le ciel nocturne, jadis un dôme paisible parsemé d'étoiles, s'embrase soudain d'une lueur bleutée, presque surnaturelle. Les constellations s'effacent, éclipsées par l'irruption de créatures ailées, des ptérosaures d'un autre âge, chevauchés par des démons aux allures de guerriers antiques. L'un d'eux, majestueux et terrifiant, frôle le sol. Ses battements d'ailes puissants forment des ondes de choc qui me font vaciller. J'aperçois le visage de son cavalier, un mélange grotesque de dragon et d'homme de Cro-Magnon, surmonté de cornes torsadées qui se découpent contre le ciel enflammé. Ses yeux, deux braises ardentes, scrutent les alentours avec une faim prédatrice.

Je devrais fuir, m'éloigner de cette apocalypse, mais mes pieds refusent de bouger.

Autour de moi, le monde sombre dans le chaos.

Les ptérosaures, tels des vautours, plongent vers les offrandes rassemblées par Alcibiade. Leurs cris perçants se mêlent aux hurlements des victimes, aussi bien humaines que surnaturelles. Une symphonie macabre qui annonce la fin d'une ère.

C'est impossible, mais j'ai l'impression de sentir mon cœur battre à l'unisson avec le tumulte ambiant. Chaque pulsation résonne avec les rugissements des monstres et les gémissements des mourants. C'est un maelström de sensations. Un vertige me saisit alors que je contemple l'effondrement de mon monde et l'ascension d'un règne démoniaque.

Je jette un œil désespéré vers Aymeric, qui pousse Marc dans le bus. Les portes se referment juste derrière eux, pendant que Bastien, qui a pris le volant, tente de quitter la zone.

— Tout est perdu, se lamente Géraldine à ma droite. Ma petite fille est morte pour rien.

— Non ! Je refuse d'abandonner. Et toi aussi, tu m'entends ? Nous sommes des vampires, bon sang ! Ressaisis-toi ! Nous avons l'éternité pour résoudre ces problèmes. Viens, maintenant. On va sortir d'ici, et rejoindre les autres au lieu de rendez-vous.

Chapitre 28
Charlie

— Je suis désolé, déclare Greg dans mon dos.

Bien que rongée par la culpabilité, ses paroles me rappellent que je ne suis pas la seule responsable de ce désastre. Ça n'allège pas mon fardeau, mais sa présence m'apporte une énergie nouvelle. Une rage si puissante, qu'elle tétanise mes muscles.

— Je ne pensais pas qu'il irait jusqu'au bout… bredouille-t-il. Je croyais…

— Charlie… murmure Drake.

Sa voix n'est qu'un souffle. Assis au sol, adossé contre la rambarde, il est l'ombre de lui-même. Sa peau, d'une blancheur de cire, semble presque translucide sous le halo bleuté de la faille. Mon cœur se serre à la vue de sa faiblesse si palpable.

Affolée, je m'accroupis face à lui.

D'ici, aucun son ne nous parvient, si ce n'est le bruit du vent. Sans la lueur spectrale qui baigne maintenant l'horizon, on pourrait croire à une pause paisible dans notre existence tumultueuse.

— Tu as trop forcé, m'étranglé-je. Comment est-ce que je peux t'aider ?

— Le… le cristal.

Oui ! Bien sûr ! Je plonge les doigts sous mon pull pour en sortir la pierre noire. Je tire d'un coup sec sur la chaînette, avant de la poser dans la paume de Drake. J'accompagne son geste pour qu'il referme son poing autour.

— Et maintenant ?

— Aide-moi... à le briser.

J'exerce une pression autour de sa main, jusqu'à ce qu'un petit craquement en émane.

— Il n'y a plus qu'à patienter... qu'il retrouve sa place... En attendant... si tu me disais, Charlie, ce qui t'a poussée à devenir détective privé ?

Je jette un œil en direction de Greg qui s'éloigne, comme pour nous accorder un peu d'intimité.

— Tu tiens vraiment à me faire la conversation maintenant ?

— Pourquoi ? Tu as quelque chose de mieux à faire, sans doute... À l'aube de la fin du monde...

Je déglutis.

— Pas vraiment...

— Alors ? insiste-t-il.

— Je crois que d'une certaine façon, j'ai toujours su à quoi j'étais destinée.

Il marque une pause. Son regard devient plus intense, plus incisif.

— Et tu étais destinée à quoi, Charlie ?

J'hésite. La première réponse qui germe dans mon esprit semble ridicule, surtout après ce que j'ai fait. Seulement, je n'en vois pas de plus pertinente. Et à quoi bon mentir ?

— Je pensais que je devais aider mon prochain.

— Je suppose donc qu'ouvrir la porte de Zalaz va à l'encontre de ce beau projet. Néanmoins... je m'interroge. Qui te vient en aide à toi ?

...

Je n'ose pas lui faire remarquer que ces derniers temps, c'est lui qui était présent pour me porter secours. Et plus d'une fois.

J'ignore pourquoi je conserve les lèvres scellées. Il a raison, tout est fichu. Je pourrais lui avouer mes sentiments. Qu'ai-je à perdre de plus ?

Je me contente de le regarder dans les yeux. De fixer cette pépite dorée sous sa pupille droite qui m'hypnotise, noyée dans cet océan azuré.

— Ça doit être sympa de savoir qui on est… et quelle est sa place dans ce monde.

— Tu ne le sais pas, toi ? m'étonné-je.

— J'ai cru le savoir… savoir qui j'étais, mais… quand la quête de ma vie a pris fin… La raison pour laquelle j'ai voulu devenir vampire m'a paru… j'avais tort…

Ses révélations me bouleversent. Je ne le pensais pas si perdu dans sa propre existence. Mes repères disparaissent les uns après les autres… Je n'ai même pas une petite place auprès de Drake à qui je supposais pouvoir me cramponner… Chaque mot, tel un éclat de verre, taillade les derniers espoirs auxquels je m'accrochais. Comme une flèche qui me laisse désemparée, dans le sillage de leurs cruelles vérités.

Ses sentiments divergent des miens. Et qu'il se remette sur pied ou pas, Drake ne me sauvera pas cette fois-ci. Mon geste, jeter mon frère par-dessus le garde-fou et ouvrir cette maudite porte, relève de ma seule responsabilité.

Je me redresse. Mes yeux tombent sur Greg, un peu plus loin. Il serre son poing autour d'un objet que je n'identifie pas.

— Ça va aller ? demandé-je à Drake pour la forme.

Il se contente d'un vague mouvement de tête. J'ignore comment l'interpréter, mais je crois que c'est sa façon à lui de me dire que le débat est clos.

— Greg ? l'interpellé-je en m'approchant.

— C'est ma faute, déclare-t-il en observant l'horizon.

Des nuées de créatures, toutes plus monstrueuses les unes que les autres, continuent d'affluer de cette déchirure. L'une d'elles, à la peau claire comme de l'albâtre, au crâne allongé et aux bras disproportionnés, a les deux pieds plongés dans la Seine. L'eau lui arrive tout juste aux genoux. Elle attrape les voitures qui roulent à sa portée. Tel un enfant, elle les examine, sans doute pour observer les passagers apeurés à l'intérieur, avant de les jeter au loin.

Ma vue se trouble. Je ne cherche même pas à retenir mes larmes. Je mérite de souffrir pour la douleur que j'inflige à ces gens, et au monde en général.

— Qu'est-ce que tu tiens ? lui demandé-je en étouffant mes sanglots.

Il tourne la tête vers moi d'un mouvement brusque, un peu comme s'il avait oublié ma présence.

— Je l'ai trouvé par terre. Après...

Il relève la main pour me montrer Nécronium. La lame est dirigée vers le haut, le long de son avant-bras. Raison pour laquelle je ne comprenais pas ce qu'il conservait.

— Il n'y a qu'un moyen de refermer le portail. Mais tu dois déjà le savoir, je suppose ?

Mes yeux s'arrondissent.

— Un moyen ? Lequel ?

Un puissant bruit d'ailes accompagné d'une bourrasque m'empêche d'entendre sa réponse. Un genre de ptérosaure, en position presque stationnaire, s'immobilise à notre hauteur. Le démon sur son dos se relève, et longe son bec, avant de prendre son élan pour sauter nous rejoindre.

Devant moi se tient une silhouette qui défie toute logique. Son allure est celle d'un homme qui a traversé les âges sans une égratignure. Il est grand, avec une posture droite et imposante qui commande le respect, presque royal dans sa démarche. Ses muscles, bien dessinés sous un tee-shirt noir ajusté, témoignent d'une influence surnaturelle, d'une puissance athlétique qui contraste avec la finesse de ses traits. Sa peau, d'une pâleur lunaire, semble absorber la lumière ambiante, lui donnant un éclat presque irréel.

Ses cheveux blonds, coupés court, encadrent un visage aux lignes fortes et nobles, où une barbe de quelques jours ajoute un mélange de négligence étudiée et de virilité brute. Mais ce sont ses yeux qui captent toute mon attention. D'un violet profond, ils brillent d'une lueur intérieure, reflet d'un monde que je ne connais que trop bien. Miroirs des miens, ils ne laissent planer aucun doute sur son identité. Mon père, l'exilé d'une dimension démoniaque, se trouve là, devant moi, aussi réel que le battement précipité de mon cœur.

C'est pour lui qu'Alcibiade tenait à ouvrir ce portail.

Et comme c'est moi qui ai commis l'irréparable, c'est également moi qui me retrouve face à lui.

Décidément…

J'ai toujours eu beaucoup de chance…

Et en même temps, c'est logique…

Je suis à l'origine de ce face-à-face…

J'ai fait de mauvais choix…

Et le pire, j'ai accordé ma confiance à la seule personne qui m'a conduite vers ce piège…

Rien n'arrive par hasard…

Chapitre 29

— La prophétie mentionnait un héritier, déclare-t-il en venant à ma rencontre. Mais je suis presque content que ta mère m'ait exilé. Grâce à son geste, tu as pu faire tes preuves. Tu es plus digne que ton frère pour me succéder sur le trône.

Mon géniteur passe devant Drake sans même lui accorder une seconde d'attention. Ses yeux sont braqués sur moi. Il me dévisage. Je ne sais même pas ce que je dois ressentir. Que doit-on dire à un père qui projetait de vous assassiner pour ouvrir une porte vers une dimension démoniaque ?

J'ignore la réponse. Les rouages de mon cerveau sont bloqués, impossible de remettre l'engrenage de ma réflexion en route. Fatiguée, submergée par une panoplie de sensations violentes, je suis incapable de formuler une phrase. Je voudrais revenir à cet âge doux, où les bras d'une mère suffisent à se sentir en sécurité. La mienne est allée jusqu'à bannir mon père pour y arriver. Elle a aussi éloigné mon frère jumeau pour nous protéger toutes les deux.

En l'honneur de sa mémoire, je me dois de réagir.

— Pourquoi ne réponds-tu pas ? Serais-tu muette ? Ou bien, tu ne réalises pas, peut-être ? Tu as la chance de devenir une reine forte, et adulée.

Son ton condescendant ravive le brasier de ma conscience. Mes synapses s'électrisent. Mes muscles se tendent, signe d'une terrible envie de lui balancer mon poing dans la figure.

— Va te faire foutre !

Oui, j'avoue... J'aurais sans doute pu trouver mieux... Mais compte tenu des circonstances, je suis à mon maximum. Et puis, ça a le mérite d'être clair et concis.

— Pardon ? s'étonne-t-il.

— Tu ne peux pas refuser, m'informe Greg dans mon dos. Si tu repars avec lui, la faille se refermera en aspirant avec elle toutes les créatures qui ne viennent pas de ce monde. Toutes les dimensions reprendront leur place.

— Quoi ? m'exclamé-je.

— Tu devrais l'écouter, intervient mon... géniteur.

— Ta gueule ! lui asséné-je, sans même réfléchir. Explique-toi ! ordonné-je à Greg.

Il affiche une expression inquiète face à l'individu qui veut m'arracher à ma vie. Enfin, ce qu'il en reste...

— Ne t'occupe pas de lui. Et réponds-moi plutôt. J'ai besoin de savoir. De tout savoir.

— Quel caractère ! Tu feras une reine formidable. Prenez votre temps. Après tout, ce n'est pas mon monde qui est en train d'être anéanti.

Je lui offre mon regard le plus noir, avant d'inciter Greg à parler, à l'aide d'un petit hochement de tête.

— Je t'écoute.

— D'accord... Comme tu le sais, ma famille a toujours souffert de problèmes d'argent. Lorsque Alcibiade m'a proposé de travailler pour lui... j'ai foncé. Je ne me suis posé aucune question.

— On est obligés de remonter aussi loin dans la chronologie des faits ? le houspillé-je. Parce que comme l'a brillamment fait remarquer...

Je manque de l'appeler Machin, tellement la rage bout dans mes veines. Je me retiens de justesse, et choisis finalement de désigner l'intéressé d'un vague mouvement de main.

— On n'a pas trop le temps, là.

— Tu as dit que tu voulais tout savoir.

— Ah oui, c'est vrai, confirme mon père. Je suis témoin.

Je souffle un peu trop fort dans le but de conserver un certain calme. Ou en tout cas d'en donner l'illusion.

— OK, capitulé-je. Enchaîne.

Greg déglutit. Sa pomme d'Adam joue le yoyo.

— C'est après... commence Greg.

Sa voix laisse entendre une pointe de vulnérabilité. Il marque une pause, comme s'il pesait chaque mot.

— Quand je t'ai rencontrée... que j'ai découvert qui tu étais vraiment !

Ses yeux se perdent un instant dans le vide, avant de se fixer à nouveau sur moi avec intensité.

— C'est là que j'ai commencé à analyser, à penser aux conséquences.

Sa main tremble légèrement.

— Je me suis beaucoup renseigné sur les prophéties... Qui les a écrites ? Pourquoi, et comment les contrer ? Plus j'apprenais à te connaître, plus le temps passait, plus j'ai développé de sentiments pour toi, Charlie.

Il déglutit, son regard s'adoucit, vulnérable. Mon cœur s'ébranle... Je me sens faible tout à coup... Je voudrais tellement revenir quelques jours en arrière... juste quelques jours...

— Du coup, continue-t-il, celle des Ténèbres Ancestrales est devenue une véritable obsession.

Il serre les poings, comme pour contenir l'émotion qui menace de le submerger.

— J'ai essayé, Charlie, je jure ! J'ai tenté à de nombreuses reprises de détourner Alcibiade de ses projets.

Je devine une lueur de défi dans ses yeux. Un feu qui n'était pas là auparavant.

— C'est aussi pour ça que je vous ai laissés aller dans les catacombes sans le prévenir.

Mais son regard se perd à nouveau, errant entre espoir et désespoir.

— Je pensais qu'une fois qu'il aurait paumé la dague, il abandonnerait. Mais...

— Arrête ! le stoppé-je. Tu t'enfonces, là ! Tu m'as refilé un tas d'infos bidon au sujet de Nécronium. Ce que tu dis ne tient pas.

— Mais si ! Au contraire. J'essayais de t'éloigner d'Alcibiade. Je voulais gagner du temps, pour éviter que l'on se retrouve tous ici ce soir. Dans cette situation...

— Ah oui, c'est très réussi, lance Drake en se levant.

La scène qui se joue sous mes yeux se déroule si vite, que je réalise à peine. Dans un enchaînement de mouvements vifs, Drake saisit mon géniteur par la taille, puis l'envoie rejoindre Alcibiade en bas.

L'espèce de ptérosaure, qui tournait autour du sommet de la tour comme un vautour, émet un cri strident qui nous oblige tous à nous protéger les oreilles. Il pique en flèche, mais inutile de me pencher – heureusement –, pour savoir qu'il est déjà trop tard.

Mes yeux trouvent les prunelles bleues de Drake, sous lesquelles un petit sourire mesquin se dessine.

— Corrige-moi si je me trompe, mais j'ai cru que tu avais besoin d'aide. J'espère que je n'ai pas commis d'erreur. Que tu n'envisageais pas sérieusement de partir t'installer dans une autre dimension !

Une furieuse envie de lui sauter au cou pour l'embrasser, se faufile et conquiert chaque cellule de mon anatomie. Seulement, le moment me semble tellement mal choisi, que je reste plantée comme un cèpe. En proie à un tourbillon d'émotions contradictoires.

— Ce serait franchement regrettable, ajoute-t-il en faisant mine de jeter un œil par-dessus le garde-fou, que je me sois trompé.

C'est mon déclencheur. Je franchis la distance qui nous sépare, enroule mes bras autour de sa nuque, et m'empare de sa bouche comme si c'était la dernière fois. Ce qui est sans doute le cas.

Il me serre contre lui, pendant que sa langue caresse la mienne dans un ballet délicieux. Une horde de papillons furieux s'agitent au creux de mon ventre. Mon cœur explose, libérant tous les sentiments que je contenais déjà avec difficulté. Après tout, si nous devons mourir sous peu, autant se lâcher.

Je profite de ce moment éphémère, loin des doutes et des interrogations, quand une vive douleur au niveau de mon épaule m'arrache un cri.

Saisie de stupeur, mes jambes cèdent. Malgré la surprise, Drake me maintient debout.

Greg se tient déjà à quelques pas de nous. Le sang… mon sang qui imbibe la lame de Nécronium, qu'il vient de me planter dans le dos, dégouline sur ses doigts.

— Je suis désolé, Charlie. Je dois agir. Je dois au moins essayer… C'est ma faute tout ça !

— Essayer quoi ? Que veux-tu faire, Greg ? Je croyais que partir avec lui était la seule façon de fermer le portail.

Il secoue la tête.

— Si je ne me suis pas trompé, Nécronium doit être brisé.

Je ne comprends rien. J'ai l'impression qu'il perd la raison.

— Eh bien, jette-le !

— Non. Ça ne suffira pas. Il faut que le sang de celui qui a ouvert le portail coule en même temps.

— Eh ben alors, c'est bon ! La lame est recouverte de mon sang. Bazarde-le !

— C'est impossible. Ça ne marche pas comme ça, Charlie. L'accomplissement de ce rituel exige un sacrifice volontaire. Je préférais te savoir en vie dans une autre dimension, plutôt que… morte… Je le comprends que maintenant…

Son regard se porte sur Drake.

— Putain ! Je suis vraiment trop con… Mais… je t'aime, Charlie. Et je dois essayer… Je veux que tu sois heureuse.

Ses aveux s'infiltrent dans l'air, le rendant lourd et irrespirable. Je reste muette, le cœur serré par une douleur que je ne peux nommer.

— Je suis désolé pour la blessure, mais il me fallait assez de ton sang pour le fermer. J'espère que ça marchera, poursuit-il en grimpant sur la rambarde.

Je m'apprête à avancer dans sa direction, mais Drake m'arrête.

— Tu mérites de trouver le bonheur, murmure Greg, son regard perdu dans l'abîme qui s'ouvre devant lui. Sois prudente, d'accord ?

Mon cœur se crispe. Un mélange toxique de colère, de tristesse et d'amour inavoué. Je comprends qu'il a besoin d'essayer... de se racheter... Mais je ne peux pas le laisser agir ainsi.

— Attends !

L'écho de ma propre voix me surprend. Il trahit un désespoir que je refuse de reconnaître. Ses yeux se posent sur moi, brûlant d'une vérité inébranlable. Je n'ai pas le droit de l'empêcher... C'est sa décision... Le poids de son regard éclate en moi comme un orage.

— Tu m'énerves...

Les mots s'échappent de ma gorge. Un murmure déchirant qui dit tout ce que je ne peux exprimer.

Un sourire triste effleure les lèvres de Greg. Dans ce geste, je lis toute la souffrance et l'espoir d'un adieu non prononcé.

— Je sais.

Le temps semble ralentir. Chaque seconde s'étire en une éternité alors que je regarde Greg basculer dans le vide. Un hurlement se forme dans ma gorge, mais aucun son ne sort. Je me retourne brusquement, pour chercher refuge dans l'étreinte de Drake, fuyant un monde qui vient de perdre un peu plus de sa lumière.

Je serre les paupières. Une pression si intense que chaque fibre de mes muscles oculaires crie en silence. C'est une douleur sourde. Un étau qui se comprime. Comme si je tentais de repousser la réalité avec la force brute de mon être. Chaque battement de mon cœur résonne dans cette obscurité forcée. Un tambour lourd qui martèle le refus et la peur. La noirceur derrière mes paupières est tachetée de lumières fantômes, des éclats de souvenirs et de rêves disloqués qui dansent hors de portée. Ma vie est brisée, et le pire, c'est que j'ai entraîné le monde entier dans mon trépas. Je suis au bord du gouffre, suspendue au-dessus du néant par la seule volonté de rester aveugle, afin d'éviter d'affronter ce qui m'attend lorsque j'oserai enfin ouvrir les yeux.

— C'est incroyable... souffle Drake. Charlie, regarde.

Je ne bouge pas. J'en suis incapable.

— Regarde !

Il me force à me détacher de son corps, l'unique refuge où je souhaite m'éterniser.

— Il a réussi… continue-t-il. Gregory a réussi.

Les larmes brouillent ma vue. Un voile humide déforme la réalité. Pourtant, à travers ce prisme liquide, je distingue les silhouettes des créatures, happées une à une par la faille qui se resserre. Le bleu intense et surnaturel qui envahissait le ciel se dilue peu à peu. Il cède lentement la place à la nuit éternelle, parsemée d'étoiles. La lune, spectatrice discrète de cette lutte cosmique, reprend ses droits. Après cette inondation de clarté, elle baigne le monde d'une lueur pâle et froide. Son halo argenté glisse sur les ruines fumantes, révélant les stigmates de la bataille. Le portail, tel un œil qui se ferme sur un cauchemar, se rétrécit jusqu'à n'être plus qu'un point lumineux, avant de s'éteindre dans un dernier soupir éthéré.

Guidée par Drake, je m'approche de la rambarde. Je n'ai plus peur. Oublié le vertige qui me paraît bien dérisoire en comparaison de tout ce que l'on vient de traverser. J'aperçois des bâtiments en partie détruits. Le pont d'Iéna n'existe plus.

Je n'ose pas extrapoler le nombre de victimes en découvrant le nouveau visage de Paris.

Cependant, Drake a raison. Greg n'est pas mort pour rien. S'il avait sa part de responsabilité dans ce désastre, il s'est racheté. Son âme mérite de trouver le repos.

Un long sanglot m'échappe. Drake resserre ses bras autour de moi.

Une drôle de pensée surgit dans mon esprit éreinté. Comment le gouvernement français, qui refuse depuis des années une union avec la communauté surnaturelle, va-t-il gérer la situation ? Et même les autres pays, qui ont signé des accords ? Entre les smartphones et la vitesse à laquelle circule une information sur les réseaux sociaux, quelle stratégie vont-ils adopter ?

Peu importe… Nous sommes vivants. À partir de là, les choses ne peuvent plus que s'améliorer.

— Tu trembles, constate Drake. C'est à cause de ta blessure.

Il s'apprête à s'entailler le poignet, mais je le stoppe.

— Non. Je veux ressentir la douleur… Elle me rappelle que l'on a survécu.

Il hoche la tête, et nous restons là encore un long moment.

J'ai besoin de m'assurer que tout est terminé, même si je songe aussi à dormir…

Une semaine entière…

Au moins !

Epilogue

Je fixe les nuages à travers le hublot, le regard vide, mais l'esprit en tumulte. Drake a affrété ce jet pour me permettre de dire adieu à Greg, le seul véritable frère que j'aie jamais eu. Alcibiade, malgré ses circonstances atténuantes, reste un étranger à mes yeux. Un fantôme qui a volé la vie de Greg, et piétiné la mienne. La colère gronde en moi. Une tempête silencieuse qui menace de déborder à chaque pensée de cette trahison.

Le crématorium de Cornebarrieu, niché dans la tranquillité d'un village de la banlieue toulousaine, accueille désormais les cendres de celui qui était mon ancre dans ce monde chaotique. J'ai veillé à ce que les dernières volontés de sa mère soient respectées. Un ultime service pour la femme qui a partagé son fils avec moi.

Ces trois jours en compagnie de Jocelyne, d'ordinaire si joviale, m'ont semblé interminables. Ce qui a rendu mon départ d'autant plus pénible. À tel point que je n'ai pas osé lui dire que c'étaient des adieux.

En province, les habitants pensent que les événements qui sont survenus au Champ-de-Mars, la nuit où j'ai ouvert la porte de Zalaz, ne sont qu'un canular. J'en déduis que le reste du monde aussi... Ils ne réfutent pas qu'un incident se soit produit. Le nombre de victimes et les dégâts considérables dans Paris en sont les tristes témoins. Mais entre les théories du complot, les vidéos sur les réseaux sociaux qui ont été trafiquées, les médias qui ont évoqué la situation de façon plus ou moins expéditive à cause sans doute du manque d'informations, le tout additionné à une autorisation fournie par la mairie pour tourner un film de science-fiction... Sans parler du fait que les humains doivent accepter beaucoup d'éléments qu'ils ne saisissent pas. Intégrer la véracité d'un phénomène sans la comprendre complique les choses.

C'est plus facile pour eux de penser que tout cela est un pur produit de leur imagination. La plupart restent très cartésiens, et ce n'est peut-être pas si mal après tout.

J'éprouve moi-même encore beaucoup de difficultés à réaliser que tout ce que j'ai vu cette nuit-là était vrai.

Des dinosaures et des dimensions parallèles...

C'est dingue quand même...

Je me laisse aspirer par la beauté du soleil qui se reflète sur les nuages cotonneux. Je n'avais jamais pris l'avion avant... Une autre bonne chose à tirer de cette histoire : adieu mon vertige !

J'ai hâte d'arriver à l'aéroport, pour retrouver les bras de Drake. Seulement, lui aussi devait remplir une dernière mission.

À la suite des incidents à la tour Eiffel, une nouvelle solidarité est née au sein de la communauté surnaturelle. Des sorciers, venus des quatre coins du pays, ont proposé leur aide pour rendre leur état normal aux vampires zombifiés. J'ai hâte de savoir s'ils y sont parvenus. Le nid d'Andréa a subi de lourdes pertes. Elle mérite de retrouver son âme sœur.

— Madame, m'interpelle l'hôtesse, nous allons atterrir d'ici quelques minutes.

— Merci, bredouillé-je.

Je me sens nerveuse. Avec nos horaires décalés, Drake et moi avons surtout échangé des textos. Notre relation est récente, et le tumulte de ces dernières semaines a provoqué notre rapprochement. Si finalement, une fois le calme retrouvé, nous réalisions que nous n'avons rien en commun... J'ai beau éprouver des sentiments sincères et profonds à son égard, j'ignore si de son côté il en va de même.

J'ai peut-être trop rapidement accepté sa proposition. J'aurais dû m'accorder plus de temps pour y réfléchir. Il n'est pas trop tard pour changer d'avis, après tout...

Au moment où l'appareil touche le tarmac, je reconnais la Ford Mondéo de Bastien, qui attend un peu plus loin, mais je ne vois pas Drake. Mon cœur s'emballe.

Je suis si peu confiante vis-à-vis de notre couple, que je tremble d'effroi à l'idée de ce qui pourrait arriver. Mes jambes flageolent tant que j'ignore comment elles peuvent m'amener jusqu'à la porte de l'avion. Au moment où elle s'ouvre, je l'aperçois enfin.

Souriant, il s'approche en tenant une rose rouge.

— Ton voyage s'est bien passé ? me murmure-t-il en déposant un chaste baiser au creux de mon cou, juste sous mon oreille droite.

Là où il sait que ce geste déclenche une série de frissons, incontrôlables et délicieux à la fois, qui me font tressaillir. Son parfum boisé et sucré m'enveloppe. En l'espace d'une seconde, je me sens chez moi.

— Ça va. Et toi, raconte-moi. Vous en êtes où, ici ?

Je salue Bastien, puis nous prenons place à l'arrière, en n'omettant pas de le taquiner sur son rôle de chauffeur. Derrière son physique de catcheur et ses traits durs, Bastien est un vrai boute-en-train en réalité. Je comprends qu'Andréa ait fait de lui son bras droit.

— Nous avons fini de soigner tous les vampires, m'annonce Drake avec une certaine fierté. Nous avons mis en commun nos connaissances ainsi que notre magie, et la fusion a été incroyable.

Son enthousiasme est beau à voir. Drake ne s'en est pas caché. Il a voulu devenir vampire pour remplir ce qu'il pensait être la mission de sa vie. Retrouver l'assassin de sa sœur... Mais la magie, il est né avec, et quelque part au fond de lui, il se sentira toujours plus sorcier que vampire.

— C'est super. Valérie et son amie Gwendoline vont bien, alors ?

— En effet. Et Valérie a même hâte de te rencontrer.

— Moi aussi, avoué-je. Et Andréa ? Elle a également pu retrouver Marc, je suppose ?

— Exact.

Une larme de joie s'échappe. Elle roule sur ma joue, interceptée par le pouce de Drake avant d'atteindre la commissure de mes lèvres. Ce qui ne l'empêche pas d'y déposer un baiser.

— Ton cœur… C'est ça qui m'a plu en premier chez toi.

Je plonge dans ses yeux azur, à la recherche de cette petite pépite dorée qui me fascine tant et qui m'apaise, quelles que soient les circonstances. Parce qu'à cet instant, j'en perds mes mots. En plus, les oreilles de Bastien traînent dans l'habitacle, ce qui ne m'aide pas à trouver la bonne réponse.

Je choisis donc de revenir à un sujet plus terre à terre.

— Et le rendez-vous des Seigneurs des nids avec le gouvernement, qu'est-ce que ça a donné, en fin de compte ?

— Ils ont accepté une alliance. Ce sera long, parce qu'ils souhaitent calquer le modèle déjà existant aux États-Unis à la France. Ce qui inclut la création de Hauts-Conseils et la mise en place de lois internes, mais j'ai promis à Andréa de rester disponible pour la conseiller.

— Donc, si je comprends bien, elle deviendra présidente ?

— Ce n'est pas encore officiel, mais c'est en bonne voie, oui. Son implication dans l'incident de la tour Eiffel, sa façon de rallier les nids, tout cela a marqué les esprits. Mais assez parlé de tout ça. Je t'ai concocté une soirée qui, j'espère, te changera les idées.

— On arrive dans quelques minutes, nous annonce Bastien.

— Et j'ai le droit de savoir ?

— Hum, hum, rétorque Drake en tournant la tête à gauche puis à droite.

— Un indice au moins ?

— Bastien ? Tu as un indice pour la demoiselle, toi ?

— Ah, non ! Tu es resté plus muet qu'une carpe. Allez, les tourtereaux, c'est là que nos routes se séparent.

Garé en double file, j'observe la rue, et surtout le grand néon bleu de l'hôtel qui nous domine.

Drake descend le premier, et par galanterie, il me tend une main secourable. Je ne suis pas habituée à ce genre de geste, mais je pourrais vite y prendre goût. Il récupère aussi ma valise dans le coffre, puis nous saluons Bastien.

— Passez une bonne soirée ! nous lance-t-il à travers la vitre ouverte, avant de s'engouffrer dans la circulation.

Pour ma part, je reste figée sur le trottoir. Mon air interrogateur doit suffire parce que Drake pouffe de rire.

— Non ! Je te promets que je t'ai préparé un vrai programme. Je nous ai juste loué une suite ici. J'ai pensé que tu aimerais te rafraîchir et te changer avant.

— Toujours aussi prévenant, constaté-je, flattée.

Nous prenons l'ascenseur jusqu'au dernier étage. Maintenant que je peux admirer une vue panoramique sans crainte, je ne m'en prive pas. Et Drake, malgré mes doutes quant à cette relation... disons... peu conventionnelle... met tout en œuvre pour me rassurer et me satisfaire.

Je n'ai jamais été traitée comme une princesse, pourtant, avec lui, j'en ai un sublime aperçu. Dans son regard, je me sens belle, pas comme une erreur de la nature.

À peine a-t-il poussé la porte de notre suite, que je jette mon manteau sur un des canapés, pour filer ouvrir l'immense baie vitrée qui donne sur le balcon. Alors que je profite de l'air frais, et que mes yeux s'imprègnent des lumières de la ville, le « ploc » d'un bouchon de champagne retentit dans mon dos.

— Tiens, me chuchote-t-il en me tendant une flûte.

— À quoi est-ce que l'on trinque ?

— À ce que tu as envie.

Je réfléchis un instant...

— À notre nouvelle vie, et à notre départ pour Atlanta demain.

— À notre nouvelle vie, et à notre départ pour Atlanta demain, répète-t-il en faisant tinter nos verres. Hum !

Il pose sa flûte sur le garde-fou, et fonce à l'intérieur.

— J'ai autre chose pour toi, ainsi qu'un cadeau. Enfin, cadeau, c'est peut-être un bien grand mot. Bref ! J'ai pensé que pour ta dernière soirée à Paris, tu apprécierais une ambiance légère et drôle. Ils ont ouvert à peine hier, et tout Paris ne parle plus que de cet endroit.

En revenant, il me présente un dépliant en papier glacé, sur lequel je peux lire en lettres jaunes sur un fond rouge et vert : le Guaca-lol, le premier restaurant mexicain où vous pouvez manger et assister à des spectacles humoristes en même temps.

— Ce sera parfait, déclaré-je émue par cette attention toute en simplicité.

— Et il y a ça aussi... précise-t-il en adoptant un ton plus solennel. Je l'ai fait réparer comme tu me l'as demandé.

De sa poche, il sort un petit sachet en velours noir. Je sais très bien ce qu'il renferme. Mon cœur se serre, et des larmes que je ne peux contenir glissent doucement sur mes joues.

— Tu peux l'ouvrir plus tard, si tu veux, tente Drake en essayant de le récupérer entre mes doigts tremblants.

— Non...

Je dénoue les cordons, et en extirpe le porte-clés en argent du Faucon Millenium qui appartenait à Greg. Avec mon manteau, ce sont désormais les deux objets auxquels je tiens le plus. Seulement, à ma grande surprise, il y a déjà une clé accrochée dessus. J'ai revendu ma Mini pour quitter Paris demain, et la maison se trouve entre les mains d'une agence immobilière.

Interloquée, je la tends vers Drake qui sourit comme un enfant malicieux, heureux de sa dernière bêtise.

— C'est la clé de ma résidence, à Atlanta. Je sais que notre couple est... comment dire ? Un peu particulier... Mais je t'aime, Charlie. Veux-tu venir habiter avec moi ?

Si tu souhaites en savoir plus sur les Xib'alb'a Xo'ots, ainsi que sur cette pointe de lance ornée d'un petit dragon à plumes trouvée par Charlie dans le laboratoire du pauvre Léo, je t'invite à découvrir "Loups, Dragons et Légendes Mayas", le 1er tome de l'Epilogue du Monde de Draven Vixen.

Printed in France by Amazon
Brétigny-sur-Orge, FR

32980294R00376